Thron aus Sturm und Sternen
Flammenherz

Die Sterne werden dich begleiten

a. Waye

11/2021

Über die Autorin

Annie Waye ist eine junge Autorin mit einer alten Seele. Sie schreibt, um den phantastischen Charakteren und fremden Orten Leben einzuhauchen, die sie seit ihrer frühesten Kindheit nicht mehr loslassen. Wenn sie nicht gerade an Romanen arbeitet, veröffentlicht sie Kurzgeschichten und bereist die Welt auf der Suche nach ihrem nächsten Sehnsuchtsort.

Homepage: http://anniewaye.de
Instagram: @anniewaye.author
Facebook: anniewaye.author

Eine Liste der möglichen Trigger findest du am Ende des Buches im Glossar.

ANNIE WAYE

THRON
AUS STURM UND STERNEN
FLAMMENHERZ

Bibliografische Information der Deutschen Nationalbibliothek:
Die Deutsche Nationalbibliothek verzeichnet diese Publikation in der Nationalbibliografie; detaillierte bibliografische Daten sind im Internet über dnb.dnb.de abrufbar.

© 2021 Annie Waye

Covergestaltung: Katie Weber
Satz: Unter der Verwendung von Ornament Vektoren © Raftel Design/Vecteezy.com; © Brushes by Brusheezy.com

Herstellung und Verlag:
BoD – Books on Demand, Norderstedt

ISBN 978-3-7543-3474-4

Für Kaja,
weil du immer da bist.

WAS BISHER GESCHAH

Zwei Jahre nachdem der König von Tara'Unn unter ungeklärten Umständen sein Leben gelassen hat, findet sich Kauna aus dem Stamm der Crae unfreiwillig zwischen den Fronten wieder. Ihre andere Hälfte Gil entpuppt sich als Sohn des Mannes, den die Unnen als Anführer auserkoren haben – und der ihren Thronanspruch mit Gewalt durchsetzen will. Gleichzeitig taucht ausgerechnet Königssohn Malik mit seinem Gefolge im Sperrgebiet auf, in dem die Crae leben. Obwohl sich Kauna sehr mit den Ta'ar verbunden fühlt, versucht sie, nicht Partei für sie zu ergreifen.

Alles verändert sich, als niemand Geringeres als Gils Vater, Levi Hawking, die Siedlung aufsucht. Er bringt Gil dazu, auf Kauna zu schießen, und verschleppt den gesamten Stamm in die Hauptstadt Alanya, wo er mithilfe ihrer Kräfte den Thron gewaltsam an sich reißen will.

Einzig Kauna und Deema können fliehen – Seite an Seite mit Malik und seinen Anhängern. Die Crae sind fest entschlossen, ihre Familie zu befreien, doch sie müssen schnell einsehen, dass Tara'Unn so einige Gefahren für sie bereithält: Ein Händlerpaar überfällt sie und schneidet Deemas Seelenstein aus seiner Stirn. An der Grenze zu Tara'an werden sie attackiert und schließlich von den Haiduken verschleppt – einer Gruppierung radikaler Ta'ar, die sich gegen die Unnen und das Königshaus verschworen haben.

In ihrer Gefangenschaft lernt Kauna den Haiduken Kenan kennen, zu dem sie beinahe ein vertrauensvolles Verhältnis aufbaut. Doch er kann nichts an ihrem Schicksal ändern: Gemeinsam mit Malik und den anderen sollen sie hingerichtet werden.

Als sie am nächsten Tag zum Schafott geführt werden, ist es ausgerechnet Deema, der sie rettet: Deema, der noch nie zuvor eine Bindung zu seinem Seelentier Ryu aufgebaut hat und nun urplötzlich das Feuer heraufbeschwört. In dem Tumult, der daraufhin ausbricht, und dank Kenans Hilfe können die Crae und die Ta'ar fliehen. Doch ihr Stamm erscheint weiter entfernt denn je – und die letzten Worte, die ihr Ältester Enoba an Deema gerichtet hat, begleiten sie noch immer: »*Nimm dich in Acht. Oder du wirst dich vor dir selbst retten müssen.*«

GUNES KALESI

1. Kapitel – Zuflucht

Die Nacht lag still und kühl um uns herum. Die Handschellen umklammerten nach wie vor meine Handgelenke, und so sehr ich es auch versuchte, ich konnte ihr Gewicht nicht abstreifen. Immer wieder warf ich einen prüfenden Blick über meine Schulter, doch der Rauch stieg unnachgiebig in den Himmel über der Burg Gunes Kalesi. Solange die Haiduken die Flammen in ihrer Festung nicht ersticken konnten, würden sie uns nicht verfolgen. Wir mussten das Beste aus dem Zeitfenster machen, das Deema uns verschafft hatte, und so schnell wie möglich in das nächste Dorf gelangen – wenn nicht sogar noch weiter.

Deema. Ich hielt seine Hand so fest umklammert, dass es ihn schmerzen musste, doch er beschwerte sich nicht. Auf einmal war es, als könnte ich die Flammen, die er in der Burg entfacht hatte, aufs Neue spüren.

Vor einer Woche hatte er – wie jeder andere in unserer Siedlung, wenn ich ehrlich zu mir selbst war – geglaubt, er wäre kein vollwertiger Crae. Dass er nie in der Lage sein würde, sein Seelentier heraufzubeschwören oder auch nur eine Verbindung zu ihm herzustellen. Dass Ryu ihn verstoßen hatte und ihn niemals als seinen Wirt akzeptieren würde. Dass er die Fähigkeiten und Gaben, mit denen unsere Art gesegnet worden war, nie kennenlernen dürfte.

Doch er hatte sich geirrt – wir alle hatten uns geirrt. Innerhalb weniger Tage hatte Deema größere Kräfte entwickelt als viele andere in unserem Stamm.

Das Dorf, zu dem der Pfad uns führte, wäre für das bloße Auge in der Finsternis kaum erkennbar gewesen. Kein einziges Licht erhellte die Häuser oder Straße. Der Ort wirkte geradezu ausgestorben.

Ich schluckte, als ich mich an die Geisterstadt in Unn erinnerte, in der nichts als Verderben auf uns gewartet hatte. War es möglich, dass das Grenzgebiet von Tara'an ebenso verlassen war wie das von Unn? Dass von den Einwohnern nur Haiduken und andere Verbrecher übrig geblieben waren?

Ich erschauderte leicht. So vieles war in den letzten Tagen passiert. Gil hatte unseren Stamm an seinen Vater verraten und wir waren Hals über Kopf geflohen. Deema hatte seinen Seelenstein verloren und Yagmur, Yusuf und Emre auf grausame Weise ihr Ende gefunden – allesamt durch die Hand der Haiduken. Was, wenn wir gerade dabei waren, blindlings in die nächste Gefahr hineinzuspazieren?

»Kauna«, erklang eine gedämpfte Stimme in unserer Nähe und fuhr mir bis ins Mark.

Abrupt blieb ich stehen und hielt Deema fest, ehe dieser einen weiteren Schritt in Richtung der Häuser machen konnte.

In der Finsternis erspähte ich zwei Silhouetten, die sich hinter einer Gruppe Bäume verborgen gehalten hatten.

»Ilay?«, flüsterte ich. Auf den zweiten Blick erkannte ich, dass Malik neben ihm stand. Von Amar war nichts zu sehen.

Meine Schultern sackten herab. »Ich bin so froh«, stieß ich erleichtert hervor und eilte auf sie zu. »Euch geht es gut!«

Ich handelte, bevor ich dachte, und fiel Malik um den Hals. Der Sohn des Königs schien sich nicht daran zu stören. Behutsam legte er seine Arme um mich und ließ zu, dass ich Kraft aus seiner Wärme gewann. Noch vor ein paar Tagen hätte ich niemals gedacht, dass ich einmal so glücklich sein würde, ihm zu begegnen.

»Alles in Ordnung bei euch?«, fragte Ilay. »Gab es Probleme?«

Ich löste mich von Malik und warf Deema einen Blick zu. Es gab zwei Wahrheiten. Die Haiduken hatten uns keine Schwierigkeiten bereitet. Aber das bedeutete nicht, dass ich mir keine Sorgen machte.

»Nein«, erwiderte ich. »Alles in Ordnung. Was macht ihr hier draußen?«, fragte ich, bevor jemand nachhaken konnte.

»Wir warten auf Amars Rückkehr«, erklärte Malik. »Er ist vorausgelaufen, um Simol auszukundschaften.«

Ich starrte in die Finsternis vor uns, in der sich bereits die ersten Gebäude abzeichneten. »Simol – ist das der Name des Dorfes?«

»Ja«, erwiderte Ilay. »Es ist die einzige Siedlung in der unmittelbaren Nähe von Gunes Kalesi. Auf den ersten Blick wirkt sie wie ausgestorben, aber wir glauben, dass der Schein trügt. Die Bewohner müssen von den Haiduken ziemlich unter Druck gesetzt werden, weshalb sie so wenig von deren Aufmerksamkeit wie möglich auf sich ziehen wollen.«

»Indem sie nachts keine Lichter entzünden?«, fragte ich verwirrt.

»Indem sie alles dafür tun, um den Haiduken vorzugaukeln, der Ort wäre nicht mehr bewohnt und es gäbe dort nichts mehr zu holen«, entgegnete Ilay. »Ich schätze, es leben tatsächlich nicht mehr viele Menschen hier – mit den Unnen auf der einen und den Haiduken auf der anderen Seite. Aber diejenigen, die es nicht aus Simol geschafft haben, wollen sich nicht auch noch von den Radikalen ausbeuten lassen.«

»Was es umso wahrscheinlicher macht«, fügte Malik hinzu, »dass sie das Königshaus von Tara'an unterstützen, und uns helfen werden.«

Widerstrebend warf ich einen Blick in Richtung der Festung. Der Rauch löste sich mit jeder Sekunde weiter in nichts auf. »Ein wenig Hilfe wäre wirklich nicht schlecht.«

»Kauna«, sagte Malik plötzlich – sein Tonfall war todernst. »Deema. Ihr habt unsere Leben abermals gerettet.«

Als mir klar wurde, worauf er hinauswollte, starrte ich zu Boden – unwissend, ob Malik oder die anderen den Unterschied im fahlen Licht der Sterne überhaupt hätten ausmachen können.

»Es gibt nichts auf dieser Welt, was wir euch im Austausch geben könnten, um unsere Schuld bei euch zu begleichen«, fuhr er förmlich fort. »Aber ich verspreche euch, dass wir alles in unserer Macht Stehende tun werden, um einer Wiedergutmachung so nahe wie möglich zu kommen.«

Peinlich berührt schüttelte ich den Kopf. »Das ist doch nicht -« Ich brach ab. Malik hatte mich an etwas erinnert, an das ich die letzten Stunden keinen einzigen Gedanken verschwendet hatte.

Er hatte recht. Ich hatte sie gerettet. Hatte sie vor dem Tod bewahrt. Hatte die Haiduken angegriffen, als sie Malik hatten hinrichten wollen.

Aber Malik war kein Crae.

Meine Knie wurden weich. Als Yagmur von Idris bedroht worden war, hatte ich mit mir gehadert. Die Gewissheit, dass ich gegen die Tradition der Crae verstieß, wenn ich den Haiduken angriff, obwohl dieser in jenem Moment keine Bedrohung für mich oder meine Art gewesen war, hatte mich zögern lassen.

Doch heute hatte ich nicht gezögert. Ich hatte gegen das oberste Gesetz der Crae verstoßen, indem ich meine Kräfte für das Wohl eines Menschen eingesetzt hatte. Indem ich mein Leben für das eines Andersartigen riskiert hatte.

Natürlich – ein paar Minuten später wäre ich diejenige gewesen, die auf dem Schafott gerichtet worden wäre.

Aber genau diese Minuten waren das Problem.

Ich hatte nicht nachgedacht. Hatte mich von meinen Gefühlen leiten lassen. Ich hatte nicht gehandelt wie eine Crae, sondern …

Sondern wie ein Mensch. Und dabei empfand ich nicht den leisesten Hauch von Reue.

»Männer?« Unsere Köpfe drehten sich, als sich eine Gestalt aus der Dunkelheit schälte.

»Amar«, warnte ich ihn vor, »Deema und ich sind auch hier.«

Seine Augen weiteten sich. »Kauna!« Er kam vor uns zum Stehen. »Ich hätte nicht gedacht, dass ihr es lebend da raus schafft.«

»Danke«, fauchte Deema.

»Wir hatten Hilfe«, erwiderte ich – und fluchte innerlich, als mir auffiel, was ich gerade gesagt hatte.

»Wessen Hilfe?« Maliks Blick durchbohrte mich von der Seite.

»Die Hilfe … unserer Seelentiere«, rettete ich mich. Ich täte besser daran, Kenan nicht zu erwähnen, der uns zur Flucht verholfen hatte. »Ohne sie wären wir in Gunes Kalesi gestorben.«

Hana war zu mir zurückgekehrt – und das, obwohl meine Familie ebenfalls in Schwierigkeiten steckte. Ich hoffte, Taboga und meinen Eltern ging es gut. Wir hatten zwei Tage verloren – achtundvierzig Stunden, in denen alles hätte passieren können. Und noch immer waren wir von der Hauptstadt weit entfernt. Ich konnte spüren, wie die Zeit durch unsere Finger lief.

»Mann!«, stieß Amar hervor. »Allmählich glaube ich euch, dass Deemas Seelentier ein Drache ist. Wir dachten, du wärst bei lebendigem Leibe verbrannt!«

»Feuer schmerzt kein Feuer«, entgegnete Deema abweisend.

»Klar«, grunzte der Schönling. »Sicher doch.«

»Wie sieht es aus, Amar?«, fragte Malik. »Was ist noch übrig von Simol?«

»Eine Menge leer stehender Häuser«, erwiderte Amar. »Wir können uns unmöglich in einem davon verstecken. Die Haiduken werden sie als Erstes durchsuchen. Aber«, fuhr er fort, »ich habe ein Ehepaar getroffen, das eine Schneiderei betreibt. Sie sind bereit, uns bei sich aufzunehmen. Sie haben einen Keller, dessen Tür unter einem Teppich versteckt liegt. Wir können dort unten bleiben, bis die Haiduken vorbeigezogen sind.«

»Aber warum sollten sie uns diesen Gefallen tun?«, fragte ich misstrauisch. Das letzte Ehepaar, das uns ein solches Angebot gemacht hatte, hatte Deemas Seelenstein aus seiner Stirn geschnitten.

Ich erschrak. *Deemas Seelenstein!*

Mein Blick zuckte zu Deema, doch er trug nicht mehr bei sich als die Kleidung an seinem Leib. Sie mussten ihm seinen Craeon abgenommen haben, so wie sie meine Uhr gestohlen hatten.

»Weil sie dem einzig legitimen König von Tara'Unn dienen wollen«, erklärte Ilay.

»… weil sie sich daraus eine Belohnung erhoffen, sobald Malik an der Macht ist«, fügte Amar hinzu.

»Einen Augenblick«, unterbrach ich ihn verblüfft. »Also ist das immer noch euer Ziel? Malik auf den Thron zu bringen?«

Sein Vetter runzelte die Stirn. »Natürlich.« Er verschränkte die Arme. »Daran hat sich nichts geändert. Auch wenn wir die Hilfe der Crae nicht bekommen haben, ist das noch lange kein Grund, den Kopf in den Sand zu stecken.«

»Aber wie wollt ihr das machen?«, hakte ich nach. »Ohne Waffen, eine Armee oder Kontakt zur Hauptstadt? Ihr habt nicht einmal Pferde, um euch nach Alanya zu bringen. Noch dazu müsstet ihr die ganze Zeit über von den Unnen unentdeckt bleiben und -«

»Schon gut!«, unterbrach Amar mich gehetzt. »Wir arbeiten noch an den Feinheiten unseres Plans.«

»Wir sollten gehen«, mahnte Malik. »Wir können weiterreden, sobald wir ein Versteck gefunden haben.«

Während wir uns auf den Straßen Simols bewegten, waren wir von nichts als Stille und Dunkelheit umgeben.

Unbehagen stieg in mir auf. Menschen verließen nur aus sehr bedeutenden Gründen ihr Zuhause – in dieser Hinsicht unterschieden sie sich nicht von uns Crae. Dass der ganze Ort wie leer gefegt war, zeigte, dass die Haiduken nicht nur für die Unnen eine Bedrohung waren, sondern auch für Ihresgleichen.

Wir erkannten die Schneiderei aus der Ferne durch ein fahles Licht, das hinter einem der Fenster brannte.

»Das haben wir vereinbart«, erklärte Amar, »damit ich sie schneller wiederfinde. Sie werden es löschen, sobald sie uns versteckt haben.«

Das Haus, auf das wir zukamen, war etwas größer als die umliegenden Hütten – und in weitaus besserem Zustand. Seine Einwohner mussten gut betucht sein, so wie Aila. Unwillkürlich fragte ich mich, weshalb ein Schneider-Ehepaar nicht mit den anderen Bewohnern Simols geflüchtet war – für wen sollten sie schließlich arbeiten, wenn außer ihnen niemand mehr hier lebte?

Die Tür öffnete sich, kaum dass Amars Fingerknöchel dagegengeklopft hatten.

»Schnell«, zischte die Stimme eines Mannes. Wir schlüpften in das Haus – und wurden von Licht umhüllt.

Der Schneider war in ein Nachthemd gekleidet – ebenso wie seine Frau, die mir vor allem durch ihre rundliche Figur auffiel.

Fasziniert starrte ich auf den überdimensional geformten und mit zahlreichen Schnörkeln verzierten Gegenstand, der über unseren Köpfen hing. Es war mehr als zwei Jahre her, dass ich eine Lampe gesehen hatte – oder irgendein Licht, das nicht von der Sonne oder Feuer rührte.

»Danke«, hörte ich Amar sagen. »Darf ich vorstellen – Malik, der Sechste von Tara'an, der Erste von Tara'Unn.«

Plötzlich sackte der Mann zu Boden.

Ich riss den Blick von der Lampe und starrte den Schneider und seine Frau an, welche auf alle viere gefallen waren. Ihre Handflächen und Stirn berührten die Holzdielen, in die der Mann hineinnuschelte: »Eure Majestät. Es ist mir eine Ehre, Euch in meinem bescheidenen Hause begrüßen zu dürfen.«

»Und ich bedanke mich für eure Gastfreundschaft«, erwiderte Malik ruhig, als wäre er es gewohnt, dass Menschen vor ihm auf den Boden fielen. »Ihr dürft euch erheben.«

»Ich danke Euch!« Etwas unbeholfen kamen die beiden wieder auf die Füße. »Mein Name ist Karim Arafa. Dies ist meine Frau Sara.«

Ich erschauderte. Ihr Name klang beinahe wie *Zehra*. Die brutale Henkerin der Haiduken, die Emre vor meinen Augen hingerichtet hatte.

»Ihr müsst erschöpft sein von Eurer Reise. Meine Frau hat Euch bereits ein Quartier in unserem Keller hergerichtet.«

»Und Ihr müsst hungrig sein!«, meldete diese sich sichtlich aufgeregt zu Wort. »Sobald Ihr Euch eingerichtet habt, werde ich Euch zu essen bringen.«

»Noch besser«, fügte Ilay mit trockener Kehle hinzu, »wäre Wasser.« Wir hatten im Kerker von Gunes Kalesi rein gar nichts bekommen – und die Ta''ar hatten mehr Zeit dort verbracht als Deema und ich.

Sara nickte eifrig. »Natürlich!«

»Bitte erlaubt mir, Euch herumzuführen«, schlug der Schneider vor.

»Gerne.«

Ich musterte Malik. Seit ich ihn zum ersten Mal gesehen hatte, hatte er sich stets kleiner gemacht als andere – kleiner als die Crae, als die Haiduken. Doch jetzt war er ein Mann mit erhobenem Haupt. Erhaben. Wie ein König.

Als ich mich anschickte, den anderen durch das Haus zu folgen, fiel der Blick der Schneiderin auf mich. »Oh nein!« Sie eilte zu mir und fasste mich bei den Schultern, um mich von Kopf bis Fuß zu mustern. »So ein schönes Gewand – so verkommen!«

Ich spürte, wie mir die Röte ins Gesicht schoss. Die Festtracht, die mir Aila geschenkt hatte, hing noch immer in losen Fetzen von meinem Körper. Einige ihrer Enden hatte ich notdürftig zusammengebunden, damit sie nicht vollends von meinem Leib rutschten. »Es tut mir leid«, murmelte ich, weil ich nicht wusste, was ich sonst sagen sollte.

»Da lässt sich wirklich nicht mehr viel retten«, erwiderte die Schneiderin mitfühlend. »Aber ich bin mir sicher, wir werden etwas anderes für dich finden! Und für den Rest des königlichen Gefolges ebenso.«

»Ich bin nicht –« Ich stockte, dann hob ich abwehrend die Hände. »Ich habe überhaupt kein Geld«, stieß ich schließlich hervor. *Oder irgendeine andere Sache, die ich gegen Kleidung eintauschen könnte.*

»Das ist doch kein Problem, Liebes!« Sie lächelte mich an, und ich starrte in ihre Augen, auf der Suche nach dem geringsten Anzeichen an Unehrlichkeit.

Ich fand nichts.

»Wir alle wollen unseren eigenen Beitrag leisten«, fuhr sie fort. Während sie sprach, nahm ihre Stimme einen geradezu ehrfürchtigen Ton an. »Um unserem König auf seinen wohlverdienten Thron zu verhelfen! Um unser Land wieder zu so einem großartigen werden zu lassen wie früher.«

»Ich ...« Mir blieben die Worte im Halse stecken. Ich fühlte mich nicht wohl dabei, die Freundlichkeit dieser beiden Menschen auszunutzen. Schließlich gehörte ich nicht einmal zum *königlichen Gefolge*. Wir hatten schlichtweg das Pech geteilt, von den Haiduken gefangen genommen zu werden – und das Glück, ihnen entkommen zu sein. Diese Frau schuldete mir rein gar nichts, also konnte ich auch nichts von ihr verlangen.

»Lass uns eine Vereinbarung treffen«, fuhr Sara fort.

Etwas in meinem Unterbewusstsein riet mir zur Vorsicht, als sie das Wort *Vereinbarung* aussprach. Sofort wandte ich mein Gesicht abermals zum Boden, obwohl ich wusste, dass es zu spät war, um meine Stirn zu verbergen.

Ein Gewand gegen dein Craeon.

Dein Leben gegen dein Craeon.

Halt still. Ich will nur den Stein in deiner Stirn.

Meine Muskeln spannten sich an – vom Kopf bis in meine Zehen. Ich war auf alles gefasst.

»Du überlässt mir einfach das Gewand, das du gerade trägst, und im Gegenzug schenke ich dir etwas aus meiner eigenen Sammlung.«

Irritiert riss ich den Blick nach oben. »A-Aber«, stotterte ich. »Du hast doch selbst gesagt, es ist nicht mehr zu retten.«

Sara zuckte die Achseln. »Zumindest nicht, wenn man damit seinen ganzen Körper bedecken will. Aber für ein Tuch könnte es allemal reichen.«

Eine Woge der Erleichterung schlug über mir zusammen. Ich konnte nicht verhindern, dass sich ein Strahlen auf meinem Gesicht ausbreitete. »Danke!«

»Das ist doch selbstverständlich, Liebes.« Sanft rieb sie über meine Schultern. »Wir sind Schneider. Unsere Rolle in der Gesellschaft ist es, alle Menschen einzukleiden, wie es ihnen gebührt!«

Ihre Rolle.

Ihre Worte, die so einfach und sorglos gewählt waren, ließen Erinnerungen wie einen Orkan über mich hereinbrechen. Erinnerungen an Aila. *Für jeden von uns ist eine Rolle vorgesehen. Und ich habe meine nun gefunden.*

Das waren ein paar der letzten Worte gewesen, die sie je an mich gerichtet hatte. Und noch immer waren sie stark genug in meinem Bewusstsein verankert, um mich Nächte lang wachzuhalten.

Wer war ich? Was war meine Rolle? Und zu wem würde sie mich machen?

Ich konnte nicht mehr leugnen, dass ich mich verändert hatte – spätestens in dem Moment, in dem ich meine Ketten gesprengt und mich vor Malik geworfen hatte, um ihn vor den Flammen zu schützen.

Vor zwei Jahren hätte ich das nicht getan. Vor zwei Jahren war ich aus einem Fenster gestiegen und über Hausdächer geflüchtet, als Gefahr in Sichtweite gerückt war. Ich hatte dabei zugesehen, wie Semyr starb. Und sein Tod hatte mich nicht dazu gebracht, um diejenigen zu kämpfen, die noch übrig waren.

Ich hätte ihn retten können. Ich hätte *sie alle* retten können. Aber Crae griffen nicht an; sie verteidigten sich nur – sich und ihre Familie.

Ich hatte mein eigenes Wohlergehen und damit das Überleben meines Stammes vor das Leben anderer gestellt. Doch inzwischen konnte ich das nicht mehr. Die Zeiten hatten sich geändert. Deema und ich waren ganz allein – und Malik, Amar und Ilay waren alles, was wir noch hatten. Im Augenblick waren sie der einzige Stamm, die einzige Familie, die wir besaßen. Und die würde ich nicht im Stich lassen.

Nicht noch einmal.

»Nein, nein, nein«, entrüstete Sara sich, als wir die Leiter nach unten in den mit Holz verkleideten Keller stiegen. »So geht das nicht!«

Ilay, Amar, Malik und Deema – genau wie ich von ihren Handschellen befreit und satt von einem spontanen Festmahl, das Sara uns bereitet hatte – hatten es sich in dem Raum bequem gemacht. Ihre Bärte und Ilays nachwachsende Haare waren gestutzt worden, und Karim hatte sie alle neu eingekleidet. Sie trugen weite Hosen und Westen mit dicken Gürteln, an denen sie alle erdenklichen Waffen befestigen könnten. Deema fühlte sich ziemlich unwohl darin, fand die Kleidung aber immer noch besser als die der Unnen, in die er sich vor der Kirche geworfen hatte.

Malik war der Einzige von ihnen, der zusätzlich einen Umhang ausgehändigt bekommen hatte, mit dem er notfalls seinen ganzen Körper vor Blicken verbergen könnte. Ich wiederum hatte einen mit wilden Mustern verzierten Kaftan aus weichem Stoff von Sara erhalten, der über den Hüften lediglich mit einem Band fixiert wurde. Das Gewand reichte mir bis zu den Knöcheln, doch ich hatte das Gefühl, dass mir meine neue Kleidung eine größere Bewegungsfreiheit gab als die Robe, die Aila mir geschenkt hatte.

Die Männer sprangen irritiert auf, als Sara sie wild gestikulierend dazu aufforderte. Mehrere Stapel an dort unten verstauter Kleidung waren zur Seite geschafft worden, um Platz für eine dünne Matratze, Kissen und Decken zu machen, auf denen sich die Männer niedergelassen hatten. Zu meiner Enttäuschung gab es hier keine Lampen – dafür hatten sie uns mit Kerzen und einem Feuerzeug versorgt.

»Dieser Raum ist für unseren weiblichen Gast!«, fuhr Sara fort. »Männer müssen nach nebenan!«

Verwirrt warfen die Ta'ar einander einen Blick zu. »Verzeihung! Wir wussten das n-«

»Na los, ab mit Euch!« Mit einer scheuchenden Handbewegung forderte Sara sie auf, sich zu erheben.

Deema zögerte, sodass Amar ihn nachdrücklich in Richtung der Tür schob, die diesen Raum vom Rest des Kellers trennte. »Aber«, widersprach er, »Kauna und ich ...«

»Du auch, Junge!«, hörte Sara ihm gar nicht zu.

»Was denn?«, fragte Amar. »Sind drei Ta'ar etwa keine würdige Gesellschaft für dich?«

Deema brummte etwas, das Amar nicht verstehen konnte – ich dafür umso mehr: »Sogar drei Tote wären besser.«

»Deema!«, zischte ich.

»Ist doch wahr!«

Sekunden später wurde die Tür geschlossen, und ich war mit Sara allein.

»Geht doch«, quittierte sie. »Es muss anstrengend sein, mit so vielen Männern auf Reisen zu sein.«

Zögerlich schüttelte ich den Kopf. »Ich kann ihnen vertrauen«, erwiderte ich. »Jedem Einzelnen von ihnen.« Ich sprach die Worte aus, kaum dass meine Gedanken sie geformt hatten – und als ich sie selbst begriff, erfüllte etwas mein Herz, das ich lange nicht mehr gespürt hatte: Freude.

»Du und der braunhaarige Junge«, fragte Sara dann aus heiterem Himmel. »Seid ihr Unnen?«

Ich erschrak. »Nein!«, entgegnete ich schnell und versuchte, mich auf dem schmalen Grat zu bewegen, auf dem ich das Gesicht und damit meinen Seelenstein von Sara abwenden konnte, ohne respektlos zu wirken. »Wir stammen … aus einem anderen Land. Jenseits des Meeres.«

»Sprichst du etwa von Sjoland?«, fragte Sara.

Verblüfft blickte ich sie an. »Du kennst es?« Erst im zweiten Moment fiel mir auf, dass sie damit recht hatte – wenn auch auf eine andere Weise, als sie ahnen konnte. Sjoland war das Land, aus dem wir ursprünglich stammten, wenn man den Geschichten Glauben schenkte. Angeblich lebten dort noch immer Crae. Stämme, die anders waren als unserer – zum Beispiel, weil sie keine Todesstrafe für Crae wie Nireya aussprachen, die einen Menschen liebten.

»Aber sicher! Ich habe eine Großcousine, die dort lebt. Sie sprechen dort eine andere Sprache als wir und haben ebenso blonde Haare wie du. Also konntest du nur von dort stammen.« Ehrfurcht mischte sich in diesen Blick. »Ihr habt einen weiten Weg auf euch genommen, um unseren König zu begleiten. Hat die Familie seiner Frau euch geschickt?«

Wie von selbst nickte ich. Meine Gedanken rasten. Ich hatte gewusst, dass Malik Herzog eines anderen Landes gewesen war. Dass er mit einer Prinzessin Sjolands verheiratet war, hatte sich an den äußersten Rand meines Bewusstseins geschoben.

»Nun, du musst müde sein. Fühl dich hier wie zu Hause – und wenn du irgendetwas brauchst, scheu dich nicht, nach mir zu rufen.« Wieder war Saras Lächeln geprägt von einer Aufrichtigkeit, die ich kaum begreifen konnte. »Und mach dir keine Sorgen: Ihr seid hier sicher.« Sie wandte sich der Leiter zu. »Hab eine erholsame Nacht.«

»Du auch, Sara«, wünschte ich ihr und beobachtete die füllige Frau dabei, wie sie die Lettern hinaufstieg. Irgendwie gelang es ihr, sich ohne Schwierigkeiten durch die schmale Öffnung zu zwängen, die nach oben führte. Wenige Augenblicke später wurde die Klappe geschlossen. Ein schleifendes Geräusch ertönte, als Sara den Teppich, der den Boden ihrer Stube bedeckte, zurechtrückte.

Saras pochende Schritte entfernten sich über mir, dann wurde es still um mich herum. Erst nach einigen Sekunden konnte ich die Stimmen der Ta'ar wahrnehmen, die gedämpft durch die Wand drangen. Ich fragte mich, worüber sie sprachen, doch ich schaffte es nicht bis zur Tür. Die Erschöpfung übermannte mich, und das Bettzeug, das Sara für mich vorbereitet hatte, sah viel zu warm und weich aus, als dass ich es auch nur einen Moment länger warten lassen konnte.

Trotzdem war an Schlaf nicht zu denken.

Wie von selbst wanderte mein Blick zu der Tür, hinter der Deema verschwunden war. Ich machte mir Sorgen um ihn. Niemand sonst war mit Ryu verbunden. Niemand war in der Lage, Feuer heraufzubeschwören – oder in den Flammen zu überleben, ohne auch nur die geringste Verbrennung davonzutragen. Unter anderen Umständen hätte ich mich für Deema gefreut, aber …

Irgendetwas stimmte nicht. So sehr ich ihm und mir selbst etwas anderes einzureden versuchte: So etwas wie den Einfluss, den Ryu auf ihn ausübte, hatte ich noch nie zuvor gesehen. Und es machte mir Angst.

Ich hatte das Glück – oder die Bestimmung –, Hana als Seelentier zu haben. Hana war eine der ältesten Seelen, die auf Erden wandelten, und am stärksten mit der Natur verbunden. Manche sagten, mein Seelentier war eines der Mächtigsten, die die Crae kannten. Ich wusste nicht, was ich davon halten sollte – schließlich bat ich Hana nur dann um Hilfe, wenn ich in Not war. Dafür verlangte er, dass ich die Natur um mich herum respektierte und ehrte – wie alle anderen Crae.

Tigra war eine ganz andere Art von Seelentier. Sie hatte von Gil ein Blutopfer verlangt, um ihn anzuerkennen. Er hatte sich ihr gestellt, sein Leben im direkten Kontakt mit ihr riskiert – und damit den Mut bewiesen, den Tigra von ihm erwartet hatte. Dafür hatte sie ihn mit Schnelligkeit, Wendigkeit und Entschlossenheit gesegnet, die kaum ein anderer Crae für sich beanspruchen konnte.

Aber was war mit Ryu? Er ließ sich nicht von Deema beschwören und hatte sich keinem von uns jemals zuvor gezeigt. Stattdessen verlieh er ihm seine Kräfte, wann immer er in Not war.

Ich dachte an den unn'schen Soldaten zurück, von dem Deema selbst dann, als jegliches Leben aus ihm gewichen war, nicht hatte ablassen wollen. Er war nicht mehr in Gefahr gewesen. Und doch hatte Ryu ihm weiterhin das

Feuer verliehen. Weil Deema wütend gewesen war. Weil er sich von seinen Gefühlen hatte überwältigen lassen.

Was bedeutete das? Was verlangte er von Deema im Austausch für ihre Verbindung? Welchen Preis musste er dafür bezahlen?

War er überhaupt in der Lage, ihn zu bezahlen?

Es half nichts, sich den Kopf darüber zu zerbrechen. Außerdem gab es noch einige Dinge, um die ich mich kümmern musste.

Ich ließ mich in die Kissen fallen, hielt meine Augen jedoch weit geöffnet. Die Kerzen, die man im Zimmer verteilt hatte, spendeten spärliches Licht.

»Hana?«, flüsterte ich.

Ich blinzelte. Dann saß er direkt vor mir – in der Gestalt eines Affen mit besonders langen Armen und Beinen, die ich bisher nur selten gesehen hatte.

»Ich bin froh, dass du zurück bist«, sagte ich – in dem Wirbelsturm der Gedanken, der in mir tobte, war das eines der wenigen Dinge, die ich in Worte fassen konnte. »Ich werde dich von jetzt an nicht mehr enttäuschen. Versprochen.«

Aus dunklen Augen blickte mich Hana an.

»Ich ... Ich muss zum Fluss der Seelen«, sagte ich. »Ich muss mit ihnen sprechen. Ich muss wissen, ob es ihnen gut geht.«

Anstelle einer Antwort hob Hana seinen Arm.

Ich tat es ihm gleich. Langsam führten wir unsere Handflächen zueinander, bis sie sich berührten.

Plötzlich wurde ich einfach fortgerissen. Meine Seele wurde von einem unbändigen Sog erfasst, dem mein Körper nichts entgegensetzen konnte.

Viel schneller als mithilfe der Luft oder des Feuers gelangte ich zum Fluss der Seelen. Nein – ich wurde geradewegs in ihn hineingeschleudert. Nur mit Mühe gelang es mir, meinen Weg zur Oberfläche zu strampeln und die Kontrolle über meinen eigenen Geist zurückzubekommen. Die vielen Empfindungen, die über mich hereinbrachen, einzuordnen. Und diejenigen zu erkennen, mit denen ich durch den Fluss der Seelen verbunden war.

Ich spürte sie: Taboga, meine Mutter, meinen Vater, LuVaia und die anderen. Ich glaubte, sogar meinen Bruder zu fühlen, ganz schwach, wie eine schleierhafte Gestalt, die man aus dem Augenwinkel erkannte, die aber verschwunden war, sobald man versuchte, den Blick darauf zu richten. Und dann war da -

Gil.

Mein Herz machte einen Satz. Er war hier, schien mich jedoch nicht bemerkt zu haben. Ich streckte die Hand nach ihm aus, kam ihm aber nicht näher.

»Gil!«, rief ich. Mein Herz begann, schneller zu schlagen. Ich erinnerte mich daran, dem Fluss der Seelen vergeblich hinterhergejagt zu haben, als ich ihn über das Feuer hatte erreichen wollen. Ich befürchtete, dass es mir genauso mit Gil ergehen würde. Dass ich ihn verlieren würde, wenn ich jetzt nicht alles daransetzte, zu ihm zu gelangen. Also nahm ich all meine Kraft zusammen und lenkte meine ganze Energie auf meine andere Hälfte.

In dem Moment, als meine Seele seine berührte, wurde meine Welt erschüttert. Mein Geist wurde abermals aus der Bahn geworfen. Ohne mein Zutun landete ich an einem anderen Ort. Einem Ort, an den ich mich insgeheim seit Wochen zurückgesehnt hatte.

Es war Sommer. Der Sommer vor zwei Jahren. Wären die Unnen nicht zeitgleich über Tara'an hergefallen, hätte es sogar der schönste Sommer meines Lebens sein können.

Die Siedlung war voller Crae, voller Leben. Bis auf wenige Jäger hatten sie alle ihre Arbeit niedergelegt, um sich um die Feuerstelle herum zu versammeln – und das nur für Gil und mich.

Wir würden uns verbinden.

So lange hatte ich auf diesen Tag gewartet. Es war nicht einfach gewesen, die Ältesten davon zu überzeugen, dass eine Verbindung von uns das einzig Richtige war. Obwohl jeder wusste, dass wir einander liebten, hatten sie bis zuletzt Zweifel gehabt. Aber ich war Tabogas Enkelin, und aus diesem Grund hatte man darüber hinweggesehen – über diesen geradezu offensichtlichen Fehler, den wir in ihren Augen begingen.

Gil und ich knieten Taboga gegenüber in der Mitte des kleinen Platzes. Die restlichen Crae hatten sich in einem geschlossenen Kreis um uns herum aufgestellt. Sie wedelten mit brennenden Gräsern in der Luft. Der Duft wehte wellenartig in meine Nase. Sie alle trugen Symbole in unserer Sprache auf ihrer Haut – genau wie Gil und ich. Man hatte sie mit dem Blut des Rehs, das wir an diesem Abend essen würden, auf unsere Arme, unseren Hals und auch unser Gesicht gemalt. Sie würden unser gemeinsames Schicksal bestimmen.

Die übrigen Crae waren in einen Singsang verfallen, ruhig und gleichmäßig, wie die Ebbe, die leise flüsternd die nahende Flut verkündete.

Taboga führte unsere Verbindungszeremonie durch. Kaum, dass er das Wort erhob, mischte sich das rhythmische Spiel einer Flöte zum Klang der vielen Stimmen – ich glaubte, es war Deema, der das Instrument spielte.

»*Tigrasgil*«, sprach mein Großvater. »*Hanaskauna. Das Schicksal hat euch zusammengeführt. Und es wird euch auf eurem weiteren Lebensweg leiten.*« Weder seine Miene noch sein Tonfall ließ durchscheinen, dass er seine Worte nicht ernst meinte. Sie wurden bei jeder Verbindungszeremonie ausgesprochen – weil sie in den meisten Fällen stimmten. Andere Crae wussten bereits vom Kindesalter an, mit wem sie sich später verbinden würden, oder konnten die Auswahl zumindest früh eingrenzen – ihre Seelentiere verrieten es ihnen. Entweder sie passten zusammen oder sie verabscheuten einander.

Dass zwei Crae mit Seelentieren, die als natürliche Feinde galten, eine Verbindung eingehen wollten, hatte es in unserer Siedlung noch nie gegeben.

Ich konnte ihre Blicke auf uns spüren. Hörte die Dinge, die sie hinter vorgehaltener Hand über uns erzählten, in meinem Hinterkopf. Aber ich scherte mich nicht darum. Nicht an diesem Tag. Alles, was jetzt von Bedeutung war, war Gil.

In der Ferne entdeckte ich eine kleine dunkle Wolke – und stutzte. Ich konnte mich ganz genau an diesen Sommertag erinnern. Es hatte nichts gegeben, das den klaren blauen Himmel hätte trüben können.

»Bist du dir da sicher?«, fragte Gil neben mir.

Erschrocken riss ich den Kopf herum.

Meine andere Hälfte blickte Taboga an, redete aber mit mir. Ich war verwirrt. Das passte nicht – Gil hatte an dieser Stelle der Zeremonie kein Wort gesagt.

»Du weißt, dass das hier nicht echt ist, oder?«, fuhr er fort. »Es ist nichts weiter als ein Abbild unserer Erinnerungen. Eine Art und Weise, wie unsere Seelen die Begegnung am Fluss erträglicher gestalten. Eine Illusion.«

»Eine Illusion?« Ich richtete den Blick abermals nach oben – die Wolke war verschwunden; so, wie es sein sollte. »Eine Mischung aus deinen und meinen Erinnerungen?«

Noch immer sah Gil mich nicht an. »Was willst du von mir, Kauna?«

Ich konnte kaum glauben, dass ich es geschafft hatte. Er war hier, bei mir. Er war am Leben.

»Seid ihr Willens, eure Schicksale zu verweben?«, fragte Taboga unbeirrt. *»Den Weg, den der Fluss der Seelen euch vorschreibt, gemeinsam zu beschreiten? Einander zu achten und zu schützen, zu ehren und begehren, solange eure Bestimmung dies erfordert?«*

»*Ja*«, sagte Gil, und mein Herz machte einen Satz. Bedeutete das –

»*Ja*«, kam aus meinem Mund, ohne dass ich diesen hatte bewegen wollen.

Ich spürte einen Stich in meiner Magengegend. Allmählich verstand ich, was es mit dieser Illusion auf sich hatte. Gil und ich konnten an diesem Ort sprechen – aber nichts von dem verändern, was sich abspielte.

»Ich habe dich gesucht«, sagte ich.

»Und du hast mich gefunden«, erwiderte er trocken.

Ja, das hatte ich. Und erst jetzt wurde mir klar, dass ich das niemals für möglich gehalten hatte. Nicht nach allem, was während der letzten Tage geschehen war. Ich hatte meine Verbindung zu Hana und dem Fluss der Seelen verloren und hätte mehr als einmal beinahe mein Leben gelassen.

Und jetzt war ich hier, Seite an Seite mit meiner anderen Hälfte, und hatte keine Ahnung, was ich sagen sollte.

»Was ist passiert, Gil?«, fragte ich schließlich. »Was ist … passiert?« Ich wusste selbst nicht, worauf ich anspielte.

Was ist mit den Crae passiert?

Was ist mit dir passiert, dass du nach Unn aufgebrochen bist?

Dass du deinen Vater in unsere Siedlung gebracht hast?

Was hat dich dazu bewegt, auf deine andere Hälfte zu schießen?

»Vieles«, erwiderte er kurz. »Mehr, als du verstehen könntest.«

»Ich kann es versuchen«, beharrte ich. »Wo bist du? Wo sind die anderen?«

»Vor Alanya«, antwortete Gil. »Der Hauptstadt von Tara'Unn.«

Meine Kehle wurde trocken. Also hatte Enoba tatsächlich recht behalten.

»Enoba?« Gils Tonfall klang besorgt.

Ich erschrak. »Kannst du meine Gedanken lesen?«, fragte ich irritiert.

In Gils Miene regte sich nichts – weil er am Abend unserer Verbindung eine Maske der Ernsthaftigkeit getragen hatte. »Deine Kräfte sind vielleicht in der körperlichen Welt größer als meine«, erwiderte er. »Aber das hier ist der Fluss der Seelen, Kauna. Es gibt nichts, was du vor mir geheim halten könntest.«

Ich wollte aufstehen, ihn bei den Schultern packen – doch ich blieb, wo ich war, auf dem Boden kniend und darauf wartend, dass Taboga die restlichen Worte seines Segens für uns aussprach. »Dann musst du es verstehen«, sagte ich. »Du musst verstehen, warum ich getan habe, was ich getan habe.«

Gil schnaubte. »Warum du mich verraten hast? Dein Leben für einen Fremden aufs Spiel gesetzt hast? Einen Menschen, der die Crae für seine Zwecke nutzen wollte?«

»Hawking wollte doch genau dasselbe!«, widersprach ich. »Und er hat es durchgesetzt – mit Gewalt!«

»Wag es nicht, so über meinen Vater zu sprechen«, warnte Gil mich verärgert. »Du hast keine Ahnung.«

Plötzlich hob er einen Arm – und ich legte meine Hand in seine. Wieder brauchte ich einen Moment, um mich daran zu erinnern, dass auch das Teil der Illusion war. Doch die warme Empfindung seiner Haut auf meiner drohte mich einzulullen.

Die Zeremonie wurde damit geschlossen, dass ein Zeichen über unser beider Hände hinweggezeichnet wurde. Anschließend würden wir in unserer Position verharren, bis das Blut auf unserer Haut getrocknet war – erst dann würden wir von unserem Festmahl essen. Die Feierlichkeit um uns herum würde uns den ganzen Abend begleiten.

Ich spürte Gils raue Hand, seine Finger, die mir nur allzu oft über die Wange gestrichen hatten, die mich gehalten hatten, die mich geleitet hatten. Doch als ein Anflug von Freude in mir aufstieg, wusste ich nicht, ob nicht auch das nur meinen Erinnerungen entsprang.

Lu-Vaia, ihre langen braunen Haare kunstvoll verflochten, malte das Zeichen auf unsere Hände. Sie lächelte mich an, als freute sie sich für mich. Als wüsste sie nicht, dass sie nicht mehr war als ein Abbild von meinen und Gils Erinnerungen.

Das Symbol auf unserer Haut existierten nicht in unserer Sprache: Es war eine neue Kombination aus unterschiedlichen Zeichen: Hana, Kauna, Tigra, Gil und nicht zuletzt dem Wert, der unsere Verbindung leiten sollte: *Vertrauen*.

Der Schmerz, der in meiner Brust aufflammte, war echt.

»Du scheinst nicht überrascht zu sein«, sagte ich, »dass ich noch am Leben bin.«

»Bin ich nicht«, erwiderte Gil. »Jemanden wie dich bringt eine Pfeilspitze im Bein nicht um.« Er sprach darüber, als wäre es nicht er gewesen, der sie in mein Fleisch gejagt hatte. »Ich hatte keine andere Wahl«, erriet er meine Gedanken erneut.

»Doch«, beharrte ich. »Die hattest du, Gil. Genau wie alle anderen. Nur hast du dich anders entschieden als sie.«

Lu-Vaia erhob sich, und der Gesang um uns herum wurde lauter.

Gil und ich regten uns nicht. Beobachteten die Crae, die langsam zu tanzen begonnen hatten und damit sanft die weiteren Feierlichkeiten einläuteten.

Deema spielte noch immer auf seiner Flöte – ich hatte wirklich keine Ahnung gehabt, dass er an diesem Abend für die Musik gesorgt hatte. Dieser Teil musste von Gils Erinnerungen stammen.

»Ein Kampf ist ausgebrochen«, erzählte er plötzlich. »Nachdem du getroffen wurdest. Deine Mutter hat mich angegriffen.«

Mein Herz krampfte sich zusammen, doch dann erinnerte ich mich daran, mit Hana über meine Eltern gesprochen zu haben – wäre ihnen etwas zugestoßen, hätte er es mir gesagt.

Meine Mutter war noch nie begeistert von Gil gewesen. Das war nicht zuletzt der Grund dafür gewesen, weshalb meine Eltern und ich uns seit meiner Verbindungszeremonie voneinander entfernt hatten. Doch sie sorgten sich immer noch um mich – so wie ich mich um sie sorgte.

»Die Männer meines Vaters haben mich beschützt, die Crae zurückgedrängt. Es kam eins zum anderen. Nicht alle haben es überlebt.« Gil klang viel zu ruhig, um mir zu erzählen, dass ein Teil unseres Stamms gestorben war – nur, weil Hawking den Befehl dazu gegeben hatte.

»Es ist uns gelungen, die Crae dazu zu bewegen, ihre Waffen niederzulegen. Und sie mit in die Hauptstadt zu nehmen.«

Mir wurde heiß und kalt zugleich, als mir klar wurde, dass er nicht den Stamm meinte, wenn er von *wir* sprach.

Die Zeit schien in der Erinnerung schneller zu vergehen. Plötzlich standen wir auf beiden Beinen, die abgewetzten Knochen eines Rehs zu unseren Füßen. Niemand von uns konnte sich an das Essen erinnern.

Um uns herum wurde gesungen, getanzt und gelacht. Und bis zum Sonnenaufgang würde sich nichts daran ändern.

Unsere Feier dauerte bloß einen Abend und eine Nacht an. Als Lu-Vaia sich vermählt hatte, hatte man zehn Tage lang gefeiert. Das war nur einer der vielen Hinweise darauf, dass unsere Verbindung von Seiten des Stammes nicht gebilligt wurde. Aber auch das hatte mir nichts ausgemacht. Der Abend war perfekt für mich gewesen.

»Was wollt ihr in der Hauptstadt?«

»Liegt das nicht auf der Hand?«, gab Gil zurück. »Tara'Unn und den Crae den König bescheren, den es verdient hat.«

»Den Crae?«, wiederholte ich über die Musik hinweg. »Einen König?«

Gil ließ den Blick über die anderen schweifen. »Natürlich würde Hawking nicht der König der Crae sein«, verbesserte er sich. »Aber er würde der Herrscher sein, der uns das Leben schenkt, das unserer Art gebührt.«

»Was soll das heißen?«, fragte ich verständnislos. Nie zuvor hatte ich den Gedanken gehabt, unser Dasein wäre unserer *nicht würdig*. Unser Leben war nicht einfach gewesen – aber es war immer noch ein gutes Leben.

»Ich bin froh, dass das vorbei ist«, sagte Gil plötzlich – der Gil in meinen Erinnerungen.

»Warum?«, gab ich zurück und betrachtete das halbe Emblem auf meiner Hand. *»Ich finde, es war wunderschön.«*

Meine andere Hälfte zuckte die Achseln. *»Ich mag es einfach nicht, von allen angestarrt zu werden.«*

»Keine Sorge«, erwiderte ich lächelnd. *»Ab jetzt gibt es keinen Grund mehr, weshalb dich irgendjemand ansehen sollte.«*

Er drehte den Kopf, und sein warmer Blick traf auf meinen. *»Im Gegensatz zu dir«*, sagte er, und ich wusste genau, worauf er anspielte. Jetzt, wo wir verbunden waren, gab es nichts mehr, was uns davon abhalten würde, ein Kind zu bekommen.

Zumindest hatte ich das damals geglaubt.

»Seit Jahren werden die Crae unterdrückt«, sagte der Gil, dessen Worte nicht von seinen Lippen geformt wurden. »Vor vielen Jahrzehnten wurden wir gejagt – und dann in einen Teil des Landes verdrängt.«

»Einen Teil, in dem wir sicher waren!«, hielt ich dagegen.

»Die Siedlung war unser Gefängnis«, beharrte er. » Aber nur die wenigsten von uns haben das jemals erkannt.« Sein Tonfall passte kein bisschen zum liebevollen Ausdruck in seiner Miene. »Hawking wird uns mehr Rechte geben. Wir werden als gleichwertige Einwohner Tara'Unns anerkannt. Wir werden nicht mehr auf ausbleibende Ernten und sterbende Nutztiere angewiesen sein. Die Crae werden eine goldene Ära erfahren. Mein Vater wird dafür sorgen. Deshalb habe ich ihn um Hilfe gebeten.«

»Ich bin froh«, murmelte Gil. *»Froh darüber, dass wir es tun durften.«*

»Es hat lange genug gedauert«, stimmte ich zu, *»aber ich habe immer gewusst, dass wir sie eines Tages würden überreden können!«*

»Man sagt«, fuhr er fort, *»unser ganzes Leben sei vorherbestimmt. Dass wir nach unseren Gesetzen zu leben und unserem Schicksal zu folgen haben. Aber wenn wir uns verbinden …«* Seine Finger verschränkten sich mit meinen. *»… gibt es mir das Gefühl, die Kontrolle zu haben. Dass es zumindest einen Teil in meinem Leben gibt, über den ich selbst bestimme – und niemand sonst. Ein Gefühl von … Freiheit«*, seufzte er.

»Wer weiß«, witzelte ich, *»vielleicht war das ja auch vorherbestimmt. Vielleicht war es dein Schicksal, dass du genau diese Worte sagst.«*

»Um Hilfe gebeten?« Das war also der Grund, weshalb er nach Unn aufgebrochen war. Nicht, um seinen Vater zu suchen – sondern Unterstützung. Eine Lösung. Einen Ausweg aus der Not, die uns erfasst hatte.

Dass er dabei auf Hawking getroffen war, war anscheinend tatsächlich nicht mehr als reiner Zufall gewesen. Ein Zufall, der unser aller Leben verändert hatte.

»Wir waren zufrieden mit uns, so wie wir waren«, entgegnete ich. »Wir brauchen nichts von dem, was Hawking uns geben kann.«

»Wir brauchen Veränderung, Kauna«, sagte Gil. Der harte Unterton in seiner Stimme trat nun noch deutlicher hervor. »Wir müssen mit der Zeit gehen. Ansonsten werden wir aussterben.«

Der Abend verging rasend schnell. Offenbar war vieles davon in Vergessenheit geraten.

Irgendwann nahm Gil meine Hand, und wir verließen die Gruppe, die auch ohne uns feiern würde, bis die ersten Sonnenstrahlen den Himmel erhellten.

»Das werden wir nicht«, beharrte ich. »Es sei denn, es ist unsere Bestimmung.«

»Wie kann es die Bestimmung einer Frau sein«, fragte Gil bitter, »hingerichtet zu werden, weil sie den Mann geheiratet hat, den sie liebt?«

Ich erschrak. Auf einmal konnte ich ihn sehen – nicht nur die Hülle aus Erinnerungen, die Gil sich geschaffen hatte. Sondern *ihn*, seine Seele, das, was er wirklich war. Allen voran sein schmerzerfülltes Gesicht. »Darum geht es dir?«, fragte ich zaghaft. »Um Nireya?«

Ich spürte seinen Ärger, so plötzlich und machtvoll, dass ich darin unterzugehen drohte. »Ich habe viel zu lange geschwiegen, Kauna«, grollte er. »Meine Mutter hatte es nicht verdient zu sterben. Aber unter anderen Umständen hätte sich nie etwas an unseren Traditionen geändert. Ich musste etwas unternehmen. Ich musste die Crae aufrütteln. Musste sie aus ihrem öden Trott reißen. Musste sie an das erinnern, was wir sind: ein Volk aus Kriegern.«

Der Kontrast zwischen dem Mann, der er einst gewesen war, und dem, der der nun war, war so groß, dass mir der Atem stockte. Ich erkannte ihn kaum mehr wieder. »Wir sind keine Krieger!«, widersprach ich. »Sind es nie gewesen!«

»Aber wir *sollten* welche sein! Wir könnten das ganze Land erobern, wenn wir es nur wollten, aber stattdessen verbringen wir unsere Zeit damit, unsere eigenen Brüder und Schwestern zu töten!«

Mein Mund klappte zu. Innerhalb weniger Sekunden hatte Gil mir sämtlichen Wind aus den Segeln genommen. Er hatte mich an meinem schwachen Punkt getroffen – jetzt, wo die Hinrichtungen durch die Haiduken mir bewusst gemacht hatten, dass niemand das Recht dazu hatte, über das Leben und Sterben anderer zu entscheiden.

»Du stimmst mir also zu«, stellte Gil fest.

»Das bedeutet nicht, dass du das Richtige getan hast«, widersprach ich.

»Und was, glaubst du, ist *das Richtige*?«

Ich atmete tief durch. »Ich bin immer noch dabei, das herauszufinden.«

Es war das erste Mal, dass Gil in meinem Zelt schlief. Ich war nervös. Natürlich gab es nichts, was ihm daran nicht gefallen könnte – schließlich lebte ich in einem Zelt wie jeder andere auch.

»Wie geht es Lu-Vaia?«, fragte ich. Als die Unnen ins Lager eingefallen waren, war sie hochschwanger gewesen. Da Hana und ihr Seelentier, der Adler Nasra, einander verabscheuten, war es schwer für mich, eine Verbindung zu ihr herzustellen.

»Ich weiß es nicht«, erwiderte Gil gedehnt. »Ich habe sie seit einer Weile nicht gesehen.«

Ich stutzte. »Was soll das heißen?«, fragte ich.

Stille.

Ein ungutes Gefühl stieg in mir auf. »Bist du nicht bei den anderen?«

Wir hatten schon viele Nächte zusammen verbracht – bei Nachtwachen, geschützt von einem Bärenfell, das wir um unsere Schultern gelegt hatten. Vor dem Feuer sitzend, oder – etwas abseits von der Siedlung – auf dem freien Feld, den Blick auf die Sterne gerichtet.

»Ich wurde anderweitig untergebracht«, erklärte er ausweichend. »Zu meinem Schutz.«

»Zu deinem … *Schutz*?« Kaum, dass ich meine Frage gestellt war, wurde mir klar, worauf er hinauswollte. »Die Crae. Sie wollen dich bestrafen, nicht wahr?« Meine Stimme zitterte. »Weil du auf mich geschossen hast.«

»Sie wollen mich hinrichten«, sprach er es aus, »wie sie meine Mutter hingerichtet haben.«

In dieser Nacht lagen wir zuerst nur nebeneinander, starrten zur Spitze des Zelts hinauf und redeten. Worüber wir sprachen, konnte ich nicht hören – mein Blut rauschte in meinen Ohren. Panik stieg in mir auf. »Wir können mit ihnen sprechen«, beteuerte ich. »Wir können ihre Meinung ändern. Wenn ich es bin, die mit ihnen redet, *werden* sie sie ändern.«

»Bist du bei den Ta'ar?«, fragte Gil plötzlich. Ehe ich mich für eine Lüge oder die Wahrheit entscheiden konnte, fuhr er fort: »Das dachte ich mir.«

Ich schluckte. »Es sind gute Menschen«, sagte ich. »Gute Menschen, die in eine furchtbare Zeit hineingeboren worden sind.«

Er schnaubte. »Sind wir das nicht alle?«, sinnierte er.

»Gil, bitte«, stieß ich hervor. »Bitte hör auf dein Herz.«

»Was soll mir mein Herz sagen?«, gab er zurück, schien ebenso verständnislos wie Kenan, als ich ihn darauf angesprochen hatte.

»Dass du unseren Stamm beschützen musst. Dass du dafür sorgen musst, dass ihn kein Schaden trifft.«

»So wie du, als du sie zwiegespalten hast?«, rammte er mir einen Dolch in die Brust. »Hättest du dich nicht vor den Ta'ar gestellt, hätte niemand von ihnen sterben müssen.«

Ich wollte die Hände zu Fäusten ballen – doch die Kauna in meinen Erinnerungen hatte keinen Grund dazu gehabt. »Ich kann nichts von dem, was ich getan habe, ungeschehen machen.« Und das wollte ich auch nicht. »Genauso wenig wie du. Aber du hast die Zukunft in deiner Hand, Gil. Du hast eine Wahl. Und ich weiß, dass du dich richtig entscheiden wirst.«

»Ich bin ein Verräter, Kauna«, sagte er trocken. »Genau wie du. Egal, was ich mache – es wird meine Schuld niemals begleichen.«

»Ich …« Ich stockte. *Ich bin keine Verräterin.*

Ehe ich diese Worte aussprechen konnte, kam Gil in Bewegung. Er drehte sich zur Seite, stützte den Kopf auf seinen Arm und fuhr mit der Hand über meine Haare. »*Du gehörst zu mir, Kauna*«, murmelte er. »*Und ich weiß, dass du immer an meiner Seite sein wirst.*«

Mein Herz brach, als ein einziges Wort über meine Lippen kam: »*Versprochen.*«

Ich wusste, was als Nächstes kam: ein Kuss, der unsere Verbindung besiegeln würde. Gil beugte sich über mich – doch bevor sein Mund meinen berühren konnte, hielt er inne.

Ich erstarrte. Irgendetwas stimmte nicht.

»Aber wo bist du jetzt, Kauna?« Seine Worte ließen das Blut in meinen Adern gefrieren. Sie hallten so laut in meinem Kopf wider, dass ich nicht einordnen konnte, ob der Gil meiner Erinnerungen oder der der Gegenwart zu mir sprach.

»*Wo bist du jetzt!?*«, donnerte seine Stimme in den Tiefen meines Bewusstseins.

Das war der Moment, in dem die Flammen in mir ausbrachen.

Stärker noch als die Schmerzen, die seine Worte in meinem Herzen auslösten, war das Brennen in meiner Seite, das binnen weniger Augenblicke zu einem gewaltigen Inferno heranwuchs, mächtig genug, um mich aus meiner Trance zu werfen.

Als ich zu mir kam, krümmte ich mich auf dem Boden, die Hände auf die Stelle gepresst, an der Tigra vor wenigen Tagen ihre Krallen versenkt hatte. Auf eine Wunde, die mein Körper nie gehabt hatte, sich jetzt aber so anfühlte, als würde sie ihn in zwei Teile reißen.

»Kauna!«, hallten mehrere Stimmen am Rande meines Bewusstseins wider.

Zwei Hände umfassten meinen Körper und drehten mich auf den Rücken. »Was ist los?«

»Er ist es«, stieß ich kraftlos hervor und wusste nicht einmal, welche Sprache ich sprach. »Er ... ist es.«

»Kratzer.« Das musste Deema sein.

Behutsam ergriff jemand meine Arme und zog sie von der Kluft weg, die ich mit meinen Fingern zu schließen versuchte. Langsam wurde mein Oberteil hochgeschoben – mein neues, prächtiges Gewand, das inzwischen voller Blut sein musste.

»Kauna.« Ilays gefasste Stimme drang wie von weit her an meine Ohren. »Es ist nichts.« Kaum, dass er diese Worte aussprach, flammte der Schmerz stärker auf als je zuvor – als wollte er ihm beweisen, dass er sehr wohl existierte.

»Er ist ... überall.« Ich wollte nach Luft schnappen, aber der Schmerzensschrei, der in mir hochstieg, gestattete ihr keinen Einlass.

»*Sieh doch!* Es ist alles in Ordnung!«

Eine Hand wurde unter meinen Hinterkopf gelegt. Mein Blick zuckte von der hölzernen Decke über mir zu meinem teils entblößten Körper.

Ilay hatte recht. Mein Oberkörper wurde lediglich von den Wunden übersät, die ich mir selbst zugefügt hatte – und die waren zu Narben verheilt. Plötzlich waren die Schmerzen wie weggeblasen. Als hätte ich sie mir bloß eingebildet.

Oder mich an sie erinnert.

Ich schluckte. »Wie kann das …« Hektisch tastete ich mich ab, aber da war nichts. Es gab nur eine Erklärung für das, was gerade passiert war, und doch suchte ich verzweifelt nach einer anderen. Ich wollte sie nicht wahrhaben.

Erst nach und nach nahm ich den Rest meiner Umgebung wahr – das fahle Licht der Kerzen, die die anderen in aller Schnelle entzündet hatten. Die tanzenden Schatten, die sie auf die Gesichter von Ilay und Deema warfen, die vor mir kauerten. Doch ich konnte mich nicht lange darauf konzentrieren.

Ich hatte noch nie zuvor mit Gil am Fluss der Seelen gesprochen – lange Zeit über hatte ich das nicht nötig gehabt, weil er immer bei mir gewesen war. Und als er die Siedlung verlassen hatte, ohne ein Wort zu sagen, hatte er nicht zugelassen, dass ich ihn erreichte. Nichts hatte mich auf die Macht vorbereitet, die Gil im Reich der Seelen besaß.

»Was passiert?«, fragte Deema. »Schlecht Traum?«

Mein Blick heftete sich auf ihn. Für einen kleinen verräterischen Moment spielte ich mit dem Gedanken, ihm die Wahrheit zu erzählen.

Doch mit Deema war es wie mit den Haiduken: Manchmal war es das Beste, ihm einfach nur das zu sagen, was er hören wollte. »Ja, ich glaube schon.«

Wo bist du jetzt?, hallten Gils Worte in meinem Kopf wider und jagten mir Schauer über den Rücken.

Ich war nicht bei meinem Stamm. Nicht bei meiner Familie. Und nicht bei Gil, obwohl ich ihm genau das am

Tag unserer Verbindung versprochen hatte. Genauso wie ich geschworen hatte, ihn zu achten und zu schützen. Und doch hatte ich es nicht geschafft – ich hatte Gil nicht vor sich selbst beschützen können.

Wie sollte ich dann Deema dabei helfen, dem Schicksal zu entkommen, das Enoba ihm prophezeit hatte? War es mir vorherbestimmt zu versagen? Jedes Versprechen, das ich gab, zu brechen?

Nein. Falls das mein Schicksal war, so würde ich es nicht akzeptieren. Ich würde weder Deema noch die anderen im Stich lassen. Und Gil sollte genau wissen, *wo* ich war.

»Ich bin auf dem Weg«, murmelte ich.

»Mit wem redet sie?«, ertönte Amars Stimme, der im Türrahmen neben meinem Schlafplatz lehnte.

»Ich habe nicht die geringste Ahnung.«

»Hat sie … Fieber oder so?«

Ilay legte eine Hand auf meine Stirn. »Ich denke nicht«, stellte er nach einigen Sekunden fest.

Deema hatte die Augen zusammengekniffen. Er ahnte etwas.

»Vielleicht sollten wir Sara rufen«, schlug Malik vor, der sich ebenfalls im Hintergrund gehalten hatte.

»Nein!«, entgegnete ich schnell. »Es ist alles in Ordnung – wirklich.«

»Bist du dir sicher?«

Ich nickte. Dann fasste ich einen Entschluss. »Wir sollten zusammenbleiben«, sprach ich meinen Gedanken aus. Ich rappelte mich vom Boden auf, um in eine bequemere Sitzposition zu kommen. Alle Blicke lagen auf mir. »Ihr wollt nach Alanya, um den Thron zu besteigen. Wir wollen unseren Stamm befreien. Und ich denke, dass unsere Ziele untrennbar miteinander verbunden sind. Wenn wir die Crae nicht retten, wird Hawking sie benutzen, um die Macht an sich zu reißen. Aber ohne euch werden Deema und ich es niemals bis zur Hauptstadt schaffen.« Dieses Geständnis machte ich nicht nur den anderen, sondern auch mir selbst. So sehr ich mir auch wünschte, es wäre anders – es war eine Tatsache, dass Deema und ich innerhalb weniger Stunden von einem Schlamassel in den nächsten geraten waren: erst das Händler-Paar, dann die Soldaten und schließlich die Haiduken. Und dabei hatten wir es gerade einmal über die Grenze geschafft – bis zur Hauptstadt war es noch ein weiter Weg.

Und ohne Malik und die anderen hätten wir nie einen Unterschlupf gefunden. Die Haiduken hätten uns eingeholt und vielleicht sogar getötet – so wie Cairo es mir versprochen hatte.

»Du hast recht«, erhob Malik das Wort. »Wir brauchen einander.« In seiner Stimme lag ein Ton, der mich verunsicherte – sprach er von unseren beiden Gruppen, oder von mir und ihm? »Wir können uns gegenseitig schützen – jeder auf seine eigene Weise. Ich denke, wir haben die besten Chancen, wenn wir den Pfad, der vor uns liegt, gemeinsam beschreiten.«

»Wir müssen uns einen guten Plan überlegen«, gab Amar zu bedenken und trat näher an uns heran. »Nur weil wir jetzt wieder in Tara'an sind, bedeutet das nicht, dass wir sicher sind. Ilay – hol die Karte, die Arafa uns gegeben hat.«

Der Arzt richtete sich auf. »Sofort.« Er verschwand im Nebenzimmer.

»Wir haben damit angefangen, Tara'an in Gebiete zu unterteilen«, fuhr er fort.

»Gebiete?«, fragte ich.

Amar zuckte die Achseln. »Besetzte Gebiete, freie Gebiete«, zählte er auf. »Gebiete, in denen wir auf viel oder wenig Unterstützung hoffen können; Gebiete mit direkter Verbindung zum Königshaus. Solche Gebiete. Es wird nicht einfach werden«, fügte er hinzu, »aber wir müssen die bestmögliche Route nach Alanya wählen.« Als Ilay zurückkehrte, nahm er ihm eine zusammengerollte Karte aus der Hand. »Am besten eine, in der wir auf keine Unnen stoßen, ausreichend mit Proviant versorgt werden und auf der wir jemanden finden können, der uns Pferde gibt.«

»Du meinst … schenkt?« Ich wusste nicht, welchen Wert diese Tiere in Tara'an hatten – aber in der Siedlung wäre niemand jemals darauf gekommen, sie einfach an Fremde zu verschenken.

»Es ist kein Geschenk, wenn es für deinen König ist«, erwiderte Amar mit erhobenem Zeigefinger. »Nicht, wenn er es früher oder später zehnfach zurückzahlt.«

Ich runzelte die Stirn. Wie könnte sich ein Pferdewirt je darauf verlassen, dass er tatsächlich entlohnt wurde?

Die Antwort auf diese Frage lag klar auf der Hand: Er konnte es nicht. Genauso wenig wie Karim und Sara. Sie konnten nichts weiter tun, als darauf zu vertrauen, dass ihre Freundlichkeit sich bezahlt machen würde.

Vertrauen.

Mein Blick wanderte zu meinem Handrücken. Fast schon konnte ich das Symbol, das mit Rehblut auf unsere Hände gezeichnet worden war, auf meiner Haut aufflammen sehen.

Vertrauen war schwierig. Es war alles andere als selbstverständlich. Umso mehr bewunderte ich die Schneider dafür, dass sie es uns trotzdem bedingungslos entgegenbrachten. Nach allem, was während der letzten Tage geschehen war, hatte ich nicht erwartet, auf zwei Menschen mit einer solchen Güte zu treffen. Nicht hier, nur ein kurzes Stück von Gunes Kalesi entfernt.

»Aber«, fragte ich vorsichtig, »nicht jeder in Tara'an wird vor Malik auf den Boden fallen, oder?« Ich dachte an den verwirrenden Moment zurück, in dem Karim und seine Frau zu unseren Füßen gelegen hatten. Auf diese Weise könnten wir uns niemals unerkannt bis zur Hauptstadt durchschlagen.

Amar prustete los. »Warum schaust du so ängstlich?«

»Sie sind nicht auf den Boden gefallen«, reagierte Ilay sachlicher. »Sie haben sich verbeugt, um ihrem König Respekt zu zollen.«

Ich war nach wie vor irritiert. Ich glaubte nicht, dass eine einzige Bewegung genug war, um Achtung auszudrücken – dazu gehörte doch so viel mehr, als den Boden mit der Nasenspitze zu berühren! Respekt zeigte sich im Umgang miteinander. Er bildete sich über Tage, Wochen, Monate, ein Leben hinweg. Eine einzige Verbeugung hatte keinen Wert.

»Und ab sofort wird niemand mehr vor mir auf die Knie gehen«, erwiderte Malik. »Zumindest nicht, wenn er mich nicht erkennt. Ich werde mich im Verborgenen halten – außer, es wird unbedingt nötig, dass ich mich zeige.«

»Aus diesem Grund ist es wichtig, Tara'an zu kennen – so, wie es jetzt ist«, schloss Amar und rollte die Karte vor sich auf dem Boden aus. »Leider haben wir über viele Bereiche nur Gerüchte gehört. Die Route, die wir für unseren Weg zur Siedlung genommen haben, können wir unmöglich zurückgehen.«

»Warum nicht?«, fragte ich erstaunt. »Auf diesem Weg habt ihr es doch offensichtlich geschafft.«

»Das ist richtig«, erwiderte Amar. »Aber die Unnen waren uns nur zu oft auf den Fersen – und sie warten bestimmt darauf, dass wir dorthin zurückkehren, wo wir hergekommen sind. Wir können es uns nicht leisten, ihnen geradewegs ins Netz zu gehen.«

»Das Problem an der Sache ist«, fügte Ilay hinzu, »dass wir bei vielen Orten nur raten können. Als wir losgezogen sind, besaßen wir eine Karte, auf der die besetzten Zonen genau gekennzeichnet waren, aber …« Er stockte.

»Die trug Emre bei sich«, ergänzte Amar trocken.

Stille breitete sich aus. Seine letzten Sekunden spielten sich vor meinem inneren Auge ab. Mir wurde übel. »Es tut mir leid«, flüsterte ich. »Ich hätte ihn retten können. Hätte ich meine Kräfte nur ein bisschen früher wiederbekommen …«

»Nein.«

Erstaunt blickte ich Deema an. »Nein?«

»Nicht deine Schulter«, sagte er. »Du tust, was tust du. Alles gut.«

Ich ahnte, dass Deemas Ansprache um einiges länger ausgefallen wäre, hätte er in unserer Sprache gesprochen – doch ich rechnete es ihm hoch an, dass er Ta'ar benutzte. Sobald wir Simol verließen, wären wir darauf angewiesen, dass keiner von uns mehr auffiel als nötig.

»Deema hat recht«, fügte Malik hinzu. »Zumindest, wenn ich ihn richtig verstanden habe …« Der Sohn des Königs erntete einen bösen Blick. »Ihr habt unser Leben gerettet. Das wiegt mehr als jegliche Verluste.«

Ich konnte nicht umhin zu bemerken, dass Emres Tod ihn weit weniger betrübte als der von Yagmur. Mit dem Berater seines Vaters schien er nicht annähernd so viele Erlebnisse zu verbinden wie mit der Ta'ar.

»Lasst uns sehen.« Amar fuhr mit einem Finger über die Karte. »Simol befindet sich hier, im mittleren Westen und für meinen Geschmack viel zu nah an der Grenze.«

Während Amar sprach, beobachtete ich Deema. Ein abwesender Ausdruck war in seine Augen getreten. Die Wunde auf seiner Stirn war allmählich verheilt – aber sie war nicht der Grund, weshalb ich mir Sorgen um ihn machte.

Ich kannte nur wenige Crae, denen ihr Seelenstein genommen worden war. Selbst diejenigen, die das Gefecht, in dem er ihnen aus der Stirn geschnitten worden war, überlebt hatten, hatten nicht mehr lange unter uns geweilt. Sie hatten ihre Kräfte verloren, ihre Seelentiere, ihre Verbindung zum Fluss der Seelen und zur Natur.

Es hatte mich überrascht, dass Deema auch ohne seinen Seelenstein das Feuer hatte entfachen könnten – vielleicht hatte es daran gelegen, dass sein Craeon sich nach wie vor in seiner unmittelbaren Nähe befunden hatte. Doch spätestens jetzt war das vorbei. Und ich hatte Angst. Angst davor, nun dabei zusehen zu müssen, wie Deema Tag für Tag ein kleines bisschen mehr von sich selbst verlor. Wie er mit jeder Sekunde starb.

Und es gab nichts, was ich dagegen tun konnte. Sein Seelenstein befand sich irgendwo in Gunes Kalesi. Wir hatten keine Möglichkeit, dorthin zurückzukehren, ohne unser Leben zu riskieren.

Aber ist es nicht besser, im Gefecht für seine Seele zu sterben, als darauf zu warten, dass die Vergänglichkeit die Oberhand über deinen Körper und Geist erlangt?

Ich konnte diese Frage nicht beantworten. Um mich abzulenken, warf ich einen Blick auf die Karte. Ich konnte kaum etwas entziffern – bis auf eine verräterische Linie, die sich quer durchs Land schlängelte. »Die Eisenbahn«, stellte ich fest. »Wir könnten mit ihr reisen.« Auch wenn es beim letzten Mal nicht geklappt hatte – jetzt, wo ich Hana und meine Kräfte wiederhatte, fühlte ich mich in der Lage, uns an Bord zu bringen.

»Unmöglich«, schmetterte Amar meinen Vorschlag ab. »Die Fracht wird von den Unnen kontrolliert. Inzwischen werden nur noch Vorräte und Waffen an sie geliefert. Selbst wenn wir es unbemerkt in einen Wagon schaffen sollten, wären wir spätestens dann tot, wenn wir am Ziel ankommen.«

Ich ließ die Schultern hängen. Womöglich hatten Deema und ich vor ein paar Tagen sogar großes Glück gehabt.

»Wenn wir davon ausgehen«, fuhr Amar fort, »dass wir möglichst wenig Zeit auf dem Land verbringen wollen, müssen wir uns für einen dieser Orte entscheiden …« Er hatte um einige Dörfer und Regionen Kreise gezogen. Manche von ihnen waren mehrfach durchgestrichen. Ich riet, dass es sich dabei um die besetzten Gebiete handelte, denn Amars Finger wanderte ausschließlich über die Städte, deren Umkreisung leer war. »Ich denke, es wäre am besten -«

Plötzlich fiel mein Blick auf einen der Orte, die sich in unserer nächsten Nähe befanden. »Istar«, unterbrach ich ihn.

Amar blinzelte. »Wie bitte?«

»Istar«, wiederholte ich und legte meinen Zeigefinger auf die Stadt. Eine tiefe Unruhe erfüllte mich. Fast schon konnte ich das Leben in der Großstadt unter meiner Fingerkuppe pulsieren spüren. »Wir müssen dorthin.«

»Ähm«, zögerte Amar. »Istar wird seit Tag eins von den Unnen besetzt.« Er schob meine Hand zur Seite, um mir die Markierung zu zeigen: mehrfach durchgestrichen. »Das ist der letzte Ort, an dem wir in nächster Zeit sein wollen.«

Ich wagte es nicht einmal zu blinzeln. »Das müssen wir aber. Ich muss«, korrigierte ich mich. »Ich … habe Freunde dort.« Aila. »Ich muss wissen, wie es ihnen geht.«

»Entschuldige«, erwiderte Amar fest, »aber wir können es uns nicht leisten. So leid es mir auch tut – wir können nicht wegen irgendwelcher Freunde in eine Besatzungszone marschieren. Es wäre besser, wenn wir –«

»Es ist entschieden. Wir gehen nach Istar.«

»Was?« Entgeistert starrte Amar Malik an. Auch Ilay wirkte überrascht darüber, dass sich der Sohn des Königs auf meine Seite schlug.

»Ich glaube, Kauna weiß sehr gut, was sie tut. Wenn sie davon überzeugt ist, dass wir nach Istar gehen sollten, dann werden wir das tun.« Er nickte langsam. »Ich vertraue ihr.«

Da war es wieder. Das Vertrauen.

Für einen Moment sah Amar so aus, als wollte er widersprechen – ehe er seinen Einwand sichtbar herunterschluckte. »Dann eben Istar«, brummte er und rollte die Karte zusammen. »Ich hoffe«, sagte er mit bitterer

Stimme und richtete sich auf, »dass uns diese Entscheidung nicht einen weiteren Kopf kosten wird.« Mein Magen wurde zu einem einzigen großen Knoten, als Amar an Malik vorbei in das Herrenzimmer stapfte.

»Keine Sorge«, erhob Ilay das Wort. »Bis morgen hat er sich beruhigt. Etwas Schlaf wird ihm guttun. Uns allen.« Er winkte Deema zu sich, und die beiden folgten Amar nach nebenan.

Malik harrte an Ort und Stelle aus, als wüsste er nicht, ob er noch etwas sagen sollte oder nicht.

Also tat ich es. »Es ist sehr mutig von euch, euer Ziel nicht aus den Augen zu verlieren.«

»Nun«, erwiderte Malik. »Es ist nicht so, als hätten wir eine andere Wahl, oder?«

»Doch«, widersprach ich. »Die habt ihr. Ihr habt sie immer gehabt.«

Malik zögerte, dann machte er einen Schritt auf mich zu und ließ sich neben mir auf dem Boden nieder. »Das ist schwer zu sagen«, gab er zu bedenken. »Einerseits wurde ich in das Königshaus hineingeboren. Andererseits war ich nie dazu bestimmt, König zu werden. Vielleicht hatte ich vor zwei Jahren noch eine Wahl, aber jetzt, nach all der Zeit, ist mein Entschluss nicht mehr umkehrbar.«

Ich wusste, was er meinte. In der Siedlung, als Gil einen Pfeil auf mich gerichtet hatte, war es mir genauso ergangen.

Für eine Sekunde überlegte ich, ob es angemessen war, ihm diese Frage zu stellen. Doch dann wurde mir klar, dass es nach allem, was wir bereits zusammen erlebt hatten, keine Grenzen mehr zwischen uns geben sollte. »Wie war dein Bruder?«

Malik blinzelte erstaunt. »Wie bitte?«

»Can. Wie war er … als Mensch?« Zu meiner Zeit in Istar hatte ich viel vom König und seinem Sohn gehört – aber mein Eindruck von ihm war nichts im Vergleich zu dem Menschen, den Malik gekannt hatte.

»Er war …« Er stockte. Sein Blick wich der Leere. Sah er gerade seinen Bruder vor sich? »Tapfer. Aufopferungsvoll. Voller Entschlossenheit. Er war …« Langsam schüttelte er den Kopf. »Er war besser als alles, was ich je sein werde.«

Ich runzelte die Stirn. »Warum sagst du so etwas?« Es gelang mir, seine Aufmerksamkeit wieder auf mich zu ziehen. »Du weißt doch nicht, wie du einmal sein wirst. Oder was er hätte sein können. Du solltest dich nicht mit ihm vergleichen.«

»Das fällt mir ausgesprochen schwer«, entgegnete er. »Schließlich war er der geborene König von uns beiden.«

Ich überlegte kurz. »Das macht nichts. Immerhin wurden nicht alle Könige als solche geboren. Manche von ihnen mussten sich ihr Reich erst verdienen. Genau wie du.«

»Das mag sein, aber …« Er schluckte. »Selbst jetzt, nach zwei Jahren, habe ich immer noch nicht das Gefühl, diese Chance verdient zu haben. Immerhin hätte sie erst Cans Kindern gebührt – hätte er denn schon welche gehabt. Wenn ich so darüber nachdenke, bin ich jedoch froh darüber, dass er kinderlos geblieben ist. Ich will mir nicht ausmalen, was die Unnen ihnen angetan hätten.«

»Du hast auch keine Kinder, oder?«, wagte ich zu fragen.

Er schüttelte den Kopf. »Genauso wenig wie du.«

Ich seufzte. »Ich schätze, manche Dinge brauchen ihre Zeit.« Ich fragte mich, ob dasselbe Loch in Maliks Herzen prangte wie in meinem.

Als ich den Kopf drehte, hatte er die Stirn in Falten gelegt. Ich wollte mir nicht vorstellen, welche Sorgen um Platz in seinem Bewusstsein rangen – jeden Tag aufs Neue.

Ich legte ihm eine Hand auf die Schulter. »Kopf hoch. Vielleicht bist du deiner Rolle wirklich noch nicht gewachsen. Kein König musste bisher so große Hürden überwinden, um zu seinem Thron zu gelangen. Aber genau das ist die Aufgabe, die das Schicksal dir stellt. Und sobald du sie erfüllt hast, wirst du bereit sein, deine Bestimmung anzutreten. Das weiß ich.«

Malik rang sich ein leichtes Lächeln ab. »Dann hoffen wir, dass wir so weit kommen werden.« Er erhob sich. »Gute Nacht, Kauna.«

Ich nutzte die Gelegenheit, um zumindest eines der vielen Dinge auszusprechen, die ich ihm sagen wollte: »Ich werde dich nicht enttäuschen.«

Wir wechselten einen langen Blick miteinander. »Daran habe ich nie gezweifelt.«

Nachdem er die Tür geschlossen hatte, blies ich die Kerzenlichter aus und lehnte mich in meine Kissen zurück. Doch mein Geist war genauso unruhig wie mein Herz.

Erst als Hana in meinen Armen auftauchte, wurde es besser. Ich drückte seinen kleinen Körper an mich und ließ mich von seiner Wärme in den Schlaf geleiten.

Dass er wieder fort war, fiel mir erst viel später auf, als das leise Quietschen einer sich öffnenden Bodenklappe mich aus meinen Träumen riss.

Das Geräusch schwerer Stiefel auf der hölzernen Leiter ertönte, und ich wusste sofort, dass sie nicht zu Sara gehörten.

2. Kapitel – Vertrauen

Ich öffnete die Augen, verhielt mich aber still. Auch wenn sich Hana mir nicht zeigte, verlieh er mir seine Kräfte. Aus diesem Grund konnte ich die Silhouette des Eindringlings deutlich erkennen, als dieser langsam die Lettern der Leiter hinabstieg. Obwohl er sich sichtlich Mühe gab, keine Geräusche zu machen, knarzte der Holzboden unter seinen Stiefeln.

Unten angekommen, verharrte er für einen Moment an Ort und Stelle, als würde er lauschen.

Sofort hielt ich die Luft an, doch mein Herz schlug so laut in meiner Brust, dass ich befürchtete, der Mann könnte es hören.

Langsam drehte er sich um, und sein Hinterkopf wich seinem Gesicht.

Mein ganzer Körper spannte sich an. Die Furcht, die in mir aufzukeimen gedroht hatte, wurde jäh erstickt. Ich fuhr hoch. »Was tust du hier, Kenan?«, raunte ich.

Der Haiduk zuckte zusammen – er schien nicht erwartet zu haben, dass sich jemand in diesem Raum befand.

Für eine Sekunde blieb es still. »Woher weißt du, dass ich es bin?« Er hatte den Kopf in meine Richtung gedreht, doch sein Blick starrte ins Leere – es gab nichts, an dem er in der Finsternis hätte haften bleiben können.

»Ich sehe dich«, sagte ich und kam auf die Füße.

»Das ist seltsam«, erwiderte er. »Weil ich nicht mal die eigene Hand vor Augen erkenne.«

»Du hast meine Frage nicht beantwortet.«

»Schade.« Er schnaubte. »Ich dachte, du würdest dich wenigstens ein kleines bisschen über meinen Besuch freuen.«

»Sollte ich das?«, fragte ich trocken. »Sag du es mir.«

Er zuckte die Achseln. »Das wirst du selbst entscheiden müssen. Aber vielleicht kann ich es dir etwas leichter machen. Zu deiner Frage – ich bin wegen dir hier.«

»Karim«, fragte ich. »Und Sara. Hast du sie getötet?«

»Sie getötet?«, wiederholte er amüsiert. »Warum hätte ich das tun sollen?«

»Sie haben uns hier versteckt – vor euch!«, zischte ich. »Sie hätten keinen Grund gehabt, dich -«

»Hereinzulassen?«, unterbrach er mich lässig. »Doch. Genau das haben sie getan.«

»Du hast sie bedroht«, schloss ich.

»Nein«, entgegnete er gedehnt. »Das war nicht nötig.«

»Sie sind treue Untertanen des Königs«, beharrte ich. »Sie würden ihn niemals verraten.«

»Kauna«, erwiderte Kenan – sein Akzent verfälschte seine Aussprache umso mehr. »Die einzigen Menschen, denen sie *wirklich* ergeben sind, sind diejenigen, die sie bezahlen. Und das sind die Haiduken.«

Mein Herz setzte einen Schlag aus. »Was?«, stieß ich hervor. Doch plötzlich fiel es mir wie Schuppen den Augen.

Die Arafas gehörten zu den wenigen – wenn nicht gar einzigen – Einwohnern Simols, die nicht vor den Haiduken die Flucht ergriffen hatten. Und das, obwohl das Nähen von Kleidungsstücken einen nicht ernähren konnte – zumindest nicht, wenn niemand sie kaufte.

Doch die Schneider hatten Kunden. Kunden, vor denen der Rest des Dorfs geflüchtet war.

»Sie dienen euch?« Mein Blick wanderte nach oben zur Decke. Irgendwo dort mussten sie sein. Vielleicht tranken sie einen Kaffee. Redeten miteinander. Hatten sich an die Arbeit gemacht. Voller Ruhe, Gemächlichkeit. Weil es nichts Neues war, dass ein Haiduk an ihre Tür klopfte.

Die Hand, die einen fütterte, biss man nicht. Auch wenn sie gesagt hatten, sie würden uns verstecken – die Haiduken stellten jegliche Treue dem König gegenüber in den Schatten.

Respekt war nun einmal mehr als eine einfache Verbeugung.

»Natürlich«, erwiderte er ruhig. »Je weniger Zeit unsere Frauen mit Nähen verbringen müssen, umso mehr können sie das tun, was wichtig ist – für unser Land kämpfen.«

»Ist das der Grund, weshalb du hier bist?«, fragte ich. »Um für dein Land zu kämpfen? Indem du Malik tötest?«

Ich sah, wie er abwehrend die Hände hob. Sein Blick zuckte hin und her, als versuchte er noch immer, mich in der Dunkelheit zu erkennen. »Wer hat hier irgendwas vom Königssohn gesagt?«

»Was willst du dann?«, fragte ich barsch.

»Wie wäre es«, schlug er vor, »wenn wir uns um etwas Licht bemühen würden, damit ich dich auch sehen kann? Würde das die Stimmung vielleicht heben?«

Ich ballte die Hände zu Fäusten. »Damit du mich erneut in Ketten legen kannst?«

Kenan stieß einen tiefen Seufzer aus. »Nein. Deshalb bin ich nicht hier. Im Gegenteil – ich bringe Geschenke.«

Ich runzelte die Stirn. »*Geschenke?*«

»Licht«, erinnerte er mich.

Ich zögerte. Ich wusste, dass ich einen meiner wichtigsten Vorteile im Kampf gegen ihn verlieren würde, wenn ich seiner Aufforderung nachkam. Andererseits hatte er durch meine Stimme längst ausgemacht, wo in etwa ich mich befand. Falls er einen Revolver oder seinen Säbel bei sich trug, wäre es kein Problem für ihn, mich trotz der Finsternis zu töten.

Aber das hatte er nicht getan.

»Rühr dich nicht von der Stelle«, warnte ich ihn. Ohne mich abzuwenden, griff ich nach dem Feuerzeug, das ich neben mein Lager gelegt hatte. Ich entzündete eine der Kerzen und ließ sie auf ihrem Halter über den Boden schlittern, der auf halber Strecke zwischen Kenan und mir zum Stehen kam.

Abschätzig blickte der Haiduk auf die geradezu mickrige Flamme, die die Kammer erhellte. »Besser als nichts, schätze ich«, sagte er und ergriff einen Riemen, der über seine Schulter verlief.

Als er ihn abstreifte, erkannte ich, dass er zu einem Köcher gehörte – meinem Köcher!

Doch das war noch nicht alles. Als Nächstes nahm er zwei Bogen ab, die er quer über seinem Körper getragen hatte. Er legte sie vor sich auf dem Boden ab. »Ich dachte, du wolltest das hier vielleicht zurückhaben.«

»Woher hast du das?« Ich hatte meinen Bogen selbst geschnitzt. Auch wenn er stets nicht mehr als ein Mittel zur Jagd gewesen war, schlug mein Herz höher, als ich jede einzelne Holzfaser an ihm wiedererkannte. Ohne ihn wäre ich nur noch eine halbe Crae.

»Aus Gunes Kalesi.« Er zuckte die Achseln. »Unsere Schätze werden gut bewacht. Das hingegen ... lag einfach in einer Ecke. War kein großer Aufwand, es mitgehen zu lassen. Nichts zu danken«, fügte er hinzu.

Ich starrte ihn an, versuchte sein Verhalten zu entschlüsseln. Erst hatte er mein Vertrauen gewonnen. Mich dann im Stich gelassen, als ich zum Schafott geführt wurde. Dann hatte er mich gerettet. Und jetzt stand er vor mir, als wäre das die natürlichste Sache der Welt.

»Deshalb bist du hier?«, fragte ich irritiert. »Um mir meine eigenen Pfeile zu *schenken*?«

»Nein«, erwiderte Kenan. »Sieh das als glücklichen Zufall. Ich bin gekommen, um euch zu warnen.«

Mein Mund wurde trocken. »Warnen wovor?«

»Liegt das nicht auf der Hand?« Der Kerzenschein reichte kaum bis zu seinem Gesicht. Seine Augen lagen in tiefen Schatten. »Wenn ich euch so einfach finden konnte – wie lange werden die anderen brauchen? Ich habe keine zwei Stunden Vorsprung zu ihnen. Wenn ihr hierbleibt, läuft eure Zeit schneller aus, als ihr *Amal* sagen könnt.«

Ich hob eine Braue. »Und du willst unser Retter in der Not sein? *Du?*«

Kenan öffnete den Mund und schloss ihn wieder. Obwohl sich sein Kampf in seinem Inneren abspielte, konnte ich ihn in seiner Mimik erkennen. »Kauna«, sagte er schließlich und klang, als hätte er das Gefecht verloren – worum auch immer dieses sich gedreht hatte. »Du hattest recht mit dem, was du vor der Hinrichtung gesagt hast. Vielleicht war ich wirklich geblendet. Aber du hast –«

Die Tür neben mir wurde aufgestoßen. Jemand atmete scharf ein. »Haiduk!«, schrie Amar dann aus vollem Halse.

Mein Herz machte einen Satz. »Nein!«, rief ich, wohl wissend, dass er ihn angreifen würde.

Aber Amar kam nicht weit, ehe er erstarrte. Nicht mehr als eine Armlänge trennte ihn von Kenan – eine Armlänge und ein Revolver, dessen Lauf der Haiduk an seine Stirn gepresst hielt.

Es klickte. »Noch eine Bewegung«, sagte Kenan kühl, »und ich blase ein Loch in deinen Schädel. Und wenn ich Glück habe, auch in den deiner Freunde.« Sein Blick zuckte nur für eine Sekunde zu Deema und Ilay, die den Raum hinter Amar betreten hatten.

»Was tust du da, Kenan?«, fuhr ich ihn an.

Der Haiduk wirkte überrascht. »Warum fragst du *mich* das? Er wollte mich angreifen. Alles, was ich mache, ist, mich zu verteidigen.«

Ich presste die Zähne aufeinander. »Du hältst eine Waffe auf ihn gerichtet. Waffen wie diese sind nicht zur Verteidigung. Sie sind zum Töten da.«

Ein harter Zug bildete sich um Kenans Kiefer. Er schwieg, rührte sich nicht.

»Wenn du ihm etwas antust«, knurrte Ilay, »reißen wir dich in Stücke.«

»Sehr einschüchternd, Glatzkopf«, gab der Haiduk zurück.

Verzweifelt riss ich den Kopf herum. »Bitte!«, bat ich die Ta'ar. »Es ist nicht so, wie ihr denkt! Er hat mich in Gunes Kalesi gerettet! Uns zur Flucht verholfen!«

»Was?«, knurrte Amar. »Weißt du überhaupt, was du da sagst?«

Mein Blick zuckte zum Haiduken, der sich nicht geregt hatte. »Kenan.« Ich machte einen Schritt auf ihn zu.

Sein Griff um den Revolver versteifte sich. Sein Zeigefinger harrte nur einen Spaltbreit über dem Abzug aus.

Also half bloß reden. Ich musste meine Worte mindestens so treffend wählen wie Yagmur. »Hör auf. Du wusstest von Anfang an, wer sie sind. Hättest du sie wirklich tot sehen wollen, hättest du sie am ersten Tag an die Haiduken verraten.«

»W-Was?«, stieß Amar hervor, und ich konnte hören, dass die Unsicherheit die Oberhand über ihn zu ergreifen drohte.

»Er weiß es?«, sprach Ilay seine Gedanken aus.

Kenan atmete tief durch. Dann senkte er den Arm. Wieder klickte es. »Sie hat recht.«

»Er hat Malik erkannt«, erklärte ich.

»Na ja«, wandte er ein. »Ich war mir bis zum Schluss nicht sicher.« Er beobachtete Amar, der sich rückwärts von ihm entfernte – zum Glück nutzte er die Situation nicht aus, um einen neuen Angriff zu wagen. Ich wusste, dass Kenan, sobald jemand einen falschen Muskel bewegte, seine Waffe genauso schnell wieder zücken konnte wie gerade eben.

»Du hättest ihn trotzdem verraten können«, erwiderte ich und überbrückte den restlichen Abstand zwischen uns. »Genau wie Deema und mich.« Da er immer noch die Männer fixierte, kam ich neben ihm zum Stehen und legte meine Hand auf seinen Unterarm – notfalls, um ihn daran zu hindern, den Revolver abermals anzuheben. »Aber du hast es nicht getan.«

Kenan richtete seinen holzbraunen Blick auf mich. »Ich schätze, der Mensch, dem ich einst gedient habe, ist mir immer noch nicht völlig egal.«

»Malik, nicht!«, hörte ich Ilay zischen.

Doch der Sohn des Königs schob sich an ihm vorbei, sodass er Auge in Auge mit Kenan stand.

»Das heißt nicht, dass ich vor dir knien werde«, fügte dieser hinzu. »Also warte nicht drauf.«

»Alles, worauf ich warte, ist eine Erklärung, weshalb du hier bist«, erwiderte Malik und kniff die Augen zusammen. »Und vor allem, warum du *allein* bist.«

»Um meine Schäfchen ins Trockene zu bringen«, entgegnete Kenan achselzuckend. »Ehe sie von meinen Brüdern und Schwestern abgeschlachtet werden.«

»Das ist eine Falle«, stellte Amar fest. »Sie müssen das Haus längst umzingelt haben. Es gibt keinen Grund, weshalb die Arafas -«

Kenan verdrehte die Augen. »Nicht dasselbe Gespräch noch mal!«

»Die Haiduken bezahlen sie«, sagte ich kurz. »Karim und Sara hätten uns vielleicht vor den Unnen versteckt – aber nicht vor den Radikalen.«

»*Radikale?*«, wiederholte Kenan verdutzt. »Also bitte -«

»Wir sind hier demnach nicht sicher«, schloss Malik. »Er ist der lebende Beweis dafür.«

»Endlich kommt jemand dahinter.« Der Haiduk warf mir einen scharfen Seitenblick zu.

Ich schürzte die Lippen. »Entschuldige, dass es mir schwerfällt, jemandem wie dir zu vertrauen.« Als ich diese Worte aussprach, fühlte ich mich erhaben und furchtbar zugleich.

Etwas in Kenans Miene veränderte sich.

»Wir sollten aufbrechen«, entschied Malik, bevor mir klar werden konnte, inwiefern. »Und zwar sofort.«

»Du glaubst dem Kerl?«, fragte Amar aufgebracht. »Das stinkt doch nach einem Hinterhalt!«

»Ich wüsste nicht, weshalb sie uns eine Falle stellen sollten«, beharrte Malik. »Auch wenn ich nicht annähernd alles verstehe, was sie tun: Eine Gruppe, die ihre Angriffe mit Pauken und Trompeten ankündigt, hat keinen Grund, sich an seine Opfer anzuschleichen, die ohnehin in einem Keller festsitzen.«

Amars Mund klappte zu.

»Interessant«, kommentierte Kenan. »Unser Königssohn hat offenbar doch mehr Grips, als ich dachte.«

»Noch ein Wort«, drohte Amar ihm, während Ilay in aller Ruhe eine weitere Kerze anzündete, »und ich erwürge dich mit bloßen Händen!«

Kenan grinste herablassend. »Komm und versuch's.«

»Aufhören!«, ging ich dazwischen. »Wir haben wichtigere Probleme!«

»Richtig.« Kenan deutete mit dem Zeigefinger nach oben. »Karim und Sara werden euch mit dem Nötigsten versorgen. Ihr müsst aber zu Fuß abhauen. Deshalb solltet ihr euch beeilen und so schnell wie möglich die Wege verlassen. Am besten zieht ihr nach Süden oder probiert, über die Grenze zurück nach Unn zu gelangen ...«

»Wir gehen nach Istar«, erwiderte ich.

Kenan verstummte. »Istar?«, fragte er verdattert. »Seid ihr verrückt?«

»Ich denke nicht, dass du der Richtige bist, um das zu beurteilen«, sagte ich kühl. »Geht hinauf«, wies ich die Ta'ar an. »Ich werde dafür sorgen, dass er keine Dummheiten macht.«

Kenan grinste belustigt. »Meinst du mich?«

Anstelle einer Antwort packte ich seinen Arm fester und zog ihn zur Seite, um Platz vor der Leiter zu schaffen.

»Bist du dir sicher?«, fragte Amar. Als ich nickte, stieg er die Stufen der Leiter als Erstes nach oben, gefolgt von Malik und Ilay.

»Du«, hielt Kenan Deema zurück, als dieser gerade die beiden Bogen aufhob. »Hast du nicht was vergessen?«

Verwirrt wandte sich der Crae ihm zu. »Was?«

Seine freie Hand wanderte zu seinem Hosenbund.

Sofort stellte ich mich vor ihn und packte seinen zweiten Arm.

»Nur die Ruhe, Prinzessin«, sagte er. Jetzt, wo ich beide seiner Handgelenke umfasst hatte, waren unsere Gesichter einander plötzlich viel näher, als mir lieb war. »Keine Waffe.« Er löste sich sanft aus meinem Griff – und ließ seine Finger in einen Beutel gleiten, den er an seiner Hüfte trug. Er zog einen kleinen hautfarbenen Stein daraus hervor …

Meine Augen weiteten sich. »Dein Craeon!«

»Mein Craeon!«, wiederholte Deema verblüfft.

»*Dafür*«, erklärte Kenan, »musste ich in die Schatzkammer einbrechen.« Er drehte den kleinen Gegenstand in seiner Hand. »Ich wollte den Stein erst verkaufen, aber dann ist mir aufgefallen, dass er vermutlich aus deiner Stirn stammt, was ihn ... irgendwie ekelhaft macht. Aber auch zu wertvoll, um ihn gegen Geld zu tauschen. Hier.« In einer lockeren Bewegung warf Kenan den Stein in die Luft.

Deema fing ihn mit einer Leichtigkeit, als wäre sein Craeon so groß wie seine Hand und nicht etwa wie sein Fingernagel. »Danke.«

Kenan lächelte. »Wie ich sehe, haben nicht alle Crae ihre Manieren verloren.« Er musterte mich mit erhobener Braue.

Ich wandte den Blick ab. »Geh nach oben, Deema.«

»Unter Weg.« Gehorsam stieg er die Stufen hinauf. Ich ließ von dem Haiduken ab und machte einen Schritt zurück, um Abstand zwischen uns zu bringen.

Dann tat Kenan genau das, was ich befürchtet hatte. Er wandte sich mir zu. »Kauna. Was ich dir vorhin sagen wollte ...«

»Nein«, unterbrach ich ihn mit fester Stimme.

Kenan stockte. »Nein?«

»Du hast es selbst gesagt. Wir haben keine Zeit mehr. Also geh.« Noch immer sah ich ihn nicht an – ich konnte nicht. Ich wusste nicht, was sein Anblick in mir auslösen würde.

»Ich verstehe«, sagte er zu meiner Überraschung. »Dann nur eines.« Behutsam legte er mir eine Hand auf die Schulter. »Danke.«

Das Wort fühlte sich wie ein Pfeil in meiner Brust an. »Danke?« Entgeistert schaute ich ihn an. »Das ist es? *Danke*?«

Kenan sah verwirrt drein. »Was gefällt dir nicht an *Danke*?«

Langsam schüttelte ich den Kopf. »Es ist das falsche Wort. Das richtige wäre *Entschuldigung*!« Ich konnte nicht verhindern, dass meine Stimme lauter wurde. *»Entschuldigung, dass ich dich verraten habe! Dass ich dich zum Sterben zurückgelassen habe.«* Tränen der Wut stiegen in meine Augen, doch ich gewährte ihnen keinen Auslass. *»Dass ich so getan habe, als könntest du mir vertrauen! Dass ich –«*

»Kauna.« Seine freie Hand landete auf meiner anderen Schulter. »Es tut mir leid.«

Ich brach ab. »Was?«.

»Es tut mir leid.« Seine Stimme war so sanft wie seine Berührung. »Wirklich. Ich habe viele Fehler gemacht. Aber was auf Gunes Kalesi passiert ist … bereue ich am meisten.« Er schluckte. »Deshalb bin ich hier, verstehst du? Um es wiedergutzumachen.«

Jetzt, wo er mir näher gekommen war, konnte ich auch seine dunklen braunen Augen deutlich erkennen. Darin fand ich nichts als Ehrlichkeit. Sein Blick löste Sehnsucht in mir aus. Sehnsucht nach der Natur, nach meinem Zuhause, nach Geborgenheit. Und doch zerriss er mich innerlich.

Ich machte mich von ihm los und hob meinen Köcher vom Boden auf. »Ich weiß nicht, ob du das kannst.« Mit diesen Worten schulterte ich meine Pfeile, ging ich an ihm vorbei und stieg die Leiter nach oben. Aber ich fühlte mich kein Stück besser, sondern mit jeder Sekunde schlechter. Erst als ich oben angekommen war, verstand ich, was mich bedrückte.

Ich konnte ihm nicht vertrauen. Doch jede Faser meines Körpers kämpfte dagegen an. Ich *wollte* ihm vertrauen. Von ganzem Herzen. Aber er hatte einen unverzeihlichen Fehler begangen …

Genau wie du, Kauna, flüsterte eine Stimme in meinem Hinterkopf. Die Schuldgefühle kehrten mit all ihrem Gewicht zurück auf meine Schultern. Ich hatte Gil geschworen, meine Fehler zu bereinigen. Wie also konnte ich einem anderen die Chance auf diese Erlösung verwehren?

Im Erdgeschoss erwartete mich ein reges Treiben, das immer wieder von einem »Es tut uns leid, Eure Majestät!« durchzogen wurde. Man hatte das Licht wieder angeschaltet, es aber stark gedimmt und dicke Stoffe vor die Fenster gehängt. Ilay und Amar hatten sich neue Westen übergestreift, während Malik mit Karim in einem Hinterzimmer verschwand.

Ich entdeckte Sara in demselben Moment, in dem sie mich erblickte. »Liebes!«, rief sie aus und kam auf mich zu. »Es tut mir wirklich leid! Die Bewohner von Gunes Kalesi …«

»Du hast das getan, was du für richtig gehalten hast«, wehrte ich ab. Die Worte kamen mir leicht über die Lippen. Und schließlich hatten wir durch ihre Entscheidung, Kenan zu uns zu führen, keinen Schaden genommen.

Noch nicht.

»Wir werden unser Bestmögliches tun, euch zu helfen!« Erst jetzt entdeckte ich zwei Beutel in ihren Händen. »Ich habe euch etwas Proviant eingepackt. Leider haben wir nicht viel, aber ihr solltet euch damit ein paar Tage lang über Wasser halten können.«

Ich bedankte mich bei Sara, als sie mir die Taschen übergab. »Für alles.«

Betrübt tätschelte sie meine Wange. »Das ist doch das -«

»Sagt mal«, ertönte eine Stimme in meinem Rücken. »Wer von euch hat den Affen mitgebracht?«

Alarmiert fuhr ich herum und verfluchte mich selbst dafür, Kenan auch nur für eine Sekunde aus den Augen gelassen zu haben.

Der Haiduk kniete auf dem Boden. Vor ihm war Hana aufgetaucht, und das, obwohl ich ihn nicht beschworen hatte. Nicht in der bedrohlichen, größten Erscheinungsform, sondern in einer kleineren, mit langen Armen und Beinen und einem rosafarbenen Gesicht.

Doch das bedeutete rein gar nichts. War er hier, um mich zu warnen? Vor Kenan?

Eine Eiseskälte breitete sich in mir aus. »Fass ihn nicht an«, warnte ich den Haiduken, als dieser sich anschickte, in Hanas Fell zu greifen.

Dann geschah etwas, das ich als Letztes erwartet hatte.

Langsam hob Hana seine eigene Hand, als wäre er Kenans Spiegelbild. Ihre Handflächen kamen sich immer näher, bis sie einander berührten.

Ein Lächeln breitete sich auf Kenans Gesicht aus. »Entschuldige«, erhob er das Wort. »Was hast du gerade gesagt?«

Ich schluckte, konnte den Blick nicht von Hana reißen. Dieser wiederum schien völlig auf Kenan fokussiert zu sein.

So etwas hatte mein Seelentier noch nie getan. Nicht während meiner Besuche in Istar, nicht in der ganzen Zeit, die ich mit Malik und den anderen verbracht hatte. Meistens zeigte er sich nicht einmal. Dass er es einem Menschen gestattete, ihn zu berühren …

War unmöglich.

»Hana«, fragte ich auf Crayon. Meine Stimme klang viel dünner als beabsichtigt. »Was willst du mir damit sagen?«

Doch mein Seelentier schenkte mir nichts als Stille.

Kenan erstarrte. »Hört ihr das?«

»Nein«, erwiderte Amar. Sein misstrauischer Ton war nicht zu überhören. »Was?«

Anstelle einer Antwort legte Kenan einen Finger an die Lippen. Lautlos kam er auf die Beine, schritt zur Tür und öffnete sie, nur einen Spalt weit.

Aber es reichte aus, um den Wind eine Melodie an unsere Ohren tragen zu lassen, die mir das Blut in den Adern gefrieren ließ.

Es war der Klang einer Trompete.

Kenan fluchte. »Unmöglich«, stieß er hervor.

»Richtig«, pflichtete Deema, unser Musikant, ihm bei. »Musik nicht für Kampf.«

»Das meine ich nicht«, entgegnete Kenan. »Wir haben unzählige Verwundete. Sie würden niemals ausschwärmen, ehe sie sich darum gekümmert haben, dass die Verletzten überleben.« Vorsichtig, als könnten die Haiduken ihn aus der Ferne hören, zog er die Tür ins Schloss. »Wenn sie jetzt schon hier sind«, erklärte er, als er sich zu uns umwandte, »müssen sie bereits kurz, nachdem wir das Feuer gelöscht haben, losgezogen sein. Es kann sich also nicht um allzu viele von ihnen handeln.«

»Wenn das so ist«, erhob Amar das Wort, »werden wir -«

»Aber immer noch genug, um euch alle zu töten«, unterbrach Kenan ihn schroff. »Ihr müsst auf der Stelle von hier verschwinden.«

Doch Maliks Vetter schien nicht überzeugt. »Wenn dir so viel an uns liegt, warum gehst du nicht zu ihnen und lenkst sie ab?«

Kenan räusperte sich. »Zuerst einmal: Ihr« – er beschrieb eine ausschweifende Bewegung über die Ta'ar hinweg – »könntet mich nicht weniger interessieren. Und zweitens: Was zum Henker soll ich ihnen sagen? *Hallo Freunde, ich habe das ganze Gebiet im Umkreis von zweihundert Meilen eigenhändig durchsucht und niemanden gefunden. Lasst uns nach Hause gehen und die Gefangenen vergessen, die unsere Brüder und Schwestern getötet haben und gerade dabei sind, uns an ihre Soldaten zu verraten*?«

Amar kniff die Augen zusammen. »Du wirst dir schon etwas einfallen lassen.«

Vorsichtig schob ich mich zwischen sie. »Wir sollten keine Zeit verlieren.« Ich spürte, wie Hana an meinem Bein hinaufkroch und einen Augenblick später zwischen den Pfeilen in meinem Köcher saß. Er wollte bei mir bleiben. Weil er glaubte, dass Gefahr nahte.

»Reist schnell und sicher!«, wünschte Sara uns.

»Möge Gott euch auf eurem Weg begleiten«, ergänzte Karim.

Amar verließ als Erster das Haus. Als er uns anzeigte, dass die Luft rein war, folgten wir ihm einer nach dem anderen.

»Wir sollten uns von der Straße fernhalten«, raunte Kenan. »Auch wenn das bedeutet, dass wir einen Umweg zwischen den Häusern hindurch nehmen müssen.«

»Wir?«, gab Amar leise zurück. »Seit wann bist *du* Teil unseres *Wirs*?«

Kenan schnaubte. »Selbst wenn es dir nicht passt, Schnösel, werdet ihr in Istar jemanden mit Verbindungen brauchen.«

Ich schüttelte den Kopf. »Wir benötigen keine Hilfe, um uns durch Istar zu bewegen.«

»Aber ihr werdet sie benötigen«, widersprach Kenan, »um überhaupt erst *hineinzukommen*.«

Verwirrt starrte ich ihn an.

»Was?«, fragte er schnippisch. »Hast du wirklich geglaubt, jeder Ort in Tara'an hätte seine Pforten so weit geöffnet wie Simol?«

Das hatte ich tatsächlich gedacht. Weil es beim letzten Mal, als ich Istar betreten hatte, so gewesen war – doch das war zwei lange Jahre her. Und womöglich waren die Sicherheitsvorkehrungen der Stadt nicht das Einzige, was sich seitdem verändert hatte.

Wir taten, wie geheißen, und schlichen zwischen den Häusern hindurch. Da sich die Sonne langsam, aber sicher wieder gen Himmel erhob, leitete sie uns auf unserem Weg, machte uns jedoch gleichzeitig für unsere Verfolger sichtbar.

»Sie werden vermutlich erst jedes einzelne Gebäude in Simol auseinandernehmen«, sagte Kenan. »Während sie das tun, müssen wir so viel Abstand wie möglich zwischen sie und uns bringen.«

Ich versuchte, in seiner Miene zu lesen, als er das sagte. *Wir.*

Warum wollte er uns helfen? Uns begleiten? Damit würde er nicht nur seine *Brüder und Schwestern* hinter sich lassen – er würde sie verraten. Warum würde er so etwas tun? Ein mulmiges Gefühl stieg in mir auf.

Ich hielt ihn an der Schulter zurück, sodass ein kleiner Abstand zwischen uns und dem Rest der Gruppe entstand.

»Sag mir die Wahrheit«, raunte ich. »Fliehst du auch vor ihnen?«

Kenan antwortete nicht sofort. Er erwiderte meinen Blick nicht, sondern schaute den anderen hinterher. »Ein paar haben gesehen, dass ich Cairo getötet habe«, antwortete er in gedämpftem Ton. Er betrachtete Hana. »Und jeden, den ich aus dem Weg räumen musste, um deinen Freund zu verstecken. Wenn sie mich in die Finger bekommen, werde ich für euch einspringen müssen – auf dem Schafott.«

»Darum geht es also«, schloss ich. »Deshalb bist du bei uns. Um deine eigene Haut zu retten.« Und nicht etwa, um uns aus reiner Herzensgüte zu helfen. Schließlich war er immer noch ein Haiduk.

Kenan zog die Brauen zusammen. »Nein!«, widersprach er. »So ist das nicht.«

Ich hob eine Hand, wie ich es Malik schon oft hatte tun sehen, um andere zum Schweigen zu bringen – und tatsächlich verstummte Kenan. »Ich kann dir keinen Vorwurf machen«, antwortete ich und meinte es auch so. »Der Mensch kümmert sich nur um sich selbst. Es liegt dir im Blut.« Mit diesen Worten beeilte ich mich, zu Deema und den Ta'ar aufzuschließen.

Wieder erschien Kenan vor meinem inneren Auge – umhüllt von den Schatten des düsteren Gangs, in dem er mich den Haiduken, dem sicheren Tod, endgültig überlassen hatte. Das war sein wahres Gesicht – und ich hätte keinen Moment lang daran zweifeln dürfen.

Mit den Klängen der Trompete in unseren Rücken ließen wir die letzten vereinzelten Gebäude Simols hinter uns – und fanden uns auf freiem Feld wieder.

Amar fluchte gedämpft. »Na wunderbar. Hier ist es egal, wie weit wir kommen – sie würden uns auch aus einem Tagesmarsch Entfernung sehen können.«

»Augen auf«, entgegnete Kenan. »Wir müssen keinen Tag Vorsprung gewinnen – wir müssen es nur bis dorthin schaffen.« Er deutete auf einen Punkt in der Ferne. Am Horizont reckte sich eine große Gruppe aus Bäumen in Richtung Himmel. Ein Wald.

Sofort schlug mein Herz höher. Außerhalb des Sperrgebiets hatte ich den Kontinent nur als kahle Fläche, die stellenweise von Siedlungen abgelöst wurde, gekannt. So etwas wie einen Wald hatte ich hier noch nie zuvor gesehen.

»Nichts wie hin!« Ich ergriff Deemas Hand und zerrte ihn hinter mir her. Nicht, weil ich mich so sehr auf den Wald freute – sondern weil ich mit ihm reden musste.

»Deema«, sagte ich auf Crayon, sobald wir etwas Abstand gewonnen hatten. »Hana ist immer noch hier.« Ich spürte seine kleinen warmen Hände, die mit Strähnen meines Haars spielten. »Du weißt, was das bedeutet.«

»Dass er sich Sorgen macht?«, fragte Deema. »Wegen der Haiduken?«

Ich nickte. Es war umstritten, ob Seelentiere die Zukunft zu sehen vermochten – falls sie es taten, verrieten sie es nicht. Aber ich wusste aus Erfahrung, dass Hana normalerweise nur dann erschien, wenn ich ihn rief – außer er spürte, dass ich ihn brauchte. So wie vor dem Schafott. So wie in der vergangenen Nacht. Und auch jetzt hatte ich ein ungutes Gefühl, das von jedem Trompeten-Ton, der an mein Ohr drang, verstärkt wurde.

»Kenan hat gesagt, es sind nicht viele«, erinnerte Deema mich. »Und sie werden nur in Simol suchen und dann wieder nach Hause gehen.«

»Aber wir können uns nicht sicher sein, dass alles, was er sagt, wahr ist«, beharrte ich. »Ich will nur …« Ich stockte. »Falls wir angegriffen werden«, erklärte ich dann mit fester Stimme, »will ich, dass du dich heraushältst.«

Deema zog die Brauen zusammen. »Ich soll *was*?«

»Halt dich zurück. Überlass es mir, uns zu verteidigen.«

Der Crae starrte mich an, als brauchte er einige Sekunden, um die Bedeutung meiner Worte zu verstehen. »Nein!«

»Hör mir zu!«, beschwor ich ihn. Ich hatte geahnt, dass das hier nicht einfach werden würde. »Deine Kräfte haben uns in Gunes Kalesi gerettet – aber was haben sie aus *dir* gemacht?«

»Ich bin am Leben«, erwiderte Deema schroff. »Mir geht es gut.«

»Danach hat es gestern aber nicht ausgesehen«, entgegnete ich.

»Na und?« Deema zuckte die Achseln. »Ich habe für einen Moment die Kontrolle verloren. Das kann passieren. Aber ich habe euch gerettet. Und ich würde es wieder tun.«

Fassungslos schüttelte ich den Kopf. Es war, als hätte Deema die Minuten, die er zitternd in einem Wandschrank verbracht hatte, völlig vergessen.

»Ich will nicht, dass du es wieder tust. Ich will nicht, dass du dein eigenes Leben in Gefahr bringst.«

»Das mache ich doch gar nicht«, entgegnete er trotzig. »Ryu ist mein Seelentier. Er würde mir niemals etwas antun.«

Ich schluckte. Noch vor wenigen Tagen hatte Deema sich darüber beklagt, keine Verbindung zu Ryu zu haben. Jetzt aber sprach er, als wäre es selbstverständlich, dass er ihn begleitete. »Spürst du ihn?«, fragte ich. »Gerade eben?«

Deema zögerte. »Ich ... bin mir nicht sicher.«

»Du bist dir *nicht sicher*?«, wiederholte ich ungläubig. Ich hatte es sofort gespürt, als Hana verschwunden war – und als er zurückgekehrt war. Die beiden Formen meiner selbst, die davon bestimmt waren, ob Hana mich als seinen Wirt anerkannte oder nicht – ich könnte sie niemals verwechseln.

»Das ist alles noch neu für mich, verstehst du?«

Ich wurde das Gefühl nicht los, dass Deema mir etwas verheimlichte. Plötzlich wünschte ich mir, Kenan hätte den Seelenstein verkauft – verbrannt, vergraben, irgendetwas – und ihn uns niemals zurückgebracht.

»Tu mir den Gefallen«, bat ich schließlich erneut. »Egal, was passiert – werde nicht wütend. Benutze nicht deine Kraft. Sondern deinen Bogen.« Damit ließ ich den Köcher von meiner Schulter gleiten, wartete, dass Hana herausgeklettert war, und hielt ihn Deema hin.

Deema atmete tief durch. »Na gut«, lenkte er ein und nahm ihn an sich. »Ich werd's versuchen. Dir zuliebe.«

Je näher wir dem Wald kamen, desto stärker wurde der Sog, den er auf mich ausübte. Deema schien es nicht anders zu gehen – genau wie ich beschleunigte er seinen Schritt. Ich streckte den Arm aus, um die Rinde des ersten Baums, den ich passierte, zu berühren. Ich konnte ihn spüren. Er war über hundert Jahre alt. Und wenn man ihn nicht fällte und kein Blitz ihn spaltete, würde er noch einmal hundert Jahre alt werden.

Ich ließ den Blick ins Innere des Waldes wandern. Je tiefer man kam, desto älter wurden die Bäume – desto größer waren sie und desto verzweigter ihre Äste. Wenn man sich in seinem Zentrum befand, würde man dem Himmel nur bruchstückhaft zwischen ihren Zweigen und Blättern hervorstechen sehen.

Dieser Wald fühlte sich wie mehr als nur wie ein Wald an. Er war eine Oase. Eine Zuflucht. Ein Zuhause.

Wir ließen es zu, dass die anderen uns einholten. Ilay hatte eine Karte herausgezogen. »Wenn ich mich nicht irre, ist das der Kuzaya-Wald. Er erstreckt sich von hier aus vor allem in Richtung Osten. Wenn wir ihn durchquert haben, trennt uns noch ein Tagesmarsch von Istar.«

»Das ist großartig«, sagte ich und starrte zu den Baumkronen über uns. Auch wenn ich es kaum erwarten konnte, nach Istar zu kommen, genoss ich jeden Schritt, den ich auf Waldboden machen durfte.

Die Idylle wurde vom unrhythmischen Klang einer Trompete durchbrochen.

Wir wechselten einen Blick. »Ist das nur mein empfindliches Gehör«, fragte Amar, »oder kommen sie näher?«

Kenan fluchte. »Sieht so aus, als hätten euch die Arafas verraten – schon wieder.«

Ich erschrak. »Was?«, stieß ich hervor.

Meine Reaktion schien ihn zu überraschen. »Du hast es selbst gesagt«, erwiderte er mit einem Unterton, den ich nicht deuten konnte. »Menschen kümmern sich nur um sich selbst.«

»Beeilen wir uns«, befahl Malik.

»Das wird nichts bringen«, warf Kenan ein. »Sie bewegen sich wahrscheinlich zu Pferd – ansonsten hätten sie nie so schnell nach Simol gelangen können. Das bedeutet –«

»Egal, ob wir schnell«, schloss Deema verdrossen. »Sie mehr schnell.«

»Wir müssen uns verstecken.« Ilay sah besorgt auf den Weg hinter uns. »Sofort.«

»Die Büsche«, schlug Amar vor. Abseits des schmalen Trampelpfads, auf dem wir uns bewegten, war der Boden lückenlos von Gewächs bedeckt.

»Nein«, erwiderte ich. »Die Bäume.« Ich musterte Hana. »Das ist es, was du wolltest, nicht wahr?«

Ein Glänzen trat in seine Augen.

Ich schritt zu einem Baum, der höher wuchs, als man sehen konnte. Legte meine Hände an seine Rinde und begann zu klettern. Ich umschloss den Stamm mit Armen und Beinen und zog mich nach oben, bis ich die ersten Äste erreichte. Als diese stark genug wurden, um mich zu tragen, hielt ich inne.

Und blickte in fünf verdatterter Paar Augen unter mir.

»Keine Sorge«, grinste ich. »Ihr könnt das auch.«

Dann fing der Baum an, sich zu regen.

Die Gruppe machte einen Satz zurück. »Was passiert hier?«, versuchte Ilay, das allgegenwärtige Knarzen von Holz zu übertönen.

»Hana befiehlt ihm, uns zu helfen«, erklärte ich. Ich wusste von anderen, dass nicht viele Menschen auf Bäume klettern konnten, deren Äste erst weit oben zu wachsen begannen. Aus diesem Grund würde der Ast nun zu ihnen kommen: Er senkte sich zu ihnen hinab. Seine Bewegungen waren langsam, weshalb ich – das Holz fest mit meinen Beinen umklammert – meinen Oberkörper und meine Arme in ihre Richtung ausstreckte. »Kommt schon!«

Amar ging auf die Knie, um eine Räuberleiter für Malik, Ilay und Deema zu bilden. So gelang es ihnen, nach meinen Armen zu greifen. Mein Craeon brannte, als Hana mir seine Kraft lieh. Mühelos zog ich sie nach oben. Sobald sie sicher auf meinem Ast saßen, robbten sie in Richtung der Mitte des Baumes und kletterten höher, um von mehr Blättern umgeben zu werden.

Dann waren nur noch Amar und Kenan übrig. Sofort sprang Amar auf die Füße, starrte Kenan feindselig an. Er würde dem Haiduken nicht helfen.

Der Klang der Trompete wurde lauter. Uns blieb keine Zeit mehr.

Plötzlich passierte etwas, das ich nicht erwartet hatte. Kenan schenkte mir einen kurzen Blick. Dann war er es, der sich auf ein Knie stützte. »Du bist dran«, sagte er zu Amar und nickte in meine Richtung.

Verdutzt starrte Amar ihn an. Doch er warf sein Zögern schnell über Bord.

Der Ast hatte seine Abwärtsbewegung unterbrochen – stattdessen zog er sich wieder dorthin zurück, wo er hergekommen war. Die Kraft des Baums war begrenzt.

Ich konnte Amar ohne Probleme auf den Ast hieven, weil Kenan ihm half. Doch danach war unten niemand mehr, der dasselbe für den Haiduken tun konnte.

»Warte«, sagte ich. »Ich komme runter. Ich kann dich hochheben.«

Die Trompete war nun ganz nah. Kenan fuhr herum, fixierte einen Punkt in der Ferne, den ich nicht sehen konnte. »Nein. Wir haben keine Zeit mehr.« Er blickte mich an. »Mach, dass du nach oben kommst!«

Meine Augen weiteten sich. »Aber –«

Kenan stürzte in Richtung der Büsche.

Ich wollte nach ihm rufen, doch dann verstummte die Trompete – und wurde abgelöst vom Klang von Pferdehufen.

Sie waren fast hier.

Hastig rappelte ich mich auf und krabbelte in Richtung des Stammes. Die Ta'ar hatten es weit genug nach oben geschafft. Während Amar, Ilay und Malik auf verschiedenen Ästen saßen, stand Deema in einer Gabelung, die der Baumstamm formte – ich musste mich schnell entscheiden. Sobald die Haiduken uns passierten, durften wir uns nicht bewegen – das Rascheln von Blättern und das Knacken von Zweigen würde uns verraten.

Schließlich landete ich auf demselben Ast wie Amar, der für mich ein Stück nach außen rutschte. Mir war, als wäre sein Gesicht eine Nuance blasser geworden. Er hielt den Blick auf mich gerichtet – als es seltsam wurde, starrte er nach oben. Überallhin, nur nicht nach unten.

Hatte er Angst vor der Höhe?

Im Gegensatz zu Deema konnte ich von meiner Position aus kaum etwas erkennen. Mein Herz setzte einen Schlag aus, als sich mehrere Silhouetten in mein von Blättern verdecktes Sichtfeld schälten. Es waren drei Reiter, zwei Männer und eine Frau. Keiner von ihnen hatte mehr eine Trompete in der Hand – sondern Revolver. Sie waren nicht schnell unterwegs. Die Pferde setzten einen Fuß vor den anderen. Ihre Reiter ließen sich Zeit, um sich umzusehen – weil sie wussten, dass wir nicht weit sein konnten.

Als ich meinen Blick in Richtung der Büsche schweifen ließ, konnte ich Kenan nicht ausmachen – und ich hoffte, den Haiduken ging es genauso.

»Sie müssen irgendwo hier sein«, dröhnte eine gedämpfte männliche Stimme an mein Ohr. »Immerhin sind sie zu Fuß unterwegs.«

»Seid wachsam«, sagte ein anderer. »Und schießt auf alles, was sich bewegt.«

Ich schluckte. Sie konnten nicht ahnen, dass wir auf einem dieser Bäume saßen. Oder?

Ich hielt mich mit den Händen am Holz unter mir fest – nicht unbedingt, um mein Gleichgewicht zu halten, sondern um meine Verbindung zu ihm aufrechtzuerhalten. Deshalb spürte ich, dass etwas nicht in Ordnung war.

Ich senkte die Lider, um die Botschaften, die der Baum mir sandte, besser verstehen zu können. Etwas war mit dem Ast, auf dem ich saß. Er war schwächer, als er aussah. Doch es war nicht mein Gewicht, das ihn belastete, sondern -

Sofort riss ich die Augen auf – in dem Moment, als ein gefährliches Knarzen neben mir ertönte. An der Stelle, auf der Amar saß.

»Habt ihr das gehört?«, fragte eine Frau.

Die Luft wich scharf aus Amars Lungen. Er war zu weit nach außen gerutscht, um mir Platz zu schaffen. An eine Stelle, die längst nicht mehr stark genug war, um ihn zu tragen.

Ich spürte, wie der Ast unter ihm aufgab. Ihm blieb keine Zeit.

Schnell streckte ich meinen Arm nach ihm aus. Amars Augen waren vor Angst weit aufgerissen. Er brauchte einen Moment, um ihn zu bemerken. Sein ganzer Körper bebte. Eine halbe Ewigkeit verging, bis er eine seiner zitternden Hände vom Ast löste.

Mein Herz musste genauso laut schlagen wie seines. Ich lehnte mich nach vorne, um ihm entgegenzukommen.

Unsere Finger berührten sich beinahe. Doch Amar erreichte mich nicht mehr.

Das Holz barst unter seinem Gewicht und sandte ihn in die Tiefe.

Ich hechtete Amar hinterher und schlang meine Beine um die Überreste des Asts unter mir, um nicht ebenfalls abzustürzen. Schnell sprang Hana von meiner Schulter.

Luft zischte an meinen Ohren vorbei, die Welt hörte auf, sich zu drehen, und -

Ich bekam Amar an den Oberarmen zu fassen.

»Was war das?«, ertönte eine männliche Stimme. Hatte das Knacken zahlreicher größerer und kleinerer Zweige ihn auf den Plan gerufen – oder der halbe Ast, der ihm vor die Füße gefallen war? »Da oben ist doch irgendwas.«

Von der Taille an aufwärts schwebte mein Körper im Nichts. Ich legte meine ganze Kraft in meinen Rumpf, um Amar zurück nach oben zu ziehen – Stück für Stück für Stück. Ich betete, dass die Haiduken sich abwenden würden. Dass sie Amars Schuhspitzen nicht gesehen hatten, die für einen kurzen Augenblick verräterisch weit unten gebaumelt hatten. *Sie haben sie unmöglich* nicht *entdecken können, oder?*

»Da oben können sie nicht sein. Der Baum ist viel zu hoch!«

»Schieß einfach – wir werden ja sehen, was herunterfällt.«

Mein Griff versteifte sich um Amar. Ich hoffte, dass die Überreste des Asts unser beider Gewicht tragen würden.

Der Baum übermittelte mir, dass er sein Bestes versuchte standzuhalten.

»Keine Sorge!«, ertönte eine vertraute Stimme zu meinen Füßen.

Mein Herz setzte einen Schlag aus. *Kenan!* Vor Schreck hätte ich beinahe von Amar abgelassen.

Das war es, spann die pessimistische Stimme in meinem Hinterkopf weiter. *Er wird uns verraten.*

Doch es kam anders. »Das war nur ich.«

»Kenan?«, fragte einer der Männer irritiert. »Was tust du hier? Warum bist du nicht in Gunes Kalesi?«

Mit einem letzten Ruck zog ich Amar zurück auf den Ast. Er schlang Arme und Beine um das Holz, und ich rutschte rückwärts in Richtung des Stammes, damit er sich zu einer stärkeren Stelle des Asts bewegen konnte, die ihn nicht im Stich lassen würde.

»Ich habe mich an die Verfolgung der Flüchtigen gemacht«, erwiderte Kenan. »Aber mein Gaul hat mich abgeworfen und ist geflüchtet – und ich habe ihre Spur verloren.«

Mein Herz schlug mir bis zum Hals. Der Schock darüber, Kenan hier zu finden, schien die Radikalen den abgebrochenen Ast für den Moment vergessen zu lassen. Aber meine Erleichterung hielt sich in Grenzen.

Kenan war ein Flüchtiger, genau wie wir. Die Haiduken wollten seinen Tod – zumindest diejenigen, die ihn dabei beobachtet hatten, wie er Ihresgleichen tötete.

Kenan war in seinem Versteck niemandem aufgefallen. Indem er sich stellte, ging er ein großes Risiko ein – und das nicht einmal, um uns zu verraten und ihre Gunst wiederherzustellen. Sondern um diesen Vorfall zu vertuschen. Um zu verhindern, dass die Haiduken blindlings in die Baumkrone schossen – und ich ahnte, dass sie dabei mindestens einen von uns treffen würden.

Aber Kenan hatte selbst gesagt, dass er sich nicht für uns interessierte. Es ging ihm nur um sein Überleben. Warum also tat er das? Warum setzte er sein Leben aufs Spiel?

»Ich weiß ganz genau«, erhob die Frau das Wort, »warum er hier ist.« Im Gegensatz zu Zehra war sie nicht vollständig verschleiert, sondern trug lediglich ein Kopftuch.

Wirst du zulassen, dass er es aufs Spiel setzt?, fragte mich eine zweite Stimme in einem Hinterkopf, der ich schon lange nicht mehr gelauscht hatte.

All meine Muskeln spannten sich an.

»Oh.« Kenan klang überrascht. »Schön dich zu sehen, Amira. Ich dachte, das Feuer hätte dich erwischt.«

»Hat es nicht«, erwiderte die Haiduk unter zusammengepressten Kiefern. »Zu deinem Pech, würde ich sagen.«

»Was soll das heißen, Amira?«, fragte einer der beiden anderen.

»Er war es«, antwortete sie schroff. »Er hat meinen Bruder getötet.«

Ich biss mir auf die Unterlippe. *Nein.*

»Was?« Kenan verstand es, Erstaunen zu spielen. »Wovon sprichst du da, Amira? C-Cairo wurde getötet?«

»Tu nicht so, Verräter!«, donnerte ihre Stimme durch den Wald. »Du hast ihn hinterrücks aufgespießt!«

Nein.

»Und das alles nur, um diesem Miststück zur Flucht zu verhelfen!«

Stille.

»Ist das wahr, Kenan?«, fragte einer der Männer mit rauer Stimme.

»Natürlich nicht! Ich würde Cairo niemals was antun. Er war mein Freund, verstanden? ... Kommt schon, ihr kennt mich seit Jahren! Ich bin euer Bruder!«

Durch die Blätter erkannte ich, wie sich die Pferde in Bewegung setzen – sie stellten sich in einem groben Dreieck um Kenan auf. Kein Fluchtweg.

»Das kann doch nicht euer Ernst sein!«, stieß er hervor.

Ich löste den Blick von dem Szenario und suchte den von Deema. In derselben Sekunde sah er mich an. Nickte.

Vorsichtig kam ich auf die Beine. Hielt mich mit einer Hand am Stamm fest und streckte mich, um den Crae zu erreichen, der eine halbe Körperlange über mir in die Gabelung des Stamms gezwängt stand. Er reichte mir zwei Pfeile aus meinem Köcher. Einen davon steckte ich mir quer zwischen die Kiefer.

Ich löste die Handfläche vom Holz und zückte lautlos meinen Bogen. Nun waren es nicht mehr als meine nackten Füße, die mit dem Baum verbunden waren. Für einen Moment war mir, als würde ich wanken – als könnte ich in dieser schwindelerregenden Höhe niemals mein Gleichgewicht halten. Nicht, wenn ich nebenbei mit einem Pfeil auf etwas zielen musste, das sich weit unter mir am Boden befand.

»Du kennst unsere Regeln, Kenan«, erwiderte einer der Männer. »Wer einen Haiduken erschlägt, darf von einem anderen erschlagen werden – ohne Prozess. Du willst Amira doch nicht ihr Recht auf Vergeltung absprechen, oder?«

Plötzlich spürte ich zwei Hände auf meinem Kopf.

Ich blickte nach oben – Hana. In seiner größten Form baumelte er an zwei Armen an einem starken Ast über mir. Jetzt, wo ich ihn bemerkt hatte, zog er seine händeartigen Füße wieder zurück – doch ich wusste, dass er nach mir greifen würde, sollte ich den Halt verlieren.

Deshalb war er noch hier.

»Auf die Knie, Kenan.«

Er schnaubte. »Wenn ich sterbe, dann als Mann.«

Ich legte meinen Pfeil an. Atmete tief ein und aus. Die Spitze zeigte auf Amiras Kopf.

Doch dann schob sich eine Erinnerung vor mein inneres Auge.

Vor nicht allzu langer Zeit hatte ich schon einmal in einem Baum ausgeharrt. Hatte von dort aus mit dem Pfeil auf ein Lebewesen am Boden geschossen.

Und ich hatte sein Herz verfehlt. Ich hatte versagt.

Meine Kiefer verhärteten sich um den zweiten Pfeil. Was, wenn das mein Fluch war? Was, wenn ich mein Ziel wieder nicht traf?

Ich schluckte. Meine Hände spannten sich fester um Pfeil und Bogen.

Ich konnte es nicht. Ich konnte es einfach nicht.

Amira hob ihren Revolver und richtete ihn auf Kenan. »Verräter sind keine Männer«, spuckte sie ihm entgegen.

Aber ich habe keine Wahl.

Deema und ich hatten kein Zeichen vereinbart. Doch als Hana über mir grunzte, sandten wir unsere Pfeile auf den Weg.

Es waren drei Haiduken. Ich verschwendete keine Zeit damit zu beobachten, ob mein Geschoss sein Ziel fand.

Stattdessen riss ich einen zweiten Pfeil aus meinem Mund, legte ihn an und -

In dem Moment, in dem ich zielte, schien es, als nähme ich die gesamte Umgebung in mich auf. Da war Amira, deren Schädel von einem Pfeil durchbohrt wurde. Der zweite Haiduk, den Deemas Geschoss im Bauch getroffen hatte. Schmerzensschreie. Sie fielen von ihren Pferden, die sich vor Schreck aufbäumten. Da war Kenan, der sich zum Schutz geduckt hatte. Da war der dritte Gesandte der Haiduken, der geradewegs in unsere Richtung starrte. Der seinen Revolver hochriss, um blindlings auf alles und jeden zu schießen, den er in der Baumkrone vermutete.

Da war das Reh, das ich entehrt hatte, weil ich es nicht ohne Qualen getötet hatte.

Aber da war auch Taboga, der mir eine Hand auf die Schulter legte und die Worte sagte, die mich mit dem größten Stolz erfüllten: »Du könntest bald die beste Schützin der Siedlung sein.«

Blick nach vorne, Kauna.

Ich feuerte den Pfeil schneller ab, als ich denken konnte. Ein lauter Knall ertönte, während sich ein Projektil aus dem Revolver löste.

Mir war, als spürte ich scharfen Luftzug an meiner Wange. Ich zuckte zusammen. Wankte. Verlor das Gleichgewicht.

Panisch streckte ich die Hand aus, bekam den Stamm jedoch nicht zu fassen. Ich schrie auf. Die Muskeln in meinem Rücken spannten sich an, machten sich bereit für den nahenden Aufprall -

Jemand packte mich bei den Schultern. Jemand anderes an den Knöcheln.

Hana. Amar. Es war, als hätten sie nur auf diesen Moment gewartet. Mit einem Ruck wurde ich wieder aufgerichtet, und mir wurde schwindelig. »Danke«, hauchte ich, ehe mir klar wurde, was dort unten gerade passiert war.

Mein Herz machte einen Satz. »Kenan!«, rief ich atemlos und schulterte meinen Bogen. Ich wartete nicht auf eine Antwort. Stattdessen schwang ich mich vom Ast, sprang auf den darunterliegenden und den darauffolgenden, bis die Blätter aus meinem Sichtfeld verschwanden und nicht mehr und nicht weniger als Kenan übrigblieb, der inmitten eines Dreiecks aus regungslosen Haiduken stand.

»Klasse!«, rief er hinauf und reckte einen Daumen in die Höhe. »Als hätten wir uns abgesprochen!«

Leichtfüßig ließ ich mich vom niedrigsten Ast fallen und landete sicher auf beiden Beinen. »Alles in Ordnung?«, fragte ich. Am Rande meines Bewusstseins stellte ich fest, dass die Pferde verschwunden waren – vermutlich hatten sie vor Schreck die Flucht ergriffen.

»Sicher«, erwiderte er lässig. »Von ihm kann man das aber nicht behaupten«, fuhr er fort und wies mit dem Daumen auf eine Stelle hinter sich.

Ich lehnte mich zur Seite – und mein Blick fiel auf den Haiduken, auf den Deema geschossen hatte. Erst jetzt sah ich, dass er nicht annähernd so tot war wie seine Kumpanen.

Seine Finger hatten sich um den Pfeil geschlossen, der in seinem Bauch steckte. Der Crae gehörte nicht gerade zu unseren besten Schützen – ich war froh, dass er ihn überhaupt getroffen hatte.

Aber –

Ich stutzte. Irgendetwas stimmte nicht mit ihm.

Von der Einschussverletzung stieg Rauch auf. Als würde sie wortwörtlich brennen.

Mein Mund wurde trocken. »Ich …«, stammelte ich. »Ich werde ihn erlösen.« Ich wollte mir nicht vorstellen, welche unbändigen Qualen der Haiduk durchmachen musste. Es mussten noch schlimmere sein als die des Rehs.

»Nicht nötig«, kam Kenan mir zuvor. Er bückte sich neben Amira und hob ihre Waffe vom Boden auf.

»Bist du sicher, dass -«

Er drehte sie einmal blitzschnell in seiner Hand, bevor er sie in Richtung des Haiduken ausstreckte, ohne ihn auch nur anzusehen – und abdrückte.

Ein Knall ertönte, und ich zuckte zusammen. Die Hände des Mannes rutschten den Pfeilschaft hinab und blieben auf seinem Bauch liegen.

»Das wäre dann wohl geklärt.« Als hätte er nicht gerade einen seiner Leute erschossen, pustete Kenan den Rauch weg, der vom Lauf seiner Waffe aufstieg, und blickte zum Baum hinauf. »Wollt ihr nicht auch langsam runterkommen?«

»Wenn wir nur wüssten, wie!«, ertönte Ilays Stimme von oben.

»Oh!«, stieß ich erschrocken hervor. Ich hatte die anderen völlig vergessen.

Ich ging zurück zu dem Baum, in dessen Höhen die Ta'ar und Deema ausharrten, und berührte seine Rinde, um eine Botschaft an sein Bewusstsein zu senden. Einen Augenblick später setzte er sich abermals in Bewegung.

»Das könnte eine Weile dauern!«, informierte ich sie. Wenn ich die Seelen vergangener Pflanzen zu Hilfe rief, agierten diese schnell, da sie nicht länger an ihre körperliche Form gebunden waren. Bei lebenden Bäumen war es anders – ihre starre Gestalt hinderte sie daran, sich auch nur annähernd so fließend zu bewegen, wie es ihre Seelen andernfalls getan hätten.

»Ich schätze, ihr habt mir das Leben gerettet«, sagte Kenan leise. »Danke dafür.«

»Du hast unseres zuerst gerettet«, gab ich zurück. »Kein Grund, sich zu bedanken.« In meiner Stimme lag nichts von der bodenlosen Erleichterung, die meinen ganzen Körper ausfüllte. Wäre Kenan hier gestorben, hätte ich mir das nie verziehen. »Und wenn du unser Vertrauen gewinnen willst, solltest du den Revolver besser den anderen überlassen.«

»Du hast recht.« Kenan öffnete die Hand um den Griff, und die Waffe plumpste zu Boden.

Ich wagte es nicht, die Aufmerksamkeit von Deema und den Ta'ar zu wenden, während sie sich ihren Weg zu dem Ast bahnten, den der Baum herabsenkte – zu groß war meine Sorge, dass jemand stürzen könnte. Doch Hana war nicht länger zu sehen – offenbar witterte er keine Gefahr mehr.

Deema war der Erste, dessen Füße wieder festen Boden berührten. Er ließ seinen Blick nur kurz über die Haiduken schweifen, als wollte er sicherstellen, dass sie auch wirklich tot waren, ehe er sich mir zuwandte. »Und da will mir jemand sagen, die Kinder schießen besser als ich«, sagte er und schickte sich an, die Pfeile aus den Körpern der Haiduken zu ziehen.

Die Kinder hätten zumindest sein Herz getroffen. Ich schluckte die Erwiderung herunter – seine Zielkünste waren das Letzte, was mich besorgte. Die Tatsache, dass er seine Pfeilspitze in Flammen gesetzt hatte, war alles, woran ich denken konnte. »Deema, du -« Ich stockte, als mir auffiel, dass Kenan verschwunden war.

Und er hatte noch immer einen Revolver.

Ich fuhr herum – und entdeckte den Haiduken in einiger Entfernung. Er führte drei Pferde an ihren Zügeln in unsere Richtung.

»Schaut, was ich gefunden habe«, verkündete er grinsend.

»Das ist ein Geschenk Gottes!« Diesmal benötigte Ilay keine Karte: »Mit ihnen könnten wir schon morgen in Istar sein!«

Während Kenan auf eines der Pferde stieg, sammelte Amar die Waffen der Haiduken auf und verteilte sie an Ilay und Malik.

Ich trat auf eines der Tiere zu und berührte sacht sein Gesicht. Ich konnte seine Angst spüren, die jedoch allmählich verflog. Es erkannte Kenan, aber es verstand auch, dass sein Reiter tot war.

Da Hana mein Seelentier war, hatte ich nur zu Bäumen eine starke Bindung. Die zu Pferden war zu schwach, um ihnen Botschaften zu senden. Also drückte ich mein Gesicht an das des Tieres, streichelte behutsam seinen Hals und hoffte, dass es trotzdem spürte, was ich ihm sagen wollte: *Es ist alles gut. Wir wollen euch nichts Böses.*

Ein Ruck ging durch das Pferd. Als ich aufsah, war Deema auf seinen Sattel gestiegen – und schien ganz und gar nicht angetan von dem Gestell. Er half Amar, hinter ihm aufzusteigen.

Als ich mich umdrehte, führte Ilay das dritte Pferd zu Malik.

Nur ein Platz blieb übrig. *Wie konnte das passieren?*

Kenan streckte seine Hand aus. »Darf ich bitten?«

Widerstrebend nahm ich sein Angebot an und saß wenige Sekunden später vor ihm. Kenan hielt die Zügel in der Hand, weshalb ich mich am Sattel festklammerte. Mein Rücken grenzte an seine Brust, und nachdem wir uns in Bewegung gesetzt hatten, streiften seine Arme gelegentlich meine.

Ich wusste nicht, wann ich einem anderen Menschen zuletzt so nah gewesen war. Der Kuss mit Malik war etwas anderes gewesen – aus irgendeinem Grund fühlte sich dieser einfache Ritt auf einem Pferd, das nicht uns gehörte, viel intensiver an. Es erinnerte mich an die Nächte, die ich mit Gil verbracht hatte. In denen ich seinen warmen Körper gespürt hatte. In denen mein Herzschlag sich seinem angepasst hatte. In denen ich mich wohl und geboren gefühlt hatte und einfach ... wie zu Hause.

Entsetzt schüttelte ich diese Gedanken ab, als ich bemerkte, wohin sie mich führten. Ich versuchte, meine Aufmerksamkeit von Kenans Körper zu lenken, indem ich ihm Worte entlockte: »Warum hast du das getan?«

»Welche der vielen Dinge, die ich den ganzen Tag über so mache, meinst du?«, fragte er mit einem Schmunzeln in der Stimme.

»Das weißt du genau«, erwiderte ich. »Du hast dein Leben für uns riskiert. Schon wieder«, fügte ich murmelnd hinzu. »Das hättest du nicht tun müssen. Also wieso hast du es gemacht?«

»Ich schätze«, antwortete er, »ich wollte dir etwas beweisen.«

»Etwas beweisen?«, fragte ich irritiert.

»Dass nicht alle Menschen so eigennützig sind, wie du glaubst.«

Obwohl kein Vorwurf in seiner Stimme lag, spürte ich einen Stich des schlechten Gewissens in der Brust. »Du solltest dich nicht darum scheren, was ich von dir halte.«

»Das tue ich aber«, entgegnete er ruhig.

Ich verstand die Welt nicht mehr. »Warum?«, fragte ich etwas heftiger als beabsichtigt. »Warum tust du das alles? Warum kommst du zu uns, anstatt dich um deine eigene Haut zu kümmern?« Ich holte Luft. »Warum holst du Deemas Seelenstein zurück? Warum kommst du aus deinem Versteck, um uns zu schützen, und warum bringst du uns Pferde? Was …« Ich stockte. »Was erhoffst du dir davon, Kenan?«

Mit seiner Antwort hatte ich nicht gerechnet. »Deine Vergebung«, antwortete er geradeheraus. »Und nur deine.«

Seine Worte lösten Gefühle in mir aus, die ich noch nie zuvor gleichzeitig verspürt hatte: Ärger. Freude. Sorge. Scham. Und … was war das? *Bin ich … gerührt?*

Ich schob sie allesamt beiseite. »Die wirst du aber nicht bekommen«, sagte ich mit fester Stimme.

»Das ist kein Problem«, lenkte er zu meiner Überraschung ein. »Dann werde ich eben weiter darum kämpfen.«

Mein Mund klappte zu. Auch wenn ich ihn noch nicht lange kannte, war mir eines klar – Kenan war stur. Mit ihm zu diskutieren, würde nichts ändern. Es würde mich nur noch ratloser stimmen – darüber, warum er die Dinge tat, die er tat. Und darüber, wie ich mich dabei fühlte.

КUZAYA

3. Kapitel - Der Wald

Auch wenn wir mit den Pferden schneller vorankamen als zu Fuß, konnten wir den Wald nicht innerhalb eines Tages durchqueren. Da die Baumkronen über uns den Himmel beinahe restlos aussperrten, war es bereits stockfinster, bevor die Sonne vollends untergegangen war. Wir waren dazu gezwungen, ein Lager für die Nacht aufzuschlagen.

»Wir sollten ein Feuer machen«, schlug Ilay vor.

»Ich weiß, dass ihr mich im Auge behalten wollt«, erwiderte Kenan, »aber ihr solltet euch eher darüber sorgen, nicht von *anderen* gesehen zu werden. Auch wenn wir etwas Zeit gewonnen haben, bedeutet das nicht, dass uns die nächste Truppe an Haiduken nicht bald eingeholt hat. Vor allem nicht, wenn sie die Leichen der anderen am Waldrand entdecken.«

»Er richtig«, stimmte Deema ihm zu. »Essen kalt gut. Nacht warm. Kein Feuer.«

»Dann wird es kein Feuer geben«, beschloss Malik. Ilay und Amar wirkten nicht begeistert. »Außerdem werden wir unser Lager abseits des Weges aufschlagen. Kauna, Deema – könntet ihr nach einer geeigneten Stelle Ausschau halten?«

»Natürlich!« Erleichtert darüber, Kenans Nähe entgehen zu können, sprang ich vom Pferd, ehe der Haiduk es zum Anhalten bewegen konnte.

Deema tat es mir gleich, und während die anderen auf dem Pfad auf uns warteten, schritten wir tiefer in den Wald hinein.

»Ich kann kaum die Hand vor Augen sehen«, brummte Deema.

»Vielleicht solltest du bei den anderen bleiben«, schlug ich vor. »Ich werde die Bäume nach einer passenden Stelle fragen.«

Ich blieb stehen und legte meine Hand an den nächstbesten Stamm.

»Nein, es ist in Ordnung«, sagte Deema plötzlich, während er eine Hand hob.

Ein Zischen ertönte, als eine hell lodernde Flamme sich an seinen Fingern hinaufschlängelte. »Schon besser.«

Vor Schreck machte ich einen Satz rückwärts, dabei stolperte ich über eine Wurzel und fiel rücklings zu Boden. Schmerz zuckte durch meine Handflächen, deren Haut beim Aufprall aufplatzte. »Deema!«, rief ich aus. »Was tust du da?«

»Immer mit der Ruhe«, winkte er ab. »Das hier ist Absicht.«

Ich starrte auf das Feuer, das seine Hand vollständig eingeschlossen hatte – scheinbar ohne ihn dabei zu verletzen. »Du kannst es ... kontrollieren?«, fragte ich unsicher.

»Ja.« Er zuckte die Achseln. »Seit ich mein Craeon wieder habe, klappt es.«

Ich schluckte. »Hast du so deinen Pfeil in Brand gesetzt?«, fragte ich atemlos.

Deema grinste breit. »Klasse, nicht wahr?«

Der heitere Ausdruck in seiner Miene erinnerte mich an den Tag, an dem er mir angeboten hatte, mir das Flötenspiel beizubringen – wenn ich mich bemühte, seine Technik im Bogenschießen zu verbessern. Es hatte sich nicht zum ersten Mal herausgestellt, dass Deema ein hoffnungsloser Fall war, was den Umgang mit Pfeil und Bogen betraf – genau wie ich, wenn ich versuchte, einer Flöte Töne zu entlocken, die einem nicht das Gehör zerfetzten. Er hatte sich nicht über mich lustig gemacht – sondern war einfach nur froh darüber gewesen, dass es etwas gab, das er besser konnte als jemand anderes.

»Ich muss nur an Dinge denken, die mich wütend machen«, erklärte er. »An Hawking. Gil. Die Haiduken. Die Unnen. Oder an alle zusammen. Ich wusste nicht, ob es klappen würde, aber das hat es. Und wenn ich es noch etwas öfter probiere, kann ich bald vielleicht alles verbrennen!« Er strahlte bis über beide Ohren. »Uns könnte nichts mehr aufhalten, Kauna!«

Ich erschauerte leicht. Der Junge, der vor mir stand, war definitiv Deema. Er sprach wie Deema. Sein Lächeln war das von Deema. Und die Narbe in seiner Stirn konnte auch nur Deema gehören.

Aber seine Worte waren die von Ryusdeema. Die des Deema, der eine Verbindung zu seinem Seelentier hergestellt hatte. Und der die Grenzen dieser Verbindung nicht kannte. Der Deema, der sich, seit wir die Siedlung verlassen hatten, stets von seiner Wut übermannen ließ. Und der glaubte, es wäre ein gutes Zeichen, dass sich das Feuer einen Weg in seinen Geist gebahnt hatte.

Ich sah ihn wieder im Wandschrank der Haiduken sitzen. Kraftlos. Am Ende. Ängstlich. War das der alte Deema gewesen? Hatten wir ihn in Gunes Kalesi zurückgelassen? Oder war er in der Sekunde verschwunden, in der seine körperliche Hülle den Seelenstein aus der Luft gefangen hatte?

Ich presste die Kiefer zusammen. »Mach es aus«, sagte ich barsch.

Deema blinzelte. »Was?«

»Lösch das Feuer!« Ich rappelte mich auf. »Sofort!«

»Ist ja gut!« Es wurde dunkel um uns herum. »Was ist denn los, Kauna? Ich hätte schon keine Pflanzen in Brand gesteckt.«

Ich ballte meine schmerzenden Hände zu Fäusten. »Du darfst die Kräfte des Feuers nicht nutzen, Deema.«

Er stutzte. »*Was?*«

Während sich meine Augen an die Finsternis gewöhnten, konnte ich seinen Gesichtsausdruck nicht sehen. »Was haben uns die Ältesten über das Feuer gelehrt?«, fragte ich.

Ein paar Sekunden lang blieb es still. »Dass es eine dunkle Seele hat«, sagte er dann.

»Und weiter?«

Ich hörte, wie er tief durchatmete. »Dass es zerstörerisch ist. Gefährlich. Dass niemand vermag, es zu zähmen. Und man sich davor in Acht nehmen sollte.«

»Und genau deshalb«, schloss ich, »musst du damit aufhören.«

»Aber das ist *meine* Gabe, Kauna!«, widersprach Deema. »Mein Erbe. Mein Seelentier.«

»Feuer ist keine Gabe«, sagte ich mit fester Stimme. »Es ist ein Fluch.«

»Du klingst schon wie meine Großmutter!« Er verschränkte die Arme. »Ich verstehe dich nicht. Du hast es doch in Gunes Kalesi selbst erlebt. Das Feuer hat dir nicht geschadet – weil ich das so wollte.«

Ich rang um Fassung. »Es hat mich nicht berührt, weil Hana mich davor beschützt hat«, entgegnete ich. »Das hatte nichts mit dir zu tun.«

»Hatte es wohl! Ich hatte die Kontrolle.«

»Aber *wie lange* hattest du die Kontrolle, Deema?«

Er schürzte die Lippen. »Es ist. Nichts. Passiert«, zischte er. »Uns geht es gut. Kein Grund, sich Sorgen zu machen.«

»Ich mache mir aber Sorgen!«, entgegnete ich. »Weißt du nicht mehr, was Enoba dir gesagt hat?«

Er verdrehte die Augen. »Natürlich weiß ich es noch. Na und? Enoba war alt und krank. Und sein Seelentier ist eine Ente.«

»Ein Schwan, Deema. Es ist ein Schwan.«

»Es gibt keinen Grund, weshalb ich auf sein Geschwafel hören sollte.«

Mein Magen knotete sich zusammen. »Du solltest nicht so respektlos über unseren Ältesten sprechen.«

»Also gut!« Deema atmete schwer, und ich befürchtete, dass seine Wut zum Gegenteil dessen führen würde, was ich gewollt hatte. »Vielleicht hatte er ja recht, und ich habe gegen mich kämpfen sollen. Und vielleicht habe ich den Kampf schon längst gewonnen – auf dem Burghof! Aber weißt du, was Enoba noch gesagt hat? Dass ich mein Geschenk annehmen soll. Und das habe ich!«

Ich tastete nach seinem Arm. »Du solltest das Feuer nicht unterschätzen, Deema«, versuchte ich es sanfter. »Gewähre ihm keinen Ausgang. Mir zuliebe?«, fügte ich zögerlich hinzu.

Doch er schlug meine Hand weg. »Entschuldige«, sagte er. »Aber diesmal nicht.« Mit diesen Worten ließ er den Köcher von seiner Schulter gleiten und warf ihn mir vor die Füße. Dann wandte er sich von mir ab. Nach wenigen Schritten blieb er stehen und drehte den Kopf. »Weißt du was?«, fragte er. »Du hast dich ganz schön verändert, Kauna. Mit jedem Tag klingst du etwas mehr wie dein Großvater. Aber das bist du nicht. Du bist keine Älteste. Und wenn wir unsere Kräfte nicht nutzen und unseren Stamm retten, wirst du das auch nie sein.«

Deema ließ mich in der Düsternis zurück. Ich wusste nicht, weshalb, aber diese Worte verletzten mich mehr als alles andere.

»Was tust du da?«, riss mich eine männliche Stimme aus meiner Trance.

Ich drehte den Kopf und blickte Kenan entgegen. Er saß etwas abseits des Lagers – ich wusste nicht, wie lange er mich schon beobachtet hatte.

»Hast du keine Augen?«, gab ich zurück.

»Na gut, vielleicht habe ich die falsche Frage gestellt«, lenkte er ein. »Lass es mich noch mal probieren: Ich sehe, du umarmst einen Baum«, sagte er dann. »Warum umarmst du einen Baum?«

Seufzend löste ich meinen Griff von dem Stamm. »Ich habe versucht, Frieden zu finden«, erwiderte ich. Ich ließ meinen Blick über die Runde schweifen.

Deema hatte es sich zwischen den drei Pferden bequem gemacht. Obwohl er noch kurz vorher dagegen gestimmt hatte, hatte er inzwischen selbst ein Feuer entzündet – und das vermutlich nur, um mir zu zeigen, dass er nicht auf mich hören wollte.

Malik und Ilay schliefen auf der anderen Seite des Bereichs, den mir der Wald gezeigt hatte. Hier war der Boden nicht von harten, dicken Wurzeln durchzogen – er bestand aus weicher Erde und etwas Laub.

»Hat wohl nicht geklappt«, stellte Kenan fest.

»Jetzt nicht mehr«, erwiderte ich scharf und ließ den Baum stehen. Obwohl Kenan angeboten hatte, Wache zu halten, war Amar ebenfalls auf den Beinen. Er kauerte in einiger Entfernung zu mir vor dem Feuer und stocherte mit einem Stock in den Flammen. Er trug alle von Kenans Revolvern bei sich, die sie an seinem Körper versteckt gefunden hatten – es waren einige gewesen –, und ich hatte das Gefühl, dass der Haiduk diese Dinge auch bei Tagesanbruch nicht zurückbekommen würde.

Ich zögerte einen Moment lang. Irgendetwas brachte mich dazu, mich zu Kenan zu setzen. »Ich konnte nicht schlafen«, erzählte ich. »Weil ich keinen Frieden gefunden habe. Ich hatte gehofft, der Wald könnte ihn mir geben – aber auch er hat bereits viel Leid gesehen. Mehr als ich geglaubt habe.«

»Haben wir das nicht alle?«, sinnierte Kenan.

»Ich schätze schon.«.

Der Haiduk zuckte die Achseln. »Ich hoffe, dass du deinen Frieden findest. Aber manche Menschen scheitern daran. Ihr Leben lang.«

»Ihr Leben lang?« Ich schluckte. Ich hatte erst in den letzten Tagen angefangen, mich schlecht und unsicher zu fühlen. Seit Hawking aufgetaucht war und ich die Siedlung verlassen hatte. Gab es wirklich Menschen, die sich *immer* so fühlten – ohne Hoffnung auf Besserung?

Doch eigentlich sollte es mich nicht überraschen – nicht nach allem, was in den letzten Tagen geschehen war. »Ich würde sagen, sie haben es nicht anders verdient.«

Kenan blickte mich von der Seite an. »Du darfst Karim und Sara nicht übel nehmen, was passiert ist. Wenn dir ein Messer an die Kehle gehalten wird, tust du alles dafür, um zu überleben.«

»Ein *Mensch* würde das tun.« Ein Crae würde niemals so einschichtige Entscheidungen treffen wie sie – vor allem nicht, wenn es um Seinesgleichen geht. Doch es sah ganz so aus, als kümmerten sich Menschen nicht einmal um ihre eigene Art.

»Sie sind *gute* Menschen«, beharrte er. »Sie hatten keine Wahl – genau so wenig wie ich.« Aus dem Augenwinkel erkannte ich, wie sich seine Hand in Richtung meiner Schulter bewegte.

Dann entschied er sich um, zog sie zurück. »Nicht jeder Mensch, dem du begegnest, hat es auf dich abgesehen, Kauna.«

»Das kann ich inzwischen kaum glauben. Seit ich die Siedlung verlassen habe, haben sie uns nichts als schaden wollen. Der Stein, den du Deema zurückgegeben hast«, fügte ich hinzu. »Den hat ein Mann, der so getan hat, als wollte er uns sicher über die Grenze bringen, aus seiner Stirn geschnitten. Hätte Deema mir nicht geholfen, wäre mir genau dasselbe passiert. Oder Schlimmeres.«

Kenan stockte. »Tut mir leid, das zu hören.«

Mir entging nicht, wie oft er sich entschuldigte und bedankte. Ein solches Verhalten hatte ich von einem Haiduken nicht erwartet. Andererseits hatte er früher dem König gedient. Und uns das Leben gerettet. Er war nicht wie die anderen.

Vielleicht aber tat er das auch nur, weil er sich das, was ich im Keller zu ihm gesagt hatte, zu Herzen genommen hatte. Und weil er wirklich nicht aufgeben würde, bis ich ihm verziehen hatte.

»Hast du in Gunes Kalesi in Frieden gelebt?«, fragte ich, ehe er das Thema vertiefen konnte. Ich drehte meine Handgelenke, die von roten Striemen verziert waren. Das musste passiert sein, als ich die Ketten meiner Handschellen entzweigerissen hatte. »Haben dir die Haiduken das gegeben, wonach du gesucht hast?«

»Wenn mich das jemand vor einer Woche gefragt hätte«, antwortete er, »hätte ich Ja gesagt. Aber jetzt, wo ich hier neben dir sitze …« Langsam schüttelte er den Kopf. »… bin ich mir da nicht mehr so sicher.«

Ich streckte die Beine aus, bis ich zumindest einen Hauch der Hitze der unbarmherzigen Flammen an meinen Fußsohlen spüren konnte. »Warum hast du dich ihnen überhaupt angeschlossen?«, fragte ich. »Was treibt ein Mitglied der königlichen Stadtwache dazu, ein Haiduk zu werden?«

»Wie gesagt – ich hatte nicht wirklich eine Wahl.« Kenan starrte in die Dunkelheit, die sich zwischen den Baumstämmen ausbreitete. »Ich war nicht immer bei der Stadtwache. Irgendwann wurde ich damit beauftragt, durch Tara'an zu ziehen. Zu den Ländereien, die Soldaten gehörten, die sich im Krieg befanden. Und an ihrer Stelle Steuern von den Bauern einzutreiben, die dort lebten. Auf einer meiner Reisen wurde meine Gruppe von Haiduken angegriffen. Sie nahmen uns gefangen und forderten uns auf, sich ihnen anzuschließen oder für den König zu sterben.«

»Du bist einer von ihnen geworden, um zu leben.«

Er nickte.

»Also hast du doch eine Wahl gehabt.«

Irritiert blickte er mich an. »Was? *Schließ dich uns an oder stirb* ist nicht wirklich eine Wahl.«

»Warum nicht?« Ich zuckte die Achseln. »Es ist unsere Entscheidung, ob wir für unseren Glauben zu sterben bereit sind.« Amar, Ilay und Malik waren es gewesen. Und Emre und Yusuf hatten dafür mit ihrem Leben bezahlt.

»Nun«, erwiderte er. »Ich habe nie an unser Königreich geglaubt. Und ich wollte nicht für *nichts* mein Leben lassen.«

Bedächtig nickte ich. »Ich verstehe.« Das war die Wahrheit. Ich war sehr wohl bereit, für meinen Glauben zu sterben – aber der bezog sich schließlich auf etwas viel Höheres als einen König, eine sterbliche Symbolfigur. »Wenn das so ist, hattest du vielleicht tatsächlich keine Wahl.«

Er verdrehte die Augen. »Danke.«

Einige Sekunden lang blieb es still – nein, nicht *wirklich* still. Die Stimmen der Insekten, Vögel und anderen Tiere, die bei Nacht zum Leben erwachten, waren allgegenwärtig.

»Warum bist du durch das Land gereist?«, fragte ich ihn dann. »Gab es keinen Ort, an dem du zu Hause warst?«, fügte ich vorsichtig hinzu.

Kenan schüttelte den Kopf. Etwas in seinem Gesichtsausdruck veränderte sich und hielt mich plötzlich davon ab weiterzufragen.

Dann jedoch erhob er abermals das Wort. »Mein Vater ist tot, meine Mutter auch. Geheiratet habe ich nie.« Er atmete tief durch. »Ich schätze, die Haiduken waren mein einziges Zuhause. Meine einzige Familie.«

»Wenn sie deine Familie sind«, fragte ich, »warum hast du sie dann verraten? Warum hast du sie verlassen?«

»Warum hast du deine verlassen?«, erwiderte er geradeheraus. Seine Worte fühlten sich an wie ein Schlag ins Gesicht. »Entschuldige«, sagte er auf mein betretenes Schweigen hin. »Das hätte ich wohl nicht fragen dürfen.«

»Nein«, erwiderte ich kopfschüttelnd. »Schon in Ordnung. Ehrlich gesagt stelle ich mir diese Frage seit einer Weile.« Erst jetzt fiel mir auf, dass er immer noch keine Ahnung hatte. Für ihn waren Deema und ich zwei Crae, die zufällig mit den Ta'ar im Gefängnis der Haiduken gelandet waren und nun aus einem unerfindlichen Grund auf dem Weg nach Istar waren – einer Stadt, die von den Unnen besetzt wurde.

Er wusste nicht, was vor unserer Gefangennahme passiert war. Er konnte es nicht ahnen. Und auf einmal gab es nichts mehr, was mich davon abhielt, es ihm zu erzählen.

»Mein Stamm ist fort«, sagte ich. »Sie wurden von Levi Hawking und seinen Soldaten entführt. Man hat sie zur Hauptstadt verschleppt. Meine Eltern, mein Großvater, meine andere Hälfte und meine Freunde – sie sind alle dort. Deema und ich sind auf dem Weg dorthin, um sie zu retten.«

Kenans Augen waren geweitet. »Sie wurden *alle* verschleppt? Warum habt ihr das zugelassen? Ich meine …« Er warf einen Blick über die Schulter zu Deema. »Ihr hättet sie doch mit Leichtigkeit in die Flucht schlagen können!«

»So einfach ist das aber nicht.« Ich blickte auf meine Zehen. »Wir greifen niemanden an. Wir verteidigen uns nur. Und Hawking hat uns bis zuletzt nicht angegriffen. Er hat uns lediglich mit einem Angriff gedroht.«

»Und das war es?«, schnaubte Kenan. »Eine leere Drohung hat alle dazu bewegt, ihn in die Hauptstadt zu begleiten, um ein ganzes Königreich in seine Hände fallen zu lassen?«

Ich presste die Kiefer aufeinander. So, wie er es sagte, klang es wie ein furchtbarer Fehler. Aber … »Das sind unsere Werte«, rechtfertigte ich mich. »Wir schützen den Einzelnen genauso wie die Gemeinschaft. Wären sie nicht mit ihm gegangen, hätte das Leben gekostet. Und das Leben eines jeden Crae ist wertvoll.«

»Also begebt ihr euch lieber alle in Gefangenschaft«, schloss Kenan, »anstatt für eure Freiheit zu kämpfen.«

»So ist es.« Meine Stimme war erfüllt von der Bitterkeit, die ich in diesem Augenblick verspürte. *Kämpfen für die Freiheit* – genau das taten Deema und ich. Wir kämpften für die Freiheit der anderen. Weil sie es nicht selbst tun wollten.

Allmählich würde mir klar, dass die Crae – auch wenn sie in Tara'Unn geduldet waren – auf Dauer niemals in der Lage gewesen wären, hier zu überleben. Sie konnten nach ihren eigenen Regeln leben – doch der Rest der Welt kannte andere. Und die würden sie durchsetzen, wo es nötig war. Die

Crae würden immer den Kürzeren ziehen. Und das mussten sie verstehen.

Vielleicht konnte ich ihnen genau das sagen. Ich musste sie bloß am Fluss der Seelen erreichen – nicht Gil, sondern Taboga, Lu-Vaia oder jemand anderes. Wenn sie nur verstanden, wie viel sie zu solch einem geringen Preis bewirken konnten, müssten Deema und ich sie vielleicht gar nicht retten. Weil sie es selbst tun konnten.

»Deema und ich sind geflohen, bevor Hawking ...« Ich stockte. »Wenn ich ehrlich bin, mache ich mir deshalb immer noch Vorwürfe. Ich hätte sie nicht zurücklassen dürfen. Nicht an diesem Tag.«

»Aber ihr seid auf dem Weg, um sie zu befreien«, erwiderte der Haiduk. »Ihr lasst sie nicht im Stich. Für mich klingt es so, als hättet ihr genau das Richtige getan.«

Das Richtige – das sagte sich so leicht. Doch es fühlte sich noch immer nicht so an.

»Also«, erhob Kenan nach einer Weile abermals das Wort. »Du bist verheiratet?«

Ich war überrascht, dass das die erste Frage war, die ihm einfiel. Gleichzeitig stellte sie sich als die schlimmste heraus, die er mir hätte stellen können. »Ich weiß es nicht.«

»Was soll das heißen, du weißt es nicht?«, fragte er belustigt. »Hast du geschlafen, als es passiert ist?«

»Ich *war* verbunden«, entgegnete ich schroff. »Dann hat mir mein Mann ins Bein geschossen. Ich weiß nicht, was das bedeutet.«

Ich spürte einen Stich des Ärgers in meiner Brust, als Kenan in gedämpftes Gelächter ausbrach. Dann bemerkte er, dass ich meine Worte todernst meinte, und verstummte abrupt. »Also«, sagte er zögerlich, »ich bin kein Fachmann für Ehen oder *Verbindungen*, aber ... für mich klingt das nicht so, als wollte er noch mit dir verbunden sein.«

Er suchte nach meinem Blick, doch ich hielt meinen starr auf die Flammen gerichtet. »Vielleicht weiß er gerade einfach nicht, was er will.«

»Weißt du denn, was *du* willst, Kauna?«

Wieder traf mich seine Frage unvorbereitet. »Was meinst du damit?«

»Willst du noch mit einem Mann zusammen sein, der auf dich geschossen hat?«

Ich stockte. Mir fiel auf, dass ich mir diese Frage – obwohl sie doch auf der Hand lag – noch nie gestellt hatte.

Alles, woran ich hatte denken können, war, dass ich Gil enttäuscht und damit dazu verleitet hatte, den Pfeil abzufeuern. Dass er sich durch Hawking hatte beeinflussen lassen und seine Gefühle für mich deshalb verdrängt hatte. Dass es meine Aufgabe war, ihn daran zu erinnern. Dass wir uns aus einem bestimmten Grund verbunden hatten – nämlich aus Liebe, allen anderen Meinungen zum Trotz.

Aber was war mit mir? Was war mit *meinen* Gefühlen?

Meine Augen brannten. Die Härchen an meinen Armen stellten sich auf, als die Frage mein gesamtes Selbst ausfüllte. Ich wusste nicht, was ich wollte.

Oder wusste ich es doch, tief in mir drin – und wollte es mir nur nicht eingestehen? Wollte es nicht akzeptieren, weil es bedeutete, dass ich damit alles, woran ich früher geglaubt hatte, einfach über Bord warf, und allem, was ich als mein Leben gekannt hatte, den Rücken zukehrte?

Eigentlich hing alles nur von einer einzigen Frage ab. Konnte ich Gil nach allem, was passiert war, jemals wieder so lieben wie früher? Konnte ich die letzten Wochen vergeben und vergessen und ungetrübt nach vorne blicken?

Plötzlich war es so einfach. *Nein. Das werde ich niemals können.*

Ich blinzelte die Tränen weg, die sich in meinen Augenwinkeln sammelten, und hoffte, dass Kenan sie nicht bemerkte.

Doch ich hatte kein Glück. »Alles in Ordnung?«, fragte er vorsichtig.

Mein Kopf schüttelte sich von selbst. »Nichts ist mehr in Ordnung«, sagte ich mit erstickter Stimme. »Und ich habe Angst, dass es nie wieder besser wird.« Plötzlich fühlte sich die Nacht viel kälter an als je zuvor. Sie drang durch meine Poren in meinen Körper ein und sammelte sich in meiner Brust, wo sie zu einem Eiskristall anschwoll, dem nicht einmal die Wärme des Feuers etwas entgegensetzen konnte.

»Ich kenne dieses Gefühl.«

Als ich Kenan ansah, war es nun er, der den Blick abgewandt hatte. Doch er starrte nicht zu Boden – sondern in eine längst vergangene Zeit.

»Seit meine Mutter gestorben ist, werde ich immer wieder davon heimgesucht. Wie ein Fluch, den ich nicht abschütteln kann. Ich bin in ein schwarzes Loch gefallen, aus dem es keinen Ausweg gab.«

»Wie ist sie gestorben?« Ich wusste nicht, ob ich ihm damit zu nahetrat – doch wenn es so war, ließ Kenan es sich nicht anmerken.

»Mein Vater ist sehr früh von uns gegangen«, erzählte er mit ruhiger Stimme. »Ich habe ihn nie kennengelernt. Meine Mutter hat mich allein großgezogen, bis ich elf war. Wir haben in einem Vorort von Alanya gelebt – keiner Region, in der man gern wohnen würde, wenn man denn die Wahl hätte. Jeden Tag kämpften wir ums Überleben – meine Mutter hatte kaum Möglichkeiten, eine Arbeit zu finden. Und da sie bereits ein Kind hatte, wollte niemand sie heiraten. Wir kauften unser Essen von dem Geld, das ich verdiente – doch vom Schuheputzen wird man nicht reich.« Er holte tief Luft. »Im Gegensatz zu vielen anderen besaßen wir zumindest ein kleines Haus – mein Vater hatte es für seinen Dienst bei der Armee bekommen. Aber das half uns nicht. Im Gegenteil.« Seine Miene verfinsterte sich. »Die Menschen dort waren arm und verzweifelt. Aus diesem Grund brachen sie eines Tages bei uns ein. Sie wollten all unsere Wertsachen haben.« Er zuckte die Achseln. »Doch wir hatten keine – woher auch? Wir hatten nur das Pech, zufällig in einem Haus wohnen zu dürfen, das nicht uns gehörte. Abgesehen davon besaßen wir nichts.« Seine Stimme schien mit jedem Wort schwerer zu werden. »Aber natürlich hat das keiner von ihnen geglaubt. Sie haben mich gepackt und mich dabei zusehen lassen, wie sie sie …« Er schluckte. »Ich habe tatenlos dabei zugesehen, wie sie gestorben ist.« Er senkte die Lider. »Ich habe nichts unternommen, um ihr zu helfen. Sie ist in dem Wissen gegangen, dass ich sie im Stich gelassen habe – und das wird sie mir nie verzeihen.« Er drehte den Kopf und sah mich direkt an. »Ich habe dich auch enttäuscht. Aber bei dir ist es nicht zu spät, um es wiedergutzumachen.«

»Aber du hättest doch nichts tun können, oder?«, fragte ich vorsichtig. »Du warst schließlich erst elf.«

»Das spielt keine Rolle. Ich hätte es zumindest versuchen müssen.« Ein harter Zug bildete sich um seinen Kiefer. »So wie ich in Gunes Kalesi hätte Einspruch erheben müssen, als sie euch zum Schafott gebracht haben.«

Sein Geständnis erweichte mich von innen. Es war genau derselbe Vorwurf, den ich mir selbst machte – seit dem Tag, an dem ich es versäumt hatte, Hawking zu töten. »Aber ich glaube nicht, dass sich deine Mutter von dir verraten fühlt. Wenn ich Kinder hätte ...« Mein Herz brannte, als ich daran dachte, dass dieser Tag vielleicht nie kommen würde. »Dann gäbe es nichts auf der Welt, was sie tun könnten, um mich zu enttäuschen. Ich würde sie immer lieben.«

Kenan schienen meine Worte nicht zu berühren. Zu sehr musste ihn seine Vergangenheit gefangen halten. Mir wurde klar, dass ich nichts tun konnte, um das zu ändern – es war ein Kampf, den er mit sich selbst auszutragen hatte.

Aber das bedeutete nicht, dass ich *nichts* machen konnte. Langsam ließ ich meine Hand über den Boden gleiten, bis meine Finger seine erreichten. Kenan ließ es zu, dass ich sie ineinander verschränkte. »Ich vergebe dir«, flüsterte ich.

Erstaunt hob er die Brauen. »Wirklich?«

Ich lächelte. »Auch wenn ich es zuerst nicht sehen konnte«, erklärte ich, »so hast du doch immer alles getan, was in deiner Macht stand. Und mehr als das kann ich nicht verlangen. Du hast mein Leben riskiert, aber du hast es auch gerettet. Und deines für uns aufs Spiel gesetzt, obwohl du keinen Grund dazu hattest. Natürlich vergebe ich dir.«

Seine Mundwinkel hoben sich leicht. »Danke.« Als Kenans braune Augen in meine blickten, veränderte sich etwas.

Plötzlich stieg ein Gefühl in mir auf, das ich noch nie zuvor bei einem anderen Menschen verspürt hatte und das mich binnen Augenblicken vom Kopf bis in die Zehenspitzen ausfüllte. Es war Wärme. Es war eine tiefe Verbundenheit, die weit über unsere körperlichen Hüllen hinausging. Es war Geborgenheit. Es war Heimat.

»S-Spürst du das auch?«, hauchte ich.

Kenans Blick zuckte von meinem Gesicht zu unseren Händen und wieder zurück. »Wovon sprichst du?«

Schnell zog ich meinen Arm weg. Das Gefühl verschwand. »Von gar nichts.« Unbeholfen kam ich auf die Beine. »Ich gehe besser schlafen.«

»Kauna«, hielt Kenan mich zurück, als ich mich bereits von ihm abgewandt hatte. »Diese Welt ist … ein grausamer Ort«, suchte er nach den richtigen Worten. »Aber wenn Menschen wie wir – Menschen *und Crae* wie wir – zusammenhalten, können wir gegen sie bestehen. Das weiß ich.«

Ich antwortete nicht. Stattdessen schritt ich an der Feuerstelle vorbei, wo ich mich auf den Boden legte. Die anderen benutzten Teile ihrer Kleidung als Kissen, doch ich wollte nicht, dass irgendetwas meinen Körper von dem Untergrund trennte.

Ich grub meine Finger in die Erde und stellte mir vor, es wären Kenans Hände.

So sehr ich es auch versuchte – ich tat kein Auge zu.

Ich spürte, wie die Nacht an uns vorbeizog, wie eine Wache die nächste ablöste, ohne dass ich auch nur eine Sekunde lang ins Land der Träume schweifte.

Meine Sinne waren geschärft, als erwartete mein Körper einen Angriff. Meine Gedanken rasten, wollten die Ereignisse der letzten Tage verarbeiten – aber ich glaubte nicht, dass es ihnen jemals gelingen würde.

Ich empfand Trauer und Reue, Verzweiflung und Angst. Auch wenn ich sie am Tag beiseiteschieben konnte, hielten sie mich Nacht für Nacht wach.

Hana war seit dem Tod der Haiduken nicht mehr aufgetaucht. Ich konnte seinen kleinen warmen Körper nicht spüren. Er half mir nicht in den Schlaf. Ich war auf mich allein gestellt.

Alles, was ich wollte, war Ablenkung. Ausgeglichenheit.

Frieden.

Und ich wusste genau, wo ich diesen bekommen konnte.

Die letzten Stunden über war mein Blick starr auf die Baumkronen gerichtet gewesen. Ich hatte mit aller Kraft dagegen angekämpft, den Kopf zu drehen und ihn anzusehen. Aber jetzt, wo die Müdigkeit und die Unruhe in meinem Inneren einen nicht enden wollenden Krieg ausfochten, konnte ich mich nicht mehr daran hindern.

Kenan hatte seine Weste als Kissen unter seinen Hinterkopf geschoben. Seine Augen waren geschlossen. Seine Brust hob und senkte sich gleichmäßig. Seine Arme lagen locker neben ihm auf dem Boden.

Mein Herzschlag beschleunigte sich. Ich zögerte – aber nur für einen Moment. Dann ergriffen meine Instinkte die Oberhand. Wie ein Tier, das die erste Wasserquelle seit Monaten gefunden hatte, robbte ich zu Kenan hinüber. Glücklicherweise wachte er nicht auf.

Ein paar Sekunden lang beobachtete ich ihn. Wenn er schlief, wirkte er ernst – als würde auch er des Nachts von seiner Vergangenheit eingeholt werden.

Aber er hatte es selbst gesagt. Zusammen konnten wir allem trotzen, was wir in dieser Welt erlebt hatten.

Vorsichtig legte ich mich neben ihn. Musterte ihn. Versuchte, mich davon abzuhalten.

Aber das konnte ich nicht. Ich musste es einfach wieder spüren.

Langsam bewegte ich meine Hand über den Boden, bis mein kleiner Finger seinen berührte. Dann schob ich sie unter seine Handfläche.

Und nahm den leichten Druck seiner Hand um meine wahr.

Mein Herz machte einen Satz. Da war es wieder. Das Gefühl, nach dem ich mich – ohne es zu wissen – schon seit Tagen gesehnt hatte.

Wochen. Monaten.

Jahren?

Obwohl es sich falsch anfühlte, war es gleichzeitig mehr als richtig. Es war eine Empfindung, nach der sich mein Körper verzehrte, ganz ohne meine Seele nach ihrem Einverständnis zu fragen.

Doch selbst die hatte nichts dagegen.

Das Gefühl füllte mich aus. In diesen Sekunden waren Kenan und ich verbunden. Wir waren eins. Und während ich allmählich in den Schlaf glitt, konnte ich an nichts anderes mehr denken.

Wenn der Körper eines Crae ruht, löst sich die Seele von ihrer Hülle und wird für kurze Zeit eins mit den Sternen. Aus diesem Grund überraschte es mich nicht, als ich inmitten der Strömungen des Flusses der Seelen erwachte.

Da ich träumte, war mein Verstand nicht geschärft wie sonst. Ich ließ mich vom Wasser mitreißen, leistete keinen Widerstand gegen die Wellen, die mich ergriffen und durch die andere Welt geleiteten.

So schnell der Ritt begonnen hatte, so plötzlich war er wieder vorbei. Der Fluss wurde ruhig und seicht, und mit einem Mal konnte ich sicher stehen, ohne das Gleichgewicht zu verlieren.

Ich konnte ihn nicht sehen – dafür aber spüren. »Taboga!«

Ich hatte meinen Großvater immer als gefassten, weisen Mann erlebt. Doch die Empfindungen, die ich wahrnahm, widersprachen allem, was ich über ihn zu wissen geglaubt hatte.

Der Älteste war in Sorge. Sorge, die fast an Angst grenzte. Mehr Gedanken, als ich erfassen konnte, zuckten durch sein Bewusstsein.

Sein Geist war nicht nur mit meinem verbunden, sondern auch mit denen der anderen Ältesten. Sogar mit Enobas – schwach, schwindend.

Sie berieten sich, tauschten sich aus. Aber nur in ihren Gedanken – ihre Lippen bewegten sich nicht. Hatten sie Angst, belauscht zu werden? Die Unnen konnten sie doch unmöglich verstehen, wenn sie sich in unserer Sprache unterhielten.

Erst nach und nach wurde mein Sichtfeld erweitert – und mir der Grund dafür offenbart, dass sie im Geiste sprachen. Taboga war allein, fernab aller anderen Crae.

Der Fluss fühlte sich auf einmal kälter denn je an. »Was ist passiert?«

»Hanaskauna.« Die geistige Stimme meines Großvaters zu hören, war beruhigend und verunsichernd zugleich. »Es freut mich, dass du wohlauf bist.«

Ich schluckte. »Aber was ist mit euch? Mit dir?«

Ich spürte, wie die Brust des Ältesten sich hob und senkte, als wäre sie meine eigene. »Wir sind nicht mehr vollzählig«, sagte er. »Aber der Rest von uns ist nicht in Gefahr.«

»Doch«, entgegnete ich. »Genau das seid ihr.« Eine uralte Empfindung, die ich schon lange nicht mehr gespürt hatte, ergriff für einen kurzen Moment die Oberhand: Schuldgefühle darüber, dass ich dem Ältesten widersprochen hatte. Aber heute überwog meine Entschlossenheit alles andere. »Solange ihr die Gefangenen der Unnen seid, seid ihr nicht in Sicherheit!«

»Sie werden uns nicht verletzen«, erwiderte Taboga. »Uns nicht angreifen. Dafür sind sie zu klug.«

»Dasselbe habe ich geglaubt, als sie in die Siedlung gekommen sind. Deema und ich sind unterwegs«, erzählte ich ihm. »Ihr dürft nicht für die Unnen kämpfen.« Ihnen nicht dabei helfen, auf den Thron zu kommen, der rechtmäßig Malik gehörte. »Ihr müsst noch etwas Zeit gewinnen. Bis wir bei euch sind.«

Stille.

Ein ungutes Gefühl stieg in mir auf. »Ihr werdet doch nicht für sie kämpfen, oder?«

»Die Dinge«, erwiderte Taboga, »haben sich geändert, Hanaskauna. Ich fürchte, die Unnen haben einen Weg gefunden, unseren Stamm angreifbar zu machen. Gefügig zu machen. Es ist nur eine Frage der Zeit, bis sie die Macht der Crae für sich bündeln können.«

Mein ganzer Körper verspannte sich. »Von welchem Weg sprichst du?«

Seine Antwort bestand aus zwei Worten, die mehr Bedeutung trugen als alle anderen zuvor: »Von mir.«

Ich wankte. Im letzten Moment konnte ich mich auf den Beinen halten, um mich nicht von den Fluten fortreißen zu lassen. War er deshalb nicht bei den anderen? Weil sie ihn vom Rest der Crae getrennt hatten? Als Druckmittel gegen sie?

»Taboga«, sprach ich mit belegter Stimme. »Ihr müsst kämpfen, verstehst du? Ihr seid viel stärker und mächtiger als die Unnen! Ihr könnt sie in die Flucht schlagen. Und ihr könnt alle nach Hause zurückkehren.«

»Wie kann es sein«, tadelte Taboga mich, »dass du nach so kurzer Zeit bereits alles vergessen hast, was ich dir je beigebracht habe?«

Ich zuckte zusammen. Spürte einen Stich in meiner Magengegend. Presste die Kiefer aufeinander.

»Mitgefühl und Rücksicht sind zwei unserer bedeutsamsten Werte«, erinnerte er mich.

»Ebenso wie Mut und Tapferkeit!«, beharrte ich. »Oder bedeutet dir das gar nichts mehr?«

»Die Crae sind kein angreifendes Volk. Das Wohl eines Einzelnen ist genauso wichtig wie das der Gemeinschaft.«

Seine Stimme dröhnte in meinem Kopf. »Deshalb würden wir sein Leben niemals aufs Spiel setzen. Wir schlagen stets den Pfad ein, der für alle am besten ist.«

»Ich weiß«, erwiderte ich ungeduldig. »Aber genau das hat euch doch erst in diese Situation gebracht.« Ich ballte die Hände zu Fäusten – oder war es Taboga, der das tat? »Ihr werdet geknechtet und lasst es einfach so geschehen!«, schleuderte ich meinem Großvater wütend entgegen. »Und das wird der Untergang der Crae sein!« Sofort verstummte ich, als mir klar wurde, wie ich mit meinem Ältesten sprach.

Doch Tabogas Ton war nach wie vor ruhig. »Wenn das unser Schicksal ist«, erwiderte er, »dann werden wir es als solches akzeptieren.«

Ich öffnete den Mund, wurde aber von gedämpften Stimmen an meinem Ohr unterbrochen. Auch wenn ich keine einzelnen Wörter verstehen konnte, so kam mir die Sprachmelodie doch bekannt vor: Es war Unn.

Mein Herz begann schneller zu schlagen. »Taboga. Wo bist du?«, fragte ich, obwohl ich es längst ahnte. »Warum bist du nicht bei den anderen?«

»Hanaskauna«, sprach er. »Dir ist es gelungen, diesem Schicksal zu entkommen. Es ist zu deinem Besten, keine Fragen zu stellen und keine Antworten zu erhalten.«

Heftig schüttelte ich den Kopf. »Da bin ich anderer Meinung.« Ich spürte Tabogas Erstaunen darüber, dass ich ihm abermals widersprach. Gleichzeitig wusste ich, dass er fühlen konnte, wie sehr ich mich während der letzten Tage verändert hatte. »Ihr solltet für eure Freiheit kämpfen. Jeder Einzelne von euch. Und wenn ihr es nicht tut …« Ich zögerte, doch was ich zu sagen hatte, ließ sich nicht mehr in meinem Inneren festhalten.»… dann werden wir es für euch machen. Deema und ich.«

»Hanaskauna, ihr solltet nicht -«

Ich ließ ihn nicht ausreden. »Das ist mein Versprechen an dich, Hanastaboga«, sagte ich mit fester Stimme. Die Entschlossenheit füllte meine ganze Seele aus. »Wir werden kämpfen, auch wenn wir auf uns allein gestellt sind. Wir werden euch befreien – oder sterben.«

Ein paar Augenblicke – oder auch Ewigkeiten – blieb es still. »Wir sind nicht in der Lage«, erwiderte Taboga dann, »über unser eigenes Schicksal zu bestimmen. Doch wenn du willens bist, dies auf die Probe zu stellen, so werde ich es dir nicht verbieten.«

Ich sprach es nicht aus. Dass er mir längst nichts mehr verbieten *konnte*. Weil ich nicht mehr in der Siedlung war. Nicht mehr bei meinem Stamm. Nicht mehr in der Sicherheit, in der man sich tagtäglich wog, weil man den Seelen seiner Ahnen blind vertraute.

Nein, inzwischen fiel es mir schwer, noch an das Schicksal zu glauben. Ich wollte nicht akzeptieren, dass es Deema prophezeit worden war, seinen Seelenstein zu verlieren. Yagmur, Yusuf und Emre, auf dieser Reise zu sterben. Kenan, unseren Weg zu kreuzen.

Oder mir, nach alledem, was mir in den letzten Tagen zugestoßen war, überhaupt noch am Leben zu sein.

Ich hatte meine Rolle endlich gefunden.

Das Erste, was ich spürte, war ein warmer Körper neben meinem. Ein Arm um meine Schulter. Ein ruhiger Atem, der mit meinen Haaren spielte. Ein gleichmäßiger Herzschlag an meinem Ohr.

Doch als ich die Augen öffnete, wurde mein Bild erschüttert.

Ich war nicht in meinem Zelt. Das war nicht Gil.

Ich befand mich in einem Wald. Und der Körper, an den ich mich im Schlaf geschmiegt hatte, war der von Kenan. Ruckartig richtete ich mich auf und robbte hastig von dem Ta'ar fort.

Obwohl sein Arm dabei zu Boden fiel, erwachte der Haiduk nicht. Dafür, dass er sich fernab seiner Festung befand, schien er einen sehr tiefen Schlaf zu haben. Vielleicht war es ihm gar nicht aufgefallen, dass ich -

Röte schoss in mein Gesicht, und ich wandte mich ab. Mein Blick fiel auf Deema, der in einiger Entfernung zu mir hockte. Er hatte mir den Rücken zugewandt, starrte in die Flammen unseres Lagerfeuers. Die anderen hatten nur wenige Scheite Feuerholz zusammengetragen – eigentlich hätte es schon längst erlöschen müssen.

Doch dann erkannte ich, dass der Crae seine Hand inmitten des verkohlten Holzes im Zentrum der Flammen hielt. Es war nicht das Material, das er in Brand gesetzt hatte – sondern sich selbst.

Ich schluckte. Ein Teil von mir wollte ihm befehlen, damit aufzuhören. Ein anderer sah inzwischen ein, dass ich das gar nicht konnte. Nicht hier, abseits der Siedlung, wo wir nicht mehr und nicht weniger waren als die unverhofften Begleiter einer Gruppe Ta'ar.

Aber da war noch ein dritter Teil in mir – derjenige, der mir am meisten Sorgen bereitete. Der Teil, der sich vor Deema fürchtete. Vor Deema und dem, was er vielleicht tun würde – ob er es wollte oder nicht.

Jeder in der Siedlung war davon ausgegangen, dass er sein Seelentier und die dazugehörigen Kräfte nie entdecken würde. Das war der einzige Grund gewesen, weshalb er ein vollwertiges Mitglied der Gemeinschaft geworden war – auch wenn er selbst nie davon überzeugt gewesen war, eines zu sein.

Ich konnte mich kaum an meine früheste Kindheit erinnern. Trotzdem waren da dunkle Bilder von einer älteren Frau – Deemas Großmutter. *Yara.* Sie hatte ihn in unsere Siedlung gebracht, nachdem ihre alte Heimat ausgelöscht worden war. Seine Eltern waren damals bereits tot gewesen.

Doch Yara hatte nie ein gutes Verhältnis zu ihm gehabt, weshalb einer der damaligen Ältesten sich um ihn gekümmert hatte. Es war nicht so, dass sie ihren Enkel gehasst hätte …

Sie hatte sich vor ihm gefürchtet.

Ihr Seelentier war nicht Ryu gewesen, sondern Yimao, ein Bär, dessen Fell sowohl schwarz als auch weiß war. Die meiste Zeit, in der sie in der Siedlung gelebt hatte, hatte sie mit Fluchen verbracht – Flüche auf Ryu, der ihr ihre Kinder, ihre Familie genommen hatte. Und der es wagte, noch immer in ihrer Blutlinie fortzubestehen. Ihr Gerede hatte auf den restlichen Stamm abgefärbt – ohne, dass jemand Ryu jemals erblickt hätte.

Yara war schon bald gestorben. Heute, viele Jahre später, machte ich mir zum ersten Mal über das, was sie gesagt hatte, Gedanken. Und befürchtete, dass es eine Verbindung zwischen alldem gab. Zwischen dem Tod von Deemas Eltern. Der Zerstörung seiner Heimat und dem Seelentier, das ihn nun offenbar doch noch erwählt hatte.

Yara war die Einzige, die das hätte bestätigen können. Aber dafür war es zu spät. Ich glaubte, nicht einmal Deema selbst kannte die Wahrheit. Er musste sich genau dieselben Fragen stellen. Und das schon, seit er denken konnte. Tag für Tag für Tag.

Ich spürte einen Stich in meiner Brust, denn plötzlich begann ich zu verstehen. *Ihn* zu verstehen.

Deema wollte keine Angst haben. Genau wie ich wollte er nicht akzeptieren, dass sein Schicksal von seinem Seelentier vorherbestimmt wurde. Nach allem, was man ihm schon genommen hatte, wollte er nicht das Letzte verlieren, was ihn zu dem machte, der er war.

Wie hatte ich ihn nur bitten können, auf seine Kräfte zu verzichten? Ich hätte wissen müssen, dass dies einem Verrat an sich selbst gleichkam.

Mit meiner Aufforderung hatte *ich* ihn verraten. Und in diesen Sekunden wollte ich nichts mehr, als das wiedergutmachen. Ich wollte ihn umarmen und ihm sagen, dass es mir leidtat. Dass wir uns in einem Krieg befanden und nichts und niemand uns in diesem Gefecht entzweien sollte – am wenigsten wir selbst.

Der Augenblick verstrich.

Ehe ich mich versah, kam Leben in das Lager. Mit jedem Sonnenstrahl, der durch die Decke aus Blättern und Zweigen über uns brach, wurde ein weiteres schläfriges Auge geöffnet.

»Ich muss zugeben«, murrte Amar, »der Keller der Arafas war um einiges bequemer als der Waldboden.«

»Das ist nur eine Frage der Gewohnheit«, erwiderte ich sanft. »Wenn du es ein paar Jahre lang tust, wirst du dich in einem Bett nicht mehr wohlfühlen.«

»Als ob du Nacht auf Boden schlief, Kauna.«

Ich zuckte zusammen und starrte Deema an. Ein Schwall aus Blut schoss in meinen Kopf. Der Crae wiederum musterte mich abschätzig. Ich fluchte innerlich – ich hatte wirklich geglaubt, er hätte mich die ganze Nacht über keines Blickes gewürdigt. Doch offenbar hatte er mehr gesehen, als mir lieb war.

Ich vermied es, mich nach Kenan umzusehen, und hoffte, dass die Ta'ar von Deemas schlechten Sprachkenntnissen einmal mehr zu verwirrt waren, um darauf einzugehen. »Oder du bleibst einfach beim Bett«, sagte ich schnell an Amar gewandt.

Amar blinzelte. »Oder ich bleibe einfach beim Bett.«

»Ilay«, meldete sich Malik zu Wort. Er hatte sich aufgerichtet und glättete notdürftig seine neue Kleidung. »Wie weit ist der Weg vor uns noch?«

Ilay zuckte die Achseln. »Ich weiß, ich habe die Karte«, sagt er dann, »aber der verlässlichste Navigator ist wohl immer noch Kauna, solange sie mit den Bäumen reden kann.«

»Ich *rede* nicht mit ihnen –«, begann ich. Mein Mund klappte zu, als mir klar wurde, dass es in der Sprache der Ta'ar keine Worte gab, um die Beziehung zu beschreiben, die ich zur Natur pflegte.

Malik hob eine Braue.

Ich räusperte mich. »Na gut, ich werde sie fragen«, murrte ich. Ich wandte mich ab und schritt zu einem der Bäume, um seine Rinde mit der Handfläche zu berühren. Ich atmete tief ein, während ich die Botschaften in mich aufnahm, die er und sein Netzwerk – denn genau das war ein Wald – an mich sandten. »Es ist nicht mehr weit«, gab ich schließlich weiter. »Zu Pferd sollten wir nicht einmal eine Stunde bis nach draußen brauchen.«

»Großartig«, seufzte Ilay. »Ehrlich gesagt finde ich die Düsternis hier ziemlich deprimierend.«

»Weißt du, was noch deprimierender ist?«, gab Amar zurück. »Eine von den Unnen besetzte Großstadt.«

Er hielt es nach wie vor für keine gute Idee. Natürlich nicht – es *war* keine gute Idee. Trotzdem fühlte es sich für mich wie das Richtige an. Und da ich mich von allem, woran ich mich bei meinen Entscheidungen hatte festhalten können – mein Stamm, meine Werte, mein Schicksal – entfernt hatte, gab es nichts mehr, das Zweifel in mir hätte säen können.

»Nur die Ruhe«, ertönte Kenans Stimme hinter mir – mir wurde heiß. »Zufällig habt ihr einen Spezialisten für solche Fälle unter euch.«

»Ach ja?«, erwiderte Amar trocken. »Wo? Alles, was ich sehe, ist ein Spezialist dafür, uns umbringen zu lassen!«

»Amar«, ermahnte ihn Malik. »Ich denke, Kenan hat genug getan, um uns zumindest für den Moment seine Loyalität zu beweisen.«

»Loyalität?«, fragten Amar und Kenan aus einem Mund. Ich konnte mich nicht entscheiden, wer von ihnen irritierter klang. »Das geht für meinen Geschmack dann doch etwas zu weit«, ergänzte der Haiduk. »Ich würde es vielmehr als Wetteinsatz sehen – ich setze auf ein Pferd und hoffe, dass es genug Glück hat, um das Rennen zu gewinnen.«

»Vergleichst du deinen König gerade mit einem Gaul?«, schnauzte Amar ihn an.

»Oh, entschuldige«, gab Kenan zurück. »Habe ich etwa seine Krönung verpasst?«

Stille kehrte ein. Er hatte den wunden Punkt der Ta'ar getroffen – einen der Gründe, weshalb sie diese unmögliche Reise überhaupt erst hatten antreten müssen.

»Ich denke, es wäre das Beste«, schlug ich vor, »wenn wir etwas essen würden. Und dann aufbrechen. Auf der Stelle.«

»Das ist eine wunderbare Idee«, stimmte Ilay mir schnell zu.

Tatsächlich konnte das kleine Frühstück, das die von Sara befüllte Proviantasche hergab, den Streit beenden. Oder zumindest vorerst unterbrechen.

Wenig später hielt Kenan mir abermals seine ausgestreckte Hand hin. Nervös warf ich einen Blick in Richtung der anderen, doch wieder hatten sie die restlichen Pferde bereits unter sich aufgeteilt. Auch wenn Malik, Ilay und Deema Kenan zu akzeptieren schienen, reichte ihre Liebe nicht aus, um mich abzulösen. *Verräter.*

»Alles in Ordnung?«, fragte Kenan auf mein Zögern hin.

»Ja!«, beeilte ich mich zu sagen. Ich ließ meinen Köcher von meiner Schulter gleiten und hielt ihn in einer Hand, ehe ich Kenans ergriff, um mir aufhelfen zu lassen. Aber ich war angespannt. Bisher hatte der Haiduk nicht den Anschein erweckt, als erinnerte er sich an das, was letzte Nacht passiert war. Doch was, wenn die Wärme meines Körpers etwas in ihm auslöste – wenn sie dafür sorgte, dass es ihm wieder einfiel?

Ich machte mir umsonst Sorgen. Der Ritt war völlig ereignislos und unterschied sich kaum vom Vortag. Mit Ausnahme von Deema, der mich kein einziges Mal auch nur von der Seite ansah.

Wir verließen Kuzaya ohne Vorkommnisse. Mein Herz wurde schwer, als sich der Wald stetig entfernte. Doch selbst wenn wir die drei Reiter getötet hatten, waren uns die Haiduken nach wie vor auf den Fersen. Wir mussten in Bewegung bleiben.

»Warum haben die Unnen Istar besetzt?«, fragte ich irgendwann. »Ich meine – sie können kaum genug Männer haben, um jede einzelne Stadt einzunehmen. Warum also gerade Istar?«

»Ist das nicht offensichtlich?«, gab Kenan zurück.

»Istar ist eines der größten Handelszentren von Tara'Unn«, erwies sich Ilay als hilfreicher. »Das ist vermutlich der Grund, weshalb deine Familie ständig die weite Reise dorthin auf sich genommen hat, obwohl sie auch an anderen Orten ihre Waren hätten vertreiben können.«

»Als die Unnen in Tara'an eingefallen sind«, ergänzte Malik, »haben sie sich zuerst auf die Punkte konzentriert, die für die Ta'ar strategisch am wichtigsten sein könnten. Nicht nur auf die Hauptstadt, sondern auch auf weitere Bündelungspunkte – wie Istar.«

»Richtig, aber das ist noch nicht alles«, entgegnete Kenan. »Istar ist außerdem einer der religiösen Mittelpunkte von Tara'an – sein Amal ist weit über die Grenzen das Landes hinaus bekannt.«

Einzelne Bilder zuckten vor meinem inneren Auge auf. Bei meinem letzten Aufenthalt in Istar hatte ich leider keine

Gelegenheit gehabt, die Schönheit des Amal zu genießen. Zu sehr war ich damit beschäftigt gewesen, um mein Leben zu rennen.

»Istar, die Hauptstadt des Glaubens, einzunehmen, war also ein noch deutlicheres Zeichen an die Einwohner Tara'ans«, fuhr Kenan fort. »Wenn sie nicht einmal dort mehr frei leben können, dann können sie es im restlichen Land auch nicht.«

»Also sind die Menschen in Istar … nicht mehr frei?«, fragte ich zögerlich.

»Ich glaube«, antwortete Kenan gedehnt, »du solltest dir das selbst anschauen.«

Etwas am Himmel zog meine Aufmerksamkeit auf sich. Es sah aus wie ein riesiger fliegender Ball, an den man einen Korb gehängt hatte. Meine Augen weiteten sich. »Was … ist das?«, stieß ich hervor.

»Ein Heißluftballon«, antwortete Malik. »Wie sein Name besagt, benötigt er nichts als heiße Luft, um aufzusteigen. Menschen können darin fliegen.«

»Sie können … *fliegen*?«, hauchte ich. Ich konnte mich nicht von dem in reichen Farben bemalten Ballon losreißen. »Menschen … können fliegen?« Eine Sehnsucht, die ich bisher selten verspürt hatte, erfüllte mein Herz. »Ich wünschte, ich könnte das auch.«

Ich spürte Maliks eisblauen Blick auf mir. »Dann werden wir, wenn das hier vorbei ist«, versprach er, »über das ganze Land hinweg fliegen. In einem Ballon, der deinen Namen trägt.«

Unwillkürlich breitete sich ein Lächeln auf meinem Gesicht aus. Ich stellte mir vor, wie die Welt von oben aussah. Wie die einzelnen Baumwipfel der Wälder zu einem einzigen grünen Meer verschmolzen. Wie Menschen nicht größer waren als die Ameisen zu meinen Füßen. Wie jede Stadt nur noch wirkte wie ein Haus – oder sogar noch kleiner!

»Ich an deiner Stelle«, riss Kenan mich aus meiner Träumerei, »würde mich nicht darauf verlassen, dass das jemals passiert.«

»Ach, sei still!«, zischte ich, doch ich wusste, dass er recht hatte. Ich sollte keine Pläne für das schmieden, was *danach* kam. Das Risiko, dass ich dabei nur meine Zeit verschwendete, war viel zu hoch.

Die Hufe der Pferde stießen auf Metall. Erschrocken schaute ich nach unten – und entdeckte etwas bitter Vertrautes.

Gleise. *Die Gleise der Eisenbahn, die durch Istar fährt. Das bedeutet –*

Ich sah auf und starrte in Richtung Horizont. Mein Herz setzte einen Schlag aus. Nicht, weil ich zum ersten Mal seit zwei Jahren die Häuser und Türme der Stadt erblickte, die ich einmal mein zweites Zuhause genannt hatte. Sondern wegen der Soldaten, die sie bewachten.

Die Unnen, sie waren überall.

ISTAR

4. Kapitel - Rückkehr nach Istar

Sie blockierten unseren Zugangsweg zur Stadt – und vermutlich auch alle anderen, auf jeder erdenklichen Seite. Sämtliche Fasern meines Körpers spannten sich an, je näher wir ihnen kamen.

Die Pferde legten ein schnelles Tempo vor – sie hatten keine Ahnung, was vor sich ging, was uns beunruhigte, liefen immer weiter geradeaus, einfach weil ihre Beine sie dorthin trugen. Sie konnten die Furcht, die in mir aufstieg, nicht spüren, weil sie den Menschen vertrauten. Sie hatten sie aufgezogen, gefüttert und gezähmt. Sie wussten nicht, dass es verschiedene Arten von ihnen gab.

Doch die Pferde hatten auch nichts zu befürchten. Sie waren es nicht, auf die die Unnen es abgesehen hatten.

Aus dem Augenwinkel erkannte ich, wie Malik etwas, das die Arafas *Kapuze* genannt hatten, tief in sein Gesicht zog.

Wir befanden uns noch in einigem Abstand zu den Soldaten, als Kenan uns bedeutete anzuhalten. Seine Wärme in meinem Rücken verschwand, sobald er vom

Pferd stieg. »Wartet hier«, sagte er mit einer Ruhe, die kein Ta'ar in dieser Situation haben sollte. »Ich erledige das.«

Meine Arme versteiften sich um meinen Köcher. »Was hat er vor?«, raunte ich, während Kenan in Richtung der Soldaten schlenderte.

»Ich habe nicht die geringste Ahnung«, erwiderte Ilay. »Aber ich hoffe, er weiß, was er tut.«

Etwa ein Dutzend Wachleute versperrten den Zugang zu Istar. Als würden sie von derselben unsichtbaren Macht geleitet, richteten sie ihre Waffen gleichzeitig auf Kenan.

Dieser hob abwehrend die Arme, ohne stehen zu bleiben. Ich hörte, wie er etwas rief, das ich nicht verstehen konnte.

Ich runzelte die Stirn. Ich glaubte nicht, dass er Unn sprach – oder dass sich die Unnen dazu herablassen würden, Ta'ar zu benutzen. Wie wollte er mit ihnen kommunizieren?

Einer der Unnen bellte etwas zurück, schien ganz und gar nicht begeistert von dem zu sein, was Kenan zu ihm sagte.

Dann führte dieser einen Finger an sein linkes Ohr.

Die Soldaten starrten auf die Stelle, an der er sein Ohrläppchen abgeschnitten hatte. Etwas in ihren Mienen veränderte sich.

Einer der Männer löste sich von der Gruppe, ein Teil von ihnen senkte die Waffen, warf jedoch argwöhnische Blicke in unsere Richtung.

»Was hat er zu ihnen gesagt?«, fragte ich mich laut.

»Sie haben kapiert, dass er ein Haiduk ist«, spann Amar das Geflecht aus Fragen weiter, das uns wohl allen durch die Köpfe ging. »Warum nehmen sie die Waffen dann *herunter*?«

»Früher hätte man ihn vermutlich auf der Stelle erschossen«, schätzte Ilay. »Als es noch Ta'ar waren, die die Stadt bewacht haben, meine ich.«

»Die Zeiten scheinen sich geändert zu haben«, hauchte ich. Dennoch machte ich mir Sorgen um Kenan. Ich verfluchte ihn für sein strotzendes Selbstbewusstsein, das ihn glauben ließ, er könnte einfach so in eine Horde Unnen marschieren und sie dazu auffordern, uns hereinzulassen.

Mehrere Minuten vergingen, ehe der Soldat zurückkehrte – er hatte einen weiteren Mann bei sich. Aus der Ferne konnte ich einige bunte Kreise an seiner Uniform erkennen. Ich vermutete, dass es Orden waren. Ich hatte gehört, dass diejenigen, die viele von ihnen gesammelt hatten, eine wichtige Stellung innehaben mussten.

Ein Grinsen breitete sich auf dem Gesicht des Unnen aus, als er Kenan sah. Er ... klopfte ihm auf die Schulter?

Ich verstand die Welt nicht mehr. Noch weniger, als sich die beiden seelenruhig unterhielten wie alte Freunde, die sich lange nicht gesehen hatten. Dann griff der Haiduk an seinen Gürtel.

Sofort richteten sich alle Waffen wieder auf ihn.

Der hochrangige Soldat hob eine Hand, und sein Gefolge zog sich abermals zurück. Er ließ es zu, dass Kenan ihm einen Beutel reichte, den er an seinem Gürtel trug und in dem er zuvor Deemas Seelenstein aufbewahrt hatte.

Der Mann wog den Gegenstand in seiner Handfläche, als wollte er schätzen, was sich darin befand. Dann blickte er geradewegs in unsere Richtung, und plötzlich wurde mir schmerzlich bewusst, dass ich kein Kopftuch trug.

Sara hatte mich für eine Frau aus einem anderen Land, mit einem anderen Glauben, gehalten und war deshalb gar nicht erst auf die Idee gekommen, mir einen anzubieten. Ich fühlte mich nackt. Entlarvt. Schutzlos. Meine Haare würden mich verraten.

Kenan wandte sich um und winkte uns zu sich.

Wir wechselten einen Blick. »Glaubt ihr, es ist sicher?«, fragte Ilay.

»Wir machen den Anfang«, schlug Amar vor. »Dann Kauna. Ihr zuletzt. Wenn es eine Falle ist, gewinnt ihr so einen Moment, um zu fliehen.«

»Nein, Amar«, erwiderte Ilay. »Wenn wir noch einen weiteren Schritt auf sie zu machen, werden wir ihnen nicht mehr entkommen können.«

Ich schluckte. Der Ausdruck in Kenans Miene war dringlich. Wenn wir zögerten, würden wir das Misstrauen der Unnen erregen.

Ich verstand, weshalb die anderen unsicher waren. Aber das durften wir uns nicht erlauben. Und ich für meinen Teil …

Ich vertraute Kenan.

Deshalb war ich die Erste, die sich in Bewegung setzte. Ich zupfte an den Zügeln und schaffte es tatsächlich, das Pferd in Richtung der Unnen traben zu lassen. Mit jeder Sekunde schlug mein Herz schneller, lauter, warnender.

Ich erinnerte mich an meine letzte Begegnung mit Soldaten. An die Grenze. An das, was danach geschehen war.

Würde sich das alles nun wiederholen?

Die Männer bildeten eine breite Gasse, um uns hindurchzulassen. Ich wagte es nicht, ihre Blicke zu erwidern, sondern starrte in den Himmel hinauf. Ich zog ohnehin schon genug Aufmerksamkeit auf mich.

Wie durch ein Wunder gelang es uns, die Unnen zu passieren, ohne dass man uns aufhielt. Nicht mich, nicht Deema, nicht die Ta'ar. Wir tauchten ein in eine Stadt, die mir so vertraut war –

Und die ich kaum wiedererkannte.

Die Luft um uns herum war von den verschiedensten Stimmen und Gerüchen erfüllt. Gewürze, frisches Fleisch, Damendüfte stiegen in meine Nase und gaben mir ein fast schon heimeliges Gefühl. »Tretet näher, tretet näher!«, riefen die Händler und Hausierer wie wild durcheinander.

»Wunderschöne Dinge zu verkaufen!«

»Das beste Fleisch in ganz Tara'Unn!«

Wir befanden uns zweifelsohne in Istar. Ich kannte die Gebäude, die Straßen und auch die Menschen um uns herum. Aber nichts davon war mehr wie früher.

»Teppiche geknüpft für Könige!«

Die Menschenmenge, durch die sich unsere Pferde schoben, wurde immer wieder von den blau-weißen Uniformen der Unnen durchbrochen – um sie herum bildeten sich weite Kreise aus Leere. Die Ta'ar wollten so viel Abstand wie möglich zu ihnen halten.

»Ketten für ihre Frauen! Armbänder für ihre Töchter!«

Ihr Treiben war kein geschäftiges, ihre Gespräche keine ausgelassenen. In ihren Augen las ich andere Gefühle als vor zwei Jahren. Über alles, was sie sagten und taten, legte sich ein Schleier der ...

Angst.

»Regel Nummer eins«, rief Kenan uns über die Schulter zu. Ich war froh, dass er nicht wieder aufs Pferd gestiegen war. »Haltet euch fern von allen religiösen Stätten, wenn ihr keinen Ärger mit Unnen bekommen wollt. Ich bringe euch an einen etwas abgelegeneren Platz. Dort können wir planen.«

»Was sind die anderen Regeln?«, fragte ich, als er nicht fortfuhr.

Irritiert wandte er sich zu mir um. »Keine Ahnung«, erwiderte er. »Die denke ich mir spontan aus.«

»Prächtige Gewänder für die schönsten Frauen Tara'ans!«

Die Rösser begannen, unruhig zu werden. Kurzerhand stiegen wir von ihnen ab. Vermutlich war es besser, Malik nicht auf dem Rücken eines Pferdes zu präsentieren – auf dem Boden konnte er viel schneller in der Menge untergehen.

»Wie hast du das gemacht?«, fragte ich Kenan, der den Zügel des Tieres ergriff, um es durch die Menschenmenge zu führen. »Wie hast du sie davon überzeugt, uns hereinzulassen?«

»Ich habe da so meine Tricks«, erwiderte er gedehnt.

»Die Haiduken«, beharrte ich. »Sie haben ein Abkommen mit den Unnen geschlossen, nicht wahr?«

»Nur mit denen in den angrenzenden Städten«, lenkte er ein. »Wir fangen flüchtige Verbrecher für sie ein – sie gewähren uns *Freizügigkeit*.«

Ich runzelte die Stirn. »Ihr dürft ... anziehen, was ihr wollt?«

Kenan grunzte. »Wir dürfen hingehen, wo wir wollen«, korrigierte er mich.

»Welche Verbrecher jagt ihr für sie?«, fragte ich scharf. »Mörder? Diebe? Oder einfach nur Ta'ar, die ihr Land nicht ungeschlagen an den Feind übergeben wollen?«

»Ich weiß nicht«, sagte Kenan, »warum du immer noch von *wir* und *euch* redest. Meine Zeit bei den Haiduken ist vorbei.« Er schenkte mir einen schiefen Seitenblick. »Ich dachte, das wäre dir aufgefallen, als ich den Letzten von ihnen erschossen habe.«

Ich versuchte, nicht daran zu denken. »Was war in dem Beutel, den du ihm gegeben hast?«

Kenan zuckte die Achseln. »Eine kleine Erinnerung an unsere Vereinbarung.«

»Geld«, riet ich.

»Alles, was ich bei mir getragen habe, um genau zu sein. Du wolltest nicht zufällig so dringend nach Istar, weil du hier ein kleines Vermögen versteckt hast, oder?«

»Selbst wenn«, erwiderte ich knapp, »wüsste ich nicht, weshalb ich es mit einem Verbündeten der Unnen teilen sollte.«

»Du kannst also immer noch keinen Schlussstrich ziehen«, seufzte Kenan. »Ich kann es dir nicht einmal übel nehmen. Obwohl ich mich frage …« Plötzlich blickte er mich direkt an, der Anflug eines Grinsens breitete sich auf seinem Gesicht aus. »… warum dich das letzte Nacht nicht davon abgehalten hat, dich an mich zu schmiegen.«

Abrupt hielt ich an. Hitze schoss in meinen Kopf. Ich hätte schwören können, dass er nichts gemerkt hatte!

Ich spürte eine Hand auf meinem Rücken. Mit sanftem Druck schob Malik mich vorwärts. »Du solltest hier nicht stehen bleiben. In diesem Gedränge könnten wir nur zu leicht voneinander getrennt werden.«

»Du hast recht«, gab ich zu. Der Basar von Istar wurde kurz hinter den Pforten zur Stadt abgehalten, damit reisende Händler sich ihren Weg nicht erst durch den gesamten Ort bahnen mussten. Aus diesem Grund wurde es mit jedem Schritt, den wir machten, enger um uns herum.

»Es tut mir leid«, sagte ich dann und versuchte, das Prickeln in meinen Wangen zu ignorieren. »Vielleicht war es doch keine so gute Idee hierherzukommen. Es ist gefährlich für dich, hier zu sein.«

Ich konnte Maliks Gesicht nicht erkennen – er hatte die Kapuze so weit heruntergezogen, dass nur noch sein Mund darunter sichtbar war. »Nicht gefährlicher als in jeder anderen Stadt auch«, entgegnete er. »Spätestens in Alanya werde ich meine Fähigkeiten, mich verborgen zu halten, unter Beweis stellen müssen. Es schadet nicht, seine Möglichkeiten schon hier zu erproben.«

»Was das?«, rief Deema plötzlich aus. Sein Finger war auf ein Gestell mit zwei Rädern gerichtet. Ein Mann ritt auf ihm, ähnlich wie auf einem Pferd. Ein scheppernder Geräusch ertönte in regelmäßigen Abständen, wann immer der Ta'ar seine mit einem grau schimmernden Material besetzten Schuhspitzen auf dem Boden abstieß. Er bewegte sich in einer solchen Geschwindigkeit, dass die Leute in seinem Weg auseinanderstoben, ehe er sie überfahren konnte.

»Eine Laufmaschine«, sagte ich. Ich hatte sie bereits vor zwei Jahren gesehen. Man hatte mir erzählt, man könnte sich auf ihnen so schnell fortbewegen wie ein Pferd im Galopp. Sie faszinierten mich, auch wenn sie für mich niemals ein lebendiges Wesen ersetzen könnten.

Ich sah zu Deema, doch der hatte sich bereits etwas Anderem zugewendet. Seine Augen schienen doppelt so groß wie sonst – so intensiv starrte er alles an, was in sein Sichtfeld rückte.

Mir wurde klar, dass er noch nie zuvor eine Stadt betreten hatte. Alles um uns herum musste vollkommen neu für ihn sein – die großen Häuser, die sich völlig von denen in der Geisterstadt in Unn unterschieden. Die vielen Menschen, die sich hier auf einer Stelle tummelten und die sich alle paar Sekunden mehr oder weniger sanft an uns vorbeischoben. Ihre Kleidung. Die Dinge, die sie bei sich trugen. Die lauten Rufe der Händler, die es irgendwie schafften, das Gewirr aus anderen Stimmen zu übertönen. Ihre Schilder mit Aufschriften, die weder Deema noch ich lesen konnten.

Mit Istar waren wir in eine andere Welt eingetaucht. Eine Welt, in der ich mehr Aufmerksamkeit auf mich zog, als mir lieb war. Mir waren die Blicke nicht sofort bewusst geworden. Doch mit jeder Sekunde wurden es mehr.

Ich nahm meine dicken Haarsträhnen zusammen und legte sie über eine Schulter – was sie noch lange nicht unauffälliger machte. Sie waren nicht nur blond, sondern auch nicht annähernd so fein wie die der Frauen hier.

Aila hatte ihre Haare tagtäglich gebürstet – mit einhundert Strichen an der Zahl – und hatte immer wunderschön ausgesehen. Aber obwohl ich noch nie so etwas wie eine Haarbürste besessen hatte, war mir nicht in den Sinn gekommen, wie seltsam meine Haare doch in den Augen der Ta'ar wirken mussten. Ich musste mir so schnell wie möglich ein Kopftuch besorgen – denn je mehr Aufmerksamkeit ich weckte, desto mehr gefährdete ich Malik.

»Ist Alanya genauso wie Istar?«, fragte ich, um mich von der Tatsache abzulenken, dass ich selbst gar nicht mehr wusste, *wie* Istar eigentlich war.

»Alanya«, erwiderte Malik, »ist die schönste Stadt auf Erden. Zumindest war sie das, bis mein Vater starb«, fügte er hinzu. Ein Hauch von Bitterkeit schwang in seiner Stimme mit.

Ich dachte über seine Worte nach. »Was genau macht eine Stadt denn *schön*?« Bisher hatte ich geglaubt, dass *schön* ein Begriff war, mit dem man Menschen beschrieb. Oder Sonnenuntergänge. Doch ich konnte mich an keinen Ort erinnern, auf den diese Beschreibung gepasst hätte.

»Wir haben viele Gärten«, erwiderte Malik. »Parks. Kulturstätten längst vergangener Zeiten. Universitäten, die weit über die Grenzen Tara'Unns hinaus bekannt sind. Wunderschöne Amals und sogar eine Kirche, die mein Vater als Zeichen des Friedens erbauen ließ. Der Fluss Sugol verläuft mitten durch die Stadt. Und nicht zuletzt sind unsere Einwohner glücklich. Sie fühlen sich sicher und haben keine Angst. Zumindest …«

»Bis vor zwei Jahren«, ergänzte ich.

»Bis vor zwei Jahren.«

Nur zu gerne wollte ich mir das Paradies vorstellen, das Malik mir beschrieb – doch dann dachte ich an Kenan. Er war in der Hauptstadt aufgewachsen, allerdings unter keinen Verhältnissen, die einen Menschen glücklich machen würden. Womöglich kannte Malik seine Heimat nicht annähernd so gut, wie er glaubte.

Unwillkürlich hielt ich nach dem Haiduken Ausschau.

Und fand ihn nicht.

»Wo ist Kenan?«, fragte ich laut. Hatte er sich etwa davongestohlen?

Erst dann fiel mir auf, dass Malik stehen geblieben war. Ein Fluch drang aus seiner Kehle.

Ich fuhr herum.

»Wo sind *alle anderen*?«, stieß der Sohn des Königs hervor.

Panisch suchte ich die Menge mit dem Blick ab – was sich schwierig gestaltete, da ich alle paar Sekunden von einem anderen Ta'ar oder Unn angerempelt wurde.

Nicht einmal die drei Pferde, deren Köpfe weit über denen der Menschen aufragten, waren mehr zu sehen. Sie waren wie vom Erdboden verschluckt.

Wir hatten sie verloren.

»Sie waren doch gerade eben noch hier!« Ich kämpfte gegen den Druck mehrerer Händler an, die mich mit sich zu reißen drohten. »Sie können nicht besonders weit sein.«

Malik erwiderte nichts.

Ein ungutes Gefühl stieg in mir auf. »Oder?«

»In dieser Stadt«, entgegnete der Sohn des Königs trocken, »könnten sie inzwischen schon überall sein.«

Ich schluckte. »Wir brauchen einen Aussichtspunkt«, schlug ich vor. »Einen höher gelegenen Ort. Von dort aus kann ich nach ihnen Ausschau halten.«

Malik fixierte mich. »Was hast du im Sinn?«

Die Antwort lag bereits auf meiner Zunge, bevor sie in mein Bewusstsein dringen konnte: »Das Amal.«

Seine Augen weiteten sich. »Du willst das Amal hinaufklettern?«, fragte er irritiert.

»Wenn nötig«, gab ich zurück. »Aber vielleicht muss ich das nicht. Das Gebäude ist von mehreren Pfeilern umgeben. Die haben auch Treppen«, fügte ich achselzuckend hinzu. Ich erinnerte mich an die Höhe. An meine Furcht. An die Rufe der Soldaten. Und an den Luftzug in meinem Gesicht, als ich mich in Richtung der Eisenbahn geschwungen hatte.

Mein Herz schlug schneller vor Aufregung. Ich hatte die Schönheit des Amal beim letzten Mal nicht genießen können – und vermutlich würde mir auch jetzt keine Zeit dafür bleiben. Aber wenn ich es nur noch einmal sehen könnte … »Hier entlang!«, drängte ich ihn.

Malik und ich bahnten uns einen Weg durch die Menge. Alle paar Sekunden hielt ich nach ihm Ausschau, um nicht auch noch ihn aus den Augen zu verlieren. Am liebsten hätte ich seine Hand genommen, doch eine solche Verbindung zwischen einem Ta'ar und einer vermeintlichen Unn hätte nur unnötige Aufmerksamkeit erregt. Schon bald darauf wurde es einfacher, sich fortzubewegen – weil es den Strom aus Menschen in dieselbe Richtung zu ziehen schien wie uns.

Ich blickte in den Himmel hinauf. Es war noch nicht ganz Mittag. Aus welchem Grund wollten alle genau jetzt zum Amal? Waren sie alle von einem plötzlichen Drang, zu beten, überfallen worden?

Als wir die letzten Häuser, die uns vom großen Platz vor dem Amal trennten, hinter uns ließen, reckte ich den Kopf. Doch was ich sah, war nicht das prachtvollste Gebetshaus, das je in Tara'Unn errichtet worden war.

Sondern seine Ruine.

Plötzlich fühlte ich mich vollkommen leer. Ich konnte es nicht glauben. Ich konnte es nicht glauben, bis ich unmittelbar davorstand. Schwarz-weiße Trümmer, so weit das Auge reichte. Regenbogenfarbene Glasscherben. Schutt und Asche.

»Sie haben es niedergebrannt«, sprach Malik es mit belegter Stimme aus. »Das hätten sie nicht tun dürfen.«

»Die Unnen«, stieß ich hervor. »Sie ... haben das ... getan?« Meine Hände begannen zu zittern. Das Amal war das Wahrzeichen Istars gewesen – wenn nicht gar das des ganzen Landes. Das Monument, das Istar zum religiösen Zentrum Tara'ans gemacht hatte. Das den Einwohnern Hoffnung gegeben hatte.

Sie hatten es dem Erdboden gleichgemacht. Einfach so.

»Wir sollten nicht hierbleiben«, warnte Malik mich. »Es ist zu gefährlich.«

»I-in Ordnung.« Ich ließ meinen Blick schweifen. »Vielleicht finden wir ein höheres Haus, auf dem ich –« Ich verstummte, als vereinzelte Rufe an meine Ohren drangen.

Gleichzeitig drehten Malik und ich uns um – und entdeckten eine immer größer werdende Traube aus Ta'ar. Aus allen Ecken strömten weitere Menschen in ihre Richtung, und während die Rufe zu Beginn noch vereinzelt ertönten, kristallisierte sich schon bald eine zentrale Botschaft heraus, die von allen Anwesenden lauthals in die Welt gebrüllt wurde: »Unnen raus!«

Erst auf den zweiten Blick entdeckte ich eine kleine Gruppe von Soldaten – womöglich eine Patrouille –, die von den Ta'ar umzingelt wurden. Ihre Mienen waren finster. Zwar bewegten sich ihre Lippen, doch sie waren nicht in der Lage, die Stimmen der Männer und Frauen zu übertönen.

»Was haben sie vor?«, raunte ich. Wie von selbst trugen mich meine Beine vorwärts.

»Kauna«, zischte Malik. »Nicht!«

Meine Gedanken rasten. Die Unnen hatten den größten Schatz Istars zerstört. Und doch wagten sie es, an den Ort des Verbrechens zurückzukehren. Ein Fehler. Hatten sie wirklich geglaubt, dass sich die Einwohner nicht zur Wehr setzen würden?

Diese vier, fünf Unnen hatten ihr Schicksal besiegelt, als sie diesen Platz betreten hatten.

»Kauna!«

Ich wusste nicht, wovor Malik zurückschreckte. Die Ta'ar waren mehr als nur in der Überzahl. Es gab absolut nichts zu befürchten.

Doch als ich den Rand der Gruppe erreichte, änderte sich meine Meinung.

Einer der Männer fuhr zu mir herum. Er musste meine Haare aus dem Augenwinkel gesehen haben. »Da ist noch eine Unn! Gekleidet wie eine Ta'ar!«, spuckte er mir förmlich ins Gesicht.

Ich ballte die Hände zu Fäusten. »Ich bin so sehr eine Unn«, knurrte ich in fließendem Ta'ar, »wie du eine Frau bist.«

Die Kinnlade des Mannes klappte zu. Als wäre nichts gewesen, wandte er sich um und setzte seine Rufe fort.

Eine Hand legte sich auf meine Schulter. »Wir sollten nicht hier sein«, sagte Malik.

»Werden sie sie töten?«, fragte ich, ohne zu wissen, welche Antwort ich hören wollte.

»Nein«, erwiderte Malik. »Verstärkung wird jeden Moment hier sein. Sie werden den Protest zerschlagen und –«

Als hätten sie auf sein Kommando gewartet, traten weitere Soldaten auf den Platz. Sie hielten ihre Gewehre im Anschlag und schritten immer näher auf die Gruppe zu.

Doch die Ta'ar ließen sich davon nicht beirren. Auch sie wurden mit jeder Sekunde mehr. Als ich mich umdrehte, hatten sich bereits vier weitere Reihen an Menschen zu uns gesellt.

Die Unnen in der Mitte des Kreises hatten ebenfalls Waffen gezogen – Schlagstöcke. Und sie sahen ganz so aus, als schreckten sie nicht davor zurück, sie auch einzusetzen.

Unruhe kehrte in die Menge ein. Ein Ta'ar stürzte sich auf einen Unn – und wurde kurzerhand niedergeschlagen.

Der Mann ging zu Boden – und wurde von zwei weiteren, umso wütenderen Einwohnern abgelöst.

Die Gruppe kam in Bewegung. Die Neuankömmlinge von hinten drückten sich mit aller Kraft gegen unsere Rücken, als wollten sie die Unnen mit unseren vereinten Körpern zerquetschen. Ich hatte Schwierigkeiten, das Gleichgewicht zu halten.

»Wir müssen weg!«, knurrte Malik. »Sofort!«

Wir fuhren herum. Der Sohn des Königs ergriff mich beim Arm, während er uns einen Weg aus der Menge bahnte.

Ehe ihn jemand bei der Schulter packte.

Malik blieb so abrupt stehen, dass ich beinahe gegen ihn gestoßen wäre. Sein Gegenüber – ein älterer Ta'ar mit Vollbart – machte keine Anstalten, ihn loszulassen. »Wo wollt ihr so schnell hin?«, fragte er barsch. »Euch etwa verkriechen, anstatt für euer Land zu kämpfen?«

Maliks Gesicht war dem Boden zugewandt. »Siehst du nicht, dass die Situation eskaliert?«, gab er zurück. »Nur diejenigen, die in den nächsten Minuten von hier verschwinden, sind sicher. Du solltest dasselbe tun.«

Der Ta'ar spuckte auf den Boden zu seinen Füßen. »Einen Dreck werde ich tun! Nicht bis diese Verbrecher Istar verlassen haben!« Er kniff die Augen zusammen. »Wir müssen unsere Stadt verteidigen! Unsere Stimmen erheben! Wie kannst du es nur wagen, dein Gesicht zu bedecken?«

Ich sah es kommen, doch ich konnte es nicht verhindern. Mein ganzer Körper war wie gelähmt, als die freie Hand des Mannes hinaufschoss und die Kapuze von Maliks Kopf riss.

Für einen kurzen Moment, der sich für mich wie eine Ewigkeit anfühlte, wurde das Antlitz des Königssohns vom Licht der Mittagssonne erhellt.

Der Ta'ar erstarrte.

Vorsichtig löste sich Malik aus seinem Griff. Mit einer Hand zog er die Kapuze wieder an Ort und Stelle – mit der anderen legte er einen Finger an die Lippen.

Die Augen des Mannes weiteten sich immer mehr, sodass ich befürchtete, sie würden bald aus ihren Höhlen quillen. Dann öffnete er den Mund. »Der König!«, rief er, und seine Stimme übertönte alles andere. »Es ist der König!«

Malik fluchte. Binnen eines Herzschlags schrien Dutzende von Ta'ar seinen Namen im Chor – sogar die, die ihn von ihrer Position aus gar nicht erkennen konnten.

Die Unruhe wich dem Chaos.

Von allen Richtungen stoben die Leute auf das Zentrum zu. Dann riss ein Schuss sämtliche Geräusche entzwei.

»Mal-«, rief ich, ehe mich ein beleibter Mann achtlos zur Seite stieß. Ich prallte gegen zwei andere Ta'ar, die mich von sich schubsten, bevor ich zu Boden stürzte. Ich schaffte es nicht mehr, mich aufzurichten.

Über mir waren Menschen. Schuhe. Die Massen stoben über mich hinweg, traten mich, stolperten über mich, stiegen auf mich. *Nicht schon wieder.*

Ich umklammerte meinen Köcher mit beiden Händen und versuchte, meinen Bogen und die Pfeile mit meinem Körper zu schützen. Zog das Kinn an meine Brust, um meinen Kopf vor den Tritten zu bewahren. Doch der Schmerz war überall. Warum beachteten sie mich nicht? Warum überrannten sie mich?

Warum hatten sie Malik verraten?

Ein Knall. Noch ein Schuss.

Der Seelenstein in meiner Stirn wurde wärmer und wärmer. Allmählich begann ich die Seelen der Bäume um mich herum zu spüren. Sie wollten mir helfen. Ich musste nur den richtigen Moment abwarten.

Tritte.

Füße.

Tritte.

Füße.

Tritte.

Pause.

Ich kam wankend auf die Beine. Ehe mich ein weiterer Ta'ar umstoßen konnte, griff ich blindlings in die Luft – und klammerte mich an der Ranke fest, die zu mir hinabgeglitten war.

Ich sprang in die Luft und stemmte meine Füße gegen einen der Protestierenden, um den Schwung zu bekommen, den ich brauchte. Und dann -

Glitt ich über sie alle hinweg.

Für einen winzigen verräterischen Augenblick fühlte ich mich frei.

Und entdeckte Malik.

Er versuchte, einen Weg aus der Menge zu finden, wurde jedoch immer wieder zurück ins Innere der Menschen gedrängt.

»Malik!«, schrie ich aus vollem Halse. Die Ranke wusste, was sie tun sollte. Ich bewegte mich vom Sohn des Königs weg, um Geschwindigkeit aufzunehmen.

Wie durch ein Wunder schaffte mein Ruf es, an seine Ohren zu dringen. Malik fuhr herum und erblickte mich – ich streckte eine Hand nach ihm aus.

Entsetzt starrte er zu mir hinauf. Ich wusste, dass er glaubte, dass mein Plan niemals funktionieren würde, und zugegeben, ich war mir alles andere als sicher, weil ich so etwas noch nie getan hatte.

Ein einzelner Schrei übertönte alles andere. »CRAE!«

Ein Knall. Ein scharfer Luftzug streifte meinen Arm und warnte mich davor, noch mehr Zeit zu verlieren.

Eine Hand fest mit der Ranke verbunden, sauste ich auf Malik zu. Schneller, immer schneller -

Ich packte ihn und zog ihn allein mit der Kraft meines Unterarms nach oben. Seine Schuhe stießen gegen mehrere Köpfe, ehe wir die Menge hinter uns ließen.

Doch dann fiel mir etwas auf.

Die Liane war nicht lang genug, um uns weiter zu tragen. Wenn wir nicht absprangen, würde sie wieder zurück in die andere Richtung schwingen.

Mein Craeon brannte in meiner Stirn. Mein Arm begann zu zittern. Ich konnte Maliks Gewicht nicht mehr lange halten.

Vor uns fiel eine weitere Ranke vom Himmel herab. Ich musste sie nur irgendwie zu fassen bekommen – und zwar, ohne Maliks Hand loszulassen.

Das schaffst du nicht.

Meine Finger verkrampften sich.

Das schaffst du nie.

Aber ich hatte keine Wahl.

Schüsse. Ich wusste nicht, ob sie den Ta'ar oder mir galten. Wollte es nicht herausfinden.

Ich schrie noch lauter als Malik, als ich den Griff im letzten Moment löste. Sofort ließ ich meinen Arm nach vorn schnellen, doch meine Finger glitten über die Ranke, ohne Halt zu bekommen.

Bevor sie sich um mein Handgelenk wickelte.

Ein Ruck ging durch meinen Körper. Mein Herz machte einen Satz, als mir klar wurde, dass wir nicht fielen. Stattdessen schwangen wir in Richtung eines Hausdachs.

Die Geschichte würde sich also wiederholen. Kauna auf der Flucht vor den Unnen. Über die Dächer von Istar. Nur, dass ich diesmal von Malik begleitet wurde, dessen Überleben noch viel wichtiger war als mein eigenes.

Die Landung kam wie erwartet: Hart und plötzlich. Ich ließ Malik los, ehe ich ungebremst auf dem steinernen Untergrund aufkam. Die blanke Haut an meinen

Unterarmen schlitterte kurz, aber schmerzhaft über den Boden, der weitere brennende Fäden auf meinem Körper hinterließ.

»Alles in Ordnung?«, stöhnte ich, während ich mich aufrappelte, konnte meinen lauten Herzschlag aber kaum übertönen.

Malik war ebenso verletzt wie ich, schien seine Schrammen jedoch nicht wahrzunehmen. »Unfassbar«, stieß er in einem geradezu faszinierten Ton hervor und erhob sich. »So lebendig habe ich mich schon lange nicht mehr gefühlt!«

Entgeistert starrte ich ihn an. »Es ist noch nicht vorbei!« Meine Pfeile waren aus meinem Köcher gerutscht, doch die meisten davon waren ohnehin zerbrochen. Ich sammelte die fünf, die auf den ersten Blick heil aussahen, schnell auf und schob sie in den Köcher. Dann stand ich auf und ergriff Malik abermals am Arm. »Komm schon!«

Ich führte ihn zur Dachkante auf der vom zerstörten Amal abgewandten Seite, doch bereits nach wenigen Schritten wurde mir klar, dass ich den Flug mit den Ranken nicht noch einmal vollbringen konnte – nicht mit Malik.

Der Arm, der ihn gehalten hatte, zitterte, als müsste er sich von der Belastung erholen. Er fühlte sich weich und matschig an und war damit nutzlos. Ich könnte mich weder an einer Liane festhalten noch ihn packen, um ihn mit mir zu nehmen. Wir mussten über den Boden entkommen.

Eine Leiter führte die Mauer hinauf aufs Dach. So schnell wir konnten, stiegen wir sie hinab.

»Wohin?«, fragte Malik mich kurz.

Wenn ich das nur wüsste.

»Das Armenviertel!«, stieß ich hervor, weil mir nichts Besseres einfiel. Unter anderen Umständen hätte ich das Wohngebiet niemals so bezeichnet – aber die Not erlaubte es mir nicht, ein besseres Wort für den Stadtteil zu finden, in dem die schlechter betuchten Einwohner lebten.

Niemand würde erwarten, dass der Sohn des Königs in diese Richtung floh oder sich bei Bedürftigen verschanzte. Man würde dort als Letztes nach ihm suchen.

In diesem Gebiet wurden die Straßen leerer – das bedeutete aber nicht, dass weniger Soldaten unterwegs waren. Angelockt vom Geräusch der Schüsse, rannten sie an uns vorbei, ohne uns auch nur eines Blickes zu würdigen – eine Unn in Ta'ar-Tracht und einen Mann, dessen Gesicht unter einer Kapuze verborgen war. Doch längst nicht alle ließen sich bei ihrer Patrouille stören.

Schon bald mussten wir unser Schritttempo senken, um nicht aufzufallen. Ich durfte mich nicht mehr so oft umdrehen, um nicht den Eindruck zu erwecken, mich verfolgt zu fühlen. Wir mussten so tun, als wären wir zwei Ta'ar auf dem Weg nach Hause. Einer davon mit einer seltsamen Kopfbedeckung, die andere mit Haaren in der Farbe der Sonne und einem kaum sichtbaren Stein in ihrer Stirn.

Reue stieg in mir auf. Es war ein Fehler gewesen hierherzukommen.

Ich hoffte, den anderen ging es gut.

Die Straße wurde leerer, je näher wir dem Armenviertel kamen, und allmählich erlaubte ich es mir, mich mit jedem Schritt etwas mehr zu entspannen. Die Unnen mussten mit den Ta'ar zu viel zu tun gehabt haben, als dass sie sich an unsere Fersen hätten heften können. Wenigstens einen Gefallen hatten uns die Protestierenden also getan.

Genau wie Malik starrte ich die meiste Zeit zu Boden – egal, welche Menschen unseren Weg kreuzten.

Deshalb sah ich die Frau nicht, die durch eine der angrenzenden Gassen stolperte. Aber als ich ihre Stimme in meinem Rücken hörte, drang sie mir bis ins Mark: »Hilfe!«

Ich fuhr herum – und sah, wie eine junge Frau auf die Straße stürzte. Sie blickte sich verzweifelt in alle Richtungen um, schien in ihrer Panik aber nichts um sich herum wahrnehmen zu können. »Zu Hilfe! Meine Herrin -«

Sie kam mir bekannt vor.

Die Dienerin, gekleidet in teure Roben, drehte abermals den Kopf – und entdeckte mich. Ihre Gesichtszüge entgleisten. »Du?«, stieß sie hervor.

Mein Herz begann schneller zu schlagen. Erst jetzt hörte ich eine zweite Stimme, die in der Gasse ertönte.

Auch wenn sie vor Wut verzerrt war, erschien sie mir doch vertraut. Weiblich, hoch, manchmal etwas schrill. An anderen Tagen sanft, weich wie Samt. Die Stimme einer Schwester, Ehefrau und Mutter.

Die Stimme einer Freundin.

Abrupt riss ich Malik zwei Schritte zurück und starrte in Richtung der Gasse, an der wir gerade achtlos vorbeigelaufen waren.

Da war sie. Ihr Anblick ließ mich beinahe den Boden unter den Füßen verlieren. »Aila!«, rief ich.

Doch sie war nicht allein.

5. Kapitel – Wieder vereint

Aila hörte mich nicht. Ihr eigenes Kreischen musste alles sein, was sie wahrnahm. Es brachte meine Erleichterung unversehens zum Schmelzen. »Loslassen! SOFORT!«

Vier Soldaten standen um sie herum. Einer hatte sie am Arm gepackt. »Hör auf, dich zu wehren!«, schnauzte einer von ihnen sie in gebrochenem Ta'ar an.

»Willst du deinen Mann nicht wiedersehen?«, fragte ein anderer.

Nur einer von ihnen entdeckte mich. »Verschwinde!«, rief er mir auf Unn zu. Dann etwas, das ich als *Hier gibt es nichts zu sehen* interpretierte.

»Wir sollten tun, was er sagt«, raunte Malik hinter mir.

Ich würdigte ihn keines Blickes. »Bleib zurück.«

»Was hast du vor?«

»Ich kümmere mich um sie.« Ohne eine weitere Sekunde zu verschwenden, schritt ich in die Gasse. Meine Aufmerksamkeit galt bloß Aila. Sie schien nicht verletzt zu sein. Offenbar wollten die Soldaten ihr nicht wehtun – zumindest nicht hier und jetzt.

Und das würden sie auch nicht. Nicht, solange ich am Leben war.

Wut flammte in mir auf. Wann auch immer ich in den letzten zwei Jahren Unnen erblickt hatte – sie hatten nichts als Ärger bedeutet. Selbst wenn ich mich lange Zeit über nicht für eine Seite hatte entscheiden wollen, wurde mir jetzt klar, dass ich diese Grenze längst überschritten hatte.

Mein Craeon brannte heißer als jedes Feuer. Die Unnen waren der Feind. Nicht nur der der Ta'ar, sondern auch der Crae. Sie waren *mein* Feind. Mein ganz persönlicher Feind, der in diesen Sekunden Opfer meines hingebungsvollen Zorns wurde.

Der Soldat, der mich angefahren hatte, hatte den Blick nicht von mir genommen. Seine Lippen bewegten sich, doch die anderen beachteten ihn nicht.

Sie sahen nicht, wie ich meinen Bogen in die Hand nahm. Ich zog einen der wenigen Pfeile aus meinem Köcher, die mir noch geblieben waren. Er ließ sich ohne Probleme in den Bogen einspannen.

Die Augen des Unnen weiteten sich. »ACHTU-«

Er verstummte abrupt, als der Pfeil in seiner Stirn stecken blieb.

Die anderen Männer fuhren herum, noch ehe er den Boden berührt hatte. »Was zur -«

In aller Ruhe legte ich Köcher und Bogen ab. Für das, was als Nächstes kam, würde ich nichts davon brauchen.

»Kümmer dich um sie«, bellte einer der Unnen.

Erst jetzt schien Aila zu registrieren, dass sie nicht länger allein waren. Ihr Blick zuckte zu mir – und ihre Augen weiteten sich. »Lasst sie in Ruhe!«, herrschte sie die Unnen an und riss abermals an dem Griff, der ihren Arm umklammert hielt.

Als Reaktion verpasste einer von ihnen ihr eine Ohrfeige, die ihren Kopf zur Seite schleuderte.

Oh, das würden sie bereuen.

Mit langen Schritten kam der zweite Unn auf mich zu. Er schaute mich von oben herab an, herrisch, spöttisch. Obwohl ich gerade einen von ihnen getötet hatte, schien er doch nicht die geringste Ahnung zu haben, was ihn erwartete.

Zumindest nicht, bis er direkt vor mir stand – und den Stein in meiner Stirn entdeckte, der heißer brannte als jedes Feuer.

Er zog die Brauen zusammen. »Ist das –«

Mein Inneres war vollkommen ruhig – im Gegensatz zu meinen Bewegungen. Meine Hand schnellte vor. Ich schloss meine Finger eng um seinen Hals und hob den Unn mühelos aus seinem Stand.

Er keuchte vor Schreck – zumindest hätte er das getan, würde ich nicht seine Atemwege zerquetschen. Nur einen Moment lang blickte ich ihm in die Augen, sah, wie seine Überlegenheit der Furcht wich. Er hatte sich mit der Falschen angelegt. Mit aller Kraft schleuderte ich ihn zur Seite, wo er gegen eine Hauswand prallte. Ein Knacken ertönte – woher es stammte, konnte ich nicht ausmachen.

Der Unn glitt an der Mauer entlang zu Boden. Dort regte er sich nicht mehr.

Drei Paar Augen starrten mich an.

»Eine Crae!«, stieß einer der beiden übrigen Männer hervor. »Es ist eine Crae!«

Seine Hände zuckten.

Ich sprintete los. Bevor sie ihre Waffen zücken konnten, hatte ich den Ersten von ihnen erreicht. Ich holte mit dem rechten Fuß aus und trat ihm mit voller Wucht zwischen die Beine.

Der Unn stöhnte auf. Ich wartete nicht ab, bis er auf die Knie ging, sondern fuhr herum – just in dem Moment, in dem der zweite Soldat Aila von sich stieß und seine Pistole zog.

Mein Körper reagierte wie von selbst. Ehe er die Waffe in Position bringen konnte, schlug ich sie ihm aus der Hand. Machte einen Satz nach vorn und rammte meine Stirn gegen seine Nase. Meine Faust folgte.

Ein Klicken ertönte hinter mir. »Auf die Knie!«, herrschte der Unn mich an.

Ich fluchte innerlich. Ich hatte ihm zu viel Zeit gegeben, um sich von meinem Tritt zu erholen.

Ich schluckte. Der Unn vor mir atmete schwer, wich jedoch nicht zurück, wohl wissend, dass er jetzt vor mir in Sicherheit wäre.

Ohne mich umzusehen, wusste ich, dass der Mann hinter mir eine Waffe auf mich gerichtet hatte. Dass er nur den Bruchteil einer Sekunde benötigte, um ihr Projektil in meinen Hinterkopf zu feuern. Ich könnte mich niemals schnell genug umdrehen, um das zu verhindern.

Langsam knickte mein linkes Bein ein.

Ein Knall.

Ich zuckte zusammen, doch der Schuss hatte sich nicht aus der Pistole in meinem Rücken gelöst.

Ich spürte, wie die Präsenz des Unnen hinter mir verschwand – der vor mir jedoch fuhr herum und starrte an das andere Ende der Gasse.

Dort stand Malik, die Kapuze tief in sein Gesicht gezogen und einen Revolver der Haiduken in seiner Hand.

Plötzlich war der Mann vor mir kein Unn mehr. Sondern ein Hirsch, den ich erlegt hatte, der jedoch einfach nicht sterben wollte. Den es zu erlösen galt.

Ich packte ihn mit einer Hand am Hinterkopf, mit der anderen an seinem Kinn. Diesmal war ich mir sicher, dass das Knackgeräusch von einem Genick stammte.

Als ich von ihm abließ, sackte er zu Boden. Wieder hatte ich Menschen getötet. Doch inzwischen fühlte ich weder Reue noch Verzweiflung.

Ich atmete tief durch. Mein Craeon kühlte ab. Das benebelnde Gefühl der Wut ebenfalls. Ich wandte mich zu Aila um, die sich benommen aufrappelte. Streckte eine Hand nach ihr aus.

Die Ta'ar blickte zu mir hinauf, und ein Lächeln breitete sich in ihrem Gesicht aus. »Kauna.« Ihre klare, sanfte Stimme sandte einen leichten Schauer über meinen Rücken. Mit meiner Hilfe sprang sie auf die Beine – und fiel mir um den Hals.

Tränen benetzten unsere Wangen, als ich ihre Nähe spürte und ihren Geruch einatmete – etwas, von dem ich nicht geglaubt hätte, es je wieder zu tun. »Ich dachte, du hättest es nicht geschafft«, hauchte ich, ehe meine Stimme brach.

Sofort schob Aila mich von sich weg. »Ich?«, fragte sie verständnislos. »Ich dachte, *du* hättest es nicht geschafft!«

»Es sieht so aus« – für einen Moment spürte ich Maliks Hand auf meiner Schulter – »als hättet ihr einander in dieser Hinsicht unterschätzt.«

Aila grinste. »Den Fehler mache ich nicht noch mal.« Sie drehte sich einmal im Kreis, als wollte sie sich vergewissern, dass die vier Unnen wirklich nicht mehr aufstanden. »Ich wusste, dass ihr Crae besonders seid, aber … Unglaublich«, stieß sie hervor.

»Und dir wird nicht einmal übel«, stellte ich fest. Emre hatte ein völlig anderes Bild abgegeben – und er hatte Yagmurs Tod überhaupt nicht beigewohnt.

Aila schnaubte. Sie hatte von der Ohrfeige einen roten Abdruck davongetragen. »Ich habe allein im letzten halben Jahr mehr Leichen gesehen als in meinem ganzen Leben zuvor. Und es ist nicht so, als müsste ich den Tod irgendwelcher Unnen betrauern.«

»Herrin!« Ailas Dienerin stolperte in unsere Richtung. »Geht es Euch gut?«

»Ja, Nela«, sagte sie ruhig. Sie zupfte ihr dunkles Kopftuch zurecht und legte eine Hand auf ihren Bauch, und erst jetzt fiel mir auf, dass er sich ebenso stark wölbte wie an dem Tag, an dem wir uns zuletzt gesehen hatten. »Uns beiden geht es gut. Dank Kauna und – ihrem Freund.« Sie schüttelte den Kopf, als könnte sie nicht glauben, dass das alles tatsächlich passierte. »Was in aller Welt tust du nur hier, Kauna?«, fragte sie. »Warum bist du nicht bei deinem Stamm?«

»Das ist eine lange Geschichte«, wich ich aus. »Aber die Unnen haben uns schon entdeckt. Wir können nicht hierbleiben.«

Aila ließ sich nicht aus der Ruhe bringen. »Kein Problem. Ich wohne hier gleich um die Ecke.«

»Nein!«, hielt ich sie hastig zurück. »Wir können nicht. Wir sind mit einer Gruppe hier«, schob ich nach. »Aber wir haben sie aus den Augen verloren. Sie könnten auch in Gefahr sein.«

Sie zuckte nicht mit der Wimper. »Ich verstehe. Nela«, wandte sie sich geschäftig an ihre Dienerin, »du kümmerst dich darum. Sie hat die besten Verbindungen in der ganzen Stadt«, erklärte sie mir dann.

Die Frau errötete. »Das ist etwas übertrieben, Herrin ...« Sie blickte mich an. »Kannst du deine Gruppe beschreiben?«

Das konnte ich – drei Ta'ar, einer davon mit einer Glatze. Und ein braunhaariger Junge, der etwas *zu* fasziniert von Istar war. Nicht zuletzt waren sie mit drei Pferden unterwegs.

Nela blinzelte. »Das ist ... hilfreich«, schloss sie dann. »Herrin, seid Ihr euch sicher, dass ich Euch nicht nach Hause -«

Aila winkte ab. »Es sind doch nur noch ein paar Schritte. Und falls es noch mehr Unnen hierhin verschlägt« – sie zuckte die Achseln – »habe ich die wahrscheinlich beste Leibgarde bei mir, die man sich vorstellen kann.«

Zu meiner Überraschung schlugen wir nicht den Weg ein, den ich erwartet hatte – sondern bewegten uns geradewegs in Richtung des Armenviertels. Unwillkürlich fragte ich mich, ob die Ohrfeige durch den Unn doch Schaden bei ihr angerichtet haben könnte: Schon vor ihrer Heirat hatte Aila zu einer der reicheren Familien der Stadt gehört. Um Gegenden wie diese hatte sie immer einen großen Bogen gemacht.

Doch sie schien von dem überzeugt zu sein, was sie tat. Dass sie sich nicht irrte, musste ich mir spätestens dann eingestehen, als wir an ihrer Eingangstür empfangen wurden – der eines Hauses, nicht einmal halb so groß wie das Gebäude, in dem sie früher gewohnt hatte.

»Herrin!«, rief eine ältere Frau, die mich an Yagmur erinnerte, aus. »Ich war schon ganz in Sorge um Euch!«

»Es ist alles in Ordnung, Tania«, erwiderte Aila geschäftig. »Setz doch eine Kanne Kaffee für unsere Gäste auf, ja?«

»Natürlich!« Die Dienerin machte einen kurzen Knicks vor uns, während wir eintraten.

Der Eingangsbereich war gleichzeitig der Wohnraum. Schon wieder etwas, das ich nicht von Aila gewohnt war. Die Einrichtung war jedoch dieselbe wie früher – die wuchtigen Regale, reich verzierten Truhen und Teppiche füllten den Raum so sehr aus, dass ich befürchtete, er würde jede Sekunde in einer Explosion aus Gold und Farben platzen.

»Ich weiß, was du denkst«, sagte die Herrin des Hauses. »Aber der Kaffee schmeckt noch genau wie früher, versprochen!«

»Setzt euch do-« Ailas Blick fiel auf Malik, der sich gerade die Kapuze vom Kopf streifte.

Aila runzelte die Stirn. »Irgendwie kommst du mir bekannt vor. Kauna – wie heißt dein mysteriöser Freund noch gleich?«

Ich hob an, um es Aila schonend beizubringen.

»Malik«, stellte er sich vor.

Aila riss die Augen auf und taumelte rückwärts. »M-M-M-« Sie schaffte es nicht, seinen Namen auszusprechen. »Der König!«, kreischte sie plötzlich. Ihre Knie sackten ein, als sie sich auf den Boden werfen wollte wie das Schneider-Ehepaar vor ihr.

»Nicht doch!« Malik fasste sie an beiden Schultern, um sie daran zu hindern. »Kaunas Freunde sind auch meine Freunde.«

Aila starrte ihn an, als wäre er die menschliche Form eines Gottes – und vermutlich musste es sich genauso für sie anfühlen. »Kauna«, stieß sie tonlos hervor, ohne den erschütterten Blick von ihm zu wenden. »Ich glaube, es gibt ein paar Dinge, die du mir unbedingt erklären solltest.«

»Das ist …« In ihrem Sessel wirkte Aila auf einmal völlig kraftlos. »… zu viel für mich.« Ihr Mund öffnete und schloss sich wieder. Dann unternahm sie einen neuen Versuch: »Kauna lebt. Ihr Stamm wurde von den Unnen entführt. Und der König sitzt auf *meinem* Diwan und trinkt *meinen* Kaffee!«

»Er ist vorzüglich«, bemerkte Malik. »Du hast nicht untertrieben.«

Ich konnte förmlich sehen, wie die Hitze in Ailas Kopf schoss. »Wenn es von Euch kommt, ist es das größte Kompliment, Eure Majestät«, beteuerte sie.

»Was ist mit dir?«, fragte ich vorsichtig. Ich wusste nicht, ob meine Freundin seelisch in der Lage war, von sich zu erzählen – aber in mir brannten zu viele Fragen, als dass ich auch nur einen Moment länger warten konnte. »Warum lebst du … *hier*?«

Aila griff nach ihrer Kaffeetasse, als gäbe sie ihr den nötigen Halt, um zu sprechen. »Es ist vieles passiert, seit wir uns zuletzt begegnet sind, Kauna«, sagte sie leise. »Semyr … Er ist …«

Ich schaute zu Boden. »Ich weiß. Es war das Letzte, was ich gesehen habe, bevor ich geflohen bin.«

Als Aila mich ansah, war ich überrascht, dass sie nicht weinte. Schließlich war Semyr nicht nur ihr Bruder, sondern ihr ein und alles gewesen. Doch ihre Augen blieben trocken. Die letzte Träne musste sie bereits vor langer Zeit vergossen haben. »Ich fürchte, was du gesehen hast, war gerade erst der Anfang. In den letzten Jahren …« Sie verstummte, als drückte ihr die Last ihrer Worte zu sehr auf die Brust, um atmen zu können.

»Was ist mit Tia?«, fragte ich. »Geht es ihr gut?«

»Tia?«, wiederholte Aila, und ein harter Unterton mischte sich in ihre Stimme. »Den Namen dieser ehrenlosen Schlampe solltest du nicht mehr erwähnen.« Hastig zuckte ihr Blick zu Malik, als ihr bewusst wurde, dass sie in seiner Gegenwart geflucht hatte. Doch sie nahm kein Wort zurück – typisch für Aila. »Nach allem, was geschehen ist, hat sie es gewagt … Ich möchte es gar nicht aussprechen!«, entrüstete sie sich.

»Was, Aila?«, hakte ich nach. Ein ungutes Gefühl überkam mich. Tia war Ailas beste Freundin gewesen – was hätte sie tun können, um sie derart zu verärgern?

Sie presste die Lippen aufeinander. »Einen Westländer geheiratet. Das hat sie getan.«

»Einen Unn?«, fragte ich entsetzt. »Augenblick … war sie nicht mit einem Ta'ar verlobt?«

»Was soll ich sagen?«, erwiderte Aila. »*Wo die Liebe hinfällt.*« Jedes einzelne Wort klang wie eine Dosis puren Gifts. Sie atmete tief durch. »Sie ist für mich gestorben. Aber in Zeiten wie diesen ist ohnehin jeder auf sich allein gestellt.«

Die Tür öffnete sich. Wir rissen die Köpfe herum – doch es war nur Nela. »Gute Nachrichten, Herrin«, strahlte sie. »Ich habe sie gefunden.« Und tatsächlich kamen vier Männer hinter ihr zum Vorschein.

Ich sprang auf – Sekunden, bevor mir Deema um den Hals fiel.

»Kauna, dir geht es gut!«, stieß er hervor und riss mich mit seiner Wucht beinahe von den Füßen. »Ich dachte, sie hätten euch erwischt!«

Erleichtert erwiderte ich seine Umarmung. Er hatte sich um mich gesorgt. Das war weit mehr, als er mir in den letzten vierundzwanzig Stunden geschenkt hatte. »Wo wart ihr nur?«, fragte ich auf Ta'ar. »Im ersten Moment wart ihr bei uns – und dann verschwunden!«

»Wenn hier jemand verschwunden ist, dann ihr!«, gab Kenan hinter ihm zurück. »Ich hoffe, ihr konntet zumindest unseren Schwierigkeiten entgehen.«

»Warum?«, fragte Malik misstrauisch und erhob sich. »Was ist passiert?«

Amar verschränkte die Arme. »Es sieht ganz so aus, als würde eine Narbe auf der Stirn nicht darüber hinwegtäuschen, dass dort einmal ein Seelenstein gesteckt hat.«

Sofort löste sich Deema von mir und blickte betreten zu Boden.

Mein Magen krampfte sich zusammen. »Was?«, hauchte ich. »Ihr wurdet angegriffen?«

»Ja, aber«, sagte Ilay schnell, »Deema hat sich darum … gekümmert.« Ich wusste genau, was das bedeutete.

Ein harter Zug bildete sich um den Kiefer des Crae.

Ich legte eine Hand auf seine Schulter. »Ich bin froh, dass alles gut gegangen ist.«

Erstaunt sah Deema auf – dann erwiderte er mein Lächeln.

»Wir sind in eine Gruppe Protestierender geraten«, erzählte Malik. »Doch wir konnten fliehen, ehe der Aufstand niedergeschlagen wurde.«

»Habt ihr euch etwa in der Nähe der Ruinen aufgehalten?«, fragte Aila verblüfft.

Ich warf Kenan einen kurzen Blick zu. »Ja.«

Der Haiduk schnaubte abfällig.

»Keine gute Idee«, stimmte ihm Aila unwissentlich zu. »Inzwischen raufen sich dort täglich Menschen zu Protesten zusammen. Ich kann es ihnen nicht mehr verübeln – die Unnen haben uns schließlich unser Wahrzeichen genommen. Was bleibt ihnen anderes übrig?«

»Ich kann es nicht glauben«, sagte ich. Beim Gedanken an den zerstörten Prachtbau wurden meine Knie weich. Ich ließ mich wieder neben Malik auf dem Diwan nieder. »Wie konnten sie das Amal einfach so zerstören?«

»Wenn es eines gibt, das ich in den letzten Jahren gelernt habe«, sagte Aila trocken, »dann ist es, dass man böse Menschen nicht verstehen muss. Aber«, fügte sie hinzu und setzte ihr schönstes Lächeln auf, »lasst uns über andere Dinge reden. Ihr müsst sicher hungrig sein! Ich werde Tania bitten einzukaufen. Wir werden ein Festmahl für euch veranstalten!«

»Das ist doch nicht-«, hob ich an.

»Essen!« Deema ballte eine Hand zur Faust. »Super!«

Aila grinste. »Ich bin gleich zurück.« Sie erhob sich von ihrem Sessel. »Fühlt euch hier wie zu Hause! Und«, fügte sie dann mit einem Blick auf die Männer hinzu, »dasselbe gilt für das Bad. Manche von euch sehen so aus, als müssten sie es dringend aufsuchen.«

Plötzlich zuckte sie zurück – sie starrte Kenans linkes Ohr an. »Haiduk!«, stieß sie entsetzt hervor.

Abwehrend hob er die Hände. »Nur die Ruhe«, sagte er. »Ich hab das hinter mir.«

Aila fixierte ihn mit einer Mischung aus Furcht und Unglauben.

»Er hat recht«, kam ich ihm zu Hilfe. »Wir können ihm vertrauen.«

Ich ignorierte Kenan, als er seine Augenbrauen hob.

Aila blickte nicht besonders überzeugt drein. »Weißt du was?«, sagte sie dann trocken. »Ich wurde heute schon von Unnen überfallen, von einer Crae gerettet und habe Kaffee mit dem König getrunken. Einen Haiduken in meinem Haus kann ich allemal verkraften.«

Als Aila das Haus verließ, durchquerte Kenan den Raum und ließ sich zwischen Malik und mich fallen – obwohl auf dem Diwan definitiv nicht genug Platz für uns drei war und ich beinahe seitlich zu Boden rutschte. »Also«, sagte er lässig. »Ihr habt euch nicht von einer Horde aufgebrachter Ta'ar tottrampeln lassen?«

»Es war knapp«, gab ich zurück.

»Die Ta'ar waren nicht das Problem«, entgegnete Malik, »sondern die Unnen.«

Irritiert sah ich ihn über Kenan hinweg an. »Dein Volk hat dich verraten! Vor den Soldaten!«

»Sie haben *was*?«, rief Amar aus.

Malik hob seine Hand, und wieder schaffte er es damit, alle anderen zum Schweigen zu bringen. In Momenten wie diesen erinnerte er mich wirklich an einen König. »Dieser Mann«, erklärte er dann, »tat es nicht aus Böswilligkeit. Es mag vielleicht so gewirkt haben, als wollte er den Unnen helfen. Aber ich habe ihm in die Augen gesehen – und darin lag nichts als Hoffnung.« Er nickte bedächtig, als müsste er seine Vermutung erst selbst bestätigen, bevor er sie aussprach: »Sie haben seit Monaten nichts mehr von ihrem König gehört. Ihn leibhaftig vor sich zu haben, muss ihnen neuen Mut gegeben haben. Aus diesem Grund haben sie alle gerufen. Um kundzutun, dass die Einwohner von Tara'an nicht aufgeben dürfen.«

Ich blinzelte. »So habe ich das noch gar nicht gesehen«, gab ich zu. Ich wusste nicht, ob ich anstelle der Protestierenden dasselbe getan hätte – aber schließlich war ich keine Ta'ar. Ich verstand viele Dinge nicht, die sie taten. Doch das bedeutete nicht, dass sie falsch waren.

»Wie seid ihr aus dieser Sache herausgekommen?«, fragte Ilay. »Kauna?«

»Fest steht«, erwiderte Malik schmunzelnd, »dass ich wenig damit zu tun hatte.«

»Das ist nicht wahr«, entgegnete ich. »In der Gasse hast du mich gerettet. Ohne dich hätte ich es niemals geschafft.«

Als Malik den Kopf drehte, fiel mir auf, dass ich seinem Blick im Gegensatz zu früher mühelos standhalten konnte. Sein Lächeln erwärmte mich von innen.

Kenan räusperte sich zwischen uns. »Fest steht, dass wir beim nächsten Mal besser aufpassen müssen. Kann schließlich nicht ständig eine schöne Frau auftauchen, um uns wieder zu vereinen.«

Irgendetwas an seinen Worten störte mich, doch ich bekam keine Gelegenheit, darüber nachzudenken.

»Ich glaube nicht, dass wir hier lange bleiben können.« Er verschränkte die Arme. »So sehr ich mich auf das Essen freue: Jeder von uns hatte mindestens eine Begegnung mit den Unnen. Sie werden nach uns suchen.«

»In diesem Viertel sollten wir für eine Weile sicher sein«, entgegnete Malik, »Man wird uns hier am wenigsten vermuten.«

»Und wenn«, sagte Deema. »Ich brenne.«

Amar verdrehte die Augen. »Und genau das macht mir Sorgen, Mann.«

Während die anderen diskutierten, lehnte sich Kenan plötzlich zu mir herüber. »Bevor ich es vergesse«, raunte er. »Ich dachte, du würdest das hier vielleicht zurückhaben wollen.« Er hielt einen goldenen Gegenstand in der Hand.

Meine Uhr.

Aber als er sie aufschnappen ließ, war sie nicht mehr dieselbe. »Ich habe sie und Deemas Steinchen aus Gunes Kalesi mitgehen lassen. Doch ich konnte sie dir unmöglich in ihrem damaligen Zustand zurückgeben.«

Ihre Zeiger bewegten sich – so wie an dem Tag, an dem ich sie zum ersten Mal in Händen gehalten hatte. Die Vergangenheit und all die Zeit, die seit jenem Tag verstrichen war, brach wie eine Welle über mich herein. »Wie hast du das gemacht?« Ich wollte ihn ansehen, konnte aber meine Aufmerksamkeit nicht von den zögerlich tickenden Zeigern reißen.

»Sie einem Uhrmacher gegeben, natürlich«, antwortete er. »Hatten schließlich ein paar Stunden Zeit, ehe wir von Nela aufgegabelt worden sind.«

»Du hast gesagt, du hättest dein letztes Geld an die Unnen verschenkt«, sagte ich misstrauisch.

»Habe ich auch. Aber ich schätze, ein abgetrenntes Ohrläppchen öffnet einem so manche Türen.«

Ich konnte den Blick nicht von dem Sekundenzeiger reißen. Das Gespräch der anderen verblasste in meinem Bewusstsein. Da war nur noch ein einziges Geräusch.

Tick.

Tack.

Tick.

Tack.

Ich schluckte. Auf einmal gab mir die Uhr das Gegenteil vom Frieden alter Zeiten zurück. Stattdessen erinnerte sie mich an das, was noch vor mir lag. Angst stieg in mir hoch und rang mit meiner Verzweiflung um die Oberhand über mein Bewusstsein. »Alles, was mich interessiert«, sagte ich kurz, »ist, ob die Zeit meines Volkes vorbei ist.« Ich schloss Kenans Finger um die Uhr. »Und dafür brauche ich sie nicht.«

»Bist du dir sicher?«, fragte er erstaunt. »Sie ist bestimmt einen Haufen Geld wert.«

»Das ist mir egal«, beharrte ich. »Seit ich sie habe, hat sie mir kein Glück gebracht. Du kannst sie behalten.«

»Ich weiß nicht, was ihr vorhabt«, sagte Amar, »aber ich werde dieses Bad suchen. Ich fühle mich, als hätte ich seit Jahren nicht gebadet.«

»Jemand von uns sollte Wache halten«, ergänzte Ilay. »Für den Fall, dass uns jemand gefolgt ist.« Ohne ein weiteres Wort verschwand er nach draußen.

Dabei stieß er beinahe gegen Aila, die in diesem Moment die Wohnung betrat. »Also«, sagte sie, und mir fiel auf, dass ihr Lächeln nicht länger ein aufgesetztes war. Es sah ganz so aus, als hätte sie innerhalb weniger Minuten alles hinter sich gelassen, was ihr zuvor noch Kopfzerbrechen bereitet hatte. Das war nur eines der Dinge, um die ich sie schon immer beneidet hatte. »Wer möchte noch eine Tasse Kaffee?«

An diesem Tag erfuhr ich, was es hieß, *wie die Könige* zu speisen. Aila hatte uns ein wahres Festmahl beschert. Obwohl Deema und ich uns nicht am Fleisch, das auf unzähligen Tellern aufgetischt wurde, bedienen durften, hatten wir mehr als genug Auswahl: Es gab Bohneneintopf mit Reis, mehrere Platten mit Linsen und Kichererbsen, frisches Fladenbrot und Joghurt.

Und ein Gericht, das ich noch nie zuvor gesehen hatte.

»Was ist das?«, fragte ich, während Malik bereits eifrig davon nahm.

»Nudeln«, erwiderte der Sohn des Königs. »Es ist eines der Nationalgerichte des Landes, aus dem meine Gemahlin stammt. Und offenbar auch Nela.«

Die Dienerin, die eifrig damit beschäftigt war, weitere Platten aus der Küche zu bringen, hielt für einen kurzen Moment inne. »Nun, ich stamme nicht direkt von dort. Meine Großeltern wurden vor langer Zeit als Kriegsgefangene hierhergebracht. Ich diene der Familie meiner Herrin in dritter Generation. Aber die Rezepte meiner Vorfahren kenne ich auswendig.«

»Es schmeckt genau so, als wären wir dort.« Ein fast schon schwärmender Unterton war in Maliks sonst so nüchterne Stimme getreten. »Du bist eine großartige Köchin.«

Ein roter Schleier legte sich auf Nelas Wangen – erst jetzt, wo meine Aufmerksamkeit auf ihr lag, fiel mir auf, wie schön ihr Gesicht mit ihren großen blauen Augen und ihrer kleinen Nase doch war. »Ich danke Euch, Eure Majestät«, sagte sie mit einer tiefen Verbeugung.

»Warum bist du immer noch hier?«, rutschte mir die Frage heraus, ehe ich etwas dagegen unternehmen konnte.

Nela blinzelte. »Wie bitte?«

Ich warf Aila einen kurzen Blick zu, aber diese aß seelenruhig weiter – und zwar in Massen. »Der Krieg zwischen den beiden Ländern ist doch längst vorbei, oder?« Schließlich war Malik ein Herzog dort. »Warum bist du dann nicht frei? Warum kehrst du nicht nach Hause zurück?«

Nela lächelte. »Das hier ist doch mein Zuhause. Und ich könnte mir kein anderes Leben für mich vorstellen.«

»Und darüber bin ich mehr als froh«, sagte Aila heiter. Sie ahnte nicht, was Nelas Worte in mir auslösten.

Ich war immer davon ausgegangen, dass das Zuhause ein vorherbestimmter Ort war – der Ort, von dem man stammte. An dem seine Familie lebte. Doch die Dienerin klang so, als hätte sie sich dagegen entschieden. Als hätte sie sich ihr Zuhause selbst ausgesucht. Und sie war glücklich.

Unwillkürlich fragte ich mich, wie ich mich verhalten würde, wenn der Krieg endete. Selbst wenn Deema und ich die anderen zurück in die Siedlung bringen würden – würde sie nach allem, was passiert war, noch immer unser Zuhause sein?

Die Antwort auf diese Frage zu finden war schwieriger, als ich es mir vorgestellt hätte.

»Was haben die Unnen von dir gewollt, Aila?«, fragte Malik, als die Kaubewegungen der anderen allmählich langsamer wurden. »Wollten sie dich verhaften?«

»Ja, Eure Majestät«, antwortete Aila förmlich. »Ich schätze, das wollten sie.«

»Aber warum?«, fragte ich. »Was hast du verbrochen?«

Sie riss die Augen auf. »Nichts!«, entgegnete sie heftig. Sie räusperte sich. »Entschuldige.« Sie atmete tief durch. »Ich glaube, sie erhoffen sich Informationen von mir.«

Ich runzelte die Stirn. »Informationen worüber?«

Die Hausherrin starrte die Reste ihres Essens an. »Über das, was im Königshaus vor sich geht.« Was sie sagte, klang eher wie eine Frage als eine Aussage.

»Was?«, fragte Amar mit vollem Mund. »Was solltest du schon darüber wissen?«

»Rein gar nichts«, erwiderte sie. »Aber das wollen sie mir nicht glauben. Nicht, nachdem mein Mann ...« Sie verstummte.

Ich blickte mich um. Erst jetzt fiel mir auf, dass in den letzten Stunden nur ihre Dienerinnen ein und aus gegangen waren. »Wo ist Ali?«

»Nicht hier.« Sie presste die Kiefer aufeinander. »Sie haben ihn.«

Mein Körper verspannte sich. »Etwa ... getötet?«, keuchte ich.

Ailas Miene wurde undurchdringlich. »Noch nicht.«

Fassungslos schüttelte ich den Kopf. »Warum? Ist er nicht nur ein Hafenarbeiter?«

»Das war er. Aber die letzten zwei Jahre haben alles verändert.« Sie tupfte sich den Mund mit einem Tuch ab.

»Die Zeiten ändern sich. Die Rolle, die man im Leben hat, ändert sich.« Sie hob den Blick und sah mich direkt an. »Ali hatte ein großes Netzwerk aufgebaut. Aus diesem Grund konnte er Nachrichten von und zum Königshaus weiterleiten.«

»Zum Königshaus?«, fragte Malik. »Du meinst, zu unseren Beratern?«

Aila nickte. »Er konnte Botschaften von einzelnen Kontaktpersonen, die im ganzen Land verstreut sind, an den Palast übermitteln lassen, ohne dass die Unnen davon Wind bekamen. Bis …« Sie stockte. »… sie doch davon Wind bekamen.«

Ich umklammerte die Kante des Tischs. »Was haben sie mit ihm gemacht?«

»Er sitzt im Gefängnis«, erzählte sie mit schwacher Stimme. »Aber er redet nicht. Aus diesem Grund wollten sie mich auch holen. Um ihn weich zu bekommen. Doch jetzt, wo ich ihnen entwischt bin, werden sie …« Eine Träne rollte über ihre Wange, gefolgt von einer weiteren. »Ich hoffe, sie ersparen ihm die Folter.«

Betretene Stille breitete sich im Wohnraum aus.

»Aila, ich -« Ich unterbrach mich selbst, als das tapsende Geräusch kleiner Schritte auf der Treppe ertönte. Alle Köpfe drehten sich, während ein Junge auf unsicheren Beinen nach unten trat.

Mein Herz machte einen Satz, als ich ihn erkannte – obwohl ich ihn noch nie zuvor gesehen hatte. Denn er war seiner Mutter wie aus dem Gesicht geschnitten.

»Mama«, sagte das Kind und blickte sich suchend um.

»Adil!« Unbeholfen erhob sich Aila und eilte auf den Jungen zu. »Was ist denn los? Hat Nela dir nichts zu essen nach oben gebracht?«

»Mama«, sagte ihr Sohn wieder. »Tlaulig.«

»W-Was?« Hastig wischte sie sich die Tränen aus dem Gesicht. »Oh nein, mein Liebster. Mama ist nicht traurig.«

Adil legte den Kopf schief. »Papa?«

»Papa«, wiederholte Aila, ehe ihre Stimme brach. »Papa kommt bald zurück. Versprochen.«

Wie von selbst kam ich auf die Beine.

Aila schaute auf und schenkte mir ein bekümmertes Lächeln. »Mein Sohn. Adil.« Sie winkte mich zu sich herüber.

Ich konnte den Blick nicht von dem kleinen Wesen losreißen, das noch vor zwei Jahren in ihrem Körper gewohnt hatte – so, wie sein Bruder oder seine Schwester es jetzt tat. Ich drohte zu schmelzen, als sich seine haselnussbraunen Augen auf mich richteten.

Ich kniete mich vor ihn. »Hallo«, hauchte ich. »Ich bin Kauna.« Ailas Sohn so vor mir zu sehen, erfüllte mich mit unbändiger Freude und niederschmetternder Verzweiflung zugleich. Ich war glücklich darüber, dass Aila ein Kind hatte, das wohlauf war.

Aber warum konnte ich nicht dasselbe haben?

Gil und ich waren mehr als ein Jahr verbunden gewesen. Und trotzdem war ich in meinem Körper allein geblieben.

»Unn?«, fragte der Junge erstaunt.

»Nein!«, rief Aila so plötzlich aus, dass ihr Kind zusammenzuckte. Bevor es anfangen konnte zu weinen, legte sie ihm eine Hand auf die Wange. »Kauna ist eine Ta'ar,

Adil«, sagte sie sanft. »Genau wie Mama und Papa. Genau wie du.«

Auch wenn es nichts weiter als Worte waren, die ihn beruhigen sollten, ohne ihn zu überfordern, fühlte ich mich gerührt. Es gab kein größeres Kompliment für mich.

»Komm, Junge.« Sie nahm ihn an die Hand. »Lass uns wieder nach oben gehen, ja? Ich bin sofort zurück«, sagte sie in unsere Richtung gewandt.

Ich sah ihr dabei zu, wie sie ihren Sohn die Stufen hinaufführte und wünschte mir in diesen Sekunden nichts sehnlicher, als in ihrer Haut zu stecken.

Mein Herz brach, als mir klar wurde, dass das vielleicht nie passieren würde.

Im Armenviertel brannten nicht viele Lichter – dafür leuchteten die Sterne am Himmel umso heller. Ich stellte mir vor, dass Lu-Vaia sie in diesen Sekunden ebenfalls betrachtete. Obwohl die anderen weit von mir entfernt waren, so atmeten wir doch noch dieselbe Luft unter demselben Firmament.

»Ich habe noch nie zuvor *Wache gehalten*«, riss mich Aila aus meinen Gedanken. Wir kauerten auf dem Dach ihres Hauses und behielten die Umgebung im Auge, während die anderen drinnen schliefen.

»Du musst nicht wach bleiben, Aila«, sagte ich. »Ich habe alles im Griff.«

»So meinte ich das nicht!«, erwiderte sie schnell. »Es ist nur … neu für mich. Aufregend.«

Ich schnaubte. »Du findest es aufregend, darauf zu warten, angegriffen zu werden?«, fragte ich ungläubig.

»Nein!« Sie schüttelte den Kopf. »Natürlich wäre es besser, wenn nichts passiert, aber … es ist nur etwas, das eine Frau wie ich normalerweise nicht macht, verstehst du? Doch ich mache es gern«, fuhr sie fort. »Nicht zuletzt, wenn du dabei bist, Kauna.«

Ich lächelte. »Ich bin froh, dass es dir gut geht«, sagte ich und meinte es aus ganzem Herzen. »Und deinem Kind.«

»Was ist mit dir?«, fragte Aila zaghaft. Ich hatte ihr erzählt, was zwischen Gil und mir vorgefallen war, und sie schien es tunlichst zu vermeiden, seinen Namen auszusprechen. »Hast du zwischenzeitlich …« Sie verstummte, als ich den Kopf schüttelte.

»Ich schätze«, erwiderte ich, »ich habe es nicht verdient, Kinder zu bekommen.«

»Natürlich hast du Kinder verdient!«, widersprach Aila mir sofort. Sie machte eine Pause. »Aber du solltest froh sein, dass du noch keine hast.«

Irritiert starrte ich sie an. »Was?« Ich würde den Moment nie vergessen, in dem sich Aila vor ihren Jungen gekniet hatte. Ihre Augen, ihre Stimme, ihr Innerstes war erfüllt von reiner Liebe gewesen. Warum sollte ich nicht genau dasselbe wollen?

In der kurzen Stille, die zwischen uns entstand, war ein leises Stimmengewirr wie das Surren von Insekten zu hören. Im Armenviertel war es nie vollkommen ruhig.

»Hättest du ein Kind bekommen«, fuhr Aila fort, »wäre es noch jünger als meines. Was hättest du mit ihm auf eurer gefährlichen Reise gemacht?«

Allmählich begriff ich. Sie hatte recht. Hätten Gil und ich Nachwuchs bekommen, wäre dieser entweder mit den anderen verschleppt worden – oder mit mir und den Ta'ar gekommen.

In beiden Fällen war es nicht wahrscheinlich, dass es am heutigen Tag noch am Leben gewesen wäre. »Du glaubst also … es ist noch nicht hier, um sich selbst zu schützen?«

Aila runzelte die Stirn. Im Gegensatz zu mir glaubte sie nicht, dass es Schicksal war, wann oder mit wem man Kinder bekam. »Ja, kann man so sagen.« Sie seufzte. »Es war mit Adil nicht immer leicht. Nicht wegen ihm, sondern wegen mir. Wann immer er nicht im selben Raum ist wie ich, werde ich ganz verrückt vor Sorge.«

Ich legte den Kopf schief. »Ist das nicht normal?«

Sie zuckte die Achseln. »Ich schätze schon. Aber ich hätte es nicht in diesem Ausmaß erwartet. Andere Mütter auf dieser Welt haben Angst, wenn sich ihr Kind beim Spielen ein Knie aufschürft. Ich aber fürchte mich davor, dass er dabei auf einen Soldaten trifft.« Sie erschauderte. »Alles, was ich will, ist, dass Adil in einer Welt ohne Krieg aufwächst. Aber das wird niemals passieren. Es kann keine Welt ohne Krieg geben.«

Etwas Ähnliches hatte Kenan einmal zu mir gesagt. *Blut ist das Fundament eines jeden Reichs.* Allmählich begriff ich, was er damit gemeint hatte.

»Ich würde mich schon damit zufriedengeben, wenn er einen Vater haben könnte«, fügte Aila bitter hinzu. »Aber es sieht ganz danach aus, als würde mir der Herr im Himmel nicht einmal das gönnen.«

»Wie hat Ali das überhaupt geschafft?«, fragte ich. »Wie konnte er Nachrichten ans Königshaus übermitteln? In den Städten wimmelt es doch nur so vor Unnen!«

Aila ließ ihren Blick über die dunklen Häuser schweifen. »Ich glaube, er hat die Boten in den Eisenbahnen nach Alanya geschmuggelt.«

»In den Zügen?«, fragte ich irritiert. »Aber wurden die nicht auch von den Unnen übernommen?« Genau das war der Grund gewesen, weshalb wir die Gleise gemieden hätten, wären wir nicht ohnehin von den Haiduken in den Wald getrieben worden.

»Wurden sie. Doch die sind sich zu fein, um die Drecksarbeit zu verrichten.« Aila zuckte die Achseln. »Das Ein- und Ausladen der Wagons wird immer noch von Ta'ar übernommen. Unter strenger Aufsicht, natürlich. Aber wenn man die richtigen Leute kennt, kann man auch die Kontrolleure überlisten.«

Meine Gedanken rasten. Der Weg nach Alanya war selbst von Istar aus noch unglaublich weit. Und spätestens seit meiner Begegnung mit Taboga wurde ich das Gefühl nicht los, dass uns die Zeit davonlief. Dass wir nicht einmal zu Pferd in der Lage wären, den Palast zu erreichen, ehe sich Hawking gewaltsam Zugang dazu verschaffte.

Aber vielleicht gab es noch eine andere Möglichkeit.

»Könnte Ali ... uns zu solchen Boten machen?«, fragte ich. »Uns mit der Eisenbahn nach Alanya bringen?«

»Könnte er«, erwiderte Aila trocken, »wenn er nicht im Gefängnis säße.«

Auf einmal fiel es mir wie Schuppen von den Augen. Bis nach Alanya war es noch ein weiter Weg – und Hawking hatte sein Ziel schon fast erreicht. Bis wir unser Ziel zu Fuß oder zu Pferd erreicht hätten, wäre es längst zu spät.

Die Eisenbahn hingegen bewegte sich mit rasender Geschwindigkeit durchs Land. Wenn wir sie benutzen könnten ...

Dann könnten wir es vielleicht gerade noch rechtzeitig schaffen.

Meine Kehle wurde trocken. Ich wusste genau, was ich tun musste. Es gab einen Grund, warum ich hier war. »Das wird er nicht mehr«, sagte ich langsam, »wenn ich ihn herausgeholt habe.«

Aila blinzelte. »Was?«

Ich ließ meinen Blick über das nächtliche Istar schweifen. Der Plan formte sich wie von selbst in meinem Kopf. »Ich breche morgen auf. Kurz vor Sonnenaufgang.«

»Kauna, das ist viel zu gefährlich!«, zischte Aila. »Ich weiß, du hast die Soldaten heute mit Leichtigkeit besiegt – aber das Gefängnis ist *ihr* Territorium! Sie haben dort zehnmal so viele Männer und Waffen und -«

Ich griff nach ihrer Hand, mit der sie gerade noch wild gestikuliert hatte. »Mach dir keine Sorgen«, sagte ich sanft. »Ich schaffe das schon.«

Aila wirkte ganz und gar nicht überzeugt. Ihre Lippen bildeten einen schmalen Strich. »Dann gebe ich den anderen Bescheid.« Sie machte Anstalten aufzustehen.

»Nein«, hielt ich sie zurück. »Sag ihnen nichts. Ich muss das allein tun.« Es war nicht nur so, dass ich die Ta'ar bei meinem Vorhaben nicht gebrauchen konnte. Vor allem wollte ich sie nicht in noch größere Gefahr bringen, als ich es ohnehin schon getan hatte, indem ich sie nach Istar geführt hatte. »Bitte versprich mir, dass sie sich hier verstecken dürfen, bis ich wieder zurück bin.«

Aus großen Augen blickte Aila mich an. Drückte meine Hand. Nickte.

»Guten Abend, die Damen«, warf uns eine Stimme jäh aus unserer Zweisamkeit.

Wir rissen die Köpfe herum. Ein erschrockenes Quietschen entwich Ailas Kehle.

Zwei Schritte von uns entfernt stand Kenan. Wie lange war er schon auf dem Dach?

Ich schalt mich selbst für meine Unaufmerksamkeit. Wäre der Haiduk ein Unn gewesen, hätte er uns hinterrücks aufgeschlitzt.

»Kenan«, sagte ich. »Ich muss noch nicht abgelöst werden.«

»Ich weiß – ich konnte nicht schlafen.« Er heftete seinen Blick auf Aila. »Könnte ich mit Kauna unter vier Augen reden?«

Aila sah von ihm zu mir. Und ein breites Grinsen trat auf ihr Gesicht. »Aber sicher!«, erwiderte sie überschwänglich. »Gute Nacht, Kauna!«

»Gute Nacht«, antwortete ich, verwirrt darüber, wie schnell Aila aufsprang und über das Dach schritt.

Kenan blickte ihr nach, bis sie über die Leiter ins untere Stockwerk gestiegen war. Dann wandte er sich zu mir um. »Hey.«

Ich schluckte. »Hey.«

»Darf ich mich zu dir setzen?«

Steif nickte ich. »Natürlich.«

Erst als er sich neben mir niederließ, sah ich, was er in der Hand hielt. Ich war mir nicht sicher, worum es sich dabei handelte, bevor er eines seiner Enden mit einem Feuerzeug entzündete: eine Zigarre. Einige wenige Male hatte ich Ali damit gesehen. Man rauchte es wie eine Wasserpfeife.

»Wo hast du die her?«, fragte ich. »Auch von dem Uhrmacher?«

»Nela hat sie mir gegeben«, erwiderte Kenan. »Die besten, die man in dieser Stadt noch bekommen kann, meinte sie.« Er nahm einen tiefen Zug.

»Verstehe.« Offensichtlich hatte er Nela in der Zwischenzeit ziemlich gut kennengelernt.

War es das, was mich störte?

Er blickte mich von der Seite an. »Kein Grund, eifersüchtig zu werden.« Er zwinkerte mir zu.

Ich schnaubte. »Ich weiß nicht einmal, was dieses Wort bedeutet.« Ich wusste es wirklich nicht.

Als Kenan mir die Zigarre anbot, war es reiner Trotz, der mich dazu brachte, sie anzunehmen. Ich atmete den Rauch ein – und hustete. Es war nicht annähernd wie eine Wasserpfeife.

Kenan lachte. »Alles andere hätte mich auch überrascht.«

»Bist du deshalb hergekommen?«, fragte ich schroff. Ich zwang die Zigarre zurück in seine Hand. »Um dich über mich lustig zu machen?«

»Überhaupt nicht. Ich wollte sagen …« Er zögerte. »Schön, dass du noch am Leben bist.«

Ich verdrehte die Augen. »*Danke*, schätze ich.«

Es wurde still zwischen uns – so still, wie es in einer nächtlichen Großstadt nur werden konnte. Vollkommen ruhig, wenn man die allgegenwärtigen Stimmen und die entfernten Schüsse und Schreie ignorierte, die mir Schauer über den Rücken jagten.

Ich mochte keine Stille zwischen uns. Sie trieb meine Gedanken in eine Richtung, in der ich sie nicht mehr kontrollieren konnte. Ich sah ihn von der Seite an. »Warst du besorgt?«

»Keine Sekunde lang.« Kenan blies eine Wolke aus Rauch in die Nachtluft. »Ich habe doch gesehen, was du in Gunes Kalesi getan hast. Ein paar Unnen sind ein Klacks für dich.«

»Wie schon gesagt«, erwiderte ich. »Ohne Malik hätte ich es nicht geschafft.«

»Malik«, sagte Kenan gedehnt. »Richtig. Du scheinst den Beinahe-König ziemlich in dein Herz geschlossen zu haben.«

»Wir haben viel erlebt«, entgegnete ich ausweichend. »Wir stehen in der Schuld des anderen.«

»Er ist verheiratet«, warf er plötzlich ein.

Ein Anflug von Ärger stieg in mir auf. »Ich auch«, erwiderte ich gereizt. »Falls du das schon wieder vergessen hast.«

Kenan blickte mich schief an. »Nein«, widersprach er zu meiner Überraschung. »Nein, das zählt nicht.«

Ich wandte den Blick ab, schwieg.

Schon wieder diese Stille. Schon wieder diese Gedanken.

»Ich habe gehört, worüber du mit Aila gesprochen hast«, fuhr Kenan fort. »Bist du dir sicher, dass du das allein tun willst?«

»Ja.« Es störte mich nicht, dass er uns belauscht hatte. Er wäre der Letzte, der den anderen davon erzählen würde.

»Wie willst du vorgehen?«

»Ich werde durch ein Fenster klettern«, erklärte ich.

Kenan wartete ein paar Sekunden ab – um dann festzustellen, dass das alles war, das ich zu sagen hatte. »Und dann?«, hakte er nach.

Ich zuckte die Achseln. »Werde ich sehen, was ich tue.«

Er hob eine Braue. »Waffen?«

»Ich habe fast keine Pfeile mehr«, gab ich gleichgültig zurück. »Also muss es ohne gehen.«

»Das klingt nach ´nem *großartigen* Plan.«

»Er muss dir nicht gefallen«, brummte ich.

»Ich schätze nicht.«

Stille. Sie wurde erdrückend.

Frustriert ließ ich mich auf den Rücken fallen. Das Licht der Sterne beruhigte mich etwas – genau wie die Tatsache, Kenan nicht mehr unmittelbar neben mir zu spüren. »Glaubst du an Schicksal, Kenan?«, fragte ich.

Er gab einen belustigten Laut von sich. »Diese Frage habe ich mir noch nie gestellt«, überlegte er. »Fest steht, dass ich nicht so sehr an Gott glaube wie die anderen Ta'ar. Eigentlich glaube ich an gar nichts. Außer an mich selbst.«

»Das ist nicht die schlechteste Einstellung«, gab ich zu. »Früher wäre ich davon überzeugt gewesen, dass das Schicksal mich leitet. Dass es dafür sorgt, dass ich den nächsten Tag überlebe – wenn es mir denn vorherbestimmt ist. Aber inzwischen bin ich mir da nicht mehr so sicher.«

Kenan blies eine Rauchwolke in die kalte Nachtluft. »Warum?«

Ich befeuchtete meine Lippen. »Ich will nicht glauben, dass alles, was bisher passiert ist, Schicksal war. Ich meine … Das Land wird entzweit. Meine Freunde sterben. Meine Familie wird entführt. Meine andere Hälfte …« Ich stockte.

»Das kann nicht gerecht sein. Das kann kein Schicksal sein, oder?«

»Egal, ob es um Götter oder Bestimmungen geht«, murmelte Kenan. »Sie haben eines gemeinsam: Sie begreifen zu wollen, macht einen nur noch ratloser als zuvor.«

»Richtig!«, pflichtete ich ihm bei. »Egal, wie viel ich darüber nachdenke, ich werde nicht schlau daraus. Aber wie soll ich ein Leben führen, wenn ich nicht weiß, ob es von einer höheren Macht geleitet wird?«

»Ganz einfach«, erwiderte Kenan ungerührt. »Du tust es.« Er sah mich über die Schulter hinweg an. »Das Leben ist nicht mehr als eine Verkettung von Entscheidungen, Kauna. Höhere Macht hin oder her – *du* musst sie treffen. Oder andere werden es für dich tun.«

Die Erkenntnis traf mich mit einem Schlag. Meine Gesichtszüge entgleisten. In der Siedlung hatte ich niemals Entscheidungen getroffen, sondern sie den Ältesten überlassen. Als sie es uns verboten hatten, das Sperrgebiet zu verlassen, hatte ich mich daran gehalten. Wenn sie mir Aufgaben übertrugen, hatte ich sie angenommen. Und ja, ich hatte mich mit Gil verbunden – aber hätte uns Taboga seinen Segen nicht geben, hätte ich es nie getan.

Als Hawking die Siedlung betreten hatte, hatte ich die Werte der Crae meine eigenen Entscheidungen ersticken lassen. Ich hätte ihn töten sollen, doch das hatte ich nicht.

Also hatte sich Hawking dazu entschieden, mir meine Familie zu nehmen.

Ich hatte mein Leben nicht im Griff gehabt. Keine Kontrolle über das gehabt, was geschah – weil ich sie in die Hände des Schicksals gelegt hatte. Aber womöglich war es nicht meine Bestimmung gewesen, die das Ruder ergriffen hatte – sondern alle anderen um mich herum.

»Du hast recht«, hauchte ich. »Du hast so recht … Wie machst du das?«, fragte ich dann ratlos. »Wie schaffst du es, immer genau die richtigen Dinge zu sagen?« Schon im Wald hatte er mich damit aus der Fassung gebracht. Wenn ich mit ihm sprach, lernte ich mehr über mich selbst. Vielleicht war das der Grund, weshalb mich seine bloße Anwesenheit gleichzeitig anzog und abstieß.

»Tja.« Kenan grinste. »Ich schätze, du bist nicht die Einzige, die ein paar Zaubertricks draufhat.« Er drückte die Überreste der Zigarre auf dem Boden neben sich aus.

Ich setzte mich auf – und plötzlich war ich ihm näher als zuvor. »Ich meine es ernst.« Ich musterte ihn kurz. »Noch nie hat es jemand geschafft, derart … in meinen Kopf zu gelangen.«

Kenan blickte mir direkt in die Augen. Sein Gesicht nur einen kurzen Abstand von meinem entfernt. »Seltsam«, erwiderte er. »Wo du doch diejenige in *meinem* Kopf bist.« Ich konnte seinen Atem auf meiner Haut spüren. »Und das, seit ich dich zum ersten Mal gesehen habe.«

Kenans Worte übergossen mich mit Gefühlen – mein Verstand aber war um einiges langsamer. »Was meinst du damit?«

Ich wusste nicht, was mit mir geschah. Doch ich konnte spüren, dass mein Herz schneller schlug. Dass die Welt um mich herum verblasste. Dass Kenan das Einzige darin war, was noch eine Bedeutung für mich hatte.

Er lächelte leicht. »Hast du auch nur die geringste Ahnung, was du mit mir machst?« Der Ausdruck in seinen

Augen erinnerte mich an den von Gil – am Abend unserer Verbindung. An den von Malik – manchmal. Aber er war doch mit keinem von ihnen zu vergleichen. In ihnen lag noch etwas völlig anderes, etwas Fremdes, etwas Starkes. Ein Teil von mir, den ich seit langer Zeit gesucht hatte.

Seine Finger fanden meine – und ich verlor den Halt. Der Sturm an Empfindungen, die seine Berührung zuletzt im Wald in mir ausgelöst hatte, schwoll zu einer Explosion an, die mich rücksichtslos mit sich riss.

»S-Spürst du das auch?«, fragte ich wieder, obwohl er mir die Antwort schon letzte Nacht gegeben hatte. Meine Stimme war nicht mehr als ein Flüstern.

Kenans Augen waren tief und dunkel. Ich hatte mich bereits in ihnen verloren, als ich sie zum ersten Mal erblickt hatte. »Ja, Kauna«, antwortete er leise. »Schon immer.«

Ich war mir nicht sicher, wer von uns beiden sich vorlehnte. Doch als unsere Lippen aufeinandertrafen, spielte das keine Rolle mehr. Eine Energie, die ich noch nie zuvor gespürt hatte, bahnte sich ihren Weg durch meinen Körper und entzündete ein Feuerwerk in meinem Kopf. Ich hatte es nie gewusst oder auch nur geahnt. Aber das, was Kenan in mir verursachte, war alles, was ich jemals gewollt hatte.

In dem Moment, in dem ich die Arme um seinen Hals schlang, legte er seine Hände auf meine Taille. Sein Kuss war Feuer und Wasser, Himmel und Erde. Geben und Nehmen, Neugierde und Leidenschaft. Er war Gut und Böse, Krieg und Frieden. Er war alles, und das in jeder einzelnen Sekunde.

Ich habe ihn gefunden, zuckte ein Gedanke durch meinen Kopf. *Ich habe ihn gefunden.*

Jemand räusperte sich.

Abrupt rissen wir uns voneinander los. Wir atmeten schwer. Unsere Augen waren vor Schreck geweitet, als wir in Richtung der Öffnung zum Haus blickten.

»Ich jetzt Wache«, sagte Deema trocken. »Ihr schlafen. Oder was immer«, fügte er hinzu.

Ich fluchte innerlich. Was war gerade passiert? Und warum war ausgerechnet *Deema* derjenige, der uns dabei erwischt hatte?

Kenan und ich kamen auf die Füße, doch als wir auf die Leiter zugingen, schlug ich ein langsameres Tempo an.

Ich blieb neben meinem Freund stehen. »Deema, hör zu«, begann ich auf Crayon, auch wenn ich überhaupt nicht wusste, was ich sagen könnte, um es wiedergutzumachen.

»Ist schon in Ordnung, Kauna«, sagte er zu meiner Überraschung. »Ich verurteile dich nicht.«

Ich blinzelte. »Wirklich?«

Er legte mir eine Hand auf die Schulter. »Du hast eine Gabe: Du tust, was du für richtig hältst. Und meistens ist es auch das Richtige.« Sein Blick zuckte zu Kenan, der gerade am unteren Ende der Leiter angekommen war und schließlich aus unserem Sichtfeld verschwand. »Vieles hat sich geändert. Wir können es uns nicht mehr leisten, an morgen zu denken. Also sollten wir auf unser Herz hören. Mehr können wir nicht tun, um die Welt um uns herum in Ordnung zu bringen.«

Ein Lächeln stahl sich auf mein Gesicht. »Jetzt bist du derjenige von uns beiden, der wie mein Großvater klingt.«

»Was?« Entsetzt schüttelte Deema den Kopf. »Ich wollte nicht -«

Ich legte meine Hände auf seine Wangen. »Danke für deinen Rat, Ryusdeema.«

Sein Gesicht erhellte sich. Es war das erste Mal, dass ich – oder irgendjemand außer Enoba – ihn so genannt hatte. »Gern geschehen, Hanaskauna.«

Ich stellte mich auf die Zehenspitzen und drückte meine Lippen auf seine Stirn. »Gute Nacht.«

»Gute Nacht.«

Während Deema quer über das Dach schritt, verharrte ich einen Moment an Ort und Stelle, um einen letzten Blick in Richtung der Sterne zu werfen. Ich erinnerte mich an den Gedanken, den ich gehabt hatte, als ich Kenan geküsst hatte.

Ich habe ihn gefunden. Das war nicht meine Empfindung gewesen. Sondern die der Crae in mir.

Auf einmal passte alles zusammen. Warum Gil und ich keine Kinder bekommen hatten. Warum Hana es Kenan gestattet hatte, sich ihm zu nähern. Warum jede Berührung von ihm stärkere Gefühle in mir auslöste, als ich je zuvor verspürt hatte. Warum alles, was geschehen war, geradewegs dazu geführt hatte, dass ich Kenan begegnete.

Er war es. Obwohl er ein Mensch war, war er es.

Aber war es auch das, was ich wollte? Hatte ich mir nicht vor wenigen Minuten geschworen, mein Leben selbst in die Hand zu nehmen?

Doch da war es wieder – das Schicksal. Als wollte es mich daran erinnern, dass es mich auf meinem ganzen Weg begleitete.

Plötzlich fühlte ich mich verlorener als je zuvor.

Die ersten Sonnenstrahlen erhellten den Himmel, als ich von Hausdach zu Hausdach sprang. Ich konnte es mir nicht erlauben, mich auf dem Boden zu bewegen. Die Unnen hatten mich gestern gesehen und als Crae erkannt. Ohne Zweifel waren sie alarmiert und hielten nach mir Ausschau. Und selbst wenn sie mich hier oben vermuteten, würde es ihnen niemals gelingen, mich einzuholen.

Aila hatte mich mit einem blauen Kopftuch und einer schmalen Klinge ausgestattet, die ich hinter das Band geschoben hatte, das mein Gewand zusammenhielt. Mehr als das und Hanas Unterstützung brauchte ich nicht.

Der Weg zum Gefängnis war nicht annähernd so weit, wie ich dachte. Die Unnen hatten es in der Nähe des Armenviertels errichten lassen, nur wenige Blocks vom zerstörten Amal entfernt. Ein weiterer Beweis für den Hohn, den sie den Ta'ar entgegenbrachten.

In der letzten Nacht hatte ich kein Auge zubekommen. Nicht nur wegen Kenan und der Frage, ob es ein Fehler gewesen war, ihn zu küssen und damit dem Schicksal in die Hände zu spielen. Sondern auch wegen all der Dinge, die während der letzten vierundzwanzig Stunden passiert waren und die meinen Zorn gegenüber den Unnen ins Unermessliche hatten wachsen lassen.

Es gab keinen Grund mehr, ihr Volk in Schutz zu nehmen. Was sie getan hatten, war nicht zu verzeihen. Deshalb würde ich nicht zulassen, dass sich heute einer von ihnen in meinen Weg stellte. Wer mich aufhalten wollte, würde dafür bezahlen.

Es war genau, wie Aila gesagt hatte. Das Gebäude, in dem sie die Gefangenen einsperrten, war in demselben Stil gebaut wie die restlichen Häuser der Ta'ar. Nichts ließ darauf schließen, dass es von den Unnen errichtet worden war. Es gab lediglich zwei Merkmale, die es von seiner Umgebung unterschieden: Zum einen hatte der Zahn der Zeit noch nicht daran genagt; im Gegensatz zu den anderen Gebäuden konnte man nicht den geringsten Makel an seiner Fassade erkennen. Zum anderen waren mehrere Unnen rund um das Gefängnis postiert.

Der Plan war einfach. Ich würde in das Gebäude eindringen, Ali herausholen und mit ihm zu seiner Frau zurückkehren.

Für Aila waren das zu wenige Einzelheiten gewesen. Sie machte sich Sorgen. Ich hatte ihr versprechen müssen, dass ich auch ohne Ali zu ihr zurückkam, sollte ich in Gefahr geraten.

Nela hatte erzählt, dass die Rückseite des Gebäudes nicht bewacht wurde, weil es an dessen Mauer keine Fenster und Türen gab. Genau dorthin führte mich mein Weg.

Ich achtete darauf, dass ich mich immer mehrere Häuser vom Gefängnis entfernt befand, während ich in einem großen Bogen von Dach zu Dach sprang. Und tatsächlich – als die Rückseite des Baus in mein Blickfeld geriet, waren dort keine Uniformen zu erkennen.

Niemand sonst hätte von dieser Seite aus ins Gebäude eindringen können. Es gab keine Möglichkeit, die Wand hinauf aufs Dach zu klettern: Die Mauer war wie der Rest der Fassade makellos. Sie bot nichts, was einem Halt geben könnte.

Ich kauerte auf dem Dach eines Nachbargebäudes. Für einen Moment überlegte ich hin und her, beschloss dann aber, nicht direkt auf das Gefängnisdach zu springen. Das Risiko war zu groß, dass man mich sah oder hörte, wenn ich landete.

Weit und breit waren keine Ta'ar in Sichtweite – niemand wollte sich dem Gefängnis freiwillig nähern. Also stieß ich mich von der Kante ab und kam mit beiden Füßen fest auf dem Boden auf. Dann hastete ich in Richtung der Mauer und presste mich flach mit dem Rücken dagegen – für den Fall, dass einer der Wärter doch um die Ecke blickte.

Ich senkte die Lider und atmete tief durch. *Hana, ich brauche dich. Kannst du mir helfen?*

Ein kleiner, warmer Ball aus Fell erschien auf meiner Schulter. Erleichtert legte ich eine Hand auf Hanas Seite und schmiegte meine Wange an ihn. »Danke«, hauchte ich.

»Ich muss zugeben«, ertönte plötzlich eine Stimme unmittelbar vor mir, »dass ich deinen Plan immer noch nicht so ganz verstehe.«

Ich riss die Augen auf, holte zeitgleich mit der Faust aus –

Ein eiserner Griff schloss sich um mein Handgelenk und bewahrte mich davor, einen Fehler zu machen. Ich blickte in ein Paar holzbrauner Augen.

»Kenan?«, stieß ich gedämpft hervor. Der Haiduk hatte sich mir genähert, ohne auch nur einen Laut zu verursachen. »Was tust du hier?«

»Wonach sieht es denn aus?«, erwiderte er in einem ebenso gesenkten Tonfall. Er ließ von mir ab. »Ich will dir helfen.«

»Wie konntest du schneller sein als ich?«, fragte ich irritiert.

»War ich nicht«, sagte er achselzuckend. »Ich bin vor dir aufgebrochen.«

Fassungslos schüttelte ich den Kopf. »Also hast du die ganze Zeit über hier auf mich gewartet?«

»Na ja, nicht wirklich«, gab er zurück. »Ich bin erst seit fünf Minuten da.« Er lächelte leicht. »Du bist echt schnell.«

Sein bloßer Anblick warf mich in ein Wechselbad der Gefühle. Ich hatte auf dem Weg hierher mein Bestes gegeben, die Gedanken an ihn zu verdrängen, weil sie mich nur behindern würden. Dass Kenan jetzt hier vor mir stand und all meine Sorgen und Ängste aufs Neue heraufbeschwor, war das Letzte, was ich gebrauchen konnte.

Ich presste die Kiefer zusammen. »Das hättest du nicht tun sollen.« Damit drehte ich ihm den Rücken zu. »Du solltest gehen.«

»Ernsthaft?«, fragte Kenan verblüfft. »Ich bin doch schon hier. Du kannst meine Hilfe also ruhig annehmen.«

»Ich brauche deine Hilfe aber nicht!«, gab ich gereizt zurück. Mein Seelenstein begann in meiner Stirn zu glühen. Meine Instinkte sagten mir, dass das kein gutes Zeichen war. Doch ich kümmerte mich nicht darum.

»Bist du dir da so sicher?« Aus dem Augenwinkel erkannte ich, dass er die Arme verschränkte. »Das hier ist kein Wald, Kauna. Sondern ein Gefängnis. Mit Dutzenden von Soldaten. Mit Waffen, die dich schneller töten als Pfeile.«

Sogar die Erinnerung an unseren Kuss machte mich wütend. Nicht einmal das war meine eigene Entscheidung gewesen. Sondern mein Schicksal.

Gil hatte einmal gesagt, wenn er mit mir zusammen war, hätte er das Gefühl, die Kontrolle über sein Leben zu haben. Plötzlich verstand ich, was er damit gemeint hatte. Es war das absolute Gegenteil von dem, was ich bei Kenan spürte.

Aus diesem Grund hatten Gil und ich keine Kinder bekommen. Aus diesem Grund hätte ich niemals mit ihm glücklich werden können. Weil das Schicksal etwas anderes vorgesehen hatte. Und ich musste mich ihm beugen.

Aber das wollte ich nicht. Nicht mehr.

»Hör auf, dich in meine Angelegenheiten einzumischen«, zischte ich. »Warum bist du überhaupt noch bei uns? Du hättest dich schon längst von uns trennen können.«

Er stockte. »Was ist denn -«

»Und vielleicht solltest du das auch«, schob ich nach, ehe ich mich selbst davon abhalten konnte.

Kenan verstummte. Ich starrte die Wand vor mir an. Konnte den Kopf nicht drehen, um ihn anzusehen. Wusste nicht einmal, ob er überhaupt noch da oder wieder zwischen den Mauern der umliegenden Häuser verschwunden war.

Hanas Energie erfüllte mich, als ich in die Luft sprang. Meine Hände erreichten die Kante des Gebäudes mit Leichtigkeit. Ich spürte ein leichtes Zwicken in meiner Schulter, die bei meiner letzten missglückten Jagd verletzt worden war. Ich zog mich hoch und robbte auf allen vieren über das Dach, um keine Aufmerksamkeit zu erregen.

Ich drehte mich nicht um. Erst allmählich wurde mir klar, was ich gerade zu Kenan gesagt hatte. Jedes Wort, das ich an ihn verloren hatte, schmerzte mich mindestens so sehr wie ihn. Aber ich wollte mich meinem Schicksal nicht geschlagen geben. Ich hasste den Gedanken, dass eine höhere Macht die

Kontrolle über mich besaß. Und deshalb würde ich alles dafür tun, um mich davon loszusagen.

Die Bodenklappe, die ins Innere des Gefängnisses führte, hob sich deutlich vom sandsteinfarbenen Dach ab. Ich kroch in ihre Richtung und legte mein Ohr auf das Holz.

Kein Geräusch drang nach draußen. Dennoch musste ich vorsichtig sein. Dass Kenan sich mir unbemerkt hatte nähern können, hatte mir gezeigt, dass ich längst nicht so aufmerksam war, wie ich sein sollte.

Ich versuchte, mich so wenig wie möglich aufzurichten, als ich die Klappe mit beiden Händen anhob. Zum Glück gab sie nur ein leises Knarzen von sich, das die Soldaten unten unmöglich hören konnten.

Vorsichtig, um keine Geräusche zu verursachen, legte ich sie auf dem Dach ab. Ich blickte in die Öffnung, konnte in der Düsternis jedoch kaum etwas erkennen. Zumindest schien sich niemand in dem kleinen Raum zu befinden, zu dem mich eine schmale Leiter hinabführte.

Ich schwang meine Beine über den Rand der Öffnung und kletterte nach unten.

Offenbar handelte es sich bei dem Zimmer um eine Abstellkammer. Es wurde von Regalen, in denen Gegenstände lagen, die ich noch nie zuvor gesehen hatte, und Schränken gesäumt, in denen vermutlich Waffen verstaut worden waren, die ich nicht zu benutzen wusste.

Mein Blick fiel auf ein kleines Fenster. Erschrocken zuckte ich zurück und drückte mich mit dem Rücken gegen eines der Möbel. Mein Herz schlug mir bis zum Hals. Wenn ein Soldat zufällig an dieser Mauer vorbeiging, würde er mich entdecken. Ich durfte hier nicht zu viel Zeit verlieren – ich musste ins Herz des Gebäudes gelangen.

Über das, was mich erwartete, hatte Aila nur Mutmaßungen anstellen können. Sie ging davon aus, dass die Unnen das Gefängnis nur zur Verwahrung der Ta'ar gebaut hatten – und nicht, um es selbst zu beziehen. Stattdessen hatten sie Häuser in den besseren Vierteln der Stadt für sich beschlagnahmt. Das bedeutete, dass innerhalb des Gebäudes nur eine Handvoll Unnen postiert sein konnten.

In Tara'an gab es keine Gefängnisse – ausgenommen die Kerker in den alten Burgen wie Gunes Kalesi. Man sah keinen Sinn darin, Menschen zu bestrafen, indem man sie einsperrte. Stattdessen wurden sie ausgepeitscht, enteignet oder schlimmstenfalls hingerichtet.

Dass das Gebäude aber nicht im Baustil der Unnen errichtet worden war, deutete darauf hin, dass die Soldaten Ta'ar dazu gezwungen hatten, es für sie zu erbauen. Was sein Inneres betraf, hatte ich jedoch keine Vorstellung, was mich erwartete.

Ich legte meine Hand auf die Türklinke. Zögerte. Atmete tief durch. Auf einmal war ich mir nicht mehr so sicher, ob es eine gute Idee gewesen war, allein hierherzukommen.

Aber ich bin nicht allein.

Hana war bei mir. Wenn etwas schiefging, würde er mir helfen.

Beflügelt von diesem Gedanken zog ich die schwere Tür auf. Dahinter lag ein schmaler Gang, der den Raum mit anderen Teilen des Gebäudes verband. Glücklicherweise war auch hier niemand anzutreffen – aber das konnte sich jeden Moment ändern.

Ich musste nicht wissen, wo sich der Gefängnistrakt befand: Der Lärm führte mich zu ihm. Die Tür, die den Gang vom eigentlichen Gefängnis trennte, war nicht verschlossen. Ohne Probleme stieß ich sie auf -

Und erstarrte.

Das Erste, was ich wahrnahm, war ein beißender Gestank. Es roch nach einer Mischung aus Schweiß, Blut und Fäkalien, bei der sich mir der Magen umdrehte. Der Gefängnistrakt, der vor mir lag, glich dem in meiner Vorstellung nicht im Geringsten. Keine Einzelzellen. Keine Türen. Das hier war kein Gefängnis – sondern ein Kerker. Ein allgegenwärtiges Gewirr aus Stimmen füllte die Luft um mich herum aus. Verzweifelt. Wütend. Schwach.

Vor mir erstreckte sich ein breiter Gang, der jedoch nicht unmittelbar von Mauern begrenzt wurde – sondern von Gitterstäben, die vom Boden bis an die Decke reichten. Die Zellen, die in unregelmäßigen Abständen von Wänden unterbrochen wurden, erinnerten mich an die in Gunes Kalesi. Mit dem Unterschied, dass sie restlos überfüllt waren.

In jedem Bereich, der nur wenige Schritte lang und breit war, tummelten sich mehr als ein Dutzend Männer. Sie kauerten nebeneinander und füllten die Zelle vollständig aus. Niemand von ihnen hatte auch nur genug Platz, um sich hinzulegen.

Als mich der erste Ta'ar erblickte, dauerte es nicht lange, bis der gesamte Zelltrakt davon wusste.

Der Lärm wurde so allgegenwärtig, dass er mir Stiche in meinen Hinterkopf versetzte. Ich widerstand dem Drang, mir die Ohren zuzuhalten, und fing einige abgehackte Wortfetzen auf.

»Eine Ta'ar!«

»Wie ist sie -«

»- Affe?«

»Mädchen! Hier-«

»- reingekommen?«

Und noch dazu immer wieder Rufe, die alle anderen übertönten: »Lass uns raus!«

Ich schluckte, während ich den Blick über die Zellen schweifen ließ. Eine kleine hoffnungsvolle Stimme in meinem Inneren hatte an das Gute in den Unnen geglaubt, als ich von dem Gefängnis gehört hatte. Denn das bedeutete, dass sie nicht all ihre Feinde – etwa Protestierende und Rebellen – sofort töteten. Sondern dass sie sie einsperrten, bis der Krieg vorbei und Hawking gekrönt worden war.

Aber das hier war schlimmer als eine Hinrichtung. Es war Folter. Es war Verderben. Es war unmenschlich – so wie all die anderen Dinge, die die Unnen bereits getan hatten.

Mein Seelenstein brannte in meiner Stirn. Ich atmete tief durch, um mich zu beruhigen – und bereute diese Entscheidung sofort, als der Gestank des Kerkers noch intensiver in meine Nase eindrang. Mir wurde übel.

Die Gefangenen waren laut, zu laut. Es würde nicht lange dauern, bis sie die Aufmerksamkeit der Wärter auf sich zogen. Ich legte einen Finger an die Lippen, doch niemand scherte sich darum.

»Lass uns raus!«

»Hierher, Weib!«

Ich öffnete den Mund, doch meine Worte gingen in der Flut aus Stimmen unter. Ich fluchte innerlich. So würde ich Ali nie finden.

Zögerlich näherte ich mich einer der Zellen – und machte einen Satz zurück, als eine Hand zwischen den Gitterstäben hervorschoss.

»Lass mich raus!«

»Ich suche -« Ich unterbrach mich selbst, als mir klar wurde, dass ich einiges mehr leisten musste, um die Männer und auch Frauen zu übertönen. »Ich suche nach Ali Najjar!«, rief ich. »Ist er hier?«

»Werden wir dir sagen«, gab einer zurück, »sobald du uns rauslässt.«

Ich biss mir auf die Unterlippe. Auch wenn ich nichts lieber als das tun würde – ich konnte es nicht. Schon jetzt, wo sie noch in ihren Zellen waren, brachten sie mich allein durch ihre Lautstärke in Gefahr. Doch wenn ich sie befreite, würden die Gefangenen auf direktem Weg nach draußen strömen – und die Unnen auf den Plan rufen.

Ich betrachtete jedes einzelne Gesicht, das ich in der Zelle ausmachen konnte. Von Ailas Mann war nichts zu sehen – das glaubte ich zumindest. Ich war ihm noch nicht oft begegnet, und seit dem letzten Mal waren mehrere Jahre vergangen. Würde ich ihn überhaupt wiedererkennen, wenn ich ihn sah?

Ich wandte mich von den Gitterstäben ab und steuerte auf mein nächstes Ziel zu. Die Rufe hinter mir schwollen an und trieben mir den Schweiß auf die Stirn.

Auch bei den folgenden zwei Zellen hatte ich kein Glück. Und jeder Insasse, dem ich den Rücken zukehrte, schrie mir aus vollem Halse hinterher.

Sie waren so laut, dass ich nicht hörte, wie sich die Tür auf der anderen Seite des Ganges öffnete.

Ich bemerkte den Unn erst, als seine Uniform in mein Sichtfeld rückte.

Ich fuhr herum, doch der Soldat hatte keine Waffe gezückt. Er hatte die Stirn gerunzelt, sah sich misstrauisch in dem Zellentrakt um.

»Wie bist du hier hereingekommen?«, fragte er auf Ta'ar, doch seine Blicke in Richtung der Gefangenen zeigten, dass das nicht seine einzige Frage war: *oder herausgekommen?*

Ich hoffte, dass Ailas Kopftuch meine Stirn vollständig bedeckte – gerade eben fühlte sich mein Craeon heiß genug an, um den Stoff zu entzünden.

»Durch eine Tür«, erwiderte ich kurz.

Sofort starrte der Soldat mich wieder an. Er kniff die Augen zusammen. »Niemand darf hier sein. Komm.« Er blieb stehen und machte eine ausschweifende Armbewegung in Richtung des Gangs hinter ihm. »Nach dir.«

Erst jetzt bemerkte ich, dass Hana verschwunden war – zumindest von meiner Schulter. Ich konnte spüren, dass er immer noch hier war und darauf wartete, dass ich tat, was ich tun musste. Ich setzte mich in Bewegung. Beiläufig ließ ich meine Hand zu meinem Kaftan gleiten und umschloss die Klinge.

Langsamen Schrittes ging ich an dem Unn vorbei. Ich hörte, wie er mir folgte. Wir durchquerten den Gang, ignorierten die Rufe der Gefangenen – die sich diesmal nur um den Unn drehten. Viele der Beleidigungen hatte ich noch nie gehört. Ich ging davon aus, dass sie sie nur für ihn erfunden hatten.

Der richtige Moment kam, als sich der Mann provozieren ließ. Abrupt hielt er an. »Schnauze!«, rief er laut.

Ich fuhr herum, holte mit dem Messer aus und -

Ein eiserner Griff umklammerte mein Handgelenk.

Entsetzt starrte ich den Unn an. Er hatte seine Aufmerksamkeit keine Sekunde lang von mir genommen.

Die Überraschung in seiner Miene wich dem Triumph, und Hitze stieg in meinem Körper auf.

Bis mir etwas einfiel: Ich war stärker als er. Also steckte ich all meine Kraft in meinen Arm, kämpfte gegen seinen Widerstand an. Drückte die Klinge unnachgiebig auf ihn zu.

Erschrocken half der Soldat mit seiner zweiten Hand nach. Er musste zu überrascht sein, um zu bemerken, dass er einfach nur einen Schritt hätte zurückmachen müssen, um der Messerspitze zu entgehen. Oder vielleicht wurde er von seinem Stolz getrieben, dass er ein Handgefecht mit einer Frau unmöglich verlieren konnte. Doch das änderte nichts daran, dass sich die Klinge Zentimeter für Zentimeter auf seine Brust zubewegte.

Dann kam Hana. Ich wusste nicht, wo er gesteckt hatte – aber plötzlich sprang er ins Gesicht des Unnen.

Der schrie auf. Instinktiv fuhr eine Hand in Richtung des Affen.

Und meine Klinge in sein Herz.

Alles wurde still. So still, dass das dumpfe Geräusch, das der Unn beim Aufprall machte, von den Wänden widerhallte.

Stumm blickte ich auf ihn hinab. Versuchte, irgendetwas zu empfinden: Reue oder Mitgefühl. Freude oder Stolz. Doch da war nichts. Nur Wut.

Mein Blick zuckte nach rechts, nach links. Weit aufgerissene Augen, offene Münder.

Ich holte tief Luft. »Ich suche«, sagte ich, und nun war meine Stimme klar und deutlich im gesamten Zelltrakt zu hören, »Ali Najjar.«

Totenstille.

»Hier!«, ertönte schließlich ein Ruf zu meiner Rechten. »Ich bin Ali Najjar.«

Als ich mich umwandte, teilte sich die Menge in einer der Zellen, und meine Augen fanden seine. Er war umständlich auf die Beine gekommen, seine Kleidung verschlissen und sein Gesicht fahl. Sein Bart war länger als in meiner Erinnerung, doch darunter erkannte ich seine unverkennbaren, weichen Gesichtszüge.

Ailas Mann blickte mich verunsichert an.

Ich ergriff die Ränder meines Kopftuchs und zog es zur Hälfte von meinem Kopf, sodass meine blonden Haare zum Vorschein kamen.

Seine Augen weiteten sich. »Kauna?« Er kannte mich nicht so gut wie Aila, weshalb es mich überraschte, dass er sich an meinen Namen erinnerte. »Du bist hier?«

Schnell zupfte ich das Kopftuch wieder zurecht. »Lass uns von hier verschwinden.«

»Du hast einen Schlüssel?«, fragte er verblüfft.

»Ich brauche keinen Schlüssel«, entgegnete ich und hoffte, dass ich damit Recht behalten würde. »Weg von der Tür!«, befahl ich dann den Männern in seiner Zelle.

Sie beeilten sich, sich von der Zellentür zu entfernen, und quetschten sich dabei noch enger aneinander als ohnehin schon.

Ich suchte nach Hana. Er kauerte neben dem toten Soldaten, war aber inzwischen zu einer riesigen Version seiner selbst herangewachsen. Er senkte den Kopf, wie zu einem angedeuteten Nicken.

Also lenkte ich meine Aufmerksamkeit auf die Zellentür. Stürmte nach vorne, machte einen Satz und stieß mit beiden Füßen dagegen.

Kreischend und ächzend gab die Tür nach und fiel auf die Männer, die hinter ihr standen.

Ich stürzte zu Boden, rappelte mich jedoch sofort wieder auf. Meine Beine fühlten sich an wie Eiscreme.

Das Leben kehrte in die Gefangenen zurück. Sie balancierten die aus den Angeln getretene Tür über ihre Köpfe hinweg an den Rand der Zelle. Dann schlüpften sie hinaus – einer nach dem anderen.

Wenige Sekunden später erreichte Ali mich. Er wirkte immer noch so, als könnte er nicht glauben, was vor sich ging. »Wie bist du hierhergekommen?«, fragte er.

»Keine Zeit«, erwiderte ich knapp. Ich packte ihn am Arm und zog ihn in die Richtung, aus der ich gekommen war.

»Warte!«, hielt er mich zurück. »Was ist mit den anderen?«

Ich blieb stehen – ich wusste genau, was er meinte. »Wir haben keine Zeit«, sagte ich noch einmal. Ich hörte, wie die Tür endgültig zu Boden krachte – die Gefangenen aus Alis Zelle strömten aus dem Trakt. Die Unnen würden jede Sekunde Wind davon bekommen, dass etwas vor sich ging.

»Dann müssen wir uns die Zeit eben nehmen«, beharrte Ali. »Bitte, Kauna – das hier sind keine Verbrecher. Sondern meine Freunde und Nachbarn. Sie sind seit Wochen und Monaten hier. Sie werden das nicht mehr lange aushalten.«

Ich haderte mit mir. Was würde eine Kauna tun, die sich nicht mehr vom Schicksal kontrollieren ließ?

Plötzlich wurde mir klar, dass das nicht die Frage war, die ich mir stellen sollte. Wer war ich zu bestimmen, wer überlebte und wer starb? Ich konnte die Ta'ar hier nicht einfach zurücklassen. Ich musste sie befreien, musste es zumindest versuchen.

»In Ordnung«, lenkte ich ein und hoffte, dass ich diese Entscheidung nicht bereuen würde. Ich bewegte mich auf die nächste Zellentür zu. Doch mit jedem Schritt spürte ich deutlicher, dass ich nicht die Kraft hätte, all diese Türen einzutreten.

»Die Schlösser!«, rief Ali hinter mir. »Kannst du sie zerstören?«

Erst jetzt fielen mir die rechteckigen Vorrichtungen auf, die an jeder einzelnen Tür angebracht waren. Ich ergriff eines von ihnen und zog daran. Doch Stahl war widerstandsfähig. Plötzlich wünschte ich mir Deema herbei, der ihn binnen Sekunden hätte schmelzen können.

Deema war nicht hier. Hana dafür schon. Mein Seelenstein begann zu glühen, als er mir seine Kraft verlieh.

Mit einem Ruck riss ich das Schloss von der Tür. Schmerz pulsierte in meinem Oberarm. Ich atmete zischend ein, verlor jedoch keine Zeit. Während die Gefangenen sie aufstießen, lief ich zur nächsten Zelle. Noch sechs waren übrig.

Nach drei von ihnen wurde mein rechter Arm unbrauchbar. Schlaff hing er an meiner Seite herab. Selbst wenn Hana mir seine Kraft verlieh, bedeutete das nicht, dass mein Körper keinen Schaden davontrug, wenn ich sie benutzte.

Der Gang wurde immer voller. Die Gefangenen strömten alle in die Richtung, aus der der Soldat gekommen war – zum eigentlichen Ausgang. Wenn sie Glück hatten, würden sie nur auf die Wachen treffen, die draußen patrouillierten. Gegen die könnten sie gemeinsam bestehen.

Ich zuckte zusammen, als das Geräusch von Schüssen erklang. Eine Klaue aus Eis umschloss mein Herz.

Nicht aufhören. Blick nach vorne.

Nur noch eine Zelle. Ich ergriff das Schloss mit der linken Hand. Stemmte meinen Fuß gegen die Gitterstäbe, um mir besseren Halt zu verschaffen. Ein brennender Schmerz raste durch meinen Arm. Ich biss die Zähne zusammen, konnte den Schrei, der in mir aufstieg, aber nicht zurückhalten.

Das Schloss löste sich so plötzlich, dass ich ungebremst zu Boden stürzte.

Sofort war Ali bei mir. Er zog mich auf die Beine, stützte mich. »Danke, Kauna. Wirklich.«

»Wir müssen uns beeilen«, gab ich atemlos zurück. »Hier entlang.« Erschöpft nickte ich zur Tür, die von den Ta'ar völlig ignoriert wurde.

»Aber der Ausgang ist –«

»Zu gefährlich!« Wenn ich die Schüsse gehört hatte, hatten es die Soldaten in den umliegenden Vierteln sicher auch. Es würde nicht lange dauern, bis sie zum Gefängnis gelangten – dorthin, wo alle anderen Gefangenen aus dem Gebäude drängten.

»In Ordnung«, lenkte er ein. »Ich vertraue dir.«

Mein Körper war geschwächt. Erst mit Alis Hilfe gelang es mir, die schwere Tür zum Gang zu öffnen. Er war immer noch leer. Dennoch hielt ich nach ein paar Schritten an.

Auf dem Weg zum Zellentrakt war ich den Geräuschen gefolgt. Aber ich hatte völlig vergessen, wo sich der Lagerraum befand.

Wie auf Befehl wurde eine der Türen mit einem Knall aufgestoßen. Sie waren hier.

Binnen eines Sekundenbruchteils ertönte dasselbe Geräusch in meinem Rücken. Ich riss den Kopf herum – plötzlich standen sie auch hinter uns. Es waren sechs von ihnen. »Hände hoch!«, schrien sie. »Auf die Knie!« Die meisten von ihnen blickten uns nicht an – sondern Hana, der uns nach wie vor in seiner großgewachsenen Gestalt begleitete.

Sofort riss Ali die Arme nach oben und sank zu Boden. »Nicht schießen!«

Meine Beine waren weich. Meine Arme unbrauchbar. Ich hätte sie nicht einmal heben können, wenn ich es gewollt hätte. Mein Kopf war wie benebelt. Alles, was mich auf den Füßen hielt, war meine Wut. Mein Zorn, der schon dann entfacht wurde, wenn ich nur einen einzigen Gedanken an die Unnen verschwendete.

Mein Hass – auf Hawking und alle, die ihn unterstützten. Auf die Soldaten und das, was sie den Einwohnern in Istar – und vermutlich auch in allen anderen Städten – angetan hatten.

Wieder standen sie vor mir, ihre Waffen in der Hand, die Siegessicherheit in ihren Augen, und alles, was ich wollte, war, es jedem Einzelnen von ihnen aus dem Gesicht zu schneiden.

Aber in meinem Zustand wäre ich dazu niemals in der Lage. »Hana«, hauchte ich. »Wir können meinen Körper nicht mehr benutzen.«

»Wie bitte?«, fragte ein Unn verwirrt. Ein paar der Waffen richteten sich auf mich.

Ich atmete tief ein und aus. »Wir müssen deinen nehmen.«

Ich bekam kaum mit, wie ich zusammenbrach – innerhalb eines Sekundenbruchteils fand ich mich in Hana wieder.

Und ich wuchs – so hoch, dass mein Kopf an die Decke stoßen würde, würde ich aufrecht auf zwei Beinen stehen. Ich gehörte einer Art an, die längst nicht mehr auf Erden weilte. Der Mensch hatte sie ausgerottet – weil er sich vor ihr gefürchtet hatte. Doch ihre Seelen waren immer noch hier. In Hana, in mir.

Aus dem Augenwinkel sah ich meinen eigenen Körper. Ali, der an meiner Schulter rüttelte. Er würde mich nicht aufwecken können – weil ich nicht bewusstlos war.

Wir zögerten nicht. Als wir einen Schritt auf die Unnen zumachten, rissen sie ihre Gewehre hoch. Wir mähten die Männer mit einer ausschweifenden Handbewegung nieder.

Ein Schuss löste sich aus einer Waffe. Wir spürten den Luftzug, ehe die Kugel uns erreichte – doch als sie in unseren Körper einschlug, war sie nicht mehr als ein Jucken in unserem Fell. Tigra war dazu fähig gewesen, Hana zu verletzen – aber ein paar Projektile konnten das nicht.

Wir drehten uns um.

Der Unn, aus dessen Gewehrlauf Rauch aufstieg, stolperte zurück, taumelte, fiel zu Boden.

Wir näherten uns ihnen – langsam, denn sie konnten ohnehin nichts gegen uns ausrichten. Hanas Zorn auf die Menschen und mein Hass gegen die Unnen waren verschmolzen zu einer unbändigen Kraft, wie ich sie noch nie zuvor gespürt hatte.

In diesem Moment waren wir unbesiegbar.

»Eine Crae!«, rief einer. »Es muss eine sein!«

»So was gibt es doch gar ni-«

Diese Erkenntnis half ihnen nicht. Wie ein übergroßer Hammer traf unsere Faust auf einen Soldaten. Er wurde in die Luft geschleudert. Sein Flug endete an der Mauer am Ende des Gangs.

Ein Klicken ertönte – das Gewehr wurde nachgeladen. Wir rissen es dem Soldaten aus der Hand und schlugen es mit voller Wucht gegen seine Schläfe. Er ging zu Boden und stand nicht wieder auf.

Bevor wir uns dem dritten Unn zuwenden konnten, stolperte dieser rückwärts und stürzte durch die nächste Tür.

Hinter uns ertönten abermals Schüsse. Aber da waren keine Projektile, die auf uns zuschossen. Stattdessen spürten wir etwas anderes – *jemanden*. Einen Menschen, der unsere Seele berührt hatte. Wir wussten, wer es war, bevor wir uns umdrehten. Es konnte nur einer sein.

Kenan rang mit einem der Unnen – die anderen beiden lagen noch immer auf dem Boden, mit blutigen Löchern in ihren Schädeln. Neben ihnen eine Pistole – Kenan musste sie fallen gelassen haben, als der Soldat ihn attackiert hatte. Ali robbte von ihnen weg in Sicherheit.

Der Haiduk versetzte dem Unn einen Schlag ins Gesicht, der ihn von den Füßen fegte. Dieser rappelte sich auf, aber Kenans Bewegungen waren langsam. Zu langsam -

Ich sah, wie etwas in seiner Hand aufblitzte.

Als sich Kenan ihm näherte, um ihm einen weiteren Schlag zu verpassen, stieß der Unn das Messer mit voller Wucht in seinen Bauch.

6. Kapitel - Abschied

Kenan!, wollte ich rufen. Aber ich konnte nicht reden. In dem Moment, in dem mir das klar wurde – in dem ich einen eigenen, von Hana losgelösten Gedanken dachte -, waren mein Seelentier und ich nicht länger eins.

Ich erwachte mit einem Knall. Ruckartig setzte ich mich auf und schnappte nach Luft. Hana war verschwunden. Mein Herz schlug mir bis zum Hals, als wäre mein Körper nicht darauf vorbereitet gewesen, meinen Geist schon so bald wieder zu beherbergen.

Kenan.

Ich riss den Kopf herum – und entdeckte den Haiduken. Ich verstand nicht sofort, was ich sah.

Er lag auf dem Boden. Die Klinge steckte in seinem Oberkörper. Wenige Schritte von ihm entfernt stand Ali – in seiner Hand ein Gewehr, das er einem der toten Unnen abgenommen haben musste. Er hatte dem letzten Soldaten ein Loch im Kopf beschert, so wie Kenan es mit den anderen gemacht hatte.

Unschlüssig hielt er die Waffe im Anschlag, als wüsste er nicht, ob er dasselbe mit dem Haiduken tun sollte.

»Nicht!«, rief ich atemlos aus. Ich versuchte, auf die Beine zu kommen, brach jedoch sofort zusammen.

»Kauna!« Ali schleuderte das Gewehr zur Seite. »Geht es dir gut?«

Ich konnte ihm nicht antworten. Alles, worauf sich mein Geist konzentrierte, war Kenan.

Er war bei Bewusstsein, hielt den Griff des Messers, das der Unn in seinen Körper gestoßen hatte, mit beiden Händen fest. Unschlüssig.

Weil ich nicht aufstehen konnte, robbte ich zu ihm hinüber. Da war Blut. So viel Blut. »K-K-K-«

»Schon in Ordnung, Kauna«, presste Kenan unter zusammengebissenen Zähnen hervor. »Ist nur ein Kratzer.«

Ich blinzelte. Waren es die Schmerzen, die ihn dazu brachten, so seltsame Dinge zu sagen? »Das … sieht für mich wie mehr als nur ein Kratzer aus«, sagte ich vorsichtig.

»Das ist nur so eine Redens-« Er unterbrach sich selbst. »Ach, vergiss es.« Mit einem Ruck und einem unterdrückten Schrei zog er die Klinge aus seinem Bauch. Blut quoll aus der Lücke hervor, die sie hinterließ, und benetzte sein Gewand.

»Schnell«, sagte Ali. »Dein Kopftuch.«

Da ich keine Ta'ar war und das Stück Stoff nur wegen meiner hellen Haare trug, war es nicht respektlos, das von mir zu verlangen. Sofort riss ich es mir vom Kopf und hielt es ihm hin.

Kenan stöhnte auf vor Schmerz, als der Ta'ar den Stoff auf seine Wunde drückte. »Das wär doch nicht nötig gewesen.« Binnen Sekunden färbte sich das blaue Tuch violett.

»Warum hast du das getan?« Ohne mein Zutun bewegte sich meine Hand zu Kenans Gesicht, strich ihm zaghaft über

die Wange. »Warum hast du dein Leben für uns riskiert?«
Ihn so zu sehen, brach mir das Herz. Es war meine Schuld, dass er verletzt worden war. Ich hatte mich von meiner Wut antreiben lassen – und war unvorsichtig geworden. Hätte ich die drei Unnen sofort getötet, hätte keiner von ihnen Kenan angreifen können.

In diesem Moment wurde mir klar, dass ich noch vor wenigen Tagen niemals in der Lage gewesen wäre, so etwas zu denken – oder gar zu tun.

»Ich schätze«, erwiderte Kenan schwach, »manchmal muss man für den übergeordneten Zweck Opfer bringen.«

Für den übergeordneten Zweck. Seine Worte lösten mehr in mir aus, als der Haiduk jemals hätte ahnen können. Ich beneidete ihn – weil er im Gegensatz zu mir in der Lage gewesen war, eine schwierige Entscheidung zu treffen. Ganz ungeachtet dessen, dass er dabei seine Sicherheit riskiert hatte.

Ich hätte genauso handeln müssen wie er – damals, in der Siedlung, als Hawking vor mir gestanden und ich die Gelegenheit gehabt hatte, ihn zu töten. Hätte ich das getan, wäre nichts von alldem passiert.

Aber ich hatte mich nicht bewegt. Und nun hatte er meine Familie in seiner Gewalt – genau wie das ganze Land.

Ein einzelner Knall ertönte. Ein Schuss – irgendwo draußen.

Ali neben mir fluchte. »Wir sollten von hier verschwinden.« Er blickte mich an. »Ich trage ihn.«

»Nein«, erwiderte ich fest. »Ich mache das.«

»Was!?«, stieß Kenan gleichermaßen erschöpft und irritiert hervor. »Ich kann laufen, verstanden? Niemand von euch trägt hier irgendwen!« Er stemmte die Hände gegen den Boden und richtete sich auf.

»Vorsichtig!« Ich griff unter seine Achsel, um ihm aufzuhelfen. Dann fiel mir auf, dass ich selbst kaum auf eigenen Beinen stehen konnte.

»Lass mich das machen«, bot Ali sich abermals an – diesmal konnte ich nicht widersprechen.

Ich musste drei Türen aufstoßen, um die Abstellkammer zu finden, durch die ich gekommen war. Doch es wäre unmöglich, Kenan die Leiter aufs Dach hinaufzutragen – und dann beide Männer sicher nach unten zu bringen.

Glücklicherweise war das Fenster auf der anderen Seite des Raumes groß genug, dass wir uns hindurchzwängen konnten.

Ich stieg als Erste durch die Öffnung. Auf der Straße war niemand zu sehen. Die patrouillierenden Soldaten mussten zu den Flüchtenden auf die andere Seite des Gebäudes gelaufen sein.

Kenan bestand darauf, aus eigener Kraft hinauszuklettern. Er schaffte es, doch sein schmerzverzerrter Gesichtsausdruck sprach Bände. Ich stellte mir vor, wie mit jeder Bewegung mehr Blut aus seinem Körper quoll.

»Es tut mir leid, Kenan«, sagte ich, während Ali uns nach draußen folgte. »Ich hätte besser aufpassen sollen.«

»Mach dir keinen Kopf.« Er winkte ab, als Ailas Mann ihm erneut unter die Arme greifen wollte. »Ist ja nicht so, als würde ich verbluten.«

Mein Blick wanderte von seinem Gesicht zu seiner Körpermitte, in der nun eine klaffende Wunde wohnte. Ich schluckte und hoffte, Kenan würde recht behalten.

»Kauna.« Er sah mich direkt an. »Mach dir keine Sorgen. Ich *kann* jetzt nicht sterben, verstanden? Es gibt noch etwas, das ich erledigen muss.«

Meine Augen weiteten sich. »Dann wirst du auch nicht sterben«, formten meine Lippen wie von selbst. Solche Sätze hatte ich in der Siedlung oft gehört. Verwundete Crae hatten ihn ausgesprochen und wie durch ein Wunder überlebt. So wie Enoba bis zu dem Tag, an dem ich ihm zuletzt begegnet war.

Auch Kenan musste noch eine Aufgabe erledigen. Genau wie ich. Aus diesem Grund mussten wir weiterleben. Um unsere Bestimmung zu erfüllen.

Da war es wieder, das Schicksal. Und plötzlich wurde mir zum ersten Mal in meinem Leben wahrhaftig klar, was es bedeutete. Ich musste mich wirklich nicht sorgen. Denn auch wenn ich unser Schicksal nicht kannte, so wusste ich doch zumindest eines: Kenan und ich gehörten zusammen. Egal, wie sehr ich meine Gefühle für ihn zu unterdrücken versuchte.

Und aus diesem Grund konnte er überhaupt nicht sterben. Nicht jetzt, wo uns unsere Bestimmung gerade erst zusammengeführt hatte und wir nicht mehr geteilt hatten als einen einzigen Kuss.

Plötzlich verstand ich es. Die Rolle, die das Schicksal in meinem – in all unseren – Leben spielte. Was es uns bescherte. Unsicherheit, ja. Aber auch Hoffnung. Und Mut. Und auf eine verquere Weise, die ich kaum fassen konnte – Gewissheit.

Das war der Grund, weshalb ich noch keine Kinder bekommen hatte. Und warum Malik, Ilay, Amar und

Deema auch keine hatten. Weil unser Schicksal uns alle vor eine entscheidende Aufgabe gestellt hatte, um uns zu beweisen: den Kampf um unsere Familie, den Kampf um den Thron.

Meine Zweifel schmolzen im Sonnenlicht dahin. Das war er – der Moment, in dem ich mein Schicksal akzeptierte. Was auch immer es sein würde, ich würde ihm ins Auge sehen und keine Sekunde bereuen.

Wir erreichten die Vorderseite des Gebäudes. Aus allen Ecken waren Schaulustige hervorgetreten, die auf die Straße vor dem Gefängnis starrten. Der Boden war übersät mit Körpern: ein Dutzend Unnen, aber ebenso viele Häftlinge. Offensichtlich hatten sie es geschafft, die Soldaten zu überwältigen und zu fliehen – auch wenn sich einige dafür hatten opfern müssen. Für den übergeordneten Zweck.

»Worauf wartet ihr?«, rief ich den Ta'ar zu. »Helft ihnen!« Ich wusste nicht, wie viele von ihnen noch am Leben waren – aber es würden mit jeder Sekunde weniger werden.

Tatsächlich setzten sich die Einwohner in Bewegung, stolperten zu den Ta'ar, die ich befreit hatte. Jemand stieß einen Soldaten mit dem Fuß an. Als dieser sich nicht rührte, atmete er erleichtert auf.

»Heute ist ein großer Tag«, hörte ich einen von ihnen sagen. »Erst das Feuer, jetzt das! Heute holen wir uns unsere Stadt zurück!«

Das Feuer?

Ich blickte zum Himmel hinauf – und erkannte eine dunkle Rauchsäule in der Ferne. Sie musste ihren Ursprung in einem weit entfernten Teil der Stadt haben. Und obwohl nichts darauf hinwies, wer es entzündet hatte oder was es war, das in diesen Sekunden lichterloh brannte, wusste ich einfach, dass Deema etwas damit zu tun hatte.

Aila hatte noch nie ein Geheimnis für sich behalten können. Ich hätte wissen müssen, dass sie die anderen einweihen würde. Sie sorgte sich einfach zu sehr um mich – und hatte unwissentlich einen großen Teil dazu beigetragen, dass wir es heil nach Hause schaffen würden.

»Das sollte sie für eine Weile ablenken«, stellte Ali fest. »Wir haben freie Bahn.«

Das war der Grund, weshalb nicht mehr Soldaten in Richtung des Gefängnisses gestürmt waren: Sie waren zu sehr damit beschäftigt, das Feuer zu ersticken, das Deema am anderen Ende von Istar gelegt hatte.

Ich warf Kenan einen Blick zu und spürte einen Stich in meiner Brust. Er hielt mein Kopftuch fest gegen seine Wunde gepresst, doch mit jedem seiner Schritte schien etwas mehr Kraft aus ihm zu weichen. »Geht es?«

Der Haiduk verzog keine Miene. »Das muss es.«

Obwohl wir nur schleppend vorankamen, gelang es uns, in das Armenviertel zurückzukehren, ohne einem einzigen Unnen zu begegnen. Aila erwartete uns schon an der Türschwelle. Ein spitzer Schrei entwich ihren Lippen, als sie uns entdeckte. Sofort rannte sie auf uns zu. »Ihr habt es geschafft!«, rief sie aus. Tränen glitzerten in ihren Augen. »Ihr habt es wirklich geschafft!« Als ihr Blick auf Kenans Oberkörper fiel, blieb sie abrupt stehen. »Oh nein!«

»Es ist nicht so schlimm, wie es aussieht«, beteuerte der Haiduk sofort, doch der Ton in seiner geschwächten Stimme war alles andere als beruhigend.

»Ein Arzt!«, rief Aila aus. »Wir brauchen einen Arzt!«

»Hast du vergessen, wo wir leben?«, fragte Ali sanft. »Hier gibt es weit und breit keinen -«

»Oh doch!«, widersprach ich. »Den gibt es.«

Genau in diesem Moment streckte Ilay seinen kahlen Kopf zur Tür heraus. »Hat hier jemand -« Ihm fiel Kenans Verletzung deutlich früher auf als Aila.

Fluchend trat er nach draußen. »Schnell!«, wies er Ali an. »Bring ihn herein.«

»Kein Grund, dramatisch zu werden«, brummte Kenan.

Was in den nächsten Minuten geschah, wusste ich später nicht mehr. Ich nahm die vielen Menschen – Ali, Aila, Nela – wahr, die um mich herumwuselten und Kenan und dem Arzt Gegenstände brachten, die sie brauchten.

Ich war wie gelähmt. Mein Körper war kurz davor nachzugeben, doch mein Geist ließ das nicht zu. Er konnte und wollte Kenan keine Sekunde allein lassen.

Was, wenn er es nicht schaffte?

Der Haiduk lag auf Ailas Diwan. Inzwischen hatte er die Augen geschlossen. Ich starrte unentwegt auf seine Brust, versuchte, regelmäßige Bewegungen auszumachen.

Und stand dabei mehr als nur im Weg.

Das fiel mir erst auf, als Ilay eine Hand auf meine Schulter legte. »Vielleicht wäre es besser, wenn du dich ausruhst«, sagte er sanft.

»A-Aber«, stotterte ich. »Kenan … er …«

»Kenan wird wieder«, erwiderte Ilay. »Aber er braucht Ruhe. Genau wie du. Leg dich etwas hin.«

»Sagst du mir das als Arzt«, fragte ich, »oder als Freund?«

Ilay lächelte schief. »Beides.«

Aila zog an meinem Arm. »Komm!«, sagte sie. »Du kannst wieder in unserem Zimmer schlafen.«

Widerstrebend ließ ich es zu, dass Aila mich die Stufen ins obere Stockwerk hinaufführte. »Dafür, dass das hier ein armes Viertel ist«, sagte ich, um mich abzulenken, »ist das Haus ziemlich groß.«

»Das kannst du laut sagen«, erwiderte Aila. »Drei Familien mussten ausziehen, damit wir uns hier verstecken konnten.«

Entgeistert starrte ich sie an. »*Was?*«

»Nur die Ruhe!«, sagte sie schnippisch und verdrehte die Augen. »Wir haben sie natürlich angemessen entlohnt.«

Ailas und Alis Bett war mit unzähligen Kissen und Polstern ausstaffiert. Wir hatten es uns in der letzten Nacht geteilt, aber ich hatte kaum darauf schlafen können. Meine Unterlage war so weich gewesen, dass ich befürchtet hatte, ich würde darin versinken und auf dem Boden landen.

Dass ich zwischenzeitlich aufgestanden war und mich neben das Bett gelegt hatte, schien Aila nicht aufgefallen zu sein. Zumindest ließ sie sich nichts anmerken, als sie einige der Kissen für mich aufschüttelte. »Mach's dir bequem!«, forderte sie mich auf.

Kraftlos ließ ich mich auf der Bettkante nieder – und wurde beinahe von Aila umgeworfen, als diese mir um den Hals fiel. »Danke«, hauchte sie. »Danke, dass du mir meinen Mann zurückgebracht hast.«

»Nicht doch«, antwortete ich etwas überfordert. »Du hättest mich vor zwei Jahren an die Unnen verraten können, um dein Überleben zu sichern, und doch hast du es nicht getan. Das ist das Mindeste, was ich tun konnte.«

Aila rückte von mir ab und setzte sich neben mich. »Dafür sind Freundinnen doch da.«

Ich lächelte. »Was ist mit Adil?«, fragte ich dann. »Hat er seinen Vater schon wiedergesehen?«

Aila schüttelte den Kopf. »Er ist draußen beim Spielen. Eine unserer Dienerinnen passt auf ihn auf. Ich hoffe, er ist bald zurück. Ich kann es kaum erwarten, meine beiden Männer wieder im Arm zu halten«, fügte sie mit einem Strahlen hinzu, das ich nur selten in ihrem Gesicht gesehen hatte. »Ich sollte jetzt besser nach Ali sehen. Er sieht ebenfalls ziemlich mitgenommen aus.«

Beinahe hätte ich ihr erzählt, warum; unter welchen Umständen er im Gefängnis festgehalten worden war. Doch ich konnte es mir im letzten Moment verkneifen – das war sicherlich nichts, was sie gerade hören wollte.

»Und du ruh dich lieber aus.« Sie erhob sich. »Das sage ich dir als deine beste Freundin.« Aila zwinkerte mir zu, ehe sie mich allein ließ.

Ich sank rücklings in das Bett, und auf einmal fühlte es sich an wie die größte, weichste Wolke aus meinen schönsten Träumen. Es dauerte nicht lange, bis mein Geist meinem Körper nachgab und meine Augen zufielen.

Der erste Gedanke, der sich in meinem wachenden Bewusstsein formte, war *Kenan*.

Ich schreckte hoch. Wie lange hatte ich geschlafen?

Als ich einen Blick aus dem Fenster warf, stand die Sonne immer noch am Himmel, hatte ihren Zenit jedoch schon weit überschritten.

Ich sprang aus dem Bett und stellte fest, dass sich meine Beine zumindest ein klein wenig erholt hatten. Sie bereiteten mir keine Schwierigkeiten, als ich die Treppe nach unten in den Wohnraum stieg.

Außer Kenan befand sich nur Ilay dort. Er hatte ein Glas mit Wasser gefüllt und stellte es auf einen kleinen Tisch, auf dem der Ta'ar es ohne Schwierigkeiten erreichen könnte.

Der Oberkörper des Haiduken war nackt. Die Stichwunde schien verschwunden zu sein – auf seiner Haut konnte ich nur noch eine dünne rote Linie erkennen. Kenan schlief nach wie vor – und trotzdem war Ilay ihm offenbar keine Sekunde von der Seite gewichen.

Der Anblick der beiden löste mehr in mir aus, als ich hätte ahnen können. Ilay war ein einfacher Ta'ar, dem Königshaus ergeben. Kenan war ein Haiduk, der bis vor Kurzem noch alles hatte niederreißen wollen, wofür Maliks Vater gestanden hatte. Unter anderen Umständen hätten sie sich bis zum Tod bekämpft. Aber Kenan hatte unser Leben gerettet. Und jetzt rettete Ilay seines.

Auf einmal tat sich ein Weg vor mir auf, den ich noch nie zuvor gesehen hatte. Ein Weg, in dem all das Licht ruhte, das ich noch in mir bewahrt hatte. Feindschaft war nicht gleich Feindschaft. Mauern konnten überwunden, Brücken gebaut werden. Alles, was es dafür brauchte, war jemand, der den ersten Schritt machte.

Das ganze Land konnte zusammenrücken, eins werden. Und das ohne jegliches Blutvergießen. Es bedurfte nur einer einzigen Person, die damit anfing.

Alle Einwohner von Tara'Unn waren Menschen. Sie teilten sich nicht nur ein Land, sondern auch ihr Blut, ihre Abstammung. Sie konnten alles überwinden, was sie entzweite.

Ein einzelnes Bild schob sich vor mein inneres Auge. Es war der Anflug einer Vision, eines Wunschtraumes, der sich viel realer anfühlte als alles, in das ich während der letzten Tage meine Hoffnung gesteckt hatte.

Vielleicht waren Worte nicht nur der Schlüssel zu Kraft, sondern auch zu Frieden. Vielleicht musste niemand mehr kämpfen, niemand mehr sterben. Vielleicht musste ich Hawking nicht töten, um meinen Stamm zu befreien. Vielleicht gab es einen anderen Weg.

Ilay bemerkte mich erst nach einigen Sekunden. »Aila und ihre Familie sind nach draußen gegangen. Die anderen sind auf dem Dach«, teilte er mir mit.

»Verstehe.« Ich konnte den Blick nicht von Kenan reißen. »Wie hast du das gemacht?«

Ilay sah von mir zum Haiduken und wieder zurück. »Ich habe seine Wunde genäht. Wie deine, nachdem wir aus eurer Siedlung geflohen sind. Weißt du noch?«

Ich erinnerte mich. Das alles schien schon eine Ewigkeit her zu sein. »Geht es ihm gut?«

Ilay nickte. »Das Schlimmste ist überstanden.«

»Ich kann auf ihn aufpassen«, bot ich an. »Falls du eine Pause brauchst.«

Er lächelte. »Gerne«, willigte er ein, und ich war froh, dass er mich nicht wieder fortschickte. »Du findest mich oben bei den anderen.« Er stand auf und machte Anstalten, an mir vorbeizugehen.

Ich hielt ihn am Arm zurück. »Danke.« Meine Stimme war nicht mehr als ein Flüstern.

Der Arzt zuckte die Achseln. »Es ist mein Beruf.« Auch wenn er versuchte, es selbstverständlich wirken zu lassen, wusste ich genau, dass es das nicht war.

Ich ließ mich auf dem kleinen Schemel neben dem Diwan nieder, auf dem Ilay gesessen hatte. Von dort aus beobachtete ich Kenan schweigend. Mit jeder Sekunde, die er sich nicht regte, wuchs meine Anspannung ins Unermessliche. In der Zwischenzeit kamen Aila, Ali und Adil zurück – ich nahm sie kaum wahr, und offenbar beschlossen sie, mich nicht zu stören.

Kenan hatte nicht auf mich gehört. Obwohl ich ihn mit dem, was ich gesagt hatte, verletzt haben musste, war er mir zu Hilfe gekommen. Noch vor wenigen Tagen war er ein Fremder gewesen, der mich zu meiner Hinrichtung begleitet hatte. Aber heute war er etwas anderes. Er war mehr.

Seine Augenlider hoben sich.

Ich zuckte vor Schreck zusammen und hoffte, dass er es nicht bemerkte.

»Kauna?«, murmelte er benommen.

»Ja!«, sagte ich sofort und tastete nach seiner Hand. »Ich bin hier.«

Kenans Augen waren klein und matt. »Geht es dir gut?«

Ich schnaubte. »Das fragst du *mich*?«

»Du warst bewusstlos«, erwiderte er. »Als ich gekommen bin.«

Ich runzelte die Stirn. »Was?« Träumte er etwa noch?

»Im Gefängnis«, beharrte er, während das Leben allmählich in ihn zurückkehrte. »Du hast reglos auf dem Boden gelegen. Ich hab mir Sorgen gemacht.«

Plötzlich verstand ich. »Oh. Das.« Ich schüttelte den Kopf. »Ich war nicht bewusstlos«, erklärte ich. »Ich habe meinen Geist nur auf Hana übertragen.«

»Auf den riesigen Affen?«, fragte Kenan verwirrt. Allmählich kehrte das Leben in ihn zurück. »Wie viele von denen gibt es eigentlich?«

»Nur einen!«, erwiderte ich. »Aber er hat viele Gesichter.«

»Das ist ... zu viel für mich«, keuchte Kenan erschöpft.

»Lass uns ein andermal drüber reden!«, schlug ich vor. »Wie fühlst du dich?«

»Als hätte mich jemand abgestochen«, witzelte er. »Aber mir ist schon Schlimmeres passiert als das.«

Bestürzt starrte ich ihn an. »Wirklich?«

»Lass uns ein andermal drüber reden.« Er grinste schwach.

Ich schluckte. Eigentlich sollte es mich nicht überraschen. Kenan war ein Soldat des Königs gewesen – natürlich war er dort auch in Konflikte geraten. Und ich wollte erst gar nicht wissen, was ihm während seiner Zeit bei den Haiduken widerfahren war. Trotzdem hatte er keinen Grund gehabt, sich für mich zu opfern – abgesehen von dem Schicksal, das uns zusammengeführt hatte.

»Es tut mir leid«, sagte ich zaghaft.

Er schüttelte den Kopf. »Kauna, es ist wirklich -«

»Das, was ich vorhin zu dir gesagt habe.«

Kenan verstummte. »Oh. Das.«

Ich befeuchtete meine Lippen. »Ich wusste nicht, was ich fühlen sollte, nach dem, was letzte Nacht passiert ist«, fuhr ich fort. Meine Beine waren so schwach, dass ich befürchtete, sie würden mich nicht mehr lange tragen. Deshalb sprach ich umso schneller. »Aber jetzt ist es mir klar geworden.«

Er runzelte die Stirn. »Was ist dir klar geworden?«

Ich lächelte vorsichtig. *Das, was ich für dich empfinde, kann einfach nur richtig sein.* Doch das konnte ich ihm nicht sagen – weil es keine Worte gab, die dieses Gefühl beschreiben könnten. In keiner Sprache.

»Das, was du noch tun musst«, fragte ich stattdessen. »Weshalb du nicht sterben konntest. Was ist es?«

»Liegt das nicht auf der Hand?«, erwiderte er zum abertausendsten Mal, seit ich ihn kennengelernt hatte. Er stemmte die Unterarme gegen die Polster, um sich aufzurichten. Ich schickte mich an, ihm zu helfen, doch er brauchte mich nicht.

Der Blick in seinen holzbraunen Augen drang bis in mein Herz. »Der Grund, warum ich nicht sterben konnte ... Was ich noch tun muss, ist ... dir etwas zu sagen«, stieß er dann hervor, als bedurfte es all seiner Energie, diesen Satz zu beenden.

Seine Finger fanden meine, und plötzlich überkam mich ein Gefühl, das ich nicht oft verspürte: Ich wurde nervös. Mein Herz schlug so schnell, als würde ich mich von Liane zu Liane quer durch die ganze Stadt schwingen. Es war, als könnte ich seine nächsten Worte kommen sehen – oder?

»Du hast mich gefragt, warum ich immer noch bei euch bin«, fuhr Kenan fort, »und mich nicht schon längst aus dem Staub gemacht habe.«

Ich sah zu Boden. »Das tut mir –«

»Es ist in Ordnung«, winkte er ab. Er verstärkte den Druck auf meine Hand, damit ich sie ihm nicht entziehen konnte. »Das war eine berechtige Frage. Und ich bin dir eine Antwort schuldig.« Sanft strich er mit seinem Daumen über meinen Handrücken. »Es ist wegen dir, Kauna.«

Mein Herz machte einen Satz. Was wollte er mir damit sagen?

Kenan überraschte mich: »Du hast von Anfang an recht gehabt. Ich war viel zu lange bei den Haiduken.« Er atmete tief durch. »Ich bin vier Jahre bei ihnen geblieben, weil ich Angst hatte. Ich war blind, und das für eine unendlich lange Zeit. Aber du …« Sein Blick erfüllte mich mit Wärme. »Du hast mir die Augen geöffnet. Und zwar nicht nur diese beiden.«

Unwillkürlich verzog ich meine Lippen zu einem Lächeln. Ich erinnerte mich an den Moment, in dem ich ihm diese Worte ins Gesicht geschleudert hatte. Offenbar hatte er inzwischen verstanden, was ich gemeint hatte. Und obwohl er in Ta'ar sprach, schwang die Weisheit eines Crae in seiner Stimme mit.

Etwas Schöneres hätte er mir nicht sagen können. Denn damit fegte er meine letzten Zweifel endgültig beiseite. Ich beugte mich nach vorne, und meine Lippen trafen auf seine. Diesmal hatte ich keine Zweifel. Was ich tat, fühlte sich richtig an – und zwar ohne Einschränkungen.

Kenans Hand fand meine Wange. Er lehnte sich mir entgegen und -

»Kauna«, rief eine Stimme im oberen Stockwerk. Sie gehörte Amar. Schritte ertönten auf der Treppe.

Widerstrebend löste ich mich von Kenan und wandte mich dem Ta'ar zu, der Sekunden später auf den Stufen zum Stehen kam. »Komm bitte nach oben. Wir müssen etwas besprechen.«

Ich zögerte, blickte von Amar zu Kenan. Ich wollte ihn nicht allein lassen.

»Geh«, drängte der Haiduk mich. »Ich werde hier unten schon nicht sterben, nur weil du fünf Minuten nicht da bist.«

»Sag so was nicht!«, zischte ich. Doch die Fäden, die seine Wunde verschlossen, beruhigten mich genug, um aufzustehen und Amar nach oben zu folgen.

Die anderen hatten sich in einem Raum versammelt, der wie ein Arbeitszimmer aussah. Die vielen Kissen, Decken und Polster, die dort verstreut lagen, erinnerten mich daran, dass die Männer die letzte Nacht hier verbracht hatten.

Als ich eintrat, warf sich Ali gerade vor Malik auf den Boden. Ich blinzelte. »Ihr habt es ihm erst jetzt gesagt?«, fragte ich verblüfft.

»Wir haben versucht, es ihm schonend beizubringen«, gab Amar zurück.

»Kauna!«

Mein Blick fiel auf Deema, der aufsprang und auf mich zukam. »Du gut?«

»Ja!« Erleichtert legte ich meine Hände auf seine Schultern. »Du warst das, nicht wahr? Das Feuer?«

Deema nickte eifrig. »Feuer wo anders, Unnen wo anders, nicht bei du.«

»Das war großartig!« Ich stutzte. »Aber ... es wurde doch niemand verletzt, oder?«

Der Crae blickte zu Boden. »Ja. Unnen.«

»Nur Unnen?«

Wieder nickte er.

Ich seufzte erleichtert. »Gut.«

Deema blinzelte. »Gut?«

»Danke, Deema«, fuhr ich fort. »Ohne dich hätten wir es nicht geschafft.«

Ein Grinsen breitete sich auf seinem Gesicht aus. Ich ahnte, dass es ihn nicht nur freute, mir geholfen zu haben – sondern vor allem, dass ich seine Gabe endlich akzeptierte. So, wie ich es von Anfang an hätte tun sollen. Schließlich war sie Teil seines Schicksals, und das Schicksal führte uns alle auf den Weg, den wir rechtmäßig beschreiten sollten.

Wir wandten uns den Ta'ar zu, die sich kreisförmig auf einigen Polstern niedergelassen hatten. Aila und ihr Mann waren ebenfalls da. Ali hatte offensichtlich ein Bad genommen. Außerdem war sein dichter Bart gestutzt worden und er hatte neue Kleidung angelegt.

»Setzt euch«, forderte uns Malik mit einer ausschweifenden Geste auf.

Deema und ich taten wie geheißen, verzichteten aber auf Kissen.

»Wir müssen unsere nächsten Schritte planen. Ali hat uns soeben erzählt, er könnte uns auf direktem Weg nach Alanya bringen.«

Mein Blick zuckte zu Ailas Mann. »Mit der Eisenbahn.«

Ali nickte. »Auch wenn die Unnen bereits einige meiner Kontakte aus dem Weg geräumt haben, sind immer noch ein paar meiner Mittelsmänner übrig und auf ihren Posten. Sie können euch helfen, in einen Wagon zu kommen und ihn in Alanya wieder zu verlassen, ohne dass ein Unn etwas davon mitbekommt. Allerdings«, fuhr er fort, »gibt es etwas, das ihr zuvor wissen solltet.«

Malik runzelte die Stirn. »Du besitzt Kontakte im ganzen Land. Es hätte mich überrascht, wenn du keinen Wissensvorsprung hättest.«

Ali nickte bedächtig. »Tatsächlich haben mich in den letzten Monaten immer wieder Nachrichten aus der Hauptstadt erreicht. Und es sieht ganz so aus, als hätte sich Euer führender Berater dazu entschieden, die Bevölkerung in den Krieg mit einzubeziehen.«

Betretene Stille breitete sich im Raum aus.

»Abdul hat *was*?«, stieß Malik entsetzt hervor.

Ali fuhr mit der Hand über seinen gekürzten Bart. »Seit Beginn der Invasion durch die Unnen haben die übrigen Streitkräfte Tara'ans die Hauptstadt verteidigt. Das Heer der Ta'ar ist dem der Westländer zahlenmäßig überlegen – doch das Machtverhältnis hat sich jetzt geändert, da die Unnen die Crae auf ihrer Seite haben. Aus diesem Grund wurde eine Botschaft in das ganze Land weitergeleitet. Jeder, der sich berufen fühlt, sein Vaterland zu verteidigen, wird dazu angehalten, zu den Waffen zu greifen und den Feind zu bekämpfen.«

Maliks Miene verfinsterte sich. »Ich vermochte nie einzuschätzen, wie die Unnen von den Crae Gebrauch machen könnten. Einerseits hätten sie die Möglichkeit gehabt, uns einzuschüchtern und den Palast einzunehmen, ohne einen Tropfen Blut zu vergießen.«

»Doch so wie es aussieht«, ergänzte Amar, »ist ein Kampf spätestens jetzt unausweichlich geworden.«

»Da ich die letzten Wochen in einer Zelle verbracht habe«, fuhr Ali fort, »weiß ich nichts über den heutigen Stand der Dinge. Die Unnen könnten längst in die Hauptstadt eingefallen sein. Oder sie warten noch auf den richtigen Moment. Die Zivilisten könnten gerade aus allen Richtungen nach Alanya strömen – oder sie sind noch dabei, sich zu formieren. Istar ist leider die am besten von der Außenwelt abgeschirmte Stadt, weshalb es schwierig geworden ist, an Informationen zu kommen. Aber eines kann ich euch mit Sicherheit sagen …«

»Hawking ist noch nicht gekrönt worden!«, fiel Aila ihm ins Wort. »Denn *das* würden sie sofort im ganzen Land herausposaunen!«

Ali nahm ihre Hand. »Euch muss bewusst sein, dass ihr – sobald sich die Eisenbahn in Bewegung setzt – eine Fahrt ins Ungewisse unternehmen werdet. Nichts und niemand kann euch auf das vorbereiten, was euch erwartet. Ihr müsst auf alles gefasst sein.« Er machte eine Pause. »Eure Majestät«, sagte er dann, »ich möchte Euch anbieten, hier in meinem Haus zu bleiben. Ich kann Euch keine Sicherheit garantieren, werde aber mein Bestes tun, um Euch vor den Soldaten verborgen zu halten.«

Malik senkte den Kopf. »Ich danke dir für dein Angebot, Ali Najjar«, erwiderte er förmlich. »Doch ich habe mich bereits entschieden, nach Hause zurückzukehren.

Amar blickte ihn betreten an. »Bist du dir wirklich sicher?«

Malik nickte stumm.

Ali blinzelte. »Ich verstehe nicht ganz. Fest steht, dass es für Euch zu gefährlich ist, nach Alanya zu reisen – und das ohne eine Armee in Eurem Rücken. Was gedenkt Ihr zu tun, wenn Ihr erst einmal in der Hauptstadt angekommen seid?«

»Kauna und Deema werden ihre Stammesgenossen befreien«, erklärte Malik. »Das wird den Unnen den einzigen Vorteil nehmen, den sie über das Heer der Ta'ar haben.«

»Falls Tara'an dann überhaupt noch ein Heer hat«, sagte Ali eindringlich. »Erlaubt mir diesen Einwand: Was, wenn Eure Männer längst niedergeschlagen wurden und niemand mehr übrig ist, der für Euch kämpft?«

Malik presste die Lippen aufeinander. »Dann ist es meine Pflicht, für mein Königreich zu sterben.«

»Das kann doch nicht dein Ernst sein!«, stieß Amar hervor.

»Denk an deine Frau!«, pflichtete Ilay ihm bei.

Malik hob eine Hand, und die beiden schluckten ihre Bedenken herunter. Er war wirklich stur – aber vielleicht war genau das eine der Eigenschaften, die ein König brauchte.

Plötzlich fragte ich mich, ob er es jemals schaffen würde, sein Potenzial auf dem Thron unter Beweis zu stellen. Auch wenn ich zu Beginn meine Zweifel gehabt hatte, wie er zwei Reiche regieren sollte, hoffte ich es nun aus ganzem Herzen.

»Wir helfen«, meldete sich Deema unverhofft zu Wort.

Alle Köpfe drehten sich in seine Richtung.

Mein Freund zuckte lässig die Schultern. »Ich brenne alle Unnen. Fertig.«

»Wovon spricht er da?«, fragte Ali ratlos.

»Du hast doch gesehen, wozu Kauna in der Lage ist!«, erinnerte seine Frau ihn. »Wenn jeder einzelne Crae solche Kräfte hat, besiegen sie die Unnen mit links!«

Aila wusste, wovon sie sprach. Aber sie hatte keine Ahnung, wie schwer es sein würde, unseren Stamm dazu zu überreden, uns zu helfen.

Es war unmöglich.

»Wir werden euch unterstützen«, pflichtete ich Deema bei. »Nach allem, was passiert ist, ist unser Kampf nicht vorbei, wenn wir unsere Familie gerettet haben. Sondern erst, wenn die Unnen verloren haben – und zwar ein für alle Mal.« Als ich die Worte aussprach, fühlte ich mich seltsam befreit – weil meine Entscheidung im Grunde schon viel früher gefallen war, ich sie mir nur nicht selbst hatte eingestehen wollen. Womöglich bereits in dem Moment, in dem Hawking unsere Siedlung betreten hatte.

Mein Blick begegnete dem von Deema. Er nickte mir zu.

»In diesem Fall«, sagte Malik, »musst du dir keine Sorgen um uns machen, Ali. Denn diese beiden sind gemeinsam stärker als eine Armee.«

Deema strahlte über das ganze Gesicht – in mir lösten Maliks Worte jedoch alles andere als Stolz aus. Ich hoffte, er würde recht behalten. Denn fest stand, dass Deema und ich nicht allmächtig waren. Unsere Verbindung zur Seelenwelt und unsere Gaben halfen uns – aber in den letzten Tagen hatte sich nur allzu oft herausgestellt, dass das allein nicht ausreichte.

»Kenan kann nicht mit uns kommen«, fuhr Malik fort. »Ilay, du bleibst hier bei ihm.«

»Was?«, fragten Ilay und ich gleichzeitig.

»Er ist verletzt«, erklärte er nüchtern. »Er würde uns vermutlich nur behindern.«

Betreten starrte der Arzt ihn an. »A-Aber -«

»Es ist entschieden«, schnitt Malik ihm das Wort ab. »Ali«, sagte er dann. »Wann können wir frühestens aufbrechen?«

Ilays Mund klappte geräuschvoll zu.

»Heute«, erwiderte Ailas Mann. »Bei Sonnenuntergang.«

Malik nickte bedächtig. »Dann soll es so sein.«

Ali erhob sich. »Ich werde die nötigen Vorkehrungen treffen.«

»Ich werde dafür sorgen, dass ihr die Reise nicht mit leeren Mägen antretet!« Mit einer Hand auf ihrem gewölbten Bauch stand Aila auf und folgte ihrem Mann nach draußen.

Stille legte sich über uns.

»Es tut mir leid, Ilay«, erhob Malik dann erneut das Wort. »Aber ich fühle mich besser dabei, dich hier zu wissen.«

Der Arzt starrte zu Boden. »Ich möchte auch helfen«, erwiderte er unter zusammengepressten Kiefern.

»Du hast mir schon genug geholfen«, sagte Malik sanft. »Obwohl du es nicht hättest tun müssen, warst du vom ersten Tag an an meiner Seite. Und dafür möchte ich mich erkenntlich zeigen – indem ich dich daran hindere, mir mehr zu geben, als du hast.«

Ich erschauderte. Unwillkürlich fragte ich mich, wie hoch der Preis sein würde, den wir – und alle anderen Menschen in Tara'Unn – noch für diesen Krieg bezahlen würden.

Mein Herz war schwer, als ich Stunden später nach einem Festmahl von Aila, das ich kaum heruntergekommen hatte, und einigen letzten Vorbereitungen, die meine Anspannung ins Unermessliche hatten steigen lassen, die Treppen nach unten ins Erdgeschoss stieg.

Nela war bei Kenan. Sie hatte ihm gerade ein neues Glas Wasser gebracht und räumte das Geschirr, auf dem er –

getrennt von uns – gegessen hatte, vom Tisch. Das Lächeln, das sie ihm schenkte, war mir ein Dorn im Auge.

Kenan folgte Nela mit dem Blick, bis sie außer Hörweite war. »Was?«, fragte er dann lässig. »Zwei Küsse und du bist immer noch eifersüchtig auf eine andere?«

Allmählich begriff ich, was dieses Wort bedeutete. »Es ist Zeit, sich zu verabschieden, Kenan.« Meine Stimme war viel schwächer und brüchiger, als ich erwartet hatte.

Der Haiduk runzelte die Stirn. »Was soll das heißen?«

Meine Füße fühlten sich an, als hätte man zwei Felsen an sie gebunden. Langsam und schwerfällig bewegte ich mich in seine Richtung. »Hat Ilay es dir nicht gesagt?«

Seine Miene wurde finster. »Was gesagt?«

Ich schluckte. »Ihr kommt nicht mit uns nach Alanya.«

Seine Gesichtszüge entgleisten. Heftig schüttelte er den Kopf. »Wer sagt –«

»Malik.«

Sofort verstummte er. Stöhnte. »Was glaubt der Kerl eigentlich, wer er ist?«

»Dein König. Zumindest wird er das sein, wenn alles gut geht«, fügte ich hinzu. Endlich kam ich vor ihm zum Stehen.

Doch das reichte Kenan nicht. Er zog mich an meinem Arm neben sich auf den Diwan. »Glaubst du denn, dass alles gut gehen wird?«, fragte er. Er ließ mich nicht los.

»Ich …« Ich stockte. Es war mir noch nie leichtgefallen, über meine Zweifel und Ängste zu sprechen. Nach außen hin bewahrte ich meine Fassade. Doch falls dies das letzte Mal war, dass ich Kenan sah, wollte ich ihn nicht anlügen. »Ich habe nicht die geringste Ahnung«, flüsterte ich.

Ich zuckte zusammen, als er einen Arm um mich legte – eine Bewegung, die ihm vermutlich Schmerzen bereitete.

»Ich aber«, erwiderte er. »Ich habe ein verdammt gutes Gefühl.«

Ich wagte es nicht, ihn anzusehen. »Sagst du das, weil es stimmt – oder weil du mich beruhigen willst?«

»Ich sage es, weil ich an dich glaube.« Er drückte seine Lippen in mein zerzaustes Haar. »Ich habe erlebt, was du kannst – und wo das herkommt, steckt noch mehr.«

»Ich bin nicht …«, widersprach ich. »Ich bin nicht so … stark. Nicht so, wie ihr meint. Ich habe Angst, dass ich euch alle enttäuschen werde.«

»Mich kannst du nicht enttäuschen«, erwiderte Kenan. »Alles, was ich will, ist, dass du zu mir zurückkommst.« Er grinste. »Ich bin nämlich noch lange nicht fertig mit dir.«

Seine Worte erfüllten mich völlig unerwartet mit einer tiefen Traurigkeit. »Kenan«, sagte ich mit fester Stimme. »Versprich mir, dass du nicht auf mich wartest.«

Er schaute zu Boden. Schwieg.

»Bitte«, drängte ich ihn. Ich dachte an Alis Worte – von diesem Augenblick an war alles möglich. Und so viele Ausgänge der Krieg auch nehmen konnte: Wenn ich ehrlich zu mir selbst war, sah ich mich in keinem davon überleben. Ich hatte schon vor langer Zeit beschlossen, dass ich für mein Volk zu sterben bereit war. Und daran hatte sich bis heute nichts geändert.

Ein lautes Trampeln ertönte auf den Treppenstufen. Deema lief so schnell abwärts, dass er beinahe über seine eigenen Füße stolperte. »Wir fahren mit der Eisenbahn, Kauna!«, rief er freudig aus. »Kannst du dir das vorstellen?«

Widerstrebend wand ich mich aus Kenans Umarmung und richtete mich auf. »Du wirst es lieben.« Ich hörte, wie ihm die anderen nach unten folgten, und drehte mich zu Kenan um. »Versprich es mir«, sagte ich leise.

»Ich verspreche es«, erwiderte er mit tiefer Stimme.

Erleichtert wandte ich mich den anderen zu. Tränen brannten in meinen Augen, doch ich gewährte ihnen keinen Auslass.

Ich sollte nicht eifersüchtig auf Nela sein. Ich sollte mich darüber freuen, dass sie hier war, um sich um Kenan zu kümmern. Und vielleicht würde sie das auch, wenn ich nicht zurückkehrte.

Womöglich hatte ich mich geirrt, und er war nicht der Partner, den das Schicksal für mich auserkoren hatte – warum sonst sollte es uns an genau diesem Punkt trennen? Vermutlich gab es diesen *einen* Gefährten überhaupt nicht – zumindest nicht für mich. Ich war auf mich allein gestellt. Doch das akzeptierte ich.

Ilay war der Letzte, der – in einigem Abstand – die Stufen hinunterstieg.

»Hey«, sprach Kenan ihn durch den Raum hinweg an und beschrieb eine ausschweifende Armbewegung in unsere Richtung. »Wie kann es sein, dass du damit einverstanden bist?«

»Es ist der Befehl meines Königs«, erwiderte Ilay tonlos. Offenbar war ihre Diskussion von vorhin nicht die letzte geblieben.

»Wir dürfen keine Zeit verlieren«, ermahnte Ali uns. »Die Eisenbahn wartet nicht.«

»Seid ihr bereit?«, fragte Amar.

»Bereit wie Strauch!«, gab Deema überschwänglich zurück.

Der Ta'ar wechselte einen irritierten Blick mit mir, doch ich zuckte nur die Achseln. »Keine Ahnung, was er meint.«

Malik straffte die Schultern. »Lasst uns gehen.«

Ehe ich den anderen nach draußen folgte, warf ich einen letzten Blick zurück zu Ilay und Kenan. »Lebt wohl.«

»Pass auf ihn auf«, verabschiedete sich Ilay mit ernster Miene.

Kenan sagte nichts. Der Ausdruck in seinen Augen war undurchdringlich geworden.

»Kauna!«, rief jemand, kaum dass ich das Haus verlassen hatte.

Ich fuhr herum – und wurde von Ailas stürmischer Umarmung überwältigt. »Du willst doch nicht gehen, ohne dich von deiner besten Freundin zu verabschieden, oder?« Sie drückte mich von sich weg und musterte mich. In ihrem Lächeln lag Kummer. »Bitte sag mir, dass ich dich wiedersehen werde.«

»Ich …« Ich wollte sie nicht anlügen, aber auch nicht beunruhigen.

»Schon gut – du musst nicht darauf antworten«, winkte sie ab, als erriete sie meine Gedanken. »Ich wollte dir noch etwas geben, bevor du gehst.«

Abwehrend hob ich die Arme. »Aila, das ist doch nicht -«

»… oder willst du etwa *mit diesen Haaren* nach Alanya fahren?«, fragte sie schnippisch.

Meine Hand fuhr zu meinem Kopf. Ich fluchte innerlich. Man würde mich dort binnen weniger Sekunden erkennen. »Ich habe mich einfach immer noch nicht wieder daran gewöhnt, ein Kopftuch zu tragen«, gab ich zu.

»Das wirst du«, erwiderte Aila bestimmt. »Wenn das alles vorbei ist, wirst du dich daran gewöhnen *müssen*.« Sie grinste. »Denn dann wirst du dich keine zwei Jahre mehr vor mir verstecken können, Kauna!« Sie streifte ihr orangenes Kopftuch ab. Ihre langen schwarzen Haare fielen ungehindert über ihre Schultern. Sie glänzten im Licht der Sonne. »Das ist für dich.« Sie hielt es mir hin.

»Es tut mir leid«, sagte ich kleinlaut, während ich es umständlich anlegte, »was mit dem letzten passiert ist.« Ali hatte es auf Kenans Wunde gepresst – vermutlich würde dieses Kopftuch nie wieder getragen werden.

»Es ist doch nur ein Stück Stoff!«, entgegnete sie und half mir dabei, es zurechtzuzupfen. »Es hat für mich keinen Wert. Im Gegensatz zu dir.« Sie atmete tief durch, und ich konnte schwören, dass ihre Augen feucht wurden. »Ich weiß nicht, ob es dir etwas bedeutet, aber … mein Zuhause ist auch dein Zuhause. Und solltest du jemals Hilfe brauchen, dann sind Ali und ich für dich da.«

Unwillkürlich legte ich beide Hände auf ihre Schultern, und für einen Moment kam es mir so vor, als wäre meine Berührung ihr einziger Halt. »Das bedeutet mir einfach alles, Aila.«

Ihr betrübter Gesichtsausdruck wich einem Lächeln. Dann fiel ihr Blick auf einen Punkt hinter mir. »Du solltest dich beeilen, wenn du die anderen noch einholen willst.«

»Du hast recht.« Ich sah sie ein letztes Mal an. »Danke«, ließ ich meine Seele zu ihr sprechen. *Für alles.*

Das seltsame Gefühl, das mich beschlich, als ich mich von ihrem Haus abwandte, wurde mit jedem Schritt stärker. Es war das eines endgültigen Abschieds. Und so sehr ich auch dagegen ankämpfte, konnte ich ihm doch nichts entgegensetzen.

7. Kapitel - Morgen

Im Wagon war Stille eingekehrt. In dem Lärm, mit dem der Zug über die Gleise ratterte, wäre aber ohnehin kaum eine Stimme zu hören gewesen. Anspannung lag in der Luft. Jeder von uns machte sich seine eigenen Gedanken. Schloss mit alldem ab, was hinter uns lag. Es war die einzige Möglichkeit, um nach vorne blicken zu können.

In Istar in die Eisenbahn zu steigen, war noch der leichte Teil unseres Plans gewesen. Die Stadt wurde so regelmäßig von Aufständen heimgesucht, dass man die Uhr danach stellen konnte. So auch in dem halbstündigen Zeitfenster, in dem der Zug beladen und viele der Kontrolleure zu einem anderen Einsatz gerufen worden waren.

Seit die Tür des Wagons von außen geschlossen und wir der Dunkelheit überlassen worden waren, spürte ich einen stechenden Schmerz in meiner Brust, den ich nicht bezwingen konnte.

Kenan. Wo vorher nichts weiter als Traurigkeit geherrscht hatte, verzehrte sich nun mein ganzer Körper nach ihm. Ich wollte bei ihm sein. Nicht nur jetzt, sondern immer. Ich wollte seine Wärme spüren und seine Stimme hören. Mich seinen Berührungen hingeben. Ich wollte unsere Kinder aufwachsen und uns alt werden sehen. Weil er der Eine war. Ich war mir ganz sicher.

Aber ich musste mich mit der Vorstellung abfinden, dass all das vielleicht nie passieren würde. Dass dies meine letzte Reise war. Die Erschütterungen des Zuges mischten sich zum Beben meines Herzens.

Blick nach vorne, Kauna.

Unaufhörlich donnerte die Eisenbahn über die Schienen. Das Licht des Tages fiel spaltweise durch verschiedene winzige Öffnungen in den Wänden des Wagons. Doch die Sonne hatte sich bereits dem Horizont genähert, als Ali uns zum Zug gebracht hatte. Bald würde die Helligkeit schwinden und uns mit unseren Gedanken allein lassen.

»Glaubt ihr, viele Menschen werden in Alanya sterben?«, fragte ich ins Leere. Ich musste einiges an Kraft in meine Stimme legen, um sie über das Scheppern der Eisenbahn hinweg hörbar werden zu lassen.

»Ja«, war Amar der Erste, der sich äußerte. »Wenn sie nicht bereits tot sind.«

»Ich hoffe, dass sie zumindest die Einwohner in Frieden gelassen haben«, ergänzte Malik beklommen.

»Du meinst also, die Unnen sind schon dort?« Erst vor Kurzem hatte ich erfahren, dass sie sich *vor* Alanya befunden hatten. Die Chancen standen also gut, dass sie sich noch immer auf einen Angriff vorbereiteten.

»Wir müssen den Tatsachen ins Auge sehen«, erwiderte Malik ungerührt. »Die Unnen haben ihre Streitmacht. Und sie haben die Crae. Für sie gibt es keinen Grund, länger als nötig zu warten, ehe sie in die Hauptstadt einmarschieren.«

Ich schluckte. Vor zwei Jahren waren die Unnen in Istar *einmarschiert*. Ich hatte selbst erlebt, was das bedeutet hatte. Wenn sie dasselbe in Alanya taten, wäre nichts mehr wie zuvor.

»Jemand hat einmal zu mir gesagt«, fuhr ich gedankenverloren fort, »Blut sei der Grundstein eines jeden Reichs.«

Amar schnaubte. »Scheint jemand mit Ahnung gewesen zu sein.« Hätte er gewusst, dass ich von Kenan sprach, hätte er ihm sicher nicht zugestimmt.

»Also ist es wahr?«

»Natürlich.« Er schnaubte. »Niemand hat je ein Reich erobert, indem er freundlich nach dem Thron gefragt hat!«

Ich biss mir auf die Unterlippe. Selbstverständlich hatte er recht. Doch dieser winzige verräterische Gedanke, der mich heute Morgen ergriffen hatte, ließ mich nicht mehr los.

Es musste ihn einfach geben – einen neuen, einen anderen Weg. Einen, der kein Blutvergießen mit sich brachte.

Ein Kampf konnte nicht die Lösung sein. In den letzten Tagen hatte ich schon zu viele von ihnen gesehen. Und jeder von ihnen hätte vermieden werden können.

»Welches Wort benutzt ihr, wenn man eine Lösung findet, für die beide Seiten Abstriche machen müssen, aber trotzdem damit leben können?«, fragte ich weiter.

Obwohl sie mich in der Finsternis vermutlich nicht mehr erkennen konnten, bemerkte ich ihre verwirrten Blicke ganz genau. »Ein Kompromiss?«, riet Malik.

»Ein Kompromiss«, wiederholte ich. Das war es, woran ich dachte.

»Kauna«, ermahnte er mich. »Versuche nicht, einen Ausweg zu finden, wo es keinen gibt.«

»Denkst du denn nicht, dass es möglich ist?«, fragte ich überrascht. »Ich meine … vielleicht ist diese ganze Sache einfacher, als wir dachten.«

»Willst du uns auf den Arm nehmen?«, brauste Amar auf. »Weißt du eigentlich, wie viele Ta'ar die Unnen schon auf dem Gewissen haben? Wie viele Leute wir verloren haben, seit wir Malik von seinem Schiff geholt haben? Hast du auch nur annähernd eine Ahnung«, schleuderte er mir entgegen, »*was* in den letzten zwei Jahren passiert hast, während du dich in deiner Siedlung versteckt hast?«

»Amar«, ermahnte Malik ihn.

Sein Vetter schnaubte. »Jemand wie sie«, erwiderte er, »sollte nicht behaupten, irgendetwas an unserer Situation wäre *einfach*.«

»N-Natürlich nicht!«, ruderte ich zurück. »Es tut mir leid. Es sollte nicht so klingen, als ob …« Ich atmete tief durch. »Was wäre, wenn Hawking gewinnen würde?« Ich erwartete keine Antwort auf diese Frage, denn ich kannte sie bereits selbst: Er würde die Crae niemals freilassen, sondern sie zu seinem Schutz unterwerfen. Die Ta'ar würden mehr von ihren Rechten und ihrem bisherigen Leben verlieren als die Unnen in den vergangenen Jahren. Vermutlich würde Tara'Unn nicht einmal seinen Namen behalten, sondern in Unn umbenannt werden. Hawking würde einfach alles an sich reißen.

»Und wenn wir gewinnen?«, hob ich an. »Käme es nicht auf dasselbe hinaus? Würde die jeweils andere Seite nicht aufbegehren? Würden die Unnen nicht versuchen, dich zu stürzen, so wie sie es mit deinem Vater und Bruder getan haben?«, fragte ich an Malik gewandt.

»Das würden sie mit Sicherheit«, sagte er. »Aber es gibt keinen Weg, das zu verhindern. Aufstände müssen niedergeschlagen werden. Das ist alles, was man tun kann.«

Ich zögerte. »Aber was, wenn es keinen Grund dafür gäbe? Wenn alle Menschen zufrieden wären?«

Malik runzelte die Stirn. Konnte oder wollte er mich nicht verstehen?

»Die Unnen wollen einen Unn auf dem Thron. Die Ta'ar einen Ta'ar. Könnte man es denn nicht allen recht machen?«

»Wie?«, fragte Amar unbeeindruckt. »Willst du den Thron etwa zweiteilen?«

Seine Direktheit ließ mich zurückschrecken. »Ich weiß nicht«, sagte ich kleinlaut. »Ist das denn möglich?«

»Das kann doch nicht ihr Ernst sein!«, stöhnte er. »Natürlich nicht!«

»Ich würde nie Seite an Seite mit einem Unn regieren«, fügte Malik um einiges ruhiger hinzu. »Vor allem nicht mit einem, der mich beinahe getötet hätte.«

»Hätte töten *lassen*«, ergänzte Amar abfällig.

»Hast du jemals mit ihm gesprochen?«, fragte ich geradeheraus. »Mit Hawking?«

Malik zögerte. »Ja«, antwortete er. »In der Siedlung – mehr oder weniger.«

»Und genau das ist das Problem!«, stellte ich fest. »Was, wenn ihr einfach miteinander reden würdet?«

»Wenn ich mich noch mal einmischen dürfte«, warf Amar ein. »Kauna. *Bitte*. Sprich nicht von Dingen, von denen du keine Ahnung hast.«

Mein Mund öffnete sich, doch kein Ton drang daraus hervor. Ich klappte ihn wieder zu. Warum sträubten sie sich gegen die Vorstellung?

Möglicherweise sah ich die Dinge anders, weil ich eine Crae war. Unsere Siedlung hatte keine Anführer. Stattdessen fällten unsere vier Ältesten gemeinschaftlich Entscheidungen. Seit ich denken konnte, war es nie zu einem Konflikt oder Aufstand gekommen. Aber offenbar war so etwas für Menschen unvorstellbar.

Manchmal wunderte es mich kein bisschen, dass sie alle paar Jahre einen Krieg führten.

Ich sah, wie Maliks Silhouette von ihrem Platz aufstand und zu mir hinüberschritt – vorsichtig und auf die unerwarteten Erschütterungen der Eisenbahn bedacht. »Kauna«, raunte er, als er sich neben mir niedergelassen hatte. Er tastete nach meiner Hand und fand sie. »Du sollst wissen, dass ich dir vertraue. Ich vertraue dir mit meinem Leben. Aber ich denke nicht, dass es einen anderen Weg gibt als den Kampf. Selbst wenn man uns nicht bei Sichtkontakt töten würde, glaube ich nicht, dass Hawking mit einem von uns reden würde.«

»Da hast du wohl recht«, lenkte ich ein.

Doch dann kam mir eine Idee. Eine Idee, so naheliegend, dass es mich erstaunte, sie nicht früher bekommen zu haben, und gleichzeitig so abwegig, dass ich sie beinahe sofort wieder verworfen hätte.

»Aber ich kenne jemanden, mit dem er redet.«

Stille. Ich könnte förmlich hören, wie ihre Vermutungen Purzelbäume schlugen.

»*Gil?*«, stieß Malik ungläubig hervor.

Als Amar diesmal Einspruch erhob, klang er nicht mehr verärgert – sondern besorgt: »Gil Hawking? Ist das ein Witz? Weißt du nicht mehr, was beim letzten Mal passiert ist, als du mit ihm gesprochen hast?«

»Kauna schaffen«, ertönte Deemas Stimme aus der Finsternis. Es überraschte mich, dass er unserem Gespräch hatte folgen können. »Sie stark.«

»Das hat ihr damals auch nicht geholfen«, brummte Amar.

»Ich muss es zumindest versuchen«, beharrte ich. »Ich weiß jetzt, dass er mir nicht *wirklich* etwas antun kann. Und wenn er mir schaden will, ziehe ich meinen Geist einfach zurück.«

»Ich weiß, dass ich dir nicht dabei helfen kann.« Erst als Malik meine Hand drückte, nahm ich diese wieder wahr. »Aber ich bin an deiner Seite.«

»Danke.« Seine Wärme beruhigte mich, erweckte jedoch zugleich die Sehnsucht, die ich nach Kenan verspürte, erneut zum Leben.

Ich musste das hier tun – für ihn. Für uns. Denn wenn ich Erfolg hatte, müsste niemand sterben. Dann könnte ich zu ihm zurückkehren – das Versprechen einlösen, das ich ihm nicht gegeben hatte.

Ich atmete tief durch. Für einen Moment spielte ich mit dem Gedanken, Hana zu beschwören, um mich zu unterstützen. Doch ich wusste, dass er nach dem letzten Gefecht geschwächt war – mehr noch als ich. Und ich würde ihn brauchen, sobald wir Alanya erreichten. Deshalb musste ich das hier allein tun. Und hoffen, dass Gil mich die Distanz zu ihm überbrücken ließ.

Auch wenn Hana nicht bei mir war, halfen seine Kräfte mir dabei, in den Fluss der Seelen einzutauchen. Meine

Reise war nicht so stürmisch wie beim letzten Mal – ich schwebte in die Strömung des Wassers hinab, bis meine Füße seine Oberfläche berührten. Die Seelen von Crae und Natur rückten in mein Blickfeld – sie sahen aus wie unzählige Sterne, die am Nachthimmel aufleuchteten.

Einer von ihnen war Gil. Ich musste ihn nur noch finden.

Doch das war schwieriger als gedacht. Die meisten Seelen, die ich berührte, gehörten zu Bäumen. Oder Tieren. Ich konnte keinen einzigen Crae erreichen – Gil schon gar nicht.

Aber ich gab nicht auf.

Die Suche strengte mich manchmal so an, dass ich drohte aufzuwachen. So spürte ich, wie die Stunden vergingen. Es würde nicht mehr lange dauern, bis wir in Alanya ankämen – und ich hatte immer noch keine Spur von Gil.

Das Blut gefror mir in den Adern, als eine böse Vorahnung in mir aufstieg. War ihm etwas zugestoßen? War das der Grund, weshalb ich ihn nicht finden konnte? Hatte Tigra seine Seele in die Tiefen des Flusses geleitet, in die kein Lebender vordringen konnte?

Plötzlich war er da. Binnen eines Sekundenbruchteils strömten mehr Empfindungen auf mich ein, als ich begreifen konnte. Meine Sorge um ihn hatte ihn angezogen. Hatte ihn seine Barrikaden senken lassen.

Er hatte mich von Anfang an im Fluss der Seelen gespürt, sich aber vor mir verbogen gehalten. Er hatte sich mir entzogen. Doch dann hatte er es nicht mehr ertragen, mich im Ungewissen zu lassen.

Er bereute es sofort. Gil verschwand so schnell, wie er gekommen war.

Ich blieb im Fluss der Seelen zurück, allein, und mit nicht mehr als einer einfachen Eingebung, die nicht meine war.

»Malik?«, fragte ich, während ich langsam in die reale Welt zurückglitt.

»Ich bin hier«, sagte er sofort.

»Du hast mir viel von Alanya erzählt.« Meine Stimme begann zu zittern. »Von wo aus hat man den Blick auf einen Garten? Einen Garten so groß wie die ganze Siedlung und mit Büschen und Sträuchern, die höher als mein Kopf ragen? Mit Blumen in Farben, die ... die ich nicht einmal beschreiben kann?«

Maliks Hand verkrampfte sich. »Mit einem Brunnen?«

»Einen ... Brunnen?«, fragte ich verwirrt und versuchte verzweifelt, das Bild, das sich vor mein inneres Auge geschoben hatte, am Leben zu erhalten.

»In der Mitte des Gartens. Ist dort eine Statue mit einem Krug, aus dem Wasser fließt?«

Ich konzentrierte mich voll und ganz auf die Eingebung, die Gil mir versehentlich gesandt hatte, auf jedes noch so winzige Detail -

Da war er. Der Brunnen.

»Ja. Ich sehe ihn.«

Amar fluchte, und ich erschrak. Abrupt riss ich meinen Geist vollends aus dem Fluss der Seelen. »Was ist passiert?«, fragte ich panisch.

»Nichts!«, beruhigte Malik mich. »Nichts ist passiert. Es ist nur ...« Er holte tief Luft. »Die Aussicht, die du gerade beschrieben hast ... Die hat man nur, wenn man sich im Palast befindet.«

Sekunden verstrichen, doch ich wollte nicht wahrhaben, was Malik mir erzählte. »Was?«

»Es ist der Palastgarten«, klärte Amar mich auf. »Er ist von außerhalb nicht zu sehen. Nur vom Palast aus.«

Meine Hände begannen zu zittern. »Das heißt, dass Gil dort ist. Und wenn er es ist …«

»Dann Bauch Unnen ist dort«, beendete Deema meinen Satz.

Und wenn die Unnen auch dort waren, bedeutete das, dass sie Alanya eingenommen hatten. Dass der Kampf bereits gekämpft war. Und verloren.

Wir waren zu spät.

Ein Ruck ging durch die Eisenbahn. Obwohl ich nicht nach draußen sehen konnte, konnte ich *spüren*, wie wir langsamer wurden.

»Sie bremsen!«, warnte Amar uns. »Wir müssen uns verstecken!«

Wir sprangen auf die Füße. Die Kisten, die den Großteil des Raumes einnahmen, hatte ich bisher kaum beachtet. Doch jetzt waren sie unsere einzige Chance.

Alis Bekannte hatten den Wagon für uns anders beladen als die anderen. Es befanden sich weniger Kisten und mehr Hohlräume in der Fracht, in die wir uns zwängen konnten. Ich fand zwischen zwei Reihen aufeinandergestapelter Behälter mein Versteck. Beunruhigt blickte ich nach oben. Die Kisten wurden nur durch ein paar Seile gesichert, und ich hatte keine Ahnung, welches Gewicht sie hatten. Ich wollte nicht wissen, was passierte, wenn eine von ihnen auf mich herabfiel.

»Was machen wir, wenn der Plan nicht aufgeht?«, zischte Amar, kam dabei aber kaum gegen das allgegenwärtige Dröhnen an, das den Zug erfüllte.

»Dann müssen wir wohl oder übel um unser Leben kämpfen«, sagte Malik. »Transportieren sie nicht schwere Waffen in diesen Kisten?«

»Das hilft uns nicht weiter, wenn hier nicht zufällig ein Brecheisen herumliegt!«, gab Amar zurück.

Mit einem ohrenbetäubenden Quietschen kamen wir zum Stehen.

»Ruhe jetzt!«, wies Malik uns an, und sofort legte sich eine Totenstille über uns.

Es dauerte weit mehr als fünfzehn Minuten, ehe sich etwas regte.

Dann wurde die schwere Tür des Wagons aufgeschoben.

Ich schluckte. Mein Herz schlug mir bis zum Hals, als der Lärm des Bahnhofs an meine Ohren drang. Stimmen. Schritte.

Dann ein Laut – ein Pfiff, so leise, dass man ihn im Bahnhofslärm mit Leichtigkeit überhören könnte – ganz in unserer Nähe.

Ich erstarrte. Das war das Zeichen, das Ali uns genannt hatte. Aber konnten wir uns wirklich so sicher sein, dass es sich bei den Arbeitern um seine Bekannten handelte? War es nicht möglich, dass irgendjemand anderes aus einem unerfindlichen anderen Grund pfiff und wir uns in Gefahr bringen würden, wenn wir uns jetzt aus unserem Versteck begaben?

Mein Blick zuckte zu Amar und Malik hinüber, die hinter ein paar Kisten am anderen Ende des Wagons kauerten.

Amar sah mich kurz an – dann kam er mit erhobenen Händen auf die Beine. »Ali schickt uns!«, sagte er, kaum dass er sich den Arbeitern offenbarte.

Ein paar Sekunden blieb es still. Ein dumpfer Laut ertönte, als eine Person auf den Wagon aufsprang. Amar regte sich nicht, hielt die Arme immer noch in der Luft. Die Anspannung stand ihm ins Gesicht geschrieben.

»Wie viele?«, raunte ein Mann.

Als Malik sich aufrichtete, taten Deema und ich es ihm gleich. »Vier.«

Auf der anderen Seite der Fracht stand ein bulliger Mann, auf dessen Kinn mehr Haare wuchsen als auf seinem Kopf. Er musterte jeden Einzelnen von uns kurz – bevor er bei Malik verharrte. »Also ist es wahr …«

Obwohl er den Sohn des Königs offenbar erkannte, machte er keine Anstalten, sich zu verbeugen oder auf den Boden zu werfen – vermutlich würde das nicht gerade dabei helfen, uns unbemerkt von hier fortzuschaffen.

»Dachte, die Unnen würden uns hier eine Falle stellen«, fuhr der Ta'ar fort. »Schließlich hat Ali schon lange nichts mehr von sich hören lassen – wir haben geglaubt, sie hätten ihn drangebekommen.«

Plötzlich rückten weitere Männer in mein Sichtfeld. Sie sprangen hinter ihm auf den Wagon.

Unwillkürlich spannte ich mich an. *Ein Hinterhalt?*

Doch bei den Neuankömmlingen handelte es sich allesamt um Ta'ar, und niemand von ihnen beachtete uns. Stattdessen hievten sie zwei Handkarren in den Wagon und begannen, die Seile von den ersten Kistenstapeln zu lösen. Sie schienen eingeweiht zu sein.

»Du« – der Mann deutete auf Amar – »und du.« Deema. »Ihr helft beim Ausladen. Den Unnen wird nichts auffallen. Für die sehen wir sowieso alle gleich aus. Was Euch und Eure blonde Begleitung betrifft, Eure Majestät …«

Mit einem stillen Fluch schob ich mir die losen Haarsträhnen unter das Kopftuch, die sich in den letzten Stunden gelöst hatten.

»Das könnte schwieriger werden.« Der Bahnhofsarbeiter bedeutete uns, uns abermals hinter die Kisten zu ducken. Ich glaubte zu hören, wie er einem anderen etwas zuraunte.

Deema sah mich verunsichert an.

»Du schaffst das«, ermutigte ich ihn, und er kletterte hinter Amar über die Fracht auf die andere Seite. Sobald er verschwunden war, bildete sich ein Knoten in meinem Magen, der sich nicht lösen wollte.

Ich rutschte zu Malik hinüber. »Ich mache mir Sorgen«, flüsterte ich, obwohl man mich in dem geschäftigen Treiben des Bahnhofs ohnehin nicht gehört hätte.

»Ich weiß«, sagte er sanft. »Aber hab Vertrauen. Auch wenn Ali entlarvt wurde – sein Netzwerk besteht immer noch. Und das muss aus gutem Grund so sein.«

»Aber es ist sehr gefährlich für sie«, erwiderte ich. »Noch gefährlicher, als einfache Bürger zu verstecken …«

»Er hat mich mit 'Eure Majestät‹ angesprochen«, gab Malik zu bedenken. »Sie sehen mich als ihren rechtmäßigen König an. Und ich bin davon überzeugt, dass sie auch alles dafür tun würden, um diesen zu schützen.«

Ich nickte, konnte mich jedoch nicht ganz mit der Vorstellung abfinden. Natürlich würden wir Crae auch alles für unsere Ältesten tun – so wie für jeden anderen Stammesangehörigen. Aber das war anders. Wir *kannten* einander, schon unser Leben lang. Doch vermutlich hatte keiner der Männer, die hier arbeiteten, Malik auch nur ein einziges Mal mit eigenen Augen gesehen. Warum also setzten sie alles, was ihnen noch geblieben war, für ihn aufs Spiel?

Ich würde es wohl nie verstehen.

Ein dumpfer Knall ertönte auf der anderen Seite der Kisten. Ich zuckte zusammen. Eine Stimme bellte: »Mädchen! Hier rein!«

Für einen verräterischen Augenblick wollte ich mir einreden, dass nicht ich gemeint war. Dann aber kam ich auf die Knie und lugte über den Rand des Stapels hinweg. Der Befehlshaber war zurück – mit ihm zwei Männer, die eine große Truhe flankierten. Einer von ihnen klappte gerade ihren Deckel auf.

Ich begriff. »D-da rein?«, wiederholte ich verwirrt.

»Ja doch«, erwiderte er ungeduldig. »Beeilung!«

»Aber was ist mit -«

»Wir werden etwas für ihn finden«, unterbrach er mich. »Los – oder willst du wieder zurück nach Istar fahren?«

Ich ballte die Hände zu Fäusten. Um keinen Preis würde ich zurückkehren – nicht bevor ich meine Aufgabe erfüllt hatte.

Hastig stieg ich über die Kisten hinweg – in den letzten Minuten hatte man schon mehr als die Hälfte von ihnen verladen. Argwöhnisch beäugte ich die Truhe. Sie war nicht gerade klein – aber ich ahnte, dass ich trotzdem keine angenehme Reise haben würde. »Kann ich nicht auch nach draußen gehen?«, fragte ich vorsichtig. »Meine Haare sind bedeckt und –«

»Hier gibt es keine Frauen«, entgegnete der Mann. »Diese Truhe oder die Unnen, Mädchen.«

»I-in Ordnung!«, lenkte ich schnell ein. Womöglich war ich in ihr noch immer sicherer als Amar und Deema, die sich dem Feind offen zeigten.

Ich hob meinen Köcher und Bogen vom Boden auf, stieg in die Truhe und lehnte mich mit angezogenen Beinen zurück. Meine Pfeile und meinen Bogen hielt ich dicht an meinen Körper gepresst. Mit einem lauten Knall schlug der Deckel über mir zu, und es wurde finster.

Ein ungutes Gefühl stieg in mir auf. Das Gefühl, als hätte ich einen schweren Fehler begangen.

Ein Ruck ging durch die Truhe, und plötzlich neigte sich das Ende, an das meine Füße stießen, nach unten. Erst einen Moment später umfasste der zweite Arbeiter seinen Griff der Truhe und hob sie vollends nach oben.

Mein ganzer Körper spannte ich an. Mein Craeon wurde kalt, so kalt, dass mein Gesicht mit ihm abkühlte. Ich presste mein Hab und Gut an mich und betete, dass ich nur wenige Minuten an diesem furchtbaren Ort verbringen würde.

Das allgegenwärtige Stimmengewirr des Bahnhofs, unterbrochen von dumpfen Geräuschen der Fracht, die verladen wurde, erfüllte meinen ganzen Verstand. Ich spürte die Erschütterung eines jeden einzelnen Schritts, den die Männer machten. Die Truhe schwang auf und ab, vor und zurück, und mit jeder Sekunde schienen mir ihre Wände in der Dunkelheit näher zu kommen. Das Holz war überall.

Als der Behälter auf dem Boden aufkam, zitterte ich am ganzen Körper. Doch niemand hob den Deckel an. Nichts regte sich.

Warum nicht?

Ich könnte die Truhe von innen öffnen. Indem ich meine Hände, notfalls auch meine Füße, gegen den Deckel stemmte. Ich könnte mich befreien, der schwarzen Enge entkommen. Damit würde ich allerdings riskieren, mich den Unnen zu zeigen. Was, wenn sie gerade um mich herumstanden, um die Fracht zu untersuchen? Was, wenn sie auf die kleinste Regung aufmerksam würden?

Was, wenn sogar mein Atem mich verraten könnte?

Ich hielt die Luft an. Selbst als ich spürte, wie sich mein Bewusstsein zurückzog, presste ich meine Hand auf Mund und Nase. Ich durfte kein Geräusch machen. Kein noch so leises Geräusch. Die Dunkelheit, sie war überall.

Tränen bildeten sich in meinen Augenwinkeln. Ich musste raus. Ich musste unbedingt hier raus!

Auf einmal wurde die Truhe wieder geneigt – diesmal nach hinten. Erschrocken sog ich die Luft ein – und stellte erleichtert fest, dass mich niemand hören konnte. Ein leises Quietschen drang an meine Ohren.

»Kauna?«, nahm ich eine Stimme wahr, die sich kaum vom Lärm des Bahnhofs abhob.

Meine Lippen blieben versiegelt. Selbst wenn ich es gewollt hätte, hätte ich keinen Ton herausbekommen.

»Keine Sorge. Ich bin hier.« Crayon. Deema.

Ich erlaubte es mir nicht zu antworten – aus Angst, dass er nicht allein war. Dass er derjenige war, der mich auf dem Handkarren transportierte, beruhigte mich. Auf einmal wirkte die Finsternis nicht annähernd mehr so furchterregend wie zuvor. Deema war immer bei mir gewesen. Er würde mich nie verlassen.

Es dauerte nicht lange, ehe wir abermals zum Stehen kamen. Eine Tür fiel zu, dann wurde es still. »Was?«, stieß Deema hervor. »Ihr? Hier?«

Mein Herz setzte einen Schlag aus. Mit wem sprach er da? Es gab nicht viele Möglichkeiten – weil Deema nicht viele Menschen kannte.

Aber vielleicht waren es ja gar keine Menschen.

Vielleicht waren es Crae.

Doch was würden sie hier tun? Es spielte keine Rolle. Schließlich war Deema nicht umsonst überrascht genug, um -

Nein. Keine Crae.

Erst jetzt fiel mir auf, dass er Ta'ar gesprochen hatte, so gut er es eben konnte. Meine Gedanken rasten, Bilder aller Ta'ar, denen wir in den letzten Tagen begegnet waren, flammten in meinem Unterbewusstsein auf.

Plötzlich regte sich etwas. Im nächsten Moment wurde ich von Licht geblendet. Ich kniff die Augen zusammen und erblickte das Gesicht eines Mannes über mir.

»Guten Morgen, Prinzessin«, begrüßte Kenan mich grinsend.

Mein Herz machte einen Satz. »K-Kenan?« Ich ergriff die Hand, die er mir anbot, und ließ mich von ihm auf die Beine ziehen.

Er war es tatsächlich. Seine Verletzung war unter einem locker sitzenden Obergewand verschwunden, das von Ali stammen und damit wertvoller sein musste als alles, was ich je besessen hatte. Seine schwarzen Haare waren voller Staub. Doch das breite Lächeln in seinem Gesicht war noch dasselbe wie zuvor.

»Du bist hier«, hauchte ich.

Er ließ meine Hand nicht los. »Hattest du wirklich geglaubt, ich würde dich einfach so davonziehen lassen?«

Ich antwortete nicht. Stattdessen schlang ich die Arme um seinen Hals und küsste ihn mit all der Sehnsucht, die ich in den letzten Stunden in mir angestaut hatte.

Kenans Hände bewegten sich zu meinen Hüften, und ohne seine Lippen von meinen zu lösen, hob er mich vollends aus der Truhe und wirbelte mich um seine Achse. Selbst als meine Füße den Boden berührten, nur einen Spaltbreit von seinen eigenen entfernt, ließ er nicht von mir ab, sondern gab sich meinen Gefühlen widerstandslos hin.

Jemand räusperte sich.

Mir fiel auf, dass wir nicht allein waren. Hastig riss ich mich von Kenan los und blickte mich um.

Ein kahlköpfiger Mann lehnte am anderen Ende des Raumes an einer Wand.

»Ilay!?« Fassungslos schüttelte ich den Kopf. »Wie seid ihr –«

Plötzlich wurde die Tür hinter Deema aufgerissen. Erschrocken fuhren wir herum.

Doch es waren keine Unnen, sondern Malik und Amar. Der Bahnhofsarbeiter zwängte sich als Letztes in die Kammer und verschloss eilig die Tür. »Ich hoffe«, brummte er, »das waren alle. Oder habt ihr noch mehr von euch in anderen Wagons versteckt?«

»Ilay?«, stießen Malik und Amar hervor.

Kenan hob eine Hand. »Ich bin auch hier!«

»Ihr wart in der Eisenbahn?«, fragte Amar verblüfft.

Der Sohn des Königs hatte die Stirn gerunzelt, schien ganz und gar nicht erfreut darüber zu sein, die beiden hier zu sehen – natürlich nicht. Ilay in Alanya zu wissen, war das Letzte gewesen, was er gewollt hatte.

»Ich konnte Kenan nicht davon abhalten«, erklärte Ilay. »Und da es mein Befehl war, auf ihn achtzugeben …« Er zuckte die Achseln, wirkte aber ganz und gar nicht so, als bedauerte er, was passiert war. Im Gegenteil.

Mein Blick fiel abermals auf Malik. »Warum bist du nicht in einer Truhe?«, fragte ich irritiert.

Der Arbeiter schnaubte. »Glaubst du ernsthaft, ich würde dem König eine solche Erniedrigung zumuten, Mädchen? Wir haben ihn in eine größere Gruppe meiner Männer gesteckt. Niemandem ist etwas aufgefallen.«

Ich presste die Kiefer aufeinander, beschwerte mich jedoch nicht und hoffte, dass dies der erste und letzte Teil meines Lebens gewesen war, den ich an einem beengten, dunklen Ort hatte verbringen müssen.

»Da ihr euch jetzt über den neuesten Stand aufgeklärt habt«, unterbrach der Arbeiter sie fast schon gelangweilt, »sollten wir euch besser fort von hier bringen. Nein, Mädchen«, ergänzte er auf meinen entsetzten Blick hin. »Ihr seid noch lange nicht in Sicherheit.«

»Wo werden wir es dann sein?«, fragte ich.

Der Mann verzog keine Miene. »Ich fürchte, es gibt in ganz Alanya keinen Ort, der das garantiert. Aus diesem Grund kann ich es auch nicht zulassen, euch in die Obhut eines anderen als mir selbst zu geben.«

Amar kniff die Augen zusammen. »Mir kommt es so vor, als hätte ich dich schon einmal gesehen.«

»Mein Name ist Umut«, erklärte er. »Ich war Hauptmann der Stadtwache – erst von Alanya, dann von Istar. Als der Einmarsch der Unnen begann, bin ich in die Hauptstadt zurückgekehrt, um zu helfen.«

»Ich erinnere mich«, sagte Malik. »Für deine Dienste wurdest du mehrmals in Alanya geehrt.«

»Ich danke Euch, Eure Majestät«, erwiderte Umut förmlich. »Die Anerkennung des Königs ist mir die größte Auszeichnung. Hier ist der Plan«, fuhr er ohne Umschweife fort. »Vor den Pforten des Bahnhofsgebäudes wartet eine Kutsche. Die werden wir nehmen. Du.« Immer, wenn Umut mich ansprach, verspürte ich den Drang, im Boden zu versinken. »Zieh das an.« Er deutete auf die geöffnete Truhe. Erst jetzt sah ich, dass etwas unter meinem Köcher auf deren Oberfläche lag.

Ich fischte es heraus, und das, was ich zuerst nur für ein Stück schwarzen Stoffs gehalten hatte, wurde immer länger, ehe sein unteres Ende den Grund berührte.

Es war ein Ganzkörperschleier – so wie Zehra ihn getragen hatte. Bis auf meine Augen würde er einfach alles von mir bedecken. »Das ist ... viel.« Ich glaubte, dass man den Kloß in meinem Hals nur zu gut hören konnte.

»Es ist alles, was wir hier haben. Die Unnen haben ein Verbot erlassen, sich zu verschleiern – aus diesem Grund wurde derartige Kleidung auch aus sämtlichen Lieferungen aussortiert. Bisher haben sie aber stets den Anstand besessen«, fügte er hinzu, bevor ich etwas erwidern konnte, »die Unberührbarkeit verschleierter Frauen zu respektieren. Ich gehe nicht davon aus, dass wir einem Unn begegnen werden. Die Kutsche wird uns direkt vor meinem Haus absetzen. Es ist eine Sicherheitsmaßnahme für den unwahrscheinlichen Fall, dass wir kontrolliert werden.«

Langsam nickte ich. »In Ordnung.«

Kenan half mir dabei, den Schleier über mein Kopftuch zu ziehen, während unter den übrigen Männern eine Diskussion entbrannte.

»Es kann also sein, dass die Unnen die Kutsche anhalten?«, fragte Amar. »Ist es dann nicht wichtiger, sich darüber Gedanken zu machen, Malik vor ihnen zu verbergen?«

»Wenn du einen Vorschlag hast, nur zu«, erwiderte Umut gereizt. »Der König wird wohl kaum ebenfalls einen Schleier anlegen wollen.«

»Es muss doch -«

»Warum sollte er das nicht wollen?«, unterbrach Malik ihn plötzlich.

Für einige Sekunden blieb es still. »Was?«

Auch ich hielt mitten in der Bewegung inne. Der Sohn des Königs blickte ernst drein. »Wenn es die einzige Möglichkeit ist, werde ich das akzeptieren.«

»Malik«, stieß Amar hervor. »Du kannst doch keine *Frauenkleidung* anlegen!«

»Es ist ein Schleier«, erwiderte er ruhig. »Niemand wird mich darunter erkennen – geschweige denn auch nur mein wahres Geschlecht. Ich kann mir keine bessere Tarnung vorstellen. Ihr vielleicht?«

Amars Schultern sackten herab. »A-Aber«, stotterte er erschüttert. »Es ist ... Frauenkleidung!«

»Wenn ich in ihr lange genug überlebe, um mein Königreich von der Tyrannei der Unnen zu befreien«, erwiderte Malik, »dann würde ich sie jeden Tag aufs Neue anlegen.«

Ich spürte einen Zug um meine Mundwinkel. Mit jedem Wort, das seine Lippen formten, wuchs meine Bewunderung für ihn. Als ich ihm zum ersten Mal begegnet war, hatte ich an ihm gezweifelt – weil er genau dasselbe getan hatte. Er hatte diese Reise angetreten, weil er König werden *musste*. Doch seit jenem Tag hatte er sich verändert. Er wollte es, mit jeder Faser seines Körpers.

Er war bereit.

Alle starrten den Sohn des Königs an. Niemand konnte dem widersprechen, was er gesagt hatte. Weil er recht hatte.

Umut stieß ein kurzes Lachen aus. »Vielleicht ist an dem Gerede ja was dran«, sagte er dann, »und Ihr werdet wirklich derjenige sein, der Tara'an zu neuem Glanz verhilft.«

Nur wenige Minuten später glichen Malik und ich uns wie ein Ei dem anderen – nur mit dem Unterschied, dass er größer war als ich und mein Schleier auf dem Boden schleifte. Immerhin würde man so meine nackten Füße nicht erkennen. Außerdem hielt ich meinen Köcher an dessen Riemen in meiner Hand. Der Schleier war so groß und weit, dass man die Beule darin leicht übersah, wenn man an mir vorbeiging. Zumindest hoffte ich das.

Kenan legte einen Arm um meine Schultern und raunte in mein Ohr: »Jetzt ist dein Äußeres genauso geheimnisvoll wie dein Inneres.« Dass ich sein Lächeln erwiderte, konnte er nicht sehen.

Umut marschierte voran – anstatt den Weg nach draußen zu sichern und uns nachrücken zu lassen, verlangte er von uns, dass wir ihm auf Schritt und Tritt folgten. Er war der Ansicht, dass uns ein selbstbewusstes Auftreten von vornherein weniger auffallen ließ als Vorsicht.

An die Kammer grenzte ein kurzer Gang, der wiederum in eine prächtige Halle mündete. Ihre Decke war fast so hoch wie die im Amal, wenn auch nicht annähernd so reichlich verziert. Von ihr aus führten unzählige Türen in andere Bereiche des Bahnhofs. Durch hohe Fenster, die sich in schwindelerregender Höhe über uns befanden, fiel sanftes Morgenlicht. Der Tag war gerade erst angebrochen – die meisten Menschen, die uns begegneten, waren Arbeiter, die Fracht zu den Zügen oder von ihnen weg transportierten.

Durch den Schlitz meines Gewands konnte ich kaum etwas erkennen. In meinen Augenwinkeln lag nichts als Schwärze, und mir wurde mulmig zumute. Wieder fühlte ich mich eingesperrt, der Finsternis hilflos ausgeliefert.

»Es ist komisch, dich so zu sehen«, raunte Deema mir zu.

»Es ist nicht für lange«, murmelte ich in den Stoff des Schleiers hinein.

»Was?«, fragte er nach.

Ich lehnte mich zu ihm herüber und wiederholte meine Worte.

Der Crae musterte mich unsicher, dann nickte er.

Beinahe wäre ich in Maliks Rücken gelaufen. Die Gruppe war abrupt vor uns stehen geblieben.

Zwei Soldaten hatten uns den Weg abgeschnitten. In voller Montur ragten sie vor Umut auf. Sie redeten in gedämpftem Ton, als wollten sie nicht, dass wir sie hörten – und in meinem Fall traf das zu. Durch den Stoff und den Lärm konnte ich nicht einmal ausmachen, ob sie Unn oder Ta'ar sprachen.

Ich versuchte, stattdessen ihre Mienen zu lesen, und hoffte, dass das Gespräch genauso verlaufen würde wie von Umut prophezeit.

Die Unnen würden ihn fragen, was wir – Bahnhofsfremde – zu dieser frühen Morgenstunde hier taten. Umut würde erklären, dass eine wichtige Lieferung von uns versendet worden war und wir die wertvolle Ware bis zum Einladen in den Wagon hatten begleiten wollen, um sicherzustellen, dass alles mit rechten Dingen zuging. Er würde den Unnen verkaufen, dass es sich bei uns um wohlhabende Leute handelte. Glücklicherweise waren wir von Aila und Ali neu eingekleidet worden, sodass die Kleidung der Männer keine Spuren der vergangenen Strapazen aufwies. Es gäbe keinen Grund, uns nicht zu glauben.

Oder?

Der Blick der Unnen zuckte zu Malik, dann zu mir. Mein Magen krampfte sich zusammen. Ich konnte leicht erraten, worüber sie dann sprachen – über unsere Verschleierung.

Umut schien sie nicht besänftigen zu können. Einer der Soldaten löste sich aus seiner Position und überquerte die Distanz zu Malik. Er lehnte sich nach vorn, starrte seine

Augen durch das schwarze Netz aus feinen Fäden an, die den Schlitz bedeckten.

Mein Herz schlug mir bis zum Hals. Ich sah, wie sich Amar und Ilay anspannten. Wenn sie mussten, würden sie angreifen.

Malik regte sich nicht.

Der Unn öffnete den Mund, und diesmal konnte ich ihn verstehen. »Ihr wisst doch«, sprach er in gebrochenem Ta'ar, ehe er sich von Malik abwandte und auf mich zu kam, »dass es verboten ist, Schleier anzulegen.« Eine Sekunde später stand er direkt vor mir, beugte sich abermals nach vorne, bis sein Gesicht mit seinen zusammengezogenen Augenbrauen alles war, was ich sehen konnte. »Oder etwa nicht?«

Ich schluckte, als sein warmer Atem durch den Stoff drang. Meine Lippen öffneten sich -

»Ich werde meine Frauen beim nächsten Mal angemessen einkleiden«, ertönte plötzlich Kenans Stimme neben mir. »Aber solange sie verschleiert sind, solltet ihr nicht das Wort an sie richten.«

Der Unn fuhr zu ihm herum. »Deine Frau*en*?«

Der Haiduk stand zu seiner Linken, blickte den Unn jedoch nur von der Seite an – darauf bedacht, ihm nicht sein fehlendes Ohrläppchen zu offenbaren. »Vielleicht gibt es doch noch Einiges, das ihr Unnen von uns lernen könnt«, erwiderte er mit einem gönnerhaften Lächeln.

Der Unn blinzelte, blickte von Kenan zu mir und wieder zurück. Dann brach er in bellendes Gelächter aus. »Vielleicht gibt es das«, stimmte er ihm zu, ehe er sich von uns abwandte und die Soldaten ihres Weges gingen.

Umut ließ sich nicht beirren. Ohne Umschweife setzte er sich in Bewegung, führte uns geradewegs auf ein Tor zu, das bis an die Decke reichte. Entgeistert ließ ich den Blick über seine schier unermessliche Höhe wandern und fragte mich, wie ein einzelner Mann es nur öffnen konnte.

Doch als wir uns näherten, entpuppte sich die Pforte als Fälschung. In seinem rechten Flügel war eine viel kleinere Tür eingelassen, die Umut mit Leichtigkeit aufdrückte.

Die Morgensonne ging hinter der Kutsche auf, die am Straßenrand wartete. Zwei Pferde waren vor sie gespannt.

Mein Herz schlug höher. Unwillkürlich machte ich einen Schritt auf sie zu – doch Kenan packte mich am Arm. Als ich ihn anblickte, schüttelte er kurz den Kopf. *Keine gute Idee.*

Der Kutscher sprang von seinem Platz an den Zügeln und hielt uns die Tür auf. Kenan half mir, über den Steigbügel auf das Gefährt zu steigen. Als Malik mir folgte, bot der Haiduk ihm mit einem breiten Grinsen ebenfalls seine Hand an.

Der Königssohn ignorierte ihn.

Umut war der Letzte, der in die Kutsche stieg. Sie war ziemlich klein – schließlich hatte man nicht mit so vielen von uns gerechnet. Diesmal allerdings machte mir die Enge nichts aus – Kenan saß neben mir, und seine Nähe zu spüren, war alles, was ich brauchte.

Die Tür wurde geschlossen, und durch ein kleines Fenster sah ich, wie sich der Kutscher wieder auf dem Kutschbock niederließ. Als wir uns in Bewegung setzten, fiel die Anspannung von jedem von uns ab.

»Das war knapp«, seufzte ich.

Malik saß mir gegenüber. Seine eisblauen Augen blitzten hinter dem Netz seines Gewands hervor. »Das kannst du laut sagen«, drang seine Stimme gedämpft an meine Ohren.

Ein paar Sekunden blieb es still, dann konnten wir uns nicht mehr zurückhalten. Erst war es ein Kichern, das unsere Lippen verließ, und schließlich ein schallendes Lachen. Ich krümmte mich und befürchtete, ich könnte nie wieder damit aufhören.

Ilay und Umut, die neben Malik saßen, schenkten uns verwirrte Blicke – und obwohl ich die anderen durch meinen Schlitz nicht sehen konnte, wusste ich, dass sie es auch taten.

Ich fragte mich, wann ich zuletzt so gelacht hatte. Oder ob ich es je wieder tun würde. Da ich auf keine der beiden Fragen eine Antwort hatte, fing ich diesen Moment ein und bewahrte ihn für immer.

»Freut mich, dass sich meine Frauen gut miteinander verstehen«, warf Kenan lässig ein.

»Erinnere mich dran«, knurrte Amar neben ihm, »dir dafür noch eine Abreibung zu verpassen.«

Während Malik den Schleier aus seinem Gesicht schob, starrte ich aus dem Fenster. Alanya zog draußen an mir vorbei. Eine Stadt, wie ich sie noch nie zuvor betreten hatte. Doch was ich sah, glich Maliks Beschreibung von seiner Heimat nicht im Geringsten.

Die Hauptstadt war von den Unnen gezeichnet.

Wir passierten zertrümmerte Amals. Verlassene Fabriken. Abgestorbene Gärten. Heruntergekommene Häuser und völlig verwahrloste Gegenden. Schattenhafte Gestalten, die durch den Morgen huschten, als wollten sie sich in

Sicherheit bringen, bevor die Sonne ihre Strahlen auf sie werfen und den Unnen offenbaren könnte.

Ich spürte ihre Angst. Und in Maliks Gesicht las ich, dass er das auch konnte.

Entschieden zog ich die Vorhänge vor das Fenster und nahm meinen Schleier ab. »Warum tust du das alles für uns, Umut?«, fragte ich auf das Risiko hin, abermals von ihm angeblafft zu werden. »Uns bei dir zu Hause zu verstecken, ist sehr gefährlich.«

Umut zuckte die Achseln. »Das spielt keine Rolle mehr. Morgen ist unser Land ohnehin dem Untergang geweiht.«

Alle Blicke hefteten sich auf ihn. »Morgen?«, wiederholte Deema verwirrt.

Der Hauptmann blickte jedem Einzelnen von uns in die Augen, dann schüttelte er irritiert den Kopf. »Habt ihr die letzten Tage auf dem Mond verbracht? Die Unnen haben endgültig die Herrschaft an sich gerissen. Und morgen werden sie Levi Hawking krönen.«

Als ich aus der Kutsche stieg, lastete ein schweres Gewicht auf meinen Schultern. Die letzte halbe Stunde über hatte niemand von uns auch nur ein einziges Wort über die Lippen gebracht. Die Verzweiflung Alanyas hatte auf uns abgefärbt.

Morgen.

Morgen wäre alles vorbei.

Nur wenige Schritte trennten die Kutsche von der Tür zu Umuts Haus. Dennoch kam mir der Weg länger vor als die gesamte Strecke, die wir bisher zurückgelegt hatten.

Ich musste das Gute in den Dingen sehen. Gil war bereits im Palast – genau wie sein Vater. Doch er hatte sich nicht sofort krönen lassen. Damit hatten sie uns – *mir* – ein Zeitfenster geschaffen.

Wir traten in ein kleines Wohnzimmer, das so beschaulich eingerichtet war, dass hier mindestens eine Frau wohnen musste. Auf einem niedrigen Tisch lag ein Flugblatt.

Es war Amar, in dessen Hände es fiel. Alles, was ich darauf erkannte, waren Zeichen, die keine Bedeutung für mich hatten.

Doch der Ta'ar fluchte. »Es stimmt also wirklich.« Er ballte die Hand zur Faust, wobei er einen Teil des Flugblatts zerknüllte.

»Haben sie in der ganzen Stadt verteilt«, brummte Umut. »Damit auch ja jeder weiß, dass unser letztes Stündlein geschlagen hat. Das bedeutet allerdings nicht, dass ihr zu spät seid«, fügte er hinzu, zog seine Weste aus und warf sie über den Kleiderständer neben der Tür. »Im Gegenteil – eigentlich kommt ihr gerade recht.«

»Die Armee?«, fragte Ilay. »Ali hat uns davon erzählt.«

Umut nickte. »Bestehend aus Soldaten und Zivilisten. Wir werden sie treffen, wenn sie am verwundbarsten sind.«

»Morgen«, sagte Deema wieder.

»Wenn die Krone über Hawkings Haupt schwebt, werden wir zuschlagen«, knurrte der Ta'ar. »Wir werden für unser Land kämpfen, und wenn es sein muss, werden wir auch dafür sterben.« Er machte eine Pause. »Ich habe das Kommando über dieses Unterfangen«, erklärte er dann. »Aber jetzt, wo Ihr hier seid, Eure Majestät« – er neigte den Kopf – »wäre es mir eine Ehre, das Zepter an Euch zu übergeben.«

Ich verstand nicht sofort, was er meinte. Doch seine Worte lösten ein ungutes Gefühl in mir aus.

»Ich denke«, fuhr er fort, »es ist mehr als angemessen, wenn unser einzig rechtmäßiger König uns im Kampf um Tara'Unn anführt.«

Meine Handflächen wurden feucht. Als mein Blick zu Malik zuckte, wirkte dieser entschlossener denn je. »Es gibt nichts, was ich lieber tun würde.«

»Aber -«, schnitt meine Stimme durch den Raum, ehe ich wusste, was ich sagen wollte. Ich verstummte, überrascht darüber, dass ich die Einzige war, die Einspruch erhob.

Fragende Blicke hefteten sich auf mich.

Ich schluckte. »Malik«, sagte ich dann und senkte die Stimme, was aber nichts daran änderte, dass jeder mich hören konnte. »Was ist mit ... Wir haben doch ... In der Eisenbahn!«, stammelte ich.

Maliks Miene war undurchdringlich. »Ich weiß, Kauna«, sagte er. »Es tut mir leid. Ich glaube nicht, dass es einen anderen Weg gibt.«

Seine Worte trafen mich wie ein Blitz. Natürlich hatte er während der Fahrt nicht begeistert von meiner Idee gewirkt. Doch ... *Er hat gesagt, dass er mir vertraut.*

Warum tat er es jetzt nicht mehr?

»Aber ich werde euch nicht davon abhalten«, fuhr er fort, »zu versuchen, euren Stamm zu befreien. Ihr habt Zeit dafür bis morgen. Wir werden euch dabei mit allem unterstützen, was in unserer Macht steht.«

Seine Bemühungen wiedergutzumachen, was er angerichtet hatte, prallten an mir ab. Ich schluckte. »Ich muss sofort zum Palast.«

»Wir!«, beteuerte Deema. »Wir müssen!«

»Seid ihr verrückt?«, unterbrach Umut uns. »Um diese Zeit könntet ihr euch dem Königshaus auf keine zehn Blöcke nähern!«

Ich wirbelte zu ihm herum. »Wann dann?«, fuhr ich ihn an und war selbst erstaunt über die Wut, die in mir aufgestiegen war. »Zu welcher Zeit sollen wir dann gehen?«

Umut zuckte nicht mit der Wimper. »Mittags. Bei Schichtwechsel der Wachen.«

Mein Mund klappte zu. »Verstehe.«

»Auch wenn ich mir nicht vorstellen kann, wie zwei mickrige Wilde wie ihr in den Palast spazieren wollt.«

»Wir werden nicht«, knurrte ich, »*spazieren.*« Mein Craeon prickelte.

»Hey«, warf Kenan ein und legte eine Hand auf meine Schulter. »Wie wäre es, wenn wir den beiden eine Pause gönnen würden? Schließlich haben sie heute noch Großes vor.«

»Natürlich«, lenkte Umut ein. »Sie können die Zimmer meiner Frau und meiner Tochter haben. Die sind oben.« Er nickte in Richtung einer schmalen Treppe am Ende des Raumes.

Ich blinzelte. »Wird deine Familie sie nicht selbst brauchen?«, fragte ich vorsichtig.

Umut schüttelte kurz den Kopf. »Sie sind nicht mehr hier.« Als ich keine Anstalten machte, mich in Bewegung zu setzen, fügte er hinzu: »Ich habe sie aus der Stadt geschickt. Es gibt niemanden, den ich morgen weiter von Alanya entfernt wissen will als sie.«

Ich spürte einen Stich in meiner Brust. Eine Woge des schlechten Gewissens schlug über mir zusammen – ich bereute es, ihn angefahren zu haben. Er sorgte sich um seine Familie, genau wie ich. Auch wenn er eine harte Schale hatte, konnte er kein schlechter Mensch sein.

Kenan begleitete uns nach oben. Als ich auf die letzte Stufe trat, hörte ich, wie Umut sagte: »Ich denke, wir sollten uns baldmöglichst über unser Vorgehen einig werden, Eure Majestät.«

Ich presste die Kiefer aufeinander. Ich musste schneller sein als sie. Sie und ihr Heer.

Kenan hielt mir die Tür zum ersten Schlafzimmer auf. »Sag mir Bescheid, wenn du irgendetwas brauchst.«

Ich schluckte das *Dich* herunter, das sich seinen Weg nach oben zu kämpfen drohte.

Deema warf Kenan einen abschätzigen Blick zu.

Der Haiduk verdrehte die Augen. »Du natürlich auch.«

»Ja«, sagte der Crae trocken. »Klar.«

Kaum, dass er die Tür hinter mir geschlossen hatte, ließ ich meinen Köcher fallen, riss mir den Schleier vom Körper und warf ihn auf den Boden. Ich versuchte mit aller Kraft, meinen Ärger zu bekämpfen – doch es war schwerer als gedacht.

Malik vertraute mir. Aber das Schicksal seines Königreichs vertraute er mir nicht an. Natürlich nicht. Ich hätte es an seiner Stelle auch nicht getan. Dennoch fühlte ich mich von ihm im Stich gelassen.

Deema und ich, wir brauchten Malik und die anderen nicht. Wenn er einen Krieg ausfechten wollte, war das seine Entscheidung. Wir waren ohnehin nur mit ihnen gekommen, um unsere Familie zu befreien – was mit Tara'Unn geschah, musste uns nicht interess-

Natürlich muss es das.

Ich seufzte. Ich würde mich selbst belügen, zu glauben, Tara'Unn wäre mir egal. Schließlich waren die Ta'ar meine Freunde.

Es hatte sich nichts verändert. Ich musste das Richtige tun. Und auch wenn ich mir nicht sicher war, ob mein Plan dazugehörte, so war ich doch davon überzeugt, dass ein Krieg nicht richtig sein konnte. Ich musste ihn verhindern, ihm zuvorkommen. Und es gab nur einen Weg, das zu tun.

Als Kenan wenig später die Tür öffnete, fand er mich auf dem Boden vor dem Bett kauernd vor. Ich hatte die Knie angezogen und meine Arme darum geschlungen.

Der Haiduk hob eine Augenbraue. »Du weißt, dass du dich auch *auf* das Bett setzen könntest, oder?«, fragte er und schloss die Tür hinter sich.

Lustlos zuckte ich die Achseln. »Es ist zu weich.«

»Hast du es denn überhaupt versucht?« Als er mich erreicht hatte, hielt er mir eine Hand hin.

Widerstrebend ergriff ich sie und ließ zu, dass er mich auf die Füße zog. Ich setzte mich auf das Bett, Kenan neben mir. Er verschränkte seine Finger mit meinen. »Du hast recht«, sagte er dann. »Es ist *ekelhaft* weich.« Aber er konnte mir kein Lächeln entlocken. »Wie geht es dir?«

»Gut«, erwiderte ich, doch mein Tonfall hätte niemanden täuschen können.

»Du weißt, dass du Maliks Unterstützung nie bekommen hättest, oder?«, fragte er dann. »Er hätte sich immer für seine Armee entschieden.«

»Ja.« Ich betrachtete meine Füße. »Und ich kann es auch verstehen. Aber … ich dachte, er würde mir zumindest eine Chance geben.«

»Worüber habt ihr überhaupt gesprochen?«, fragte er. »Während der Fahrt?«

»Ich habe Gil gesehen. Meinen ... ehemaligen Partner«, sprach ich es aus und fühlte mich dabei seltsam erleichtert. »Ich habe gesehen, dass er im Palast ist.«

Kenan runzelte die Stirn. »Was soll das heißen, du hast *ihn gesehen*?«

Ich warf ihm einen Seitenblick zu.

»Ach«, sagte er dann. »Crae-Kram. Verstehe.«

»Jedenfalls«, fuhr ich fort, »glaube ich, dass Gil der Schlüssel ist, dieses Problem friedlich aus der Welt zu schaffen. Hawking dazu zu bewegen, unseren Stamm freizulassen und die Waffen niederzulegen. Gil könnte ihn dazu überreden – aber dafür muss er erst selbst überzeugt werden.«

Einige Sekunden lang blieb es still. Als ich Kenan diesmal ansah, wirkte er hin- und hergerissen. Eine tiefe Beklommenheit stieg in mir auf. »Du glaubst auch nicht, dass ich es schaffen kann, oder?«

Sein Mund öffnete und schloss sich. »Tut mir leid«, sagte er dann.

»Das muss es nicht.« Ich seufzte. »Ich brauche niemanden, der an mich glaubt. Nur mich selbst.«

»Aber ich glaube an dich!«, beharrte Kenan. »Wenn du willst, kann ich dich –«

»Nein«, sagte ich sofort. »Das geht nicht. Ich muss das allein tun.«

Kenan runzelte die Stirn. »Du meinst *allein mit Deema*, richtig?«

»Ja«, antwortete ich ausweichend. »Richtig.« Deema konnte unmöglich mit mir kommen.

»Also – wie ist dein Plan?«

Ich dachte kurz nach. »Ich gehe zu dem Zimmer, in dem sich Gil aufhält – von innen, oder von außen, indem ich zu seinem Fenster klettere. Dann sehe ich weiter.«

»Oh«, stieß Kenan hervor. »*So ein* Plan schon wieder. Versteh mich nicht falsch«, ergänzte er. »Ich habe gesehen, was du tun kannst, Kauna. Aber … Du willst bei deinem Verflossenen einbrechen und ihn dazu überreden, mit Hawking zu sprechen? Er hat schon einmal versucht, dich umzubringen. Denkst du nicht, er wird es wieder versuchen?«

»Nicht, wenn ich zu ihm durchdringen kann«, entgegnete ich mit fester Stimme.

Kenans Daumen strich über meinen Handrücken. »Glaubst du denn, dass du das kannst?«

Ich atmete tief durch, haderte mit mir selbst, verunsichert von den vielen möglichen Antworten, die ich Kenan geben könnte. Doch ich entschied mich für die Wahrheit: »Ich weiß es nicht.«

Das war der Grund, weshalb ich Deema nicht mitnehmen konnte. Ich wusste nicht, wie Gil mir begegnen würde – aber wie er auf meinen Freund reagieren würde, war mehr als vorhersehbar. Auch wenn ich mir wünschte, es wäre anders – Deema würde meine Chancen, etwas in Gil zu bewegen, ins Unsichtbare schrumpfen lassen.

Doch was, wenn ich auch allein nicht in der Lage war, ihm ins Gewissen zu reden? Es lag auf der Hand, was dann passierte.

»Kenan.« Meine Stimme zitterte, und die Wärme seiner Finger war plötzlich alles, was ich noch wahrnahm. »Was, wenn ich es nicht schaffe?« Die Gewissheit lag wie ein schweres Gewicht auf meinen Worten.

Doch entweder begriff Kenan ihre Bedeutung nicht, oder er wollte sie schlichtweg nicht akzeptieren. Er berührte meine Wange und zwang mich, ihm in die Augen zu sehen. »Dann werde ich dich finden.« Seine Stimme war ruhig, sanft. »Ich werde dich immer wieder finden.«

Eine Träne bildete sich in meinem Augenwinkel, als er mich küsste. Crae weinten nur, wenn es keine Lösung für ihre Probleme gab. Wenn sie sich Situationen stellen mussten, die sie nicht ändern konnten. Und ich wusste nicht genau, was es war, das mich in diesem Moment zum Weinen brachte – denn es gab vieles, zu vieles, auf das ich keinen Einfluss hatte. Der Gedanke an die Welt, die zu einer völlig anderen zu werden drohte, brach mir das Herz. Umut hatte recht gehabt – ab morgen würde nichts mehr so sein wie früher. Egal, wie der Tag verlief.

Ich wusste nicht, was passieren würde. Was mich erwarten würde. Ob ich es überstehen würde.

Deshalb steckte ich alles Leben, das noch in mir übrig war, in diesen Kuss. In meine Hände, die Kenans Haut spüren wollten. In meinen Körper, der jeden einzelnen Teil von ihm kennenlernen wollte. In mein Herz, das nichts sehnlicher wollte, als dass ich eins mit Kenan wurde, an diesem einen letzten Tag, bevor sich alles veränderte.

Als wir die Stufen nach unten stiegen, saßen Umut und die Ta'ar im Kreis um den Tisch, auf dem etwas ausgebreitet lag, das wie eine Karte der Stadt aussah. Sie blickten auf, als sie unsere Schritte hörten.

»Pünktlich wie ein Uhrwerk«, kommentierte Umut und winkte uns zu sich hinüber.

Zögerlich begab ich mich in seine Richtung, gefolgt von Deema und Kenan. Nervös stopfte ich meine Haarsträhnen unter Ailas Kopftuch.

Der Hauptmann wandte sich der Karte zu und deutete mit dem Finger auf einen Punkt. »Wir sind hier, verstanden? Der Palast« – ein zweiter Finger landete auf dem Papier – »ist hier. Der beste Weg dorthin ist es, sich auf die Hauptstraße zu begeben.« Er fuhr über eine der bunten Linien. »Dort sind um diese Zeit für gewöhnlich viele Menschen unterwegs – Unnen hin oder her. Ihr werdet nicht auffallen. Von dort aus könnte man theoretisch geradewegs in den Palast hineinspazieren« – er überbrückte mit dem Finger die Distanz zu unserem Ziel – »wäre dieser nicht bewacht.«

Deema blies sich eine Haarsträhne aus dem Gesicht. »Hilfhaft.«

»Zur Mittagsstunde ist Schichtwechsel bei den Wachen rund um den Palast. Das bedeutet nicht, dass es auch nur eine Minute gibt, in der keine Soldaten postiert sind. Aber erfahrungsgemäß unterhalten sich die Männer während ihrer Ablöse noch eine Weile. Sie sind unaufmerksam. Das könnt ihr nutzen.« Er musterte mich von oben bis unten. »Würde noch eine Woche bis zur Krönung verstreichen, hätte ich euch empfohlen, ihre Bewegungen erst ein paar Tage lang zu beobachten. So habt ihr nur einen einzigen Versuch – oder ihr lasst es.«

»Wir gehen«, entschied ich.

Umut zuckte die Achseln. »Tut, was ihr nicht lassen könnt.«

Mein Blick wanderte zu Malik.

Der Sohn des Königs sah mich fest an. »Ich wünsche euch viel Erfolg.«

Ich nickte stumm, dann wandte ich mich ab.

»Kauna«, hielt mich Kenan auf halbem Weg zur Tür zurück. »Bist du dir sicher, dass ich euch nicht begleiten soll?«

»Ja.« Ich nahm sein Gesicht in meine Hände und senkte die Stimme. »Ich will, dass du hierbleibst, Kenan. Diesmal wirklich. Hier bist du am besten aufgehoben. Und ich habe das Gefühl, dass die anderen dich morgen brauchen werden.«

Er hob eine Braue. »Warum glaubst du, dass ich ihnen helfen würde?«, entgegnete er schnippisch.

Ein Lächeln umspielte meine Lippen. »Weil du mir nicht widersprochen hast.«

Kenan seufzte lautlos. »Du hast recht«, murmelte er. »Ich habe vor vielen Jahren einen Eid geschworen. Und ich habe nicht vor, ihn zu brechen. Und wenn ich ehrlich bin«, fügte er lässig hinzu, »hatte ich noch nie ein großes Problem damit, Unnen zu töten. Aber«, hob er dann an. »Willst du wirklich ohne eine Waffe da reingehen?«

Ich hatte meinen Köcher im oberen Stockwerk gelassen. »Wenn mein Plan aufgeht«, erwiderte ich, »werde ich keine brauchen.«

Kenan blickte nicht überzeugt drein. »Warte«, bat er mich. Dann drehte er den Kopf und starrte in Amars Richtung. »Hey, Schnösel. Es ist an der Zeit, mein Hab und Gut von dir zurückzuverlangen.«

Sofort sprang Amar auf. »Das kannst du vergessen!«

Der Haiduk machte einen Schritt auf ihn zu. »Ich will sie auch gar nicht selbst, klar?« Er nickte in meine Richtung. »Aber für sie wirst du wohl etwas von meinem Kram erübrigen können, oder?«

Amars Blick zuckte von ihm zu mir und wieder zurück. »Also gut«, brummte er dann.

»Der Dolch wäre gut«, fuhr Kenan fort. »Ist ein Familienerbstück, weißt du?«

»Dass ich nicht lache.« Dennoch griff Amar an seinen Gürtel, an dem er nur eine der vielen Klingen trug, die Kenan bei sich gehabt hatte, als er sich uns angeschlossen hatte. Er reichte sie ihm vorsichtig und schien überrascht zu sein, dass der Haiduk sie nach allem, was passiert war, nicht sofort gegen ihn verwendete.

Stattdessen drehte dieser sich um und kehrte zu mir zurück. Er streckte sie mir hin – es war mit Abstand die längste Klinge, die man ihm abgenommen hatte. »Für dich.«

Abwehrend hob ich die Hände. »Ich werde -«

»Sie nicht brauchen, natürlich«, unterbrach er mich und hielt sie mir trotzdem unnachgiebig unter die Nase. Er würde nicht mit sich reden lassen.

Ich stieß einen lautlosen Seufzer aus und nahm sie widerstrebend an mich. Sie war beinahe so lang wie mein Unterarm, und ich konnte sie nur umständlich an dem Band befestigen, das mein Gewand an meiner Taille fixierte. »Also gut.« Ich durfte es nicht weiter hinauszögern – und nicht zulassen, dass Kenan es für mich tat. Ich blickte ihn ein letztes Mal an. »Dann sehen wir uns später.«

Er nickte steif. »Bis später.«

Ich ergriff den Türknauf und stand Sekunden darauf auf der Straße, Deema an meiner Seite.

»Jetzt«, grinste er, »lass uns unseren Stamm nach Hause holen.«

Ich sollte es ihm sagen. Dass wir diesen Weg nicht gemeinsam beschreiten konnten – dass es besser wäre, er bliebe hier und beschützte Malik und die anderen. Doch ich konnte es nicht. Ich konnte mich nicht von ihm verabschieden. Gerade eben hatte ich schon Kenan Lebewohl gesagt – ein kleines, gut verstecktes Lebewohl. Ich konnte es nicht ertragen, innerhalb weniger Minuten auch noch meinen engsten Freund zu verlieren.

Der Moment verstrich, als Deema sich in Bewegung setzte. »Also«, fuhr er fort, »hast du auch nur ein Wort von der Wegbeschreibung verstanden?« Verwirrt blickte er sich um.

Ich lächelte leicht. »Komm – hier entlang.«

Den richtigen Weg zu finden, war nicht besonders schwer. Wir überquerten die Straße und verschwanden zwischen den Mauern zweier Gebäude. Auf der anderen Seite erstreckte sich die Hauptstraße, die beinahe so belebt war wie der Basar von Istar.

Es schien ganz so, als hätte sich sämtliches Leben in diesen Teil der Stadt zurückgezogen. Unzählige Menschen schoben sich mit ihren Kutschen und Karren durch die Menge, eilten allein oder gemeinsam mit anderen zu ihrem nächsten Termin oder riefen ihre Angebote in den Wind. Mehrere Jungen rannten mit klingelnden Glocken umher und verkündeten die bevorstehende Krönung von Levi Hawking. Doch es waren nicht nur Ta'ar, die sich hier bewegten.

Die letzten Unnen, die keine Soldaten gewesen waren, hatte ich gesehen, ehe wir die Grenze überquert hatten. Und obwohl meine Erfahrungen mit ihnen alles andere als gut gewesen waren, wirkten die Menschen hier … friedlich.

Sie lebten Seite an Seite mit den Ta'ar. Natürlich, die meisten liefen aneinander vorbei, ohne den jeweils anderen eines Blickes zu würdigen. Doch vereinzelt konnte ich sie gemeinsam sehen – in einem kurzen Gespräch, bei einem Verkauf. Ein blonder Mann und eine Frau mit Kopftuch hielten sich an den Händen. Dabei erkannte ich nur wenige Soldaten, die aber auch nur gelangweilt ihrem Tagesgeschäft nachgingen und nicht wie eine Bedrohung wirkten.

Ich schaute Deema erstaunt an – seine Augen waren groß geworden. »Sind wir irgendwo falsch abgebogen?«, fragte er irritiert.

Es war, als wären wir in eine andere Welt eingetaucht. Eine Welt, in der es keinen Kampf um den Thron, keinen Krieg gab. Eine Welt, die vielleicht bald unsere sein könnte.

»Siehst du, was ich sehe?«, fragte ich gelöst.

»Ähm«, erwiderte Deema. »Einen Haufen Menschen, die uns gefährlich werden könnten?«

»Nein.« Ich atmete tief durch. »Hoffnung.«

Gil *musste* mir einfach zuhören – denn vom Palast aus musste sich ihm derselbe Anblick bieten. Er musste sehen, dass das Leben, das diese Straße erfüllte, alles war, was ich wollte – und was jeder in diesem Land nur wollen konnte.

»Komm!«, trieb ich Deema an. Ich fühlte mich beflügelter als je zuvor.

Inzwischen verstand ich, was Umut gemeint hatte, als er gesagt hatte, wir würden hier nicht auffallen. Vermutlich hätte ich sogar auf das Kopftuch verzichten können, wären meine Haare in einem gepflegteren Zustand gewesen. Vereinzelt entdeckte ich sogar Menschen, die keine Schuhe trugen! *Wobei sie dafür wahrscheinlich einen anderen Grund haben als wir ...*

Unser Ziel rückte schneller in Sichtweite als gedacht. Weil es größer war als jedes Gebäude, das ich je zuvor erblickt hatte.

»Das«, stieß Deema hervor, »ist also ein *Palast*.«

»Ich hatte keine Ahnung«, hauchte ich. Mehr als drei Amals hätten auf seiner Fläche Platz – sowohl, was seine Größe betraf, als auch seine Schönheit. Ich konnte nicht glauben, dass Malik einen Teil seines Lebens hier verbracht hatte. Dass Kenan dort gedient hatte. Und plötzlich sah ich ihn – den kleinen verbliebenen Bruchteil der Herrlichkeit Alanyas, die Malik mir beschrieben hatte. Den Teil, der den Unnen noch nicht zum Opfer gefallen war.

Das Königshaus bestand aus mehreren sandsteinfarbenen Gebäuden mit hohen Fenstern und vielen Türmen. Das größte von ihnen war in ihrer Mitte gelegen. Sein Dach war nicht flach, sondern besaß die Form einer riesigen Kuppel, von der aus eine Spitze in den Himmel ragte. An ihr wehte die Flagge des Vereinigten Königreichs Tara'Unn im sanften Wind.

Je näher wir dem Palast kamen, desto leerer wurde die Straße. Auf einmal waren wir nur noch von Unnen umgeben – von Zivilisten. Von den Ta'ar war nichts mehr zu sehen. Offenbar wagten sie sich nicht weiter an das besetzte Königshaus heran als nötig. Eine unausgesprochene Warnung.

»Da vorne sind Wachen«, sagte Deema. »Es sind immer zwei auf einer Stelle.«

Ich blieb stehen – es konnte nicht länger warten. Ich musste es ihm sagen. »Deema.«

»Ja?«, fragte er, ohne den Blick von unserem Ziel abzuwenden.

»Ich … denke, es ist keine so gute Idee, wenn du mitkommst.«

Er fuhr zu mir herum. »Was?« Irritiert schüttelte er den Kopf. »Wovon sprichst du da, Kauna? Der Stamm ist auch meine Familie. Und ich werde nicht tatenlos herumsitzen, während du -«

»Es geht nicht um den Stamm, Deema«, unterbrach ich ihn fest.

Sein Mund klappte zu. Er blinzelte einmal. Zweimal. »Du willst es also wirklich tun.« Er schluckte. »Du willst zu Gil.«

Ich nickte kurz. »Und du weißt genau, weshalb du nicht dabei sein kannst, wenn ich das mache.«

Deema verschränkte die Arme. Ärger und Enttäuschung rangen um die Oberhand über seine Miene. »*Warum*, Kauna?«

»Es tut mir leid!«, stieß ich hervor. »Ich hätte es dir schon vorher sagen sollen, aber … ich wollte dich nicht verletzen.«

»Ich bin nicht verletzt«, erwiderte er sachlich. »Aber ich mache mir Sorgen um dich. Du hast doch keine Ahnung, wie Gil … *ist*.«

»Ich weiß, wie er *war*«, entgegnete ich. »Und ich hoffe, dass das reicht.«

Deemas Lippen bildeten einen schmalen Strich. »Ich warte hier -«

»Nein!« Ich packte ihn bei den Schultern. »Deema, bitte. Du musst du den anderen zurückkehren. Sie brauchen dich mehr als ich.«

Er runzelte die Stirn. »Was soll das denn heißen?«

»Das heißt«, erwiderte ich sanft, »dass ich nur diese eine Chance habe. Wenn ich es nicht schaffe …« Ich zögerte. Die dunkle Gewissheit drohte für einen Moment, mein gesamtes Denken einzunehmen. »Wenn ich es nicht schaffe, dann gibt es nichts mehr, was du für mich tun kannst.«

Ein harter Zug bildete sich um Deemas Kiefer. »Also … Ist das …« Seine Stimme zitterte.

»Deema.« Auf einmal fühlte ich mich schwach. Meine Knie wurden weich. »Du bist wie ein Bruder für mich geworden. Mein bester, treuster Freund. Und ich will nichts mehr, als dich in Sicherheit zu wissen.« Ich wollte nicht weitersprechen, denn wenn ich das tat, würde der Augenblick verstreichen und Deema und ich getrennte Wege gehen.

Doch es passierte. »Bitte pass gut auf die anderen auf, aber pass vor allem auf dich selbst auf.«

»Sag so was nicht!«, schluchzte er. »Das klingt, als würdest du nicht zurückkommen!«

Meine Augen wurden feucht, genau wie seine. »Ich kann nicht versprechen, dass ich es werde.«

Im nächsten Moment hatte Deema seine langen Arme um mich geschlungen und drückte mich mit aller Kraft an sich. Die Luft wurde aus meinem Brustkorb gepresst, aber ich erwiderte die Umarmung tapfer. Plötzlich fühlte ich mich in eine längst vergangene Zeit zurückgeworfen.

Ich sah Deema, einen kleinen Jungen, vor mir, irgendwo in den Tiefen des Waldes. Seine Großmutter Yara hatte vor drei Tagen ihr Leben gelassen, und seither war von dem jungen Crae keine Spur zu finden gewesen. Er kauerte im Schutz der Dunkelheit, und als er zu mir aufsah, waren seine Augen rot und feucht. Er hatte viel geweint, und das, obwohl das Verhältnis zwischen seiner Großmutter und ihm nie ein gutes gewesen war.

Jetzt, hatte er geflüstert, *habe ich sie alle verloren. Meine ganze Familie.*

Das ist nicht wahr!, hatte ich gesagt. *Wir alle sind deine Familie, Deema. Und wir werden immer bei dir sein.*

»Versprich es mir«, flehte er mit erstickter Stimme. »Bitte versprich mir, dass du zurückkommst. Ich werde dich nicht loslassen, bis du es gesagt hast!«

Tränen brannten in meinen Augen, als ich ihn umso fester an mich drückte. Wieder steckte ich inmitten von einem dieser Momente, die nicht vergehen durften. Und die es dennoch taten. »In Ordnung.« Ich spürte, wie er sich entspannte. »Ich verspreche es, Deema«, hauchte ich. »Ich verspreche es.«

»Na also.« Vorsichtig löste er sich von mir und sah mich an. Er wusste genauso gut wie ich, dass unser aller Leben in Schicksals Händen lag. »Dann ... sehen wir uns also später, ja?«

Ich nickte. Und tat es wieder – ich gab ein Versprechen, von dem ich nicht wusste, ob ich es halten könnte: »Bis später.«

Er schenkte mir ein letztes, unsicheres Lächeln, einen letzten Blick. Dann verschwand er aus meinem Sichtfeld.

Ich wischte mir mit einem Arm über das Gesicht. Ich musste jetzt stark sein – die stärkste Kauna, die ich sein konnte. Doch das konnte ich nicht allein.

Sofort spürte ich Hanas Präsenz in mir. Ich wusste, dass er da war. Und er würde mich begleiten.

Ich befand mich noch immer zu weit weg vom Palast, als dass eine der Wachen Notiz von mir nehmen würde. Sie bemerkten nicht, wie ich auf das nächstgelegene Dach kletterte. Und von dort aus unaufhörlich in ihre Richtung sprang – Haus für Haus für Haus.

Das letzte Gebäude der Straße war ein Stück weit von der Pforte entfernt, hinter der sich ein großer Hof bis zum Palast hin erstreckte. Ich legte mich flach auf den Bauch, um niemandem unten aufzufallen, und fixierte die verschiedenen Bereiche des Königshauses. Der Garten, auf den Gil geblickt hatte, war weit und breit nicht zu sehen. Er musste sich auf der anderen Seite befinden.

»Hana«, flüsterte ich. Ein kleiner Affe mit überlangen Gliedmaßen hockte neben mir. »Kannst du Tigra für mich finden?«

Ich spürte sein Widerstreben. Dann nahm ich sie wahr – eine Handvoll Bäume, die vor mir aus dem Boden schossen. Niemand außer mir konnte sie sehen oder spüren – weil sie längst vergangen waren. Sie waren groß – jedoch nicht annähernd so hoch wie der Palast – und führten geradewegs um ihn herum. Lianen hingen von ihren Ästen.

Mein Weg lag klar und deutlich vor mir.

Meine Finger kribbelten. Ich hatte nur einen einzigen Versuch. Eine Crae, die sich über die Köpfe der Unnen hinwegschwang, würde sofort Aufmerksamkeit erregen. Ich musste schnell genug sein, um ihren Schüssen zu entgehen.

Ich riss den Blick vom Palast, um mein Seelentier anzusehen. »Werde ich es schaffen, Hana?«

Der Affe starrte mich aus großen Augen an. Ich schätzte, er wollte mir die Überraschung nicht verderben.

Kurz entschlossen kam ich auf die Füße. Hana gelang es im letzten Moment, auf meinen Rücken zu klettern. Ich nahm all den Anlauf, den mir das kurze Dach bot, und stieß mich von der Kante des Gebäudes ab. Meine Hände umschlossen die erste Liane sicher. Viel schneller als erwartet, sauste ich durch die Luft.

Ich hörte laute Stimmen unter mir. Sie stammten von erschrockenen Soldaten. Ich konnte mir vorstellen, was in ihren Köpfen vor sich ging. *War ein Crae entkommen? Ist er bedrohlich, oder gehört er zu uns?*

Doch sie würden kein Risiko eingehen.

Als sich der erste Schuss aus einer Waffe löste, war ich darauf vorbereitet. Mein Körper blieb angespannt, als ich die Liane losließ und in Richtung des zweiten Baumes raste.

Die Soldaten feuerten nur wenige Patronen ab – ich war zu schnell und schon bald außer Reichweite.

Ich warf keinen Blick zurück.

Der fünfte Baum war der letzte. Von dort aus sprang ich auf einen Balkon, den es auf meiner Höhe vor jedem der mannshohen Fenster gab.

Mein Herz schlug wie wild, und ich erlaubte mir einen kurzen Moment, um durchzuatmen und meine Handflächen aneinanderzulegen, um Hana zu danken. Als ich über das Geländer hinwegblickte, waren die Bäume verschwunden – und hatten die Sicht auf einen prächtigen Garten freigegeben. Aus dem Brunnen in dessen Mitte floss ein unaufhörlicher Schwall aus Wasser.

Ich war ihm so nah.

Etwas Kleines, Braunes weckte meine Aufmerksamkeit. Es war Hana, der auf einem Balkon wenige Zimmer entfernt hockte. Er legte den Kopf schief. Dann hob er eine Hand und streckte einen Finger in die Höhe.

Das Fenster über ihm war kleiner und besaß keine Brüstung, aber …

Ich blickte von ihm zum Brunnen und wieder zurück. *Das könnte passen.*

Drei Sätze, und ich war bei Hana. Dass sich mein Herzschlag nicht beruhigte, lag nicht mehr allein an meiner Erschöpfung.

Ich blickte die Fassade entlang nach oben – und sah erst jetzt, dass das Fenster weit geöffnet war.

Ich wusste, was das bedeutete.

Entschieden stieg ich auf das schmale Geländer des Balkons. Wechselte einen Blick mit Hana. Er verschwand, und ich spürte neue Kraft in meinen Beinen. Ich würde nicht versagen.

Als ich mich von der Brüstung abstieß, erreichten meine Hände den darüberliegenden Fenstersims mit Leichtigkeit. Ich stemmte die Füße gegen die Wand und zog meinen Körper nach oben, wo ich die Beine über den Rand der Öffnung schwang.

Und durch das Fenster des Palasts stieg.

ALANYA

8. Kapitel - Die Krönung

Gil erwartete mich bereits.

»Willkommen im goldenen Käfig.« Seine hellblauen Augen waren undurchdringlich. Er stand in der Mitte des kleinen Schlafzimmers, das ähnlich eingerichtet war wie das von Aila – einfach, nicht annähernd so prunkvoll, wie ich mir einen Raum in einem Palast vorgestellt hatte. Zu meiner Linken stand ein schmuckloses Bett, das nicht so aussah, als hätte jemand in letzter Zeit darin gelegen. Natürlich nicht. Zu meiner Rechten befand sich ein wuchtiger Schreibtisch mit feinsäuberlich aufgereihten Utensilien: Bleistifte, Füllfederhalter und kleine Behälter mit schwarzer Tinte. Papierbögen stapelten sich auf der Arbeitsfläche. Gil hatte darauf gezeichnet – so wie er die Wände der Häuser in der Siedlung bemalt hatte.

An der Wand hinter Gil, direkt neben der Tür, befand sich ein mannshoher Spiegel, in dem ich mich selbst betrachtete. Meine Miene war ernst und ließ nicht im Geringsten durchscheinen, welcher Wirbelsturm aus Gefühlen in meinem Inneren tobte.

»Gil.« Meine Stimme klang schwach. »Ich bin froh, dass es dir gut geht.«

Anstatt etwas zu erwidern, musterte er mich von Kopf bis Fuß. »Du bist gekleidet wie eine Ta'ar«, stellte er fest.

Mein Mund wurde trocken. »Und du wie ein Unn.«

Er selbst trug Kleidungsstücke, deren Namen ich nicht kannte – in bunten, aber blassen Farbtönen. Ein rotes Band hing locker um seinen Hals. Einzig die Tatsache, dass er keine Schuhe trug, entzündete einen kleinen Funken Hoffnung in mir.

Gil zuckte nicht mit der Wimper. Stille breitete sich zwischen uns aus. Der Ausdruck in seinen Augen versetzte mir tausende Stiche ins Herz.

Widerstrebend hob ich die Hand und zog das Tuch von meinem Kopf. Meine blonden Haare stoben in die Freiheit. »Wir müssen reden, Gil«, sagte ich.

»Das glaube ich nicht«, erwiderte der Crae und drehte mir den Rücken zu. Mit Blick in den Standspiegel ergriff er die Enden des roten Bandes und begann, sie unter seinem Kinn zu verknoten.

Irritiert starrte ich ihn an. Es überraschte mich, dass er sich nicht sofort auf mich stürzte. Die Wut, die ihn bei unserem Treffen am Fluss der Seelen erfüllt hatte, schien fort zu sein. *Aber weshalb?*

»Dann hör mir wenigstens zu«, beharrte ich. Ich schluckte – ein Teil von mir hatte nicht geglaubt, es auch nur bis hierher zu schaffen. Doch jetzt stand er vor mir, Gil, meine andere Hälfte, und …

Ich fühlte mich machtlos.

»Hawking … dein Vater«, begann ich, »wird morgen gekrönt. Aber gleichzeitig steht ein Krieg kurz bevor –

zwischen euch und den Ta'ar, die ihr Land zurückerobern wollen.«

»Wirst du jetzt nur noch von Dingen sprechen, die ich schon weiß?«, fragte Gil gelangweilt.

»Wenn du es weißt«, erwiderte ich, »warum unternimmst du dann nichts?«

»Warum sollte ich das tun wollen?« Als er sich zu mir umwandte, hatte er eine Art Schleife um einen Hals gebunden.

Ich versuchte, mich von dem seltsamen Anblick der Dekoration nicht aus dem Konzept bringen zu lassen. »Weil du das nie gewollt hast. Was auch immer dich dazu verleitet hat, es so weit kommen zu lassen. Ein waschechter Krieg – der Tod so vieler unschuldiger Menschen – ist das Gegenteil von dem, was du erreichen wolltest.«

»Wir sind schon hier«, entgegnete Gil leichthin. »Es sind die Ta'ar, die angreifen werden.« Er zog an der Schleife und löste sie von seinem Hals. Das rote Band lag schlaff in seiner Hand. »Also sind sie selbst schuld, wenn wir uns verteidigen und über sie triumphieren.«

Ich presste die Kiefer aufeinander. »Du wolltest, dass sich die Crae verändern. Dass sie ein Teil der Gesellschaft werden. Und ihre Traditionen über Bord werfen.« Er wollte, dass niemals wieder jemand sein Leben auf dieselbe Weise lassen musste wie seine Mutter. »Und das verstehe ich. Aber eine Schlacht ist nicht der einzige Weg, um das zu erreichen.«

»Jetzt kommen wir zu dem Teil, den ich noch nicht kenne«, sinnierte er, während er das Band in aller Seelenruhe um seine Hand wickelte.

Gil verunsicherte mich. Er war so unglaublich ruhig – dabei war das überhaupt nicht seine Art. Nicht jetzt, nicht in dieser Situation. Ich bekam das Gefühl, dass er mir zwar zuhörte, sich jedoch nicht im Geringsten für das interessierte, was ich zu sagen hatte.

Meine Hoffnung begann zu bröckeln. *Aber solange ich hier vor ihm stehe, habe ich immer noch eine Chance.*

»Ich habe die Menschen vor den Toren des Palastes gesehen. Die Unnen und die Ta'ar.« Ich deutete in die grobe Richtung. »Sie leben Seite an Seite. In Frieden! Sie haben mir gezeigt, dass es einen anderen Weg gibt. Einen Weg, das Land zu einen, ohne dass eine einzige Menschenseele dafür sterben muss!«

»Interessant.« Gil trat zu einer kleinen Kommode neben dem Schreibtisch und legte das zusammengerollte Band darauf ab. Dann sah er mich endlich wieder an. »Ich habe geglaubt, du würdest kommen, um unseren Stamm nach Hause zu bringen. Ich hätte niemals gedacht, du würdest auf die Idee kommen, dich in die *Politik* einzumischen.«

»Und ich hätte nicht geglaubt«, schossen die Worte aus meinem Mund, »dass du innerhalb weniger Tage zu einem Ebenbild deines Vaters werden würdest.«

Seine Miene verfinsterte sich. »Vorsicht!«, grollte er. »Du weißt rein gar nichts über meinen Vater.«

»Du doch genauso wenig!«, rief ich aus.

Gil schürzte die Lippen. »Früher nicht. Jetzt schon. Ich kenne ihn sogar verdammt gut.«

Ich atmete tief durch. Dieses Gespräch lief in eine völlig falsche Bahn. Gil Vorwürfe zu machen, würde mir nicht dabei helfen, ihn zu überzeugen.

Entgeistert schüttelte ich den Kopf. »Ich interessiere mich nicht für *Politik*« wiederholte ich das unn'sche Wort, das es in unserer Sprache nicht gab und unter dem ich mir kaum etwas vorstellen konnte. »Mir liegt etwas an den Menschen, die bereit sind, ihr Leben für das zu lassen, was sie für richtig halten. Und daran, genau das zu verhindern.« Ich war erleichtert, dass Gil nicht zum Widerspruch ansetzte. »Und ich weiß, dass es dir genauso geht.«

Ich zuckte zusammen, als ein dumpfes Poltern ertönte. Dann hämmerte jemand mit aller Kraft gegen die Tür.

Ich machte einen Satz zurück, spürte den Rahmen des geöffneten Fensters in meinem Rücken.

Gil hingegen drehte nur leicht den Kopf in Richtung Tür. »Was ist?«, fragte er barsch auf Unn.

Eine gehetzte Männerstimme drang so gedämpft durch die Tür, dass ich nichts verstand.

»Es ist alles in bester Ordnung«, erwiderte Gil gelassen.

Stille. Dann wieder die fremde Stimme, diesmal zögerlich. Da er jetzt langsamer sprach, entschlüsselte ich zumindest den Anfang: »Mit wem …«

Gil verdrehte die Augen und wandte sich vollends um. »Öffnet diese Tür«, wetterte er, »und sterbt.«

Ein ohrenbetäubendes Brüllen ertönte direkt neben mir.

Ich fuhr herum – und entdeckte Tigra, die das schmale Bett mit ihrem wuchtigen Körper vollständig einnahm. Mit ihrem weißen, von schwarzen Streifen durchzogenen Fell wirkte sie wie die Gefahr selbst – und das auch ohne ihre langen, scharfen Zähne zu zeigen.

»V-V-Verzeihung!«, stammelte jemand draußen. Dann wurde es wieder ruhig.

Ich konnte den Blick nicht von Tigra reißen. Auch wenn sie sich gemächlich auf dem Bett ausstreckte, spannte sich jeder einzelne meiner Muskeln an. »Du kannst mit Hawking reden«, kam ich zur Sache. Auf einmal hatte ich das Gefühl, dass mir nicht mehr viel Zeit blieb. »Malik und er – sie könnten verhandeln. Sie könnten zusammenarbeiten.« Ich wagte es, mich von Gils Seelentier ab- und ihm zuzuwenden. »Sie könnten Tara'Unn retten.«

Gils Mundwinkel zuckten. »Das glaubst du wirklich?«, fragte er belustigt.

Ärger flammte in mir auf. Warum nur nahm mich niemand ernst? »Das tue ich«, sagte ich fest.

»Es überrascht mich, dass dich deine Ta'ar nicht davon abgehalten haben hierherzukommen … mit *so einem* Angebot.« Bekümmert schüttelte er den Kopf. »Sie können doch unmöglich glauben, dass mein Vater den Thron teilen würde.«

»Aber vielleicht würde er das – wenn du ihn dazu bringst!«, beharrte ich. »Du bist Gil Hawking. Aber auch Tigrasgil. Du bist sein Sohn. Du kannst ihn davon -«

»Ich werde dir nicht helfen, Kauna«, schnitt Gil mir das Wort ab. »Es gibt nur einen Weg, wie der Kampf um den Thron enden kann. Und du weißt genau, welcher das ist.«

Ich schluckte. Ich begriff, was er meinte: den Krieg. Den Tod von Malik und allen, die Hawking etwas entgegensetzen wollten.

Gil hatte sich verändert. Von dem Mann, mit dem ich mich verbunden hatte, schien nichts mehr übrig zu sein. Er war geblendet. Und es kam mir so vor, als könnte keine Macht der Welt ihn davon heilen.

»Hast du auch nur die geringste Ahnung«, hauchte ich, »was der Krieg aus diesem Land gemacht hat?«

»Nein«, erwiderte er achselzuckend. »Und es interessiert mich auch nicht.«

Unwillkürlich streckte ich beide Hände in seine Richtung aus. »Lass es mich dir zeigen«, sagte ich mit fester Stimme.

Gil kniff die Augen zusammen. Ein paar Sekunden vergingen, dann ließ er zu, dass ich ihn auf den Boden zog.

Ein tiefes Knurren drang aus Tigras Kehle, und ein Schauer lief über meinen Rücken.

»Willst du nicht Hana beschwören?«, fragte Gil lauernd. »Um dich zu schützen?«

»Nein«, entgegnete ich kurz. »Hättest du mich verletzen wollen, hättest du es längst getan.«

Gil runzelte die Stirn, schwieg.

Als ich die Augen schloss, konnte ich nicht wissen, ob er es mir gleichtat. Ob Tigra lautlos vom Bett sprang und sich mir mit gefletschten Zähnen näherte. Ob der seidene Faden, an dem mein Leben hing, zu reißen drohte.

Aber ich hatte keine Angst. Es gab nichts mehr, wovor ich mich fürchtete.

Ich gelangte schneller an den Fluss der Seelen, als ich erwartet hatte. Die Wucht, mit der ich in ihn eintauchte, raubte mir für mehrere Sekunden den Atem.

Doch der Kampf um Kontrolle war genauso plötzlich vorbei, wie er begonnen hatte – Gil zog mich aus ihrer Gewalt. Nicht seine Hülle, die vor mir auf dem Boden kniete, sondern *er*, seine Seele, sein tiefstes Inneres. »Ich warte.«

Ich schluckte. »Erinnerst du dich an die Stadt, die ich früher mit meinen Eltern besucht habe?«

»Bin nie dort gewesen«, wehrte er ab.

»Dann ist heute dein erstes Mal.« Ich wusste instinktiv, wie ich meine Erinnerungen heraufbeschwören konnte. Nicht in demselben Detail wie Gil – im Gegensatz zu ihm konnte ich keine Illusion beschwören, sondern nur einzelne Bilder.

Zuerst zeigte ich ihm Istar, wie es früher gewesen war. Lebendig. Voller Menschen. Voller Glück. Eine Stadt, die mein Herz jedes Mal aufs Neue hatte höherschlagen lassen. Bilder von Aila und Tia, die mich mit zur Eisdiele genommen hatten, wo ich Zeugin des köstlichsten Geschmacks geworden war, den diese Welt je hervorgebracht hatte.

Und dann offenbarte ich ihm, was daraus geworden war. Ich zeigte ihm Bilder von Soldaten. Von Aila, die von ihnen attackiert wurde. Vom Gefängnis. Von jeder einzelnen Zelle. Und von den Leichen – Unnen und Ta'ar -, die vor dem Gebäude lagen. Die ihre Leben gelassen hatten für ihre Freiheit und ihre Pflicht.

»Wer ist Kenan?«, fragte Gil plötzlich.

Ich erschrak. »Was?« Er war auf keinem der Bilder zu sehen gewesen. Woher kannte er diesen Namen?

»Er ist in deinen Gedanken allgegenwärtig.«

Ich fluchte innerlich. Das war nicht die Richtung, die ich hatte einschlagen wollen. »So, wie du immerzu an Enoba denken musst?«, gab ich zurück.

Etwas an Gil veränderte sich. Ich konnte seine Gefühle spüren – seine Verwunderung, seinen Ärger. »Das kannst du nicht wissen. Du hast keine Macht am Fluss der Seelen.«

»Ich weiß es auch nicht – ich habe nur geraten.« Spätestens als er nicht reagierte, wurde mir klar, dass ich recht hatte. »Er ist tot«, sagte ich dann. Ich erinnerte mich an das letzte Mal, dass ich ihm begegnet war, und wusste, dass Gil es sehen konnte. »Der Crae, der dich großgezogen hat, ist gestorben, und du warst nicht einmal in seiner Nähe.«

»Das ist mir egal«, entgegnete Gil zu meiner Überraschung. »Ich habe einen richtigen Vater. Ich weiß jetzt, was Familie wirklich bedeutet.«

Ehe ich mich versah, saß ich wieder vor ihm. Gil ließ von mir ab und erhob sich. »Du solltest besser gehen.«

Ich sprang auf die Füße. »Das kann nicht dein Ernst sein! Dich kann das alles unmöglich kalt lassen.« Meine Hand erreichte seine Schulter. »So bist du nicht, Gil. Das bist nicht *du*.«

Sein Blick zuckte zu meiner Hand, dann zurück zu meinem Gesicht. »Du verstehst mich nicht, Kauna. Vielleicht hast du das noch nie.«

Er hob einen Arm, und mein Herz machte einen Satz.

Das, was er dann tat, hätte ich als Letztes erwartet. Seine Fingerspitzen näherten sich meinem Gesicht. Sanft strich er über meine Wange. »Hättest du jemals gedacht, dass wir eines Tages so voreinander stehen würden?«

Seine Berührung jagte ein heißkaltes Prickeln über meine Haut. »Nicht in meinen schlimmsten Träumen.«

»Ich schätze, die anderen hatten letzten Endes doch recht«, dachte Gil laut nach. »Uns zu verbinden, war ein Fehler.«

Ich schloss die Augen, konnte aber nicht verhindern, dass Tränen in ihnen zu brennen begannen. »Gil, das ist nicht der Grund, weshalb ich hier bin.«

»Nein. Es ist der Grund, warum *wir* hier sind.« Er zog seine Hand zurück. »Weißt du noch, welches Zeichen wir bei unserer Verbindungszeremonie verliehen bekommen haben?«

Natürlich tat ich das. »Vertrauen«, antwortete ich zögerlich.

»Vertrauen«, wiederholte er. »Es hätte unsere Ehe leiten sollen. Aber du hast mir nicht vertraut. Ich habe dir nicht vertraut. Und ich kann nicht sagen, ob sich das bis heute geändert hat.«

Ich schnaubte und riss die Lider hoch. »Warum hätte es das sollen? Warum sollte ich dir wieder vertrauen – nach allem, was passiert ist?«, schleuderte ich ihm entgegen. »Jetzt, wo du in einem Palast, der dir nicht zusteht, die Beine hochlegst und dabei zusiehst, wie die Menschen da draußen ins Leid gestürzt werden?«

Gils Miene versteinerte. »Dann ist es besiegelt.«

Verwirrt beobachtete ich, wie er mir näher kam. Ich hatte nicht die geringste Ahnung, wovon er -

Doch. Die hatte ich.

Mit einem Ruck zog er Kenans Klinge aus ihrer notdürftigen Halterung.

Mein Herz krampfte sich zusammen, als er sie mit einem fast schon fasziniertem Gesichtsausdruck betrachtete. Dann zuckte sein Blick zu mir. Er hielt den Griff fest mit den Fingern umschlungen. »Du hast keine Angst.«

Ich blickte ihm in die Augen und sprach die einzige Wahrheit aus, die ich kannte. »Niemals wieder.« Obwohl sich das Messer viel zu nahe an meinem Gesicht befand, das unangenehm zu prickeln begann, rührte ich mich nicht. Er würde mich nicht verletzen. Zumindest nicht äußerlich.

Aber er würde mein Herz, dem es in den letzten Wochen nicht schlimmer hätte ergehen können, ein weiteres Mal brechen. Er trat nicht hinter mich, sondern blieb direkt vor mir stehen, um es zu tun. Dann hob er die freie Hand und fing meine Haare darin ein.

Er blickte mir tief in die Augen, als er die Klinge über seiner Hand ansetzte. »Du weißt, dass es das einzig Richtige ist, oder?«

Ich blinzelte nicht. »Auch wenn ich nie an uns gezweifelt habe« – meine Stimme klang fester, als ich es erwartet hatte – »bin ich mir absolut sicher.«

Was er dann sagte, gab mir den Rest: »Das muss der Grund sein, weshalb wir kein Kind bekommen durften. Schließlich haben wir gegen das höchste Gebot verstoßen, das wir uns für unsere Verbindung auferlegt haben.« Er machte eine Pause. Zögerte er? »Vielleicht können wir unsere Vergangenheit eines Tages hinter uns lassen«, murmelte er.

»Nein«, erwiderte ich und erntete einen erstaunten Blick von ihm. »Ich werde dich nie vergessen, Gil.« Es war, als würde ich eine schwere Last von meinen Schultern werfen. »Aber ich werde dir auch niemals verzeihen.«

Für einen verschwindend kleinen Moment sah ich es in seinen Augen – den letzten Rest des Mannes, den ich liebte. »Abgemacht.« Ich konnte nicht glauben, in seinem Gesicht genau dasselbe zu finden, das mein Inneres aufwühlte: eine tiefe Traurigkeit, die keinen von uns beiden je wieder loslassen würde.

Ich spürte einen starken Zug an meinem Hinterkopf, als die Klinge durch meine Haare schnitt. Nach und nach verlor ich ihr Gewicht, als sie zu Boden fielen. In dem Moment, in dem sie ihn berührten, endete meine Verbindung mit Gil für immer.

»Gil«, sagte ich mit bebender Stimme, während er in aller Seelenruhe den Raum durchquerte und das Messer in einer der Schubladen des Schreibtischs verstaute. »Bitte«, sprach ich ein Wort aus, das in unseren Reihen nur selten Verwendung fand. »Tu das Richtige. Sprich mit ihm.«

Gil schnaubte. »Wenn du glaubst, dass *das* das Richtige ist, hast du keine Ahnung.« Er schloss die Schublade. »Du hättest nicht herkommen sollen.« Er drehte sich abermals zu mir um. »Und jetzt solltest du verschwinden.«

Ich ballte die Hände zu Fäusten. Nichts von dem, was ich gesagt oder getan hatte, hatte auch nur das Geringste in Gil ausgelöst.

Doch es war noch nicht vorbei. Ich mochte eine Schlacht verloren haben – aber noch nicht den Krieg. »Nicht ohne meine Familie«, stieß ich zwischen zusammengebissenen Zähnen hervor.

»Du wirst sie nicht bekommen«, erwiderte Gil trocken. »Hawking wird sie im Kampf gegen die Ta'ar brauchen.«

Fassungslos starrte ich ihn an. »Wie kannst du nur, Gil?«

Meine Direktheit schien ihn aus der Bahn zu werfen. Er zögerte.

»Ich kann verstehen, dass du wütend bist«, sprudelten die Worte nur so aus mir heraus. »Aber sie als Werkzeug eines Krieges zu verkaufen, den sie nicht zu kämpfen haben? Das haben sie nicht verdient. Sie können nichts dafür. Sie haben nicht so viel von der Welt da draußen gesehen wie wir. Sie wissen es einfach nicht besser.« Ich erinnerte mich an unser Gespräch am Fluss der Seelen. An seine Bitterkeit. Ich wusste genau, wie er sich fühlte. Doch ich hatte nicht vor, meinen Stamm dafür zu bestrafen. »Sie können dazulernen. Sie können sich verändern. Aber nicht so.«

Gil machte einen Schritt nach vorn. Er lehnte sich so weit vor, dass sein Gesicht nur einen Spaltbreit von meinem entfernt war. »Ich sage es dir noch ein letztes Mal«, knurrte er. »Verschwinde, Kauna.«

Ich hielt seinem Blick stand – etwas, das ich noch vor ein paar Monaten nicht geschafft hätte. »Du weißt genauso gut wie ich, dass ich das nicht kann.«

Einen unendlichen Moment lang starrten wir einander an, und ich hoffte inständig, doch noch etwas in Gil auslösen zu können. Irgendetwas. »Ich werde die Crae befreien«, verkündete ich mit fester Stimme, »und du wirst mich nicht davon abhalten.«

Abermals ertönte ein tiefes Knurren – diesmal näher.

»Tigra – nicht«, sagte Gil, ohne den Blick von mir zu wenden. »Du kommst nicht an mir vorbei«, drohte er mir dann. Plötzlich packte er mich bei den Schultern und drückte mich nach hinten. Schritt für Schritt schob er mich zum Fenster und presste meinen Oberkörper durch die Öffnung. »Du wirst von hier verschwinden und dich nicht mehr blicken lassen.« Der Ausdruck in seinen Augen verriet mir, dass er es ernst meinte, noch bevor er die Worte aussprach, die unser Schicksal besiegelten: »Wenn ich dich noch einmal sehe, wird mein Pfeil dein Herz nicht mehr verfehlen.«

Ich konnte Hana spüren. Er war hier – er war bereit.

Meine Hände zitterten, als ich sie auf die von Gil legte. »Es tut mir leid«, flüsterte ich. Dann rammte ich meine Stirn in sein Gesicht.

Gil stöhnte auf vor Schmerz. Als er taumelte, stieß ich ihn zurück.

Ich rückte vom Fenster ab, doch weiter kam ich nicht. Gil erholte sich schnell. Wütend packte er mich bei den Armen. Aber Hanas Kraft ruhte jetzt in mir. Mit Leichtigkeit drehte ich den Griff um und schleuderte ihn in Richtung des Betts, auf dem Tigra noch immer lag.

Gil stieß gegen sie und sackte zu Boden.

Das Maul des Tigers öffnete sich und entblößte spitze gelbe Zähne. Ein Brüllen drang aus Tigras Kehle und ließ das Blut in meinen Adern gefrieren.

Ich stürmte zur Tür, ergriff die Klinke -

Nichts passierte. Die Tür war abgesperrt. Es steckte kein Schlüssel im Schloss.

»Kauna!«, ertönte Gils Ruf in meinem Rücken.

Ich dachte nicht nach. Ich trat einen Schritt zurück – und brach mit meinem Körper durch sie hindurch.

Holz splitterte, Schmerz zog sich über meine Haut und -

Drei Paar starker Arme ergriffen mich gleichzeitig und stießen mich gegen die nächste Wand.

Ich schrie auf vor Schreck und Wut. Die Unnen – sie hatten die ganze Zeit auf der anderen Seite der Tür gelauert.

Doch niemand würde mich aufhalten – nicht Gil, und auch keine Soldaten. Ich sammelte all meine Kraft in meinen Armen -

Plötzlich spürte ich einen winziges, aber stechendes Piksen in meinem Hals.

Ich warf die Soldaten mit aller Kraft zurück. Als sie zu Boden gingen, wanderte meine Hand zu der schmerzenden Stelle …

Und zog eine längliche Nadel daraus hervor.

Entsetzt starrte ich sie an. *Was ist ...?*

Meine Sicht schwand. Mein Denken ebenso. Als ich fiel, war um mich herum nichts als Schwärze.

Ich öffnete die Augen und erblickte die dunkelblaue Decke von Gils Kammer. Erst jetzt fiel mir auf, dass sich eine goldene Linie an ihren vier Rändern entlangzog. An den Ecken bildete das aufgemalte Band Schleifen.

Ich hatte es nicht geschafft. Ich war Gil nicht entkommen.

Aber warum war ich dann hier? Am Leben?

Das spielte keine Rolle. Ich musste sofort von hier verschwinden.

Ich fuhr auf dem Bett hoch –

»Langsam«, ermahnte mich eine tiefe Stimme.

Mein Herz machte einen Satz. Ich riss den Kopf herum –

Und da war er. Sein Anblick löste Freude und Erleichterung, Trauer und Verzweiflung in mir aus.

»Taboga«, hauchte ich. »Was machst du denn hier?«

Mein Großvater saß am Schreibtisch, eine Pfeife in seiner Hand. Erst jetzt stieg mir der Geruch von Tabak in die Nase. Vom Fenster fiel kein einziger Sonnenstrahl in den Raum – es musste Nacht sein. Nur ein paar Kerzen sorgten für Licht.

Im Gegensatz zu Gil trug Taboga die Kleidung der Crae – auch sonst hatte sich äußerlich nicht viel an ihm verändert. Er war ganz der Alte. Und er war wohlauf.

»Ich habe ein Auge auf die Geschehnisse um uns herum«, erwiderte Taboga ruhig. »Und habe dafür gebetet, dass du diesen Raum niemals betreten würdest.«

Allmählich kehrte die Erinnerung an die letzten Sekunden zurück, ehe ich bewusstlos geworden war. »Sie müssen mich betäubt haben.« Langsam schüttelte ich den Kopf. »Ich hätte aufmerksamer sein müssen.«

»Du bist geschwächt«, sagte er. »Ich habe dir etwas von meiner Mahlzeit übrig gelassen.« Taboga erhob sich und deutete auf ein Tablett, das auf dem Schreibtisch stand.

Ich musste mich nicht zur Tür begeben, um zu wissen, dass wir eingesperrt waren – und draußen bewacht wurden. Außerdem war es schon einen ganzen Tag her, seit ich zuletzt etwas gegessen hatte, und so dachte ich keine Sekunde darüber nach.

Auf dem Tablett erwartete mich Essen, das ich noch nie zuvor gesehen hatte. Es mussten unn'sche Gerichte sein.

Mein Magen zog sich zusammen.

»Iss alles auf«, ermahnte mich Tabogas Stimme in meinem Rücken.

»Warum bist du in Gils Zimmer?«, fragte ich – nicht nur, weil es mich interessierte, sondern vor allem, um mir Zeit zu erkaufen, in der ich mich mit dem seltsamen Essen vertraut machen konnte. »Und wo sind die anderen?« Ich schob mir ein harmlos aussehendes Brötchen in den Mund.

»Tigrasgil war nie in diesem Raum«, erklärte Taboga. »Und die anderen Mitglieder unseres Stammes nie in diesem Palast.«

Mein Essen blieb mir im Hals stecken. »*Was?*«, hustete ich und wandte mich zu Taboga um. Mit Mühe und Not schluckte ich das Brot herunter. »Was meinst du damit? Wo sind sie?«

Allmählich dämmerte mir, dass ich mich nicht mehr in demselben Zimmer befand wie zuvor – Gils Zeichnungen waren verschwunden, und auch die Einrichtung war nicht ganz dieselbe. Nicht zuletzt war die Tür heil, obwohl ich sie aus ihren Angeln geworfen hatte. Offenbar sahen die Gästezimmer des Palasts einander zum Verwechseln ähnlich.

Aber was war mit dem Rest unseres Stammes?

Mein Großvater stand vor dem Fenster, einen Kerzenhalter in seiner Hand, und blickte hinaus, als könnte er ihn von dort aus sehen. Erst jetzt, wo das flackernde Licht sein Gesicht erhellte, sah ich, was mir zuvor verborgen gewesen war. Seine Wangen waren blass, eingefallen. Unter seinen geröteten Augen lagen tiefe, dunkle Ringe. Mit einer Hand stützte er sich an der Fensterbank ab, als könnte er sich andernfalls nicht auf den Beinen halten.

Besorgt kam ich auf die Füße und trat neben ihn. »Was ist passiert, Taboga?«, fragte ich und versuchte, seinen Blick aufzufangen.

Doch der war weiterhin in die dunkle Ferne gerichtet. »Man hat mich von ihnen getrennt.«

Ich schluckte. »Um die anderen zu zwingen, alles zu tun, was Hawking von ihnen verlangt«, schloss ich. Ärger flammte in mir auf. Nachdem die Unnen Krikha und die anderen Kämpfer getötet hatten, hätte der Stamm allen Grund gehabt, sie auszulöschen – aber nicht, wenn Hawking einen ihrer drei verbliebenen Ältesten in seiner

Gewalt hatte. »Und Gil hat kein einziges Wort darüber verloren.«

Endlich sah Taboga mich von der Seite an – er betrachtete meine Haare. »Ich habe geahnt, dass du Tigrasgil bereits begegnet sein musst.«

Unwillkürlich fuhr ich mit der Hand durch das, was von meinem Haar übrig geblieben war. Gil hatte nicht viel davon verschont. »Ich dachte, er würde mir helfen … *uns* helfen. Indem er mit Hawking redet.« Ich seufzte. »Es war dumm von mir, das zu glauben – nach allem, was passiert ist.«

»Für niemanden war es leicht, Tigrasgils Wandlung zu erleben. Doch letzten Endes können wir nichts weiter tun, als darauf zu hoffen, dass ihn dafür die gerechte Strafe ereilen wird.«

Ein mulmiges Gefühl stieg in mir auf, doch ich kämpfte es herunter. »Wo sind die anderen?«, fragte ich. »Wo hat man sie hingebracht?«

»Ich kann sie spüren«, erwiderte der Älteste. »Ich weiß, dass sie nah sind.«

Ich schürzte die Lippen. Das war Tabogas Art zuzugeben, dass er keine Ahnung hatte. Doch wenn er die anderen am Fluss der Seelen traf und ihren Aufenthaltsort dennoch nicht kannte, konnte das nur daran liegen, dass sie es selbst nicht wussten.

Taboga wandte sich vom Fenster ab. Ich beobachtete ihn dabei, wie er sich schwerfällig zurück zum Stuhl begab. Als er sich darauffallen ließ, wirkte er geradezu gelöst. »Die Seelentiere haben ausgereicht, um den Kampf um die Stadt zu gewinnen«, erklärte er. »Wer nicht getötet wurde, ist geflüchtet. Hawking musste seine Position festigen, doch nun ist er bereit, gekrönt zu werden. Was die anderen betrifft ...« Ein blasser Ausdruck lag in seinen Augen. »Sie wurden betäubt«, erklärte er, als könnte er meine Gedanken lesen. »Nachdem sie ihren Dienst geleistet hatten. Sie werden verwahrt, bis sie wieder benötigt werden.«

Ich schluckte. *Verwahrt? Benötigt?* »Was tut man ihnen an?« Heftig schüttelte ich den Kopf. »Was tut man *dir* an!?«

»Mach dir keine Sorgen um mich, Hanaskauna«, erwiderte Taboga, doch seine Stimme klang schwächer als früher. »Mir geht es gut. Den anderen ebenso. Wir bekommen genug zu essen und zu trinken, und bisher hat uns niemand ein Haar gekrümmt.«

»Natürlich haben sie das nicht«, knurrte ich. »Weil sie wissen, dass sie einen Kampf gegen uns nicht gewinnen könnten!«

Ich trat näher an das Fenster und schob es so weit auf, wie ich konnte. »Wir müssen sofort von hier verschwinden. Und sie da rausholen – wo auch immer sie sind.«

Eine Flucht durch die Tür war zu gefährlich. Auf dem Gang standen sicher mindestens genauso viele Wachen wie vorhin – mit mindestens genauso vielen Nadeln, die uns schneller außer Gefecht setzen würden, als wir blinzeln konnten. Also streckte ich den Kopf aus dem Fenster. Meine Augen gewöhnten sich fast sofort an die Dunkelheit. Wir befanden uns in demselben Stockwerk und auf derselben Seite des Gebäudes wie Gil – den Brunnen entdeckte ich nun ein Stück weiter rechts als zuvor. Unter uns grenzte ein Balkon an ein größeres Fenster. »Ich bin ohne Schwierigkeiten hineingekommen.

Wenn Hana uns beide unterstützt, schaffen wir es auch von hier weg – ich bin mir sicher!«

Ich wusste, dass es gefährlich werden würde – auch wenn es ihnen gelungen war, mich gefangen zu nehmen, wären sie jetzt aufmerksamer als zuvor. Sie konnten schließlich nicht wissen, wie viele freie Crae es noch auf sie abgesehen hatten. Aber wir mussten es einfach versuchen.

Ich stutzte, als Taboga mir keine Antwort gab. Ich lehnte mich zurück und sah, dass er noch immer auf seinem Stuhl saß, als wäre er darauf festgewachsen. »Taboga?«

Ein tadelnder Ausdruck lag in seinen grünen Augen. »Du weißt genau, weshalb wir das nicht tun können, Hanaskauna.«

In meinem Magen bildete sich ein dicker Knoten. »Natürlich können wir es tun.« Mir war klar, worauf er hinauswollte – aber ich wollte es einfach nicht verstehen.

»Wenn die Unnen unser Verschwinden bemerken, wird sich das auf den Rest des Stammes auswirken.«

»Sie werden sie angreifen«, gab ich ihm recht. »Na und? Wir können uns verteidigen! Sie haben keine Chance!«

»Die *Masse*«, widersprach er, »kann sich verteidigen. Die Masse wird bestehen. Aber was ist mit dem Einzelnen, Hanaskauna? Wird jeder Einzelne von ihnen das unbeschadet überstehen?«

Ich ballte die Hände zu Fäusten. »Vermutlich nicht«, sagte ich widerstrebend. »Aber wenn das der Preis der Freiheit ist, dann müssen sie bereit sein, ihn zu bezahlen!«

Taboga hob die Brauen. Was ich in seiner Miene las, versetzte mir einen Stich ins Herz: Enttäuschung. »So viel bedeutet dir dein Stamm also, Hanaskauna?«

»Nein!«, erwiderte ich heftig. »Er bedeutet mir alles! Und genau deshalb müssen wir jetzt zu ihm!« Ich warf die Arme über den Kopf. »Verstehst du denn nicht? Was du sagst, ergibt überhaupt keinen Sinn!«

Taboga kniff die Augen zusammen. »Vielleicht würden meine Worte mehr *Sinn* für dich ergeben, wenn du dir unsere siebzehn Werte ins Gedächtnis riefest.«

Mein Mund klappte zu. Er begriff nicht. Er wollte einfach nicht begreifen. »Ich kenne und respektiere unsere Werte«, verteidigte ich mich. »Jeden einzelnen davon.«

Er zuckte nicht mit der Wimper. »Sag sie mir, Hanaskauna. Sag mir, was unsere Werte sind.«

Ich presste die Kiefer aufeinander. Schon so oft hatte er mir genau das befohlen – zuletzt, als ich ein Mädchen gewesen war, das noch vieles hatte lernen müssen. Ich hatte Nachmittage auf seinem Schoß sitzend verbracht und seinen Geschichten gelauscht – Mythen und Legenden, aber auch seinen eigenen Erlebnissen. Und darin – immer wieder unsere siebzehn Werte, eingebrannt in das Gedächtnis eines jeden Crae.

Ich verschränkte die Arme. »Mut«, stieß ich hervor. »Tapferkeit.«

»Dazu gehört es, den Lauf der Dinge zu akzeptieren. Und es zuzulassen, dass Stillstand manchmal die größte Bewegung herbeiführen kann.«

»Oder seine Furcht über Bord zu werfen und das zu tun, was man für richtig hält«, entgegnete ich.

»Weiter«, ignorierte Taboga meine Worte.

Ich schnaubte. »Fleiß. Folgsamkeit. Ehrlichkeit. Güte. Respekt. Gerechtigkeit.« Ich warf ihm einen scharfen Blick zu. »Hier herumzusitzen und auf den Krieg zu warten, ist alles andere als gerecht.«

»Es geht nicht nur darum, Gerechtigkeit mit eigenen Händen zu schaffen, Hanaskauna«, ermahnte Taboga mich, »sondern darum, sie in der Welt um sich herum zu erkennen und zu akzeptieren.«

»Was?«, rief ich aus. Mein Seelenstein glühte brennend heiß. »Du findest es also gerecht, dass Krikha und die anderen gestorben sind?«

Tabogas Blick war matt. »Weiter.«

Meine Finger bohrten sich in meine Arme, bis es schmerzte. »Mitgefühl«, presste ich zwischen den Zähnen hervor. »Rücksicht. Großzügigkeit. Dankbarkeit – ich frage mich nur, wofür!«

»Hanaskauna!«, donnerte Tabogas Stimme.

»Wachsamkeit«, fuhr ich fort. »Bewusstheit. Weisheit. Und Glaube.« Ich schluckte. »An das Schicksal, an den Fluss der Seelen, an die Kraft der Natur.« Ich verstummte.

»Vielleicht«, überlegte Taboga, »sind das die Werte, die du in den letzten Wochen aus den Augen verloren hast.

Ich konnte die Wut nicht mehr bei mir behalten. »Du hast kein Recht«, schleuderte ich ihm entgegen, »so etwas zu mir zu sagen! Du hast nicht die geringste Ahnung!« Alles, was in der letzten Zeit passiert war, hatte mich verändert. Doch ich hatte meine Werte nicht über Bord geworfen. Ich sah sie in einem neuen Licht.

Auf einmal fühlte ich mich Gil näher, als ich es je für möglich gehalten hätte.

Abwartend blickte mich mein Großvater an. »Du bist noch nicht fertig.«

Ich biss mir auf die Unterlippe. »Doch«, entgegnete ich. »Das bin ich.«

»Du hast einen Wert ausgelassen.«

»Habe ich nicht«, wehrte ich ab. Ich wusste genau, worauf er anspielte.

»Du hast dein Leben lang nach unseren Werten gelebt, Hanaskauna«, sagte Taboga. »Noch mehr als jedes andere Stammesmitglied. Wie konntest du gerade das Vertrauen vergessen?«

Ich wandte mich von ihm ab, starrte aus dem Fenster, so wie er es getan hatte. »Ich habe kein Vertrauen mehr in das Vertrauen.« Heute machte mir die Dunkelheit keine Angst mehr. Sie lullte mich ein, versicherte mir, dass meine Gefühle nicht falsch waren. »Vertrauen ist nichts weiter als ein leeres Wort. Eine Hoffnung, nicht verraten zu werden. Es ist eine Schwäche. Eine Lüge sich selbst gegenüber.«

»Ich kann verstehen, dass du enttäuscht bist.« Taboga hustete trocken. »Vertrauen sollte deine Verbindung mit Tigrasgil leiten.«

Ich presste die Kiefer zusammen – er tat gerade so, als wüsste ich das nicht mehr.

»Aber bei Vertrauen geht es nicht nur um deine andere Hälfte, Hanaskauna. Du brauchst Vertrauen in deinen Stamm. In die Natur. In dein Seelentier. In deine Vorfahren. In die Welt. In das Schicksal.«

Ich senkte den Blick. »Er war …« Ich stockte. Meine Augen begannen zu brennen. »Ich habe ihn geliebt, Taboga.« Zu spät bemerkte ich, dass ich ein Wort benutzt hatte, das die Crae nicht für ihre Partner verwendeten. Doch meinen Großvater schien das nicht zu stören. »Ich habe wirklich geglaubt, dass er …« Wieder versagte meine Stimme – ich versuchte es kein weiteres Mal.

»Möglicherweise ist er nicht dein Seelenverwandter«, sinnierte Taboga. »Möglicherweise ist er es doch. Möglicherweise wird er es eines Tages sein. Alles, was wir brauchen, um zu erkennen, was das Schicksal für uns bereithält, ist Zeit.«

Ich blinzelte die Tränen weg. »Und ich denke«, sprach ich mit fester Stimme, »das Schicksal hat nichts dagegen, wenn man es ab und an selbst in die Hand nimmt.«

»Damit könntest du recht haben«, gab er zu meinem Erstaunen nach. »Aber wir werden es nie erfahren. Und deshalb lassen wir uns von ihm leiten. Das ist, wer wir sind.«

Ich atmete tief durch. »Allmählich befürchte ich, dass ich längst nicht mehr so bin.«

»Das glaube ich nicht«, erwiderte Taboga bestimmt. »Das zeigt mir die Tatsache, dass du immer noch nicht durch das Fenster geklettert bist.«

Ich riss mich von der Nacht los. »Der einzige Grund, weshalb ich noch hier bin«, sagte ich trocken, »ist, dass ich dich liebe und nicht will, dass dir etwas zustößt.« Sein Anblick beunruhigte mich mehr denn je. Er war geschwächt. Er brauchte mich. Ich konnte ihn unmöglich alleinlassen.

»Und genau deshalb«, schloss Taboga sanft, »tun wir Crae, was wir tun.«

Damit nahm er mir sämtlichen Wind aus den Segeln. Stumm starrte ich ihn an, während er sich von seinem Stuhl erhob. »Und wenn du mich jetzt entschuldigen würdest«, bat er, »ich muss nach den anderen sehen.«

Ich machte ihm Platz, als Taboga vor das Fenster trat, sich dann jedoch in den Schneidersitz begab. »Wann hast du zuletzt geschlafen?«, fragte ich ihn.

»Ich kann erst wieder ruhen«, wich er meiner Frage aus, »wenn die Geister unserer Vorfahren es mir gestatten.«

Ich wusste, dass er sich nicht davon abhalten lassen würde, den Fluss der Seelen zu betreten. Alles, was ich tun konnte, war, währenddessen über ihn zu wachen.

Also schritt ich zum Bett hinüber und ergriff das Leinentuch, das fein säuberlich gefaltet auf der Matratze lag. Ich warf es über Tabogas Schultern, bevor ich mich auf die andere Seite der Kammer begab.

Mit dem Rücken zur Wand rutschte ich zu Boden. Mein Großvater saß ruhig, aber nicht stocksteif vor mir. An seinen Schultern erkannte ich, dass er gleichmäßig atmete.

»Auf meiner Reise«, begann ich, »habe ich viel gelernt. Mehr, als ich jemals für möglich gehalten hätte. Es hat meinen Blick für die Dinge verändert. Ich verstehe jetzt vieles, das mir vorher fremd war. Und stelle vieles infrage, das früher selbstverständlich für mich war.« Ich wusste nicht, ob Taboga mich überhaupt hören konnte. Vermutlich konnte er noch viel tiefer als ich in den Fluss der Seelen eindringen – in diesem Fall hätte er sämtliche Verbindung zu seiner Hülle verloren. Zumindest glaubte ich das.

»Unsere Werte sind uns heilig«, fuhr ich fort. »Aber sie sind auch … alt. Sie bestehen schon länger als irgendjemand von uns. Womöglich sogar länger als so manches Seelentier.« Mein Craeon kühlte mit jeder Sekunde weiter ab. »Seitdem ist diese Welt eine andere geworden. Und vielleicht sollten wir uns mit ihr verändern.«

Stille legte sich über uns wie Nebel. Ein paar Minuten lang glaubte ich, Taboga ließe sich Zeit mit seiner Antwort, dachte über meine Worte nach. Doch dann verging eine ganze Stunde in quälender Langsamkeit, ohne, dass mein Großvater reagierte.

Ich seufzte. »Taboga«, hob ich erneut an. »Alles, was ich will, ist, dass der Stamm wohlauf nach Hause zurückkehrt. Aber … niemand aus der Siedlung soll mehr auf dieselbe Weise über mich denken.« Ich zögerte, wusste nicht, ob ich diese Worte vielleicht später bereuen würde. Zweifelte.

Und entschied mich dafür. »Niemals wieder soll jemand mir zuliebe handeln. Oder mich schützen. Sollte der ganze Stamm nach Hause zurückkehren können und ich dabei in Gefahr geraten … dann geht. Geht und behaltet mich in euren Herzen. Kannst du mir das versprechen?« Als der letzte Ton meine Lippen verließ, fühlte ich mich, als wäre die Last vieler Jahre von mir abgefallen.

Ich zuckte zusammen, als Taboga plötzlich das Wort erhob: »Wenn es das ist, was du möchtest, dann versprechen wir es dir bei unseren Seelen.«

Meine Schultern sackten herab. »Danke.« Auf einmal fühlte ich mich … frei. Zum ersten Mal seit langem – oder gar zum ersten Mal in meinem Leben.

Alles, was es jetzt noch zu tun galt, war, meine Familie zu befreien. Ich musste nur auf den richtigen Moment warten.

Dass mir meine Augen zugefallen waren, bemerkte ich erst, als ich eine winzig kleine Hand auf meiner Nasenspitze spürte.

Schläfrig hob ich die Lider – und erkannte Hana, der auf meinen Beinen saß und mich stumm anstarrte.

»Hana?«, gähnte ich. »Was machst du denn hier?«

Anstelle einer Antwort wandte sich der Affe ab und lief auf allen vieren zur anderen Seite des von sanftem Licht erleuchteten Zimmers. Dort stand Taboga wieder am Fenster. Hinter ihm sah ich die Sonne aufgehen. Er zuckte nicht einmal, als Hana an seinem Bein hinaufkletterte und einen Satz später auf seiner Schulter saß.

Dass er das tat, konnte nur eins bedeuten.

Sofort war ich hellwach. »Ist etwas passiert?«, fragte ich und sprang auf die Beine.

Stumm schüttelte Taboga den Kopf.

»Dann *wird* etwas passieren!« Etwas, bei dem mein Großvater Hanas Hilfe mehr brauchen würde als ich. All meine Muskeln spannten sich an, als –

Ein leises Klicken ertönte. Ein Schlüssel wurde in seinem Schloss gedreht.

Ich fuhr herum. Drei Wachen traten in die Kammer. Zwei von ihnen hielten Gewehre auf uns gerichtet, der dritte beäugte uns lediglich argwöhnisch. »Hawking wünscht, dass der Älteste der Crae seiner Krönung beiwohnt«, sagte er auf Ta'ar an mich gewandt.

Plötzlich verstand ich, warum sie mich mit Taboga eingesperrt hatten – damit ich für sie übersetzen konnte.

Mir wurde heiß und kalt. *Die Krönung.* Es war zu spät.

Als Antwort spuckte ich ihnen vor die Füße.

»Sag es ihm!«, befahl der Unn, »oder wir erschießen ihn hier und jetzt.«

Ich presste die Kiefer aufeinander.

»Ich verstehe«, meldete sich Taboga plötzlich in gebrochenem Ta'ar zu Wort. Er drehte sich zu uns um. »Wir gehen.«

Ich hielt ihn nicht zurück – wir beide wussten, dass er keine Wahl hatte. Im Gegensatz zu mir. »Ihr werdet mich auch mitnehmen«, beschloss ich.

»Du bleibst hier!«, widersprach der Unn. Alle Waffen richteten sich auf mich.

»Ihr werdet mich mitnehmen«, wiederholte ich. Meine Worte wurden von Hass geleitet. Niemals würde ich mich von meinem Großvater trennen lassen. »Oder ich werde jeden Einzelnen von euch töten – und dann ohne euch gehen.«

Ein Klicken ertönte.

»Nein!«, grunzte einer von ihnen auf Unn. »Hawking befahl, sie am Leben zu lassen!«

Die drei schauten sich an – und entspannten sich widerstrebend. Einer von ihnen nickte in Richtung der Tür. »Du gehst voran. Wenn du Dummheiten machst, blasen wir Opa den Schädel weg.«

Mein Blick begegnete dem von Hana, und auf einmal fühlte ich mich ruhig, fast schon ausgeglichen. Es musste einen Ausweg geben.

Doch für den Moment blieb mir nichts anderes übrig, als zu tun, was man von mir verlangte. Und so trat ich vor Taboga und den Unnen auf den Gang und schritt dem Moment entgegen, von dem ich gehofft hatte, er würde niemals eintreten.

Der Thronsaal war groß und beengt zugleich. Wir passierten eine Reihe von Soldaten, die am Rand des Raums – so weitläufig wie die Eingangshalle des Amal in Istar – Spalier standen. Sie fixierten unterschiedliche Punkte, Menschen, Ecken mit ihren Blicken, bereit, einzugreifen, sollte etwas Unvorhergesehenes geschehen.

Etwas Unvorhergesehenes wie zwei Crae. Ich konnte förmlich spüren, wie ihre Anspannung wuchs, kaum dass sie uns erblickten. Als ich eine zweite Reihe Krieger vor der gegenüberliegenden Wand entdeckte, sank mein Mut. Jeder von ihnen trug ein Gewehr auf der Schulter. Selbst wenn ich eine Schar von ihnen ausschalten könnte, wären noch mehr als genug übrig, um mir ein Ende zu bereiten.

Ich hatte keine Angst davor zu sterben. Doch mein Tod durfte nicht umsonst sein. Dafür musste ich sorgen.

Der Thronsaal wurde von Sonnenlicht durchflutet. Auf seiner anderen Seite entdeckte ich die beiden Sitze, die dem Raum ihren Namen gaben. Sie schienen aus purem Gold zu bestehen – zumindest schimmerten sie in genau dieser Farbe. Ihre Sitzfläche war mit dunkelroten Polstern ausstaffiert, auf denen ähnliche Linien eingestickt waren, wie sie auch die Wände und Decken der kleineren Kammern zierten. Hinter ihnen hing ein Gemälde, das beinahe die ganze Höhe der Wand für sich beanspruchte. Sie standen auf einer niedrigen Erhöhung – ein langer roter Teppich führte über die roten und goldenen Fliesen zu ihnen.

Die Wand auf meiner linken Seite bestand nicht aus Stein, sondern aus einer Reihe Fenstern. In ihrer Mitte – flankiert von zwei Soldaten – führte eine weit geöffnete Tür auf einen Balkon, der größer war als die im anderen Teil des Gebäudes; mehrere Pferde fänden dort problemlos Platz.

Doch keiner der Gäste hatte sich nach draußen verirrt – unzählige Unnen in Anzügen und prächtigen Kleidern, wie ich sie noch nie zuvor erblickt hatte, tummelten sich im Thronsaal. Jeder von ihnen hielt mindestens ein Glas mit einer goldenen Flüssigkeit sowie ein Stäbchen mit aufgespießtem Essen in den Händen. Zwischen ihnen eilten pausenlos Bedienstete umher, um sie entweder mit dem einen oder dem anderen zu versorgen.

»Weiter!« Ein heftiger Stoß in meinen Rücken begleitete das Kommando. Als ich den Kopf drehte und den Soldaten anblitzte, zuckte dieser verunsichert zurück. Er wusste, mit wem er es zu tun hatte.

Hinter ihm sah ich Taboga. Es gefiel mir nicht, dass er nicht neben mir lief. Er sah so aus, als würde er mit jedem Schritt schwächer werden. Er war stark – aber die Bezeichnung Ältester wurde nun einmal nicht nur den weisesten Crae verliehen. Ich wollte mir nicht ausmalen, welche Strapazen er in den letzten Tagen hatte durchmachen müssen.

Genauso wenig, wie ich eine Vorstellung davon hatte, was jetzt, wo Hawking gekrönt wurde, auf uns zukäme. Doch eines stand fest: Ich würde meinen Großvater beschützen. Komme, was wolle.

Wir mussten von diesem Ort verschwinden. Zu unserem Stamm zurückkehren. Wenn wir erst vereint wären, wären wir frei. Und wenn sich uns jemand in den Weg stellte, würde ich notfalls auch allein gegen ihn kämpfen.

Wir traten immer weiter in den Saal hinein. Als Hawkings Gäste uns entdeckten, wichen sie zurück. Ich spürte abschätzige Blicke auf mir und fühlte mich sofort an meine Haare erinnert, die stummelweise in alle Richtungen abstanden.

Mir begegneten erhobene Brauen, zu einem spöttischen Lächeln verzogene Mundwinkel, zusammengekniffene Augen, geschürzte Lippen. Und ein allgegenwärtiges Raunen, das sich um uns herum ausbreitete wie ein Lauffeuer.

Ich fühlte mich wie ein exotisches Tier, das Schaulustigen präsentiert wurde, und erinnerte mich an meine Begegnung mit Gil am Fluss der Seelen. Er hatte von Hawking gesprochen, als besäße dieser denselben Respekt den Crae gegenüber wie der verstorbene König. Als könnten wir nach seiner Krönung weiterleben wie bisher. Doch in diesen Sekunden wurde mir klar, dass das niemals passieren würde. Ich fragte mich, wie Gil nur so sehr hatte geblendet werden können, um das nicht zu bemerken.

Wir bahnten uns einen Weg durch die verschiedenen Gruppen. Allmählich wunderte ich mich, wohin man uns bringen würde. Und wurde überrascht, als wir unmittelbar neben der Erhöhung zum Stehen kamen – die Throne zu unserer Linken, der Balkon in unserem Rücken.

»Ihr werdet von hier aus zusehen – und kommt bloß nicht auf dumme Gedanken«, knurrte einer der Soldaten. »Eine falsche Bewegung, und ...« Er fuhr sich mit einem Finger über die Kehle.

Als ich meinen Blick von ihm losriss, begegneten mir eintausend andere. Es schien, als hätten alle Unnen ihre vorherigen Gespräche beendet und ein neues Thema gefunden: uns. Ich versuchte zurückzustarren, ihnen die Stirn zu bieten, meine Ehre zu bewahren – doch es waren einfach zu viele.

Ich war so konzentriert, dass ich den Mann, der sich gelassenen Schrittes einen Weg durch die Menge bahnte, erst entdeckte, als er schon fast bei mir angekommen war.

Es war Levi Hawking.

Ich hob das Kinn. Presste die Kiefer aufeinander.

Hana saß noch immer auf Tabogas Schulter. Solange er nicht seine größte Form annahm, witterte er keine Gefahr.

Im Gegensatz zu mir. Mit jedem Schritt, den Hawking auf die Throne – und damit auch auf uns – zu machte, spannten sich meine Muskeln mehr an. Die Härchen in meinem Nacken stellten sich auf, und mein Seelenstein wurde wärmer und wärmer. Noch ehe er mich erreicht hatte, war mein Verlangen, ihn zu töten, ins Unermessliche gewachsen.

Ich musste mich zusammenreißen. Schließlich hatte ich noch eine Chance. Eine einzige, verschwindend kleine Chance. Ich durfte sie nicht verspielen.

Den Gehstock in der Hand, den er nicht zum Gehen brauchte, hielt Levi Hawking vor uns an. Ein gewinnendes Lächeln zierte sein Gesicht. Sofort spürte ich eine dünne

Berührung zwischen meinen Schulterblättern. Die Öffnung eines Gewehrs, riet ich.

»Taboga!«, begrüßte Hawking ihn überschwänglich auf Crayon. »Wie schön, dass du es einrichten konntest. Ich hoffe, deine Unterkunft sagt dir nach wie vor zu.«

Taboga senkte den Kopf, und ich spannte mich am ganzen Körper an. Es gefiel mir nicht, wie Hawking mit dem Ältesten sprach. Er sollte überhaupt nicht das Wort an ihn richten.

»Keine Sorge«, fuhr er fort. »Ab morgen wird der Stamm der Crae von Tara'Unn wieder vereint – versprochen!«

»Es ist noch nicht vorbei, Hawking«, riss ich seine Aufmerksamkeit von meinem Großvater los. »Dir steht ein Krieg bevor – und du bist der Einzige, der ihn verhindern kann.«

Als sich Hawkings stechender Blick auf mich heftete, fühlte ich mich beklommen, gefangen. »Was für eine angenehme Überraschung, hier auf die Frau meines Sohnes zu treffen. Wie war dein Name noch gleich?«

Ich schluckte. »Würdest du die Traditionen der Crae auch nur annähernd so gut kennen, wie du behauptest«, erwiderte ich scharf, »wüsstest du, dass ich das nicht mehr bin.«

Er begutachtete meinen Kopf. »Richtig«, murmelte er. »Die Haare. Nireya hat sich das selbst angetan, bevor sie mich verlassen hat. Ich habe lange gebraucht, um zu verstehen, was es bedeutet hat.«

»Der Krieg«, erinnerte ich ihn an das eigentliche Thema. »Die Ta'ar werden dich angreifen. Sie werden kämpfen. Menschen werden –« Meine Stimme erstarb. »Aber du – du kannst das alles ohne Blutvergehen beenden.«

Hawkings Brauen schossen in die Höhe – ich konnte nicht sagen, ob sein Erstaunen ein echtes war. »Kann ich das? Sind es nicht die Ta'ar, die zu den Waffen greifen – und die sie ebenso gut niederlegen und mich gewaltlos als ihren König akzeptieren könnten?«

»Solange ein Unn König ist«, erwiderte ich fest, »wird es immer Krieg geben. Genauso, wenn ein Ta'ar König ist. Wenn beide Reiche auf ewig vereint werden sollen, müssen Unnen und Ta'ar an einem Strang ziehen!«

Hawking musterte mich unbeeindruckt. »Natürlich müssen sie das. Und das werden sie auch – sicherlich, irgendwann. Und bis es soweit ist«, fügte er gleichgültig hinzu, »werde ich über Tara'Unn regieren.« Er schnaubte belustigt. »Gil hat mir schon von deiner irrsinnigen Idee berichtet. Jetzt wissen wir zumindest, dass niemals ein Crae den Thron von Tara'Unn – oder irgendeinen anderen – besteigen sollte.« Er zuckte die Achseln. »Tut mir sehr leid, dass es mit Gil nicht geklappt hat. Du hättest eine Prinzessin werden können, verstehst du? Die *Prinzessin von Tara'Unn.*« Beiläufig sah er sich um. »Aber wir finden bestimmt jemand … *Passenderes* für ihn.«

Meine Hände begannen zu beben. »Dass du glaubst, ich wäre an so etwas interessiert«, entgegnete ich, jede Silbe betonend, »widert mich an.« Ich wünschte, Hana würde mir seine Kraft verleihen, damit ich meine Finger um Hawkings Hals schlingen und ihn zerquetschen könnte. Ich würde es nicht überleben – aber auf einmal wäre schon ein entsetzter Gesichtsausdruck in Hawkings Gesicht das allemal wert.

Doch Hana hielt sich zurück – um mein Leben zu bewahren.

»Und da ist sie wieder.« Sein Blick bohrte sich in meinen Schädel. »Dieselbe Leidenschaft in deinen Augen, die du gezeigt hast, als du dich vor Malik von Tara'an gestellt hast.« Etwas in seiner Miene veränderte sich. Sein linker Mundwinkel wanderte höher, verwandelte sein Lächeln in ein spöttisches Grinsen. »Ich frage mich, wie viele Löcher in deinem Körper dir diese Leidenschaft heute einbringt.«

Ich presste die Kiefer noch fester aufeinander, bis es wehtat. »Ist das das Schicksal, das du dir für die Crae ausgesucht hast?«, fragte ich. »Was ist mit den Reichtümern, die du angekündigt hast? Mit unserer Freiheit? Waren das alles leere Versprechungen?«

Hawking runzelte die Stirn, als würde ihn diese Frage ehrlich überraschen. Dann setzte er dieselbe überhebliche Miene auf wie zuvor.

Plötzlich beugte er sich nach vorne.

Unwillkürlich wollte ich zurückweichen, erinnerte mich jedoch an die Waffe in meinem Rücken. Ich musste zulassen, dass Hawking seine Lippen so nah an mein Ohr brachte, dass vermutlich nicht einmal Taboga seine Worte hörte: »Die Crae sind unser Werkzeug, Mädchen. Ein Werkzeug, das wir so lange benutzen werden, wie es uns beliebt. Und sobald wir es nicht mehr brauchen, werden wir verhindern, dass jemand anderes davon Gebrauch macht.«

Ich widerstand dem Drang, ihm ins Gesicht zu beißen. »Dein Sohn«, stieß ich hervor, »ist auch ein Crae.«

»Dann wäre Gil«, erwiderte Hawking und lehnte sich zurück, »wohl so etwas wie meine *eiserne Reserve*. Doch, wenn du mich entschuldigen würdest – ich muss heute noch gekrönt werden.« Damit wandte er sich von uns ab.

»Hawking!« Meine Stimme donnerte so laut durch den Saal, dass sämtliche Gespräche mit einem Mal verstummten. Alle Blicke richteten sich auf mich.

Gils Vater blieb stehen und drehte den Kopf halb in meine Richtung.

Ich starrte ihn an und wusste, er konnte meine Botschaft in meinen Augen lesen, noch ehe ich sie aussprach: »Ich hätte dich schon in der Siedlung töten sollen.«

Abermals verzog Hawking das Gesicht zu einem Lächeln – einem abschätzigen, kalten Lächeln. »Du hattest nie eine Chance.«

Damit ließ er uns endgültig stehen, schritt am Thron vorbei und verschwand in einem Raum dahinter.

Erst jetzt brach die Gewalt seiner letzten Worte über mich herein. Meine Knie wurden weich. »Taboga.« Ich stockte.

»Ich weiß«, erwiderte mein Großvater.

Heftig schüttelte ich den Kopf. »Nein. Das tust du nicht.« Ich schluckte. »Er wird uns alle töten.«

»Die Crae werden überleben«, beharrte Taboga. »Sofern es das ist, was das Schicksal von ihnen erwartet.«

Ich hätte wissen müssen, dass ich mit dem Ältesten noch schlechter sprechen konnte als mit einem Baum. »Gil wird der Einzige sein, den er leben lässt – denjenigen, der es am wenigsten verdient.« Gil – warum verstand er nicht, was vor sich ging? Hatte er wirklich all diese Zeit bei seinem Vater verbracht, ohne auch nur die geringste Ahnung von seinen wahren Plänen mit den Crae zu haben?

In diesen Moment erblickte ich ihn – auf der anderen Seite des Saals, flankiert von zwei Soldaten. Er trug dieselbe Kleidung wie gestern, sogar die rote Schleife um seinen Hals.

Doch eine Sache war anders – seine Füße steckten in einem Paar Schuhe. Die Verwandlung war vollzogen.

Als er meinen Blick auffing, machte mein Herz einen Satz. Gil runzelte allerdings nur die Stirn, ehe er sich von mir abwandte. Die Wachen eskortierten ihn bis zu den zwei Stufen, die zu den beiden Thronen hinaufführten. Dort blieb er stehen und starrte in die Menge.

Er musste es erfahren. Ich musste ihm sagen, was Hawking mir erzählt hatte. »Gil!«, rief ich. Den Gesprächen, in die die Umstehenden abermals versunken waren, tat das keinen Abbruch.

Die Verbindung zu Tigra bescherte Gil ein besseres Gehör als den meisten anderen Crae. Doch er reagierte nicht. »Gil!«, wurde ich noch lauter und wurde mir kurzerhand aufs Neue bewusst, dass das Ende meines Gewehrs in meinen Rücken gebohrt wurde.

Seine Miene blieb steinern.

»Ich denke«, sprach Taboga neben mir das Offensichtliche aus, »Tigrasgil *will* dich nicht hören.«

Ich ballte meine Hände zu Fäusten. »Das ist mir egal.« Ich holte tief Luft. »Gil, Hawking will uns alle umbringen!«, schrie ich mit aller Kraft.

Ein Klicken ertönte in meinem Rücken. »Noch ein Ton von dir«, knurrte der Hauptmann, »und ich drücke ab!«

Seine Worte berührten mich nicht. Diesmal drehte Gil den Kopf. Für den Bruchteil einer Sekunde trafen sich unsere Blicke erneut. In seinen Augen lag ein Ausdruck, den ich nicht entschlüsseln konnte.

Abrupt wandte er sich ab. Das war alles. Was ich gesagt hatte, interessierte ihn nicht.

Er hatte es die ganze Zeit über gewusst.

Ich wollte die Crae wachrütteln, hallten Worte in meinem Kopf wider, die er nie laut ausgesprochen hatte. *Aber sie wollten nicht auf mich hören. Sie wollen mich töten. Es gibt keine andere Möglichkeit – wenn sie sich nicht fügen wollen, müssen sie sterben. So wie meine Mutter sterben musste.*

Hinter ihm waren zwei Angestellte dabei, die Türflügel, die den Thronsaal vom Balkon trennten, zu öffnen. Kaum, dass sie aufschwangen, drang das Geräusch von Schüssen an meine Ohren.

Im ganzen Raum wurde es still. Alle Anwesenden drehten sich in Richtung der Fenster, starrten besorgt nach draußen.

Schüsse – unzählige, jedoch in weiter Ferne. Die Ta'ar mussten zum Angriff übergegangen sein.

Es war vorbei.

Die Unnen ließen sich nur für einen Moment verunsichern – dann wandten sie sich wieder ihren Gesprächen zu, als tobte kein Krieg vor den Mauern der Stadt, die sie als ihr neues Zuhause auserwählt hatten. Sie wogen sich in Sicherheit. In einem Triumphgefühl, das nur die Crae ihnen geben konnten.

»Sind sie dort?«, fragte ich Taboga. Im Gegensatz zu mir schien er in den Fluss der Seelen gelangen zu können, wann immer es ihm beliebte. »Die anderen?«

»Sie werden gerade eben dorthin gebracht.«

Ich schluckte. »Werden sie kämpfen?«

Taboga atmete tief ein, dann aus. »Sie haben keine andere Wahl.«

Mein letzter Mut verließ mich. Es war vorbei. Es war zu spät. Ab heute würde Tara'Unn nie wieder so sein, wie es einst war.

Ich hatte versagt.

Tränen bildeten sich in meinen Augenwinkeln. Das *Ende* war ein so übermächtiges Gefühl, dass es mich beinahe von den Füßen riss. Es legte sich auf meine Schultern, waberte wie ein dunkler Schleier vor meinen Augen und tauchte alles in ein schier undurchdringliches Grau. Dann ergriff es mein Herz und zerbrach es in tausend Stücke.

Ein Unn in bunter Uniform hastete auf den Balkon. Ich musste den Kopf drehen und an den Soldaten, die uns bewachten, vorbeisehen, um ihn beobachten zu können. Ein goldener Gegenstand blitzte in seiner Hand auf. Als er hineinblies, ertönten die lauten Klänge einer Trompete. Eine Gänsehaut rann über meinen Rücken, als ich an die Haiduken dachte.

Doch das Signal war nicht für sie bestimmt – binnen weniger Sekunden ertönten weitere Trompeten, jede ein Stück weiter von uns entfernt.

In der Ferne glaubte ich, das große Tor erspähen zu können, das den Palastgarten von der Hauptstraße trennte. Langsam, fast schon gemächlich, wurde es geöffnet. Hinter ihm warteten mehr Menschen, als ich zählen konnte. Wie ein Heer aus Ameisen strömten sie in Richtung des Palasts.

Ich zuckte zusammen, als direkt neben mir noch ein Instrument ertönte. Links und rechts von den Thronen waren zwei weitere Spieler aufgetaucht. Sie flankierten das leere Podest und sorgten mit ihrer Melodie dafür, dass die Gespräche nach und nach verstummten.

Es war Gil, der dann den Mund öffnete und mit lauter Stimme auf Unn verkündete: »Sehr verehrte Gäste. Ich heiße euch willkommen zur Krönung von Levi Hawking von den Unnen.«

Eine Frau schlug ihre Handflächen gegeneinander, immer und immer wieder. Weitere taten es ihr gleich, bis der ganze Saal von klatschenden Geräuschen erfüllt war.

Abermals bliesen die Musiker in ihre Trompeten – doch diesmal wurden sie von anderen Klängen unterstützt. Erst jetzt bemerkte ich die Musiker, die hinter dem Podest auf Instrumenten spielten, die ich nicht kannte.

»Begrüßen wir nun den Mann«, fuhr Gil fort, bevor Worte, die ich nicht verstand, seine Lippen verließen, »dem heute die … Ehre …, den neuen König von Tara'Unn zu … Abdul Akbay.«

Ich wurde hellhörig, als der Name eines Ta'ar fiel. Mir war, als hätte ich ihn schon einmal gehört.

Er betrat den Saal auf der anderen Seite des Podests. Deshalb sah ich ihn erst, als er an Gil vorbei in die Mitte des Raumes schritt. Er kam dort, wo der rote Teppich vor den Stufen endete, zum Stehen. In seinen Händen hielt er ein purpurnes Kissen, auf dem ein Gegenstand lag, bei dem es sich nur um die Krone handeln konnte.

Er war in etwa so alt wie Emre, besaß jedoch keinerlei Haare oder Bart. Er trug ähnliche Klamotten wie die restlichen Männer im Raum – im Stil der Unnen. Doch dort, wo man seine Haut erkennen konnte, sah man nichts als Rot: Wunden, Kratzer, Risse. Ketten um seine Füße, Ketten um seine Handgelenke. Seine Augen waren blau und angeschwollen, sodass es mich überraschte, dass er noch etwas sehen konnte. Ich konnte meinen Blick nicht von ihnen reißen. Der Ausdruck in ihnen war grau, matt. Gebrochen.

Das geschah also mit Gefangenen, die keine Crae waren.

Plötzlich dämmerte mir, wer Abdul war. Malik und die anderen hatten von ihm gesprochen. Er war einer der Berater seines Vaters gewesen – wie Emre. Er war derjenige gewesen, der die Geschäfte geführt hatte, nachdem Maliks Vater und Bruder ihr Leben gelassen hatten. Und offenbar handelte es sich bei ihm um den letzten Überlebenden des Palastes. Die Frage war, für wie lange noch.

»Und nun«, erhob Gil erneut das Wort. Ich verstand nur den letzten Teil der Ankündigung, die darauf folgte: »Levi Hawking.«

Unter ohrenbetäubendem Klatschen trat Hawking abermals in den Thronsaal. Er trug seinen Gehstock locker in der Hand und ein viel zu aufrichtig wirkendes Lächeln im Gesicht. Er schritt zwischen Gil und Abdul vorbei auf die Erhöhung, wo er sich zu seinen Gästen umdrehte.

Als er den Mund öffnete, wurde es schlagartig still. Alle Anwesenden hingen an seinen Lippen. Ebenso wie ich – in dem krampfhaften Versuch, etwas von dem zu verstehen, was er sagte.

»Volk der Unnen. Es ist mir eine … diesem Tag … stehen … Viel zu lange haben wir uns der … der Ta'ar … Uns erwartet ein neues … fernab der … und … der … Jahre.«

Ich presste die Kiefer aufeinander. Mehr als das musste ich nicht verstehen – ich konnte mir sehr gut denken, wovon er sprach. Von der *Tyrannei* der Ta'ar, unter der die Unnen schon so lange hatten *leiden* müssen. Und dass nun ein neues

Zeitalter anbrechen würde, in dem sie die Oberhand über das Reich haben würden.

»Aber nun lasst uns …« Er blickte Gil an. Vater und Sohn nickten einander zu. Dann trat Gil zu ihm nach oben.

Panisch sah Abdul sich um – mehrere Wachen in seiner Umgebung hatten ihre Waffen im Anschlag. Schnell stolperte er die Treppe nach oben, die Krone wackelte bedrohlich auf dem Kissen.

Der Berater des Königs und Gil stellten sich neben dem Thron auf – auf dem Hawking nun Platz nahm, als handelte es sich dabei um nichts weiter als einen einfachen Schemel.

Vorsichtig nahm der Crae Abdul die Krone ab. Einen Augenblick lang ließ er sie über Hawkings Haupt schweben. »Lang lebe …«, sprach er in die Stille. Als er die Krone senkte, schloss ich die Augen. »Levi I. von Tara'Unn.«

»Lang lebe Levi von Tara'Unn!«, erfüllten die Rufe der Unnen den ganzen Saal, wenn nicht gar den ganzen Palast, und konnten kurzzeitig sogar die Geräusche der Schüsse vor den Stadtmauern daraus verbannen. »Lange lebe Levi von Tara'Unn!«

Als ich die Lider anhob, bereute ich es mehr als alles andere. Denn der Anblick, der sich mir bot, brannte sich für immer in mein Gedächtnis ein. Hawking, auf dem Thron, die Krone des Königshauses von Tara'Unn auf seinem Haupt. Hinter ihm das Gemälde, das ich erst jetzt genauer in Augenschein nahm: Es zeigte einen Ta'ar, in prächtiger Kleidung, als die Unnen sie je fertigen könnten, und der Krone, die nun in Hawkings Besitz war. Neben ihm eine wunderschöne Frau.

Maliks Vater. Maliks Mutter. Dass man das Porträt an Ort und Stelle gelassen hatte, war nicht mehr und nicht weniger als ein weiterer Ausdruck des Spotts.

Plötzlich packte Gil Abdul und stieß ihn grob die Stufen hinunter – direkt in die Arme mehrerer Soldaten. »Nein!«, rief Maliks Berater aus. »Lasst mich los!« Der Mann wehrte sich, doch sie schliffen ihn einfach mit sich. »Nieder mit den Unnen!«, schrie er. »Lang lebe König Malik von Tara'Unn!« Vermutlich war ich die Einzige, die seinen Worten Beachtung schenkte. Und so verschwand er sang- und klanglos, ohne dass sich jemand auch nur nach ihm umgesehen hätte.

Gil stieg die Stufen hinunter. Am Ende des roten Teppichs angekommen, wandte er sich um und fiel auf ein Knie. »Kniet nieder vor eurem König!«, rief er.

Binnen weniger Sekunden taten es ihm alle Anwesenden gleich – von Frauen in Kleidern über Angestellte bis hin zu Soldaten.

Ein Gewehr wurde in meinen Rücken gestoßen. Zeitgleich sackten Taboga und ich auf die Knie.

Der König von Tara'Unn erhob sich. »Ich danke euch«, sprach er, »für all die …, die ihr mir in den letzten beiden Jahren … Vor allem jedoch meinem Sohn Gil, mit dem ich nun endlich wieder …«

Ich schaute zu dem Crae, den ich einst geliebt hatte. Er stützte sich nach wie vor aufs Knie, starrte den Boden an.

Hawking breitete die Arme aus. »Nun erhebt euch – und lasst uns … auf diesen neuen …!«

Zeitgleich kamen die Anwesenden auf die Beine und reckten ihre halbvollen Gläser in die Luft. »Ein Hoch auf den König von Tara'Unn!«

Sofort stand ich auf – ich wollte keine Sekunde länger als nötig vor einem Mann knien, den ich nie auch nur respektiert hatte.

»Hey!«, grunzte jemand hinter mir. »Das hat dir niemand erlaubt!«

Abrupt fuhr ich herum. »Na und?«, spuckte ich ihm entgegen. »Ihr habt, was ihr wolltet! Nun lasst uns endlich frei!«

»Nicht doch, Mädchen«, ertönte plötzlich eine Stimme in meinem Rücken. Als ich mich umdrehte, schritt Hawking abseits des roten Teppichs an uns vorbei. »Unser Spiel hat doch gerade erst angefangen.«

Entgeistert blickte ich ihm nach. Begleitet von einer Handvoll Soldaten bewegte er sich in Richtung der geöffneten Türen, die zum Balkon führten. Eine neue Tirade aus Trompetentönen kündigte ihn an.

Als ich Taboga auf die Füße half, begegnete mein Blick dem von Gil. Er hatte sich aufgerichtet, aber bisher nicht vom Fleck gerührt. Als fühlte er sich ertappt, setzte er sich in Bewegung.

Auf dem Weg zum Balkon passierte er mich. Was er dabei zu mir sagte, warf mich völlig aus der Bahn: »Ich habe dir doch gesagt, du sollst verschwinden.«

Es waren nicht seine Worte, die mich verunsicherten. Sondern die Art und Weise, wie er sie aussprach. Er wirkte fast schon ... *enttäuscht.*

Ehe ich mich versah, war der Moment verstrichen und Gil zu seinem Vater auf den Balkon getreten. Zu seinen Füßen eine Schar aus Menschen, die meisten von ihnen mit blonden Haarschöpfen. Obwohl in ihrer unmittelbaren Nähe ein Krieg tobte, waren sie alle gekommen, um ihren neuen König aus nächster Nähe zu erleben. Als Hawking an die Brüstung trat, brachen sie in Jubelschreie aus. Ich konnte kaum hinsehen – nicht zuletzt weil die Diamanten der Krone das Sonnenlicht in alle Richtungen zurückwarfen und mir in die Augen stachen.

Hawking hob eine Hand, um zu winken, und irgendetwas an dieser Geste brachte die Menschen dazu, umso lauter zu grölen und zu schreien. Ich konnte sogar schwören, dass manche von ihnen weinten.

Gil legte seinem Vater eine Hand auf die Schulter und sagte etwas. Es klang wie ein *Wir haben es geschafft*. Als Hawking ihn anblickte, breitete der Crae die Arme aus.

Für einen Moment wirkte der Unn überrascht, dann aber kehrte sein Lächeln zurück. Er reichte seinen Gehstock an einen der Soldaten weiter und wandte sich Gil zu, um ihn zu umarmen. In der Ferne sah ich Vögel, größer als alle anderen auf dieser Welt – die Seelentiere meines Stammes.

Plötzlich kam ich mich leer vor. So musste sich ein verlorener Kampf anfühlen. Ein Verrat, der sich endgültig bestätigt hatte. Eine Liebe, die schon von Beginn an zum Scheitern verurteilt gewesen war.

Auf einmal passierte alles ganz schnell.

Hawking zuckte in der Umarmung. Als erschräke er. Als wäre er überrascht. Als verspürte er Schmerz.

Eine Klinge bohrte sich durch seinen Rücken. Ihre Spitze glänzte rot wie die Morgensonne.

Ich traute meinen Augen nicht. Verstand nicht. Hatte er -

Das laute Kreischen einer Frau ertönte. Es blieb nicht das einzige.

Grob stieß Gil den König von sich fort, entblößte den Schaft von Kenans Messer, mit dem er meine Haare abgetrennt – und das er nun in den Leib seines Vaters gerammt hatte. Hawking, die Hände panisch um den Griff geschlungen, taumelte, prallte gegen die Brüstung -

Und stürzte rücklings vom Balkon, mitten in die vor Entsetzen kreischende Menge.

Gil hatte -

Zwei Soldaten machten einen Satz in Richtung der Brüstung, konnten Hawking jedoch nicht mehr erreichen.

Der Rest von ihnen riss seine Gewehre hoch. Sie zögerten keine Sekunde.

»*Gil!*«, schrie ich, als sich hunderte Kugeln aus ihren Waffen lösten.

9. Kapitel - Königreich aus Blut

»Du bist neu hier, oder?«, fragte ich neugierig. Ich war gerade einmal fünf Jahre alt. »Wie heißt du?«

Der blonde Junge sah nur kurz auf. »Gil.«

»Ich heiße Kauna. Hanaskauna.« Ich schenkte ihm mein strahlendstes Lächeln.

»Aha.« Er blickte zu dem Zelt hinüber, in dem seine Mutter mit den Ältesten verschwunden war. Niemand von uns wusste, was passieren würde. Er machte sich Sorgen.

»Wo ist dein Vater?«, fragte ich ihn.

Gil zuckte die Achseln. Die Furcht in seinen Augen brach mir das Herz.

»Hey«, versuchte ich, ihn abzulenken. »Kannst du Bogenschießen?«

Erstaunt sah er mich an. Dann schüttelte er den Kopf.

»Ich auch nicht«, erwiderte ich fröhlich. »Zumindest noch nicht gut. Soll ich dir zeigen, wie es geht?« Ich streckte einen Arm nach ihm aus.

Gil zögerte. Er warf einen letzten Blick in Richtung des Zelts. Dann ergriff er meine Hand und besiegelte unser Schicksal.

Was hatte er nur getan?

»Du wolltest mich sehen?«, fragte ich Gil. Er hatte Lu-Vaia gebeten, mir eine Nachricht zu überbringen. Der verheißungsvolle Blick in ihren Augen hatte mich irritiert.

Die Sonne war vor einer Stunde untergegangen. Am Waldrand wachten die Sterne in der Abgeschiedenheit über uns.

Gils sechzehnjähriges Ich sprang hastig vom Baumstumpf auf. »J-Ja!« Er wirkte nervös. »Danke, dass du gekommen bist.«

»Natürlich«, erwiderte ich verwirrt. Von dem Tag an, als wir uns zum ersten Mal getroffen hatten, war er mein bester Freund gewesen. Es gab nichts, was ich nicht für ihn tun würde.

»Ich … äh.« Er kratzte sich am Kopf. »Ich bin froh, dass es dich gibt.«

Ich blinzelte. »Verstehe.«

»Nein! Ich meine …« Er haderte mit sich. Was verunsicherte ihn so? Er räusperte sich. »Kauna. Ich bin jetzt seit zehn Jahren hier. Und nach all der Zeit fühle ich mich endlich als Teil des Stamms.«

Ich lächelte. »Das freut mich.«

Gil schluckte. Einmal mehr drohte ich mich im Blau seiner Augen zu verlieren. »Ich mag und schätze jeden hier. Aber … du bedeutest mir von allen am meisten.«

Meine Augen weiteten sich. Seine Worte lösten mehr in mir aus, als ich für möglich gehalten hatte. Die Gefühle erwärmten mich von innen und lösten ein Prickeln in meiner Magengrube aus. Auf einmal wusste ich genau, worauf er hinauswollte.

Endlich.

Ihm fiel es aber immer noch schwer, darüber zu sprechen. »Und ich ... wollte ...«

Lachend unterbrach ich ihn, indem ich ihn an den Schultern fasste, mich auf die Zehenspitzen stellte und meine Lippen auf seine drückte.

Warum hast du das getan?

Wir waren zwanzig Jahre alt. Ich hatte die Nachtwache übernommen, starrte in die Flammen und wünschte mich weit weg von der Siedlung.

Plötzlich war Gil neben mir. Er legte einen Arm um mich und drückte mich an sich. Er wusste genau, was in mir vorging. »Mach dir keine Sorgen, Kauna«, raunte er mir zu. »Egal, was die Ältesten jetzt sagen – wir *werden* uns verbinden!«

Verzweifelt verbarg ich mein Gesicht an seiner Brust. »Wie kannst du dir da so sicher sein?«, fragte ich mit tränenerstickter Stimme. »Sie haben Nein gesagt!«

»Wir versuchen es weiter«, erwiderte Gil bestimmt. »Irgendwann werden sie einwilligen. Wir dürfen nur nicht aufgeben.« Er berührte mich am Kinn, damit ich zu ihm aufsah. »Kauna. Egal, was in der Vergangenheit passiert ist. Wenn ich mich mit dir verbinden darf, ist mein Leben endlich komplett. Und aus diesem Grund werde ich nie aufhören, dafür zu kämpfen.«

Gil. Warum?

»Du gehörst zu mir, Kauna. Und ich weiß, dass du immer an meiner Seite sein wirst.«

»Gil!«, schrie ich.

Aber Gil war verschwunden. An seiner Stelle war ein riesiger Schwan aufgetaucht, der seine Flügel vor seinem Körper zu einem Kokon formte.

Der Schwall Kugeln verschwand in seinem Federkleid. Obwohl Seelentiere nicht bluteten, mussten sie seinen Leib vollständig durchlöchern.

Abrupt brachen die Schüsse ab. Entsetzt sprangen die Soldaten auf dem beengten Balkon rückwärts. »Was zum -«

Plötzlich wusste ich genau, was vor sich ging.

Der Schwan hieß Abra.

Ich blickte zu Taboga hinüber. »Enoba«, formten seine Lippen.

Der Vogel öffnete seinen Schnabel und stieß einen ohrenbetäubenden Schrei aus. Als er seine weiten Flügel auseinanderschlug, fegte er alle Soldaten über die Brüstung. Unter seinen Flügeln kam zum Vorschein, was er beschützt hatte.

Enoba hatte die Arme um Gil geschlungen. Im Gegensatz zu Abra konnte der Älteste sehr wohl bluten. Und das tat er – am ganzen Körper. Sämtliche Kugeln hatten sich in sein Fleisch gebohrt.

Gils Augen waren aufgerissen. Als Enobas Beine unter ihm nachgaben, umklammerte er ihn fester, konnte ihn aber nicht auf den Füßen halten. Er entglitt ihm.

Als der Älteste starb, spürte ich, wie ein Teil von jedem von uns mit ihm ging.

Gil zitterte am ganzen Körper. »Enoba?«

»Er ist fort«, flüsterte Taboga, doch falls Gil ihn aus dieser Entfernung hören konnte, reagierte er nicht.

»Auf ihn!«, ertönte ein barscher Befehl in meinem Rücken.

Die restlichen Soldaten.

»Enoba!«, schrie Gil – ehe seine Stimme von einem lauten Brüllen abgelöst wurde. Ein weißer Tiger schoss durch den Saal und riss drei Unnen auf einmal zu Boden.

Die Gesellschaft brach in Panik aus. Die Schreie übertönten die Schüsse, die die Soldaten auf Tigra abfeuerten. Bunte Kleider und dunkle Gewänder stoben auseinander, auf der Suche nach dem nächsten Ausweg.

Plötzlich wurde ich von hinten gepackt. Die Längsseite eines Gewehrs presste sich gegen meine Kehle und schnürte mir sämtliche Luft ab.

In meinem Rücken spürte ich den Körper eines Mannes. »Tötet sie alle!«, schrie er. Der Druck auf meinem Hals wurde immer fester.

Ich röchelte, griff nach dem Gewehr und versuchte mit aller Kraft, es von mir fortzupressen.

Plötzlich war da nichts mehr. Die Waffe fiel zu Boden, die Präsenz des Unnen verschwand.

Ich fuhr herum und entdeckte ihn auf den Fliesen. Hinter ihm stand Hana – in seiner größten Form.

Ein Soldat mit blutüberströmtem Gesicht hatte Taboga zu Boden geworfen. Beide Hände an seinem Hals, drückte er unaufhörlich zu.

Ich machte einen Satz auf sie zu, holte mit dem Bein aus und stieß es mit voller Wucht gegen den Kopf des Unnen. Bevor meine Zehenspitzen ihn berührten, fühlte ich Hanas Kraft in mir, und wusste, dass der Soldat nicht mehr aufstehen würde.

Das tat er auch nicht.

Vorsichtig zog ich Taboga auf die Beine. »Danke, Hana«, hauchte ich – als ein ohrenbetäubender Knall hinter mir ertönte. Ein brennender Schmerz zog an meinem Arm vorbei. Die Patrone hatte mich um ein Haar verfehlt.

Ehe ich herumfahren konnte, rannte Hana auf allen vieren auf den Mann zu, der sie abgefeuert hatte. Entsetzt wich er zurück, hielt sein Gewehr aber im Anschlag und drückte wieder und wieder ab. Die Geschosse bremsen Hana nicht aus. Mit seiner wuchtigen Hand ergriff er den Kopf des Mannes und -

Taboga berührte mich an der Schulter. »Hanaskauna. Mehr von ihnen sind auf dem Weg.« Er blickte mich fest an. »Nimm Tigrasgil und verschwinde von hier.«

Entsetzt starrte ich ihn an. »Was ist mit dir?« Hinter ihm sah ich Gil. Er stand noch immer auf dem Balkon, vor Enobas reglosem Körper, und blickte auf ihn herab. Sein Geist war an einem anderen Ort. Wenn er sich nicht besann, würde er diesen Tag nicht überleben – nicht einmal mit Tigra, die ihn beschützte.

»Sorge dich nicht um mich«, blockte Taboga ab – was mich umso besorgter stimmte.

»Ich werde dich nicht allein hier zurücklassen!«, widersprach ich heftig. In seinem Zustand würde er es ohne Hilfe nicht einmal bis zum Palastgarten schaffen – geschweige denn bis in Sicherheit.

Der Ausdruck in Tabogas Blick war sanft. »Abrasenobas Bestimmung bestand darin, sich für denjenigen zu opfern, den er am meisten geliebt hat. Und ich denke, dass mein Schicksal dasselbe ist.«

Plötzlich fiel es mir wie Schuppen von den Augen. *Noch kann ich diese Welt nicht verlassen*, hatte er gesagt. *Es gibt noch eine Aufgabe, die ich erfüllen muss.* Seine Bestimmung war es gewesen, Gil, seinen Ziehsohn, zu beschützen, wenn dieser ihn am meisten brauchte.

Ich muss meine Kräfte sammeln für den Tag, an dem es endet. Für den letzten Flug, den er mit Abra unternehmen würde – von der Siedlung bis hin zum Balkon, auf dem Gil andernfalls sein Leben gelassen hätte.

Ich zögerte. Ich wusste, was Taboga von mir verlangte. Ich musste dafür sorgen, dass Enobas Opfer nicht umsonst gewesen war. Also nickte ich.

Taboga verließ meine Seite, und ich fixierte Gil. Er brauchte mich – mehr noch als an dem Tag, an dem seine Mutter ihn in die Siedlung gebracht hatte. Er brauchte mich mehr denn je.

So schnell ich konnte, rannte ich durch den Thronsaal in Richtung des Balkons, vorbei an kreischenden Gästen und an Soldaten, die von unseren Seelentieren durch die Luft geschleudert wurden. Als ich bei Gil angekommen war, packte ich ihn am Arm. »Gil!«, zischte ich. »Wir müssen von hier verschwinden, sofort!«

Er antwortete nicht. Er starrte auf den Boden, als nähme er mich überhaupt nicht wahr.

Kälte ergriff mich, als ich nach unten sah. Das Licht in dem Auge, das Enoba noch geblieben war, war verblasst, sein Seelenstein matt.

Entschieden riss ich mich von seinem Anblick los. »Gil!«, sagte ich wieder. »Du musst mir zuhören!« Ich rüttelte an seinen Schultern. Er war voller Blut. Enobas Blut.

Keine Reaktion. Es war, als hätte Gils Seele seinen Körper verlassen, um Enoba auf seiner letzten Reise durch den Fluss der Seelen zu begleiten.

»Hanaskauna!«, rief Taboga von drinnen. Ich fuhr herum – und bemerkte mehr als zwei Dutzend Soldaten, die den Thronsaal stürmten. Sie entdeckten uns sofort.

Hinter ihnen brach Taboga zusammen. Als er eins mit Hana wurde, erlosch meine Verbindung zu unserem Seelentier vollständig.

»Gil!«, rief ich, während die Soldaten, die Gewehre im Anschlag, geradewegs auf uns zu marschierten.

Im selben Moment waren Tigra und Hana bei ihnen und rissen mehrere von ihnen zu Boden – doch es waren bei weitem nicht alle.

Panisch wandte ich mich dem Crae zu. »Gil! Bitte!«, flehte ich ihn an. »Du hast es mir versprochen!«

Auf einmal regte sich etwas in ihm. Sein Blick klärte sich. Er wusste genau, wovon ich sprach: von dem Versprechen, das wir uns bei unserer Verbindung gegeben hatten. Er drehte den Kopf und sah die Soldaten. Seine Augen weiteten sich. »Wir springen!«

»W-was?«, stieß ich hervor, doch Gil kletterte bereits auf die Brüstung.

Hana. Er war nicht bei mir, sondern bei Taboga. »Gil, ich kann nicht -«

Er packte meine Arme und zog mich neben sich.

»Gil!«, versuchte ich, ihn aufzuhalten. »Hana ist -«

Gil blickte über die Schulter und stieß einen Fluch auf Unn aus. Er schlang einen Arm um meine Taille -

Und drückte uns vom Geländer weg.

Ich schrie, wie ich noch nie zuvor geschrien hatte. In rasender Geschwindigkeit kam der Boden auf uns zu. Ehe ich mich versah, hatte Gil meine Beine auf seinen zweiten Arm genommen. Instinktiv klammerte ich mich an seinem Hals fest.

Ein Ruck ging durch meinen Körper, als Gil mit beiden Beinen fest auf dem Grund aufkam.

Für einen Moment starrten wir einander nur an. »Richtig«, flüsterte ich atemlos. Mein Herz schlug mir bis zum Hals. »Tigra.« Gils Absicht war es nie gewesen, sich auf Hanas Kräfte zu verlassen – schließlich verlieh Tigra ihm ihre.

»Hast du mir nicht gesagt«, fragte Gil, »du hättest vor nichts mehr Angst?« Ein leichtes Lächeln breitete sich auf seinem Gesicht aus – und verwirrte mich mehr als alles, was in den letzten Minuten passiert war.

Er ließ mich auf den Boden nieder. Über unseren Köpfen ertönten gedämpfte Stimmen. »Sie werden kommen«, sagte er. Da er ihre Sprache sprach und sie viel besser hören konnte als ich, vertraute ich auf seine Worte.

»Wir müssen weg von hier.« Ich machte ein Schritt in Richtung des großen Tors, das noch immer bis zum Anschlag geöffnet war. Die Zivilisten waren verschwunden, und auch von den Soldaten war nichts zu sehen – vermutlich waren sie alle in das Gebäude gestürmt.

»Nein«, hielt Gil mich zurück. »Wir laufen dort nur in ihre Schusslinie. Komm mit.«

Die einzigen Unnen um uns herum waren diejenigen, die Abra vom Balkon gefegt hatte. Es bedurfte nicht mehr als eines Blickes, um zu wissen, dass sie den Sturz nicht überstanden hatten. Doch einer von ihnen fehlte.

»Gil, Hawking -«

»Ich weiß«, unterbrach er mich. »Vermutlich haben sie ihn sofort zu einem Arzt gebracht. Aber der wird sein Herz auch nicht flicken können. Es ist vorbei«, betonte er auf meine verunsicherte Miene hin. »Ein für alle Mal.« Er griff nach meiner Hand. »Beeilen wir uns.« Zielstrebig zog er mich hinter sich her – stets an der hohen Mauer des Palasts entlang.

Gil hatte recht. Ich hatte Angst. Angst um mich selbst, weil ich mich ohne Hana verwundbarer fühlte denn je. Aber vor allem Angst um Taboga, der sich den Unnen ganz allein stellte.

Das Kreischen eines Vogels ertönte über unseren Köpfen. Zeitgleich rissen wir den Blick nach oben.

Da waren sie.

Riva, der Rabe. Nasra, der Adler. Conia, der Kranich. Inega, der Falke. Corva, die Krähe. Die fliegenden Seelentiere unseres Stammes rasten auf den Palast zu. Ein lautes Klirren ertönte über uns, als sie durch die Fenster des Gebäudes brachen.

»Sie haben es auch gespürt«, sprach ich meine Gedanken aus. »Enobas Tod.«

»Und jetzt wollen sie sich rächen«, ergänzte Gil.

Auf einmal wusste ich, dass ich mir keine Sorgen um meinen Großvater machen musste. Die Crae gehorchten nicht länger den Unnen – sondern kämpften gegen sie. Niemand von uns befand sich mehr in Gefangenschaft – wir waren frei und konnten uns selbst retten. Und dabei mussten wir uns nicht zurückhalten. Das bedeutete, die Ta'ar hatten eine Chance. Eine Möglichkeit, diesen Kampf zu gewinnen.

Ich hoffte, es ging Malik und den anderen gut. Ich hoffte, sie hatten lange genug durchgehalten, um diesen Moment zu erleben.

Obwohl ich so schnell lief, wie ich konnte, hätte Gil mich mit Leichtigkeit abhängen können. Doch das tat er nicht. Er behielt meine Hand fest in seiner und führte mich um den Palast herum zu einem Bereich, in dem sich viele kleinere Gebäude tummelten. Ich riet, dass hier früher die Angestellten des Königs gewohnt hatten. »Dort bekommen wir Deckung«, erklärte er.

Die Rücken an die Mauer des Palasts gepresst, blickten wir hinauf. Doch auf keinem der Fenster und Balkone entdeckten wir die Unnen oder ihre Waffen. »Los!«, befahl Gil.

Gleichzeitig rannten wir voran. Sekunden später drückte ich die Klinke einer Tür herunter – abgeschlossen. Kurz entschlossen traten wir gegen den Eingang, und er sprang auf.

In geduckter Haltung bewegten wir uns durch das kleine Wohnzimmer, das uns empfing. Kraftlos ließ ich mich unter einem der Fenster auf den Boden fallen.

Gil tat es mir gleich. Dann, als würden sie an seinen Füßen brennen, streifte er seine Schuhe und Strümpfe ab – und ließ den Hoffnungsschimmer, der in den letzten Minuten in mir aufgekeimt war, ins Unermessliche wachsen.

Für eine unendlich lange Zeit konnte ich nichts anderes hören als unseren unregelmäßigen Atem und das Geräusch von Schüssen in der Ferne, das noch immer mit jedem Ton das Grauen aufs Neue in mir aufsteigen ließ. Irgendwann drehte ich den Kopf und blickte Gil an. Er hatte die Augen geschlossen, die Stirn gerunzelt. Ich wusste, was das bedeutete. »Wo ist Tigra?«, fragte ich.

»Dort, wo wir sie zurückgelassen haben«, erwiderte Gil. Auch er klang erschöpft, aber ich war mir nicht sicher, ob es sein Körper oder sein Geist war, der ihn in diesen Zustand versetzt hatte.

»Willst du sie nicht fortschicken?«, fragte ich besorgt. »Dort oben sind so viele -«

»Glaub mir«, unterbrach er mich. »Ihr geht es bestens.«

Ich erschauderte, als ich mir ausmalte, was er damit meinte.

Gil öffnete die Augen und sah mich direkt an. Obwohl es genug Dinge gegeben hätte, die ich ihm hatte sagen wollen, zögerte ich. Wie sollte ich mit ihm sprechen? Wer *war* er überhaupt? Der Gil, mit dem ich mich verbunden hatte? Derjenige, der einen Pfeil auf mich abgefeuert hatte? Oder etwa ein ganz anderer?

Es war an der Zeit, das herauszufinden. »Du …« Ich stockte. »Du hast ihn getötet.«

Gil schwieg. Er wandte sich ab und starrte die gegenüberliegende Wand an.

Fassungslosigkeit erfüllte mich, als sich die Bilder abermals vor meinem inneren Auge abspielten. »Warum … hast du das getan?« Meine Stimme war leise, als wollte ein Teil von mir diese Frage überhaupt nicht stellen.

Abrupt riss Gil seine Aufmerksamkeit von der Wand los. Entgeistert musterte er mich. »Hast du das wirklich nicht kommen sehen?«

Ich blinzelte. »Was? Wie hätte ich das denn erahnen sollen?«

Gil runzelte die Stirn. »Ich habe dir doch gesagt: Es gibt nur einen einzigen Weg, wie das alles enden kann. Ich dachte, du wüsstest, wovon ich spreche.«

Ein dicker Kloß bildete sich in meinem Hals. Ich bekam kaum mehr Luft. »Ich habe geglaubt«, gestand ich, »du meinst, dass die Unnen die Herrschaft über Tara'Unn an sich reißen.«

»Nein«, entgegnete Gil schroff. Enttäuschung schwang in seiner Stimme mit. »Ich meinte, dass mein Vater stirbt.« Er atmete tief durch. »Deshalb habe ich dir gesagt, du sollst verschwinden. Ich wollte dich nicht in Gefahr bringen. Aber« – er schüttelte den Kopf, und ich bildete mir ein, dass ein leichtes Lächeln seine Mundwinkel umspielte – »mir hätte klar sein müssen, dass du genau das Gegenteil von dem tun würdest, was ich dir sage.«

»T-Tut … mir leid«, stammelte ich hilflos. Ich hatte keines der Zeichen, die er mir gegeben hatte, richtig gedeutet. Der Angriff mit dem Dolch war also kein plötzlicher Ausbruch von ihm gewesen. Gil hatte von vornherein geplant gehabt,

Hawking zu töten. Und offenbar war ich die Letzte gewesen, die er bei sich hatte haben wollen, als das geschah. »Seit wann … Wie lange wolltest du schon …?«

»Eine Weile«, wich er meiner Frage aus. »Aber ehrlich gesagt dachte ich nicht, dass ich es wirklich tun würde … Bis ich es getan habe.«

Ich erschauderte. Ich konnte mir nicht vorstellen, wie er sich in den Stunden, den Minuten vor dem Angriff auf Hawking gefühlt haben musste. Dem Tod ins Antlitz zu blicken, konnte nicht besonders angenehm sein. »Warum hast du mir nicht einfach davon erzählt? Warum warst du nicht ehrlich zu mir?«

»Hätte ich dich eingeweiht«, gab er zurück, »hättest du dann getan, was ich sage?«

»Natürlich nicht!«, erwiderte ich.

Er zuckte die Achseln. »Da hast du's.«

Mein Mund klappte zu. Stille legte sich über uns. »Hast du mir deshalb die Haare abgeschnitten?«, fragte ich kleinlaut. Hatte er das alles nur getan, damit ich ging? Um mich in Sicherheit zu wissen?

Erstaunt blickte er mich an. »Das war …« Er unterbrach sich selbst. »Ich meine … Du hast gesagt, du würdest mir nicht mehr vertrauen.« Betreten sah er zu Boden. »Wir müssen ehrlich zu uns selbst sein. Unsere Verbindung war in dem Moment vorbei, in dem ich einen Pfeil auf dich geschossen habe.« Ein harter Zug bildete sich um seinen Kiefer. »Es … Es tut mir leid, Kauna.«

Die Erinnerung daran versetzte mir einen Stich. »Ich schätze, wir haben gegen alles verstoßen, was wir damals geschworen haben«, murmelte ich.

»Wir können nur darauf hoffen«, erwiderte Gil, »dass es genau das war, was das Schicksal von uns gewollt hat.«

Es überraschte mich, ihn vom Schicksal sprechen zu hören. Ihn, der scheinbar alle Werte der Crae über Bord geworfen hatte. Was war passiert, seit wir uns zuletzt gesehen hatten?

»Ich verstehe es immer noch nicht«, gab ich zu. »Er ist doch … dein Vater! Du warst die ganze Zeit über auf seiner Seite! Warum hast du das getan?«

»Weil dein Messer nicht das erste Loch in sein Herz gebohrt hat«, erwiderte er trocken.

Verständnislos blickte ich ihn an.

Gil seufzte. »Dir ist doch aufgefallen, dass ich in meinem Zimmer eingesperrt war, oder?«

Auf einmal erinnerte ich mich – ich hatte durch Gils Tür brechen müssen, um auf den Gang zu kommen. »Ich dachte, das wäre zu deinem eigenen Schutz!«, erwiderte ich irritiert.

»Ja«, sagte Gil trocken. »Genau das hat Hawking gesagt.«

Ich wartete darauf, dass er weitersprach, doch plötzlich schien Gil mit seinen Gedanken abzuschweifen. Er erinnerte sich an etwas, das mir verborgen blieb, und ließ mich in Ratlosigkeit zurück. Ich konnte mir nicht vorstellen, dass irgendetwas einen Keil zwischen Gil und Hawking getrieben haben könnte.

Bis auf eine Sache.

»Ist es wegen Nireya?«, fragte ich. »Wegen deiner Mutter?«

Gil zog die Beine an die Brust und verschränkte seine Arme auf den Knien. »Ich weiß jetzt, warum sie ihn verlassen hat.«

Ich hakte nicht nach. Ich konnte ihm ansehen, dass es einiges an Überwindung kostete, darüber zu sprechen. »Du musst es mir nicht sagen.«

»Das will ich aber. Du verdienst die Wahrheit mehr als jeder andere.« Er machte eine Pause. »Hawking«, begann er dann, »war schon immer fasziniert von den Crae – von dem Tag an, als er meiner Mutter begegnete.« Er sprach langsam, wählte jedes seiner Worte mit Bedacht. »Wie alle anderen hat er die Crae für einen Mythos gehalten. Nireya hingegen wollte ein neues Leben fernab der Siedlung beginnen. Seite an Seite mit den Menschen leben. Ihr haben die strengen Regeln der Crae nicht gefallen.« Er lächelte leicht. »Ich schätze, das habe ich von ihr geerbt. Aber Hawking hat nicht zugelassen, dass sie ihrer Herkunft den Rücken kehrt. Er wollte alles über die Crae wissen – über ihre Fähigkeiten, ihre Besonderheiten. Als ich geboren wurde, hat er das Potenzial gesehen, das eine Familie aus Crae an seiner Seite beherbergt. Er wollte mich zu einer Waffe erziehen – so wie meine anderen Geschwister, hätte das Schicksal sie auf diese Welt geschickt. Er hätte eine eigene kleine Armee aufgebaut. Deshalb hat er nur darauf gewartet, dass Tigra mich erwählt und ich ihre Kräfte entfalte. Meine Mutter wollte verhindern, dass Hawking mich – uns – auf diese Weise ausnutzt. Aus diesem Grund ist sie in die Siedlung zurückgekehrt.« Er atmete tief durch. »Sie tat es, um mich zu beschützen. Denn sie wusste, selbst wenn sie dort starb, wäre ich im Sperrgebiet immer noch sicherer als an jedem anderen Ort im Land – weil Hawking mich nicht finden könnte.« Er starrte auf seine Hände. »Hätte ich das alles vorher gewusst« – seine Stimme war voll von Bitterkeit – »hätte ich ihn niemals in die Siedlung geführt.«

Sein Anblick drohte mir das Herz zu brechen. »Gil«, sagte ich sanft. »Als ihr ihn verlassen habt, warst du erst sechs Jahre alt. Du konntest nicht wissen, was er vorhatte – geschweige denn verstehen.«

»Ich hätte es aber viel früher erkennen können«, beharrte er. »Als wir in der Siedlung waren, hat er sie nicht einmal besucht.« Ich riet, dass er vom Seelenstein seiner Mutter sprach, der in der Nähe der Siedlung begraben lag. »Das ist die größte Respektlosigkeit, die ich mir vorstellen kann. Und trotzdem hat erst der *Hausarrest* mir die Augen geöffnet. Hätte ich die Gelegenheit gehabt, hätte ich ihn schon vorher getötet. Ich hätte versuchen können, mich durch den Palast bis zu ihm durchzukämpfen. Aber ich wollte mir ganz sicher sein, dass ich mein Leben nicht umsonst lassen würde – dass ich es auch wirklich schaffen würde. Und so ist der Tod, den er bekommen hat«, schloss er, »genau der, den er verdient hat.«

Fassungslos musterte ich ihn. »Ich kann es immer noch nicht glauben«, murmelte ich. »Ich war fest davon überzeugt, du wärst gegen uns. Dass du uns im Stich lassen würdest.«

»Wenn das so ist«, erwiderte er ruhig, »kennst du mich nicht annähernd so gut wie ich dich.«

Wieder breitete sich Stille zwischen uns aus. Dann sah Gil mich an. »Danke. Du hast mir da oben vielleicht das Leben gerettet.«

»Nicht ich«, entgegnete ich. »Enoba.«

»Richtig.« Gils Blick bekam einen abwesenden Ausdruck. »Ich hätte nicht gedacht, ihn noch einmal wiederzusehen.«

»Ich auch nicht«, gab ich zu. Als er aus seiner Hütte verschwunden war, hatte ich geglaubt, er hätte sich auf seine letzte Reise begeben. Das hatte er im Grunde auch – aber nicht auf dieselbe Weise, wie ich gedacht hatte. In seinen letzten Atemzügen hatte Enoba viel mehr Kraft gezeigt, als man es jemandem in seinem Zustand zugetraut hätte.

»Als du zu mir gesagt hast, sein Tod kümmere dich nicht ... Das war auch gelogen, oder?«

»Natürlich.« Auf einmal wirkte Gil zerbrechlicher als das feinste Porzellan. »Er war besser zu mir, als mein leiblicher Vater es je hätte sein können. Ich wünschte, ich würde wirklich mein Blut mit ihm teilen. Auch wenn ich das nicht verdient hätte – nicht, nachdem ich ihn verraten habe.« Er schluckte. »Und trotzdem hat er über mich gewacht. Bis zu seinem allerletzten Herzschlag.« Gil schien es nicht aufzufallen, dass ich nach seiner Hand tastete. »Ich frage mich nur«, fuhr er fort, »warum ich diese Welt überhaupt betreten konnte. Dass Nireya dazu bestimmt war, ein Kind mit Hawking zu bekommen ... Wieso sollte das Schicksal so etwas zulassen?«

Sachte drückte ich seine Hand. »Damit du uns alle heute retten konntest«, sagte ich ruhig.

Gils Augen weiteten sich. Er starrte auf unsere Hände – und erwiderte die Geste. Für einen Moment waren wir wieder sechzehn Jahre alt und die Welt ein besserer Ort.

Dann riss Gil seinen Blick von mir los und schaute aus einem der Fenster. »Das werden wir noch sehen«, gab er zu bedenken. »Wir sollten von hier verschwinden.«

»Du hast recht.« Ich kam auf die Füße. »Wir müssen die anderen finden!«

Verdutzt blickte Gil mich an. »Welche anderen?«

»Die Ta'ar«, erklärte ich. »Und Deema.«

Seine Brauen schossen in die Höhe. »Deema?« Irritiert schüttelte er den Kopf. »Mir ist nicht einmal aufgefallen, dass er nicht bei den anderen war ...«

»Er war bei uns«, erwiderte ich. »Und wir haben ihm einiges zu verdanken.«

»Weißt du denn, wo sie sind?«, fragte Gil.

Ich zögerte. »Vielleicht«, entgegnete ich. »Ich kenne den Weg zu unserem Unterschlupf. Ich hoffe, sie sind noch immer dort.« Eine leise Stimme in meinem Hinterkopf warnte mich davor, zu viel Hoffnung zu empfinden.

Gil nickte. »Lass es uns herausfinden.«

Als wir uns aus der Hütte schlichen, war es seltsam ruhig geworden. Die Schüsse ertönten noch immer in der Ferne – doch um den Palast herum war es totenstill.

»Mach dir keine Sorgen um sie«, erriet Gil meine Gedanken. »Den Seelentieren geht es gut. Ihren Wirten ebenso.«

Gil war derjenige, der uns aus dem Palastgebiet brachte – dann übernahm ich die Führung. Die Hauptstraße war inzwischen wie leergefegt – wenn es nicht der Angriff der Ta'ar war, der die Menschen von hier vertrieben hatte, musste es Gils Attentat auf Hawking gewesen sein.

Wir kamen schneller voran als gedacht. Ließen erst die Hauptstraße hinter uns, dann die Gasse, die geradewegs zu Umuts Zuhause führte …

Ich blieb so abrupt stehen, dass Gil beinahe gegen meinen Rücken stieß. »Was ist los?«, fragte er gereizt.

Stumm hob ich den Arm und deutete auf die Tür des Hauses, die einen Spalt weit geöffnet war. Eine böse Vorahnung stieg in mir auf.

Gil versteifte sich. »Warte hier.« Mit diesen Worten trat er an mir vorbei.

»Nicht!«, zischte ich und wollte ihn am Arm zurückhalten. Auf den Gesichtsausdruck hin, den er mir schenkte, ließ ich hastig wieder von ihm ab.

»Kauna«, sagte er ruhig. »Ich bin mir sicher, Tigra wird mich beschützen. Aber du bist verwundbar. Also sollte ich vorgehen. In Ordnung?«

Ich schluckte. Nickte. Beobachtete Gil dabei, wie er sich verstohlen umsah, ehe er sich dem Eingang zu Umuts Haus näherte. Vor ihm angekommen, blieb er einen kurzen Moment stehen, um zu lauschen, wobei er vermutlich bis in den letzten Winkel des Gebäudes hineinhorchen konnte.

Dann stieß er die Tür auf. Lauschte. Machte ein paar Schritte hinein.

Und stoppte, den Blick auf etwas gerichtet, das mir von meiner Position aus verborgen blieb. »Kanntest du den Kerl?«

Mein Herz machte einen Satz.

Kenan.

Ich stürmte los, doch meine Beine fühlten sich schwer und träge an. Meine Sorge schien meinen Körper von der Hüfte abwärts einzufrieren. Nach einer schieren Ewigkeit schlüpfte ich endlich durch die Tür und kam neben Gil zum Stehen.

Eine Eiseskälte, wie ich sie noch nie zuvor gespürt hatte, kroch in mir hoch und ließ mich nicht mehr los.

Er lag auf dem Boden, die Gliedmaßen weit von sich gestreckt, neben seiner Hand eine Pistole. Um ihn herum eine Pfütze aus dunkelrot glänzendem Blut. Ich entdeckte drei Einschusslöcher in seiner Kleidung. Ein weiteres in seiner Stirn.

Es war Umut.

»Ja«, krächzte ich. »Er war ... ein Freund.« Mein Herz schlug mir bis zum Hals. Wenn Umut tot war, dann –

»Deema!«, rief ich, so laut ich konnte. Ich riss mich von Umut los und lief die Treppe hinauf. »Kenan!«

Oben angekommen, waren alle Türen weit geöffnet. Ich begegnete keiner Menschenseele. Die Ta'ar und Deema waren verschwunden.

Alles, was ich fand, waren mein Köcher und mein Bogen, die unberührt im Schlafzimmer lagen. Ich schulterte sie und begab mich nach unten.

Gil kehrte gerade aus einem anliegenden Raum zurück. Als sein Blick meinem begegnete, schüttelte er den Kopf. »Er ist der Einzige.«

Das erleichterte mich kein bisschen. Dass sie es geschafft hatten zu entkommen, bedeutete noch lange nicht, dass sie wohlauf waren. Und ich hatte keine Ahnung, wie ich sie in dieser großen Stadt je finden sollte.

Ich ging neben Umut auf die Knie und schloss seine Augen, so wie Malik Yagmurs Augen geschlossen hatte. Plötzlich fragte ich mich, wie viele Opfer der Krieg noch fordern würde. »Warum hören sie nicht auf?« Meine Kehle fühlte sich an wie zugeschnürt, sodass es mir schwerfiel zu sprechen. »Hawking ist tot. Es gibt nichts mehr, wofür sie kämpfen könnten.«

»Natürlich gibt es das«, erwiderte Gil, während ich mich aufrichtete. »Ihr Leben.« Kurzerhand legte er zwei Finger auf meine Stirn – auf meinen Seelenstein.

Plötzlich stand ich nicht mehr neben ihm in Umuts Haus. Sondern im Fluss der Seelen – und gleichzeitig in einem anderen Teil Alanyas. Genauer gesagt: über Alanya.

Mit weit gespreizten Flügeln glitt ich durch die Luft, zurück zu meinem Wirt, der auf mich wartete.

Erst nach einigen Sekunden wurde mir klar, durch wessen Augen ich sehen konnte: durch die von Nasra. Gil konnte so eine starke Verbindung zu Lu-Vaia herstellen, weil ihre Seelentiere sich nahestanden.

Die Umgebung veränderte sich. Es überraschte mich, wie leicht Gil von einer Welt in die andere gleiten konnte. Und wie er mich dabei mit sich nehmen konnte.

Jetzt lief ich auf vier Pfoten, machte einen Satz nach vorn und warf meinen wuchtigen Körper auf einen Menschen. Ein Schuss löste sich aus seiner Waffe, streifte mich jedoch nicht einmal. Ich begrub ihn unter mir und schlug meine Zähne in seine Kehle.

Fangrah, der Wolf – ein weiteres Seelentier.

Gils Hand verschwand von meiner Stirn, und ich erwachte. »Sie kämpfen«, flüsterte ich. »Gegen die Unnen.«

»Sie wollen Rache«, stimmte Gil mir zu. »Und das in einem größeren Ausmaß, als ich erwartet hatte.«

»Nasra ist vom Palast fortgeflogen. Das bedeutet, sie haben jeden, der auf Enoba geschossen hat -«

»Schon getötet«, sagte er nüchtern. »Aber offenbar reicht ihnen das nicht.«

Meine Knie wurden weich. »Das darf doch nicht wahr sein«, hauchte ich. Obwohl Hawking tot war, war es noch nicht vorbei. Die Unnen besaßen nicht länger die Oberhand

– sie waren die Gejagten. Aber wer waren sie schon? Soldaten. Handlanger. Werkzeuge.

Söhne. Väter. Brüder. Menschen, die für ihr Land hatten einstehen wollen. Hatten sie es alle verdient zu sterben? Abgeschlachtet zu werden wie Vieh?

Der Krieg war noch nicht vorbei. Vielleicht würde er das nie sein. Das Blutvergießen nie aufhören.

Meine Beine gaben unter mir nach.

Gil packte mich, ehe ich fallen konnte. »Alles in Ordnung?« Besorgnis zierte seine Stimme.

Für einen Moment hing ich kraftlos in seinem Griff. »Wir müssen irgendetwas unternehmen.« Als ich meinen Stand festigte, hielt Gil mich noch immer fest, als wollte er sichergehen, dass ich nicht abermals zusammenbrach. »Wir müssen sie aufhalten. Bevor noch mehr Leute sterben!«

»Ich glaube nicht«, erwiderte Gil, »dass ich der richtige Ansprechpartner dafür bin.« Er wandte den Blick ab. »Alles, was ich bewirken kann, ist, dass die Crae *mich* töten.«

»Das werden sie nicht«, entgegnete ich selbstsicherer, als ich mich fühlte. »Nicht nach dem, was du für sie getan hast.«

Gil schnaubte. »Wenn du das glaubst, bist du wirklich zu lange unter Ta'ar gewesen.«

Ich presste die Kiefer aufeinander. »*Ich* habe noch nicht versucht, dich umzubringen, oder?«

»Nein.« Gil verschränkte die Arme. »Du hast mich gerettet – und ich verstehe immer noch nicht, warum.«

»Gil –«

»Als ich Hawking getötet habe«, unterbrach er mich, »war ich *bereit zu sterben*, Kauna.« Seine Miene verfinsterte sich. »Du hast mir das genommen. Wenn mich die Crae nicht sofort töten, werden sie mich hinrichten. So wie meine Mutter.« Seine Worte versetzten mir mehr als nur einen Stich. Er verengte die Augen und redete immer weiter. »Du hast den Zeitpunkt nur aufgeschoben. Glaubst du wirklich, du hättest mir damit geholfen? Du -«

Ich ballte die Hände zu Fäusten. »Reiß dich zusammen!«

Gil zuckte zurück – mein Ausbruch überraschte ihn genauso sehr wie mich selbst.

»Ich habe dir eine Chance gegeben«, fuhr ich mit fester Stimme fort. »Und ich werde dafür sorgen, dass du sie nutzt. Wir werden jetzt da raus gehen und meine Freunde finden. Und wir werden die Crae, die Ta'ar und die Unnen davon abhalten, noch mehr Blut zu vergießen, als ohnehin schon geflossen ist!«

Ungläubig schüttelte Gil den Kopf. »Und wie in aller Welt sollen wir das anstellen?«

»Das sehen wir, wenn es so weit ist«, gab ich zurück. Gil hob eine Braue, und ich schenkte ihm ein Lächeln. Ich hob meine Hand, sodass ihre Fläche in seine Richtung zeigte. »Vertrau mir.«

Meine ehemalige andere Hälfte starrte sie an. Dann tat er es mir gleich – langsam, zögerlich verschränkten sich seine Finger mit meinen. Für einen Moment waren wir wieder zwanzig, und das Zeichen für Vertrauen verband unsere Hände, unsere Seelen. »Dann lass uns gehen.«

Ich sah zur Tür. »Umut wollte Malik und die anderen zum Lager des Ta'ar-Heers bringen. Aber wenn er immer noch hier ist, haben es die anderen vielleicht nicht so weit geschafft. Sie könnten überall sein.«

»Wir müssen auf der Hut sein«, bemerkte Gil. »Es gibt so gut wie niemanden, der uns nicht bei Sichtkontakt töten würde.«

»Richtig.« Ich nahm meinen Bogen in die Hand und legte einen der wenigen Pfeile an, die mir noch geblieben waren.

Gil schnaubte. »Was glaubst du, was du da machst?«, fragte er irritiert.

Ich blinzelte verwirrt. »Ich … bereite mich auf das Schlimmste vor.«

»Hast du im Palast nicht aufgepasst?«, fragte er scharf. »Nicht auf die Kleidung der Soldaten geachtet? Sie tragen Hemden aus Ketten. Eine Pfeilspitze wird ihnen keinen Schaden zufügen.«

»Tragen sie ihre Hemden auch auf dem Kopf?«, erwiderte ich schnippisch.

Gil stutzte. »Nein, aber -«

»Siehst du?« Ich blickte zurück zu Umuts leblosem Körper. »Und wenn das nicht ausreicht …« Vorsichtig, um seine Hülle nicht zu entehren, indem ich gegen sie stieß, trat ich zu ihm und hob die Pistole vom Boden auf, die seiner Hand entglitten war. »… haben wir immer noch das hier.«

»Hast du überhaupt eine Ahnung, wie man so etwas einsetzt?«

Zögerlich schüttelte ich den Kopf. »Du?«

Der Crae musterte die Waffe argwöhnisch. »Nicht die geringste.«

Ich zuckte die Achseln. »So schwer kann es nicht sein.« Plötzlich kam mir ein Gedanke. »Gil«, sagte ich. »Kannst du Deema aufspüren? Am Fluss der Seelen?«

Gil runzelte die Stirn. »Ich will es nicht herausfinden müssen.«

»Ich würde es selbst tun«, beharrte ich, »aber bis ich zum Fluss der Seelen gelange, könnte es vielleicht zu spät sein.« Eindringlich starrte ich ihn an. »Für dich ist das doch ein Kinderspiel.«

Das Widerstreben stand Gil ins Gesicht geschrieben. »Ich weiß nicht, ob *irgendjemand* ihn dort finden kann. Schließlich wurde er nicht einmal von seinem Seelentier erwählt. Seine Macht am Fluss der Seelen kann nicht allzu groß sein.«

Wenn er wüsste, wie sehr er sich irrt. »Nun«, erwiderte ich gedehnt. »Vielleicht erleben wir ja noch eine Überraschung … Gil?«, fragte ich verdutzt.

Ein abwesender Ausdruck war in seine Miene getreten. Erst jetzt fiel mir auf, dass ich noch nie Zeugin davon geworden war, wie er den Fluss der Seelen betreten hatte. So sah es also bei ihm aus. Er musste dafür nicht einmal die Lider senken.

»Auch wenn ich das überhaupt nicht will«, brach er die Stille zwischen uns. »Ich kann ihn spüren.«

Mein Herz machte einen Satz. »Wirklich? Wo ist er?«

Gil zog die Brauen zusammen. »Das … macht keinen Sinn.«

Ich stockte. »Was?«

Langsam schüttelte er den Kopf. »Nein. Ich irre mich nicht. Er kann mich nicht hören, deshalb kann ich ihn nicht selbst fragen. Aber ich sehe, was er sieht. Und …« Er machte eine Pause, als wollte er sich vergewissern, dass er die Zeichen richtig deutete. »Wenn ich mich nicht irre«, fügte er dann zögerlich hinzu, »läuft er geradewegs auf den Palast zu.«

»Den Palast?«, wiederholte ich verblüfft. Aber dann verstand ich. Mir wurde heiß und kalt zugleich. »Wegen mir. Er will wegen mir dorthin!«

Deema! Ich habe dir doch gesagt, du sollst bei den anderen bleiben!

»Wo ist er?« Ich schulterte meinen Bogen und steckte den Pfeil zurück an seinen Platz.

Gil blinzelte und war wieder bei mir. Er deutete in Richtung der Eingangstür. »Auf der Hauptstraße.«

»Beeilen wir uns.« Ich riss Gil an seinem Arm hinter mir her. Wir zwängten uns zwischen den Mauern zweier Häuser hindurch und landeten erneut auf der wohl breitesten Straße Alanyas.

Mein Blick zuckte nach rechts, nach links –

Und da war er – auf der menschenleeren Straße so nah und doch so weit entfernt.

»Deema!«, rief ich. Mir war, als würden die Hauswände das Echo meiner Stimme zurückwerfen. Während ich auf ihn zu lief, bemerkte ich, dass Gil nicht mit mir Schritt hielt. Natürlich nicht.

Deema fuhr herum. Seine Augen weiteten sich, als er mich erkannte. »Kauna!?« Eine Mischung aus Schreck, Verwirrung und Erleichterung stand ihm ins Gesicht geschrieben.

Ich fiel ihm um den Hals – das Ende der Waffe von ihm abgewandt –, und seine Arme schlossen sich um mich. »I-Ich«, stammelte er, »wollte dich doch gerade retten kommen.«

Ein leises Kichern schlüpfte aus meiner Kehle. »Tut mir leid. Nicht nötig!«

»Aber wie hast du -« Er atmete scharf ein. »Pass auf!«

Abrupt schob er mich hinter sich. »Keinen Schritt weiter!«, brüllte er und streckte eine Faust in Gils Richtung aus – eine Faust, die lichterloh brannte.

Gil, noch ein gutes Stück von uns entfernt, blieb stehen. »Das ist neu«, quittierte er Deemas Fähigkeit nüchtern.

»Deema.« Ich berührte ihn sanft am Arm. »Es ist in Ordnung. Er wird uns nichts tun.«

»Ich werde *dir* nichts tun«, entgegnete Gil. »Von dem Kerl war nie die Rede.«

»Gil!«, zischte ich.

»Ein Namenloser wie du«, spuckte Deema aus, »kann mir nichts mehr anhaben.«

»Hört auf.« Entschieden stellte ich mich zwischen sie. »Wir haben es geschafft, Deema. Hawking ist tot – und zwar nur dank ihm!«

Deema blinzelte. »Der Mistkerl ist … tot? Das heißt, die anderen sind frei? Es ist vorbei?« Seine angespannte Miene wich einem Strahlen. »Das ist ja großartig! Das ist einfach nur -« Er stutzte. »Aber … wenn es vorbei ist, warum kämpfen die da draußen dann noch?«

Ich zögerte. »Die Unnen haben Enoba getötet«, erklärte ich schließlich.

Die Verwirrung in Deemas Miene wurde umso größer. »Nein«, entgegnete er. »Sie haben ihn doch in der Siedlung zurückgelassen, erinnerst du dich? Für mich sah er da noch … na ja, vielleicht nicht *quick*lebendig aus, aber – du weißt schon!«

»Ist eine lange Geschichte«, erwiderte ich. »Wir erzählen sie dir auf dem Weg.«

»Wir?«, wiederholte Deema abfällig. Die Narbe in seiner Stirn war noch immer von einem dunklen Rot. Bald würde sie der von Gil gleichen wie ein Ei dem anderen. »Ist der Unn jetzt Teil der Gruppe, oder was?«

»Er ist einer von uns!«, beharrte ich.

Er schnaubte. »Nur weil er deine andere Hälfte ist –« Er unterbrach sich selbst, fixierte etwas über meinen Augen, und seine Gesichtszüge entgleisten. »Was ist mit deinen Haaren passiert?«, fragte er tonlos. Sein Blick wanderte von mir zu Gil. »Ich hoffe für dich, dass sie das selbst getan hat!«, schleuderte er ihm entgegen.

»Das spielt jetzt überhaupt keine Rolle!« Mein Ton war schon fast flehentlich. »Wir müssen Malik und die anderen finden.«

Deema rang mit sich. »Du hast recht«, lenkte er ein. »Ich weiß, wo sie sind.« Er kratzte sich am Kopf. »Oder zumindest, wo sie vor einer halben Stunde gewesen sind.«

»Dann sollten wir keine Zeit verlieren!«, drängte ich ihn. »Wo geht's lang?«

Als wir uns in Gils Richtung bewegten, beschrieb Deema einen großen Bogen um ihn. Ich seufzte innerlich. Ich konnte verstehen, dass er misstrauisch war. Schließlich hatte er nicht dasselbe gesehen, gehört und erlebt wie ich in der letzten Stunde.

»Er hat auf dich geschossen, Kauna!«, raunte Deema mir zu und warf einen verstohlenen Blick über die Schulter. »Warum lässt du ihn hinter dir her laufen wie einen räudigen Köter?«

»Weil er uns allen das Leben gerettet hat«, erwiderte ich leise. »Er hat seinen eigenen Vater getötet.«

Seine Augen weiteten sich. »Warte … was?« Seine Lippen bewegten sich weiter, doch er brauchte mehrere Anläufe, um seine Stimme wieder nach draußen dringen zu lassen. »*Er* hat das getan? Aber … warum?«

»Vielleicht solltest du ihn das selbst fragen.«

Für eine Sekunde schien Deema tatsächlich darüber nachzudenken. »Nur über meine Leiche«, wehrte er dann ab.

Wir bahnten uns einen Weg durch die Straßen. Deema wirkte seltsam entspannt. »Die meisten kämpfen vor den Stadtmauern«, erklärte er. »Solange sie dort bleiben, sind wir hier sicher.«

Ich hoffte, dass er damit recht behielt – nicht selten sah ich eine Silhouette hinter einem Fenster. Einen Kopf, der sich zwischen Vorhänge schob. Augen, die verängstigt nach draußen blickten. Die Einwohner – Unnen wie Ta'ar – hatten sich in ihren Häusern verschanzt, hoffend, dass sich die Gewalt, die vor ihren Pforten tobte, nicht bis zu ihnen durchkämpfen würde.

»Wir haben Umut gefunden«, erzählte ich. »Was ist passiert?«

»Die Unnen sind passiert«, brummte Deema. »Letzte Nacht. Sie scheinen Wind davon bekommen zu haben, dass Umut uns in die Stadt geschmuggelt hat. Er hat uns durch einen Hinterausgang rausgeschickt, bevor sie seine Tür eintreten konnten. Geht es ihm gut?«

Ich zögerte.

»Wenn Totsein dazuzählt, geht es ihm hervorragend«, ertönte Gils Stimme auf meiner anderen Seite. Er hatte die Distanz zu uns überbrückt.

Deema zog eine Schnute. »Wer hat dich -« Erst dann schien er die Bedeutung von Gils Worten zu begreifen. »Oh.«

»Was ist danach geschehen?«, fragte ich. »Wo wart ihr, als der Krieg ausgebrochen ist?«

Deema blinzelte. »Na, im Stützpunkt der Ta'ar. Umut hat uns den Weg eingebläut, damit wir ihn auch ohne seine Hilfe finden können. Muss wohl geahnt haben, dass so etwas passiert.«

»Natürlich hat er das«, murmelte ich. Schließlich hatte er auch seine Familie fortgeschickt. Er hatte alle nötigen Vorkehrungen getroffen. »Das bedeutet, die anderen befinden sich an diesem Stützpunkt.« Eine Woge aus Erleichterung schlug über mir zusammen. Sie waren in Sicherheit. Malik war in Sicherheit. Kenan war in Sicherheit.

»Äh.«

Dieser eine, winzig kleine Laut schaffte es, meine Zuversicht in tausende Scherben zu zerschlagen. »Was?«

»Nun, wir *waren* alle dort, aber ... bei Tagesanbruch sind wir mit den Kriegern in die Schlacht gezogen.«

Ich stoppte umgehend. »Ihr seid *was*!?«, stieß ich hervor.

»Malik sagte so was wie *Ich für Königreich sterben*.« Deema schaffte es trotz seines schlechten Ta'ar erstaunlich gut, den Sohn des Königs zu imitieren. »Ilay und Amar haben ihn das nicht allein tun lassen. Kenan hat sich angeschlossen – obwohl ich nicht weiß, ob es daran lag, dass er Malik beschützen oder einfach nur Unnen töten wollte.« Er warf Gil einen scharfen Blick zu. »Und ich ...« Er zuckte die Achseln. »Ich wollte nicht der einzige Mann sein, der zurückbleibt.«

»Das bedeutet …« Meine Stimme brach. »Sie sind alle … irgendwo da draußen?«

Deema nickte, und mein Herz sackte bis in meine Knie. »Mach dir keinen Kopf!«, versuchte er, mich aufzumuntern. »Ihnen geht's bestimmt prima!«

Seine Worte prallten an mir ab. Meine Sorge um die Ta'ar wuchs mit jeder Sekunde. Ich wünschte, ich könnte auch sie am Fluss der Seelen erreichen. Aber Menschen darin zu finden, war fast genauso schwierig wie Tote zu kontaktieren – um nicht zu sagen unmöglich.

Allmählich begann nicht nur das Geräusch der Schüsse, sondern auch ihr stickiger Geruch die Luft um uns herum zu erfüllen. Wir kamen dem Gefecht immer näher, und doch waren wir nach wie vor die einzigen Lebewesen weit und breit.

Ich musterte Deema von der Seite. Obwohl er sich mit den anderen an die Front begeben hatte, hatte er keinen Kratzer abbekommen. Ich ahnte, dass es dem Feind nicht annähernd so gut ergangen war. Als er Gil gesehen hatte, hatte Deema das Feuer innerhalb eines Wimpernschlags beschworen. Und zwar genau dort, wo er es haben wollte. Er schien es unter Kontrolle zu haben. Und das machte ihn zum mächtigsten Crae, den ich kannte.

Ich war froh, dass Deema und Gil ihren Zwist nicht an Ort und Stelle austrugen. Denn auf einmal war ich mir nicht mehr sicher, wie ein ernsthafter Kampf zwischen den beiden ausgehen würde. Natürlich, Gil hatte Tigra an seiner Seite. Aber wäre sie – oder irgendein anderes Seelentier – dem Feuer gewachsen? Der Kraft, die in der Lage war, ganze Wälder und Städte auszulöschen?

»Hier irgendwo müsste es sein«, murmelte Deema.

»Hier?«, fragte ich verblüfft. »Hattest du nicht von Stadtmauern gesprochen?« Soweit ich sah, befanden wir uns inmitten eines Wohngebiets.

»Am Anfang«, erwiderte Deema. »Als die Crae ins Spiel gekommen sind, hat sich alles etwas … verschoben.«

Ich stellte mir vor, wie Soldaten in alle Richtungen flüchteten, um den Angriffen der Seelentiere zu entgehen. Ich schluckte. Der Feind konnte also überall lauern. Ich starrte die Pistole in meiner Hand an. Ich hatte es nicht gewagt, sie an den Riemen meines Köchers zu binden, aus Angst, aus Versehen einen Schuss auf mich selbst abzufeuern. Und vielleicht würde ich sie ohnehin bald brauchen.

Hektisch winkend bedeutete uns Deema, ihm zu folgen. Er presste sich mit dem Rücken gegen die nächstgelegene Hauswand, und wir taten es ihm gleich. Ein lauter Knall ertönte, und ich zuckte zusammen. Wer auch immer geschossen hatte – er war in unserer unmittelbaren Nähe.

Ich rückte bis an den Rand der Mauer und warf einen kurzen Blick um die Ecke.

Und entdeckte Kenan.

Mein Herz machte einen Satz. Er rang mit einem Soldaten, der die Rüstung der Unnen trug. In seiner Hand erkannte ich einen Revolver, aus dessen Lauf eine dünne Rauchschwade in den Himmel stieg. Der Unn hielt sein Handgelenk fest umklammert, wollte mit aller Kraft verhindern, dass Kenan die Waffe erneut auf ihn richtete. In seiner eigenen Hand, die wiederum Kenan von sich fortdrückte, befand sich ein langer Säbel.

Die Miene des Haiduken war verzerrt vor Schmerz – seine Wunde machte ihm immer noch zu schaffen.

Ich fluchte innerlich und fischte einen Pfeil aus meinem Köcher.

»Kauna«, zischte Gil. »Das wird nicht klappen.«

Auf einmal verstand ich, was Gil mir schon in Umuts Haus hatte sagen wollen.

Der Torso des Soldaten wurde durch sein Hemd geschützt. Doch auch sein Kopf war bedeckt – von einem eisernen Helm. Gil hatte recht – ein einfacher Pfeil würde nicht bis zu seinem Kopf dringen können.

»Deema«, flüsterte ich und hielt ihm meine Ausrüstung hin. »Könntest du …?«

Anstelle einer Antwort nahm Deema mir die Pistole aus der Hand. Dann legte er Daumen und Zeigefinger an meine Pfeilspitze. Als er die Hand zurückzog, loderte dort eine Flamme.

Ich blinzelte – ich hatte genau das Gegenteil von ihm gewollt. Aber vielleicht klappte es auch so …

»Kauna -«, warnte Gil mich, doch ich hörte nicht auf ihn.

Ich sprang aus dem Schutz der Mauer hervor und richtete meinen Pfeil auf sie. »Hey!«, rief ich so laut, dass man es vermutlich nicht nur in dieser Straße vernehmen konnte.

Die Kämpfenden rissen die Köpfe herum – und der Unn offenbarte mir sein unbedecktes Gesicht.

Meine Hände, mein Geist, meine Seele, wurden eins mit meinem Bogen, mit meinem Pfeil, vielleicht sogar mit dem Feuer, das an dessen Ende loderte. Ich zielte nicht. Mein Geschoss fand den Ort, der ihm bestimmt war, von selbst.

Die Pfeilspitze blieb im Helm des Mannes stecken – auf seiner Rückseite. Nachdem er sich durch sein Auge in seinen Schädel gebohrt hatte.

Seine Lippen teilten sich, doch kein Ton drang daraus hervor. Abrupt ließ Kenan von dem Unn ab, als dieser zu Boden sackte. Ein tiefes Grauen erfüllte mich, noch ehe er auf dem Grund aufschlug. Ich hatte ein Leben genommen. Schon wieder. Wann würde dieses sinnlose, grausame Töten endlich enden?

In diesem Moment drehte Kenan den Kopf, und auf einmal gab es nur noch ihn.

Ich konnte nicht anders als zu lächeln. »Diesmal habe ich *dich* gefunden.«

Ein breites Grinsen erhellte sein Gesicht. Er ließ seine Waffe fallen und lief auf mich zu. »Ich wusste, du würdest es schaffen!«

Ich legte meine Hände auf seine Schultern und musterte ihn von oben bis unten. »Geht es dir gut?«

»Mir geht es blen-« Er unterbrach sich selbst. »Wer ist das?«

Ich drehte den Kopf und sah, wie Deema und Gil auf die Straße traten. Mein Magen krampfte sich zusammen. »Kenan«, sagte ich. »Das ist Gil. Mein …« Ich stockte.

»Wir sollten Deckung suchen«, unterbrach Gil mich ohne Reue. »Wo ein Soldat ist, sind die anderen nicht weit.«

Kenan runzelte die Stirn, und plötzlich begriff ich, was das Problem war. Gil verstand kaum Ta'ar – und Kenan kein Crayon. »Wo sind die anderen?«, fragte ich.

»Nicht mehr hier«, antwortete er. »Wir mussten uns trennen, als uns eine dieser Bestien angefallen hat. Nichts für ungut«, fügte er hinzu. Er runzelte die Stirn. Langsam hob er eine Hand und strich damit über meine Haare – oder über das, was noch von ihnen geblieben war. »Was ist denn – hey!«, rief er plötzlich aus. »Halt das Ding nicht in meine Richtung!«

»T-Tut mir leid!«, erwiderte Deema überrascht und senkte meinen Revolver.

»Weißt du überhaupt, wie man damit umgeht?« Kenan schritt auf ihn zu und nahm ihm die Waffe aus der Hand.

Der Crae hob zum Protest an, doch der Haiduk schnitt ihm das Wort ab. »Das Teil kann man nicht sichern, klar? Das bedeutet, wenn du abdrückst, schießt du. Ohne Ausnahme. Er deutete auf einen Teil des Revolvers. »Das ist der Abzug. Du musst nur zielen – und feuern. Du hast damit noch« – etwas klickte – »vier Schuss. Nutze sie weise.« Mit diesen Worten gab er die Waffe dem verdatterten Deema zurück.

Als er sich wieder zu mir umwandte, erwärmte sein Anblick mein Herz. Das Bild des Kenans, der mir im Gewölbe von Gunes Kalesi nachsah, verblasste in meiner Erinnerung und ließ mich mit dem Menschen zurück, der er geworden war. »Also«, fuhr er fort. Er musterte Gil nur kurz. »Was ist passiert? Es sieht nicht so aus, als hätte Hawking einem Waffenstillstand zugestimmt.« Er hob seine eigene Pistole vom Boden auf. Abermals klickte es, als er einen Teil davon öffnete, einen prüfenden Blick hineinwarf und wieder schloss.

»Hat er nicht«, erwiderte ich. »Er ist tot.«

Erstaunt blickte Kenan mich an. »Ernsthaft?« Plötzlich entgleisten ihm die Gesichtszüge. Er stieß einen Fluch aus, den ich noch nie zuvor gehört hatte und auch nie wieder hören wollte.

»Was ist los?«, fragte ich verblüfft – ich hatte geglaubt, Kenan würde diese Nachricht deutlich besser aufnehmen.

»Wenn Hawking tot ist«, erklärte er angespannt, »gibt es nur noch Malik. Er ist der letzte mögliche Thronfolger. Er muss sofort in Sicherheit gebracht werden – sonst war das alles hier umsonst!«

Während er sprach, fiel es mir wie Schuppen von den Augen. »Wo ist er?«, fragte ich tonlos.

Kenan drehte sich um und schaute in die dem Palast entgegengesetzte Richtung. »Gerade eben könnte er überall sein.«

Mein Herz schlug mir bis zum Hals. Seite an Seite bewegten wir uns durch die Straßen, die Rücken gegen Hauswände gepresst und Abkürzungen durch leer stehende Häuser nehmend. Wann immer ein lauter Knall in unserer Nähe ertönte, zuckte ich zusammen. Das war er also – der Krieg.

»Wie sollen wir Malik und die anderen nur finden?«, fragte ich. Ich konnte hören, dass wir uns dem Kern des Gefechts immer weiter näherten, und wünschte, wir würden den entgegengesetzten Weg einschlagen.

»Man erkennt ihn daran«, raunte Kenan, »dass er ständig von einem Dutzend Ta'ar flankiert wird. Abgesehen davon« – er zuckte die Achseln – »wird es schwierig.« Er nahm Gil ins Visier, der aus irgendeinem Grund die Führung übernommen hatte. Ich befürchtete, dass er darauf abzielte, sein Leben im Kampf zu verlieren, noch ehe er vor das Gericht der Crae gestellt werden konnte.

Mir war nicht entgangen, dass Kenan ihn die ganze Zeit zu beobachten schien. Es überraschte mich nicht – er hatte mehr als genug Gründe dafür. »Ist das der Kerl, der dich töten wollte?«, fragte er leise, obwohl Gil ihn ohnehin nicht verstehen konnte.

Ich nickte stumm. Unbehagen stieg in mir auf – so wie jedes Mal, wenn jemand den Pfeil erwähnte, der sich in mein Bein gebohrt hatte. »Er hat sich verändert«, erklärte ich, bevor er nachhaken konnte. »Er ist jetzt auf unserer Seite.« Zumindest hoffte ich das. Schließlich bedeutete Hawkings Tod noch lange nicht, dass er die Ta'ar unterstützte. *Womöglich weiß er gerade selbst nicht so genau, was er denken oder tun soll.*

In den letzten Stunden war alles so schnell passiert. Sein Vater war gekrönt worden – dann hatte er ihn ermordet. Er wäre beinahe erschossen worden. Enoba hatte sich für ihn geopfert. Wir waren geflohen und jetzt auf der Suche nach dem Mann, den Gil vor nicht allzu langer Zeit eigenhändig hatte umbringen wollen.

Ich konnte mir nicht vorstellen, wie sich Gil gerade fühlen musste, und wünschte, ich könnte ihm ein Stück der Last abnehmen, die er in diesen Sekunden auf seinen Schultern trug.

Auf einmal wurde mir klar, dass sich etwas verändert hatte. So wie die Wunde, die Tigras Krallen auf Hanas und meiner Haut hinterlassen hatte, war meine Wut, meine Enttäuschung gegenüber Gil verblasst.

»Kauna?«, riss mich Kenan aus meinen Gedanken.

Ich blinzelte, als er meinen Namen aussprach. Etwas war anders. Noch nie zuvor hatte der Ta'ar ihn richtig betont – bis heute. »Woher kannst du das?«

Kenan brauchte einen Moment, bis er verstand, was ich meinte. Auf einmal grinste er. »Deemas Unterricht gestern hat also wirklich etwas gebracht.«

»Unterricht?«, wiederholte ich ungläubig.

»*Fluss der Seelen*«, sagte er plötzlich in einem brüchigen, aber verständlichen Crayon.

Ich konnte nicht anders, als zu lächeln. »Das ist –«

Gil blieb abrupt stehen. »Sie sind nahe.«

Ich versteifte mich. »Was sollen wir tun?«, wandte ich mich an Kenan. »Wir werden Malik nie finden, indem wir uns durch die Soldaten kämpfen.«

Der Haiduk legte die Stirn in Falten. »Das werden wir aber nicht verhindern können. Außer ... kannst du dasselbe machen wie in Istar? Über die Dächer springen? Die Front von oben auskundschaften?«

Ich ließ den Blick über die Umgebung schweifen. Wir waren am Rand der Stadt angekommen. Die Gebäude lichteten sich, gewannen immer mehr Abstand zueinander. Unter anderen Umständen hätte ich mich über sie hinweg bewegen können, allerdings ... »Nicht ohne Hana.«

»Verstehe.« Er dachte kurz nach. »Machen wir's so: Ich laufe vor. Wenn die Luft rein ist, gebe ich euch ein Zeichen.«

»Aber –«

Natürlich hörte Kenan nicht auf mich. Er löste sich von der Wand, um uns zu überholen. Am Rand der Mauer angekommen, hielt er kurz an, horchte.

Dann sprintete er blindlings über die Straße.

Mein Herz setzte einen Schlag aus. Doch ehe ich mich versah, hatte Kenan sich in den Schutz des nächsten Gebäudes geflüchtet. Er drehte den Kopf und reckte einen Daumen nach oben.

Gil blickte schnell um die Ecke, dann bedeutete auch er uns, dass die Luft rein war.

Als wir auf die offene Straße traten, sahen wir sie. Etwa zwanzig Krieger beider Länder fielen übereinander her. Die wenigsten von ihnen hielten Schusswaffen in der Hand – vermutlich hatten sie keine Munition mehr übrig. Stattdessen schlugen sie mit ihren Gewehren um sich oder schwangen alle erdenklichen Arten von Klingen, die im Licht der Mittagssonne rot glänzten. Die Unnen waren in schwere Uniformen gekleidet. Die Ta'ar hingegen trugen nichts als ihre gewöhnliche Tracht am Leib. Sie waren keine Soldaten, sondern Bauern, Händler und Handwerker, die sich geschworen hatten, ihr Land mit ihrem Leben zu verteidigen.

Sie befanden sich ein großes Stück weit von uns entfernt und waren so sehr mit sich selbst beschäftigt, dass sie uns gar nicht wahrnahmen, als wir zu Kenan liefen. Doch ich ahnte, dass nicht jeder Block so einfach zu überqueren sein würde.

Unser Plan ging noch zweimal auf. Wir kamen nicht dazu, ihn ein drittes Mal zu erproben.

Kenan musste eine Vorahnung gehabt haben. Noch bevor er an der äußersten Kante der Mauer angekommen war, nahm er seinen Revolver in beide Hände.

Gil, der unmöglich bis zur nächsten Straße sehen konnte, fluchte. Plötzlich drangen laute Schreie an unsere Ohren, begleitet von einem Trampeln, das von Dutzenden Männern stammen musste. Männern, die dem Geräusch nach geradewegs auf uns zu kamen.

»Zurück!«, zischte ich, doch es war zu spät.

Es war, als prallten zwei Wellen aus Menschen direkt aufeinander und explodierten in einer Mischung aus Schmerz, Leid und Blut.

Kenan sprang zurück, riss seinen Revolver nach oben und feuerte mehrere Schüsse in Richtung der Kämpfenden. Doch mit jedem Herzschlag verschmolzen die Soldaten weiter miteinander zu einem Gewirr, das sich so schnell bewegte, dass ich es nicht gewagt hätte, einen Pfeil in die Menge zu schießen – zu groß war das Risiko, dass er einen Freund anstelle eines Feindes traf.

Dennoch nahm ich eines meiner Geschosse aus meinem Köcher und legte es an meinen Bogen. Blitzschnell suchte ich die Kämpfenden – die Ta'ar – mit den Augen ab, auf der verzweifelten Suche nach dem Sohn des Königs, der vielleicht oder vielleicht auch nicht unter ihnen war.

»Rückzug!«, schrie Kenan über die Schulter.

In diesem Moment strömten mehr Unnen auf die Straße, als ich zählen konnte. Und sie entdeckten uns.

Die Männer riefen etwas. Es war nur ein Wort – eines, das jeder von uns verstehen konnte: »Crae!!!«

Das Blut gefror mir in den Adern. Ich riss den Bogen hoch und feuerte meinen Pfeil ab.

Er fand sein Ziel, doch wo der Getroffene zu Boden sackte, holte ein anderer auf und nahm seinen Platz in der Linie nahtlos ein.

Schüsse ertönten hinter mir. Ich spürte den Luftzug von Kenans und Deemas Geschossen, die an mir vorbeizogen.

Ein metallischer Laut drang an meine Ohren, ein Mann ging in die Knie. Doch es reichte nicht.

Dann hoben die Unnen ihre Gewehre.

Mir blieb keine Gelegenheit, nach einem weiteren Pfeil zu greifen.

»Zurück!«, rief Gil uns zu. Im nächsten Moment stürzte sich ein schneeweißer Gigant auf die Soldaten. Wen Tigra nicht kreischend unter sich begrub, den schlug sie mit ihren mächtigen Klauen nieder.

Die Unnen wichen zurück – aber sie waren nicht annähernd so verängstigt, wie ich gehofft hatte. Stattdessen richteten sie ihre Waffen neu aus – geradewegs auf Gils Seelentier. Ein Schwall aus Patronen schoss aus ihren Gewehren und schlug in Tigras Körper ein.

Die ersten Geschosse machten ihr nichts aus. Sie verschwanden in ihrem Fell, ohne ihr Schaden zuzufügen. Ohne sie daran zu hindern, einen Mann am Genick zu packen und mit voller Wucht gegen eine Gruppe anderer Soldaten zu werfen.

Doch nicht einmal Seelentiere waren auf Dauer unverwundbar.

Ich konnte sehen, wie sie schwächer wurde. Ihre Bewegungen langsamer. Ihre Angriffe kraftloser.

»Tigra!«, rief Gil. Panik schwang in seiner Stimme mit. In letzter Sekunde konnte ich ihn an der Schulter packen, ihn davon abhalten, dass er sich unbewaffnet ins Gefecht stürzte.

»Gil!«, warnte ich ihn. »Wir müssen weg!«

»Nein!« Heftig schüttelte er meine Hand ab. »Ich werde sie nicht zurücklassen!«

Die Hälfte der Männer lag am Boden. Der Rest von ihnen versuchte, Tigras Angriffen auszuweichen, und schoss weiterhin unaufhörlich auf sie ein.

Ihr wuchtiger Körper erbebte, sie zuckte mit jedem Einschuss zusammen.

Seelentiere hatten keine Verpflichtungen gegenüber ihren Wirten. Sie entschieden sich selbst, ob und wann sie uns unterstützten. Uns beschützten. Manche Crae wie Deema bekamen ihre Seelentiere nie auch nur zu Gesicht.

Aber Tigra war bereit, ihr Leben für Gil zu geben. Auch wenn das bedeutete, dass sie aufhören würde, in dieser Welt zu existieren. Für immer.

Entschieden legte ich einen Pfeil an. »Ich bin bei euch.«

Gil lief in Tigras Richtung, doch er kam nicht weit.

»Und ich erst!«, ertönte plötzlich eine Stimme neben mir.

Deema stürmte an mir vorbei, riss Gil an der Schulter zurück und rannte geradewegs auf die Soldaten zu.

Mir schwante, was er vorhatte.

Der Crae brüllte. Ehe er wie ein Feuerwerkskörper in die Menge einschlug, brachen die Flammen aus ihm heraus.

Eine heiße Druckwelle riss mich von den Füßen. Eine Sekunde lang war nichts als Luft um mich herum, dann schlug ich mit voller Wucht auf dem Boden auf.

Mein Hinterkopf prallte ungebremst auf den Grund. Schmerz zuckte durch meinen Körper. Doch als ein Knacken ertönte, wusste ich sofort, dass es nicht von mir stammte.

Benommen blickte ich an mir hinab. Ich hielt den Bogen, den ich vor vielen Jahren selbst geschnitzt hatte, noch immer fest umklammert – zumindest einen Teil davon.

Er war zerbrochen.

Schweren Herzens ließ ich von ihm ab, streifte meinen nun nutzlosen Köcher ab und richtete mich mühsam auf. Kenan lag mehrere Schritte hinter mir, Gil in derselben Entfernung vor mir. Um uns herum Unnen, Ta'ar, die meisten von ihnen bewusstlos oder Schlimmeres.

Deema war der Einzige, der noch stand – inmitten verkohlter Haut und geschmolzener Rüstung. Rauchschwaden stoben von seinem Körper in den Himmel. Er atmete schwer, und ich wusste nicht, ob er es aus Anstrengung tat oder wegen der Wut, die seine Kräfte lenkte.

Stöhnend richtete sich Gil auf.

Kenan blieb, wo er war. Er regte sich nicht.

Ein dicker Kloß bildete sich in meinem Hals. »Kenan?«

Seine Augen waren geschlossen.

»K-Kenan?« Offenbar waren Crae Deemas Angriffen gegenüber weniger empfindlich als Menschen. Die Explosion musste dem Haiduken genauso zugesetzt haben wie den Kriegern.

So schnell mein benommener Verstand es zuließ, robbte ich zu ihm hinüber, legte zwei Finger unter seine Nase …

Er atmete.

Die Erleichterung schlug mich beinahe nieder. Sanft klopfte ich mit der Hand auf Kenans Wange. »Wach auf.«

Als ich über die Schulter blickte, sah ich, dass Gil schon wieder auf den Beinen war. Er kniete vor Tigra, die flach auf der Seite lag. Sogar aus der Entfernung konnte ich erkennen, wie ihre Brust sich hob und senkte – schneller, als die von Hana oder eines Menschen es tun würde.

Gil drückte seine Stirn gegen die von Tigra. Ich wusste, dass er zu ihr sprach, hörte jedoch keines seiner Worte.

Ein leises Stöhnen ertönte unter mir.

Ich riss den Kopf herum – und sah, wie Kenan die Augen öffnete. »Was ist passiert?«, fragte er wie betäubt.

Gelöst nahm ich sein Gesicht in meine Hände. »Deema«, antwortete ich.

Der Haiduk blinzelte. Als er fluchte, wusste ich, dass seine Erinnerung zurückgekehrt war.

»Das hättest du ruhig schon früher machen können!«, ertönte Gils vorwurfsvolle Stimme in meinem Rücken.

»Gern geschehen«, knurrte Deema.

Stille.

»Sie wird es schaffen, oder?«, piepste er dann.

»Das wird sie«, erwiderte Gil. »Ich weiß, dass sie es wird.«

Wieder ließ ich den Blick über die Ta'ar um uns herum schweifen. Im Gegensatz zu den Unnen trugen sie keine Helme, womöglich nicht einmal Kettenhemden. Ihre Gesichter waren gut sichtbar – ich erkannte keines von ihnen wieder. Malik war nicht hier.

»Wir müssen weiter«, entschied ich, während Kenan sich aufrichtete.

»So etwas sollte uns nicht noch einmal passieren.« Gil trat in mein Blickfeld. Er streckte eine Hand aus. »Tigra kann uns jetzt nicht mehr helfen.«

»Was?« Mit seiner Hilfe sprang ich auf die Füße. Dort, wo sie gerade noch gelegen hatte, war nichts mehr. »Ist sie –«

»Ich habe sie gehen lassen. Damit ihre Wunden heilen können.«

Meine Schultern sackten herab. Auch wenn ich Tigra noch nie hatte leiden können, war ich froh, dass sie noch lebte.

»Neuer Plan«, schlug Kenan vor. »Ab jetzt schicken wir *Deema* vor!«

Der Crae zuckte die Achseln. »Für mich aus. Ich alle brennen.«

Ich schluckte – ich war ihm mehr als dankbar für das, was er getan hatte, doch so etwas zu hören, bereitete mir eine Gänsehaut. »Sollten wir ihnen nicht helfen?«, fragte ich mit einem Nicken in Richtung der Ta'ar.

»Glaub mir«, erwiderte Kenan. »Wir tun ihnen den größten Gefallen, wenn wir uns um ihren König kümmern.«

Wir wollten vorsichtig sein, wirklich. Aber die Furcht saß in unseren Gliedern. Mit jedem Schritt, den wir machten, wurden wir schneller, und irgendwann rannten wir durch die Straßen, nur ab und zu aufgehalten von Deema, der voranlief und immer wieder abrupt stehen blieb, um sich umzusehen. Der Kern des Kriegs war nicht weit, und wir hatten keine Ahnung, wie wir Malik in dem Tumult ausmachen sollten. Hätte ich es nicht besser gewusst, hätte ich das hier für einen meiner eigenen Pläne gehalten.

Mit dem Unterschied, dass damit nicht nur mein Leben aufs Spiel gesetzt wurde, sondern auch das aller anderen.

»Hey!«, rief jemand über unseren Köpfen.

Wir fuhren herum -

Und entdeckten einen einzelnen Mann, der auf einem Hausdach stand. Er trug die Farben der Unnen. Er starrte uns an. Als mich sein Blick streifte, erkannte ich, dass es nicht meine Augen waren, die ihn interessierten.

Kenan riss seinen Revolver nach oben, doch im nächsten Moment war der Mann aus unserem Sichtfeld verschwunden. Seine Stimme ertönte dafür umso deutlicher: »Crae!«

»Mit wem spricht er?«, fragte Deema verwirrt. Noch ehe er geendet hatte, offenbarte sich uns die Antwort auf seine Frage.

Der Mann kehrte an den Rand des Daches zurück, flankiert von fünf weiteren. Aus dem Augenwinkel erkannte ich, wie eine Reihe aus Unnen hinter dem Gebäude hervor auf die Straße trat. Sie bildeten eine ebene Linie, die uns den Weg versperrte.

Ich riss den Kopf herum -

Soldaten schlüpften aus einem Hauseingang und stellten sich nebeneinander auf.

Wir waren umzingelt.

»Lass mich das -« In dem Moment, in dem Deemas Hand in Flammen aufging, richteten sie die Läufe ihrer Gewehre auf uns.

»Deema«, zischte ich. »Keine … Bewegung.« Mein Blick zuckte zwischen den Gruppen aus Unnen hin und her. Sie waren überall. Bis auf die Zähne bewaffnet. Vor meinem inneren Auge blitzte Abras Körper auf, der von Kugeln durchlöchert wurde. Auf keinen Fall wollte ich dasselbe Schicksal erleiden.

»Eine Falle«, raunte Gil. »Sie wollen uns als Köder für den Rest der Crae – damit sie nicht länger von ihnen angegriffen werden.«

Mein Mund wurde trocken. »Woher weißt du das?« Ich versuchte, die Lippen so wenig wie möglich zu bewegen.

»Sie haben hier auf uns gelauert …«, erwiderte er.

»Waffen runter!«, bellte einer der Unnen auf dem Dach.

»… und sie haben uns immer noch nicht erschossen.« Gil schluckte. »Es tut mir leid. Ich hätte es ahnen müssen.«

Kenan bewegte sich betont langsam, als er erst die Hände in die Luft hob und dann auf ein Knie ging, um seinen Revolver auf dem Boden abzulegen.

Deema rührte sich nicht. »Kein Problem«, sagte er. »Ich mache einfach dasselbe wie vorhin und -«

»Nein!«, unterbrach ich ihn. »Selbst wenn Gil und ich das überleben, würde es *Kenan* umbringen!«

»Oh«, erwiderte Deema entsetzt. »Stimmt.«

»Ich sagte: Waffen runter! Und Hände hoch!«

Der Crae presste die Kiefer aufeinander. Dann öffneten sich seine Finger, und seine Pistole prallte auf den Grund. »Was jetzt?«

Zeitgleich hoben wir unsere Hände in die Luft. Unwillkürlich rückten wir dichter aneinander. Meine Gedanken rasten. All unsere Möglichkeiten waren erschöpft. Hana war nicht bei mir und Tigra zu geschwächt, um uns zu helfen. Wir hatten keine Waffen, keine Verbündeten, und wenn Deema abermals sein Feuer entfachte, würden wir das vermutlich selbst nicht überleben.

Es war vorbei.

Ein Schatten legte sich auf den Boden unter uns, bewegte sich kreisförmig um uns herum. Ich blickte in den Himmel und entdeckte Nasra. *Lu-Vaia.*

Sie glitt sanft durch die Luft, schritt aber nicht ein. Sie konnte nicht – nicht, ohne unser Leben zu gefährden. Der Plan der Unnen war schon jetzt aufgegangen.

»Mädchen«, rief einer der Unnen, und ich zuckte zusammen. »Hierher!«

»Ich gehe«, sagte Gil. »Sie können nicht wissen, dass nicht jeder Crae gleich gut geeignet ist.«

Ehe er auch nur einen Schritt machen konnte, hielt ich ihn zurück. »Nein.« Ich wusste, was er dachte – dass er die Crae verraten hatte. Dass der Stamm seinen Tod wollte und sie ihn mit Gil nicht in ihre Gewalt bringen konnten.

Aber mein Gefühl sagte mir etwas anderes. Taboga – ein Ältester – hatte mir befohlen, Gil zu retten. Und allein das widersprach allem, was wir zu wissen geglaubt hatten. Vielleicht war Gil nicht zum Ausgestoßenen geworden. Vielleicht hatte er sein Ansehen gerettet, in dem er Hawking getötet hatte.

Vielleicht gab es aber auch einen anderen Grund dafür, weshalb sich Taboga um ihn gesorgt hat: mich. Ich konnte mir nicht sicher sein, was es damit auf sich hatte. Doch ich kannte eine Crae, die sich von ihrem Stamm losgesagt hatte, auf dass dieser nie wieder seine Freiheit für ihr Leben eintauschen würde.

Diese Crae war auch: ich.

Ich straffte die Schultern. »Ich gehe.«

»Was?«, stieß Deema hervor. »Nein, Kauna –«

»Beschützt Kenan«, unterbrach ich ihn. »Sie haben keinen Grund, ihn am Leben zu lassen. Lasst ihn nicht in ihre Schussbahn geraten.«

»Kauna, was hast du vor?«, fragte Kenan, als ich mich von der Gruppe löste. Er hatte kein Wort von unserem Gespräch verstanden. Vermutlich war das auch das Beste gewesen.

Alles in mir schrie danach zu fliehen – es zumindest zu versuchen. Doch ich kämpfte meine Angst nieder. Mit jedem Schritt kam ich den Soldaten ein kleines Stückchen näher.

Nasra. Lu-Vaia. Sie würden Hilfe rufen. Mehr Seelentiere würden kommen. Sie würden die Unnen angreifen, und bevor diese realisierten, dass ich kein Schutzschild für sie war, wären die meisten von ihnen tot.

Vielleicht.

Vielleicht aber nähmen sie meine Freunde mit sich.

Mein Magen krampfte sich zusammen. Es war der einzige Weg. Unsere einzige Chance, damit zumindest einer von uns diesen Tag überlebte.

Ich hörte Deema hinter mir. Nicht seine Stimme – nur seinen schweren Atem. Ich stellte mir vor, wie Teile seines Körpers in Flammen aufgingen.

»Ist schon in Ordnung, Deema«, sagte ich, ohne zurückzublicken. »Beruhige dich.« Er musste sich zusammenreißen. Wenn er das Feuer in sich erweckte, würden die Unnen uns alle erschießen.

Einer der Soldaten senkte seine Waffe, als ich mich ihm näherte. Kaum, dass ich vor ihm stand, packte er mich, wirbelte mich herum und presste sein Gewehr der Länge nach gegen meine Kehle.

Erschrocken riss ich die Hände hoch, als mir sämtliche Luft abgeschnürt wurde. Mit aller Kraft drückte ich gegen die Waffe, doch sie bewegte sich kein Stück.

»Los!«, sagte ein Mann. »Der nächste!«

Was?

Nein. Nein!

Ich hätte es wissen müssen.

Sie hatten auf einen Crae gehofft – und drei bekommen. Auch wenn Gils Seelenstein nicht zu sehen war, so erkannten sie doch den Sohn ihres verstorbenen Königs wieder. Und deshalb konnte die Narbe in Deemas Stirn nicht darüber hinwegtäuschen, dass auch er einer von uns war. Warum sollten sie sich dann nur mit einem einzigen Gefangenen zufriedengeben? Drei von uns waren eine viel größere Garantie, als einer es je sein könnte.

Sie würden jeden Einzelnen von uns in ihre Gewalt bringen – und den Letzten töten.

Kenan, versuchte ich zu sagen, doch aus meiner immer enger werdenden Kehle drang nicht mehr als ein unverständliches Krächzen. Mein Sichtfeld schrumpfte. Es pulsierte mit jedem Schlag meines Herzens. Ich nahm alles, was noch in mir steckte, um mich aus dem Würgegriff zu befreien.

Doch ich scheiterte. Schwarze Punkte tanzten vor meinen Augen und verdeckten die Gesichter meiner Freunde.

Hana … wo bist du?, formten meine Gedanken, aber eine schwindend leise Stimme in meinem Hinterkopf sagte mir, dass nicht einmal er uns jetzt noch helfen könnte.

Plötzlich machte Deema einen Schritt nach vorne. Er zitterte am ganzen Körper – oder vielleicht war es nur mein verblassendes Bewusstsein, das mir einen Streich spielte.

Sein Gesicht war rot angelaufen, die Augenbrauen so tief zusammengezogen, dass sie einander fast berührten. Seine Kiefer so angespannt, dass seine Wangen hart wie Stein wirkten. Und seine Hände waren zu Fäusten geballt, als wollte er das Herz eines jeden einzelnen Unnen darin zerquetschen.

Ich hatte Deema noch nie so gesehen. Gereizt – ja. Verärgert – ja. Wütend – die Haiduken hatten es mir gezeigt.

Aber jetzt war es anders. *Deema* war anders.

Er war zornig.

Und ich wusste, was das bedeutete.

Er öffnete den Mund. Seine Stimme klang tiefer als sonst. Als würde sein Hass sie verzerren. Jedes seiner Worte wurde lauter, länger, wilder: »Lasst. Kauna. *LOS*!«

Die Erde um uns herum begann zu beben. Deemas Schrei wurde nahtlos abgelöst -

Von einem ohrenbetäubenden Brüllen, das hoch über unseren Köpfen den Himmel spaltete. Der Schatten zu unseren Füßen war größer geworden. Doch er gehörte nicht Nasra, die noch immer über uns kreiste. Ohne sie je zuvor gesehen zu haben, erkannte ich sie, die Ausgeburt des Feuers.

Ryu war endlich erwacht.

10. Kapitel – Das Feuer

»Was *ist* das?«, stieß ein Mann neben mir hervor.

Ryus Körper war lang wie der einer Schlange und mit glänzenden blauen Schuppen übersät. Unter seinem wuchtigen Schädel zweigten zwei klauenbesetzte Beine davon ab. Sein Schrei erfüllte die Luft um uns herum, obwohl er den Kiefer kaum geöffnet hatte – gerade genug, um seine langen, scharfen Zähne zu entblößen.

»Erschießt es!«, befahl einer der Unnen. Sofort richteten sich alle Gewehre nach oben – bis auf die des Mannes, der mich noch immer mit seiner Waffe würgte.

Die Soldaten zögerten nicht. Sie gaben so viele Schüsse ab, dass ihre Geräusche zu einem langen, dumpfen Ton verschmolzen.

Ich konnte die Kugeln fliegen erkennen – oder vielleicht waren es auch nur die winzigen schwarzen Punkte, die meine Sicht einnahmen. Sie alle prallten von den Schuppen des Drachen ab, der unbewegt über uns verharrte.

Seine Macht faszinierte mich. Er hielt sich in der Luft, obwohl er keine Flügel besaß. Und sein Körper musste besser geschützt sein als jeder Mensch in einer Rüstung.

Mir fiel erst auf, dass seine Nüstern denen eines Pferdes zum Verwechseln ähnlich sahen, als schwarzer Rauch daraus emporstieg.

Dann atmete Ryu aus.

In einem hypnotischen Tanz glitt die wabernde Wolke nach unten, geradewegs auf das Gebäude zu, auf dem sich die Unnen postiert hatten.

Verwirrt starrten die Männer nach oben – bis die Schwaden sie berührten. Einer von ihnen öffnete den Mund. Er schrie den schrecklichsten Schrei, den ich je gehört hatte. Die anderen taten es ihm gleich, einer nach dem anderen, wie ein Chor des qualvollen Todes.

Und dann, als die Ausläufer des schwarzen Nebels noch tiefer wanderten, konnte auch ich sie spüren: die sengende Hitze, die sich über uns ergoss, die mein Gesicht kitzelte wie tausend Nadeln, wie ein Feuer, das direkt vor meiner Nase entzündet wurde.

Etwas fiel vom Himmel und kam vor unseren Füßen auf. Dann noch etwas. Und noch etwas.

Es regnete. Es regnete verbrannte Soldaten – und das, ohne dass sie auch nur die kleinste Flamme berührt hatte.

Ryu war das Letzte, was ich wahrnahm, ehe sich mein Blickfeld vollständig verdunkelte.

»Rückzug!«

Ich spürte, wie meine Füße über den Boden schliffen, als sich der Unn, der mich in seinem Griff hielt, rückwärts bewegte.

»Kauna!«, hallte Deemas Stimme in meinem Kopf wider.

Plötzlich war der Druck auf meiner Kehle verschwunden. Ich schnappte nach Luft, saugte sie gierig in meine Lunge, riss die Augen auf -

Und war nicht mehr dort, wo ich das Bewusstsein verloren hatte.

Der Boden war nicht, wo er sein sollte. Und er bewegte sich, obwohl meine Beine es nicht taten.

Nur langsam klärte sich mein Verstand. Ich begriff, dass ich über der Schulter eines Soldaten hing, schlaff, fest von seinen Armen umfasst. Die Hitze war fort, genauso wie die Schüsse. Stattdessen sah ich Schuhe. Unzählige Schuhe. Schnelle Schuhe, die sich an uns vorbeizwängten. Langsame Schuhe, die wir hinter uns ließen. Schuhe von Soldaten. Schuhe von Frauen, von Kindern.

Als ich den Kopf reckte, war die ganze Straße überfüllt von Menschen. Sie liefen in dieselbe Richtung wie wir. Manche von ihnen hatten Beutel mit ihrem Hab und Gut bei sich, andere ihre Söhne und Töchter. Immer wieder schauten sie sich gehetzt rum. Die Schreie nach verschwundenen Familienmitgliedern drangen an meine Ohren, genauso wie das Weinen eines kleinen Mädchens.

Von den anderen war keine Spur zu sehen.

Das Leben kehrte mit einem Ruck in mich zurück. »Lass mich los!«, rief ich und schlug mit meinen Fäusten gegen den Rücken des Mannes.

Abrupt hielt er an und warf mich von seiner Schulter wie ein störrisches Pferd.

Ich prallte auf den Boden und sah ihn über mir aufragen. Er richtete den Lauf seines Gewehrs auf mein Gesicht.

»Du wirst dich benehmen!«, befahl er mir. »Steh auf und komm mit. Sonst muss ich dir wehtun.«

Ohne mich zu beachten, strömte die Menschenmasse an mir vorbei. Drei von ihnen traten auf meine Hände, bevor ich sie wegziehen konnte.

»Was ist passiert?«, fragte ich in gebrochenem Unn. Wie lange war ich bewusstlos gewesen? Wo waren die anderen?

Und dann sah ich die dunkelblauen Schuppen, die sich vom Himmel abhoben.

Er schwebte nicht mehr an einer Stelle, sondern wanderte in der Luft, zog seine Bahnen über die ganze Stadt hinweg, als wäre er auf der Suche nach etwas.

Nach Beute.

»Steh auf!«, bellte der Unn und warf einen hastigen Blick über die Schulter. »Oder ich töte dich hier und je-«

Weiter kam er nicht. Ein dunkler Schatten schoss vom Himmel und packte ihn mit seinen Klauen.

Das Messer entglitt den Fingern des Unnen, als Nasra ihn vom Boden riss. Der Mann schrie, doch seine Stimme verhallte mit jeder Sekunde etwas mehr, während sich der Adler mit ihm in den Himmel erhob.

Ich legte meine schmerzenden Handflächen aneinander. *Danke.* Schnell sprang ich auf die Füße, ehe ich von den Flüchtenden überrannt werden konnte. Ich musste Deema und die anderen finden. Sie wussten, dass Ryu auf unserer Seite war. Also mussten sie noch irgendwo in der Stadt sein.

Aber wo in aller Welt war *ich*?

Ich versuchte krampfhaft, gegen den Strom anzukämpfen, doch er war einfach zu stark. Alle Einwohner Alanyas stoben in die entgegengesetzte Richtung von Ryu. Jeder, dem ich in die Quere kam, stieß mich zur Seite oder nach hinten. Ich machte einen Schritt – und stolperte zwei Schritte rückwärts. So sehr ich mich auch bemühte, mich durch die Masse zu zwängen – es gab kein Durchkommen.

Plötzlich rammte mich ein bulliger Mann. Ich stieß mit dem Rücken so hart gegen eine Hauswand, dass mir die Luft aus dem Körper gepresst wurde.

Ich konnte hier unmöglich bleiben. Menschen waren rücksichtslos, wenn sie Angst hatten. Versuchte ich weiterhin, mich ihrem Drang zu widersetzen, würden sie mich in ihrem Eifer noch umbringen.

Es gab nur einen Weg für mich – den nach oben.

Hastig fuhr ich herum und stemmte meine Arme gegen die Wand, um sicherzugehen, dass ich nicht abermals dagegen geworfen wurde. Ich atmete tief durch. Legte all meine Energie in meine Beine, sprang und -

Meine Fingerspitzen klammerten sich an den Rand des Dachs. Schmerz zuckte durch sie hindurch und bis in meine Schulter hinein, doch ich ließ nicht los. Stattdessen griff ich nach, erst mit der einen, dann mit der anderen Hand. Als ich meinen Körper nach oben zog, fühlte ich mich, als würde ihn seine letzte Kraft verlassen.

Erschöpft rollte ich mich auf das Dach. Ohne Hana war ich nur noch ein Schatten meiner selbst. Mein Herz raste, und meine Brust hatte sich immer noch nicht daran gewöhnt, wieder Luft zu bekommen.

Schwerfällig rappelte ich mich auf und blickte mich um. Ganz Alanya war in Bewegung. Wie sich ein reißender Fluss an Felsen vorbeibewegte, strömten die Menschen zwischen den Häusern hindurch – dorthin, wo ich die größte Schlacht vermutet hatte. Von einem Kampf war inzwischen nichts mehr zu sehen. Ob Soldat, ob Händler, ob Mutter, ob Unn, ob Ta'ar – die Furcht einte sie alle. Ryu hatte geschafft, was sonst niemand vermocht hatte: Er hatte den Krieg beendet.

Ich hoffte, dass es Deema gut ging – dass sein Seelentier die Unnen getötet oder vertrieben hatte. Dass er keinen Grund mehr hatte, wütend zu sein, und Ryu zurück in seine Welt entließ. Denn so dankbar ich dem Drachen auch war – er konnte unmöglich bleiben.

Plötzlich blieb meine Aufmerksamkeit an einer Gruppe Männer hängen, die sich entgegen des Stromes bewegte.

Ich erkannte sie sofort.

Erleichterung. Hoffnung. Panik.

»Malik!«, rief ich aus vollem Hals. »Amar! Ilay!«

Meine krächzende Stimme drang nicht bis zu ihnen durch. Sie schoben sich auf der anderen Seite der Straße eng an einer Hauswand entlang durch die Menge und waren dabei um einiges erfolgreicher als ich.

Ich kam auf die Füße und lief über das Hausdach in dieselbe Richtung – doch es war nicht breit genug, als dass ich mit ihnen Schritt hätte halten können. Im letzten Moment kam ich an seiner Kante zum Stehen. »Malik!«

Der Sohn des Königs hatte einen Arm um Ilay geschlungen, schien ihn zu stützen. Amar ging ein Stück vor ihnen und schubste jeden, der ihnen entgegenkam, aus dem Weg.

Plötzlich nickte Malik in Richtung der Mauer – sein Blick war jedoch auf den Hauseingang gerichtet, der wenige Schritte von ihnen entfernt lag. Amar war der Erste, der durch die weit geöffnete Tür trat. Nach ein paar Sekunden winkte er die anderen hinein, und sie verschwanden aus meinem Sichtfeld.

Zum Glück. Ich konnte sie zwar nicht mehr ausmachen, aber immerhin entfernten sie sich nicht noch weiter von mir. Jetzt musste ich nur noch zu ihnen gelangen.

Ich setzte mich auf das Dach, sodass meine Beine über dessen Rand baumelten. Noch immer schoben sich Menschenmassen unter mir vorbei. Als ich die kleinste Lücke zwischen ihnen erahnte, stieß ich mich ab.

Ich schaffte es, niemanden zu Boden zu reißen, als ich unten aufkam. Diesmal kämpfte ich mich energischer durch die Menge. Auch wenn ich geschwächt war, so war ich doch kräftiger als die meisten Menschen um mich herum. Und wenn sie es darauf ankommen ließen, würde ich ihnen das auch zeigen.

Ich kam nur langsam voran. Die Männer und Frauen erlaubten es mir nicht, mich gerade durch den Strom hindurchzubewegen. Sie schlossen mich zwischen sich ein, drängten mich hin und her wie den eigenen kleinen Spielball ihrer Verzweiflung. Immer wieder wurde ich von ihnen mitgerissen, sodass ich zeitweise völlig die Orientierung verlor. Erst ein Blick nach oben – in Richtung der Hausdächer um mich herum – verriet mir, wo ich mich befand.

Ehe ich noch weiter vom Weg abkommen konnte, stieß ich mit aller Kraft durch die Menge – und prallte völlig unverhofft gegen eine Mauer. Vor Erleichterung hätte ich das Haus am liebsten umarmt.

Wie die anderen zuvor bewegte ich mich flach an der Wand entlang, bis ich bei der Tür ankam, hinter der die anderen verschwunden waren. Sie hatten sie wieder geschlossen.

Ich tastete nach dem Türknauf und drehte an ihm.

Nichts rührte sich.

Ich fluchte innerlich – ich hatte wirklich gehofft, das nicht so bald wieder tun zu müssen.

Ich gewann so viel Abstand zu der Tür, wie es mir die Menschen hinter mir gestatteten. Dann holte ich mit dem Fuß aus und trat mit voller Wucht dagegen.

Dass ich nicht im Vollbesitz meiner Kräfte war, erkannte ich daran, dass die Tür nicht aus den Angeln flog, sondern lediglich mit einem lauten Knall aufschwang. Der Raum dahinter war dunkel.

Schnell machte ich einen Schritt hinein und -

Ein dünner Gegenstand wurde gegen meine Schläfe gepresst.

Sofort fuhr meine Hand hoch und wischte den Revolver beiseite. Die Wucht riss ihn aus dem Griff des Mannes. Ein lauter Schuss löste sich, als die Waffe klappernd auf dem Boden aufkam. Amar und ich schrien auf – und erkannten einander.

»Kauna!?« Entsetzt starrte er mich an. »Du hast mir vielleicht einen Schrecken eingejagt!«

»Ich *dir*!?«, gab ich zurück. »Du hast mir eine Waffe ins Gesicht gehalten!«

»Selbst schuld!«, erwiderte er und schloss die Tür hinter mir – aber nicht, ohne sich noch einmal verstohlen draußen umzusehen. »Schon mal was von Anklopfen gehört?«

Ich blinzelte. »Nein«, sagte ich zögerlich.

Amar öffnete den Mund, überlegte es sich dann jedoch anders. »Hey, was ist mit deinen Haaren passiert?«

»Kauna.«

Ich drehte den Kopf und entdeckte Malik, der aus einem anderen Raum getreten war. Als hätten wir uns abgesprochen, schritten wir aufeinander zu und fielen uns in die Arme. Erleichtert atmete ich seinen vertrauten Geruch ein, der nun aber von mehreren Noten aus Schweiß, Blut und Dreck durchzogen wurde.

»Ich habe mir Sorgen um dich gemacht«, gestand Malik. Dann drückte er mich von sich weg, behielt seine Hände jedoch auf meinen Schultern. Er musterte mich von oben bis unten, und was er sah, schien ihm nicht zu gefallen. »Geht es dir gut? Bist du verletzt?«

Ich rang mir ein Lächeln ab. »Es ist alles in Ordnung.«

Der Ausdruck in seinen blauen Augen wirkte nicht überzeugt. »Es tut mir leid. Ich hätte dich nicht gehen lassen dürfen – nicht allein!«

Plötzlich stand Amar neben uns. »Schnee von gestern!«, unterbrach er seinen König. »Was ist mit diesem Vieh da draußen?«

»Der Drache«, stimmte Malik zu. »Bitte sag uns, dass er zu Deema gehört.«

Ich nickte. »Er ist sein Seelentier.«

Zeitgleich stießen die beiden Luft aus und dankten ihrem Gott. »Zumindest ein Problem weniger«, quittierte Amar und ging an Malik vorbei in den Raum, in dem dieser sich zuvor aufgehalten hatte.

Die Küche sah geradezu unberührt aus – mit Ausnahme des Bestecks, das auf dem Boden verteilt worden war. Unwillkürlich stellte ich mir eine Mutter vor, die es gehetzt beiseitefegte, auf der Suche nach den schärfsten Messern, die sie besaß.

Ilay saß auf dem Boden, den Rücken gegen einen Schrank gelehnt. Mehrere Kissen stützten ihn. Mit beiden Händen presste er ein Handtuch auf seinen linken Oberschenkel.

»Was ist mit ihm?«, krächzte ich.

Malik folgte meinem Blick und senkte die Stimme. »Er wurde angeschossen. Wir müssen ihn an einen Ort bringen, wo wir ihn versorgen können.«

Amar kniete sich neben Ilay und presste seine Hände zusätzlich auf das Handtuch. Ilays Lippen formten Worte, die ich nicht verstand, woraufhin Amar aufstand und sich hektisch in der Küche umschaute.

Mir wurde klar, dass es keinen perfekten Moment geben würde, um es ihnen zu sagen. Also verschwendete ich keine Zeit: »Hawking ist tot. Ihr müsst sofort in den Palast. In Sicherheit.«

»Was?«, rief Amar in der Küche.

Maliks Augen weiteten sich. »Er ist … tot?«, wiederholte der Sohn des Königs. »Hast du …«

Ich schüttelte den Kopf. »Gil.«

»*Gil Hawking?*«, meldete sich Amar abermals aus der Ferne zu Wort. »Sein Sohn? Derjenige, dem wir das alles hier überhaupt zu verdanken haben?«

Ich zögerte. »Genau der.« Mein Blick heftete sich auf Malik. »Es gibt niemanden mehr, der dir den Weg zu deinem Thron versperrt.«

Es war wieder Amar, der uns unterbrach. »Du meinst, außer der riesigen Schlange am Himmel?« Abermals schob er sich an uns vorbei und begann, eine Kommode des Wohnzimmers zu durchwühlen.

»Ryu wird euch nichts tun!«, beharrte ich. »Genauso wenig, wie Deema das je würde.«

»Es ist trotzdem zu weit. Bis dahin wird Ilay -« Amar verstummte.

»Schon in Ordnung, Amar«, drang Ilays schwache Stimme an meine Ohren. »Wir wissen alle, wie es aussieht.«

»Sag so was nicht!«, erwiderte Amar heftig. »Ich besorge dir das verdammte Seil, und dann geht es weiter!«

»Im Palast hätten wir vielleicht die richtigen Mittel, um ihn zu versorgen«, raunte Malik mir zu. »Aber ... Amar hat recht. Es ist zu weit. Wir bräuchten ein Pferd, um das zu schaffen. Wir *hatten* auch eines, aber ... beim Auftauchen des Drachen hat es Ilay abgeworfen und Reißaus genommen.«

Ich biss mir auf die Unterlippe. So, wie der Heiler aussah, war das bei weitem noch nicht das Schlimmste, was ihm in den letzten Stunden widerfahren war.

Einen Strick in der Hand, kehrte Amar in die Küche zurück. Während Malik beinahe unversehrt wirkte, waren die Kleidung und die Haut seines Vetters voller Blut, Dreck und Schrammen. Ich beobachtete ihn dabei, wie er ihn nach Ilays Anweisungen um sein Bein wickelte und einen Knoten machte.

»Fester«, wies Ilay ihn an.

Amar zog an.

»Noch fester!«

»Soll ich dir das verdammte Bein abreißen?«, fragte Amar entsetzt.

»Du sollst den Blutfluss stoppen«, beharrte Ilay. »Und dafür muss der Knoten fester werden.«

Amar presste die Kiefer aufeinander, dann zerrte er noch stärker an dem Seil.

»Besser«, stieß Ilay unter Schmerzen hervor.

»Wir müssen dich sofort zu einem Arzt bringen«, stellte Amar fest.

»Ich *bin* Arzt!«

»Einen mit –« Er warf die Arme in die Luft. »Mit was auch immer man braucht, um dich wieder auf die Beine zu bekommen!«

»Nähzeug«, sagte Ilay. »Als Nächstes brauchen wir Nähzeug.«

Amar stöhnte. »Wo in aller Welt soll ich das denn jetzt herbekommen?«

»Neben dem Bett«, schlug ich vor. »Zumindest bewahrt Aila ihres dort auf.«

Maliks Vetter warf mir einen argwöhnischen Blick zu. Dann setzte er sich in Bewegung.

»Und Alkohol!«, rief Ilay ihm hinterher.

»Alkohol – wunderbare Idee.«

»Doch nicht für *dich*!«

Als Amar an mir vorbeigegangen war, trat ich auf Ilay zu.

Er blickte zu mir hinauf. »Schön, dass du noch am Leben bist.« Er schenkte mir ein verschmitztes, aber geschwächtes Grinsen.

»Wie schlimm ist es?«, fragte ich und kniete mich neben ihn. Mit zwei Fingern hob ich das Handtuch auf seinem Oberschenkel an, das Amar wieder daraufgelegt hatte. Sofort zog sich mein Magen zusammen. Sein linkes Hosenbein war zerrissen und von Röte durchnässt.

»Ungefähr so schlimm, wie es aussieht«, erwiderte Ilay ruhig.

»Als … Gils Pfeil mich getroffen hat.« Ich schluckte. »Das war etwas völlig anderes.«

»Ja.« Erschöpft lehnte er sich mit dem Hinterkopf gegen die Kommode. »Du hattest großes Glück.«

Ich ließ von dem Handtuch ab und war erleichtert, als es die Wunde wieder verdeckte. Es stand wirklich nicht gut um Ilay. Aber vielleicht konnte ich das Schicksal davon überzeugen, ihn weiterhin seinen Pfad beschreiten zu lassen. »Damals hast du mir geholfen. Also will ich auch mein Bestes tun, um dir zu helfen ...«

»Kauna, ich glaube nicht, dass du irgendetwas -«

»... und für dich beten.«

Ilay blinzelte, als hätte er etwas anderes erwartet. Dann lächelte er. »Das wäre toll.«

Trotz seiner Worte fühlte ich mich machtlos. Es war das Einzige, was ich für ihn tun konnte. Er war der Arzt – aber in dieser Situation konnte er sich kaum selbst helfen.

Ich hatte noch nie zuvor für einen Menschen gebetet und hoffte, dass das Schicksal dennoch gnädig mit ihm sein würde. Also legte ich die Handflächen aneinander. Um zu beten, musste ich nicht in den Fluss der Seelen eintreten – zum Glück nicht. Ich schloss die Augen und näherte meine gespreizten Finger meinem Gesicht, ehe die Spitzen meiner Daumen meinen Seelenstein berührten.

Ilay wird es besser gehen. Er wird es überstehen. Ich glaube fest daran, und ich werde alles dafür tun, damit es wahr wird.

»Du bist im Weg, Kauna.«

Erschrocken riss ich mich aus meiner Trance. Amar ragte über mir auf, in der einen Hand eine braune Flasche, in der anderen ein Knäuel Garn, in dem mehrere Nadeln steckten.

»Entschuldige!« Sofort sprang ich auf, um ihm Platz zu machen.

Auch Malik hatte die Küche betreten. Ilay und er starrten einander an, fast so, als würden sie allein durch ihre Blicke kommunizieren. Ein harter Zug bildete sich um seine Mundwinkel.

»Was jetzt?«, fragte Amar. »Die Wunde reinigen?«

»Ja.« Ilay nahm ihm die Flasche aus der Hand und das Handtuch von seinem Bein.

Schnell wandte ich den Blick ab – und heftete ihn auf Malik. »Ihr hättet euch nicht einfach so in die Schlacht stürzen dürfen. Das war sehr dumm von euch. Vor allem von dir.«

Der Sohn des Königs zuckte nicht mit der Wimper. »Wir taten das, was wir für das Richtige hielten. Genau wie du.«

Ich presste die Lippen aufeinander. Er hatte recht. Schließlich war ich diejenige gewesen, die blindlings in den Palast eingebrochen war – und mein Aufenthalt dort hätte auch ganz anders ausgehen können.

»Du bist so … ruhig«, hob Malik abermals an. »Dafür, dass dort draußen die größte Bestie tobt, die ich je gesehen habe.«

Ich zuckte die Achseln. »Ich … hatte schon ein paar Momente, um das zu verdauen.« Der Gedanke an Ryu bereitete mir Unbehagen – und das, obwohl ich Deema mehr als alles andere gewünscht hatte, dass er ihn eines Tages beschwor. Hatte ich bei einem Drachen wirklich weniger erwartet als das, was er tatsächlich war?

»… und jetzt musst du die Wunde nähen.«

»S-Sie *nähen*?«, fragte Amar. Er war sichtlich blass geworden. »K-Kannst du das nicht selbst machen?«

»Ich fürchte« – Ilay hob die Hände – »das geht nicht.« Sogar aus der Entfernung erkannte ich, dass sie zitterten wie Espenlaub.

»Ich mache es.«

Erstaunt beobachtete ich Malik dabei, wie er sich neben Amar kniete und ihm die Nadel abnahm.

»T-Tut mir leid«, sagte Amar kleinlaut, aber er winkte ab.

Ich wandte mich von den Ta'ar ab und schritt durch das Wohnzimmer. Der Fluss an Menschen war abgerissen. Nur noch vereinzelt liefen Nachzügler durch die Gassen. Ich fragte mich, wie viele in Alanya zurückgeblieben waren – wie viele sich nicht von Ryu einschüchtern ließen. Oder es aus eigener Kraft schlichtweg nicht aus der Stadt schafften.

»Der Weg ist frei«, sagte ich. Ich drehte mich um – Amar stützte sich mit einem Arm am Türrahmen ab. Sein Gesicht war noch weißer geworden.

»Ihr solltet ohne mich gehen«, ertönte Ilays Stimme hinter ihm. »Ich würde euch nur behindern.«

»Niemand wird zurückgelassen«, entschied Malik. Amar trat zur Seite, und der Sohn des Königs half Ilay auf. Wieder schlang er einen Arm um ihn, und man musste kein Arzt sein, um zu erkennen, dass sich Ilay ohne seine Hilfe nicht auf den Beinen halten könnte.

Ihn so zu sehen, brach mir das Herz. Wir befanden uns in den letzten Ausläufern der Stadt – der Palast lag eine Ewigkeit von uns entfernt. Ich wollte ihm diesen langen Weg nicht zumuten – doch uns blieb keine andere Wahl.

***

Die Straßen Alanyas lagen wie ausgestorben vor uns. Nur vereinzelt trug der Wind die Stimmen seiner Einwohner an unsere Ohren. Das Einzige, was sich in der letzten Stunde nicht verändert hatte, war der Drache, der über den Himmel der Stadt glitt.

Die Unnen waren fort. *Alle* waren fort. Warum war Ryu immer noch hier?

Ich lief an der Spitze unserer Gruppe, in einigem Abstand gefolgt von Ilay und Malik. Amar bildete das Schlusslicht. Wir flankierten den Verletzten, um ihn abschirmen zu können, sollte Gefahr drohen.

Der Sohn des Königs brauchte beide Arme, um Ilay zu stützen. Amar trug ein Gewehr bei sich. Sie hatten mir eine Pistole gegeben, doch sie fühlte sich seltsam in meiner Hand an. Ich hoffte, sie nicht benutzen zu müssen.

»Ich kann nicht glauben, dass es vorbei ist«, ertönte Maliks Stimme hinter mir. »Endgültig vorbei.«

Ich schwieg. Nur zu gerne hätte ich ihn aufgemuntert. Hätte die richtigen Worte gewählt, um den Gedanken zu bekräftigen. Doch ich konnte nicht. Weil es mir genauso ging wie ihm: Ich *konnte* es einfach nicht glauben.

Wir kamen nur langsam voran. Ilay war schwach. Es fehlte nicht mehr viel, und er würde in Maliks Griff hängen wie ein praller Sack Kartoffeln. Dieser versuchte, ein Gespräch am Laufen zu halten, einfach nur, um Ilay von seinen Schmerzen abzulenken, doch er wurde zunehmend teilnahmsloser. Immer wieder blickte ich mich um und stellte fest, dass zu viel Distanz zwischen uns geraten war.

Dass Ilay nach langem Schweigen wieder etwas sagte, hörte ich erst, als Malik ihm eine schroffe Antwort gab: »Nein. Das werden wir nicht tun.«

Ich blieb stehen und wandte mich zu ihnen um.

Der Arzt versuchte vergeblich, Malik von sich wegzuschieben. »Ich bremse euch nur aus! Ihr seid ohne mich besser dran.«

»Wir werden niemanden –«

»Malik«, unterbrach er ihn verzweifelt. »Ich kann nicht mehr!«

Der Sohn des Königs presste die Kiefer aufeinander.

»Ich kann …«, er atmete tief durch, »… keinen Schritt … mehr machen.«

»Dann tragen wir dich!« Amar holte zu uns auf.

»Nein. Lasst mich hier«, keuchte er. »Und schickt Hilfe. Das wird schneller gehen, als mich bis zum Palast zu tragen. Glaubt mir.«

Die Männer zögerten. Vielleicht dachten sie dasselbe wie ich – Ilay könnte recht haben. Wenn er sich überanstrengte, wurde er nur noch schwächer. Aber wenn er sich ausruhte, hielt er womöglich lange genug durch.

»Kommt schon«, drängte Ilay sie. »Bringt mich dort hinein.« Er nickte in Richtung von einem der vielen leer stehenden Häuser. »Dort wird mich niemand finden.«.

Keiner von ihnen rührte sich. Dann gab sich Malik einen Ruck. »In Ordnung.«

»Was!?«, stieß Amar hervor.

»Ilay weiß selbst, was das Beste für ihn ist«, erwiderte er. »Auch wenn wir es nicht hören wollen.«

»Na dann« – Ilay rang sich ein Lächeln ab – »hat sich das Studium wenigstens für eine Sache gelohnt.«

Zwei Paar strafender Blicke fixierten ihn. Meiner war keiner davon – ich hatte keine Ahnung, was ein *Studium* war.

Wir schafften ihn in das Haus und legten ihn dort auf einen Diwan. Ilay bat uns, mehrere Kissen unter sein Bein zu schichten, was wir auch taten.

Dann wurde es Zeit.

Erst jetzt, als ich Ilay ein letztes Mal musterte, fiel mir auf, dass er nicht bewaffnet war. Ich sah zu Amar, der wiederum mehrere Revolver an den Hüften trug. »Du solltest ihm eine davon geben. Nur für alle Fälle.«

Malik riss den Kopf zu mir herum. »Nein.«

Irritiert blickte ich ihn an. »Hier könnten immer noch Unnen sein. Oder Räuber. Oder *irgendjemand*!«

Der Ausdruck in seinen Augen war hart. »Er bekommt keine Waffe.«

Ilay schnaubte. »Komm schon, Malik. Ich bin Arzt. Ich brauche keine Pistole, um mich umzubringen.«

Erschrocken starrte ich Ilay an. »Darum geht es?«

»Keine Sorge«, fuhr der Arzt fort. »Ich bin noch nicht am Ende. Ich brauche einfach nur … eine kurze Pause.« Seine letzte Worte waren nichts als ein Seufzer. Er schloss die Augen. Einige Sekunden vergingen, bis er sie wieder öffnete. Der Ausdruck in ihnen wirkte matter als zuvor.

»Wir sollten weiter«, sagte Amar mit belegter Stimme. »Je schneller wir von hier wegkommen, desto schneller bekommt er Hilfe.«

»Stimmt«, pflichtete Ilay ihm sichtlich geschwächt bei. »Macht euch keinen Kopf um mich. Mir geht es gut.«

So sehr ich es auch versuchte – ich glaubte ihm kein Wort. »Er braucht Schutz«, beharrte ich. »Er muss sich verteidigen können..« Entschieden machte ich einen Schritt auf Amar zu und zog eine der Waffen aus ihrem Gürtel.

»H-Hey!«, beschwerte er sich, wagte es aber nicht, sie mir wieder wegzunehmen. Entschieden legte ich die Pistole auf einen kleinen Tisch vor dem Diwan.

»Kauna.« Maliks Stimme war eisig. Als ich ihn ansah, war seine Miene es auch.

Ich hielt seinem Blick stand. »Was er damit macht«, sagte ich fest, »ist seine Entscheidung.«

Malik kniff die Augen zusammen, doch mein Ton ließ keine Widerworte zu. So sehr ich mich in den letzten Wochen auch verändert hatte – eine Regel der Crae hatte keinerlei Bedeutung für mich verloren: das Recht darauf zu sterben.

Das Recht, von dem ich beinahe in der Geisterstadt Gebrauch gemacht hatte. Das Enoba abgelehnt hatte, weshalb er lange genug gelebt hatte, um sich für Gil zu opfern.

Ich wollte Ilay nicht zurücklassen. Ich wollte nicht, dass er sich das Leben nahm, ehe ihn Hilfe erreichen konnte. Aber ich hatte keine andere Wahl. Niemand von uns hatte sie.

Als wir nach draußen traten, hob ich den Blick – doch von hier aus war Ryu nirgends zu sehen. *Vielleicht ist er fort.* Vielleicht hatte Deema ihn zurückgerufen. Vielleicht war Ruhe in Alanya eingekehrt.

Anstelle des Drachens entdeckte ich einen großen Vogel am Himmel. Nasra zog einige Kreise über unseren Köpfen, bevor sie in Richtung des Stadtrands verschwand. Ich hoffte, dass die Crae wohlauf waren. Sobald sie einander gefunden hatten, gab es keinen Grund mehr für sie hierzubleiben. Weder ich noch Gil – und vielleicht nicht einmal Deema – würden sie in der Hauptstadt halten können.

Ohne Ilay kamen wir deutlich besser voran – nicht nur, weil Malik sein Gewicht nicht länger tragen musste. Jeder von uns hatte seinen Schritt beschleunigt. Wir bewegten uns so schnell, wie es uns möglich war, ohne zu rennen und all unsere Kraft zu verlieren.

»Wir hätten ihn nicht zurücklassen dürfen«, sagte Malik nach einer Weile. »Wir hätten es geschafft. Irgendwie.«

»Malik.« Amars Stimme klang gefasst – etwas, das ich von ihm nicht kannte. »Du hast es selbst gesagt. Er ist der Arzt. Er weiß, was am besten für ihn ist. Und … wenn er glaubt, dass er es nicht schafft, dann müssen wir das auch akzeptieren.«

Wir wurden auch dann nicht langsamer, als der Palast am Horizont erschien. Mein Magen krampfte sich zusammen, sobald ich die Spitze seines kuppelförmigen Dachs entdeckte. Denn obwohl unser Ziel in Sichtweite gerückt war, wären wir noch lange nicht dort angekommen.

»Ich wollte, dass er in Istar bleibt«, knurrte Malik. »Ich habe es ihm *befohlen*. Wenn er auf mich gehört hätte, wäre das alles nie passiert.«

»Aber wer weiß, was stattdessen geschehen wäre«, erwiderte ich.

»Richtig«, pflichtete Amar mir bei. Dann seufzte er. »Hätte diese verdammte Schlange nicht ein paar Stunden früher auftauchen können? Das hätte die Sache um einiges leichter gemacht.«

»Deema hätte nie –« Ich verstummte, als das Geräusch trabender Füße an meine Ohren drang.

»Achtung!«, rief ich aus und kam abrupt zum Stehen.

Doch es waren keine Soldaten, die auf die Straße traten, sondern ein großer Wolf mit silbernem Fell.

Meine Augen weiteten sich.

»Ist das -«, stieß Amar hervor.

»Fangrah«, sprach ich den Namen des Seelentiers aus, das mit Krikhas Familie verbunden war. »Was tust du hier?« Vorsichtig machte ich ein paar Schritte auf ihn zu. Hana und Fangrah waren natürliche Feinde – aber dass sich mir der Wolf aus freien Stücken genähert hatte, musste bedeuten, dass er im Augenblick darüber hinwegsehen konnte.

Das Seelentier wich nicht einmal dann zurück, als ich direkt vor ihm stand. Ich spürte meine eigene Anspannung, als ich die Hand hob – langsam, um ihn nicht zu erschrecken. Nur selten hatten Crae Kontakt zu Seelentieren, die nicht ihre waren – und wenn doch, konnte alles Mögliche passieren. Unter anderen Umständen hätte es mich nicht überrascht, wenn Fangrah mir den Arm bis zum Ellbogen vom Körper gerissen hätte.

Heute blieb er ruhig, selbst dann, als ich sachte seine Schnauze berührte. Der Wolf blinzelte mich an. Er war hier, um zu helfen.

Ich erinnerte mich an Nasra und ahnte, dass Lu-Vaia das Seelentier ihres Mannes und ihres Kindes geschickt haben musste. Mein Stamm – er stand noch immer hinter mir.

Wärme erfüllte mein Herz, als ich an sie dachte. Meine Freunde, meine Familie. Bald hätte ich sie wieder.

Genau wie Hana war Fangrah ein stilles Seelentier. Seine Botschaft konnte ich in seinen Augen lesen. »Er wird uns zum Palast bringen«, übersetzte ich für die Ta'ar.

»Was soll das heißen?«, fragte Amar irritiert. »Es ist nicht so, als würden wir den Weg nicht -« Er unterbrach sich selbst. »Oder meinst du etwa ... wir sollen ... *auf ihm* ...?«

»Reiten«, vervollständigte ich seinen Satz. Als ich mich zu den beiden umwandte, sahen sie alles andere als begeistert von diesem Vorschlag aus.

Malik hatte die Stirn gerunzelt. »Bist du dir sicher, dass dem so ist? Schließlich gehören wir nicht einmal eurer Art an.«

»Absolut sicher.«

Amar schluckte merklich. »Wir sollen auf diesem Hund reiten? Wie auf einem Pferd?«

Fangrah senkte den Kopf wie zu einer stummen Zustimmung.

»Er ist sehr flink. Ihr müsst euch an seinem Fell festhalten, wenn ihr nicht herunterfallen wollt. Es ist der schnellste Weg in den Palast«, fügte ich scharf hinzu, als sich keiner der beiden in Bewegung setzte. »Der schnellste Weg, Ilay zu helfen. Oder wollt ihr hier lieber Wurzeln schlagen?«

Gleichzeitig wurde mir mulmig zumute. Ilay. Er war mein Freund. Ein Teil meiner Familie. Konnte ich ihn wirklich zurücklassen – jetzt, wo er am meisten Hilfe brauchte?

Malik war der Erste, der sich besann. »Wir versuchen es. Von einem Wolf zu stürzen, kann nicht schlimmer sein, als von einem Pferd abgeworfen zu werden.«

»Hörst du dir gerade selbst zu?«, fragte Amar entsetzt, doch sein Vetter ließ sich nicht beirren.

Ebenso vorsichtig wie ich kam er auf Fangrah zu, der ihn schon beinahe gelangweilt dabei beobachtete. Seine Hand wanderte zum Kopf des Wolfs, dann zu seiner Seite.

Langsam schwang er ein Bein über Fangrahs wuchtigen Körper – und saß schließlich obenauf. »Jetzt du, Amar.«

Amar zögerte, dann näherte er sich uns mit einem heftigen Kopfschütteln. »Davon werde ich noch meinen Urenkeln erzählen.« Er machte es Malik gleich und begann mit einer sachten Berührung. Doch auch ihm begegnete Fangrah mit Ruhe, um nicht zu sagen mit Desinteresse.

»Ihr müsst euch *wirklich* gut festhalten«, betonte ich – die beiden wirkten geradezu unbeholfen. Mir wurde klar, dass sie vermutlich noch nie auch nur ein Pferd ohne Sattel geritten hatten. Ich hoffte, Fangrah würde gnädig mit ihnen umgehen.

»Augenblick«, sagte Malik. »Was ist mit dir?«

Als sich Fangrah zu seiner vollen Höhe aufrichtete, war er größer als jeder Wolf, der mir im Leben begegnet war. Ich hätte mich zu den beiden Ta'ar gesellen können – und vermutlich hätte ich das Seelentier damit kein bisschen verlangsamt.

Aber ich konnte nicht. »Ich komme nach«, erwiderte ich. »Mit Ilay.«

Ihre Gesichtszüge entgleisten. »Was!?«, fragten sie aus einem Mund.

»Kauna«, sagte Amar. »Wie willst du ihn auch nur ein bisschen vom Fleck bewegen? Geschweige denn bis zum Palast bringen?«

»Mit meinen Armen«, erwiderte ich mit fester Stimme. »Und meinen Beinen.«

»Du hast es selbst gesagt«, beharrte Malik. »Es war seine eigene Entscheidung.«

»Ja.« Ich schloss die Augen. »Aber ich kann niemanden zurücklassen. Niemals. Und *das*« – ich hob die Lider und blickte sie ein letztes Mal an – »ist *meine* Entscheidung.« Ich machte einen Schritt rückwärts. »Wir sehen uns im Palast!«

»Kauna -«

Doch Fangrah hatte nicht vor, sie Widerspruch erheben zu lassen. Sofort setzte er sich in Bewegung – zuerst langsam, fast schon tapsend. Aber mit jeder Sekunde gewann er mehr und mehr an Geschwindigkeit.

Ich wartete nicht darauf, dass Amars Schreie in der Ferne verhallten. Stattdessen fuhr ich herum und rannte. Ich rannte so schnell, wie meine Beine mich trugen. Nicht annähernd so, wie Gil es gekonnt hätte. Oder Krikha. Oder irgendein anderer Crae im Stamm. Ich wusste nicht, ob es reichen würde. Doch so groß meine Zweifel auch wurden – sie bremsten mich nicht aus. Sie brachten mich nicht zum Stehen.

Trotzdem war mir in jeder Sekunde bewusst, dass mir der schwierigste Teil noch bevorstand.

Ich bemerkte erst, dass ich das Haus verpasst hatte, als ich bereits zwei Blöcke weitergelaufen war. Unvermittelt fuhr ich herum. Mit jedem Schritt schlug mein Herz schneller, schmerzhafter in meiner Brust. Ich wusste nicht, was mich in dem verlassenen Wohnzimmer erwarten würde. Die Erinnerung an die Pistole auf dem Beistelltisch nahm mein gesamtes Denken ein. Vielleicht hatte ich einen großen Fehler begangen.

Wenig später stieß ich die sorgsam verschlossene Tür des Hauses auf.

Ilay lag nicht länger auf dem Diwan – sondern davor, auf dem Boden.

»Ilay?« Meine Stimme brach.

Das Gesicht nach unten, reglos.

»Ilay!«, schrie ich. Ich stürzte durch den Raum, fegte den Tisch beiseite und fiel vor ihm auf die Knie. Mit beiden Händen drehte ich seinen Körper herum.

Die Augen des Arztes waren geschlossen, die Lippen leicht geöffnet. Er reagierte nicht.

Meine Kehle wurde trocken. Meine Fingerspitzen zitterten, als ich sie auf seine Wangen legte. »Ilay.« Ich klopfte gegen sein Gesicht. »Wach auf.« Ich hätte seinen Atem überprüfen können. Oder seinen Herzschlag. Doch ich wagte es nicht. Ich hatte Angst davor, die Wahrheit auf diese eindeutige, unbarmherzige Weise zu erfahren. »Bitte, du *musst* aufwachen!«

Plötzlich veränderte sich etwas. Seine Augenlider flatterten. Dann hob er sie sachte. Sein Blick klärte sich erst nach Sekunden. »Was machst du denn hier?« Seine Stimme war so schwach, dass seine letzten Worte nicht mehr waren als ein Hauch dessen, was sie hätten sein können.

»Ich bringe dich nach Hause.« Ich klemmte meinen Arm unter seine Achsel und zog ihn nach oben.

Ilays Beine konnten ihn nicht länger tragen – ich stützte ihn, als er zusammenzubrechen drohte. Er sank auf den Diwan und lehnte sich zurück, kraftlos. »Kauna, ich kann nicht …«

»Das musst du auch nicht«, erwiderte ich ruhig. »Ich werde für dich laufen.«

Doch Ilay schüttelte den Kopf. Dunkle Schatten lagen unter seinen Augen. »Es hat keinen Zweck. Wir werden nie … Ich werde nicht …« Er verstummte.

Ich presste die Kiefer aufeinander. »Nicht, wenn ich so schnell laufe, wie ich kann.«

Entschieden umfasste ich ihn erneut. Instinktiv stemmte ich Ilays langen Körper auf meine Schultern. Mit dem einen Arm umgriff ich seinen, mit dem anderen sein unverletztes Bein.

»Kauna«, krächzte Ilay. »Es ist vorbei.«

Ich war schwach. Ohne Hana war ich schwächer als je zuvor. Aber wenn mein Seelentier nicht bei mir war, konnte das nur bedeuten, dass ich es nicht brauchte. Meine Beine erzitterten unter dem zusätzlichen Gewicht. Doch ich beachtete ihren Protest nicht. Alles, worauf ich mich konzentrierte, war, dass ich einen Fuß vor den anderen setzte.

»Es ist erst vorbei«, knurrte ich, »wenn es vorbei ist.«

Blick nach vorne, Kauna. Ich würde es schaffen. Ich wusste noch nicht, wie – aber irgendwie würde ich es tun.

Diesmal sparte ich mir meine Kräfte nicht auf. Kaum, dass ich die Türschwelle hinter mir ließ, begann ich zu rennen. Mein Atem ging schnell, und bald darauf war er alles, was ich noch wahrnahm – in regelmäßigen Abständen stieg Panik in mir auf, als mir klar wurde, dass Ilay kein Lebenszeichen mehr von sich gab. »Schlaf nicht ein!«, befahl ich ihm dann. Solange er mir eine Antwort gab, hatte ich Hoffnung.

Aber Hoffnung allein trieb mich nicht an. Ich war müde, erschöpft, geschwächt. Schweißperlen rannen in Strömen von meiner Stirn. Seit ich die Siedlung verlassen hatte, hatte weder mein Körper noch mein Geist die Gelegenheit gehabt, sich zu erholen. Es dauerte nicht lange, bis die Zweifel einsetzten.

Du wirst es nicht schaffen.

Die Sonne Tara'ans brannte auf meinen Kopf und benebelte meine Gedanken. Irgendwann konnte ich nicht mehr verdrängen, wie schwer Ilays Gewicht auf meine Schultern drückte – mit jedem Schritt etwas mehr.

Du bist zu schwach.

Ich machte einen großen Fehler. Ich gab meinen Ängsten nach – und wurde langsamer, wohl wissend, dass ich nicht wieder schneller werden könnte. Dass es von diesem Moment an nur noch schlimmer werden würde.

»Kauna«, stöhnte Ilay benommen. In meinem Griff wurde sein Körper immer schlaffer. »Lass … mich …«

»Niemals«, presste ich hervor. »Niemals.« Zu viele Dinge waren in den letzten Jahren passiert. Sie alle blitzten in diesen Sekunden vor meinem inneren Auge auf, bis Alanya um mich herum verblasste und ich an nichts anderes mehr denken konnte: an das Reh, das ich nicht erlöst hatte. An Semyr, der sich für mich geopfert hatte. An meinen Stamm, den ich zurückgelassen hatte. An Yagmur. An Yusuf. An Emre.

Ich konnte das nicht noch einmal tun. Ich würde Ilay niemals im Stich lassen.

Für einen Augenblick wusste ich nicht mehr, wo ich endete und der Arzt begann. Wir schwebten in einer Blase aus Qualen, die unser ganzes Denken vereinnahmte.

Plötzlich waren wir nicht mehr zu zweit. Und wir waren nicht mehr in Tara'an. *Ich* war nicht länger dort.

Ich hätte nie für möglich gehalten, dass es auch andersherum ging. Dass man nicht den Fluss der Seelen betrat – sondern dass der Fluss zu einem selbst kam. Oder besser gesagt: jemand *aus* dem Fluss.

Ich konnte seine Präsenz bei mir spüren, aber nicht begreifen. Seine Seele wirkte seltsam vertraut. Doch ich erkannte sie nicht. Es war, als hätte ein lange verschollener Freund den Weg zu mir zurückgefunden …

Auf einmal wurden meine Beine nicht länger von mir angetrieben. Sondern von ihm. Meine Arme zehrten nicht länger von meiner Kraft – sondern von seiner. Ich trug Ilay – aber *er* trug mich. Er führte mich. Er wachte über mich.

Das hatte er schon all die Jahre über getan.

Ich setzte einen Fuß vor den anderen. Schneller. Immer schneller. Irgendwann spürte ich Ilay nicht mehr auf mir, obwohl er nach wie vor dort war. Und ich begann zu rennen. Schneller, als ich es jemals getan hatte.

Der Palast kam früher zum Vorschein als beim letzten Mal. Ich bremste nicht ab. Ich hielt nicht an. Ich brauchte keine Verschnaufpause. *Wir* brauchten keine.

Er lief neben mir, mit mir, war ein Teil von mir. Und allmählich begriff ich, wer er war – wem diese gute Seele gehörte, die ich all die Jahre über versucht hatte zu erreichen.

Und die nun mich gefunden hatte.

Tränen schossen in meine Augen und benebelten meine Sicht. Ich konnte seine Worte hören – doch nicht mit meinen Ohren, sondern mit meinem Herzen. Wenn er jenen Tag überlebt hätte, wäre er jetzt in Fleisch und Blut hier gewesen. Aber das konnte er nicht. Das Schicksal hatte etwas anderes für ihn vorgesehen.

Er hatte damals, vor so vielen Jahren, sterben müssen – um heute bei mir sein zu können. Um mir auf eine Weise helfen zu können, wie es niemand anderes – ob lebendig oder tot – vermocht hätte.

Mein Bruder war gestorben, damit Ilay leben konnte.

Meine Lippen öffneten sich zu einem Wort, dessen Bedeutung in diesen Sekunden nicht größer hätte sein können: »Danke.«

Die Tore des Palasts waren weit geöffnet. Als ich mich ihnen näherte, entdeckte ich mehrere Männer, die uns entgegenkamen. Die Gruppe wurde von Amar angeführt.

Ich wurde erst langsamer, als ich sie fast erreicht hatte.

Die Augen des Ta'ar waren weit aufgerissen. »Wie – Wie hast du –« Er schüttelte seine Verwirrung ab. »Wir müssen ihn sofort nach drinnen bringen.«

Die beiden anderen Männer nahmen mir Ilay ab. Mein Herz krampfte sich zusammen, als ich ihn sah. Das Gesicht des Arztes war bleich. Seine Lider waren gesenkt, flatterten. Ich konnte nicht sagen, ob er noch bei Bewusstsein war oder ob ihn die Ohnmacht bereits in ihrem eisernen Griff gefangen hielt.

»Es tut mir leid.« Meine Stimme war leiser als beabsichtigt, die Tränen in meinen Augen noch nicht getrocknet. »Ich hätte schneller sein müssen.«

»Spinnst du?«

Erschrocken blickte ich Amar an, während die Ta'ar Ilay zu zweit in Richtung des Palasts trugen.

»Kauna«, sagte Amar eindringlich. »Wir sind seit nicht einmal zehn Minuten hier.«

Irritiert ließ ich mir seine Worte durch den Kopf gehen – und hinterfragte mein Ta'ar. Hatte er wirklich *zehn Minuten* gesagt?

»Uns ist es gerade erst gelungen, einen Arzt aufzutreiben – Malik sucht nach weiteren von ihnen.« Fassungslos schüttelte er den Kopf. »Wie hast du das nur geschafft?«

»Ich …« Ich stockte. »Ich hatte Hilfe.« Ich schaute an Amar vorbei zum Palast. Weder hier noch im restlichen Hof war eine Menschenseele zu sehen – dafür wimmelte es hinter den Fenstern des Gebäudes nur so vor Leben. Diejenigen, die im Zentrum der Stadt lebten, hatten sich offenbar in den Palast geflüchtet, anstatt sich bis zu Alanyas Toren durchzukämpfen. »Sind die anderen hier?«, fragte ich. »Deema? Kenan?«

Amar zögerte. »Ich … Ich bin mir nicht sicher, es sind ganz schön viele Leute im Palast, aber …« Langsam schüttelte er den Kopf. »Ich denke nicht.«

Ich schluckte. Ich hatte sie nicht gesehen, seit uns die Unnen umzingelt hatten. Abrupt fuhr ich herum und starrte in Richtung des Himmels über Alanya. »Ist Ryu noch da?«

»Die Bestie?«, fragte Amar. »Leider ja. Alle paar Minuten fliegt dieses … *Ding* über den Palast hinweg.«

Meine Schultern sackten herab. »Gut«, brach die Erleichterung aus mir heraus.

»*Gut!?*«

»Gut«, erklärte ich. »Das bedeutet, dass Deema noch am Leben ist.« Aber was war mit Kenan? Und mit Gil? »Ich gehe sie suchen.«

»Kauna«, ermahnte Amar mich. »Du hast gerade einen erwachsenen Mann durch die ganze Stadt getragen!«

Ich wandte mich zu ihm um. »Ich finde sie«, versprach ich, »und bringe sie her.«

Maliks Vetter hatte die Stirn gerunzelt. »Einen Moment noch.« Er blickte über die Schulter. »Wir haben hunderte von Menschen im Palast. Menschen, die Zuflucht suchen. Die Angst haben.« Er schluckte. Dann sah er mich direkt an. »Sag mir die Wahrheit. Sind wir hier in Sicherheit?«

Es war klar, dass er nicht von den Unnen sprach – sondern von Ryu. Ein Knoten bildete sich in meiner Kehle. Nur mit Mühe presste ich eine Antwort hervor: »Er gehört zu Deema. Also seid ihr sicher.«

Amar hatte die Wahrheit verlangt. Aber ich konnte ihm nur einen Teil davon geben. *Wenn dem nicht so wäre, gäbe es keinen Ort, an dem ihr in Sicherheit wärt.*

Er schien sich ein klein wenig zu entspannen. »Pass auf dich auf, Kauna.«

Ich schenkte ihm ein Lächeln. »Es gibt nichts mehr, wovor wir uns fürchten müssten«, verwandelte ich meine halbe Wahrheit in eine ganze Lüge.

Obwohl mein Bruder fort war, fühlte ich mich, als hätte er einen Teil seiner Kraft bei mir gelassen. Nicht genug, um Ilay noch einmal ans andere Ende der Stadt tragen zu können – aber zumindest, um zügig zwischen den Hausreihen hindurchzuschreiten. Um mich auf Dächer zu ziehen und sogar vom einen zum anderen zu springen, wenn sie nicht allzu weit voneinander entfernt waren.

Allmählich verstand ich das Sprichwort von der Nadel im Heuhaufen. Man könnte meinen, *drei* Nadeln zu finden, wäre einfacher – aber nicht, wenn sie sich bewegten und sich damit jede Sekunde weiter von einem entfernen könnten, ohne dass man es ahnte.

Ich konnte nicht anders, als mir Sorgen um die anderen zu machen. Schließlich hatte ich mit eigenen Augen gesehen, was der Krieg aus den Menschen gemacht hatte. Welche Verletzungen sie davongetragen hatten, allen voran Ilay. Was, wenn die anderen in einer ähnlichen Lage steckten wie der Arzt? Wenn ihnen die Zeit davonlief?

Die furchtbaren Vorstellungen, die sich in meinem Hinterkopf abspielten, wurden so lebendig, dass ich mir Deemas Stimme einbildete, die nach mir rief …

Stolpernd kam ich zum Stehen. Spitzte die Ohren, bis ich sogar das Blut in ihnen rauschen hören konnte. *Das ist doch –*

Mein Blick zuckte nach oben – in dem Moment, in dem ein Junge vom Himmel fiel.

»Deema!«, schrie ich. Ich machte einen Satz in seine Richtung, doch ich war nicht schnell genug.

Der Crae raste auf das Dach zu –

Und landete fest auf beiden Füßen.

Ich konnte nicht mehr anhalten – mit voller Wucht prallte ich gegen Deema und riss ihn von den Beinen. Ungebremst stürzte er auf den Untergrund, ich über ihm.

»Autsch!«, stieß er hervor. »Mein Schädel! Wofür war das denn?«

Entsetzt starrte ich auf ihn herab. »W-Was?« Hatten mich meine Augen getäuscht? Oder mein von den letzten Stunden benebelter Verstand? War Deema gerade aus einer schwindelerregenden Höhe auf das Dach gefallen und ebenso leichtfüßig aufgekommen wie Tigra?

Schnell rappelte ich mich auf und half Deema dabei, sich ebenfalls aufzurichten. »Wie …« Ich schluckte. »Wie hast du das gemacht?«

Sofort vergaß mein Freund den Schmerz in seinem Hinterkopf – ein breites Grinsen zierte sein Gesicht. »Klasse, was? Ich habe versucht, dich zu finden, und …« Er zuckte die Achseln. »Dann ist es einfach passiert.«

»Was?« Verständnislos blickte ich ihn an. »*Was* ist passiert?« Meine Gedanken rasten, schienen sich dabei aber mehr und mehr im Kreis zu drehen. Ich fühlte mich, als läge die Antwort auf der Hand, und als wäre ich lediglich zu geblendet von meinem eigenen Schock, um sie zu erkennen.

Deema hob eine Braue. »Na – ich bin geflogen.«

»Ge…« Mein Blick wanderte von ihm zurück in den Himmel. »…flogen?«, fragte ich mit dünner Stimme. »Aber … *wie?*«

»Mit Ryu natürlich!« Er runzelte die Stirn. »Sag mal, geht es dir gut, Kauna?«, fragte er argwöhnisch.

»E-Entschuldige.« Ich versuchte, mich zu beruhigen. »Das ist einfach nur …« Noch nie zuvor hatte ich einen Crae fliegen sehen. Nicht einmal Stammesmitglieder mit Vögeln als Seelentiere konnten so etwas tun, ohne auf ihnen zu reiten.

Genauso wenig konnten sie Feuer aus dem Nichts entfachen.

»Unglaublich«, beendete ich verspätet meinen Satz.

»Ja!«, erwiderte Deema überschwänglich. »Finde ich auch! Willst du es mal von oben sehen?«

Mein Herz machte einen freudigen Sprung. »Wirklich?«

Er grinste. »Ich habe doch deinen verträumten Blick gesehen – als wir aus dem Wald gekommen sind und der Ballon an uns vorbeigezogen ist.«

Ehe ich in Gedanken die Vor- und Nachteile seines Plans abwägen konnte, streckte Deema eine Hand aus. »Komm«, forderte er mich auf. »So erreichen wir die anderen viel schneller als zu Fuß.«

»Geht es ihnen gut?«, stellte ich die Frage, die mir wie ein Fels auf dem Herzen lag.

Deema nickte. »Ryu hat … gute Arbeit geleistet. Aber du«, fügte er hinzu. »Du warst auf einmal verschwunden!«

»Es ist alles gut«, beruhigte ich ihn. »Ich habe Malik und die anderen getroffen. Sie sind jetzt im Palast. Die Krieger sind geflüchtet. Und unsere Familie in Freiheit.«

Die Augen meines Freundes weiteten sich. »Das bedeutet … es ist vorbei«, stellte er dann fest. »Für immer. Wir können alle …« Er strahlte. »Wir können alle nach Hause gehen!«

Ich erwiderte sein Lächeln. »Genau das heißt es, Deema.«

Sein Strahlen erwärmte mein Herz. »Dann lass uns keine Zeit verlieren!« Plötzlich schlang er beide Arme um meinen Körper. Ohne, dass ich mich bewegte, löste sich das Hausdach von meinen Füßen -

Nein, das stimmte nicht.

Ich verschwand. Gemeinsam mit Deema stieg ich in die Lüfte hinauf und ließ die Welt unter mir zurück.

Ein erstickter Schrei entwich meinen Lippen. Instinktiv hielt ich mich an meinem Freund fest – in einer engen Umarmung bewegten wir uns in den Himmel. Die Luft um uns herum war kühl. Sie blendete die Hitze der Sonnenstrahlen aus. Die Häuser unter uns wurden immer kleiner, bis wir weiter oben waren als jede Baumkrone, die ich jemals erklommen hatte.

In der Ferne entdeckte ich Ryus blaue Schuppen, die nur ein Stück höher schwebten als wir. Offenbar hatte ich mich in dem Drachen getäuscht – denn er hatte Deema und mir das größte Geschenk gemacht.

Und damit meinte ich nicht einmal das Fliegen.

»Ich weiß, dass es zu Hause nicht einfach für uns werden wird«, erklang Deemas Stimme nahe an meinem Ohr. »Nicht nach allem, was in der Zwischenzeit passiert ist.« Ich konnte nur raten, worauf er anspielte. Die Ta'ar? Gil? Die Hinrichtungen der Haiduken? Kenan? »Aber wir schaffen das schon irgendwie. Gemeinsam. Und wenn uns in der Siedlung alles zu viel wird ...« Er lachte in sich hinein. »Dann fliegen wir einfach, Kauna! Denn hier oben sind wir frei – und das kann uns keiner nehmen! Niemals.«

Ich drückte Deema an mich. »Das klingt nach einem großartigen Plan.«

Auf einmal spürte ich, wie der Wind, den unser Flug verursachte, die Richtung wechselte – wir bewegten uns nicht länger nach oben, sondern nach vorne. »Die anderen sind nicht weit von hier – zumindest nicht, wenn man fliegt.« Er seufzte. »Hätte ich von Anfang an die richtige Richtung eingeschlagen, hätte ich dich in Nullkommanichts gefunden.«

Etwas an seinen Worten irritierte mich. »Deema«, fragte ich. »Wie lange fliegst du schon?«

»Seit heute«, erwiderte er, ohne seine Verwirrung zu verbergen.

Ich schüttelte den Kopf. »Nein, ich meine – wie lange fliegst du schon *ununterbrochen*?«

»Ach so.« Er dachte kurz nach. »Eigentlich seit ich dich aus den Augen verloren habe.«

Meine Kehle wurde trocken. »Ist das nicht schon mehrere Stunden her?«, fragte ich, unwissend, wie lange ich in der Gewalt des Soldaten bewusstlos gewesen war.

»Jup. Nach einer Weile ist mir schwindelig geworden, aber Ryu hat mir gesagt, ich soll meine Energie mit ihm teilen – und dann würde er auch seine mit mir teilen.«

Entgeistert starrte ich ihn an. »Deine Energie teilen?« So sehr ich seine Worte auch drehte und wendete – ich kam nicht dahinter, was er damit meinte. »Deema … Das ergibt keinen Sinn.« Natürlich hatte ich auch schon meine Kraft mit Hana geteilt – immer dann, wenn meine Seele in seinen Körper übergegangen war. Aber das war etwas anderes gewesen – Ausnahmen. Notfälle.

Abgesehen davon gab es nichts, was ein Crae seinem Partner schuldig war. Das Band, das sie vereinte, war zu stark, als dass das überlegene Seelentier etwas von seinem menschlichen Wirt verlangen würde.

Zu keinem Zeitpunkt. Zu keinem Preis.

Deema befand sich in seiner eigenen Hülle. Es drohte keine Gefahr mehr. Es gab keinen Grund, weshalb Ryu seine Kraft mit ihm teilen würde. Und vor allem nicht, weshalb Deema *seine* Energie an ihn abgeben würde.

»Warum nicht?«, fragte er verwundert. »Eine Hand wäscht die andere, würde ich sagen.« Aus seinen nächsten Worten sprach Erleichterung: »Es ist viel einfacher geworden, seit ich ihn beschworen habe. Ich meine, ich bin nicht mal mehr wütend und kann trotzdem all meine Fähigkeiten benutzen!«

Mein Herz setzte einen Schlag aus.

Die Wut. Das Portal, das Deema und Ryu seit Tagen miteinander verband. Und das sie zuvor unüberwindbar voneinander getrennt hatte – weil es vor unserer Reise kaum etwas gegeben hatte, das Deema aus der Ruhe gebracht hatte.

Ein ungutes Gefühl stieg in mir auf. Ein Gefühl, das schon vor langer Zeit einen winzig kleinen Teil meines Bewusstseins eingenommen hatte. Das ich in den letzten Stunden immer wieder bekämpft hatte. Das ich im Keim meines unerschütterlichen Glaubens an meinen Stamm erstickt hatte.

Ein Gefühl, das jetzt in all seiner Gewalt zurückkehrte und zu einer schrecklichen Gewissheit heranwuchs.

»Deema?« Meine Arme wurden weich. Obwohl ich mich kaum noch an ihm festhalten konnte, rückte ich mit dem Kopf von ihm ab, um ihn ansehen zu können.

Als er meinen Gesichtsausdruck bemerkte, wurde Deema blass. »Was ist denn? Wird dir schlecht?«

Meine Lippen bebten. »Wenn du nicht mehr wütend bist«, fragte ich schwach. »Warum ist Ryu dann immer noch hier?«

Deemas runzelte die Stirn »W-Warum er noch hier ist?«, wiederholte er verunsichert. »N-Na ja ... Ich meine ... Ich habe nie ...« Sein Blick zuckte zu einem Punkt hinter mir, und seine Augen weiteten sich. »Ryu?«, stieß er hervor.

Ich riss den Kopf herum und entdeckte Ryus langen, wuchtigen Körper, der mit rasender Geschwindigkeit auf uns zuschoss. Fünfzehn Sekunden, mehr trennte uns nicht.

»Ryu, halt!«, rief Deema ihm zu.

Kälte breitete sich in mir aus. »Deema ...«, warnte ich ihn.

Zehn.

»Hey!« Wut und Angst zierten seine Stimme. »Was tust du da?«

Die Lefzen des Drachen zogen sich zurück, gaben den Blick frei auf vier Reihen spitzer Zähne.

Fünf.

»Bleib weg!«, befahl er ihm.

Doch Ryu reagierte nicht.

Er öffnete sein Maul.

»Deema!«, schrie ich. »*Weg hier!*«

Ein Ruck ging durch Deemas Körper. Bevor Ryus Kopf in uns hineinrasen konnte, wurden wir zur Seite geschleudert.

Dann ging es steil nach unten.

Mir war sofort klar, dass wir nicht länger flogen. Denn ich wusste genau, wie sich freier Fall anfühlte.

»Deema!«, kreischte ich, klammerte mich an ihm fest und -

Lange, spitze Klauen bohrten sich in meine Schultern.

Ich schrie auf vor Schmerz, als unser Fall abrupt gebremst wurde. Der Ruf eines Adlers erklang kurz über meinem Kopf. Braue Federn verzweifelt flatternder Flügel schoben sich in meine Augenwinkel.

Nasra und Inega wollten helfen – aber Deema und ich waren zu schwer. Sie verlangsamten unseren Fall, konnten ihn jedoch nicht aufhalten.

»Es tut mir leid!«, drang Deemas erstickte Stimme an meine Ohren. »Ich weiß nicht, was los ist …«

Ich konnte ihn kaum mehr hören. Der Schmerz betäubte all meine Sinne. Tränen schossen in meine Augen. Acht Löcher in meinen Schultern. Klauen, die sich immer tiefer in mein Fleisch bohrten. Rinnsale aus Blut, die meine Kleidung durchnässten.

Der Boden kam plötzlich, unbarmherzig und hart wie Stein. Ich brach durch die Wucht zusammen, mein

Oberkörper schlug ungebremst auf dem Grund auf. Schmerz zuckte durch mein Kinn, meinen Kiefer, meine Nase.

»Es tut mir so leid!« Als ich mich benommen aufrichtete, sah ich, dass Deema nicht weniger Verletzungen davongetragen hatte als ich. Er rappelte sich auf. »Ich muss die Kontrolle verloren haben, und ich habe das mit dem Fliegen einfach nicht so schnell wieder hinbekommen und -«

»Deema«, unterbrach ich ihn tonlos. Mein Blick wanderte zum Himmel. Der Adler und der Falke schwebten über unseren Köpfen. Ryus Schwanzspitze verschwand weit über ihnen aus meinem Blickfeld. »Was ist da gerade passiert?«

Deema blickte nach oben. »Ich … weiß es nicht«, gab er zu. »Es hat fast so ausgesehen, als *wollte* er uns zu Fall bringen.«

»Nein«, erwiderte ich leise. »Ich glaube nicht, dass er das wollte.« Ich schluckte. »Er wollte uns töten.«

Aufgebracht starrte Deema mich an. »Was? Red keinen Schwachsinn!«, winkte er ab. »Er ist mein Seelentier. Es würde ihm überhaupt nichts bringen, mich -« Er stockte, als sich ein dunkler Schatten über uns legte.

Als ich diesmal in den Himmel blickte, waren Nasra und Inega verschwunden. Ihr Kreischen ertönte in der Ferne.

Über uns prangte Ryu. Sein schlangenartiger Körper zog große Kreise über uns hinweg. Aus seinen Nüstern drang dunkler, heißer Rauch.

Wieder entblößte er seine Zähne.

Wieder öffnete er sein Maul.

Deema verstand, bevor ich es tat.

»FEUER!«, rief er. Ehe ich mich versah, hatte er mich auf die Füße gezogen.

Zwei Schritte lang stolperte ich hinter ihm her, dann machte er einen Satz, brach durch einen Hauseingang und riss mich am Arm zur Seite.

Ein Geräusch, laut wie ein Knall und melodisch wie ein Rauschen ertönte in unserem Rücken. Wir kauerten hinter der Hauswand, neben der Tür, die nun auf dem Boden lag. Durch die Öffnung, die sie hinterlassen hatte, konnte ich die Straße sehen, auf der wir gerade eben noch gewesen waren.

Sie war verschwunden – untergetaucht in einem Meer aus Flammen.

II. Kapitel – Deemas Bestimmung

Hitze schlug mir ins Gesicht, und ich wich vom Eingang zurück, ehe sie meine letzten Haare versengen konnte. »Was in aller Welt …« Ich stockte. Meine Gedanken rasten, suchten nach Antworten, nach Erklärungen dafür, dass alles, worauf ich gehofft hatte, in den letzten Minuten wie ein Kartenhaus in sich zusammengestürzt war. »Warum hat er das getan?«, fragte ich Deema. »Warum hat Ryu das getan?«

Entgeistert schüttelte Deema den Kopf. Er war kreidebleich. »I-Ich weiß es nicht!«, beteuerte er. »Ich habe keine Ahnung, warum er so etwas tun würde! Schließlich bin ich immun gegen Feuer. Und noch dazu der Letzte meines Blutes – wenn er mich umbringen würde, würde er selbst auch sterben. Also …« Er hielt inne, runzelte die Stirn. »Kann es sein, dass du ihn verärgert hast, Kauna?«

»Wie bitte!?«, fragte ich verständnislos, doch mein Freund schien jedes seiner Worte ernst zu meinen. »Wie sollte ich das denn angestellt haben?«

Deema kratzte sich an der Schläfe. »Bevor er das alles getan hat …, hast du ihn infrage gestellt. Du wolltest, dass er geht.« Er zuckte die Achseln. »Vielleicht hat ihn das einfach wütend gemacht.«

Ich starrte ihn an. »Deema«, sagte ich mit fester Stimme. »Er hat *Feuer auf uns gespuckt*. Findest du das etwa in Ordnung!?«

Mein Freund hob abwehrend die Arme. »Natürlich nicht! Ich versuche nur herauszufinden, warum –«

»Frag ihn«, forderte ich ihn auf. »Dann weißt du es. Und sag ihm, er soll das nicht noch einmal tun.« Ich presste die Kiefer aufeinander. »Sag ihm, er soll verschwinden.«

Deema schluckte lautstark. »Das … ist einfacher gesagt als getan.«

Ich zog die Brauen zusammen. Ich wusste nicht, ob ich verärgert oder besorgt sein sollte. »Was soll das heißen? Du hast doch schon einmal mit ihm gesprochen!«, erinnerte ich ihn.

»Na ja.« Er zögerte. »Nicht so wirklich.« Er klappte den Mund zu, fast so, als wäre es ihm peinlich, die Wahrheit zu sagen. »Es gab kein richtiges … *Gespräch* zwischen uns oder so.«

Ich ballte die Hände zu Fäusten. »Deema«, sagte ich ungeduldig.

»Er hat geredet!«, brach es aus ihm heraus. »Er hat mir Botschaften geschickt. Aber immer, wenn ich ihm antworten wollte …, kam nichts mehr zurück. Fast so, als würde er mich ignorieren«, fügte er verdrossen hinzu.

Ein ungutes Gefühl stieg in mir auf. »Er hört dir nicht zu«, schloss ich. Schon seit Tagen hatte er Deema die Mächte des Feuers verliehen, ohne sich ihm jemals zu offenbaren. Erst jetzt, als die Wut Oberhand über sein Denken genommen hatte, hatte er sich zum ersten Mal gezeigt. Oder vielleicht war es ihm zuvor überhaupt nicht möglich gewesen zu erscheinen? Wenn es wirklich der Zorn war, der ihn beschwor, bedeutete das, dass dies seine erste Gelegenheit gewesen war, in diese Welt zu gelangen. Und er hatte nicht gezögert, sie zu nutzen.

Aber jetzt, wo er hier war, ließ er sich nichts von Deema sagen – seinem Wirt, der Person, die eigentlich die Kontrolle über sie beide haben sollte. Das bedeutete -

Auf einmal fiel es mir wie Schuppen von den Augen. »Er hat dich benutzt«, flüsterte ich, und plötzlich kochte die Angst in mir hoch, Ryu könnte mich hören und das Haus, in dem wir Schutz gesucht hatten, dem Erdboden gleichmachen. »Um in diese Welt zu gelangen. Und jetzt sagt er sich von dir los.«

Aus großen Augen blickte Deema mich an. »Ist das ... schlecht?«

»Schlecht?«, wiederholte ich ernst. »So etwas sollte nie passieren – niemandem von uns.« Eine Woge der Reue brach über mir zusammen. Ich hätte das alles erahnen müssen. Schon von dem Tag an, als mich Deema mithilfe seiner Gabe vor Wilma gerettet hatte.

Sein ganzes Leben lang war er seinem Seelentier nicht begegnet. Die Regeln und Gesetze, nach denen sich unsere Beziehung zu unseren Partnern richtete, waren ihm fremd. Ich hätte wissen müssen, dass sich Ryu einen Weg in unsere Welt bahnte – und ihn darauf vorbereiten müssen. Wir hatten eine lange Reise hinter uns, und ich hätte mehr als genug Zeit gehabt, um ihm alles beizubringen, was ich wusste. Aber ich hatte meinen Blick immer nach vorne gerichtet – und nicht auf das Hier und Jetzt. Dabei hatte ich das Wesentliche aus den Augen verloren.

Deema starrte zu Boden. »Ich werde es weiter versuchen«, sagte er. »Versprochen. Sobald wir bei den anderen sind.«

»D-die anderen.« Mein Herz setzte einen Schlag aus. *Kenan. Gil.* »Hast du nicht gesagt, sie wären hier in der Nähe?« Mein Magen zog sich zusammen. Wie weit hatte sich Ryus Flammenstrahl durch die Straßen gezogen? Hatten die beiden ihn kommen sehen? Hatten sie sich retten können?

Oder -

Ein einzelnes Bild flackerte vor meinem inneren Auge auf. Vor mir erstreckten sich die unzähligen verkohlten Körper, die Ryu unmittelbar nach seinem Ausbruch hinterlassen hatte.

Nein.

Eine Hand legte sich auf meine Schulter. Deema blickte mich fest an. »Ich bin mir sicher, dass es ihnen gut geht.«

Seine Worte erreichten mich kaum. »Aber wie sollen wir sie finden, wenn …?« Ich beendete meinen Satz, indem ich auf die Flammen zeigte, die auf der anderen Seite der Mauer tobten.

»Wir klettern durch ein Fenster«, schlug Deema vor und nickte in die entgegengesetzte Richtung. »Und halten uns ganz dicht an den Hauswänden. Auf ihrer Schattenseite. So wird er uns von da oben vielleicht nicht bemerken.«

Vielleicht, hallte das entscheidende Wort in meinem Kopf wider. Aber wir hatten keine andere Wahl. Je länger wir stillstanden, desto mehr Kraft würde Ryu erlangen. »Wir sollten keine Zeit verlieren«, warnte ich ihn. »Und, Deema –

versuche, eine Verbindung zu ihm herzustellen, in Ordnung? Es *muss* irgendwie möglich sein.«

Deema nickte unsicher. Als ich zum nächsten Fenster trat und es öffnete, fiel mir auf, dass er sich nicht in Bewegung setzte. »Kauna?«

Ich drehte mich zu ihm um und sah einen Ausdruck in seinem Gesicht, der mir Schauer über den Rücken jagte. Es war derselbe, wie ich ihn im Kerker von Gunes Kalesi erblickt hatte. *Ich will nicht sterben*, hatte er damals gesagt.

»Es wird alles gut werden«, sagte er kleinlaut. »Oder?«

Seine zaghafte Stimme erweichte mein Herz. Sie brachte mich dazu, etwas zu tun, das ich unter anderen Umständen niemals gemacht hätte. »Natürlich!« Ich schritt auf ihn zu und legte meine Hände auf seine vor Aufregung glühenden Wangen. »Es wird alles gut werden, Deema. Versprochen.«

Ich gab ihm ein Versprechen, von dem ich nicht wusste, ob ich es würde halten können. Aber mein Freund hatte Angst. Mindestens so sehr wie ich – und ich brachte es nicht über mich, ihm die Wahrheit ins Gesicht zu sagen: dass meine Hoffnung mit jeder Sekunde schwand.

Ich war die Erste, die ihr Bein durch den Fensterrahmen schwang. Ehe ich vollends auf die Straße trat, lehnte ich mich nach draußen und schaute in den Himmel. Ryu war nirgends zu sehen. Doch ich wusste nur zu gut, wie schnell sich das ändern konnte. »Ich glaube, die Luft ist rein«, flüsterte ich, obwohl mich der Drache vermutlich nicht einmal dann hätte hören können, hätte er sich direkt über uns befunden.

»Keine Sorge«, sagte Deema. »Ich kann ihn spüren. Aber nur schwach.« Er stutzte. »Ich glaube, er braucht ziemlich lange, um zu wenden.«

Zweifelnd blickte ich ihn an. Wenn es eine Eigenschaft gab, die ich Ryu vor allen anderen zuschreiben würde, dann war es *wendig*. Doch mir blieb nichts anderes übrig, als auf Deemas Gespür zu vertrauen.

Dennoch bildete sich ein Knoten in meinem Magen, als er nach mir durch das Fenster stieg und entgegen unseres Planes auf die offene Straße lief. »Kenan!«, rief er so plötzlich, dass ich zusammenzuckte.

»Was machst du denn da?«, zischte ich und warf einen panischen Blick nach oben. Aber Ryus Blau hob sich nicht von dem des Himmels ab.

»Ich hab dir doch gesagt, er ist nicht hier«, gab Deema zurück. »Und er hört mir sowieso nicht zu.« Er zuckte die Achseln. »Also können wir im Moment machen, was wir wollen. Kenan!«, rief er abermals. Seine Stimme hallte von den Mauern der leeren Stadt wider.

Stille legte sich mit all ihrer Schwere über uns. Schließlich drang ein Laut an meine Ohren, so leise, dass ich für eine Sekunde glaubte, ich bildete ihn mir nur ein. Doch als Deema herumfuhr und mich fragend anstarrte, wusste ich, dass er es auch gehört hatte.

Er deutete in Richtung einer Straße, die parallel zum im Brand gesetzten Weg verlief. »Ich glaube, es kam von dort.«

Wir liefen los, begleitet von Deemas Rufen. Es entging mir nicht, dass er nur Kenans Namen aussprach, nicht Gils. Ich konnte es ihm nicht verübeln.

Und tatsächlich – nach einer Weile wurde das Echo auf seine Stimme hin lauter. Und deutlicher.

»Deema!«

Mein Herz machte einen Satz. Wir bogen um eine Ecke – und da standen sie. Seite an Seite. Wohlauf.

Ihre Augen weiteten sich, als sie mich sahen. »Kauna! Er hat's wirklich geschafft!«, stieß Kenan geradezu ungläubig hervor.

»Was in aller Welt war das?«, fragte Gil gleichzeitig in einer anderen Sprache und deutete in den Himmel.

Ich blickte vom einen zum anderen, unschlüssig, wem ich zuerst antworten sollte. Am Rande meines Bewusstseins fiel mir auf, dass die beiden mehrere Stunden zu zweit verbracht haben mussten – ohne die Sprache des jeweils anderen zu sprechen. Kenan wusste genau, wer Gil war. Und ich bekam das Gefühl, dass auch Gil mehr als genug in meinen Gedanken über Kenan gelesen hatte. Unwillkürlich fragte ich mich, warum sie zusammengeblieben waren.

Wegen dir, flüsterte eine Stimme in meinem Hinterkopf.

Mein Mund öffnete sich. Alles, was ich zu Kenan sagte, wiederholte ich auf Crayon. »Ryu ist außer Kontrolle. Aber Deema kann ihn aufhalten. Ihn bändigen. Wir müssen ihm nur etwas Zeit geben.« Ich schaute nach oben. »Und uns in der Zwischenzeit so gut wie möglich vor ihm verstecken.«

Gil kniff die Augen zusammen. »Hat er euch angegriffen? War es das, was wir gesehen haben?«

Ein harter Zug bildete sich um Deemas Kiefer. Er nickte stumm.

Gil und ich wechselten einen Blick. Ich konnte schwören, dass er genau dasselbe dachte wie ich. *So etwas darf nicht sein. Unter keinen Umständen.*

»Aber«, warf Kenan verwirrt ein, »wie will Deema ihn bändigen, wenn wir uns vor ihm verstecken?«

»Es geht nicht darum, Ryus *Körper* zu bändigen«, erklärte ich. »Sondern seine Seele.«

Er blinzelte. »Seine Seele. Klar.«

Gil hatte sich bereits in Bewegung gesetzt. Achtlos stieß er die Tür zu einem Gebäude auf. »Hier rein« – es war mehr ein Befehl als ein Vorschlag.

Als wir bei ihm ankamen, nahm mich Kenan zur Seite. »Ich verstehe nicht viel von diesem … Seelentier-Kram«, raunte er. »Aber … wie schlimm ist es?«

Ich presste die Lippen aufeinander. Ich wollte ihn nicht beunruhigen, gerade weil unsere Kräfte Neuland für ihn waren. Doch ihn zu belügen, kam mir wie Verrat vor. »Das wird sich in den nächsten zehn Minuten zeigen.«

»Es tut mir leid«, sagte Deema, als wir die Tür hinter uns schlossen. Wir befanden uns in einem kleinen Wohnbereich, der völlig verwüstet worden war. Die Wände waren zerkratzt, die Möbel zerschlissen. Auf dem Boden entdeckte ich rote Spritzer.

»Ich … weiß nicht, was ich tun soll. Oder *wie*. Ich …« Er schüttelte den Kopf. »Ich glaube, ich bin der Sache nicht gewachsen.«

»Sag so etwas nicht!«, bat ich ihn. »Du musst einfach nur zum Fluss der Seelen. Gil«, sprach ich den anderen Crae an.

Ein widerstrebender Ausdruck trat in seine Miene – er wusste, worum ich ihn bitten würde.

»Du kannst ihn dorthin bringen«, erinnerte ich ihn. »So wie du es mit mir gemacht hast.«

Weder Deema noch Gil rührten sich.

Die Ungeduld schnellte durch meinen Körper wie Ryus Feuersäulen durch Alanya. Entschieden schritt ich zu

Gil, packte ihn am Handgelenk und zerrte ihn in Deemas Richtung. »Na los!«

»Das ist nicht so einfach, wie du -« Er verstummte, als ich seine Hand auf Deemas Kopf legte.

»Muss das sein?«, brummte der.

»Willst du zum Fluss der Seelen, oder nicht?«, gab ich schroff zurück.

»Still!«, zischte Gil. »Beide.«

Es überraschte mich, dass er noch hier war. Als er mich zum Fluss der Seelen gebracht hatte, hatte er dafür nicht einmal den Bruchteil einer Sekunde gebraucht. Doch jetzt verstrichen mehrere davon. Viele.

Gil kniff die Augen zusammen, und mir wurde klar, dass etwas nicht stimmte. Seine Lippen öffneten sich: »Es ist, als würde ihn etwas festhalten.«

»Was?«, fragten Deema und ich gleichzeitig.

»Seine Seele«, fügte Gil hinzu. »In seinem Körper. In dieser Welt. Ich ... kann sie nicht erfassen. Geschweige denn bewegen.«

Ich konnte kaum begreifen, was er sagte – weder, dass er andere *Seelen bewegen* konnte, noch, dass es ihm bei Deema aus irgendeinem Grund nicht gelang.

Dieser wischte Gils Hand von seinem Kopf. »War ja klar, dass du keine große Hilfe sein würdest«, spuckte er aus.

Gil zuckte nicht mit der Wimper. »Ich denke, es ist Ryu.«

Deema stockte. Seine Gesichtszüge entgleisten. »Ryu?«

»Er verhindert, dass du zum Fluss der Seelen gelangst. Er hat die Kontrolle über deine Seele.«

»Nein. Niemand«, presste Deema gereizt hervor, »hat die Kontrolle über mich!«

»In Ordnung!«, unterbrach ich die beiden und legte eine Hand auf Deemas Schulter. »Es ist sicher nur halb so schlimm, wie es sich anhört.« Das hoffte ich zumindest. »Alles, was du tun musst, ist Ryu zu erreichen. Und zwar so, dass er dich auch hört.«

»Und wie in aller Welt soll ich das anstellen?«, knurrte Deema mit wachsendem Ärger.

»Du brauchst einfach nur …« Meine Gedanken rasten. »Ruhe!«, schlug ich dann vor. »Um dich zu konzentrieren.« Hektisch blickte ich mich um. Das Haus, das wir betreten hatten, war winzig – es besaß nicht einmal ein zweites Stockwerk. »Komm!« Ich schob Deema durch eine Tür in ein Schlafzimmer. Das Bett war kleiner, als ich es in anderen Häusern gesehen hatte, der ganze Boden war voller Kleidung und Spielzeug. Ich stellte mir vor, wie ein Kind in Windeseile seine liebsten Gegenstände zusammengesucht hatte, ehe seine Eltern es auf den Arm genommen hatten und aus der Stadt oder zum Palast geflüchtet waren.

Ich schloss die Tür hinter uns. »Setz dich«, forderte ich ihn auf und tat es ihm gleich. Zu wissen, dass ich Kenan wieder mit Gil allein gelassen hatte, besorgte mich – aber nur für einen Moment. »Es tut mir leid«, sagte ich an Deema gewandt. »Ich hätte viel früher mit dir darüber sprechen sollen. Schon damals, als du mich in unserem Vorratslager angesprochen hast.«

Deema nickte bedächtig. »An diesem Tag war ich so verzweifelt. Ich wollte unbedingt Ryu beschwören. Und jetzt …« Er schnaubte. »Jetzt weiß ich nicht, wie ich ihn wieder loswerde.«

»Das ist vollkommen in Ordnung«, beteuerte ich. Ich griff nach seinen Händen. »Wir waren alle einmal unsicher. Niemand von uns konnte auf Anhieb mit seinem Seelentier umgehen. Ich meine ... Du kennst doch Gils Geschichte.«

»Dass er von Tigra angefallen wurde?« Er schnaubte. »Sie wusste eben sofort, mit wem sie es zu tun hat.«

Ich überging seinen Kommentar. »Und jetzt sind sie ein Herz und eine Seele. Manchmal dauert es einfach eine Weile, bis man sich aneinander gewöhnt. Das Wichtigste ist, dass die Grenzen von Anfang an klar abgesteckt werden.« Ich wählte meine nächsten Worte weise. »Ryu ist mächtig. Mächtiger als alle Menschen, Crae, und vermutlich auch als alle anderen Seelentiere. Aber er ist nicht mächtiger als *du*, Deema. Weißt du auch, warum?«

»Weil ich sein letzter Wirt bin?«, fragte er verdrossen.

»Weil er ohne dich nicht existieren könnte«, drückte ich es anders aus. »So groß und ... *entflammbar* er auch sein mag – ohne dich ist er *nichts*, Deema. Nicht mehr als eine Erinnerung. Ein Mythos. Und es wird Zeit, dass er sich dessen bewusst wird.«

»Aber wie?«, fragte Deema entgeistert. »Was soll ich ihm sagen? *Hör mal, Freundchen, jetzt wird nach meinen Regeln gespielt?*«

Ich konnte den aufkeimenden Ärger in seiner Stimme nur zu deutlich wahrnehmen. Wut war das Letzte, was wir gerade gebrauchen konnten – nicht zuletzt, weil sie Ryus Kräfte zu speisen schien. »Erst einmal«, sagte ich sanft, »musst du deine Verbindung zu ihm stärken. Am einfachsten ist das am Fluss der Seelen.«

»Du meinst den Ort, den ich noch nie zuvor betreten habe?«, fragte er schroff.

»Den Ort, den du heute zum ersten Mal sehen wirst«, widersprach ich. »Und ich werde dich dorthin begleiten.« Ich hoffte, dass meine Unsicherheit nicht an die Oberfläche drang – eigentlich sollte Gil an meiner Stelle sein. Ich wusste doch selbst kaum, wie man sich am Fluss der Seelen zurechtfand! Aber ich bezweifelte, dass Deema sich von ihm helfen lassen würde. Also musste ich mein Bestes geben.

»Gil hat es nicht geschafft«, sagte er. »Nicht, dass ich das auch nur eine Sekunde lang geglaubt hätte. Doch wenn Ryu mich blockiert, dann … ist es unmöglich, oder?«

»Ich weiß es nicht«, gab ich zu. »Aber vielleicht hat er nicht *dich* blockiert. Sondern Gils Einfluss auf dich. Das muss nichts Schlechtes sein – er könnte dich auch einfach nur beschützen wollen.«

Deema blinzelte. »So habe ich das noch gar nicht gesehen«, lenkte er sichtlich entspannter ein.

Eine Last fiel von meinen Schultern – er schenkte meiner Vermutung mehr Glauben als ich selbst. »Schließ die Augen«, forderte ich ihn auf, »und blende die Welt um dich herum aus. Alles davon – bis auf meine Stimme.« Ich beobachtete jede noch so kleine Regung in seiner Miene, konnte seine Ungeduld förmlich spüren. »Entspann dich. Horch in dich hinein. In deine Seele. In die Seelen deiner Vorfahren. Deiner Eltern.«

»Ich erinnere mich nicht mal an meine Eltern«, entgegnete Deema.

»Das musst du auch nicht. Schließlich sind sie immer noch hier.« Ich hob eine Hand und berührte seine Brust mit dem

Zeigefinger – die Stelle, unter der sein Herz schlug. »Und sie sind immer noch am Fluss der Seelen.«

»Das sagt man sich zumindest.«

Eigentlich hätte mich Deemas Reaktion nicht überraschen sollen. Noch vor ein paar Tagen hatte er keinerlei Verbindung zu seinem Seelentier gehabt. Und er war noch nie zum Fluss der Seelen vorgedrungen. Im Grunde war er ebenso machtlos gewesen wie ein Mensch – und deshalb genauso wenig überzeugt von dem, was seine Bestimmung war. »Ich habe vorhin meinen Bruder getroffen«, hob ich vorsichtig an.

Deema riss die Augen auf. »Was?«, fragte er verwirrt. Er runzelte die Stirn. »Aber … Er ist doch …«

»Tot.« Ich beobachtete, wie sich mehr und mehr Emotionen in Deemas Ausdruck mischten. Verständnislosigkeit. Überraschung. Neugierde. Furcht. »Aber er war hier. Bei mir. Er hat mir geholfen. Und das, obwohl ich ihn seit seinem Tod nicht mehr gesehen habe – nicht einmal am Fluss der Seelen.« Ich schluckte. Während ich es aussprach, konnte ich selbst kaum mehr glauben, dass es wirklich passiert war. »Auch wenn ich bisher oft Zweifel hatte, so war er doch stets bei mir. Und jetzt bin ich fest davon überzeugt, dass er das noch immer ist – selbst wenn ich ihn nicht spüren kann. Er ist bei mir, und wenn ich ihn am meisten brauche, wird er mir das auch zeigen. Und auf dieselbe Weise«, fügte ich hinzu, »ist deine Familie bei dir, Deema. Du musst nur deine Augen für sie öffnen. Alle davon.«

»Alle davon«, wiederholte er ruhig. »Was, wenn ich das nicht mehr kann?« Er deutete auf die Narbe auf seiner Stirn. »Was, wenn es an meinem Seelenstein liegt?« Kurzerhand griff er in eine Tasche seiner Hose, die mir zuvor nicht aufgefallen war, und zog den kleinen, runden Gegenstand daraus hervor, der einst ein Teil von ihm gewesen war.

»Das kann nicht sein«, beschwichtigte ich ihn. »Du hast Ryu ohne deinen Seelenstein beschworen.« Etwas, das ich niemals für möglich gehalten hätte. »Es sieht so aus, als würdest du – solange du ihn bei dir hast – dieselbe Macht haben wie zuvor.«

»Es ist schon seltsam«, gab Deema zu. »Meine Kräfte sind erst zu mir gekommen, als ich ihn verloren habe.« Er drehte den Stein zwischen zwei Fingern. »Als hätte mein Craeon verhindert, dass ich zu einem vollwertigen Crae werde.«

Er hatte recht – das Feuer war erst in ihm erwacht, nachdem der unn'sche Händler den Seelenstein aus seiner Stirn geschnitten hatte. Als hätte sein Craeon seine Kräfte unterdrückt wie ein Fluch.

Oder wie ein Segen. Wie ein Schutz.

Auf einmal fragte ich mich, ob ich diesen Tag hätte verhindern können. Ich war diejenige gewesen, die den Händlern ohne Weiteres vertraut hatte. Die dafür gesorgt hatte, dass er seinen Seelenstein verlor. Wenn ich Bill und Wilma nicht um Hilfe gebeten hätte, wo wären wir dann jetzt?

Deema umklammerte sein Craeon mit der Faust. Ehe er die Lider senkte, erkannte ich, wie ein Funke der Hoffnung in seinen Augen aufblitzte. Vielleicht waren wir auf dem richtigen Weg. Doch ich ahnte, dass er noch mehr Hilfe brauchen würde, als ich ihm geben konnte.

Womöglich gab es da etwas …

»Bin sofort zurück«, flüsterte ich. »Ich bringe dir etwas Wasser.«

»Wasser?«, fragte Deema verwirrt, ohne die Augen zu öffnen.

»Wasser«, erklärte ich, »ist das größte Tor zum Fluss der Seelen. Es wird dir helfen.«

»Glaubst du wirklich, dass -«

»Wir können es zumindest versuchen«, beharrte ich.

Im Wohnzimmer fand ich Kenan und Gil noch unruhiger vor, als ich befürchtet hatte. Während der Haiduk in einem raschen Takt auf und ab lief, stand Gil am Fenster, den starren Blick fest gen Himmel gerichtet. Ich konnte ihre Anspannung spüren – doch im Moment gab es nichts, das sie ihnen nehmen könnte.

Schnell hatte ich den Durchgang zur Küche ausfindig gemacht. Glücklicherweise entdeckte ich darin sofort einen Kübel mit Wasser. Gerade eben hätte ich mich vor nichts mehr gefürchtet als davor, nach draußen zu gehen und nach dem nächstgelegenen Brunnen zu suchen.

Ich umschloss den Griff des Eimers mit beiden Händen – dennoch war er überraschend schwer. Ich stöhnte, als ich ihn mehrere Fingerbreit vom Boden hievte.

Natürlich hätte ich einen Teil des Wassers darin ausschütten können – doch ich wagte es nicht. Wenn unsere Ältesten Wasser benutzten, um ihre Bindung zum Fluss der Seelen zu stärken, begaben sie sich immer zu Gewässern – seien es Bäche oder das Meer. Daraus schloss ich: je mehr, desto besser. Und wenn das so war, durfte ich keinen einzigen Tropfen davon verschwenden.

Kaum, dass ich in den Eingangsbereich trat, fiel Kenans Blick auf mich. »Brauchst du -«

»Nein, nein«, wehrte ich ab, ehe er mir zu Hilfe kommen konnte. »Alles in Ordnung.« Schwerfällig setzte ich einen

Fuß vor den anderen, durchquerte den Wohnbereich mit einer geradezu gelähmten Langsamkeit.

Gil schnitt mir mit Leichtigkeit den Weg ab.

»Was ist los?«, fragte ich beunruhigt. Irgendetwas sagte mir, dass er mich nicht passieren lassen würde – also setzte ich den Kübel erschöpft ab.

Er sah von mir zum Eimer und wieder zurück. Er wusste, wofür ich ihn brauchte. Und was das bedeutete. »Glaubst du wirklich, dass er das schaffen wird?«, raunte er, damit Deema ihn durch die geschlossene Tür nicht hörte.

Ich zögerte. Dann sprach ich die einzige Antwort aus, die ich übers Herz bringen konnte: »Er muss.« Ruckartig hob ich den Eimer abermals in die Luft und schob mich an Gil vorbei.

»Wir haben nicht mehr viel Zeit«, verfolgten mich seine Worte. Und ich wusste, dass er recht hatte.

Sekunden später ließ ich den Kübel mit einem lauten Knall vor dem meditierenden Deema fallen. Entsetzt riss dieser die Augen auf. »Was zur -«

»Entschuldige!«, bat ich erschrocken. »Das hier wird dir helfen.«

Deema erschien mir alles andere als beeindruckt zu sein. »Aber *wie*, Kauna?«

Gute Frage. Meine bisherigen Besuche am Fluss der Seelen konnte man an zwei Händen abzählen. Und bei den meisten davon war es Hana gewesen, der mich dorthin gebracht hatte. Aber diese Möglichkeit hatten wir gerade nicht – weder ich noch Deema. »Konzentrier dich auf seine Oberfläche«, improvisierte ich. »Sie ist das Tor zum Fluss.«

Mit weit aufgerissenen Augen starrte Deema das Wasser an. Allein der Ausdruck darin verriet mir, dass es nicht klappen würde. Er versuchte es *zu* sehr. Er war ungeduldig. Angespannt. Nicht die besten Voraussetzungen, um in eine andere Ebene überzutreten.

Ich beobachtete Deema genau, registrierte jede einzelne seiner Bewegungen. Ich wusste, wie die Ältesten aussahen, wenn sie den Fluss der Seelen betraten – wenn ihre Seele ihre äußere Hülle verlassen hatte und in eine andere Welt eingekehrt war. Ich wusste, wie Gils Körper aussah, wenn sich sein Geist auf diese Reise begab. Doch nichts von alledem konnte ich bei Deema erkennen. Er verschwand nicht. Er war immer noch hier.

Der Crae schluckte. Zog die Brauen zusammen. Hörte auf zu blinzeln, als könnte das Wasser verschwinden, wenn er auch nur für einen Moment die Lider senkte. »Es funktioniert nicht, Kauna«, trafen seine Worte mich dort, wo es am meisten schmerzte. Sie nährten die schlimmste meiner Ängste, die ich in den letzten Stunden hatte bekämpfen wollen. Sie ließen sie zu einer Größe anwachsen, die ich nicht länger ignorieren konnte.

»Versuch es weiter«.« Ich konnte nicht sagen, ob meine Stimme zitterte, und hoffte, dass ich mir das nur einbildete. »Und entspann dich. Wenn es eine Sache gibt, die ich in den letzten Tagen gelernt habe«, fügte ich seufzend hinzu, »dann, dass man seinen Übertritt nicht erzwingen kann.«

Deema schürzte die Lippen. Er schien meine Worte alles andere als beruhigend zu finden. »In Ordnung.« Er atmete tief durch, durchbohrte die Oberfläche des Wassers mit seinem Blick.

Und ich wartete. Mit jeder Sekunde schwand ein kleines Stück meiner Hoffnung.

Minuten verstrichen. In der Stille dröhnte mein eigener Herzschlag in meinen Ohren. Er wurde lauter. Schneller. Blut schoss in meinen Kopf, und ich konnte auch Deemas Gesicht leicht erröten sehen. Fühlte er dasselbe wie ich?

Mir dämmerte, dass etwas nicht stimmte. Das Wasser half nicht. Wäre es sein Schicksal gewesen, an den Fluss der Seelen zu gelangen, dann – das glaubte ich zumindest – hätte er es längst geschafft.

Gils Warnung hallte in meinem Kopf wider. Uns lief die Zeit davon. Ryu wurde mit jeder Sekunde stärker. Und gefährlicher. Wenn es Deema nicht gelang, ihn zu bändigen, dann -

Ich sträubte mich gegen die Alternative. Ich wollte nicht, dass es so weit kam. Denn das würde bedeuten, dass es kein Zurück gäbe. Es war die letzte Möglichkeit – und zugleich die verheerendste für unseren ganzen Stamm.

Doch so sehr ich auch gegen die Vorstellung, dass unser letztes Mittel unsere einzige Chance sein könnte, ankämpfte – nach einer halben Ewigkeit, in der Deemas Unruhe immer größer wurde, bezwang sie mich vollständig.

Ich fasste einen Entschluss.

Ich konnte Deema nicht davon erzählen – nicht jetzt, wo ich noch leisesten Hauch von Hoffnung hatte, er könnte es doch zum Fluss der Seelen schaffen. »Ich lasse dich besser für einen Moment allein.« Es war offensichtlich, dass sich

Deema von meiner Anwesenheit noch mehr unter Druck gesetzt fühlte als ohnehin schon. »In Ordnung?«

Der Crae nickte stumm.

»Konzentrier dich.« Ich erhob mich. »Ich weiß, dass du es kannst, Deema. Ich glaube an dich.« Meine Gedanken rasten. Ich musste unbedingt mit Gil sprechen. Denn wenn Deema scheiterte, würden wir Hilfe brauchen. Und zwar jede, die wir bekommen konnten.

Ich schlüpfte aus dem Raum – und merkte sofort, dass jemand fehlte.

Kenan hatte es sich auf einem Diwan bequem gemacht, doch seine Miene wirkte alles andere als entspannt. Von Hawkings Sohn war keine Spur zu sehen. »Wo ist Gil?«, zischte ich und zog die Tür hinter mir zu.

Verständnislos blickte Kenan mich an. »Als hätte er mir das gesagt.«

Ein leises Quietschen ertönte, als eine Klinke heruntergedrückt wurde. Sofort fuhr er herum und riss die Hand hoch. Ein Klicken drang aus dem Revolver, den er blitzschnell auf die Tür richtete.

Diese Tür schwang auf –

»Nicht schießen!«, hielt ich Kenan zurück, als Gil dahinter zum Vorschein kam. Abermals klickte es, und der Haiduk senkte seine Pistole. »Wo warst du?«, fragte ich auf Crayon.

Gil überging meine Frage. »Ryu wird immer stärker«, erklärte er. »Er speit weiter Feuer – aber ziellos und nicht besonders viel.«

»Nicht besonders viel!?«, wiederholte ich verständnislos. »Er hätte uns fast lebendig verbrannt!«

»Ich glaube aber«, erwiderte Gil fest, »dass Ryu noch viel mehr kann als das, was er uns schon gezeigt hat. Und dass es nur eine Frage der Zeit ist, bis er am Höhepunkt seiner Kräfte ist. Gibt es Fortschritte bei Deema?«, erkundigte er sich und versetzte mir einen Stich in die Magengrube.

Ich schaute zu Boden. »Darüber wollte ich mit dir sprechen.« Dann senkte ich die Stimme. »Erinnerst du dich an Deemas Großmutter?«

Gil runzelte die Stirn. »Die seltsame Alte, die von morgens bis abends gejammert hat?« Er schnaubte. »Kaum.«

»Sie hat erzählt, Ryu hätte ihre gesamte Familie auf dem Gewissen. Niemand von uns wollte ihr so recht Glauben schenken. Aber …« Ich schluckte. »Ich habe Angst«, gestand ich. »Angst, dass sie vielleicht doch die Wahrheit gesagt haben könnte. Und Enoba …«

Gil versteifte sich, als ich seinen Ziehvater erwähnte. Sein Tod war noch immer allgegenwärtig.

»Als wir ihn zuletzt in der Siedlung gesehen haben, hat er davon gesprochen, dass Deema … eines Tages gegen sich selbst kämpfen müsste«, zwang ich meine Gedanken aus meinem Mund heraus. »Allmählich passt das alles zusammen.« Ich schüttelte den Kopf. »Wir wurden so oft gewarnt, Gil. Aber wir haben keines der Zeichen ernst genommen.« Als ich den Blick hob, sah ich geradewegs in seine mattblauen Augen. Sie verstanden mich. »Du musst die anderen rufen«, bat ich ihn schließlich. »Du musst ihnen sagen, dass wir ihre Hilfe brauchen.«

Gils Gesichtszüge entgleisten. »Was?«

»Wenn Deema es nicht schafft, eine Verbindung zu Ryu aufzubauen«, beharrte ich und hatte Mühe, meine Stimme zu senken, »dann ist der Kampf der einzige Weg, ihn aufzuhalten.«

»Du willst sein Seelentier töten?«, fragte er verständnislos. »Was hat Deema dazu gesagt?«

Ich schwieg.

Gil hob eine Braue. »Verstehe.« Er verschränkte die Arme. »Und jetzt willst du, dass *ich* bei unserem Stamm angekrochen komme? Glaubst du tatsächlich, dass auch nur einer von ihnen auf mich hören wird?« Seine Mundwinkel wiesen nach unten. »Ich habe sie alle dem Tod ausgeliefert, Kauna.«

»Aber -«, hob ich an.

»Ich habe sie in die Sklaverei geschickt. Ich habe sie auf alle möglichen Arten *verraten*!«

»Gil!«, kämpfte ich um seine Aufmerksamkeit.

Sein Mund klappte zu. »Was?«, fragte er schroff.

»Im Palast«, erinnerte ich ihn. »Nachdem sie Enoba …« Ich brach ab. »Taboga hat mich darum gebeten, mit dir zu fliehen, anstatt mit ihm zurückzubleiben.«

Entgeistert starrte Gil mich an. »Was redest du da?«

»Ich würde mir so etwas niemals ausdenken«, entgegnete ich, »Es ist wahr. Auch wenn du unseren Stamm verraten hast, wollte er dich in Sicherheit wissen.«

Abrupt wandte Gil sich ab. »Aber nur«, erwiderte er und schritt in Richtung des nächsten Fensters, »weil mir ein Tod durch die Unnen nicht gerecht würde. Weil er mich lieber in der Siedlung hingerichtet sehen will.«

Seine Worte stachen wie tausend Nadeln in mein Herz. Die winzigen Löcher, die sie hinterließen, brannten umso mehr, als mir klar wurde, dass ich ihm nicht widersprechen konnte.

»Ich mache es«, sagte er plötzlich.

Ich blinzelte. »Wirklich?«

Gil starrte aus dem Fenster. »Wir müssen Ryu aufhalten. Und ich werde meinen Teil dazu beitragen. Selbst, wenn es mich am Ende mein Leben kosten wird …«, er seufzte, »… weiß ich wenigstens, dass du in Sicherheit bist.« Seine Worte wurden von Stille abgelöst.

Meine Lippen teilten sich leicht, doch kein Ton drang zwischen ihnen hervor. Ein Teil von mir hatte nicht geglaubt, solche Worte je wieder aus Gils Mund zu hören. »Danke. Ich -« Ich wusste nicht, was ich sagen sollte. Und auf einmal hatte ich das Gefühl, dass jede Sekunde, die ich wort- und tatenlos verstreichen ließ, es umso schlimmer machte. »Ich sollte nach Deema sehen.« Mein Blick streifte Kenan, ehe ich zu meinem Freund zurückkehrte.

Der Crae hockte nicht mehr vor dem Eimer, und der Eimer war nicht länger voller Wasser.

»Was ist passiert?«, fragte ich irritiert, während ein verzweifelter Durst meine Kehle hinaufkroch.

Deema lag auf dem Rücken und starrte mit verschränkten Armen an die Decke. Der Eimer stand neben ihm, doch ich konnte schon auf den ersten Blick erkennen, dass sein Inneres staubtrocken war. »Nichts ist passiert!«, gab er zurück. »Das ist es ja.«

Ich suchte die Dielen nach einer Pfütze ab, konnte jedoch keine ausmachen. »Was ist mit dem Wasser geschehen?«

»Hab es getrunken. Ich war durstig.«

»*Alles* davon?« Ich runzelte die Stirn. Ich hatte den Kübel kaum tragen können – Deema konnte ihn unmöglich so schnell geleert haben.

In diesem Moment bildete ich mir ein, sanfte Wasserperlen auf meiner Haut zu spüren. Meine Schultern sackten herab. »Du hast es zu Dampf werden lassen, nicht wahr?«

Er blickte mich nicht einmal an. »Was wäre, wenn?«

Panik stieg in mir auf. Das war die einzige Wasserquelle gewesen, die ich im Haus gefunden hatte. Wir hatten nichts mehr. Deemas letzte Chance, zum Fluss der Seelen zu kommen, war verpufft.

Seine letzte Chance. Kaum, dass sich der Gedanke in meinem Bewusstsein geformt hatte, wusste ich, dass er nicht ganz richtig war. Auch ich hatte schon die Kraft der Elemente genutzt, um zum Fluss der Seelen zu gelangen. Und zwar nicht die des Wassers. »Feuer«, sprach ich es schweren Herzens aus.

»Wie bitte?«, fragte er desinteressiert.

Ich straffte die Schultern. »Du solltest es mit Feuer versuchen.«

Endlich riss Deema seine Aufmerksamkeit von der Decke, schaute mich verwirrt an.

»Feuer«, fuhr ich widerstrebend fort, »ist das Element, vor dem wir uns am meisten in Acht nehmen«, erklärte ich. »Aber gleichzeitig ist es auch das Mächtigste von ihnen. Außerdem ist es eines *deiner* Elemente …« Ich zuckte die Achseln. »Es gibt keinen Grund, warum es damit nicht klappen sollte.«

Deema richtete sich auf. »Du meinst …« Er blickte von mir zum Eimer, der noch immer neben ihm stand. Plötzlich stiegen Rauchschwaden aus dessen leeren Inneren, ehe mit einem lauten Zischen Flammen daraus hervorschossen.

Ich zuckte zurück. »G-Genau.« Auf einmal war ich froh darüber, dass nur wenige Dinge Deema aus der Ruhe brachten – womöglich wäre er inzwischen in der Lage, ganze Dörfer in Brand zu setzen. Auch ohne Ryu.

Er seufzte. »Ich kann's versuchen. Mir bleibt sowieso nichts anderes übrig.« Er zog die Knie an den Körper und umschlag seine Beine mit den Armen. Matt starrte er in die Flammen, die aus dem Kübel züngelten.

»Mach dir keine Sorgen«, versuchte ich, ihn aufzumuntern. »Wenn das nicht klappt, dann nichts!«

»Ja«, brummte Deema jedoch. »Das glaube ich allerdings auch.«

»Kauna?«, drang Kenans Stimme an mein Ohr. Sie klang besorgt. Alarmiert.

Irgendetwas stimmte nicht. Ich riss den Kopf herum und starrte die Tür an. »Deema, ich bin gleich -«,

Ich stutzte. Dann wandte ich mich noch einmal dem Crae zu. Er hatte auf Kenans Ruf nicht reagiert. Genauso wenig wie er jetzt reagierte.

Ein abwesender Ausdruck war in seine Augen getreten.

Ich sandte ein verzweifeltes *Danke* an die Sterne und trat durch die Tür in den Wohnbereich.

Zunächst wirkte es so, als hätte sich nichts verändert. Kenan und Gil waren allein – weder Soldaten noch Haiduken noch Drachen hatten ihren Weg zu uns gefunden.

Doch Kenans Miene sprach eine andere Sprache. Er hatte Gil an der Schulter gepackt, was dieser überhaupt nicht zu bemerken schien. Der Crae hatte mir den Rücken zugedreht, schaute nach wie vor aus dem Fenster. Aber er war nicht mehr derselbe. Er zitterte am ganzen Leib.

»I-ich«, stammelte Kenan. »Ich glaube, er hat einen Anfall oder so.«

Fluchend kam ich auf die beiden zu. Ich drehte Gil an der Schulter herum – und mein Verdacht bestätigte sich.

Seine Augen waren weit aufgerissen, sein Blick blass. Seine Lippen waren einen Spaltbreit geöffnet, bebten wie der Rest seines Körpers. Erstickte Laute drangen aus seiner Kehle. Was auch immer seiner Seele auf ihrer Reise begegnete – es war so stark, dass es bis in sein Innerstes nachhallte.

»Gil!« Ich schüttelte ihn. Es faszinierte mich, wie er trotz seines Zustands noch fest auf beiden Beinen stehen konnte.

Doch er nahm mich nicht wahr. Seine Seele war zu weit entfernt, als dass er etwas in seiner Umgebung spüren konnte.

Panik stieg in mir auf. Ich hatte Geschichten darüber gehört. Von Crae, deren Gabe am Fluss der Seelen so mächtig war, dass sie sich aufgemacht hatten, diesen zu erkunden. Und nie wieder zurück zu ihren Körpern gefunden hatten. Sie waren verschwunden und hatten ihre Hüllen zurückgelassen – obwohl deren Herzen noch immer schlugen.

Aber das waren nur Gerüchte gewesen. So etwas konnte doch niemals in Wirklichkeit passieren, oder? Kälte schoss durch meine Adern und raubte mir schier den Verstand.

Nicht Gil. Nicht jetzt.

Ich wusste nicht, was ich tat, als ich ausholte und meine flache Hand mit voller Wucht auf Gils Wange traf.

Sein Kopf wurde zur Seite gerissen – und der Ausdruck in seinen Augen klärte sich.

Irritiert blickte mich Kenan an. »Das kam unerwartet.«

Gil blinzelte. Hob die Hand und strich mit den Fingern über die Stelle, die vermutlich mehr schmerzte, als ich beabsichtigt hatte. »Danke«, stieß er hervor.

»Was ist passiert?«, fragte ich, doch Gils Miene warnte mich davor, zu schnell zu viel von ihm zu verlangen. »Du solltest dich setzen.« Ich zog an seinem Handgelenk, und wir ließen uns nebeneinander auf dem Boden nieder.

Gil starrte auf seine Hände. Ein harter Zug hatte sich um seinen Kiefer gebildet. »Sie haben mir zugehört«, sagte er dann. »Aber sie zu bitten, wäre nicht nötig gewesen.«

Ich runzelte die Stirn. »Was meinst du damit?«

Endlich wich er meinem Blick nicht länger aus. Mit fester Stimme sagte er: »Sie haben schon damit begonnen, Ryu zu bekämpfen.«

Mein Herz machte einen Satz. »Was!?« Sofort sprang ich auf die Füße und stürzte zum Fenster. Als ich nun in den Himmel sah, war er nicht länger leer. Erst waren es nur vereinzelte von ihnen, doch dann wurden es immer mehr. Sie verbündeten sich zu wabernden Formen und warfen dunkle Schatten auf Alanya.

Es waren Vögel. Adler, Raben, Tauben, vielleicht sogar Insekten. Die Seelentiere hatten sie gerufen. Sie würden gegen Ryu kämpfen, und sie würden ihr Leben lassen – um das zu schützen, was ihnen am meisten bedeutete. Ihre Heimat.

Meine Knie wurden weich. »Nein«, flüsterte ich. »Nein, nein, nein!« Ich fuhr herum. »Du musst sie aufhalten!«

Gil runzelte die Stirn. »Was? Wolltest du denn nicht -«

»Deema hat den Fluss der Seelen betreten!«, schleuderte ich ihm entgegen. »Er hat noch eine Chance!«

Er zuckte nicht mit der Wimper. »Kauna.«

»Wenn sie ihn jetzt angreifen, dann -« Heftig schüttelte ich den Kopf. »Dann gibt es kein Zurück mehr.«

»Ein Zurück«, entgegnete Gil fest, »gab es von dem Moment an nicht mehr, in dem Ryu hier aufgetaucht ist.«

Kälte kroch meinen Rücken hinauf, bahnte sich einen Weg durch meine Haut und umklammerte mein Herz. Auf einmal wurde mir klar, was ich schon längst hätte wissen müssen: dass unser Schicksal mehr für Deema und mich bereitgehalten hatte als die Reise, die wir hinter uns hatten. Dass es viel mehr war als Maliks Kampf um den Thron. So viel mehr, als sich ein Mensch je vorstellen könnte.

Der Krieg gegen die Unnen war vorüber. Er war abgelöst worden von einem Gefecht gegen eine Bestie, die mächtiger war als jedes andere Seelentier. Und wenn wir diesen nicht gewannen -

Ich schluckte und fixierte Kenan. Sein Anblick beflügelte mein Herz und riss es zugleich in Stücke. Er war ein Mensch – und in einer Schlacht zwischen Crae und Seelentieren könnte er niemals überleben. »Du musst auf der Stelle von hier verschwinden.«

Entsetzt starrte Kenan mich an. »Was ist denn passiert?«

Ich ergriff seinen Arm und zog ihn zur Seite – nicht, dass Gil etwas von dem hätte verstehen können, was wir sprachen. »Es tut mir leid. Aber du musst gehen.« So sehr ich mich auch bemühte, ruhig zu bleiben – meine Stimme begann zu zittern.

Der Haiduk öffnete den Mund und schloss ihn wieder. Dann veränderte sich etwas in seiner Miene. »Ist es wegen ihm?«

Ich stockte. Meine Verzweiflung wich der Verwirrung. »Was?«

»Seit du vom Palast wiedergekommen bist«, fuhr er fort, »verhältst du dich irgendwie anders. Ist es wegen ihm?«

»N-nein!«, widersprach ich hastig. Eine Woge der Schuld schlug über mir zusammen, als mir klar wurde, wie sehr ich ihn in den letzten Stunden außen vor gelassen hatte. Indem ich die meiste Zeit über Crayon benutzt hatte, um mit Gil und Deema zu sprechen. Und indem ich ihn mit Gil allein zurückgelassen hatte. Es sollte mich nicht überraschen, dass er deshalb wütend war.

Ich legte beide Hände auf seine Wangen. »Nein«, sagte ich diesmal fester. »Die Vergangenheit ist die Vergangenheit. Und …« Ich unterbrach mich selbst. Es gab so vieles, das ich ihm sagen wollte, aber ich wusste nicht, wie. »Und ich hoffe«, entließ ich die Worte schließlich aus meinem Bewusstsein, »dass du meine Zukunft sein wirst.«

Das Lächeln, das Kenans Lippen umspielte, brach mir das Herz, denn ich wusste, dass das, was jetzt kam, ihm nicht gefallen würde. »Aber wenn du hierbleibst, begibst du dich nur unnötig in Gefahr.«

»Kauna«, erwiderte Kenan mit perfekter Aussprache. »Ich war schon in der Sekunde in Gefahr, als ich dich zum ersten Mal gesehen habe. Und schau, wie weit ich gekommen bin!«

»Du wärst in Istar fast gestorben!« Ich ließ nicht locker. »Und vorhin, als du mit dem Unn gerungen hast?«

Er zuckte die Achseln. »Das kann passieren.«

Entgeistert starrte ich ihn an und löste meine Berührung von ihm. Kenan schien den Ernst der Lage nicht zu verstehen – schon wieder. »Nicht dieses Mal.«

Er verdrehte die Augen. »Du weißt, dass das mit dem Fortschicken noch nie funktioniert hat, oder?«

Ich ballte die Hände zu Fäusten. »Aber jetzt muss es das, Kenan!« Der Haiduk hob zum Widerspruch an, doch ich ließ es nicht dazu kommen. »Das hier ist nicht länger dein Kampf! Sondern der meines Volkes. Menschen haben darin nichts verloren.«

»Das spielt keine Rolle.« Er verschränkte die Arme. »Wenn mich diese Riesenschlange grillen will, wird sie das auch tun!« Er zuckte die Achseln. »Es ist nicht so, als könnte ich einfach vor ihr davonrennen!«

»Oh doch, das kannst du!«, gab ich zurück. »Du musst nur damit anfangen. Schritt für Schritt!«

Mit zusammengezogenen Brauen starrte Kenan mich an – dann erhellte sich seine Miene plötzlich. »Weißt du eigentlich«, fragte er mit einem Grinsen, »wie wunderschön du aussiehst, wenn du wütend bist?«

»Kauna«, ertönte Gils warnende Stimme hinter mir. »Wir haben ein Problem.«

Ich fuhr herum – und sah, dass sich der Crae wieder dem Fenster genähert hatte. Als ich seinem Blick folgte, erkannte ich sofort, was er meinte.

Der ganze Himmel stand in Flammen.

Es dauerte mehrere Sekunden, ehe der erste kleine, verkohlte Körper zu Boden fiel. Danach ging es ganz schnell. Grauen stieg in mir auf, als ein Regenschwall aus toten Vögeln über uns hereinbrach.

Ich hoffte, dass sich kein Seelentier unter ihnen befand.

Ich hoffte, Hana ging es gut.

»Glaubst du immer noch, dass Deema das in den Griff bekommt?«, fragte Gil trocken.

Jedes seiner Worte versetzte mir einen Stich. Vor allem, weil ich keine Antwort auf seine Frage hatte.

Plötzlich weiteten sich Gils Augen. Er schien etwas am Himmel zu erspähen, das ich von meiner Position aus nicht sehen konnte. »Verdammt!«

Er wich vom Fenster zurück – in dem Moment, in dem sich eine Wand aus Feuer dahinter erhob.

Ich hob einen Arm vors Gesicht – sogar aus meiner Entfernung konnte ich die Hitze auf meiner Haut spüren.

Kenan fluchte. »Er weiß, wo wir sind!«

»Nein!«, entgegnete ich. »Nein, das weiß er nicht. Er kann es nicht wissen!«

»Er wissen«, ertönte eine schwache Stimme neben mir.

Ich drehte den Kopf – und erschrak. »Deema?«

Deemas Augen waren gerötet. Sein Gesicht war kreidebleich und glänzte. Seine Schultern bebten. »Er weiß es, Kauna«, flüsterte er auf Crayon.

Furcht stieg in mir auf. »Was ist passiert?« Ich ging auf ihn zu und fasste ihn bei den Armen – ich machte mir Sorgen, dass er sich kaum noch auf den Beinen halten konnte. »Hast du ihn erreicht?«

Er nickte stocksteif. »Aber nur, weil er es wollte. Er wollte …« Deema schluckte. »Ich kann ihn mehr spüren denn je, Kauna.«

Ich rieb seine Arme. »Aber das ist doch wunderbar!«, sagte ich, zögerlich, denn der Ausdruck in seiner Miene belehrte mich eines Besseren.

Langsam schüttelte er den Kopf. »Wir haben ihn wütend gemacht«, raunte er. »Sehr wütend. Und dafür werden wir bezahlen.« Sein Blick zuckte zu Gil. »Er wird die Crae auslöschen, die es gewagt haben, ihn anzugreifen.« Er schluckte. Als er fortfuhr, war seine Stimme rau: »Er wird euch alle töten.«

Eine Eiseskälte breitete sich in mir aus. Ich ließ die Hände sinken. All meine Hoffnung drohte in sich zusammenzubrechen – wäre da nicht ein kleiner Funke, der sie aufs Neue entfachte. Meine Angst wich der Zuversicht, mein Zögern der Entschlossenheit. »Nicht, wenn wir ihn zuerst töten.«

»Du machst Witze«, schnaubte Gil. »Wir sind gefangen. Und von hier drinnen wird es ziemlich schwer, einen Drachen zu erlegen.«

»Uns fällt schon etwas ein!«, erwiderte ich über die Schulter.

Plötzlich setzte sich Deema in Bewegung, ganz auf die Flammen fokussiert, die auf der Straße züngelten. »Das ist alles meine Schuld.«

Mein Herz brach, als ich ihn so sah. Das Schlimmste an unserer Lage war nicht Ryu, sondern das, was er mit Deema tat. Ich hätte ihn vor alldem beschützen müssen. Allein das war meine Aufgabe gewesen. Doch ich hatte versagt.

»Es tut mir leid, Leute. Ich wünschte nur, ich könnte irgendetwas -« Er verstummte.

Gil runzelte die Stirn. Dann tat er etwas, das ich als Letztes von ihm erwartet hätte. Er stellte sich bereitwillig neben Deema. Ohne ihn anzugreifen – oder auch nur anzusehen. Geradezu friedlich. »Bist du das?«

»Ist er *was*?«, fragte ich über den Raum hinweg. Ihre Schultern versperrten mir jede Sicht nach draußen. Zwischen ihren Köpfen konnte ich nicht mehr erkennen als Rauchschwaden, die von der Straße aufstiegen.

Rauch?

Kenan und ich wechselten einen Blick. Dann durchquerten wir den Raum und kamen hinter den beiden zum Stehen. Ich musste mich auf die Zehenspitzen stellen, um an ihnen vorbei nach draußen schauen zu können. Dort war -

Nichts.

Rein gar nichts.

»Wo …« Ich stockte.

»Wo ist das Feuer hin?«, stellte Kenan meine Frage.

Für einen verräterischen Moment hoffte ich, dass alles vorbei wäre. Dass Ryus Kraft erschöpft und er in die Welt der Seelen zurückgekehrt war.

»Ich glauben«, erwiderte Deema auf Ta'ar. »Ich es löscht.« Er starrte auf seine Hände, als hätte er die Flammen mit ihnen erstickt. »Ich glaube«, wiederholte er auf Crayon, »ich kann das Feuer bezwingen.«

Ein Sturm der Erleichterung brach in mir aus. »Natürlich kannst du das!« Mir fiel es wie Schuppen von den Augen. »Du kannst es beschwören – selbstverständlich kannst du es dann auch bezwingen!«

Deema ballte die Hände zu Fäusten. Von der Verzweiflung, die ihn befallen hatte, war nichts mehr zu erkennen. »Und dasselbe gilt für Ryu!«, verkündete er triumphierend. »Wisst ihr was? Ich werde jetzt da rausgehen und ihm zeigen, wer der Boss ist!«

Gil hob eine Braue. »Wirst du das?«, fragte er zweifelnd.

»Und du, Halbblut, kannst mir dabei zusehen!«, knurrte er und warf mich in eine Zeit zurück, in der weder Malik noch Hawking einen Fuß in unser Lager gesetzt hatten. »Deema rettet den Tag, jawohl!«

Der Crae verdrehte die Augen.

Deema blickte Kenan an. »Ich retten Tara'an. Bis dann!« Mit diesen Worten marschierte er zur Tür.

Verdattert sah der Haiduk ihm nach. »Alles klar, viel Spaß.«

»Warte!«, hielt ich ihn zurück. »Ich komme mit dir!« Ich machte einen Schritt in seine Richtung.

»Nein!«, riefen Gil und Kenan gleichzeitig in zwei verschiedenen Sprachen.

Irritiert drehte ich mich um.

»Äh«, fuhr der Haiduk fort und deutete mit dem Daumen auf Gil. »Ich weiß nicht, was *er* dir sagen will, aber – ich glaube nicht, dass du mit ihm nach draußen gehen solltest.«

»Zu viel Gefahr«, pflichtete Deema ihm bei. »Feuer in Ordnung für mich. Nicht für dich.«

Ich blickte ihn fest an – um ihm zu zeigen, dass ich keinen Widerspruch von ihm duldete. »Ich habe dir ein Versprechen gegeben, Deema. Und du wirst mich nicht daran hindern, es zu halten.«

Seine Augen weiteten sich leicht. Er konnte sich genauso gut an diesen Tag erinnern wie ich. *Wenn du dich nicht vor dir selbst retten kannst, werde ich es tun.* Er schluckte. »Danke, Kauna.« Ich hörte, dass er es von ganzem Herzen meinte.

Aus dem Augenwinkel sah ich, dass Gil den Kopf schüttelte. Als ich ihn mich zu ihm wandte, hob er abwehrend die Arme. »Tu, was du tun musst.« Er wich meinem Blick aus.

Blieb nur noch Kenan. Seine Miene war hart, unnachgiebig. »Es ist dumm. Und unnötig.«

»Ich habe es ihm versprochen«, entgegnete ich. »Und ich halte immer mein Wort.« Ich war dabei gewesen, als Enoba diesen Tag prophezeit hatte. Und ich würde Deema nicht im Stich lassen. Nicht jetzt, wo er mich am meisten brauchte.

»Ich bringe den Ta'ar in Sicherheit«, sagte Gil plötzlich.

»Wirklich?«, fragte ich überrascht.

»Ich weiß, wo sich die Crae aufhalten«, fuhr er fort. »Dort wird er sicher sein.«

»D-Das meine ich nicht!«, wagte ich, es zu sagen. »Du sprichst kein Ta'ar. Woher wusstest du, dass ich …«

Sein Gesichtsausdruck brachte mich zum Schweigen. »Weil du mit ihm in demselben Ton gesprochen hast wie ich, als ich wollte, dass du den Palast verlässt«, sagte er ruhig.

Als ich mich daran machte, den Ausdruck in seinen kühlen Augen zu entschlüsseln, gab es auf einmal nur noch uns beide. Wie schon so oft zuvor, und doch zum letzten Mal. »Warum tust du das alles für mich?« Meine Stimme war nicht mehr als ein Flüstern.

Gil verzog keine Miene. »Ich werde ohnehin bald sterben. Was schmerzt es mich also, wenn ich versuche, bis dahin auch nur einen kleinen Teil meiner Schuld wiedergutzumachen?«

Meine Hand zuckte. Ich wollte nichts lieber tun, als seine zu nehmen und zu drücken. »Gil ...«

Ein Räuspern ertönte. »Leute«, meldete Deema sich zu Wort. »Wollen wir hier gebraten werden oder die Bestie vom Himmel schießen?« Er griff nach dem Türknauf.

Ich wandte mich Kenan ein letztes Mal zu. »Es tut mir leid. Mach dir keine Sorgen um mich.«

Der Haiduk seufzte. »Ich könnte mir nie *keine* Sorgen um dich machen, Kauna.« Seine Worte verfolgten mich noch dann, als wir das Haus längst hinter uns gelassen hatten.

Auch wenn Deema vor Selbstbewusstsein nur so strotzte, hatte ich kein gutes Gefühl bei der Sache. Die Erschöpfung ruhte schwer in meinen Gliedern, und die Furcht vor der Kreatur, die über uns am Himmel schwebte, betäubte meine Gedanken. Die verkohlten Leichen der Vögel, über die wir auf unserem Weg steigen mussten, taten ihr Übriges.

Obwohl Deema das Feuer in unserer Umgebung gelöscht hatte, lag der Rauch noch immer in den Gassen. Nach einem Hustenanfall, der mir jeglichen Atem raubte, trennte ich einen Teil meines Gewands ab, um es mir auf Mund und Nase zu pressen.

Deema tat es mir gleich. Obwohl der Rauch in unseren Augen brannte, hatte er den Blick starr in den Himmel gerichtet. Ich war mir nicht sicher, wonach er Ausschau hielt – nach Bränden in unserer Umgebung oder dem Wesen, das sie verursacht hatte.

Die Gebäude um uns herum waren größer als in Istar – wir konnten kaum über ihre Dächer hinwegsehen. Zumindest aber konnten wir uns sicher sein, dass Ryu nicht in unserer Nähe war.

Auch wenn sich das jede Sekunde ändern könnte.

Wir bewegten uns im Schatten der Häuser. Gil hatte erzählt, dass sich die restlichen Crae am Stadtrand aufhielten – weit weg von den Seelentieren, die für sie kämpften. Kenan und er würden dort sicher sein – vorausgesetzt, sie schafften es bis zu ihnen. Wenn Deemas Plan aufging, würde Ryu sie jedoch gar nicht bemerken.

Zugegeben, die ganze Sache gefiel mir nicht besonders – aber in den fünf Sekunden, die Deema mir zum Nachdenken gegeben hatte, war mir keine bessere Idee gekommen. Also hatte ich mich seinem Willen gebeugt.

Er würde die Feuer in unserer Umgebung löschen und Ryu damit die Stirn bieten. Sobald wir die Aufmerksamkeit des Drachen hatten, würde er *ihn zähmen wie ein junges Fohlen*. Er hatte keine Details verraten – vermutlich, weil er selbst noch nicht darüber nachgedacht hatte. Doch ich musste mir keine Sorgen um ihn machen. Schließlich konnte Ryu ihm nichts antun. Und was mich betraf …

Deema würde mich beschützen. Ich vertraute darauf. Ich vertraute ihm.

Ich konnte die Hitze der Flammenwand schon spüren, ehe wir um die Ecke des Hauses bogen. Als mir das Feuer dann ins Gesicht schlug, glaubte ich, dass es sämtliche Härchen meiner Augenbrauen versengte. Ich zuckte zurück – ganz im Gegensatz zu Deema. Er blickte den Flammen todesmutig ins Auge – erkannte er etwas in ihnen, das mir verborgen blieb?

»Mann«, stieß er hervor. »Das sieht nicht gut aus.«

»Bist du dir sicher, dass du das schaffst?«, fragte ich, den Rücken an die Hauswand und das Stück Stoff in mein Gesicht gepresst.

»Sicher bin ich sicher«, erwiderte er locker. Dann wurde seine Miene ernst. »Sicher …«, murmelte er.

»Lass dir Zeit!«, ermahnte ich ihn, auch wenn ich mir nicht im Geringsten vorstellen konnte, wie es sein musste, Feuer zu kontrollieren. Meine Kräfte waren völlig andere. Natürlich hatte ich nicht immer mit den Bäumen der Wälder sprechen können. Es hatte viele Dinge gegeben, die ich erst hatte lernen müssen, aber … das konnte ich wohl kaum mit dem vergleichen, was Deema gerade zu tun versuchte.

Der Crae kniff die Augen zusammen – und schloss sie.

»Alles in Ordnung?«, fragte ich durch den Stoff hindurch.

»Ja – ich muss mich nur kon…« Er verstummte. Sekunden verstrichen, bevor er zaghaft ein Augenlid anhob. Dann das zweite. »Geht doch!«, stieß er hervor.

Ich wagte es, um die Ecke zu spähen – und diesmal blieb mein Gesicht unberührt.

Das Feuer, das in unserer unmittelbaren Nähe gewütet hatte, war fort. In einiger Entfernung schossen nach wie vor Flammen gen Himmel. Doch je länger ich sie betrachtete, desto schwächer wurden sie, bis sie vollends erloschen, erstickt von einer unsichtbaren Hand. Zurück blieb nichts als die Überreste toter Vögel, die von einem Windhauch über die Straße geweht wurden, und die Häuser, deren Fassaden sich kohlschwarz gefärbt hatten. »Das ist … unglaublich«, stieß ich hervor.

Neben mir sackte Deema auf die Knie.

Ich erschrak. »Deema!«, rief ich aus. Sofort sank ich neben ihm zu Boden und ergriff seine Schultern.

»Schon gut!«, wehrte er ab. Seine Atemzüge waren schnell, abgehakt. »Ich muss nur … kurz …«

Ich hielt ihn fest und gab ihm Zeit, sich zu erholen. »Ein Crae, der das Feuer kontrolliert«, murmelte ich. »Ich hätte so etwas niemals für möglich gehalten.«

»Super, nicht wahr?« Er schmunzelte schwach. »Damit werde ich in die Geschichtsbücher eingehen!«

»Sicher«, neckte ich ihn. »Sobald die Crae anfangen, welche zu schreiben.«

»*Deema – Herr des Feuers*«, fuhr er unbeirrt fort. »Wie klingt das?«

»Ziemlich bescheiden«, sagte ich grinsend.

»Keine Sorge.« Ich ließ von ihm ab, als er schwerfällig auf die Füße kam. »Ich werde mir diesen Titel heute noch verdienen!«

Ich hob eine Braue. »Da bin ich aber gespannt, o *Herr des Feuers*!«

Als wir uns wieder in Bewegung setzten, fiel mir schnell auf, dass sich etwas an Deemas Schritten verändert hatte. Nicht nur war er langsamer geworden. Er wirkte *unsicher* auf den Beinen, fast wie ein junges Reh, das seine ersten Gehversuche machte. Ich wollte mir nicht vorstellen, wie viel Kraft es ihn gekostet hatte, wieder in Ordnung zu bringen, was Ryu angerichtet hatte. Doch überraschte mich das wirklich? Schließlich war der Drache tausende von Jahren alt – und Deema gerade einmal neunzehn. Ich wollte mir nicht ausmalen, welchen Machtvorsprung sein Seelentier vor ihm hatte. Aber er hatte es geschafft. Und das war alles, was zählte. Wir hatten noch eine Chance.

»Hey«, sagte Deema auf einmal. »Ich finde, wir sollten uns über den Straßen bewegen.« Er deutete auf ein Hausdach in unserer Nähe. »Dann wären wir schneller und hätten einen besseren Überblick.«

»Hältst du das wirklich für eine gute Idee?«, fragte ich. »Damit würden wir uns Ryu auf dem Präsentierteller servieren.«

»Na und?«, grunzte er. »Früher oder später wird er sich uns ohnehin stellen.« Ich wusste nicht, ob Deemas Worte mir Sorgen machen sollten – er sprach ganz so, als wäre es Ryu, der Angst vor *uns* haben musste. »Und wenn es so weit ist, werde ich mich darum kümmern, dass dir nichts passiert, Kauna.« Kaum, dass er geendet hatte, lösten sich seine Füße vom Boden. »Also?«

Ich kletterte auf Deemas Rücken, ehe wir uns durch die Luft nach oben bewegten. Wir waren nicht annähernd so schnell wie vorhin, doch ohne Hanas Hilfe hätte ich es in meinem Zustand nicht geschafft, aus eigener Kraft auf das Dach zu klettern.

Ruckartig stieß Deema Luft aus seiner Lunge, als wir auf dem Dach aufkamen. Sofort drehte ich mich um die eigene Achse – und erschrak.

Ryus Silhouette war kleiner als je zuvor. Er schwebte über einem anderen Teil der Stadt – wenn nicht sogar über ihren Ausläufern. Ich hoffte, dass er unseren Stamm nicht entdeckt hatte.

Schwarzer Rauch stieg von Ryus Kopf auf. Ich zuckte zusammen, als ein Feuerstrahl aus seinem Rachen schoss. Flammen begannen unter seinem wuchtigen Körper zu lodern. Ein weiterer Brandherd – so wie überall in der Stadt.

Mein Magen verkrampfte sich, als ich das Ausmaß dessen erblickte, was der Drache getan hatte. Egal, wohin man sich wandte – das Feuer brannte in jeder erdenklichen Richtung. Der schwarze Rauch, der von ihm aufstieg, wurde an manchen Stellen so dicht, dass ich nichts anderes mehr erkennen konnte.

Deema fluchte. »Das sind mehr, als ich dachte«, stellte er fest. »Viel mehr.«

Ich beobachtete jede Regung in seiner Miene. »Woran denkst du?«, fragte ich in meinen Mundschutz hinein.

Der Crae presste die Lippen aufeinander, den Blick fest auf den Rauch gerichtet, der aus allen Ecken Alanyas in den Himmel stieg. »Ich denke, dass wir uns beeilen sollten.«

Der nächste Ort, den wir anvisierten, befand sich nur wenige Straßen von uns entfernt. Trotzdem brauchten wir mehrere Minuten, um das nächstgelegene Hausdach zu erreichen. Während ich mich von dessen Rand fernhielt, um von der Hitze verschont zu werden, trat Deema bis an seine äußerste Kante und starrte mit einer Mischung aus Faszination und Sorge nach unten. »Wahnsinn«, stieß er hervor. »Sieh dir das an, Kauna! Er hat die ganze Straße erwischt.« Er zeigte mit dem Finger auf den Punkt unter sich und ließ ihn dann in der Ferne wandern. »Wenn wir diese Strecke ablaufen würden, bräuchten wir eine Ewigkeit!«

»Schaffst du das?«, fragte ich wieder.

»Klar!«, antwortete er. Doch ich konnte den veränderten Unterton in seiner Stimme nicht überhören.

Er war verunsichert.

»Gib mir nur ... einen kurzen Moment«, bat er. Von meiner sicheren Position in der Mitte des Hausdachs aus beobachtete ich ihn dabei, wie er sich auf den Boden kniete und abermals die Lider senkte. Mehrere Minuten lang passierte nichts – doch ich erlaubte es meinem Herzen nicht, auch nur den kleinsten Hauch von Zweifel zu empfinden. Er würde es schaffen.

»Klappt es?«, fragte er plötzlich, ohne die Augen zu öffnen.

»E-Eine Sekunde!« Hastig robbte ich zum Rand des Dachs und schaute vorsichtig nach unten. Tatsächlich – die Flammen wurden schwächer. »Ja!«, seufzte ich erleichtert. »Mach weiter so!«

Diesmal brauchte Deema länger, um das Feuer zu ersticken. Aber das war nicht das Einzige, was mir auffiel. »Das kann doch nicht –« Ich unterbrach mich selbst, kniff die Augen zusammen und starrte auf einen Punkt in der Ferne, der meine Aufmerksamkeit auf sich gezogen hatte. Nicht, weil es dort brannte – ganz im Gegenteil.

»Was?«, keuchte Deema. »Hab ich ... was über...sehen?«

»Nein«, erwiderte ich. »Siehst du, da drüben?« Ich deutete auf eine Stelle mehrere Querstraßen von uns entfernt.

»Nein«, entgegnete er. »Sehe ich nicht.«

»Eben. Vor ein paar Minuten ... ich könnte schwören, dass es dort auch noch gebrannt hat.«

Irritiert blickte Deema mich an. »Willst du mir damit sagen, dass ... dass ich ...«

»Vielleicht«, riet ich, »musst du dich dem Feuer nicht nähern, um es zu kontrollieren.«

»Das … wäre ja … groß…artig!« Deema riss sich sein Stück Stoff vom Gesicht und schnappte gierig nach Luft – nur um in einen Hustenanfall zu geraten, von dem er sich erst nach mehreren Minuten wieder ganz erholte.

Ich spürte einen Stich in meiner Magengegend. Wie auch immer es ihm gelang, die Flammen zu löschen – es raubte ihm viel Kraft. Ich wünschte, ich könnte irgendetwas für ihn tun.

»Dann lass es … mich versuchen!« Schwerfällig hob er einen Arm und deutete auf eine Rauchsäule in einiger Entfernung. »Daran.«

»Vielleicht solltest du dich vorher etwas ausr-«

»Und dabei zusehen, … wie Ryu … die Stadt in Schutt und Asche legt?«, gab Deema zurück. »Nur über meine Leiche.« Die Endgültigkeit in seinen Worten riet mir davon ab, es weiter zu probieren.

Deema atmete tief durch. Hielt den Finger weiterhin auf denselben Punkt gerichtet, als befürchtete er, den Überblick zu verlieren.

Ich durchbohrte die Rauchschwaden mit den Augen, versuchte, jede noch so kleine Veränderung zu registrieren, und -

Mein Herz machte einen Satz. Lösten sie sich auf? Sie wurden tatsächlich -

»*Nein!*«, rief Deema plötzlich.

Ich fuhr zu ihm herum. »Was ist los?!«, fragte ich überrascht, doch er war bereits auf die Füße gesprungen und hatte mir den Rücken zugekehrt.

Anstatt die schindende Rauchsäule anzusehen, starrte er in Ryus Richtung. Langsam nahm er das Stück Stoff von seinem Mund. Seine Stimme zitterte. »Er hat sie gefunden.«

»Was?«, fragte ich, während die Gewissheit nach und nach in mein Herz kroch. »Was meinst du?« Meine Kehle wurde rau. »*Wen* hat er gefunden?«

Deemas ganzer Körper bebte. »Die Crae.«

Ich fixierte die blaue Bestie am Himmel. Ryu befand sich noch immer in weiter Ferne – doch anstatt wahllos Flammen in Richtung Boden zu spucken, schien nun etwas seine Aufmerksamkeit auf sich gezogen zu haben. Er zog kleine, schnelle Kreise, den Blick auf einen Punkt unter ihm gerichtet.

»S-Sie sind dort«, stieß Deema hervor. »Und er weiß es. Er wird sie töten. Er wird sie alle töten!«

Ich packte ihn von hinten bei den Schultern. »Nicht, wenn wir das verhindern können!«

Doch Deema schüttelte den Kopf. »Es ist vorbei, Kauna«, sagte er mit tränenerstickter Stimme. »Es ist vorbei.«

»Es ist erst vorbei«, widersprach ich, »wenn es vorbei ist!«

Doch was Deema mir dann erzählte, ließ das Blut in meinen Adern gefrieren: »Er spricht mit mir«, raunte er. »Er wird erst sie töten. Dann die Menschen im Palast. Dann dich. Und dann alle anderen.«

Mehrere dunkle Blitze zuckten durch den Himmel. Ich kannte jeden ihrer Namen. Inega. Riva. Conia. Corva. Nasra. Mein Herz krampfte sich zusammen, als sie sich auf Ryu stürzten. Aus der Ferne glaubte ich sogar, das wütende Tröten eines Elefanten zu hören. Hatu, der sich aus Furcht vor allen möglichen Kreaturen normalerweise nie zeigte. Sie waren alle hier – und kämpften um das Überleben der Crae.

»Er wird alles vernichten«, hauchte Deema. »So, wie er meine Linie vernichtet hat.«

Meine Kehle wurde trockener als die verwüsteten Überreste Alanyas. Er sprach aus, was jeder von uns befürchtet hatte. Es war wirklich Ryu gewesen, der ihm Familie und Zuhause genommen hatte. Und seitdem hatte er sich kein bisschen verändert. Was auch immer er Deema in den letzten Tagen geschenkt hatte – jetzt forderte er den Preis dafür.

»Meine Großmutter hatte am Ende doch recht«, murmelte er.

Eine Feuersalve schoss aus Ryus Maul geradewegs in Richtung der Seelentiere.

Unnachgiebig presste ich das Stück Stoff an meinen Mund, konnte den Schrei, der meiner Kehle entwich, aber nicht unterdrücken. Die Vögel stoben auseinander, entkamen den Flammen nur knapp. Sie brauchten lediglich Sekunden, um sich neu zu formieren, und rasten abermals auf Ryu zu.

»Wem wollte ich etwas vormachen?« Deema schnaubte. »Als könnte ich Ryu besiegen, nur weil ich ein paar Feuer lösche.«

Verzweiflung stieg in mir auf. Ich konnte es nicht ertragen, Deema so leiden zu sehen – denn das tat er. Mit jeder Faser seines Körpers.

Kurzerhand schlang ich die Arme um ihn. »Wir sind stärker als er!«, bekräftigte ich, doch meine Worte vermochten mich nicht einmal mehr selbst zu überzeugen.

»Nein«, sagte Deema fest. »Sind wir nicht. Er wird mit jeder Sekunde mächtiger. Und ich schwächer.« Ich spürte, wie sich seine Brust hob und senkte. »Wir werden es nicht schaffen.«

Ich runzelte die Stirn. Etwas an seinen Worten passte nicht. »Aber ...« Ich rückte ein Stück von ihm ab. »Das ergibt doch überhaupt keinen Sinn! Ihr seid miteinander verbunden. Er kann keine Energie bekommen, wenn du sie verlierst!«

Aber der Schwall aus Feuer, der regelmäßig in Ryus Kehle aufstieg, sprach eine andere Sprache. »Das liegt daran«, erwiderte Deema ruhig, »dass er sie mir entzieht. Er nimmt sich all meine Kraft. Schon seit der ersten Sekunde.« Er wand sich aus meiner Umarmung, trat an den Rand des Dachs und starrte seinem Seelentier entgegen. »Ich hätte es niemals so weit kommen lassen dürfen«, sagte er voller Bitterkeit.

»Wir finden einen Weg!«, entgegnete ich. »Wir ...« Ich rang nach Fassung. »Wir dürfen jetzt nur nicht den Kopf verlieren.« Zu spät bemerkte ich, wie brüchig meine Stimme war.

»Nein!« Deema fuhr herum. Seine Miene sprach von Wut und Verzweiflung, von Furcht und Enttäuschung. »Verstehst du es denn nicht, Kauna!? Es ist zu spät!« Er ballte die Hände zu Fäusten. »Er ist zu stark, und er wird *mit jeder Sekunde* stärker. Wenn ich ihm entgegentrete, wird er mich t-« Er stockte. Seine Gesichtszüge entgleisten. »Nein«, murmelte er dann. Sein leerer Blick war auf den Boden gerichtet. »Das wird er nicht. Damit würde er sich schließlich auch selbst umbringen.«

Hoffnung keimte in mir auf. »Genau!«, bekräftigte ich. »Dann hast du noch eine Chance, Deema. Du kannst gegen ihn gewinnen!«

Mein Freund hatte die Stirn gerunzelt – fast so, als ließe ihn ein bestimmter Gedanke nicht mehr los. »Nein, Kauna«, sagte er dann ruhig. »Es gibt nur einen Weg, Ryu aufzuhalten. Und zwar für immer.« Als er mir in die Augen sah, wusste ich, was er meinte, noch bevor er es aussprach. Trotzdem fuhren mir seine Worte bis ins Mark: »Dafür muss ich sterben.«

12. Kapitel – Das Feuer erlischt

Das Stück Stoff entglitt meinen Fingern und segelte quälend langsam zu Boden. »Nein.«

»Kauna ...«

»Nein!«, unterbrach ich ihn heftig. »Ich weiß, woran du denkst, und die Antwort ist *Nein*!« Mein Craeon brannte kalt, so kalt, dass ich befürchtete, sein Eis würde bis unter meine Haut dringen.

Entgeistert starrte Deema mich an. »Kapier es doch! Ich bin der Letzte meines Stammes. Der letzte Wirt Ryus. Die letzte Verbindung zwischen ihm und dieser Welt!«

»Deema –«, war ich es nun, die nicht mehr zu Wort kam.

»Der Tod meiner Familie hat ihn nur kurzzeitig verbannt.« Er sprach ruhig, geradezu sachlich. »So lange, bis er stark genug war, um eine Verbindung zu mir herzustellen. Und mein Leben ...« Seine Stimme brach. »Mein Leben ist die einzige Waffe, die ihm noch etwas anhaben kann.« Er schluckte. Er wirkte verängstigt, aber nicht unsicher. »Ich muss sterben, Kauna. Und ich will, dass du diejenige bist, die mich ins Reich der Seelen führt.«

Obwohl sie mich nicht überraschten, trafen mich seine Worte wie ein Schlag. Ich schüttelte den Kopf. Kurze, abgehackte Bewegungen. Ich atmete flach, doch der Rauch drang ungehindert in meinen Körper, wo er in meiner Lunge brannte. Meine Gedanken rasten, versuchten zu verarbeiten, was Deema gesagt hatte. Sie verstanden, was er meinte – im Gegensatz zu meinem Herzen. »Das kannst du unmöglich von mir verlangen, Deema.« Meine Stimme war voller Bitterkeit und Furcht – nicht vor ihm, sondern vor dem, was er sich selbst antun wollte. »Das kannst du nicht *wollen*!«

»Nein«, erwiderte er zu meiner Überraschung. »Natürlich nicht. Aber …« Seine Schultern sackten herab. »Es ist der einzige Weg, Kauna!«

»Ist es nicht!«, brauste ich auf. »Noch lange nicht!«

»Ist es wohl«, beharrte er. »Wie viele Crae müssen heute sterben, bis du das begreifst?«

Ich zuckte zusammen. Mein Blick wanderte zurück zu Ryu, der in regelmäßigen Abständen Feuerbälle in alle erdenklichen Richtungen sandte. Die Vögel waren noch immer da … oder? Ich konnte nur noch vier von ihnen zählen.

Die Kälte, sie war einfach überall. Die Angst vor dem, was vor sich ging – und noch viel mehr davor, das größte Unheil abzuwenden, das meinem Stamm widerfahren könnte.

»Es ist unsere letzte Chance«, sagte Deema mit fester Stimme. »Und ich werde nicht dabei zusehen, wie Ryu alles vernichtet, was ich liebe. Wenn mein Leben der Preis ist, den ich dafür bezahlen muss, dann …« Er stockte. »Dann muss es eben so sein.«

Auf einmal war Deema nicht mehr der Junge, den ich bis zu diesem Moment in ihm gesehen hatte. Er war der Mann, zu dem er in den letzten Tagen herangewachsen war.

Wie von selbst wanderte meine Hand zu meinem Gesicht, als ein Schluchzen meinen Körper zum Erbeben brachte. Meine Knie wurden weich. Mein Herz brach, weil mir bewusst wurde, dass Deema recht hatte – mit jedem einzelnen Wort, das er sagte.

»Inzwischen verstehe ich, was Enoba damals gemeint hat«, dachte er laut, den Blick in den Himmel gerichtet. »Der Kampf gegen mich selbst. Ich *kann* ihn nicht gewinnen. Ich kann nur dafür sorgen, dass es meinem anderen Ich auch nicht gelingt.«

»Deema ...« Ich stockte. Tränen schossen in meine Augen. Ich konnte nicht glauben, wie er so gefasst von so etwas sprechen konnte. Von dem größten Schmerz, den er seinem Körper zufügen konnte – und meiner Seele. »Du darfst nicht sterben.«

Der Ausdruck in Deemas braunen Augen war undurchdringlich. Als er den Mund öffnete, war es, als stieße er mir eine lange Klinge mitten ins Herz: »Aber ich muss.«

Ein Beben lief durch meine Brust. »Du kannst nicht -« Ich schluckte. »Weißt du noch, in der Geisterstadt?«, versuchte ich es anders. »Ich dachte, alle Zeichen weisen darauf hin, dass ich sterben muss. Dass das mein Schicksal ist. Aber ich bin immer noch hier. *Wir* sind immer noch hier! Niemand von uns muss -« Ich verstummte, als ich ein dunkles Fellbündel in meinem Augenwinkel entdeckte. Ich drehte den Kopf und sah ihn auf meiner Schulter sitzen. »H-Hana?«

Mein Seelentier war zu mir zurückgekehrt. Weil ich ihn – obwohl die Crae gegen Ryu kämpften – in diesen Sekunden mehr brauchte als der Rest meiner Familie.

Das konnte nur eines bedeuten.

Die Kälte bohrte sich wie tiefe Splitter in meine Seele. »Nein, Hana«, hauchte ich. »Bitte nicht.«

»Ich denke, er ist meiner Meinung«, sprach Deema meine schlimmsten Befürchtungen aus. »Er will mich zum Fluss der Seelen begleiten. Weil Ryu das nicht können wird, wenn er aufhört zu existieren.«

Meine Hände zitterten noch dann, als ich sie zu Fäusten ballte. Mein Blick durchbohrte Hana, der ihm jedoch mühelos standhielt. »Geh. Weg«, presste ich durch meine Zähne hindurch.

Der Affe regte sich nicht. Er blieb, wo er war.

»*Verschwinde!*«, schrie ich ihn an und fegte ihn von meiner Schulter.

Leichtfüßig kam Hana auf allen vieren auf. Als Antwort zeigte er seine Zähne. Er hatte nicht vor zu gehen. Nicht, bis seine Aufgabe erfüllt war.

»Kauna –«

»Nein!«, knurrte ich und stampfte mit dem Fuß auf. Voller Wut blitzte ich Deema an. »Du wirst nicht sterben, und ich werde dich nicht umbringen! Schlag dir das aus dem Kopf!«

»Aber ich hätte dasselbe für dich getan!«, fuhr er mich an.

Mein ganzer Körper versteifte sich. Ich biss mir auf die Zunge. Ich wusste genau, wovon er sprach.

»Du wolltest sterben, weil du es für das Richtige gehalten hast. Und ich hätte das Ritual durchgeführt! Ich *habe* es durchgeführt! Obwohl ich nie wollte, dass du stirbst.« Seine

Stimme klang erstickt, wenngleich ich diejenige war, deren Gesicht von Tränen benetzt wurde. »Aber ich habe deinen Wunsch respektiert, und jetzt ist es an der Zeit, dass du *meinen* respektierst!«

»Damals waren die Dinge anders!«, gab ich zurück. »*Wir* sind anders! Ich ...« Meine Stimme brach. »Ich kann nicht ...« Ich heftete meine Aufmerksamkeit auf den Boden, und ein dummer, naiver Teil von mir glaubte, die Zeit würde einfach aufhören zu verstreichen, wenn ich Deema nicht mehr in die Augen sah.

Ich konnte hören, dass er tief durchatmete. »Schon in Ordnung, Kauna.« Ein Funke Hoffnung keimte in mir auf. Bis er fortfuhr: »Dann werde ich es selbst tun.«

»Nein!«, rief ich entsetzt aus und starrte ihn an. »Wenn du das machst, wirst du niemals ins Reich der Seelen einkehren!« Sein Anblick drohte, den Boden unter meinen Füßen wegzureißen. Er hatte Angst, große Angst. Noch mehr als ich selbst. Und doch gab es nichts, was ihn von seinem Plan abhalten könnte. In dem Moment, in dem mir das klar wurde, fühlte ich mich machtlos.

Ungerührt starrte mich Deema an. *Dann musst du es machen.*

Hilflos streckte ich die Hände nach ihm aus. »Aber ...«

»Je länger wir warten«, sagte er, »desto mehr Macht bekommt Ryu. Desto mehr wird er zerstören. Nicht nur von Alanya, sondern vom ganzen Land.«

Mein Magen zog sich zusammen. Ich dachte an Aila und ihre Familie. Sie ahnten nicht, was sich in der Hauptstadt abspielte. In welcher Gefahr sie sich befanden. Langsam schüttelte ich den Kopf. Ich spürte, wie mein letzter

Widerstand in sich zusammenzubrechen drohte – und wie mein Hass auf mich selbst ins Unermessliche wuchs. Deema war mein Freund. Ich konnte ihn doch nicht -

»Du hast es mir versprochen, Kauna.«

Tränen liefen über meine Wangen. Ich verbarg das Gesicht in meinen Händen, konnte jedoch nicht verhindern, dass seine Stimme weiter an meine Ohren drang.

»Wenn du dich nicht vor dir selbst retten kannst, werde ich es tun. Das hast du gesagt.«

»Aber ich habe nicht wissen können«, schluchzte ich in meine Handflächen, »dass das bedeutet, dich …«

Plötzlich spürte ich zwei warme Hände auf meinen Unterarmen. Sanft zog Deema sie herunter und zwang mich damit, ihn anzusehen. »Ich habe keine Angst. Und du solltest auch keine haben. Ich weiß, dass es mir gut gehen wird – dort, wo ich hinkomme.« Er atmete tief durch. »Egal, was auch passiert ist – ich glaube an den Fluss der Seelen.«

»Ich will dich nicht verlieren«, schluchzte ich, konnte meine Verzweiflung nicht mehr bei mir behalten. »Bitte, Deema. Tu mir das nicht an.« Sein Griff um meine Arme war das Einzige, was mich daran hinderte zusammenzubrechen. »Ich brauche dich.«

Seine Miene wurde weich – und flehend. »Nicht so sehr, wie ich dich brauche. Hier und jetzt.«

»Du kannst nicht …« Ich wurde von einem Beben unterbrochen, das durch meinen Körper fuhr. »Ich will nicht …« Meine Lippen bewegten sich, doch mein Verstand lieferte keine Worte mehr an sie. Etwas sagte mir, dass es nichts mehr gab, was ich tun könnte, um Deema umzustimmen.

»*Bitte*, Kauna!« Er klang wie an jenen unzähligen Tagen in unserer Kindheit, in denen er mich darum gebeten hatte, ihm Bogenschießen beizubringen. *Bitte, Kauna! Nur noch ein einziges Mal!* Doch was er jetzt von mir verlangte, war etwas völlig anderes: »Ich will, dass du diejenige bist.«

Mit bebenden Schultern sah ich auf und ihm direkt in die Augen. Was ich darin erkannte, ließ das Innere meiner Seele restlos in sich zusammenfallen. Ein Teil von mir fühlte sich in unsere Vergangenheit zurückversetzt, in der wir uns gezankt hatten – wie alle anderen Kinder auch. Ich war oft diejenige gewesen, die nachgegeben hatte. Warum war ich nie stärker als das gewesen?

Dieser Teil wollte Deema einen Gefallen tun, weil ich ihn liebte – doch der andere erinnerte ihn daran, was dieser Gefallen beinhaltete: etwas, das ich ihm niemals antun könnte.

Der Schmerz in meiner Brust ließ mich die Augen zusammenpressen. Weitere Tränen lösten sich und rollten über meine Wangen. Wie von selbst nickte ich – kaum merklich, mit demselben Beben, das durch meinen ganzen Körper verlief. Und doch nicht zu übersehen. »I-Ich ... m-mache ... es«, stieß ich hervor und bereute es sofort.

Deema richtete nur ein einziges Wort an mich, aber es stammte aus der Mitte seines Herzens: »Danke.«

Mehrere Sekunden lang standen wir voreinander. Während ich am ganzen Körper zitterte und mein Atem stockte, ließ Deema langsam von meinen Armen ab. »I-Ich«, stammelte ich. »Ich habe nicht einmal eine Klinge.«

Ein letztes Aufbäumen. Ein geradezu kläglicher Widerstand, den Deema arglos fortwischte, als er an den

Bund seiner Hose griff. »Die brauchen wir heute nicht.« Mein Herz setzte einen Schlag aus. In seiner Hand hielt er den Revolver, den ich ihm gegeben hatte. »Ich hatte vier Schuss. Ich habe dreimal abgefeuert. Das Schicksal muss auf meiner Seite sein.« Seine Worte ließen eine Eiseskälte aus mir herausbrechen, die ich noch nie zuvor gespürt hatte.

Er hielt sie mir hin.

Eine zitternde Hand hob sich, berührte das kühle Material. Alles in mir befahl mir, sie loszulassen, sie vom Dach zu werfen, den Schuss in die Luft zu feuern oder irgendetwas zu tun, mit dem ich verhindern konnte, dass dieser Tag so endete, wie Deema es geplant hatte. Ich kannte ihn schon, seit ich denken konnte. Er hatte während meiner Verbindung zu Gil die Flöte gespielt. Er hatte sich um die Ta'ar gekümmert, obwohl sie ihm von Anfang an ein Dorn im Auge gewesen waren. Er hatte mehrere Male auf Essen verzichtet, nur um sich um mich zu kümmern, als ich verletzt gewesen war. Er hatte sich dazu bereiterklärt, mit mir nach Gil zu suchen – und Malik und die anderen in Sicherheit zu bringen, als dieser mit Hawking zurückgekehrt war. Er hatte sich freiwillig mit mir auf diese unwahrscheinliche Reise begeben, auf der Suche nach einer Familie, die er nicht als seine eigene betrachtete. Hatte mir das Leben gerettet, und das mehr als nur einmal. Ich hatte ihm mehr zu verdanken, als ich ihm jemals geben könnte. Er war immer an meiner Seite gewesen. Und ich wollte nicht, dass sich das änderte. Um keinen Preis der Welt. »Ich … Ich kann nicht.«

Deema ergriff meine Hand und drückte sanft auf meine Finger, damit diese die Waffe umschlossen. »Du musst das nicht allein tun«, sprach er. »Ich bin bei dir. Und das werde ich immer sein.« Plötzlich tat er etwas, das ich als Letztes erwartet hatte. Er nahm meine andere Hand und legte etwas hinein. Als ich meine Faust öffnete, entdeckte ich einen kleinen runden Gegenstand, der sich glühend heiß in meine Haut brannte.

Es war Deemas Seelenstein.

Als ich den Blick hob, sah ich geradewegs in seine warmen Augen. »Bring mich nach Hause, Kauna«, flüsterte er.

Ich fühlte mich leer, betäubt. Wie bei einer Reise zum Fluss der Seelen, in der ich die Kontrolle über das verlor, was passierte. Der Craeon in meiner Hand schmerzte wie loderndes Feuer. Trotzdem hielt ich ihn fest umklammert und wollte ihn nie wieder loslassen.

Die Tränen in meinen Augen verschleierten meine Sicht. Nach Hause kommen. Das hatte Deema schon immer gewollt. Und zwar schon lange, bevor wir die Siedlung verlassen hatten. Er hatte sich nicht als Teil unserer Gruppe gefühlt. Manche hatten sich vor ihm gehütet, weil sie Yaras Geschichten Glauben geschenkt hatten. Er hatte dieselben Blicke auf sich gespürt wie ich.

Er wollte nach Hause. Und selbst, wenn seinem Körper das nicht gelang, so sollte es zumindest sein Seelenstein schaffen.

Das war sie – seine flehentlichste Bitte. Der größte Gefallen, den er von mir verlangen konnte und der noch nicht einmal annähernd wiedergutmachte, was ich ihm schuldig war. Der sich aber gleichzeitig viel zu klein anfühlte im Vergleich zu dem Preis, den er dafür bezahlen musste.

Ich weinte. Ich schluchzte. Doch Deema war ganz ruhig. Wie jemand, der eine Entscheidung gefällt hatte und nicht bereit war, von ihr abzuweichen. Wie jemand, der einer ungewissen Zukunft entgegenblickte, sich aber trotzdem nicht vor ihr versteckte.

»Ich werde dich nach Hause bringen«, flüsterte ich, unwissend, ob er meine hervorgepressten, von Schluchzen unterbrochenen Worte überhaupt verstehen konnte. »Das verspreche ich.«

In diesen Sekunden brach mir sogar das warme, aufrichtige Lächeln, das Deema mir schenkte, das Herz. »Danke.«

Ein ohrenbetäubender Knall riss uns zurück in die Realität. Deema fuhr herum, und auch ich fixierte den Palast, wo das Geräusch ertönt war. Ich erspähte einen schwarzen Kreis. Eine Kugel, die sich von einem der Türme, die das Königshaus flankierten, löste und geradewegs in Ryus Richtung sauste.

Deemas Augen weiteten sich. »Was ist -«

»Eine Kanonenkugel«, stieß ich hervor. »Es ist ... wie die Munition eines Revolvers. Nur viel, viel größer.«

Malik.

Die Kugel verfehlte Ryu nur knapp. Dieser drehte den Kopf und starrte geradewegs in Richtung des Turms.

Kälte kroch meinen Rücken hinauf.

Einige totenstille Sekunden lang verharrte Ryu in der Luft, die Angriffe der Vögel um sich herum ignorierend. Dann schoss er über die Stadt hinweg – geradewegs auf den Palast zu.

»Nein!«, stieß ich verzweifelt hervor. »Nicht die Menschen!«

Deema wandte sich zu mir um. »Dann dürfen wir keine Zeit verlieren!«

Ich war hin- und hergerissen. Die Ta'ar attackierten Ryu mit ihren schwersten Geschossen. Wieder feuerten sie zwei Kugeln ab, doch der Drache wand sich mühelos zwischen ihnen hindurch, als handelte es sich dabei lediglich um Pfeile, die man mit der Hand geworfen hatte. Sie brachen mit einem lauten Knall in die Stadt ein, aber selbst, wenn sie Ryu getroffen hätten, hätten sie ihn vielleicht nicht einmal verwundet.

Deema stand genau vor mir. »Tu es, Kauna«, beschwor er mich. »Schnell.«

Die Ta'ar hatten eine Chance. Aber sie war verschwindend klein. Und in dem Moment, in dem wir einsahen, dass sie Ryu nichts anhaben konnten, wäre es bereits zu spät für sie. Der einzige Weg, sie zu retten, war -

Deemas Gefallen zu erfüllen.

Unter den Tränen in meinen Augen konnte ich Deema kaum ausmachen. Ihn, der bereit war, sein Leben zu opfern, um jeden von uns zu retten. Sogar die, die ihm nichts bedeuteten.

Meine Stimme war schwach, als ich anhob: »Ryusdeema.«

»Nein«, unterbrach er mich kurzerhand. »Nur Deema.«

Beinahe hätte ich den Halt verloren. So lange hatte sich Deema gewünscht, endlich von seinem Seelentier anerkannt zu werden. Aber die Dinge hatten sich geändert.

»Deema«, schluchzte ich. Für ein paar Tage seines Lebens war er Ryusdeema gewesen, doch nun wollte er die Welt verlassen, wie er sie betreten hatte. Als *nur Deema*, den besten Freund, den sich eine Crae – nein, ein Lebewesen – wünschen konnte. »B-Befreie dich«, stammelte ich, »auf dass ich d-dich b-befreien kann.«

Deema straffte die Schultern. Seine Stimme war sanft, seine Worte so klar und deutlich, als hätte er sie sein Leben lang vorbereitet. »Mein Name ist Deema vom Volk der Crae. Ich habe meinen Stamm verraten, indem ich ihn in Gefahr gebracht habe. Ich habe meinem Seelentier Zugang zu dieser Welt verschafft, wissend, dass es eine Bedrohung für die Crae darstellt.« Seine Stimme ging in dem lauten Knall abgefeuerter Kanonenkugeln unter. »… nicht in der Lage, mich selbst von meinen Fehlern befreien. Ich kann nur verhindern, dass mein Volk weiter ins Verderben gestürzt wird. Dafür muss ich meine Hülle verlassen und eins mit dem Fluss der Seelen werden, der uns alle verbindet. Ich will ein Teil von ihm werden. Der Natur zurückgeben, was ich ihr nahm.« Er atmete tief durch. »Ich möchte, dass mein Dasein, wie es war, … nun endet.«

Die Hand, in der ich die Pistole hielt, zitterte, als ich sie hob. Ich ließ zu, dass Deema die Öffnung der Waffe an seine Schläfe führte. »Du kannst das, Kauna«, sagte er mit einem Lächeln. Er ließ die Arme locker hängen – als wartete er auf etwas zu Essen, nicht auf seinen eigenen Tod.

Was dann geschah, passierte wie von selbst. Am Rande meines Bewusstseins registrierte ich, wie sich Hana auf uns zu bewegte. Wie sich Ryu weit weg über den Himmel schlängelte.

Doch nichts von alledem sah ich wirklich. Denn ich konnte meinen Blick nicht von Deema reißen, während die Eiseskälte in meinem Herzen allgegenwärtig wurde. Meine Lippen öffneten sich, und ich begann zu singen. Es waren nicht mehr als vier Zeilen, die Deema von seinem Schicksal trennten. Vier Zeilen, in denen sich alles ändern konnte.

Die erste Zeile handelte von der Natur. Unserer Mutter, die uns geboren hatte und zu der wir im Tode zurückkehrten. Deemas Lippen bewegten sich mit meinen, auch wenn er keinen Laut von sich gab. Ich musste das nicht allein tun. Er war bei mir. Das würde er immer sein.

Etwas um mich herum veränderte sich. Ein Schrei, wie er nur von einer ausgewachsenen Bestie stammen konnte, ertönte in weiter Ferne.

Die zweite Zeile war dem Wind gewidmet. Er befruchtete die Pflanzen, die wir zur Heilung nutzten. Und er trieb die Tiere, die wir opferten und aßen, in unsere Richtung.

Neben Deemas Kopf sah ich, wie Ryu seinen Kurs änderte. Er beschrieb eine scharfe Kurve – und kam geradewegs auf uns zu. Das Feuer, das er regelmäßig aus seinem Rachen spuckte, brannte nun auch in seinen Augen.

In Deemas Miene regte sich nichts. Wusste er, dass sich sein Seelentier uns näherte? Dass es gespürt hatte, was vor sich ging, und uns aufhalten wollte? Dass es auf dem Weg hierher war, um mich zu töten?

Die dritte Zeile gehörte dem Wasser. Der Reinheit. Unserem Lebenselixier. Es nährte die Pflanzen und Tiere, die wiederum uns nährten. Wasser war der Anfang und das Ende von allem.

Plötzlich hob Deema eine Hand und legte sie auf meine. Über meinen Finger, der auf dem Abzug ruhte, schob sich seiner. Es gab kein Zurück. Aber ich war nicht allein. Niemals.

Ryu kam schnell näher. Uns blieben noch Sekunden, Augenblicke. Doch es war noch eine Zeile übrig.

Sie handelte vom Licht. Dem Richter über Leben und Tod. Der Kraft, zu der sich jedes Lebewesen hingezogen fühlte. Der Sonne, die wir verehrten. Dem Mond und den Sternen, die uns bei Nacht leiteten. Und dem Licht der Seelen, die uns auf unserer letzten Reise den Weg wiesen.

Plötzlich schob sich eine einzelne Erinnerung in den Vordergrund meines Bewusstseins. Deemas Stimme drang an meine Ohren, schwer vor Kummer und voller Angst: *Ich will nicht sterben.*

Mein Arm verkrampfte sich. Ich konnte das nicht tun. Ich konnte ihm das unmöglich antun.

Ich wollte meine Hand zurückziehen. »Deema -«, hob ich an.

Sein Griff wurde eisern. Er ließ mich nicht los. Er ließ die Waffe nicht los.

»Bitte -« Meine Stimme brach. Er ließ einfach nicht los.

Deema blickte mir tief in die Augen. Seine eigenen schimmerten feucht, und doch umspielte ein leichtes Lächeln seine Lippen. »Bring mich nach Hause, Kauna.«

Sein Zeigefinger drückte unnachgiebig auf meinen.

»*Nein!*« Mein Ruf und der Knall des Revolvers gingen in dem ohrenbetäubenden Schrei eines zornigen Drachen unter.

Ein Ruck fuhr durch Deema, in dem Moment, in dem ich meine Hand und den Revolver fortriss. Dann gaben seine Beine unter ihm nach.

Ich stürzte auf die Knie und fing seinen reglosen Körper auf. Die Waffe fiel klappernd auf das Dach. *Vielleicht ist es nicht so -*

Vielleicht hat es nicht -

Vielleicht ist er nicht –

Für einen Augenblick hing er schlaff in meinen Armen, ehe ich ihn sachte auf dem Boden vor mir ablegte. »D-Deema?«

Deemas Augen waren geöffnet. Mit leerem Blick starrten sie in den Himmel.

Meine Lippen teilten sich, doch kein Ton drang aus ihnen hervor. *Deema?*

Mit zitternden Händen berührte ich seinen Kopf, strich über seine Haare und hoffte verzweifelt, dass die Wärme meines Körpers ihn aufwecken würde. Eine dicke Flüssigkeit benetzte meine Hand. Als ich sie ansah, war sie rot.

»D-D-Deema …« Ich konnte meine eigene Stimme kaum hören. Ryus Schrei hallte in einem nicht enden wollenden Echo in meinem Kopf wider. Ich sah nicht auf. Ich wusste, dass er verschwunden war. Genau wie Hana. Genau wie –

Nein.

Nein.

Nicht Deema.

Eine einzelne Träne hatte sich aus seinem Augenwinkel gelöst und rann seine Schläfe hinab. Dort vermischte sie sich mit seinem Blut.

Ich rüttelte an seinen Schultern. »Deema!«, befahl ich ihm schroff. »Wach auf!«

Doch er rührte sich nicht.

Wut und Verzweiflung schossen in mir hoch. »Du musst aufwachen!«

Aber Deema war nicht Kenan. Und er war nicht Ilay. Er schlief nicht. Er war nicht bewusstlos.

Er würde nie wieder aufwachen.

»Bitte«, schluchzte ich. »Bitte, Deema, *bitte* wach auf!« Sämtliche Kraft verließ meinen Körper. Ich verbarg meinen Kopf an Deemas Brust. Dort, wo ich sonst seinen Herzschlag gehört hatte, war es ganz still. »Warum?«, wimmerte ich, während die Tränen unaufhörlich über meine Wangen liefen. »Warum hast du das getan? *Warum, Deema?*«

Er antwortete nicht. Ich würde nie wieder seine Stimme hören.

Deemas Wärme verließ nach und nach seinen Körper, und so sehr ich mich auch an ihn klammerte, so sehr ich auch versuchte, sie in seinem Inneren zu bewahren – sie entglitt mir mit jedem Augenblick.

Minuten verstrichen. Stunden. Der letzte Schrei des Drachen verhallte im Nichts.

Dann kehrte Stille ein.

Ich wusste nicht, wie sie mich fanden, aber sie taten es. Ich nahm ihre Stimmen erst lange, nachdem sie ertönt waren, wahr. Doch ich reagierte nicht. Nichts würde mich von Deema trennen.

Ich musste bei ihm bleiben. Ich musste ihn beschützen. Über ihn wachen. Er hatte doch sonst niemanden.

»Kauna!«

Das Reh. Ich hatte es nicht erlösen können. Ich hatte es nicht geschafft. Ich hatte versagt.

Dass ich geschrien hatte, merkte ich erst, als ich eine Hand auf meiner Schulter spürte. Ich verstummte, als mein Oberkörper hochgezogen wurde.

»Was ist passiert? Was ist -«

Mein Blick haftete auf Deema. Er war ganz blass geworden. War ihm vielleicht kalt?

Ich musste ihn wärmen. Sonst würde er sich hier draußen noch den Tod holen.

Den Tod holen.

Ein Fluch ertönte. Ich verstand die Sprache nicht. Oder vielleicht verstand ich sie und vergaß ihre Bedeutung sofort wieder.

»Kauna!«

Ich kannte die Stimme. Kenan.

»Was ist passiert?« Ein Griff um meine Schultern. Jemand drehte mich in seine Richtung.

Ich erkannte Kenan, aber ich sah nur Deema.

Der Haiduk schlang die Arme um mich und drückte mich fest an sich. Ich hörte ihn sagen, dass alles gut werden würde. Doch ich glaubte ihm nicht.

Ein blonder Crae stürzte neben Deema auf die Knie. Gil war beinahe so bleich wie er. Fror er etwa auch? Dafür sprach, dass seine Hände zitterten, als er Deemas Kopf anhob und drehte.

Ich wollte protestieren, Gil sollte ihn in Ruhe schlafen lassen. Er musste sich ausruhen. Schließlich hatte er einen leibhaftigen Drachen getötet. Doch aus meiner Kehle drang kein Laut.

Plötzlich sah Gil auf. Sein Blick beggnete meinem. Und auf einmal schien er Dinge zu begreifen, die ich selbst nicht begriff. Die ich nie verstehen würde.

Er legte eine Hand auf Deemas Stirn – dort, wo sein Seelenstein gewesen wäre, würde ich diesen nicht noch immer mit aller Kraft mit meiner Faust umklammern. Seine Worte drangen aus weiter Ferne an meine Ohren:

»Mein treuer Gefährte. Tritt ein in den Fluss der Seelen und lebe in ihm weiter. Werde eins mit dem, was dich geschaffen hat, und wache über uns in unseren dunkelsten Stunden.

Mögest du auf deiner Reise in das Reich der Seelen behütet werden. Mögest du deinen Platz in der anderen Welt finden. Mögest du jetzt und auf immer über uns wachen. Mögest du uns wiederbegegnen, wenn unsere Zeit gekommen ist.«

Warum sagte er das? Warum richtete er den Segen an Deema, den nur diejenigen Crae bekamen, die ihr Leben gelassen hatten?

Deema war doch gar nicht –

Er war nicht –

Plötzlich traf die Gewissheit mich wie ein Schlag. Alles, was ich krampfhaft auszublenden versucht hatte, strömte ungehindert auf mich ein und riss mich unbarmherzig mit sich.

Deema.

Die Wucht der Erkenntnis nahm mir jeglichen Halt. Mein Körper gab einfach nach, und hätte Kenan mich nicht festgehalten, wäre ich gestürzt.

Er war fort.

Er wollte sterben, und ich hatte ihn getötet.

Er war befreit. Er war weg. Für immer.

»Deema«, krächzte ich in Kenans Griff. Die Enge in meiner Brust drohte mein Herz zu zerquetschen wie eine unerbittliche Hand. Meine Stimme war rau. Mein Hals schmerzte. »Warum?«

Die Erinnerungen brachen mit all ihrer Gewalt über mich herein und rissen mich mit sich fort. Die Finsternis ergriff mich und mit ihr -
Die Stille.

Ich wusste nicht, wie lange ich bewusstlos gewesen oder wie ich in den Palast gekommen war. Warum ich in einem Bett lag, und nicht auf dem Boden. Warum ich andere Kleider trug als zuvor. Warum Kenan und Amar bei mir waren und mich mit Mienen anstarrten, die besorgter nicht sein könnten.

Aber nichts von alldem interessierte mich. Nur eine einzige Frage brannte mir auf der Zunge, als ich hochfuhr: »Wo ist -« Ich verstummte, als die Erinnerung wie ein Schlag zurückkehrte.

Mein Mund wurde trocken. Meine Lippen öffneten sich, aber kein Laut drang zwischen ihnen hervor. Ich fühlte mich, als müsste ich etwas sagen, doch auf einmal war in mir nichts als Leere.

Kenan setzte sich auf den Rand des Betts und nahm meine Hand. »Woran erinnerst du dich?«, fragte er vorsichtig.

Ich schluckte. »An zu vieles.«

Sie erzählten mir nur nach und nach, was geschehen war.

Als Ryu verschwunden war, waren die meisten Menschen bereits aus der Stadt geflüchtet – sowohl Ta'ar als auch Unnen. Bis auf einige wenige wusste niemand, was mit Ryu passiert war. Das Volk der Westlande würde sich hüten, das

Königshaus noch einmal anzugreifen, jetzt da ihnen klar war, dass es von einem leibhaftigen Drachen beschützt wurde.

Sie hatten keine Ahnung, dass Ryus letzter Wirt fort und damit auch Ryu für immer aus dieser Welt verschwunden war. Er würde nie wieder Tod und Zerstörung über uns bringen. Dafür hatte Deema selbst gesorgt.

Als die Stille eingekehrt war, war Gil abrupt stehen geblieben. Nicht, weil Ryu verblasst war wie der letzte Sonnenstrahl des Tages, sondern weil er gespürt hatte, dass nicht nur er diese Welt verlassen hatte. Er und Kenan hatten sich auf die Suche nach mir gemacht. Gils Verbindung zum Fluss der Seelen hatte sie in meine Richtung geführt. Meine Schreie, an die ich mich nicht erinnern konnte, die aber in weiten Teilen der Stadt zu hören gewesen waren, hatten sie auf dem letzten Stück ihres Weges begleitet.

Seitdem war ein ganzer Tag vergangen, doch der Schmerz, der in meiner Brust wie ein Sturm tobte, war keinen Deut schwächer geworden. In dieser Zeit hatte sich Malik daran gemacht, die Stadt wiederaufzubauen – Brände zu löschen, Obdachlose zu versorgen und Schäden zu reparieren. Gleichzeitig hatte er Männer in alle Teile des Landes geschickt, um die übrigen Orte von der Kontrolle der Unnen zu befreien. Offenbar hatten einige Crae sie begleitet – sie sühnten noch immer nach Rache für Enobas gewaltsamen Tod.

Obwohl sein Ziel nun zum Greifen nahe war, hatte Malik es nicht annähernd so eilig wie Hawking, sich krönen zu lassen. Sein Volk stand an vorderster Stelle. Er wollte erst gewährleisten, dass es jedem einzelnen Einwohner Alanyas besser ging, ehe er die Krone auf sein Haupt setzen ließ.

Denn es gab hunderte, tausende von Verletzten. Nicht nur Menschen, sondern auch Crae. Wir hatten, Deema mitgezählt, zehn Crae und ein Seelentier – Corva – verloren.

Die Überlebenden von uns waren Ehrengäste des Palasts. Die Verletzten wurden genau wie die Ta'ar behandelt, und Malik hatte versprochen, den Stamm mit allem Nötigen an Vorräten und Pferden auszustatten, sollte er die Heimreise antreten wollen. Es war nicht annähernd genug, um sich für das zu bedanken, was sie für Tara'Unn getan hatten – doch es war ein Anfang.

Jede Sekunde, die ich bei Bewusstsein war, verbrachte ich damit, an Deema zu denken. Wenn ich schlief, träumte ich von ihm. Mehrere Male reiste ich an den Fluss der Seelen – doch ich konnte ihn dort genauso wenig spüren wie meinen Bruder die meisten Jahre meines Lebens. Trotzdem gab ich die Hoffnung niemals auf. Schließlich wusste ich inzwischen mit absoluter Gewissheit, dass niemand, der den Fluss der Seelen betrat, jemals verloren war.

Ein paar Tage vergingen, ehe sich Hana wieder zeigte. Die Reise in das Reich der Seelen musste eine lange gewesen sein. Ich fragte ihn, ob es Deema gut ging, dort, wo er jetzt war. Hana blieb wie so oft stumm.

Bei jedem Sonnenaufgang warf ich einen Blick aus dem Fenster des Palasts und sah, wie Alanya zu neuem Leben erwachte. Den Crae ging es jeden Tag besser. Es würde nicht mehr lange dauern, bis wir uns auf den Heimweg machten. Und das war es, was mich verunsicherte.

Ich ließ Deemas Seelenstein nicht aus den Augen. Von dem Moment an, als sein Herz aufgehört hatte zu schlagen, war er abgekühlt und brannte nicht länger in meiner Hand.

Die Narbe, die sein Feuer auf meiner Haut hinterlassen hatte, würde jedoch bleiben.

Ich sollte ihn in der Nähe der Siedlung begraben, so wie wir es für alle Crae aus unseren Reihen taten, die ihr Leben gelassen hatten. Doch je länger ich über seine letzten Minuten nachdachte, desto mehr begann ich zu zweifeln.

Bring mich nach Hause – das waren seine letzten Worte gewesen. Seine Stimme hatte sich in mein Gedächtnis eingebrannt, jede noch so kleine Nuance in seinem Ton war zu einem Teil von mir geworden, der sich nie mehr von mir lösen würde. Immer und immer wieder spielten sich die Sekunden vor meinem inneren Auge ab. Bis ich endlich glaubte, verstanden zu haben, wovon Deema gesprochen hatte.

Er wollte nach Hause – aber damit konnte er unmöglich die Siedlung gemeint haben.

Zwei Wochen nach Ryus Ausbruch, am Tag vor Maliks Krönung, entschieden die drei übrigen Ältesten, dass es an der Zeit war aufzubrechen.

Ich verließ den Palast zum ersten Mal durch seinen eigentlichen Eingang – ein Tor, das größer war als so manches Haus.

Die Crae waren auf dem Hof verstreut, empfingen Proviant von den Bediensteten des Königshauses, sprachen mit den Pferden und beluden Karren. In einem der größeren Wägen musste Deema sein. Der Stamm nahm einen Teil von ihm mit sich – ich behielt den anderen.

In der Ferne erspähte ich Lu-Vaia. In einer Hand hielt sie die Zügel eines Pferdes, in der anderen ihr neugeborenes Kind. Nach dem Kampf hatte es nicht lange gedauert, bis

Hova zur Welt gekommen war. Als sie mich entdeckte, schenkte sie mir ein trauriges Lächeln. Was ich Taboga nun erzählen würde, wusste sie bereits seit einer Weile.

Ich fand meinen Großvater bei einer größeren Gruppe Männer. Er war noch nicht wieder ganz bei Kräften, doch er machte einen schon viel besseren Eindruck als am Tag von Hawkings Krönung. Er wirkte überrascht, mich zu sehen – oder vielleicht war er nur erstaunt über die Tatsache, dass ich noch immer Ta'ar-Kleidung trug und keinerlei Gepäck bei mir hatte.

»Ich bin froh darüber, dass die Farbe in dein Gesicht zurückgekehrt ist«, begrüßte er mich.

Ich senkte den Blick. Was ich zu sagen hatte, konnte ich unmöglich aufschieben. »Taboga. Es gibt etwas, worüber ich mit dir sprechen muss.«

Als ich aufsah, nickte der Älteste bedächtig. »Ich denke, es gibt einiges zu bereden. Aber vielleicht sollten wir das verschieben, bis wir in die Sperrzone zurückgekehrt sind.«

Ich schluckte. Es überraschte mich, dass er in einem so ruhigen Ton von etwas sprach, das alles andere als selbstverständlich war. »Habe ich überhaupt noch das Recht zurückzukommen?«, stellte ich die Frage, die mir schon seit Tagen auf dem Herzen lastete.

Seine Brauen schossen in die Höhe. »Was bringt dich auf die Idee, du könntest nicht würdig sein?«

»Liegt das nicht auf der Hand?«, fragte ich zögerlich. »Ich habe viele Fehler gemacht.« Ich konnte dem prüfenden Blick meines Großvaters nicht standhalten. Stattdessen fixierte ich abermals den Boden zu meinen Füßen.

»Es tut mir leid«, sagte er nach einigen Sekunden mit aufrichtigem Bedauern. »Aber so sehr ich es auch versuche, ich kann mich keines einzigen Fehlers entsinnen.«

Ich schaute hoch. »Was?« Entgeistert schüttelte ich den Kopf. »Ich habe die Siedlung verlassen. Habe euch den Rücken gekehrt, als ich ein Teil der Gemeinschaft hätte sein müssen!«

Taboga zuckte nicht mit der Wimper. »Das war der Pfad, auf den das Schicksal euch geführt hat. Deema und dich.«

Der Klang seines Namens tat mehr weh, als ich erwartet hatte. »Wäre ich nicht gewesen«, erwiderte ich, »hätte er Ryu nie beschworen.« Schließlich war ich es gewesen, die Bill und Wilma vertraut hatte. Die uns geradewegs in die Gefangenschaft der Haiduken geführt hatte. Die Deema in Alanya vor den Unnen hatte beschützen wollen.

»Du warst nicht diejenige«, erwiderte Taboga ruhig, »die Ryu beschworen hat. Und ich glaube, es war auch nicht Deema.«

Ich runzelte die Stirn. »Was soll das heißen?« Mir fiel auf, dass er ihn nicht *Ryusdeema* nannte. Zwar hatte ich ihnen erzählt, was passiert war – aber ich hätte nicht gedacht, dass die Ältesten Deemas Entscheidung, sich von seinem Seelentier loszulösen, akzeptieren würden.

»Der Einzige, der dafür sorgen konnte, dass Ryu in diese Welt übertritt«, erklärte er, »war Ryu. Er wollte an die Oberfläche dringen – und er hat alles dafür getan, um das zu erreichen. Es gab nichts, was jemand von euch hätte tun können, um das zu verhindern. Nicht der stärkste, weiseste Crae hätte das vermocht. Und schließlich«, fuhr er fort, »warst du diejenige, die Deema befreit hat.«

Ich erschauderte. Ich träumte immer noch von diesen Sekunden – jede einzelne Nacht. Und fragte mich, wie ich es hatte tun können.

Jedes Mal kam ich zu dem Schluss, dass es mir genau wie Gil ergangen war, ehe dieser seinen eigenen Vater getötet hatte. Ich hatte zu keinem Zeitpunkt geglaubt, dass ich es wirklich tun würde – bis ich es getan hatte.

Das machte es nicht besser und die Schuld, die auf meinen Schultern lastete, nicht leichter zu stemmen. Das war der Preis, den ich bezahlen musste – doch für Deema würde ich selbst das schwerste Gewicht bis ans Ende der Welt tragen.

»Du siehst also, Hanaskauna«, sagte Taboga. »Es gibt keinen Grund, weshalb du nicht nach Hause kommen könntest.«

Nach Hause. Das war das Stichwort. »Genau darüber wollte ich mit dir reden«, erklärte ich. »Taboga, ich …« Ich atmete tief durch. Dann gab ich mir einen Ruck. »Ich kann nicht mit euch zurückkommen.«

Mein Großvater musterte mich von oben bis unten, als würde er eine Verbindung zwischen meinen Worten und der Tatsache ziehen, dass ich mich nicht auf die bevorstehende Reise vorbereitet hatte. Am Rande meines Bewusstseins fiel mir auf, dass er überhaupt nicht überrascht wirkte.

»Ich …« Ich stockte. Ein riesiger Kloß bildete sich in meinem Hals. Doch jetzt gab es kein Zurück mehr. Also ließ ich den Worten freien Lauf: »Ich muss ein neues Zuhause finden. Für Deema, und auch für mich.« Diesmal tat ich alles dafür, um Tabogas Blick standzuhalten. Ich schaffte es, fühlte mich aber mit jeder Sekunde kleiner.

Mein Großvater sah mich lange an. Dann nickte er langsam. »So etwas habe ich mir schon gedacht.«

Ich blinzelte. »Wirklich?« Dieses Gespräch verlief viel einfacher, als ich erwartet hatte.

»Hanaskauna. Seit dem Tag, an dem du geboren wurdest, hast du stets wie eine wahre Crae gehandelt. Du hast nach unseren Werten gelebt und unsere Gemeinschaft verteidigt. Wenn es eine von uns gab, die ich mehr als alle anderen als zukünftige Älteste gesehen habe, dann warst das du. Und doch«, seufzte er, »konnte man dich all die Jahre mit einem einzigen Wort beschreiben: Sehnsucht. Sehnsucht nach so vielen Dingen, die dir unser Stamm einfach nicht geben konnte«, schloss er mit einem bekümmerten Kopfschütteln.

Meine Augen wurden feucht. Obwohl ich mir nie Gedanken darüber gemacht hatte, wurde mir klar, dass Taboga mein ganzes Leben gerade in wenigen Sätzen beschrieben hatte.

»Nun«, sagte er dann. »Vielleicht findest du ja in Sjoland dein Glück.«

Ich stutzte. »Was? In Sjoland?« In letzter Zeit war der Name des Reichs, in dem Malik zuvor regiert hatte, ziemlich oft gefallen. Aber nie in diesem Zusammenhang.

»Wir Crae – zumindest unsere Linie – stammen von den Crae in Sjoland ab«, erklärte Taboga. »Dort gibt es immer noch einige Stämme. Sie leben jedoch weit verstreut. Sie besitzen keine Gemeinschaft, nicht so wie wir. Aber vielleicht«, fügte er hinzu, »findest du dort, wonach du suchst.«

Auf einmal fiel es mir wie Schuppen von den Augen. Ich hatte bisher nicht viel von den Crae in Sjoland gehört

– außer, dass sie nicht alle unserer Werte und Traditionen teilten. Vielleicht war das genau der Ort, den Deema gemeint hatte. Vielleicht sollte das unser neues Zuhause werden.

»Was uns betrifft«, sagte Taboga plötzlich. »Womöglich sollten wir uns überlegen, ob wir uns nicht ein Beispiel an den Stämmen Sjolands nehmen sollten. Darüber nachdenken, was das Beste für unsere Gemeinschaft ist.«

Mein Herz machte einen freudigen Sprung. In unserer kurzen gemeinsamen Gefangenschaft hatte er all meine Versuche, ihn zu erreichen, abprallen lassen. Zumindest hatte ich das geglaubt. Aber in Wirklichkeit hatte Taboga offenbar doch auf mich gehört.

»Doch das Denken der Crae kann nur der verändern«, gab er zu bedenken, »der den langen, steinigen Weg der Zeit beschreitet.«

Ich schenkte ihm ein Lächeln. »Wenn es jemand schafft, dann du, Hanastaboga.«

»Vielleicht«, sprach mein Großvater nachdenklich, »wenn der Tag gekommen ist, an dem unser Stamm wieder erblüht, wirst du zu uns zurückkehren und uns in ein neues Zeitalter führen.«

Als sich Taboga umwandte und zu den anderen schritt, spürte ich tausende Nadelstiche in meinem Herzen. Der Abschied schmerzte mehr als alles andere. Aber zum ersten Mal, möglicherweise sogar in meinem ganzen Leben, war ich davon überzeugt, das Richtige zu tun. Und genau deshalb würde ich mich von nichts und niemandem davon abhalten lassen.

Eine Weile beobachtete ich meine Familie, sog sämtliche Eindrücke in mich auf, um sie auf ewig in meinem Inneren zu bewahren. Doch irgendwann wurde mir klar, dass ich es nicht ertragen konnte, sie gehen zu sehen. Aus diesem Grund musste ich ihnen zuvorkommen.

Als ich mich umdrehte, entdeckte ich ihn.

Er verließ den Palast, flankiert von mehreren anderen Crae. Er war weder gefesselt, noch richtete man Waffen auf ihn. Man wusste, dass er nicht versuchen würde zu fliehen. Schließlich war er freiwillig zum Stamm zurückgekehrt.

Gil würde in der Siedlung seine rechtmäßige Strafe erhalten. Und es sah so aus, als würde er sich nicht dagegen wehren. Er würde sich seinem Schicksal stellen.

Er bemerkte mich aus der Ferne und wandte den Blick nicht von mir, bis er mich erreicht hatte. Die anderen Crae nahmen Abstand von uns. Sie respektierten, dass wir zwar nicht mehr verbunden waren, uns aber immer noch dasselbe Band einte wie früher.

»Ich dachte, du wärst mit den anderen vorausgeritten«, sagte ich, erleichtert darüber, ihn noch einmal sehen zu können.

»Ich habe dich in letzter Zeit so oft ohne ein Wort des Abschieds verlassen«, erwiderte Gil. »Ich könnte das nie wieder tun.«

Eine Weile sahen wir einander einfach nur an, und mit jeder Sekunde wurde mir mehr bewusst, dass dies das letzte Mal sein würde, dass wir das taten.

»Ich habe gehört, dass du nicht nach Hause kommst«, sagte er dann. »Wahrscheinlich ist das besser so. Nach allem, was passiert ist …« Er stockte. »Es tut mir leid, Kauna. Einfach alles.«

Ich spürte einen Stich in meiner Brust. »Nein.« Ich nahm seine Hände in meine. Meine Augen wurden feucht. Ich konnte unseren Abschied nahen spüren. »Auch wenn ich meinen Glauben an das Schicksal zwischenzeitlich verloren habe«, sagte ich, »bin ich mir sicher, dass alles so gekommen ist, wie es uns vorherbestimmt war. Und deshalb gibt es nichts, wofür du dich entschuldigen müsstest.«

Gil blickte auf unsere Hände herab. »Ich schätze«, erwiderte er zögerlich, »dann waren *wir* einander auch nie vorherbestimmt.«

»Vielleicht nicht«, sagte ich, behielt Tabogas restliche Worte jedoch im Hinterkopf: *Vielleicht ist er es doch. Vielleicht wird er es eines Tages sein.* »Aber das, was wir hatten, war echt. Und das sollten wir niemals vergessen.«

Gil drückte meine Hände. »Das werde ich nicht.« Er beugte sich zu mir herab und küsste mich auf die Stirn.

Eine einzelne Träne rollte über meine Wange. Eine Träne für alles, was passiert war, und für alles, was uns noch erwartete.

Zärtlich blickte er mich an. »Weine nicht«, bat er mich. »Ich möchte dich mit einem Lächeln in Erinnerung behalten.«

Und so lächelte ich, wie an dem Tag, als wir uns zum ersten Mal begegnet waren.

Gil lächelte zurück, und für einen winzig kleinen Augenblick waren wir wieder Kinder, die Pfeile auf Bäume schossen und sich eine Zukunft ausmalten, in der sie für immer glücklich wären.

Der Moment endete, als Gil mir eine Hand auf die Schulter legte. »Leb wohl, Kauna.«

Kaum, dass seine letzten Worte an mich seine Lippen verlassen hatten, schritt er an mir vorbei und war aus meinem Leben verschwunden.

13. Kapitel – Der König von Tara'Unn

Die Krone saß schief auf Maliks Kopf. Zum vierten Mal, seit wir den Palastgarten betreten hatten, rückte er sie zurecht. »Nur noch ein paar Stunden«, murmelte er, »dann kann ich das Ding endlich abnehmen.«

Ich grinste. »Man könnte meinen, du würdest dich mehr über deine Krönung freuen – nach allem, was du dafür riskiert hast.«

»Das tue ich!«, beteuerte er. »Es ist nur … ungewohnt. Als Herzog habe ich nie Kronen getragen. Vor allem nicht *solche*.«

Ich richtete meinen Blick auf die mit goldenen Verzierungen und Diamanten geschmückte Kopfbedeckung, die das Licht in allen erdenklichen Farben reflektierte. »Zumindest sieht sie auf deinem Kopf viel besser aus als auf dem von Hawking.«

Der König von Tara'Unn schenkte mir ein verunsichertes Lächeln. »Danke.«

Eine ganze Weile liefen wir schweigend nebeneinanderher. Wir hatten uns während der letzten Tage kaum gesehen –

zu sehr war Malik damit beschäftigt gewesen, das Königreich wiederaufzubauen, das die Unnen seiner Familie genommen hatten. Ich wollte mir nicht ausmalen, wie viel Arbeit noch vor ihm lag – weshalb es mich umso mehr überraschte, dass er seine kostbare Zeit mit mir verbringen wollte. Vor allem jetzt, am Tag seiner Krönung.

»Also, warum wolltest du mit mir hierherkommen?«

»Gefällt dir der Garten nicht?«, gab Malik zurück. »Ich gebe zu, er ist in den letzten Monaten etwas heruntergekommen, und viele Pflanzen sollten gehörig gestutzt werden, aber –«

»Du weißt genau, was ich meine!«, gab ich amüsiert zurück.

»Richtig«, unterbrach er sich selbst. »Wir sind gleich da.«

Ich hob eine Braue. »Gleich *wo*?«

Wir ließen eine Hecke, deren Geäst in alle Richtungen wucherte, hinter uns und kamen auf ihrer anderen Seite zum Stehen. »Genau hier.«

Ich runzelte die Stirn. Vor uns befand sich nichts als Gras. »Und was genau ist *hier*?«

»Bisher nichts«, sprach Malik meine Gedanken aus. »Aber in ein paar Wochen wird man hier die Statue des Mannes vorfinden, der Tara'Unn gerettet hat.«

Mein Blick wanderte von dem Gras zu ihm.

»Von Deema«, half er mir auf die Sprünge.

Meine Augen weiteten sich. »Eine ... Statue?«, wiederholte ich. Ich öffnete den Mund, um ihm zu widersprechen. Um ihm zu sagen, dass die Crae ein bescheidenes Volk waren und eine Statue für einen von uns deshalb keine gute Idee war.

Aber ich hielt mich im letzten Moment davon ab. Darum ging es schließlich nicht. Es ging einzig und allein um

Deema. »Das fände er sicher toll.« Unwillkürlich stellte ich mir den Crae vor, der mit großen Augen auf seine überlebensgroße Statue blickte. Er strahlte übers ganze Gesicht. »Das bin ich, Kauna!«, rief er aus und deutete aufgeregt in ihre Richtung. »Kannst du dir das vorstellen?« Der bloße Gedanke daran ließ Tränen der Rührung, des Stolzes und der tiefen Trauer in mir aufsteigen.

Hastig blinzelte ich sie fort, als Malik weitersprach: »Bevor ich sie in Auftrag gebe, muss allerdings noch etwas geklärt werden. Die Statue braucht eine Inschrift – damit Deemas Taten auch für unsere Nachfahren in greifbare Nähe rücken.« Er zuckte die Achseln. »Du kanntest Deema am besten. Aus diesem Grund überlasse ich die Entscheidung über die Gravur ganz dir.«

Ich musste nicht lange überlegen. »Deema«, erwiderte ich ernst. »Der Herr des Feuers.«

Malik schenkte mir einen irritierten Blick. »Das erscheint mir …« Er unterbrach sich selbst. »Passend.« Ich hätte schwören können, dass das nicht das erste Wort war, das ihm dafür in den Sinn gekommen war.

»Und ich möchte es selbst schreiben!«, fuhr ich fort.

Seine Brauen schossen in die Höhe. »Ich dachte, du kannst weder lesen noch schreiben.«

»Ich habe angefangen, es zu lernen«, erwiderte ich zaghaft. Kenan und ich hatten gemeinsam damit begonnen. Ich wollte damit einen von Deemas letzten Wünschen erfüllen. *Damit werde ich in die Geschichtsbücher eingehen*, hatte er gesagt. Und ich hatte entschieden, dass er nicht weniger als das verdient hatte.

»In Ordnung«, willigte Malik ein. Er zögerte. »Jetzt, wo das geklärt ist … gibt es noch etwas anderes. Etwas, das ich dich fragen wollte.«

Ich starrte auf das Fleckchen Gras vor uns und stellte mir vor, wie es sein würde, Deemas Gesicht endlich wiederzusehen – und sei es nur in Form von Stein. »Was denn?«

»Willst du meine Frau werden?«

Ich riss den Kopf herum. »Was?«, stieß ich hervor. Meine Gedanken rasten. Immer und immer wieder drehte ich seine Worte in alle erdenklichen Richtungen – doch die Bedeutung blieb dieselbe. Es lag nicht an meinem Ta'ar. Er hatte das gerade *wirklich* gesagt. »A-Aber …«, stammelte ich verwirrt. »Du bist …« Heftig schüttelte ich den Kopf. »D-du hast … doch schon …« Ich erinnerte mich an unseren Kuss in der Geisterstadt. Es kam mir so vor, als läge er Jahre zurück.

»Ich habe schon eine Frau«, stimmte Malik mir zu. »Du wärst meine zweite.« Er sprach in einem fast schon lockeren Ton, als wäre die Entscheidung, ein weiteres Mal zu heiraten, keine besonders schwierige für ihn. »Da du nicht mit deinem Volk gereist bist, gehe ich davon aus, dass du nicht zu ihnen zurückkehren willst.«

Mein Mund klappte zu. Ich schaute zu Boden.

»Mir ist aber auch bewusst, dass du dich nach allem, was uns in der letzten Zeit widerfahren ist, in Tara'Unn nicht sicher fühlst. Und das möchte ich ändern. Indem du mich heiratest«, erklärte er sachlich, »würdest du den größtmöglichen Schutz erhalten. Ich würde dir Wachleute unterstellen, die dich nicht aus den Augen lassen – außer, du wünschst es. Du hättest alle Rechte und Freiheiten einer Königin. Und nicht zuletzt könntest du als Frau an meiner Seite das Schicksal deines Stamms in Tara'Unn lenken.«

Eine leise Stimme in meinem Hinterkopf sagte mir, dass Malik mir all das auch möglich machen könnte, ohne mich zu heiraten. Und dass es noch einen anderen Grund dafür geben musste, mich zu fragen. Einen Grund, den er offenbar nicht laut aussprechen wollte, das aber auch gar nicht musste.

»Danke«, antwortete ich von Herzen. »Doch das kann ich nicht tun.« Ich hatte meine Entscheidung längst gefällt.

Malik sah nicht überrascht aus. »Verstehe.« Er ließ den Blick über den Garten schweifen, der seine schönsten Zeiten vorläufig hinter sich hatte. »Ist es wegen Kenan?«

Seine Frage traf mich unvorbereitet. »Wegen Kenan?«, wiederholte ich, obwohl ich ihn sehr wohl verstanden hatte. Ich spürte, wie die Röte in mein Gesicht stieg.

»Du musst es mir nicht verraten«, lenkte er ein. »Ich bin nur neugierig. Mir ist nicht entgangen, dass ihr beiden euch … nahesteht.«

Malik hatte zum Teil recht. Kenan war einer der Gründe, weshalb ich nicht in die Siedlung zurückkehren konnte. Auch wenn Taboga eine Veränderung in den Reihen der Crae angekündigt hatte, bedeutete das noch lange nicht, dass sie meine Beziehung zu einem Menschen akzeptieren würden.

Doch ich war fest davon überzeugt, dass Kenan der Schlüssel zu meinem Schicksal war. Und wenn ich meinem Stamm den Rücken kehren musste, um all die Türen zu öffnen, die mir meine Bestimmung offenbarte, dann würde ich das tun.

Ich öffnete den Mund und schloss ihn wieder. Schließlich gab ich Malik aus allen möglichen Antworten diejenige, die ihn offenbar am meisten überraschte: »Es ist wegen Deema. Ich habe ihm versprochen, ihn nach Hause zu bringen.«

Er runzelte die Stirn. »Und wo ist dieses Zuhause, wenn nicht in der Siedlung?«

Ich zuckte die Achseln. »Vielleicht in Sjoland. Zumindest ist das der erste Ort, an dem ich danach suchen werde.«

»Sjoland«, wiederholte Malik. »Wer hätte gedacht, dass es dich in meine alte Heimat verschlägt? Wenn das so ist, werde ich alles tun, um dich bei deiner Aufgabe zu unterstützen.« Er blickte mich fest an. »Du sollst ein Ehrengast Sjolands werden. Niemand wird dir Hürden in den Weg stellen. Dafür werde ich höchstpersönlich sorgen.«

Erleichterung breitete sich in mir aus. Bisher hatte ich nicht mehr und nicht weniger geplant als meine Reise über das Meer – Ali und seine Mannschaft würden uns nach Sjoland bringen. Aber alles, was danach geschehen würde, lag in völliger Dunkelheit. »Danke, Malik.«

»Nein, Kauna«, erwiderte der König plötzlich – und ging vor mir auf ein Knie. »Ich danke *dir*. Dafür, dass du mich an jenem Tag nicht hast sterben lassen. Und dafür, dass du an mich geglaubt hast, als ich es selbst nicht mehr tat.«

Sekunden verstrichen, und er räusperte sich. »Wir sollten zurückkehren«, stellte er fest und stand auf, ehe einer von uns beiden rührselig werden konnte. »Die Leute erwarten sicher meine Rede.«

»Es hat mich überrascht, dass du sie nicht sofort nach deiner Krönung vorgetragen hast«, sagte ich, als wir uns in Bewegung setzten.

Doch er schüttelte den Kopf. »Das kam nicht infrage. Ich wollte zuerst mit dir sprechen.«

»Wirklich? Aber ... was hat dir das gebracht?«, fragte ich irritiert. Es war nicht so, als hätte ich ihm in den letzten Minuten Hinweise gegeben, wie er sein Volk von sich als König überzeugen konnte.

Malik zuckte die Achseln. »Ich habe das Gefühl, dass sich alles verändern wird, sobald ich diese Rede halte. Und wollte die letzten Augenblicke meines bisherigen Lebens mit dir verbringen.«

Ich lächelte. »Das bedeutet mir viel.« Einige Sekunden lang haderte ich mit mir selbst. Mir lag etwas auf dem Herzen – etwas, das ich schon mit mir herumtrug, seit wir den Garten betreten hatten. Aber vielleicht war mein Zögern überflüssig – vielleicht konnte ich mit Malik wirklich darüber sprechen. »Könntest du mir einen Gefallen tun?«

»Alles, was du willst«, sagte der König ohne Umschweife und mit fester Stimme, als befürchtete er nicht, dass er dieses Zugeständnis in wenigen Sekunden bereuen würde. »Sag mir, was du brauchst, und ich werde dafür sorgen, dass du es bekommst.«

Er hat sich schnell in seine neue Rolle eingefunden. Ich legte mir meine Worte sorgfältig zurecht, bis mir klar wurde, dass Maliks Reaktion ohnehin immer dieselbe sein würde – egal, wie zaghaft ich meine Bitte formulierte. »Arbeite mit den Unnen zusammen.« Als sich in Maliks Miene nichts regte, beschloss ich, aufs Ganze zu gehen: »Und mit den Haiduken.«

Abrupt blieb Malik stehen und starrte mich entgeistert an. »Was hast du gesagt?« Der Ton, der sich in seine Stimme geschlichen hatte, klang beinahe bedrohlich.

Mein ganzer Körper spannte sich an. Ich hoffte, dass ihn mein Vorschlag nicht wütend machte. »Du hast selbst gesehen, dass in einem Reich, das auf Blut errichtet wurde, immer wieder Blut vergossen wird«, sagte ich vorsichtig. »Wenn Tara'Unn weiterhin bestehen soll, dann darf das nicht auf dem Rücken der Unnen geschehen.«

Malik schürzte die Lippen. Ich konnte verstehen, warum er nicht begeistert von meiner Idee war.

»Es geht nicht darum, ihnen zu vergeben«, ergänzte ich. »Sondern darum zu verhindern, dass so etwas je wieder passiert. Um Tara'Unn zu einem Land zu machen, das nicht mehr aus zwei Staaten besteht. Um eine Einheit zu schaffen.«

»Und wie in aller Welt«, fragte Malik ruhig, »kommst du darauf, ich würde das Gespräch mit *den Haiduken* suchen?«

»Du hast vor ein paar Tagen auch das Gespräch mit Gil gesucht«, erinnerte ich ihn.

Malik schürzte die Lippen. »Das war etwas anderes«, entgegnete er. »Wir können nichts für die Fehler unserer Väter. Wir können nur dafür sorgen, dass wir einen besseren Weg beschreiten als sie.«

»Du hast ihm verziehen«, formulierte ich es anders. »Und die Haiduken« – ich wusste, dass ich mich nun auf dünnem Eis bewegte – »lieben Tara'an. Vielleicht noch mehr als die Menschen in Alanya. Womöglich kannst du Tara'Unn mit ihrer Hilfe zu einem besseren Reich machen. Und selbst wenn nicht – es ist sicher nicht falsch, die Haiduken auf deiner Seite zu haben als auf jeder anderen.«

Malik stieß ein kurzes »Hm« aus. »Ich werde darüber nachdenken«, sagte er dann. »Aber ich kann dir nichts versprechen.«

Ich hob zu keinem Widerspruch an – denn mehr als das konnte ich nicht verlangen. Ich war froh, dass er nun etwas in Erwägung zog, das er noch vor ein paar Wochen ausgeschlossen hätte.

Im Palast standen die Gäste noch immer im Thronsaal versammelt, den Malik vorhin fast schon überstürzt verlassen hatte. Im Gegensatz zu Hawking hatte Malik nur seine engsten Vertrauten eingeladen, ebenso wie seine Frau, die neue Königin von Tara'Unn, und ihre Familie aus Sjoland.

Aber nicht nur das – er hatte alle Menschen, die uns auf unserer Reise begleiten hatten, nach Alanya bringen lassen: Sara und Karim, Aila mit Ali und ihrem Sohn. Die Bahnhofsarbeiter mit ihren Familien. Und nicht zuletzt Umuts Frau und Tochter. Ich hatte sie bereits vor ein paar Tagen gesehen, als Umut eine Begräbniszeremonie der höchsten Ehren erhalten hatte.

Ehe er sich von meiner Seite löste, legte mir Malik eine Hand auf die Schulter. »Danke, Kauna«, sagte er. »Für alles.«

Während er, flankiert von zwei Wachen, in Richtung des Throns schritt, wurde ich eins mit der Menge. Ich fand Kenan schnell. Er lehnte an einer Wand in der hintersten Ecke des Thronsaals – als wollte er sich die Möglichkeit offenhalten, auf der Stelle zu verschwinden, sollte jemand auf sein linkes Ohr aufmerksam werden. Als ich ihn erreichte, nahm er meine Hand. Wir verstanden uns ohne Worte.

Ich hatte ihn deshalb auch nicht fragen müssen, ob er mich nach Sjoland begleitete. Im Grunde war das vielleicht sogar seine einzige Chance. Schließlich galt er bei den Haiduken noch immer als Verräter. Und falls Malik sie nicht für sich gewinnen konnte, wäre Kenan nirgends in Tara'Unn sicher.

Malik ließ sich auf seinem Thron nieder. Zu seiner Rechten saß eine Frau. Sie hatte langes blondes Haar und trug das prächtigste Gewand, das ich je gesehen hatte. Mehr brauchte es nicht, um zu wissen, dass sie seine Königin war.

Wir hatten noch kein Wort miteinander gewechselt. Und der Blick, den sie mir zuwarf, warnte mich davor, etwas daran zu ändern. Wusste sie etwa von Maliks Antrag?

Zu seiner Linken stand Amar. Er trug eine Rüstung, unter der man ihn kaum mehr erkennen konnte. Als neuer Hauptmann der Stadtwache wich er Malik genauso wenig von der Seite wie auf unserer gesamten Reise.

Der König von Tara'Unn räusperte sich, bevor er die Stimme erhob. Mir war nicht klar, was ich von der Rede des Königs erwartet hatte – aber dass er sie auf diese Weise begann, hätte ich nicht für möglich gehalten: »Meine Freunde«, sprach er. »Ich danke euch dafür, dass ihr diesen Tag gemeinsam mit mir feiert. Die vergangenen zwei Jahre waren eine schwere Zeit für unser Reich. Doch damit ist es nun vorbei. Heute«, sagte er laut, »beginnt ein neues Zeitalter für Tara'Unn.«

Kenan stupste mich in die Seite. Als ich ihn verwirrt ansah, nickte er in Richtung des Eingangs, durch den ich gerade gekommen war.

Gestützt auf einen Stock, war ein kahlköpfiger Mann in die Halle getreten.

Meine Augen weiteten sich. »Ilay!«, stieß ich hervor.

Der Blick des Arztes streifte uns – dann lächelte er. Er schickte sich an, die Distanz zu uns zu überbrücken.

Er bewegte sich nicht schnell genug für mich – ich lief auf ihn zu und schlang ungestüm meine Arme um ihn. »Dir geht es wieder gut!«, flüsterte ich, um die Aufmerksamkeit der Anwesenden nicht von Maliks Rede zu lenken.

»Ganz ruhig!«, lachte Ilay leise. »Du tust gerade so, als wäre ich fast gestorben.«

Ich löste mich von ihm und musterte ihn irritiert. Womöglich hatte ihm der Blutverlust seinen Sinn für Humor genommen.

Ilays Lächeln verschwand. »Kauna«, sagte er ernst. »Du hast mir das Leben gerettet. Ich stehe für immer in deiner Schuld.«

Ich widersprach ihm nicht, denn ich wusste, dass sich Ta'ar von solchen Vorstellungen genauso wenig abhalten ließen wie Crae. »Ich wünschte nur, ich hätte Deema auch retten können«, murmelte ich.

Der Arzt legte mir die freie Hand auf die Schulter. »Ich verstehe, was du meinst. Dieses Gefühl verfolgt einen auf ewig.« Er seufzte tonlos. »Man muss sich damit abfinden, dass man nicht jeden retten kann. Aber keine Sorge – mir ist das auch noch nicht gelungen. Vielleicht, eines Tages ...« Seine Worte schweiften ins Leere.

»Eines Tages«, stimmte ich ihm zu. »Ganz sicher.«

Aus dem Augenwinkel sah ich, wie Malik aufstand. Seine Krone saß nun perfekt auf seinem Haupt, und meine Brust war erfüllt von Stolz, als mir klar wurde, dass er endlich zu dem König geworden war, der er sein musste, um seine Bestimmung anzutreten. »Tara'Unn«, füllte seine Stimme den gesamten Saal aus, »wird sich aus seiner Asche erheben. Dies ist der Beginn seines neuen Lebens.«

Ich bekam eine Gänsehaut. Vielleicht war es nicht nur Tara'Unn, das heute wiederauferstand, sondern jeder Einzelne darin. Vielleicht fingen wir an diesem Tag alle ein neues Leben an – ich, Malik, Kenan, Amar, Ilay, und all die anderen, die an diesem Tag einen neuen König bekamen.

Doch meine Wiedergeburt erwartete mich nicht in Tara'Unn, sondern in Sjoland. Ich ließ keinen Monat verstreichen, bis ich mich ihr stellte.

Der große Hafen Tara'ans war geschäftiger denn je, als Kenan und ich die Rampe zum Schiff hinaufstiegen, das uns über das Meer bringen sollte.

Ich hielt Deemas Seelenstein fest in der Hand. *Nach Hause*, hallten seine letzten Worte in meinem Kopf wider.

»Passt bloß gut auf euch auf!«, ertönte Ailas Stimme hinter uns.

Auf halbem Weg an Bord drehten wir uns zu ihr um. Aila verbarg ihre Traurigkeit hinter ihrem strahlendsten Lächeln. Hektisch winkte sie uns zu – der kleine Adil neben ihr tat es ihr gleich.

Wir hoben die Hand zum Abschied, ehe wir Tara'Unn den Rücken kehrten. *Blick nach vorne, Kauna.*

»Sjoland also«, sagte Kenan. »Du bist dir sicher, dass wir dort Crae finden werden, die ... du weißt schon?«

»Die eine Beziehung zwischen Crae und Mensch akzeptieren?«, stellte ich seine Frage zu Ende. »Ja. Allerdings habe ich gehört, dass das Verhältnis der meisten Stämme ziemlich zerrüttet ist ...«

Kenan zuckte die Achseln. »Dann müssen wir sie eben wieder zusammenführen.«

Ich lächelte. »Das müssen wir.«

Als wir auf das Schiff stiegen, hielt ich Kenan in der einen, Deema in der anderen Hand. Gemeinsam begaben wir uns auf eine Reise zur anderen Seite des Meeres. Eine Reise in eine neue Welt und ein neues Leben.

Eine Reise nach Hause.

DANKSAGUNG

Danke, dass du Kauna, Deema und die anderen auf ihrer schicksalhaften Reise begleitet hast. Auch für mich war es ein langer, selten leichter Weg bis hin zu diesem Augenblick, in dem du dieses Buch in deinen Händen hältst. Aber schon jetzt, wo ich diese Zeilen schreibe, bin ich fest davon überzeugt, dass sich jeder Schritt gelohnt hat.

Ohne Unterstützung hätte ich es wahrscheinlich nicht so weit gebracht. Deshalb möchte ich all den wundervollen Menschen und (Seelen-)Tieren danken, die mich begleitet haben:

Meinen Bloggern und allen anderen Rezensenten, die erst „Seelendonner" und nun auch „Flammenherz" verschlungen haben und ihre Liebe für diese Bücher in die Welt hinaustragen. Und natürlich allen, die noch folgen werden.

Meiner Verlags- und Autorenkollegin Cristina Haslinger, ohne die der Sprung ins Autorengewässer viel kälter gewesen wäre.

Und so wie Kauna ohne Hana nicht mehr sie selbst wäre, haben auch meine Fellnasen ihren ganz eigenen Beitrag zur Entstehung dieses Buchs geleistet.

Mein ganz besonderer Dank gilt den Menschen, die mich schon begleitet haben, als das erste eigene Buch noch eine abstrakte Wunschvorstellung war:

Kaja Lange: Ohne dich wäre ich heute nicht da, wo ich bin. Punkt.

Lisa: Du hast zeitweise mehr an dieses Buch geglaubt als ich selbst. Danke.

Christine Fuchs: Vor zehn Jahren hätte ich nicht gedacht, dass wir heute noch Kontakt hätten. Aber du bist immer noch da, und das bedeutet mir viel.

Florian: Ich bin froh, dass ich meine andere Hälfte in dir gefunden habe.

Meinen Eltern: Ihr wacht über mich wie das Schicksal und zeigt mir doch immer wieder, wie wichtig es ist, seinen eigenen Weg zu gehen.

Dieser Weg zum Ziel ist nicht immer einfach. Aber ganz gleich, welchen Pfad du beschreitest, denk daran, dass es nur einen Menschen gibt, der an dich glauben muss: Und das bist du selbst.

Die Sterne werden dich begleiten.

Bonusinhalte, Merchandise und signierte Bücher sind auf patreon.de/anniewaye_ erhältlich.

KAUNA	DEEMA
GIL	MALIK
HAWKING	KENAN

GLOSSAR

Abdul: Berater des Königshauses von *Tara'Unn*.
Abra: *Enobas Seelentier* (Schwan).
Adil: Sohn von *Aila* und *Ali*.
Aila: Gut betuchte Einwohnerin der Stadt *Istar* und *Kaunas* beste Freundin.
Alanya: Hauptstadt von *Tara'an* und *Tara'Unn*.
Ali: Bewohner von *Istar* und *Ailas* Mann.
Amar: *Maliks* Vetter und Anhänger seines Gefolges.
Asad: *Haiduk*.
Bill und Wilma: *Unn'sche* Antiquitätenhändler.
Cairo: *Haiduk*.
Can: Erstgeborener Prinz von *Tara'Unn*, Bruder von *Malik*.
Crae: Ein längst vergessener, zurückgezogen lebender Stamm aus Menschen, die eine starke Verbindung zu mystischen Tieren (*Seelentieren*) pflegen und über besondere Kräfte verfügen.
Conia: *Seelentier* (Kranich).
Corva: *Seelentier* (Krähe).
Deema: Ein *Crae*, der keine Verbindung zu seinem *Seelentier Ryu* herstellen kann. Er ist der letzte Angehörige seiner Blutlinie.
Enoba: Ältester im Stamm der *Crae* und Ziehvater von *Gil*.

Emre: Ehemaliger Berater von *Khalid* und Anhänger von *Maliks* Gefolge.

Fangrah: *Seelentier* von *Krikha* (Wolf).

Geisterstadt: Eine Stadt im Grenzgebiet von *Unn* und *Tara'an*.

Gil: Ein Halbblut (*Unn* und *Crae*) und *Kaunas* andere Hälfte. Sein Seelentier ist *Tigra*.

Gunes Kalesi: Eine alte, verlassene Burg in *Tara'an*.

Haiduken: Gruppierung radikaler *Ta'ar*, die ihre eigenen Ansichten mit roher Gewalt durchsetzen wollen.

Hana: *Kaunas* und *Tabogas Seelentier* (Affe).

Hatu: *Seelentier* (Elefant).

Hawking: Gewähltes Oberhaupt der *Unnen* und Anwärter auf den Thron von *Tara'Unn*. Vater von *Gil*.

Inega: *Seelentier* (Falke).

Istar: Handelsstadt und religiöser Mittelpunkt *Tara'ans*.

Ilay: Studierter Arzt, Kindheitsfreund von *Malik* und Anhänger seines Gefolges.

Karim und Sarah: Schneider-Ehepaar aus *Simol*.

Kauna: Eine *Crae* mit einer engen Verbindung zu Tara'an. Ihre andere Hälfte ist *Gil*.

Kenan: *Haiduk* und ehemalige Stadtwache in *Alanya*.

Khalid: König von *Tara'Unn*, Vater von *Malik*.

Krikha: Krieger im Stamm der *Crae*, andere Hälfte von *Lu-Vaia*. Seelentier: *Fangrah*.

Kuzaya: Wald südlich von *Simol*.

Lu-Vaia: *Crae* und enge Freundin von *Kauna*. Seelentier: *Nasra*.

Malik: Prinz von *Tara'Unn* und Herzog von *Sjoland*.

Nasra: Seelentier von *Lu-Vaia* (Adler).

Nela: Dienerin von *Aila*.

Newton: Offizier der *Unnen*.

Nireya: *Gils* verstorbene Mutter und Frau von *Hawking*.
Riva: *Seelentier* (Rabe).
Ryu: *Deemas Seelentier* (Drache).
Seelentiere: Mystische Kreaturen, die von den ersten *Crae* gezähmt wurden und ein enges, seelisches Band zu ihnen knüpften. Jeder Crae ist mit einem bestimmten Seelentier verbunden, das ihm magische Fähigkeiten verleiht – vorausgesetzt, der Crae erweist sich als würdig.
Semyr: Einwohner von *Istar* und *Ailas* Bruder.
Siedlung der Crae: Eine kleine Siedlung inmitten des *Sperrgebiets*, in der die *Crae* zurückgezogen und abgeschirmt von der Außenwelt leben.
Simol: Kleines Dorf in *Tara'an* nahe der Burg *Gunes Kalesi*.
Sperrgebiet; Sperrzone: Eine abgesperrtes Gebiet innerhalb von *Unn*, in dem die *Crae* zurückgezogen leben.
Sjoland: Ein Reich auf der anderen Seite des Meeres und Verbündeter von *Tara'an*.
Taboga: Einer der Ältesten im Stamm der *Crae* und *Kaunas* Großvater.
Ta'ar: Die Bewohner von *Tara'an*.
Tara'an: Teil des Vereinigten Königreichs *Tara'Unn*. Das größere Land im Osten des Kontinents.
Tara'Unn: Vereinigtes Königreich auf einer Insel, das aus den Ländern *Tara'an* und *Unn* besteht.
Tia: Einwohnerin von *Istar* und gute Freundin von *Aila*.
Tigra: *Gils* und *Nireyas Seelentier* (weißer Tiger).
Unn: Teil des Vereinigten Königreichs *Tara'Unn*. Das kleinere Land im Westen des Kontinents.
Unnen: Die Bewohner von *Unn*.
Yara: *Deemas* verstorbene Großmutter.
Yimao: *Seelentier* von *Yara* (Panda).
Yagmur: *Maliks* und *Cans* ehemaliges Kindermädchen und Teil von Maliks Gefolge.

Yusuf: *Maliks* Leibwächter und Anhänger seines Gefolges.
Zehra: *Haiduk.*

Trigger: Gewalt. Mord / Totschlag. Gewalt an Tieren. Suizid.

Alanya

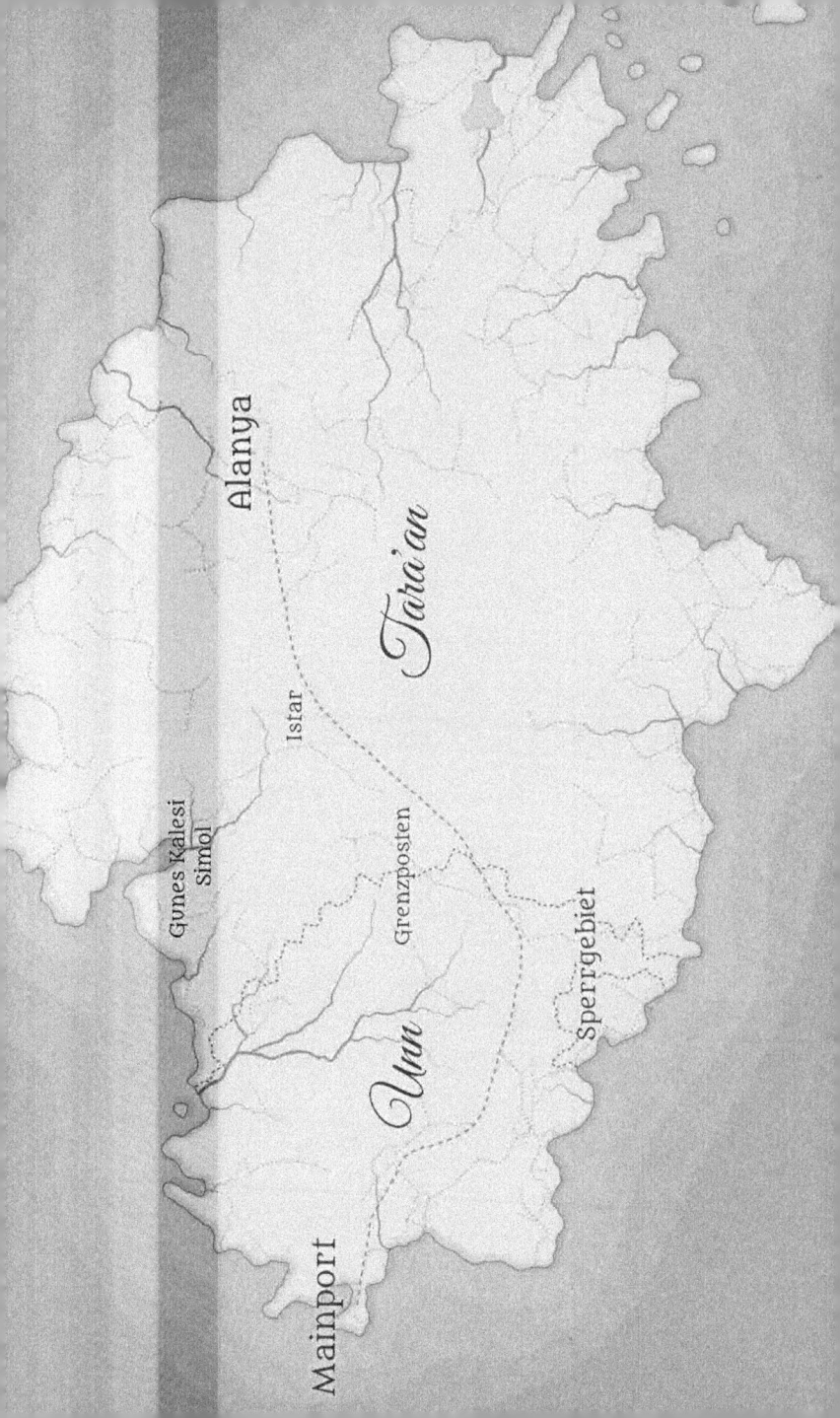

Tara'an

Istar

Gunes Kalesi
Simol

Grenzposten

Sperrgebiet

Urn

Mainport